清代宮廷大戲叢刊初編

忠義璇圖【下】

（清）周祥鈺　鄒金生　編寫
劉心明　張雲　姚文昌　校點

北京大學出版社
PEKING UNIVERSITY PRESS

第六本

第一齣　高唐州教演神兵

〔衆軍牢、小軍執旗牌切末。中軍引高廉上。唱〕

【北粉蝶兒】掌握兵符，則俺這掌握兵符。論才猷，資兼文武。顯神通，掃蕩萑苻。靖地方，安閭井，東方土，守日月，居諸要，不愧爲，民司牧。〔白〕皂蓋朱旛守郡城，風行雷令仗家兄。一天花柳渾無事，白晝霜清劍戟明。〔衆喝科。高廉白〕俺乃高唐州刺史統制大將軍高廉是也。身任親民，才兼武備。堂兄高俅，掌握朝綱。夫人殷氏，洞曉兵法。下官兼能役使神兵，驅遣猛獸。只因近日梁山草寇竊發，大鬧江州郡，火焚無爲軍。爲此，朝廷又加俺錫命三章，協理河道，整飭諸路。今日乃操演之期，爲此下教場將衆軍卒技藝操演一番。中軍。〔中軍應科。高廉白〕吩咐下教場。〔中軍白〕嗄！看轎。〔衆應。轎夫擡轎上。高廉乘轎科。同唱〕

【好事近】士氣展雄圖，步伐止齊堪數。那水洼烏合，致朝廷幾費師伍。民難安堵，弄烟塵四野如狼虎。到今朝，教演魚麗，看明日，掃清蟻聚。〔作下轎，四將參見科。高廉白〕衆將官傳諭，軍士們將梢棍、雙刀試演一回。〔四將白〕得令。〔向內白〕呔！大老爺吩咐，先演梢棍、雙刀者。〔內吶喊，大鑼鼓。衆軍士上演梢棍，下。又衆軍士上演雙刀，下。高廉白〕作坐有法，進退無差，好精鋭三軍也。那些梁山草寇何難擒獲。衆將官傳令，大小三軍將神兵陣勢操演一回者。〔將官白〕請大老爺作法，小將們引隊。〔高廉白〕天靈靈，地靈靈，神兵速降。〔內鑼鼓，出火彩。四將持令旗，衆神兵、四將、四纛。衆神兵持長鎗上，走陣科，下。高廉、衆同唱〕

【北石榴花】俺則見前軍齊擁後軍呼，更鬼役，並神驅。只見那陰風慘切，招颭旗纛，雷霆宣號令，風雨引鋸鋙。一個個執戈矛，一個個執戈矛，長鎗大劍如飛度。隱隱約約，穿雲走霧。今日個演神謀，今日個演神謀，法賽黃石術。說什麽陣法必孫吳。〔四將上。唱〕

【好事近】神兵三百走飛凫，一朵陰雲密布。霎時演過，欲尋蹤影無處。〔白〕小將等繳令。〔高廉白〕神兵陣勢已精，傳令三軍，將大旗十二面各按十二時辰，布成四方陣圖。本州演法，撒豆成兵，驅遣狼蟲虎豹，飛沙走石。爾等觀看者。〔四將白〕得令。〔下。衆同唱〕展旗擂鼓看燈時，驅遣熊羆虎。恁須知，撒豆成兵，早見他，揚砂走土。〔四將領、十二卒各執十二旗，寫十二時辰。高廉作法，撒豆，內出豆兵，走陣。衆風神舞，內作風砂聲。高廉作敲銅牌，內出狼蟲虎豹，上。衆同唱〕

【北鬪鵪鶉】一霎時迷眼風砂，一霎時迷眼風砂，轉睛兒幻成兵卒。滿場中電掣雷轟，滿場中電掣雷轟，耳邊厢鳴鑼也那擊鼓。四下裏虎豹豺狼遍地鋪，時辰牌四三可數。量那些宵小强梁，量那些宵小强梁，管教他神魂驚仆。〔四將上。白〕啓上大老爺，神兵虎豹俱已演完。〔高廉白〕待我收了法術者。〔作收法科。衆下。高廉白〕天色已晚，傳令收操。〔四將白〕得令。〔向内白〕呔！大小三軍，大老爺有令，收操。〔内吶喊科。高廉乘轎科。衆同唱〕

【叠字令】齊整整兵威嚴肅，氣騰騰如湯沸釜。愛的他變幻奇，喜的他難猜摸。回令收軍，捲旗息鼓，一任他水泊幺麽，一任他水泊幺麽，洞裏狂狙，落吾神術，管把他生擒活捉上皇都。

【尾聲】今朝演就神兵術，何須讀韜鈐七子書，把嘯聚兇徒盡掃除。〔下〕

第二齣　楊雄巧遇石三郎

〔張保醉態上。唱〕

【光光乍】唬喝尋廝打，囤扎似鷹抓。酒來遮面人先怕，肥錢搶得光光乍。〔白〕區區一個薊州城守汛有名的踢殺羊張保的便是。賭錢場裏趁肥頭，光棍行中推老大。叵耐楊雄那廝，原是箇河南的誇貨，反要撒土著的威風，好生不服他氣。聞得他今日又新充了行刑劊子，等決囚回來，衆相識要與他掛紅把盞，好不熱鬧。我爲此拉上些破落户、精潑皮，吃得醉醺醺的，搶了他的禮物，更自燥脾他一場，叫他薊州城中做不成好漢，有何不可。聽説在長街經過，我約了衆夥伴前去等他便了。正是瓦罐不離井上破，惡龍難敵地頭蛇。〔下。石秀上。白〕一身落拓在天涯，相逢竟少魯朱家。英雄未遇遭淒苦，且賣柴薪度歲華。自家姓石，名秀，金陵人氏。來到薊州，販賣馬匹，不想消折了本錢，還鄉不得，流落此間，賣柴度日。咳！我石秀也是箇好漢，怎生落魄至此。正是蹉跎年少江湖日，那得風雲際會時。〔下。衆牢子、吹手引楊雄披紅上。合唱〕

【好事近】節級喜新充，鼓樂兩行簇擁。法刀初試，霜花氣繞成虹。紛紛酒榼，仗朋儕燕賀相欽重。〔張保引衆光棍上。唱〕擦拳頭，甩去如錘。擠街心，箍來似桶。〔衆白〕打，打。〔張保〕住了，且慢動手。今日與他説明再打。〔衆〕打了再説。〔張保〕楊雄，請了。〔楊雄〕請了。原來是張保哥，來吃酒。〔張保〕我不吃酒，有句話對你說。你今日詐了人許多東西，分些與我們便罷，若是不肯，要打就打。今日可試試老張的手段。〔楊雄〕雖然與你廝認，實不曾與你財物相交，如何分些與你？各自穩便。請了。〔張保〕放屁！就分些與我們也不差什麽。〔楊雄〕我與你軍衛有司各無統屬，況且是衆朋友與我作好看的。難道是詐人來的東西，你如此放刁？〔張保〕就放刁這一遭兒！你待怎麽呢？〔楊雄〕便不與你，敢奈我何？〔張保〕你不肯與我們，就要動手了。〔衆唱〕

【太平令】狹路相逢，個個英豪拜下風。今番不許你虛脾弄。〔衆白〕自家朋友不要這等。〔張保打介。衆唱〕齊動手，搶花紅。〔衆搶介，楊雄衆追下。石秀上，扯住張保介。白〕不必動手。〔張保〕不要你管。〔石秀〕我且問你，爲何打這節級？〔張保〕你這外路蠻子，我們有冤報冤，我打他，你爲何扯住我？你要强解勸我，把一個餓虎掏心與你一試。〔打石秀介。石秀怒介〕我好意相勸，你這狗頭，反如此無禮。〔打張保介。唱〕

【撲燈蛾】通衢起鬭争，通衢起鬭争，誰容你虛哄。酗酒逞胡爲，且讓咱先除强横也。〔張保白〕打死了！好漢饒命嗄！〔石秀唱〕吃些疼痛，纔知道王章凛奉。〔白〕你這廝可認得了我麽？〔張保〕我認得你是好漢。〔石秀唱〕拚命郎江湖傳誦。〔張保〕請從今降心，不敢再行兇。〔戴宗、楊林上。

白〕混跡風塵誰按劍，欣逢劇孟且停驂。〔扯石秀介〕饒了他罷。〔石秀〕誰來扯我？〔戴宗〕是小弟。〔石秀〕既承相勸，造化了這狗頭。〔張保急下。戴宗〕這裏不是講話的所在，前面酒店中略坐一坐。〔行介。酒保上〕三杯和萬事，一醉解千愁。客官用酒麼？〔戴宗〕正是。〔酒保應下。戴宗〕請問吾兄高姓大名，仙鄉何處？端的是一位好漢！〔石秀〕不敢。卑人姓石名秀，本貫金陵。來此買賣不濟，流落窮途。方纔一時間氣忿難消，實與他們彼此俱不相識。〔戴宗、楊林〕這等説果然是路見不平，拔刀相助。好生難得！看石兄一表人材，緣何這般光景？〔石秀〕二位兄長聽我道來。〔唱〕

【玉芙蓉】飄零莫可言，時命偏生蹇。奈經商折本，江東羞見。胸中夙抱終軍願，世上誰生范叔憐。〔合唱〕陽和轉，且達權通變。濟亨衢，回春那怕運迍邅。〔石秀白〕敢問二位兄長高姓大名？〔戴宗〕石兄也不是外人，實不相瞞，小可姓戴名宗，在梁山泊宋公明寨下，到此尋訪一個朋友，不期遇着石兄，三生有幸。〔石秀〕江湖上説有箇「神行太保」，莫非就是兄長？〔戴宗〕小可便是。〔指楊林介〕這位姓楊，名林，是新要上山一籌好漢。〔楊林〕石兄如此豪傑，何不一同往梁山泊聚義？〔石秀〕多蒙兄長提攜，小弟雖然偃蹇，未能出身等閒，這話且慢提起。〔戴宗〕這也不敢勉强小弟，適有白金十兩，送與石兄，聊爲資本。〔石秀〕呀！兄長，尊惠出于無因，怎麼敢受？〔戴宗〕朋友有通財之義，石兄不必推辭。〔石秀〕如此多謝了。〔戴宗、楊林〕弟等先此告别，請了。〔下。楊雄上〕陌路人排難，旗亭酒結歡。〔見介〕大哥，我那一處不尋到，却在這裏飲酒。〔酒保上。喚酒介。楊雄〕

適纔蒙兄長仗義救我這場便宜。一時去趕那廝，失于陪奉。〔石秀〕小弟出于不平，還要趕來相助。恰遇着兩位外鄉客人，邀在這裏説兩句話，不知節級哥哥呼唤，得罪，得罪。〔楊雄〕兄長高姓大名？〔石秀〕小弟姓石名秀，排行第三，祖貫金陵人氏。平生執性，路見不平，便肯去捨命相救，以此人都唤我爲「拚命三郎」。請教節級上姓？〔楊雄〕小弟姓楊名雄，江湖上也有個綽號，因我面色微黄，叫做「病關索」。〔石秀〕久仰，久仰！〔楊雄〕兄長可是孤身在此，還有親戚麽？〔石秀〕節級聽稟。〔楊雄〕願聞。〔石秀唱〕

【四邊静】孤身逆旅無姻眷，脚跟趁蓬轉。〔楊雄白〕如此凄涼，怎生過活？〔石秀〕不瞞節級説。〔唱〕經紀覓生涯，肩挑敢辭倦。〔楊雄白〕咳！肩挑、經紀可是兄長做的！請問習有許多本事？〔石秀〕説也慚愧！〔唱〕曾學些耍鎗、弄拳、彎弓、扣絃。〔楊雄白〕貴庚多少了？〔石秀唱〕廿九度春秋，食粟誚難免。〔白〕聽節級的聲音，不像這裏人。〔楊雄〕小弟原籍中州，也是流寓在此。〔唱〕

【又一體】多君意氣情留戀，相遭分寧淺。〔白〕石兄，我有句話要講：欲與兄結爲兄弟，未知可否？〔唱〕結義仿桃園，過規善胥勸。〔石秀白〕多承節級不棄，不知尊庚幾何？〔楊雄〕虚度三旬，叨長一歲。〔石秀〕如此是哥哥了。哥哥請上，受小弟一拜。〔楊雄〕愚兄也有一拜。〔拜介。合唱〕鷄壇誓堅，鴒原誼全。把臂即同心，室邇人非遠。〔楊雄白〕酒家，取熱酒來。〔内應介。潘公上〕

善爲傳世寶，忍是護身符。老漢潘公，曉得女婿楊大郎與人厮打，特地尋來。大官人，大官人，我女孩兒放心不下，特叫我老人家來看你，可不曾受張保的虧麽？〔楊雄〕多多虧了這位兄弟。〔石秀〕此位何人？〔楊雄〕是泰山。〔石秀〕失敬了，老丈拜揖。〔楊雄〕我如今已認爲兄弟了。〔潘公〕好，好！你得這位兄弟相幫，也不枉公門中出入，誰敢再來欺負？叔叔一向曾做甚麽買賣？〔石秀〕先父原是操刀屠户。〔潘公〕叔叔可曉得殺牲口的勾當麽？〔石秀〕自小吃屠家飯，如何不省得宰殺牲口？〔潘公〕老漢原是屠户出身，只因年老做不得了。我女婿又只一身承官抵府，因此撇下這行衣飯。如今若得叔叔相助，倒可重開起一座作坊來，豈不是好？大官人，省得家中懸望，一同回去罷。〔楊雄〕有理。兄弟少停安頓行李，即搬到舍下來。〔石秀〕既承哥哥美意，怎敢推辭？老丈、哥哥先請。〔楊雄〕酒家，多少酒錢一並上了我的賬上。〔内應介。石秀〕同作天涯客裏身。〔楊雄〕片言投契即交親。〔潘公〕拔刀相助真難得。〔合〕金友歡聯是玉昆。〔下〕

第三齣　三家村聯盟備盜

〔衆莊客引祝太公上。唱〕

【疏簾淡月】景先華胄，喜世德相承，半州名久。〔白〕八風肆舞溯欽命，席寵門楣舊有聲。文備更兼資武備，安居長此頌昇平。老夫祝朝奉是也。所生三子，長曰祝龍，次曰祝虎，三曰祝彪。祝氏三傑，譽滿通都。長次俱經授室，只有幼兒，聘定西莊扈三娘，尚未過門。向因三個孩兒皆是經文緯武之器，請有教師欒廷玉教演，騎勇委實超羣。只緣俺這個去處逼近梁山泊，喜得武事熟嫻，足資彈壓。但是那夥强人，又添上鼂蓋、宋江等，益肆猖狂。遠近鄉村，無不被其劫掠。我這所屬地方亦當嚴爲防範纔好。已曾去請東莊李應、西莊扈成到此盟約，預作隄防。此時他們想該來也。〔祝龍、祝虎、祝彪上。唱〕相率趨庭，繞膝承歡清晝。枕戈袵革殲强寇。綽英聲，戒嚴封堠。〔白〕爹爹在堂，上前相見。〔見介。祝太公〕教師怎麽不見？〔祝龍等〕教師率領衆莊客在後面場圃上操演兵器去了。〔祝太公〕東西二莊主將次到來，可向門外迎候。〔祝龍等應介。虚下。杜興隨李應上，莊客隨扈成上。唱〕隣莊邀友，遥聯犄角，同行攜手。〔李應白〕自家「撲天雕」李應是也。〔扈成〕自家「飛天虎」扈成是也。〔合〕今日祝太公邀請會盟，須索同赴。〔吹打介。祝龍等迎進介。各相見坐介。李應、扈成〕常叨孟氏結芳隣。〔祝太公〕折簡相招信誓存。〔祝龍等〕珍重新盟申舊好。〔合〕管教閒犬卧花村。〔祝太公〕那梁山泊强人聲勢愈大，時時騷擾村坊，爲害非淺。故此特請二位莊主到此盟約，我等三莊務要同心協力，互相守望，以保寧家。〔李應、扈成〕我等叨居隣末，延照威光，實生感佩。至于遞相策應，原屬同鄉共里之誼，敢不祗遵。倘有不虞，一如尊諭便了。〔祝太公〕不有盟言，何以昭信？就請一同告諸天地神明。〔李應、扈成〕理應如此。〔祝太公〕擺香案過來。〔莊客應介。擺香案介。祝太公〕請二位主盟。〔李應、扈成〕太公年尊，該執牛耳。〔祝太公〕如此，有僭了。〔李應、扈成〕正當。〔同拜介。合唱〕

【八聲甘州】焚香稽首，共束牲歃血，舊好重修。叨居同井，繕備各礪戈矛，親仁善隣靖寇讐。誰敢寒盟並敗謀。〔拜畢起介。祝太公向祝龍等白〕小子輩不必在此侍立，可演習弓馬去罷。〔祝龍等應介。向李應、扈成辭介。唱〕名流失趨陪，交錯觥籌。〔祝龍等下。祝太公白〕備有菲酌，請二位上席。〔李應、扈成〕怎好叨擾。〔祝太公〕希恕不恭。〔定席飲酒介。合唱〕

【又一體】承庥雲，情契早投。看勢分鼎足，誼篤同舟。場開百戲，無限絲竹歌謳。飛竿舞絙笑語稠，六膳調和旨酒柔。歸休羨，多君雄長姑尤。〔各出席介。李應、扈成告辭介。合唱〕

【尾聲】遥相助，常相守，朝來盟會抵葵丘。從此後好與梁山做敵頭。〔分下〕

第四齣　惹狂蜂巧雲認義

〔石秀上。唱〕

【小蓬萊後】秦淮燈火，薊門烟樹，浩嘆窮途。〔白〕荆卿西去不復返，易水東流無盡期。落日蕭條薊城北，黄沙白草任風吹。俺石秀自從與楊大哥結義，在此生理。這幾日，外鄉販幾口猪，今日纔回。呀！怎麽静悄悄的，店也不開，家伙都收過了。是什麽意思呢？哦，我曉得了。自古道：人無千日好，花無百日紅。哥哥在官，不管家事。嫂嫂見我做了幾件新衣，心上不快。況且我幾日不回，必竟有人搬弄些口舌，想是疑心不做買賣了。休等他發話，不免辭了回鄉去罷。只是賬目要交代明白，纔見我石秀無欺。待我算一算。〔看賬介〕這幾家已有，那幾家已完，這幾家再不肯還，待我記起來。賬已查完，待我請潘公出來，交付與他。嗄！潘老丈。〔潘巧雲内白〕外邊去了。〔石秀白〕這是嫂嫂聲音，就請嫂嫂出來。〔潘巧雲上。白〕白雲本是無心物，又被清風引出來。〔石秀白〕嫂嫂拜揖。〔潘巧雲白〕叔叔回來了麽？〔石秀白〕嫂嫂請收了賬目，石秀若有半點欺心，天誅地滅。〔潘巧雲白〕叔叔何出此言，並不曾有甚他故嗄？〔石秀白〕不是嗄！石秀離鄉已久，欲回家去，爲此交還賬目。今晚辭别哥哥，明早就行了。〔潘巧雲白〕嗄！這是怎麽説嗄？奴家已知道了。叔叔兩日不曾回來，今見收拾過了傢伙，只道不作買賣了，故此要回去。〔石秀白〕不然爲何？〔潘巧雲白〕這是那裏説起？〔石秀白〕就走。〔潘巧雲白〕叔叔請寧耐些性兒，待奴家告訴你。〔石秀白〕嫂嫂有話，石秀願聽。〔潘巧雲白〕嗄！叔叔，你是曉得的，奴家與先夫王押司呵，

〔唱〕

【桂枝香】情非朝暮，寧同陌路，歿來兩個周年。〔石秀白〕嗄！二周年了。嫂嫂待要怎麽呢？〔潘巧雲唱〕欲把經文超度。〔石秀白〕嗄！〔唱〕原來爲此！〔潘巧雲白〕爲此收拾過了傢伙。〔石秀唱〕原來爲此！〔潘巧雲白〕並無他故的噱。〔石秀唱〕應無别故。〔潘巧雲白〕叔叔，〔唱〕還要勞伊相助。〔石秀白〕這個石秀當得。〔潘巧雲唱〕勸你莫多虞。〔白〕就是這夥計賬……〔石秀白〕放在椅兒上。〔潘巧雲白〕嗄！放在椅兒上，也不須提起。〔石秀白〕嫂嫂，我豈不曉得麽？〔唱〕受恩深處家隨在，却不道財上分明大丈夫。〔潘巧雲白〕好！足見叔叔志誠。〔石秀白〕該是這等。〔潘巧雲白〕叔叔來路遠，待奴家進去收拾點心，與叔叔過中。〔石秀白〕不消，前途用過了。〔潘巧雲白〕不是噱，大郎吩咐過的，説叔叔回來，好生看待。叔叔請坐，待我進去取了出來。〔石秀白〕不勞嫂嫂費心。〔潘巧雲白〕這樣執性得緊的。〔下。石秀白〕嗄！原來他前夫二周年，故此收拾店面，不做買賣了。我且納定性兒，再做幾時便了。〔潘巧雲上。白〕叔叔來路遠，隨便用些素飯罷。〔石秀白〕多謝嫂嫂

費心。〔潘巧雲白〕叔叔先請杯熱酒。〔石秀白〕待石秀自斟，不勞嫂嫂。〔石秀吃酒介。白〕待我借花獻佛，回敬嫂嫂一杯。〔石秀取壺，潘巧雲摸石秀手介。潘巧雲白〕叔叔，我是不會吃酒的。〔石秀白〕好，不會吃酒的好，待石秀自飲。〔潘巧雲白〕斟滿了。〔石秀白〕够了。〔潘巧雲白〕叔叔再請一杯。〔石秀白〕够了。〔潘巧雲白〕如此，請用些素飯。〔石秀白〕前途用過了。〔潘巧雲白〕再用些。〔石秀白〕响飽。〔潘巧雲白〕如此，待我收拾過了罷。〔坐介〕叔叔，叔叔。〔石秀白〕怎麽？〔潘巧雲白〕這兩日在外邊，可曉得有一件新聞的事兒麽？〔石秀白〕新聞到不曉得。〔潘巧雲白〕原來叔叔却不曉得。叔叔，我告訴你。〔石秀白〕嫂嫂有話就講。〔潘巧雲白〕説道陽谷縣有個打虎的嘎，叔叔叫什麽？〔石秀白〕**㕶**，我那裏曉得。〔潘巧雲白〕啐！叔叔不曉得嘎，叫什麽武松。起初，那嫂嫂必也是這般喜歡他的。後來，那厮見嫂嫂做了些什麽歹事出來，與他何幹？他到行兇，殺壞了許多人。在江湖上遍傳，難道叔叔不曉得的？〔石秀〕哦！這是那武都頭幹的事。〔潘巧雲〕是嘎！叫什麽武都頭。〔石秀〕好！殺得好！殺得正氣！〔潘巧雲〕什麽正氣，什麽正氣，據奴家看起來，那武松倒是個呆子。〔石秀〕爲何倒是呆子？〔潘巧雲唱〕

【又一體】傾城一顧，高唐應赴。〔石秀唱〕大丈夫戴髮含牙，敢使陳平名污。〔潘巧雲白〕叔叔，〔唱〕又何必恁般，何必恁般！〔白〕咳！只是可惜！〔石秀白〕可惜什麽來？〔潘巧雲白〕可惜那嫂嫂一片好心。〔石秀〕什麽好心，什麽好心？〔潘巧雲白〕怎麽不是好心，怎麽不是好心？〔唱〕把此情辜負。〔石秀白〕嫂嫂，〔唱〕你出言無度。〔潘巧雲白〕叔叔這裏來。〔石秀白〕呀呸！〔潘巧雲白〕待我告訴你。〔石秀唱〕他的意何如？〔潘巧雲坐近身介。石秀白〕嫂嫂放尊重些。〔潘巧雲白〕叔叔，〔唱〕雖云男女無親授，却不道嫂溺須將親手扶。〔石秀白〕咳！俺石秀是個不讀書的君子，誰耐煩聽這許多嘮嘮叨叨、咕咕聒聒。好没趣。〔潘巧雲白〕啐！正是酒逢知己千杯少，話不投機半句多！原來是個蠢東西。〔下。石秀白〕嗄！這是那裏説起？〔裴如海上。唱〕

【羅袍歌】【皂羅袍】（首至八）和尚雙眸如注，把光光乍整，去看飽嬌姝，色色空空總糢糊。〔白〕這是楊家門首了。〔唱〕見緑窗新吐香絨縷，〔白〕可有那個在這裏？〔石秀白〕呔！做什麽的？〔裴如海〕呀！檀越稽首。〔石秀白〕到此怎麽？〔裴如海白〕來尋幹爹個可在家？〔石秀白〕那個是你幹爹？〔裴如海白〕就是潘公。〔石秀白〕嗄！潘公是你幹爹麽？〔裴如海白〕正是。〔走進介。石秀白〕住了！怎麽往裏亂闖？〔裴如海白〕嗄！嗄！〔潘巧雲内白〕叔叔，是那個？〔石秀白〕是一個和尚，叫潘老丈是什麽幹爹的。〔潘巧雲上。白〕嗄！這是門徒海師兄。〔唱〕他是裴家年少，言清行孚。與奴家結拜，因此兄稱妹呼。【排歌】（四至末句）認爹行自小做幹兒父。〔道人持盒上。白〕出得報恩寺，又登檀越門。師父，盒子在此。〔裴如海白〕怎麽這時候纔來？〔道人白〕師父，自古百步無輕擔。〔裴如海白〕走來裏哈，有個尷尬人在那裏，要小心些送進去。〔道人白〕我在行勾。〔進介。白〕大娘娘。〔向石秀介〕楊大郎。〔石秀白〕没相幹。〔道人白〕是也罷，不是也罷，亂跳。〔石秀白〕你又是什麽人？〔道人白〕報恩寺來的，送些東西在此。〔潘巧雲白〕又要師父費鈔。〔道人白〕没有什麽噓，一盤爊乳餅，一盤糟枇杷，送與大娘夜間下酒。〔潘巧雲白〕叔叔受了他的。〔石秀白〕受他的麽？〔潘巧雲白〕正是，領了他進去。〔石秀白〕我石秀同這道人進去，嫂嫂陪着和尚。也罷，道人隨我進來。要知心腹事。〔道人白〕這裏來？〔石秀白〕這裏來。但聽口中言。〔道人虛白，同石秀下。潘巧雲唱〕心忙向，步又徐，嬌羞遮掩到庭除。〔裴如海唱〕只爲趨承遠，音問殊，紅塵隔斷辟蘿芳。〔潘巧雲白〕師兄請坐。〔裴如海白〕押司二周年，無物相送。些少掛麵，幾包京棗，聊表薄意。〔潘巧雲白〕出家人的東西，怎生消受？〔裴如海白〕出家人個此物，受之絶妙。〔潘巧雲笑介。白〕什麽説話？〔裴如海白〕賢妹一向好麽？想殺子我哉。〔潘巧雲唱〕

【又一體】謝得師兄營慮，把麥麈、供棗當取伊蒲。〔白〕迎兒，看茶來。〔迎兒上。白〕來了。〔唱〕一盞清茶獻芹愚。〔白〕茶在此。〔潘巧雲白〕送與海師父。〔迎兒白〕海師父請茶。〔裴如海白〕阿呀！妙嗄！〔唱〕似瓊漿手自親傳與。〔吃茶介。白〕好顔色茶葉！又好水，又好泡，又泡得得法！迎姐姐，前日多多有慢。〔迎兒白〕好説。〔接鍾介。潘巧雲白〕再换茶來。〔裴如海白〕妹妹，敝寺新建水陸道場，欲請賢妹隨喜隨喜，恐節級見怪。〔潘巧雲白〕大郎倒不計懷，只是我母親臨終之時，曾許下《血盆經》懺，還要到上刹，相煩了願。〔裴如海白〕阿呀！個是好事務。你看這些孝順的。〔唱〕爲親恩無盡，還要肉燈點膚。〔潘巧雲唱〕三年乳哺，因此血盆願篤，却不道目連救免生身母。

〔裴如海白〕迎兒姐，這一日也來隨喜隨喜。〔迎兒白〕來是要來的。〔唱〕只是花宮杳，蓮步迂，白雲深處是精廬。〔潘巧雲白〕石叔叔來了。〔同迎兒下。裴如海看介。石秀上。白〕莫信直中直，須防仁不仁。嗄！　你這和尚，看什麼？〔裴如海白〕勿是，等我哩個道人了。〔石秀白〕道人從後門去了。〔裴如海白〕個個老老，慣走人家個後門個，檀越請坐。〔石秀白〕咳！　和尚。〔唱〕我是邯鄲市惡少徒，休嫌村野禮文疏。〔裴如海白〕小僧告别。〔作探望介。石秀白〕呔！　看什麼？〔裴如海驚介。白〕看我跟來的道人。〔石秀白〕方纔對你説過，他從後門去了。〔裴如海應介。石秀白〕住了！　我姓石，名秀，金陵人氏。爲因好管閒事，替人出力，又叫做「拚命三郎」。過來，俺楊大哥不是好惹的。得走來走走，不得走，不要走。〔下。裴如海白〕這個人好生的硬頭硬腦，怪不得他原來姓做石了。有一日，把那雌兒勾搭上手，却不由我不海枯，也不怕他不石爛。〔下〕

第五齣　敎正氣酒肆訴情

〔石秀上。唱〕

【引】千里風塵夢物華，心附歸槎，思遠天涯。〔白〕番手作雲覆手雨，紛紛輕薄何須數。當年管鮑貧時交，此道金銀棄如土。我石秀雖在窮途，幸遇俠友，寄居於市，度日時年。昨遇同鄉安太醫，他在桃花莊上經過，稍帶一紙家書，急切要俺回去。只是我與楊大哥八拜爲交，兩情莫逆，一時不忍輕别，只得再住幾時。又有一件，我石秀非關心上好管閒事，實因眼内看不過。前日，海闍黎與那婦人明明是一段奸情，但未曾覺露。既是我哥哥門内的事，難道我石秀只推個不知罷了？不成，少不得要見個分明呀。説話之間，天色已晚，待我收拾店面，掩上門兒罷。正是他鄉既有主，客子寧長人。〔下。副丑上。唱〕

【水紅花】風流謎裏正難猜，晚些來，誰人能解。今宵重會女裙釵，揾香腮，歡情無奈。〔旦上。唱〕落得眼中消受，心兒裏巧安排。〔丑虛白下。旦白〕來了麽？〔副白〕正是。〔唱〕匆匆好去會陽臺也羅。〔下。小生上。白〕不知爲什麽，再睡睡不着嗄。正是事不關心，關心者亂。我想，前日海和

尚來此做功德，後來又約那婦人入寺燒香，眼見得是私情勾當，爲何又没些影響？〔唱〕

【解三醒】這籌兒委決不下，好教我没處詳察。不是俺弓蛇影裏生疑訝，須掘草問根芽。〔白〕那和尚幾番來的時節。〔唱〕看他眉梢眼角多戲耍。〔白〕那婦人，〔唱〕又早入寺，歸來臉帶霞，難甘罷。怎得個窗前月冷，一任梅花。〔丑念佛敲梆介。小生白〕嗄！原來是個報曉的頭陀。〔丑又叫介。小生白〕阿呀！我想，這一條是個死巷。〔唱〕又不是九陌三街鱗次瓦，止不過委巷幽深曲徑窊。〔丑又敲梆介。小生唱〕呀！聽梆兒急急連聲咋。〔丑又念佛介。小生唱〕高叫着佛菩薩。〔白〕你那報曉的可知道麽？〔唱〕我這裏屠沽道兒行業差，那些個吃素看經積善家。〔内叫佛介。小生唱〕哎喲難禁架，抵多少池塘夢曉，惱亂鳴蛙。〔丑内白〕天亮哉！困丢個，醒介醒。〔小生白〕呀！叫得蹺蹊了，事有可疑。也罷，待我帶上門兒，閃在暗中，悄悄看他做甚麽。〔副小旦上。唱〕

【水紅花】依稀仙子下瑶堦，是凡胎，何來天介。昨宵今夕甚情懷。暢奇哉，日親日愛。〔旦唱〕悄地潛蹤歸去，怎禁得再延捱，匆匆一似離天臺也羅。〔丑上，同副走介。小生上，見介。副丑急下。旦閉門，下。小生白〕呀！〔唱〕

【太師引】聽門啞阿喲有個人行踏，這機關，怎瞞咱。〔白〕嘚，狗秃驢，你幹得好事嗄！〔唱〕我恨不得疾忙追去，一刀兒把他兩個決撒。〔白〕且住，我石秀雖然粗鹵，〔唱〕還怕閨門事體成話靶，怎着得我外姓喧嘩。〔白〕好歹對俺哥哥説，〔唱〕情非假，由他自來按察。〔白〕只是不好啓齒。

咳！我若不説，誰與他講嗄！〔唱〕難道是相知朋友不直話？〔内鷄鳴介。小生白〕呀！天明了，我且趕過早市，竟到衙門前去尋俺哥哥，對他説個明白。正是難將閉口深藏舌。呀呸！説甚安身處處牢。可要去説？咳！一定要説的。〔下。楊雄上。唱〕

【搗練子】愁旅寓，聽關山，人物蕭條屬歲闌。〔白〕我楊雄只爲身在公門，碌碌奔波，未曾少暇。就是石家兄弟，與我恁般投分，時常不得相見，今日喜得個空閒，不免竟走回家去，與他叙叙。呀！來的正是石秀兄弟。〔石秀上。唱〕

【又一體】遊此地，不知還，直道無憂行路難。〔楊雄白〕兄弟。〔石秀白〕哥哥拜揖。〔楊雄白〕兄弟那裏來？〔石秀白〕外面討些賬目，就來尋哥哥説句話兒。〔楊雄白〕一向不得工夫，不曾與你快飲三杯。這裏來，與你酒肆中坐一坐。〔石秀白〕如此却好。〔楊雄白〕酒家有麽？〔酒保隨口上。白〕呀！原來是楊節級，請樓上坐。〔上樓坐介。酒保下。楊雄白〕兄弟請一杯。〔石秀白〕哥哥請。〔作悶不飲介。楊雄白〕兄弟，你常時吃酒不是這般。想是心上有事，故此不樂。〔石秀白〕没有什麽，只有幾句話兒。〔欲止介。楊雄白〕嗳！兄弟。〔唱〕

【風入松】你從來開口没遮攔，爲甚欲言如赧？〔白〕我曉得了。只爲我楊雄呵，〔唱〕一身在官多覊絆，家無主將伊輕慢。〔石秀白〕哥哥説那裏話。〔楊雄白〕兄弟，你難道不曉得我的？〔唱〕咱家性須不耐煩。〔白〕你有什麽説話，〔唱〕疾速講，免推難。〔石秀唱〕

【又一體】蒙兄骨肉恁相看，教我一言難按。〔白〕哥哥，〔唱〕自伊出去歸家罕，腦背後不生雙眼。你朝夕裏公門事繁，家門內怎防閑。〔楊雄白〕家門內，敢是潘公有甚麽説話麽？〔石秀白〕那潘公有甚説話。〔楊雄白〕這等是嫂嫂？〔石秀白〕正是。〔楊雄白〕敢是嫂嫂待慢你？〔石秀白〕不是。哥哥，原來嫂嫂不是好人。小弟已看在眼裏多遍了，不敢啓齒。今日得見一個仔細，故此直言，哥哥休怪。〔楊雄白〕原來如此！你説，你説。〔石秀白〕就是那海闍黎。〔楊雄白〕就是海和尚。〔石秀白〕正是。〔唱〕

【急三鎗】那和尚做功德多顛倒，直至更深散。兩箇相嘲笑，不止在眉間。〔楊雄白〕有這等事？〔石秀白〕哥哥，嫂嫂呵，〔唱〕三日後，還經懺，歸來晚，帶着酒，艷妝殘。〔白〕哥哥，這還不打緊。〔唱〕

【風入松】我昨宵不寐五更寒，只聽得佛聲高讚。〔白〕小弟特起來瞧看，原來是一個報曉的頭陀。那頭陀連日在此喊叫，就有些疑心。〔唱〕潛身暗裏相凝盼，見一和尚，似俗家裝扮。〔楊雄白〕那和尚可就是海闍黎麽？〔石秀白〕正是。他在嫂嫂裏面出來。〔唱〕悄出去，一似鷄鳴度關，説甚僧未起，不如聞。〔楊雄白〕罷了！有這樣事。〔唱〕

【急三鎗】怎知道賊潑賤，多淫悍，看頃刻裏，便除奸，〔石秀攔介。白〕哥哥，〔唱〕却不道，奸情事須親看。〔楊雄白〕兄弟，〔唱〕難道你無確見，怎虛攀。〔石秀白〕哥哥，不是這般説，須待哥哥親眼看

見，然後下手未遲。〔楊雄白〕既然如此，却怎麽處？〔石秀白〕小弟倒有一計在此，哥哥回去，且不要提起，待明日呵，〔唱〕

【風入松】只推值宿又輪班，〔白〕待三更已後，〔唱〕那時節打進門閂。〔白〕那厮必然驚走，哥哥把住前門。〔楊雄白〕他往後門走了。〔石秀白〕待小弟把住後門。〔唱〕他後門一路常行慣，〔白〕待小弟呵，〔唱〕一索綑，莫教他鬆泛。〔白〕那時，但凴哥哥處分。只是今夜，再不可洩漏。〔唱〕歸宅院，切莫破顔。〔楊雄唱〕我權容耐，且相安。〔差人上。白〕上命差遣，蓋不由己。〔上樓介〕楊節級，太爺在花園内飲酒，唤你去使鎗棒。那一處不尋你來，快去，快去！〔楊雄白〕本官呼唤，只得去答應，兄弟先回去罷。〔石秀白〕曉得，飲散高樓便轉身。〔楊雄白〕教人怒氣欲沾巾。〔石秀白〕五更專待頭陀到。〔合〕準備鋼刀要殺人。〔下〕

第六齣　行反間蘭房掉舌

〔潘巧雲上。唱〕

【海堂春】門兒低亞簾兒淺，盡日裏淒涼庭院。〔白〕奴家潘巧雲，因迷戀裴如海少年，大膽做下些勾當。今晚是我丈夫下班回家，這時候還不見來，想又是同伴們拉他飲酒去了。不免叫迎兒整備些湯水，待他回來便了。〔楊雄醉上，向内介。白〕請了，再吃不得了。〔唱〕

【園林好】嘆人生榮枯在天，枉教我英雄自憐。博得個衙門厮賤，看發跡是何年，看發跡是何年。〔白〕方纔太爺見我使得鎗棒好，賞我十大杯酒吃。又被夥計們拉到店中痛飲一回，不覺大醉，行來已是自家門首了。開門。〔潘巧雲出見介。白〕呀！官人回來了。〔楊雄見潘巧雲，怒介。白〕哇！〔唱〕

【又一體】見伊時胸中氣填，不由人一時恨牽。好結果腌臢潑賤，休刮着大蟲涎，休刮着大蟲涎。〔潘巧雲扶楊雄進，坐介。潘巧雲白〕你又醉了，睡罷。〔楊雄白〕你這潑賤，不要慌，少不得死在我手裏。〔睡介。潘巧雲白〕好奇怪！〔唱〕

【江兒水】他往日歸來醉安然，一覺眠。爲何今宵不自生歡忭？〔白〕哦！我曉得了。〔唱〕莫不有甚風聲通一綫，因而出口言不善。〔白〕多應是石秀那厮搬鬭些言語了。〔想介〕我有計在此。呀啐！這有何難。〔唱〕只得將他消遣。〔轉身推楊雄介。白〕醒來。〔唱〕説個明白，免使夫妻情變。〔楊雄醒介。白〕阿呀！好醉。娘子，我要茶吃。〔潘巧雲白〕茶在此。〔楊雄白〕娘子，你夜來不曾脱衣服睡麽？〔潘巧雲白〕便是。〔楊雄白〕娘子，我夜來曾説些什麽説話？〔潘巧雲白〕你往常酒醉回來便睡，今番有些不安寧。〔楊雄白〕石秀兄弟在家中，好看待他麽？〔潘巧雲作不語、嘆氣介。楊雄白〕娘子，我夜來醉了，不曾惱你，爲何是這般？〔潘巧雲作哭介。唱〕

【又一體】嫁作王郎婦，指望一竿撑到邊。誰知殘香斷却前生願。〔楊雄白〕如今嫁了我，也不虧你。〔潘巧雲唱〕似你英雄人欽羡，誰知背地成糊面。〔楊雄白〕成什麽糊面？〔潘巧雲白〕我且對你説。〔欲言又止介。唱〕語到舌尖還咽。〔楊雄白〕娘子，〔唱〕你説個明白，免使夫妻情變。〔白〕你且不要啼哭，有什麽就説。〔潘巧雲唱〕

【五供養】就是石郎偃蹇。〔楊雄白〕就是石秀麽？他便怎麽？〔潘巧雲唱〕對我花言巧語翩翩。〔楊雄白〕他説些什麽來？〔潘巧雲白〕他起初時也好，後來見你不歸，幾次對我説：嫂嫂，你孤眠獨宿，好不冷静。我只不睬他。這也不消提起。〔唱〕誰知昨宵將項洗，背後便來纏。〔楊雄白〕有這等事！你爲何不喊叫起來？〔潘巧雲唱〕欲待聲張叫喊，顯得個鄰家傳遍。等得君來到，又被醉魂

顛。有事關心，故相嗟怨。〔楊雄白〕有這等事！〔唱〕

【玉嬌枝】我知人知面不知心，從來信然。他分明破綻些兒見，反誣伊把惡事傳宣。〔潘巧雲白〕他說我甚的來？〔楊雄唱〕他說你海闍黎事情多罪愆。〔潘巧雲白〕天呵！〔唱〕没些巴臂將人騙。說將來無因至前，又何須聽他巧煽。〔楊雄白〕娘子，我如今也不說破，只是不與他做買賣罷了。〔合唱〕

【川撥棹】休呵譴，且將他肉案捲。一時間不辨愚賢，一時間不辨愚賢，到今日，朋情怎全。好教他，歸故園。儘由他，急着鞭。

【尾聲】人情閃爍如飛電，魆地裏將人輕撚。〔楊雄白〕娘子，〔唱〕和你閉户安居最值錢。〔向內介。白〕泰山，快將店面收拾，不做買賣了。〔內白〕却是爲何？〔楊雄白〕你不要管，店中夥計們隨他自去罷。宰的牲口，醃了就是。〔內白〕曉得。〔楊雄白〕人前誰不貌堂堂。〔潘巧雲白〕背後都將廉耻忘。〔楊雄白〕種花不種不結果。〔潘巧雲白〕交友莫交無義郎。〔楊雄下。潘巧雲白〕你看這個糟頭，被我怎麼長，怎麼短，他就聽信了。咳！正是枕邊言易入，酒後性陶真。〔下〕

第七齣　真拿奸行兇破晚

〔更夫上。唱〕

【水底魚】終日巡更，金鑼不暫停，梆兒相應，湯湯吉各聲。〔白〕我每薊州城内巡更更夫便是。近日新任巡檢，甚是古怪，倘有些不小心，就要打駡。没奈何，説不得辛苦大家做敲梆擊鑼噲。〔唱合〕梆兒相應，噹噹咭咭聲。〔白〕黑影裏走一個人來了。〔石秀上。唱〕

【前腔】披衣探聽，起來鷄正鳴。疾忙奔兢，管教惡氣平。〔更夫白〕呔！是那個？〔石秀白〕是我。〔更夫白〕原來是石三郎，爲何起得甚早？〔石秀白〕嗄，今日上市，故此起早。〔更夫白〕譙樓上已打五鼓了，我每大家去歇宿一回。請了。正是紅樓生怕曉，辛苦是支更。〔下。石秀白〕生性無私曲，難分皂白冤。俺一生路見不平，那裏説起，受了那婦人一口惡氣，少不得要在此間了這場公案。昨晚打聽小牢子到楊家去收鋪程，眼見得他值宿去了。只得起個五更，潛身伏在暗中，等那厮出來，我自有處。〔躲介。胡道人上。白〕得人錢財，與人消災。黄昏進去，更漏出來個。東方動哉，還勿見出來。阿彌陀佛。〔石秀白〕哇！〔胡道人白〕阿呀！〔石秀白〕不許高聲，若高聲，我就

是一刀。好好對我説，海和尚教你來怎麼？〔胡道人白〕待我説。〔石秀白〕快快説，不殺你。〔胡道人唱〕

【朱奴兒】海和尚與潘娘有緣。〔石秀白〕怎麼出入？〔胡道人唱〕來往處，驀將身閃。〔石秀白〕要你來何幹？〔胡道人唱〕倩我從旁好顧瞻，恐忘却路途巇嶮。〔石秀白〕他如今在那裏？〔胡道人白〕在裏面。〔石秀白〕借你的衣服、木魚與我。〔胡道人白〕有虱個。〔石秀白〕不妨。〔唱〕髠餌心頭火炎，好頭頸嘗咱一劍。〔殺介，下。白〕陀頭已殺死。不免將梆兒敲入巷内去，待他出來，一發結果了這廝。〔敲介。裴如海上。唱〕

【前腔】又不是幽魂睡魔，何勞你把梆兒頻點。〔白〕出來哉，只管吉吉各各，那煩雜乿。〔石秀白〕賊秃驢，你幹得好事。〔裴如海白〕阿呀！死介。〔石秀白〕不許高聲，開口就是一刀。〔裴如海白〕阿呀！石爺爺，再勿來哉。〔唱〕自此分開比目鰜。〔白〕今後再勿敢來，我就發咒。〔唱〕若不信，自有佛爺做驗。〔石秀白〕快些脱下衣服來。〔裴如海白〕等我脱。〔石秀白〕這個紅綿襖，是那個與你穿的？〔唱〕堪嫌心頭怒添，頃刻内妖魔盡殲。〔裴如海咬石秀手介，石秀殺裴如海下介。白〕好個莽和尚。頭陀、和尚已殺死，不免把這刀兒放在頭陀身畔，將兩件衣服捲去，做個証見。且回店中睡一覺。正是殺人可恕，情理難容。〔下。楊雄上。唱〕

【一江風】偏傳時有一節蹺蹊事，説兩個人殺死。〔白〕説昨夜一個和尚、一個頭陀殺在巷内。

〔唱〕細尋思，多應是暗裏行奸，想是石秀陰行刺。〔石秀上。唱〕嗏！　此事已分枝，無勞唇齒。爲友除殘，不枉稱國士。〔白〕哥哥。〔楊雄白〕兄弟，我正在此尋你。〔石秀白〕這裏不好講話，隨到寓中去。〔楊雄白〕有理。〔石秀唱〕你道路徬徨，何所之。〔進門介。石秀白〕哥哥，做兄弟的不説謊麼？〔楊雄白〕兄弟，我一時酒後失言，反被那淫婦使了見識。今日特來尋兄弟負荆請罪。〔石秀白〕哥哥，小弟雖不才，也是一個好漢子，難道幹此不良之事？　只怕哥哥日後中了那厮奸計，因此把他殺了，來尋哥哥。　看這幾件衣服，是小弟剥在這裏。〔楊雄白〕在那裏？〔石秀取衣介。楊雄看介。唱〕

【前腔】恨難支，潑賤應無二。〔白〕我今晚回去，碎剮那賤人也。〔唱〕也不怕他能插翅。〔石秀白〕哥哥有差了。〔唱〕既在官司，〔白〕却不道：　拿賊拿贜，捉奸要雙。〔唱〕又不曾獲着雙奸，便把刀輕試。〔楊雄唱〕嗏！　怎免得外人嗤，道我差三錯四。〔石秀白〕哥哥，不要着惱。〔唱〕我有句良言，做個奇男子。〔楊雄白〕兄弟，〔唱〕委曲聽伊藥石詞，〔白〕怎生教道我做個好男子？〔石秀白〕東門外有一座翠屏山，好生僻静。　哥哥只説明日要往燒香，和嫂嫂同去，賺他出門，就帶迎兒，同到山上。　小弟先到那邊等候，當面把是非對明白了。　那時寫一紙休書，棄了這個婦人，可不是兩全之策。〔楊雄白〕我已曉得那賤人説謊，不消分辨，你身已清潔了。〔石秀白〕不是這般説，也要曉得他每往來的真情。　翠屏深處鬱葱葱，且向空山萬水中。　情到不堪回首處，一齊分付與東風。〔楊雄白〕我府前有事，要到府去了。〔石秀白〕今晚回去，不要又吃醉了。〔楊雄白〕哎！ 我戒了酒了。〔下。石秀白〕待我掩上門兒，明日起個五更，先到彼等他便了。〔下。潘巧雲上。唱〕

【引】昨夜情人去悄悄，人別後没些音耗。〔迎兒上。白〕閉門家裏坐，禍從天上來。〔潘巧雲〕爲何這等慌張？〔迎兒白〕大娘子，不好了。不知什麼人將胡頭陀、海師父殺死在後巷了。〔潘巧雲白〕怎麼説？〔迎兒白〕殺死在後巷了。〔潘巧雲白〕呀！ 好不唬殺人也。〔哭介〕嗄！ 是了。〔唱〕

【紅衲襖】莫不是蠢頭陀，爲争風狠下刀？〔迎兒白〕不知那一個殺死的？〔潘巧雲唱〕莫不是莽和尚，妒他行生殺倒？〔迎兒白〕他兩個赤條條躺在後巷。〔潘巧雲唱〕爲甚赤條條，没一絲兒罩？〔迎兒白〕便是呢。〔潘巧雲唱〕早難道，互相殘，做一雙刎頸交。〔迎兒白〕不知那一個行刺的？〔潘巧雲唱〕那裏有行刺兒，反鬭着，又没甚隣里每來厮鬧。〔白〕迎兒，我曉得了。〔唱〕莫不是丈夫行特地行兇也。〔迎兒白〕官人也有這等事的。〔潘巧雲唱〕多則是「拚命三郎」弄得來没下梢。〔迎兒白〕石秀，是嗄！ 一定是他了。〔楊雄上。唱〕

【引】勉聽良言，按不住咱家俠性。〔進見潘巧雲介。白〕爲什麼啼哭？〔迎兒白〕想是外邊風大，吹什麼蓬塵在眼内。〔潘巧雲、楊雄虚白。楊雄白〕巧姐，我夜來得其一夢。〔潘巧雲白〕夢見什麼？〔楊雄白〕夢見神道見責，説我有舊願未了。 我想起來，向日許下東門外東嶽廟有一炷香願未還，蹉跎到今。 明日空閑，和你同去走走。〔潘巧雲白〕你去罷了，我去何用？〔楊雄白〕這是爲你許的，

一定同去。〔潘巧雲白〕但憑你罷了。〔楊雄唱〕

【賞宮花】神天有靈，欲相祈保太寧。舊願難忘却，入夢更堪驚。〔合〕閑日燒香猶自可，急來抱脚也非輕。〔楊雄白〕明早唤下轎兒，迎兒你也去走走。〔楊雄下。迎兒白〕曉得。〔潘巧雲哭介。迎兒作手勢，虚白下〕

第八齣　翠屏山對明心迹

〔石秀上。唱〕

【山羊轉五更】【山坡羊】（首至七）鬱葱葱層嵐如靛，急煎煎寒飈如箭，虛飄飄孤蹤似萍，冷颼颼怒髮如虬顫。我也不自憐，愁他作話傳，不平義氣難消遣。【五更轉】（五至末）因此刃落霜街，塵襟血濺。還恐他，胡做作，没高見，被咱賺出閨門媛。若得個跡剖情真，説甚言深交淺。〔白〕迤邐行來，已到翠屏山上了。只爲我前日殺了海和尚、胡道人兩個，俺哥哥已知奸跡分明，到俺下處來服罪。他一時性發，就要除那淫婦。我勸他使不得，因此我獻他一條計策，做個好男子。只説東嶽廟燒香，騙他到這荒山僻静去處，把是非當面再對一個明白，任憑哥哥措置，豈不是好。今日我先來此等候。説話之間，遠遠望見他們來了。我且閃過一邊，再作道理。〔虛下。楊雄内白〕娘子，就在這裏下轎罷。〔同潘巧雲、迎兒上。唱〕

【山羊嵌五更】【山坡羊】（首至四）亂紛紛叢篁如蒨，響泠泠幽泉如咽。〔潘巧雲對迎兒介〕愁戚戚一心似呆，意懸懸千轉如揉綫。【五更轉】（六至九）〔楊雄唱〕思量起，到頭來，難辭辨，一身做事，敢向誰埋怨。【山坡羊】（八至末）俺自有男子綱常，怎肯爲妻兒情軟。〔白〕行到此間，果然石兄弟先已到了。〔石秀上見介。白〕嫂嫂拜揖。〔潘巧雲白〕呀！叔叔爲何也在這裏？〔石秀白〕專候多時，爲嫂嫂一句説話，與石秀有些干涉，故來説個明白。〔潘巧雲白〕呀！叔叔，你是個曉事的人。〔唱〕何緣隨人把話煽。〔石秀唱〕雖然，也要還咱一句言。〔楊雄白〕你前日對我説，石叔叔幾番把言語調戲你。今日無人在此，對個明白。〔潘巧雲白〕阿呀！過了的事，説他怎的。〔石秀白〕嫂嫂，怎説這般閒話，正要在哥哥面前。〔唱〕

【古輪臺】問明白，無根浪語爲誰來。〔潘巧雲白〕叔叔，〔唱〕緣何没事擔驚怪，那些寧耐。〔石秀白〕嫂嫂，休要口硬，教你看個証見。〔出衣抛介〕嫂嫂，可認得麼？〔潘巧雲慌介。石秀白〕哥哥，此事只要問迎兒，便知端的。〔楊雄揪迎兒倒地介〕你這小賤人，我且問你，怎麼僧房入奸，怎麼黄昏勾引，怎麼五更敲木魚？好好實對我説。〔唱〕若是一語胡歪，看取鋼刀磨快。〔迎兒白〕官人息怒，此事實與迎兒無干，待我説。〔楊雄白〕快些説來。〔迎兒〕那日呵，〔唱〕入寺燒香，酒酣春色，把迎兒發付，兩個早和諧。〔楊雄白〕以後便怎麼？〔迎兒白〕大娘與他約定，〔唱〕但是官人不在，將夜來香棹安排，五更出鈸，暗中策望，頭陀擔帶。誰想石叔惹飛災。〔楊雄白〕怎麼倒説石叔叔身上來？〔迎兒白〕大娘恐事情敗露，買囑迎兒，只説石叔叔將言調戲。〔唱〕都是胡厮賴，眼珠落地，不見影兒篩。〔白〕只此真情，望官人饒了迎兒罷。〔石秀唱〕

【又一體】休猜料，非我叮囑裙釵。〔白〕哥哥，〔唱〕問嫂嫂根節情由，莫教遮蓋。〔楊雄揪潘巧雲介。白〕你這淫婦，那小賤人呵，〔唱〕他無語搪塞，怎把你奸情詞改？〔潘巧雲白〕官人，〔唱〕看平日夫妻兩情斷愛，勸你權將怒兒解。〔石秀白〕哥哥，含糊不得的，須要問嫂嫂一個明白。〔楊雄白〕你這賤人，還不快説。〔潘巧雲白〕待我説。〔唱〕也是前生孽債，早託爲兄妹同儕。道場留意，僧房約定，往來無礙。〔石秀白〕怎的對哥哥倒説我來調戲你？〔潘巧雲白〕只爲他前日呵，〔唱〕酒後露狂乖，多尷尬，駕言嘲戲總推挨。〔白〕只是把言語支吾，石叔叔並無此事。〔楊雄唱〕

【撲紅燈】【撲燈蛾】（首至七）怒從心上生，怒從心上生，惡氣怎分擺。〔迎兒白〕官人可憐，與迎兒什麽相干。〔楊雄白〕唗！還要説。〔唱〕送暖與偷寒，這丫頭好生膽大也。留他貽害，好教你先喪塵埃。〔迎兒白〕官人饒命。〔楊雄唱〕【紅綉鞋】（七至八）惱殺這潑奴胎。【撲燈蛾】（末一句）從今斬草去根荄。〔殺迎兒下。楊雄唱〕

【又一體】【撲燈蛾】（首至七）一時間誤聽，一時間誤聽，惹得交情壞。醉裏露消息，反被他人來賣也。〔白〕你這賤人，〔唱〕心腸忒歹，險教咱一命難挨。【紅綉鞋】（七至八）先下手洩恨舒懷。〔殺潘巧雲下。唱〕【撲燈蛾】（末一句）霎時身首早分開。〔楊雄唱〕

【尾聲】抛將怨氣雲霄外，狼籍尸骸不可埋。〔白〕兄弟，〔唱〕我和你那處安身別擺劃。〔白〕兄弟，如今淫婦、奸夫都已結果，和你怎生去向？〔石秀白〕小弟已尋思一個去處，請哥哥就行。〔楊雄白〕是那裏？〔石秀白〕哥哥，我和你都殺了人，往那裏去，不如竟向粱山泊入夥。〔楊雄白〕且住，一來不認得那邊，二來俺楊雄又是做公的，他怎肯收留？〔石秀白〕不妨，那宋公明招賢納士天下傳名，況小弟曾會過「神行太保」戴宗，此去必無攔阻。〔楊雄白〕既如此，快走。〔合唱〕

【沽美酒帶太平令】【沽美酒】（全）快同行好漢儔，快同行好漢儔。向水泊遠相投，鼂宋威名延領久。料此去多見收，忙打疊，休池逗。【太平令】（全）今日個洗淨了男兒垢，結果着淫婦奸謀。空山裏松聲亂吼，古墓上鴉群厮鬭。俺呵，腸抽，雪讐，去休。呀！拽扎起一溜兒走。〔同下〕

第九齣　鼓上蚤售雞起釁

〔店小二上。白〕區區店小二的便是，領着祝朝奉的本錢，在這獨龍崗外開這一座客寓生理。正是孟嘗君子店，千里客來投。閒話少説，天色晚上來了，倘有投宿的，教他門自己打火，撮幾個乾房錢也是好的。〔虛下。楊雄、石秀上。楊雄唱〕

【侉腔】翠屏山再回頭，濺桃花一雙首。幾乎失卻交情厚，蓼兒洼裏問漁舟，蘆花遮蓋英雄醜。〔石秀唱〕淫邪態怎入眸，當場誤局外羞。不平小試彈碁手，鴛鴦野宿恁風流，潑天風浪今番陡。〔楊雄白〕俺楊雄。〔石秀〕俺石秀。〔楊雄白〕兄弟。〔石秀白〕哥哥。〔楊雄白〕我和你淫婦已除，奸夫已殺，就投奔梁山去罷。〔石秀白〕哥哥言之有理。〔唱〕無枝鳥何處投，望濃陰翠蓋浮。入林把臂顔真厚。松濤隱約客夷猶，道旁恐有探丸手。〔楊雄白〕兄弟，松林裏有歹人，前去看個明白。〔石秀白〕有理。呔，林子裡面什麽樣人？〔時遷上。白〕咦，好尖眼珠子！我没有看見他，他就先看見我。什麽樣人？我把他一句大話兒聽聽。呔！朋友，我是個快。〔石秀白〕你是大快，你是小快？〔時遷白〕咦！到是一個跳板上朋友。我説是個快，他説你還是大快、小快。大快梁山上殺人放火的强盗，小快我輩中偷鷄剪綹的賊。難道你認個賊？呔！朋友，我是大快。〔石秀白〕既稱大快，敢出林子來會咱一會。〔時遷白〕好厲害！他説敢出林子會他一會，莫説你是個人，就是那銅鑄的、金剛鐵鑄的太歲，我這一棍，要打你個兩段。呔！朋友，我出林子來會你，照打。〔打介。楊雄白〕呔！不要動手。可是時遷兄弟？〔時遷白〕我道是誰，原來楊雄哥哥。〔楊雄白〕還在此幹這勾當。〔時遷白〕哥哥，我如今做了好人了，賊都不做了。〔楊雄白〕做什麽？〔時遷白〕在這没人的地方兒上打個悶扛子。〔楊雄白〕還須改過。〔時遷白〕哥哥，此位是誰？〔楊雄白〕他你還没有認得，他就是「拼命三郎」石秀。〔時遷白〕怎麽説，「拼命三郎」石秀就是他，怪道利害。哥哥，是你什麽樣人？〔楊雄白〕是爲兄的好友。〔時遷白〕哥哥，朋友就是兄弟。四海之内皆兄弟也。請他見個禮。〔楊雄白〕要與他見禮，待爲兄的對他説。嗄，兄弟，此人江湖上亦是有名的，他叫「鼓上蚤」時遷。〔石秀白〕他就叫「鼓上蚤」時遷。〔楊雄白〕他要和你見禮，此人毛手毛脚，須要隄防一二。〔石秀白〕兄弟曉得。〔楊雄白〕嗄，時兄弟，爲兄對他講過了，請去見禮。〔時遷白〕是了，那邊站的可就是石老兄？〔石秀白〕然。〔時遷白〕「拼命三郎」石秀就是足下，久慕其名，轟雷灌耳。今日得見，可有一比。〔石秀白〕可比甚麽？〔時遷白〕可比三條板凳。〔楊雄白〕三生有幸。〔時遷白〕小弟不才，江湖上混號「鼓上蚤」時遷，和兄初會，請一禮。〔石秀白〕使得。〔時遷〕照打。〔石秀白〕呔！〔時遷白〕嗳唷！好利害。我把他一個黑虎偷心，他把我一個燕兒撒翅。石老兄，方纔小弟粗鹵，得罪石老兄。〔石秀白〕豈敢。再見一禮？〔時遷白〕重見一禮。照打。〔石秀白〕呔！〔時遷白〕嗄唷！我把一個張果老倒騎驢，他把我一個仙人摘茄子。石老兄，名不虛傳。你的上盤狠，來得溜燥，不知下盤如何？到要試這麽一試。〔石秀白〕請試。〔時遷白〕不要動手，動手不算個好漢。可痛？〔石秀白〕不痛。〔時遷白〕好嗄，打。〔石秀〕呔！〔時遷白〕嗄唷！怪道兩條腿猶如石柱子一般，摇都摇他不動。〔楊雄白〕你却不是他的對手。〔時遷〕請問二位哥哥往那裏去？〔楊雄白〕我們上梁山，去投宋大哥。〔時遷白〕怎麽説，二位上梁山去見宋大哥，可帶着兄弟同往？〔楊雄白〕你要同去，必須要依我們三件。〔時遷白〕那三件？〔楊雄白〕一件不許你吃酒。〔時遷白〕只吃一鍾。〔楊雄白〕就吃一鍾。〔時遷白〕不是那個小鍾子。〔楊雄〕是什麽鍾子？〔時遷〕是那北寺裏鍾樓上的大鍾子一鍾。〔楊雄白〕只宜少吃。〔時遷白〕第二件？〔楊雄白〕第二件不許你生事闖禍。〔時遷白〕不生事，不闖禍，有人惹着我，不殺人，只放火。〔楊雄白〕胡説。〔時遷白〕第三件？〔楊雄白〕不許你做賊。〔時遷白〕别的都可戒得，惟有做賊，就是我的毛病。若不做賊，就要生病了罷。二位哥哥，已後不做賊，見了東西也不偷。在我的手邊，順手牽羊。〔楊雄白〕已後要戒。〔時遷白〕就此同行。〔唱〕三人行，聯袂遊。似班荆，逢故友。常山蛇具尾腰頭，斷金竊比如蘭臭。〔時遷白〕二位哥哥，天色已晚，來此祝家莊找個店房，打個間兒，明日再走。〔楊雄白〕如此找店房。〔時遷白〕店家不在那裏，櫃抬攏一個銅旋子在那裏，賜顧舊病又發了。〔偷介〕二位打店了。〔楊雄白〕房子可好，潔淨高大。〔時遷白〕又潔淨又高大。〔楊雄白〕銅旋子那裏來的？〔時遷白〕店家不在店裏，順手這麼……〔楊雄白〕又是偷來的。〔時遷白〕不是偷來的，順手牽羊帶來的。〔楊雄白〕在此安歇，必須還他。〔時遷白〕還他，便宜了他了。　店家那裏？　快來。〔內白〕店家，要黃豆錢，要開舡了，快些。〔店小二上。白〕黃豆錢秤好，在這裏了，拿去。〔楊雄白〕店家，我們下店的。〔店小二白〕我道是要黃豆錢的，原來是歇店的。　客人，請進去。〔進介〕客官，請來見禮。〔楊雄、石秀白〕見禮了。〔時遷白〕店家。〔店小二白〕咦！　你這個人那裏進來的？〔時遷白〕大門裏進來。〔店小二白〕沒有瞧見你？〔時遷白〕沒有見我，我且問你：你跑堂的，還是掌櫃的？〔店小二白〕跑堂的也是我，掌櫃的也是我。〔時遷白〕怪道好大眼珠子。〔店小二白〕不高不大。〔時遷白〕薩還説什麼不高不大，見我二位哥哥衣帽齊整，與他打恭施禮，見我三接兩詩，見不得一個禮。〔店小二白〕這是二位客人，你是趕脚的脚夫，與你見禮？〔時遷白〕呔！　這是我二位哥哥，我是他兄弟。　銀包多在我身上，明日會鈔，戳梢一拷，就在裏頭了。〔店小二白〕看顧小老，是我有眼不識太山，如此説，再見禮。〔時遷白〕站着店家，不是我争你的禮，人將禮樂爲先，樹將花果爲園。〔店小二白〕是嗄，人無笑臉休開店。〔時遷白〕和氣定生財。〔店小二白〕嗄！　我的帽子，不要頑的。〔時遷白〕不曾見。〔店小二白〕在脊粱上。〔時遷白〕沒有。〔店小二白〕嗄！　頭上帶的，放在那個地方去？

〔時遷白〕好帽子。〔店小二白〕好的。〔時遷白〕那裏買的？〔店小二白〕北京買的。〔時遷白〕多少銀子？〔店小二白〕一錢八分。〔時遷白〕好的，我這帽子和你換了罷。〔店小二白〕你的帽破也破了，換我的好帽子，你去買。〔時遷白〕我買要多少錢？〔店小二白〕你買要二錢。〔時遷白〕怎麽你買一錢八分，我買要二錢？〔店小二白〕我們這裏人欺生的。〔時遷白〕罷了，你送了我罷。〔店小二白〕人也不認得你，送你的帽子？〔時遷白〕你今日送了我這頂帽子，你明日就認得我了。〔店小二白〕我也不要認得你，也没有帽子送你。〔時遷白〕如此，我替你戴。〔店小二白〕我自己戴，不要頑。〔内白〕要黄荳錢。〔店小二白〕稱好在這裏了，拿了去。阿呀！不好了，銀子包掉了。嗄，二位客官，方纔進店，可曾揀着一個銀包？還了我。〔楊雄、石秀白〕没有看見，揀着了就還你。〔店小二白〕如此得罪了，問那位客官去。嗄，客官。〔時遷白〕嗄！潘郎，你來就説個來，不來就説個不來，哄奴做怎的，要奴做怎的，撇得奴黄昏獨自直等到月轉西樓。〔店小二白〕西樓帽子又拿去了？〔時遷白〕我打一個攔頭板，帶過來了。〔店小二白〕客官，一個銀包？〔時遷白〕是我的。〔店小二白〕不是，我掉了一個銀包，問你可曾揀着，若是揀着，還了我。〔時遷白〕嗄！你掉了一個銀包，問我揀没有揀？〔店小二白〕是。〔時遷白〕没有的。我們走江湖的，又道拾金不昧真君子，没有看見。〔店小二白〕我不放心，要你賭個咒。〔時遷白〕我就賭我若揀了銀包不還你，王八烏龜鱉羔子是你親生兒子。〔店小二白〕嗄嗄！没有就罷了，賭這様大咒。他説揀了銀包不還我,王八烏龜鱉羔子是我生的兒子,分明罵我老王八,是他偷了。嗄,客官。〔時遷白〕呔!咱又不該你的錢和鈔,原何趕到灞陵橋?莫不是狹路相逢,冤家來到。〔店小二白〕嗄,客官,你方纔這個咒賭得尷尬,説王八烏龜鱉羔子是我生的,你明明是罵我。〔時遷白〕依你便怎麽?〔店小二白〕我要在你身上搜。〔時遷白〕搜出來怎麽説,搜不出來怎麽講?〔店小二白〕搜出來送你到老爺堂上去,打你的板子,捱夾棍,你是個賊。〔時遷白〕搜不出來?〔店小二白〕罷了。〔時遷打介。白〕罷了?〔楊雄、石秀白〕做什麽?〔時遷白〕店家不見了銀包,要在我身上搜。〔楊雄、石秀白〕你可曾揀他的?〔時遷白〕没有。〔楊雄、石秀白〕如此,與他搜何妨?〔時遷白〕搜出來什麽意思?〔楊雄、石秀白〕唔,無私有弊與他搜。〔時遷白〕二位哥哥説了,與你搜。〔店小二白〕待我搜。〔時遷白〕嗄唷,好打。搜到不搜,夾嘴一個大巴掌。〔楊雄白〕店家,緣何你打他?〔店小二白〕二位客官,我手都没有動,他打了我,反説我打他。〔楊雄白〕兄弟,你打了他,怎麽説他打你?〔時遷白〕店家,方纔是我打你,不是你打我?〔店小二白〕你先打我。〔時遷白〕連我都忘記了。罷了,你來搜。我對你説,先搜帽子。我這帽子,西洋紅毛國裏來的,避水火的煙毡帽,九兩三錢二分五釐半銀子買來的,放在火裏燒不去,水裏浸不爛的好寶貝帽。你弄破了我的帽子,要賠我一頂新的。〔店小二〕有這許多零碎的話。〔時遷白〕把我的帽子弄破了一個大窟籠,賠我一頂新帽子。〔店小二白〕你的帽子原是破的,舊有的。〔時遷白〕舊有的,便宜你再搜。〔店小二白〕没有。〔時遷白〕可見？〔店小二白〕不見。〔時遷白〕狗囊的，你屈冤平人做賊。〔楊雄白〕不可如此。〔時遷白〕看二位哥哥分上，打的個王八烏龜鱉，抬頭着打。〔店小二白〕真真是個猴子變的。〔時遷白〕若還你搜出來了這個銀包來，我再也不做賊了。〔楊雄白〕這銀包那裏來的？〔時遷白〕進店揀着的。〔楊雄白〕拿來。〔時遷白〕好做盤纏。〔楊雄白〕店家，我們安歇在那裏？〔店小二白〕上房罷。〔時遷白〕好器械。〔店小二白〕不要動。〔時遷白〕店家，你家裏爲什麽私藏軍器？〔店小二白〕不知道我們這裏離梁山不遠？ 這是防家器械。〔時遷白〕送了我罷。〔店小二白〕防家的，送了你？〔時遷白〕賣給我。〔店小二白〕不賣的。〔時遷白〕你放在那裏？〔店小二白〕放在門背後。〔時遷白〕他不對我説放在門背後，停一會兒，我偷了就走。 店家，拿酒來，快些。〔店小二白〕不好，這客官總要偷我帽子，我把帽子抗起來。〔時遷白〕快些拿酒來。〔店小二白〕要帽子在這裏。〔時遷白〕他到是個神仙，就曉得我要偷他的帽子。〔店小二白〕又要帽子。 你到得了帽子病。 小夥計收拾關門睡覺，還有酒壺？〔時遷白〕二位哥哥不吃，待我吃。〔店小二白〕偷酒壺，踹扁了，是要賠的。〔時遷白〕拿去。〔店小二白〕又要帽子，又偷酒壺，真真毛病不好。〔起更鷄叫介。 時遷白〕咦！ 纔起初更，就有鷄叫。 我的毛病不好，聽見鷄叫就要偷鷄肉吃。 二位哥哥不放我下樓，如何是好？ 裝個肚子疼。 嗄唷！〔楊雄白〕做什麽？〔時遷白〕肚子疼，下樓出恭。〔楊雄白〕陪你下樓。〔時遷白〕不要，自去罷。〔楊雄白〕須要小心。〔時遷作下樓。白〕嗄唷！

〔下。楊雄、石秀唱〕茅店月，轉樓頭，剪孤燈，念舊遊。落花飛絮任飄流，男兒事業何年就。〔時遷上。白〕這隻鷄該我口裏的食，被我扭死了，一火煮熟了。開厨門，一個醬罐子又打破了。哥哥，吃鷄肉。〔楊雄白〕那裏來的？〔時遷白〕買來的。〔楊雄白〕又是偷來的？〔時遷白〕鷄籠裏叉來的。〔店小二上。白〕五更報曉鷄不見叫，且到樓上看來。二位客官，可見一隻鷄上樓來麽？〔楊雄白〕没有見。〔店小二白〕問那位客官。客官，客官，這客人古董，睡覺都是古董，頭到在底下，脚到在上頭。咦！手會偷帽子，脚也會偷帽子。客官醒來。〔時遷白〕纔睡得着，叫命的叫。〔店小二白〕可見一隻鷄？〔時遷白〕纔吃夜飯，肚子還没有飢。〔店小二白〕我店中有一隻五更報曉鷄，打一更叫一聲，打五更叫五聲。一更叫過，二更不見叫來。問客官可曾見？〔時遷白〕店家，你家不見一隻鷄來問我，那隻鷄被黄鼠狼捉去了。〔店小二白〕我們這裏從來没有黄鼠狼的。〔時遷白〕新到的。〔吹燈介。店小二白〕燈又吹滅了。〔换帽介。時遷白〕好鮮鷄，只是淡了些，少點醬油。〔店小二白〕到是醋罷好，偷我的鷄吃。〔時遷白〕我的是鴨子。不好了，不見行李，拿火來，你那裏上來尋鷄，分明偷我的帽。〔楊雄白〕店家，你緣何偷他的帽子？〔店小二白〕是我的帽子除下來的。〔時遷白〕你看還是你的，還是我的？〔店小二白〕你進店來偷我的銀包，又偷我鷄吃，又偷我的帽子，不打你兩下，不知我們祝家莊上的利害。〔偷衣介〕好打，我的衣服呢？〔時遷白〕没有穿上來。〔店小二白〕樓下去尋。〔時遷白〕他一拳，我就偷衣服穿起來。不長不短，摇摇擺擺。〔店小二白〕好，偷衣服。〔時遷白〕拿去。〔店小二白〕你們不是好人，都是梁山大盜。小夥計，快些拿强盜。〔楊雄、石秀、時遷下樓介。衆莊客持火把、器械上鬭介。暗伸撓鉤，搭住時遷下。〕〔楊雄白〕莊客雖然敗散，時遷兄弟却被撓鉤搭去了，怎生是好？〔石秀白〕他這莊上果然有備，我等不可深入重地，且趕到前邊，待天明了，再作區處。〔楊雄白〕有理。〔唱〕天將曙，漏漸收，覓岐途，身早收，莫教羅網添僝僽，龍騰虎躍不回頭。我和你，拽開大步快快兒走。〔下〕

第十齣　撲天雕一扎敗盟

〔杜興上。白〕臉闊肥方氣概雄，萬間廣庇賴東翁。身爲主管忙支應，滚滚財源掌握中。自家杜興，本貫中山人氏，只爲面顔生得粗莽，因此人都叫俺做「鬼臉兒」。上年在薊州買賣，争着一口氣上，誤傷了同夥的客人。官司把俺禁在薊州監内，却蒙恩人節級楊雄知我善能鎗棒，盡力扶持，救了性命。來到這獨龍岡上，感承此間李大官人台愛收留，在莊做個主管，諸事重託。〔嘆介〕咦！回想先年，若無恩人楊節級救援，怎得有此遭際。此恩此德，時刻不忘。今日下鄉公幹，須索走遭。正是楚諺不輕酬一諾，淮陰欲報贈千金。〔下。楊雄、石秀上。唱〕

【燒夜香】四圍曉色漸平明，乍脱狼巢膽戰兢，失伴何心問去程。〔石秀白〕哥哥，喜得天明了。〔楊雄白〕只是時遷兄弟被他莊上拿去，無從搭救，實切悶懷。若徑投奔梁山，可不是苦了時遷兄弟也。〔石秀白〕哥哥，不可造次。〔楊雄白〕你我路徑生疏，如何是好？〔杜興内虚白介。石秀白〕那邊有人來了，且問他一聲，相機而行便了。〔合唱〕問去程，機關就裏生。管使鶴唳俱空，風聲永静。〔杜興上。白〕有權暫作催租吏，無級常尊掌庫官。〔作兒介。楊雄白〕嗄！台駕可是「鬼臉兒」杜兄麽？〔杜興白〕不敢，原來是楊大恩人。如何到此？〔石秀白〕此位是何人？〔楊雄白〕就是向日時常説的杜兄了。〔石秀白〕嗄，就是杜兄。久仰，久仰！〔杜興白〕兄長高姓？〔楊雄白〕這是我結義的兄弟，姓石名秀。〔杜興白〕失敬了。〔楊雄白〕不瞞杜兄説，因我在薊州殺了人，欲往投梁山泊去入夥。昨晚在祝家店投宿，因同一個來的伙伴時遷偷了他店裏鷄吃，一時與店小二鬧將起來，把他店屋都燒了。我三個連夜逃走，不隄防亂草中舒出撓鉤，把時遷搭了去。我兩個亂撞到此，正要問路，不想得遇杜兄。〔杜興白〕恩人，不要慌，我教放時遷還你。〔楊雄白〕多感盛情，杜兄緣何也在這裏？〔杜興白〕小弟自分別之後，投奔這裏，李大官人留我居住。〔楊雄、石秀白〕叫什麽名字？〔杜興白〕叫做李應。〔楊雄白〕可是江湖上遍傳綽號「撲天雕」麽？〔杜興白〕正是。這裏獨龍岡前有李、扈、祝三座村莊，都結下生死誓願。中間祝家莊最是雄富，適纔恩人所言時遷一事，只消小弟與東人説知，修書去討，管叫立刻送還。〔楊雄、石秀白〕若得如此，感佩非淺。我二人欲往求見，不知可否？〔杜興白〕這却何防，待小弟引路。〔合白〕萍聚他鄉逢舊雨，蘭交高義薄層雲。〔下。莊客引李應上。白〕由來仙李自蟠根，少小英雄俠氣存。訓練鄉兵嫻戰伐，井疆保護長兒孫。自家姓李名應，別號「撲天雕」。家擅素封，胸藏異略，飛刀五口，慣能百步取人。歃血三莊，盡是獨龍著姓。〔杜興上，進見介。白〕稟上莊主，今有壯士楊雄、石秀到門拜謁。〔李應白〕既係壯士，請進相見。〔杜興請介。楊雄、石秀上。白〕久仰斗山人引領，喜添聲價客登龍。〔李應出接，進見介。叙禮坐介。李應白〕請問二位來到小莊，有何見諭？〔楊雄、石秀

白〕大官人聽稟。〔合唱〕

【瑣窗寒】一則仰龍門晉謁修誠，二則投宿宵來起鬭争，祝家店裏大肆威稜，同行伴侣擒無蹤影。〔白〕有一個時遷兄弟，竟被祝家莊捉去了。〔合唱〕稔悉三莊盟訂，伏望垂青，馳書援救保安寧，如天恩德難名。〔李應白〕這等小事，二位放心。小廝過來，請門館先生修書一封，賫送祝家莊去，討回時遷，容當面謝。〔莊客應下。李應白〕薄設一酌，少叙三杯。〔楊雄、石秀白〕既沐洪慈，怎叨厚擾？〔莊客白〕酒筵完備。〔李應白〕請。〔坐席介。合唱〕

【梁州序】萍逢歡幸，杯盤快整，天涯古道班荆。披肝瀝膽，何須鼓瑟吹笙。此去片緘陳請，管取佳音，兩下消争兢。〔莊客上。白〕特爾捎魚腹，幾乎捋虎鬚。稟莊主，小人奉命前去，親見祝朝奉，接了書扎，倒有放還之心。那祝家三傑見了，反焦躁起來，書也不回，人也不放，定要解上州去。〔李應怒介。出席唱〕這等咆哮言來挺，看得從前誓怎輕。〔白〕他家與我結下生死，書到便當放還，如何恁地起來。〔唱〕辭不輯，妨將命。〔白〕必是你言語不安，以致如此。杜主管，必須你去走遭。〔杜興白〕只求東人親手書緘，小人持去，料他必定垂照。〔李應白〕説得有理。取筆硯過來。〔莊客取文房四寶設桌上介。李應寫介。楊雄、石秀白〕大官人親筆書去，彼必放出時遷也。〔李應白〕杜主管，可火速馳馬送去。〔杜興應介。白〕曉得。瀾翻三寸舌，賫送一封書。〔下。楊雄、石秀白〕多謝大官人如此費心，吾等銘感五内矣。〔唱〕

【又一體】謝高朋誼切嚶鳴，垂末照一言九鼎。佩始終，噓拂仗義堪憑。〔李應復相讓入席坐介。李應唱〕彼此氣求聲應，且暢飲開懷，不必愁孤另。〔楊雄、石秀唱〕成言豈復慮寒盟，況且是模楷今時重李膺。〔合〕醉旨酒，飽和羹。〔杜興上見介。白〕大官人，不好了。〔李應白〕爲何這般光景？〔杜興白〕小人到彼，見了祝氏弟兄三人，恭身稟道，東人有書拜上。祝彪那厮喝道：你那主人，恁般不曉人事，早間差個蠢材來下書，要討梁山泊賊人時遷。我這裏正要解到州裏去，怎麽又來下書？小人道：時遷不是梁山泊賊人，是薊州客商，要投見敝莊東人，不想誤燒寶店，東人自當照舊蓋還，望看薄面，寬恕寬恕。祝家三子齊聲喝道：偏不還，偏不還。其時，小人説可看東人親筆書扎。祝彪那厮，接過書去，也不開看，扯得粉碎。喝令衆人將小人叉出，罵道：不要惹老爺發性，把你那……〔住口介。李應問介。白〕爲何不講？〔杜興白〕小人不敢説，實恨這三個畜生無禮，把你那李……〔又住口介。李應白〕李什麽？〔杜興白〕李李應那厮捉來，也做了梁山泊賊人，一齊解州。又叫莊客先拿了小人，被小人飛馬走回。〔李應怒介。白〕罷了，罷了！〔唱〕

【節節高】無知三乳嬰，恁欺凌，十分硬着頭顱掙。〔白〕這厮好無禮。杜主管，你可看守莊户，吩咐衆莊客准備鎗馬，莊前伺候。〔唱〕威風逞，戰馬騰，軍裝盛。〔杜興、李應下。楊雄白〕兄弟，大官人爲了我們這般仗義，好生難得！那祝家三傑呵，〔楊雄、石秀合唱〕全忘了扶持守望居同井，鄉隣不恤多頑梗。霎時吴越起干戈，大張義勇師中慶。〔李應戎裝，杜興、衆莊客同上。唱〕

【又一體】盟言負，束牲詰，戎兵披堅執鋭投隣境。〔杜興白〕鎗馬俱已齊備了。〔李應白〕擡鎗帶馬。〔楊雄、石秀白〕我等願同前往。〔衆同唱〕言何硬，惡已盈，災誰拯，盟言在耳今何冷。自貽伊戚須深省，獨龍岡上鼓鼙聲，一場塵戰三軍勝。〔下。衆莊客引祝龍、祝虎、祝彪上。唱〕

【金錢花】忽然鋒鏑鏦錚鏦錚，疾忙跨馬相迎相迎。〔白〕適纔莊客來報，李應那廝帶領人馬前來搦戰，就此迎上前去。〔衆莊客應介。合唱〕祝門三傑壓羣英，奮厥武，鬼神驚，陣雲起，掣雷霆。〔李應衆迎上，見介。李應白〕你這三個畜生，好生可惡，你父與我結盟生死之交，同心協力，保護村坊。我有一個平人，二次修書來討，擅敢扯碎不允，復又耻辱我名，是何道理？〔唱〕

【駄環着】儘胡言諄諄，儘胡言諄諄，火動無明，父執輕欺，全無恭敬。〔祝彪白〕俺家和你結下生死之交，原爲共捉梁山泊强寇。你緣何暗自結連反賊，通同謀叛？〔唱〕你敢附邪棄正，皂白難清，黨羽結梁山，時遷現証。〔李應白〕呔！休得胡說。看鎗。〔李應與祝彪戰介。祝彪作敗下。李應追下。祝龍、祝虎戰楊雄、石秀下。莊客對殺下。祝彪作敗上。唱〕他武藝料難厮併，除別技送伊殘命。〔白〕這厮好生利害，戰他不過，不免射他一箭，了却殘生便了。〔取弓箭介。李應上〕賊子，那裏走！〔祝彪作射中，李應倒介。衆莊客上，抬下。楊雄、石秀急上，與祝彪殺，敗下。祝龍、祝虎上。唱〕中權勁，後隊能，賴百步穿楊，魂勾俄頃。〔祝龍等白〕李應中箭受傷，帶來人馬盡行敗走。天色已晚，分付鳴金收軍，各回莊內，不得有違。〔衆莊客應介。合唱〕

【尾聲】催停戰鼓收金鐙，浪投書平空禍攖。莫怪俺三傑無情，多緣爲盜憎。〔同下〕

第十一齣　石楊問路投酒店

〔石勇上。白〕北山酒店我新開，緊急軍情飛報來。一樣水亭施號箭，隨機招接衆英才。自家石勇，自到梁山，得遇衆位豪傑協力同心，共扶忠義，山寨十分興旺。前自朱貴保護李逵回來，添設三座酒店，以作耳目。這北山奉寨主着我掌管，凡有過往客商，行李緇重者，相機劫掠。若遇投奔義士，即便引他上山入夥。不免唤小二打掃店面則個。小二那裏？〔小二上。白〕酒店酒店，殺人行險，蒙汗麻翻，包兒作餡。店主有何説話？〔石勇白〕今日天氣晴明，只索開張鋪面，倘有客人下顧，發些利市。〔小二應介。虛白同下。楊雄、石秀上。唱〕

【鎖南枝】平白地種禍根，勢成騎虎難處分。不憚路艱辛，梁山急投奔。〔楊雄白〕兄弟，我與你多蒙李大官人仗義相留，只爲索取時遷，遂致兩莊争鬬，更累他中箭受傷，心愈不安。今早辭別大官人，急往梁山求救，得報此讐，纔洩我恨。〔石秀白〕哥哥，須索趲行前去。〔合唱〕報此讐，纔教俺消宿忿。瞥見酒帘飄，沽芳醖。〔楊雄白〕這裏有個酒店，且沽飲一壺，再問路前往。酒家有麽？〔小二上。白〕是那個？二位是吃酒的麽？請裏面坐。〔楊雄、石秀入座介。小二取酒上。白〕客人請用酒。〔楊雄、石秀取壺斟介。小二白〕二位可要什麽小賣下酒？〔楊雄、石秀白〕不消得。〔小二虛下。楊雄、石秀飲介。楊雄白〕兄弟，若見宋公明，未知肯與我們復讐否？〔石秀白〕他是俠烈之士的人，豈有不肯鋤强扶弱？只是無人引進。戴院長曾有一面，從何處通着信息與他，如何是好？〔石勇暗上，作聽介。楊雄唱〕

【又一體】威名似雷震，管許含冤雪覆盆。〔石秀唱〕他雖則招賢納士，只慮欲渡無舟，彼岸遥難認。〔石勇作相見，各讓坐介。石勇白〕二位請坐，酒保看好酒來。〔小二上。白〕店主人，可是蒙汗燒刀，還是鬧楊花煮酒？〔石勇〕都不用，只取乾净好酒便了。〔小二應，取酒上，虛下。楊雄、石秀白〕原來是店主人，失瞻了。〔石勇白〕請問二位貴鄉何處，有何公幹到此？〔楊雄、石秀白〕我們從薊州而來，正要動問上梁山泊去的路程。〔石勇白〕足下可是石秀兄長麽？〔楊雄白〕在下是楊雄，這位便是石秀。〔石秀〕店主人怎生知道？〔石勇白〕小弟本不認得，前者戴宗哥哥到薊州回來，稱讚兄長，所以聞名久矣。〔石秀白〕豈敢。這等説，兄長莫不是山寨頭領了？〔唱〕非泛常，店主人，望提攜，莫相擯。〔石勇白〕實不相瞞，小弟外厢聽了半晌，既然要見宋公明，乞道其詳。〔楊雄、石秀白〕聽稟。〔石勇白〕願聞。〔楊雄、石秀唱〕

【又一體】獨龍岡斷近，祝氏從來妄自尊。〔白〕只爲一個同伴時遷起釁，〔唱〕敢道鄉隣有鬬，不必披髮纓冠，閉户情何忍。〔石勇白〕原來如此，久聞祝家莊三子兇惡異常，橫行覇道，那李、扈二位還成得個豪傑。今二位要見宋寨主一些不難，請到後面用了分例酒，待小弟射一枝號箭，山寨自有頭目迎接上山。〔楊雄、石秀白〕多謝引進。〔合唱〕傾蓋問，意氣親。欲要見波濤，全仗漁翁引。〔下。衆僂儸引鼂蓋、宋江、吴用、林冲、秦明、張横、張順、馬麟、鄧飛、王英、劉唐、吕方、郭盛、阮小二、阮小五、阮小七、花榮、穆弘、李逵、黄信、歐鵬同上。唱〕

【朱奴兒】嚴賞罰三令五申，好形勢川環山峻。四海歸懷延攬勤，又早是掃徑迎賓。〔宋江白〕適纔戴宗、楊林報道，有薊州楊雄、石秀上山入夥，並爲祝、李兩莊成釁，特求救援。想他二人將次到來也。〔鼂蓋白〕向聞三莊結盟，最是輯睦。今忽自相違背，却又何來？〔吴用白〕待他二人到來，便見分曉。〔戴宗、楊林引楊雄、石秀上。唱〕忙趨進，載欣載奔，訴顛末，抒誠悃。〔進見參拜介。衆白〕久聞二位大名，如雷貫耳，既到山寨，可將祝李不和始末備細述與寨主知道。〔楊雄、石秀白〕理當告啓。二位寨主聽稟。〔唱〕

【桂枝香】仰蒙垂問，緣何成釁，爲着同伴時遷，因此上兩莊矛盾。〔白〕那時遷原是個穿窬行業，同我二人來投貴寨。那日宿在祝家店中，不合時遷偷食報曉更鷄，與店家争鬬起來，放火燒了他店房，時遷被捉，我二人幸得走脱。行至中途，遇見杜興，引至「撲天雕」李應莊上。知他與祝氏聯盟，求伊援救。承李應二次修書去討，那祝家三子呵！〔唱〕他公然不允，公然不允，反把言來斷窘，不由人平添煩懣。〔衆白〕以後便怎麽？〔楊雄、石秀白〕却説時遷乃梁山大盗，我等正要掃除賊寇，反來庇護。因此兩相争鬭，以致李應中箭受傷，我二人特行拜懇寨主救援。〔唱〕翦强隣，須記取得罪風霜苦，全生天地人。〔鼂蓋白〕哇！這厮兩個把梁山泊好漢的名目，乃去偷吃更鷄，連累我等受辱。孩兒們，綁去砍了。〔僂儸綁介。衆看介。戴宗、楊林白〕寨主，方纔聽見那時遷原是此輩出身，故惹起祝家那厮。〔宋江白〕豈是這二位賢弟要玷辱山寨？我也每每聽見人説，祝家莊那厮要和俺山寨對敵。〔唱〕

【尾犯序】他那裏䣙驚魯柝早傳聞，望宥及無辜，俯從公懇。〔白〕哥哥，請息怒。這是他來撩俺虎鬚，知他莊上十分富足，俺山寨錢糧正慮缺少，若打破此莊呵，〔唱〕富窟多藏，積貯金銀。〔衆合唱〕還思忖，儘也够十年支粟，豈但爲兩人洩恨。〔吴用白〕那厮委實無禮。〔宋江白〕小弟不才，親領人馬，洗蕩那厮村坊，兼請李應上山聚義。小弟此去，若不打破祝家莊，誓不回寨。〔唱〕乘機取讐深不共，洗蕩虎狼村。〔吴用白〕公明兄此言甚善，豈可白斬手足之人？〔戴宗白〕寧可斬了小弟，不可絶了賢路。〔鼂蓋白〕既如此，放了綁。〔僂儸應，放綁介。楊雄、石秀謝罪介。宋江白〕二位賢弟，這是寨主號令森嚴，休生異心。〔楊雄、石秀白〕我等既然入夥，自當遵奉約束。〔宋江白〕楊林、石秀聽令。你二人一個扮做賣柴樵夫，一個扮做壓魔道士，前往祝家莊探聽路徑虚實，行營相會，不得有違。〔楊林、石秀白〕得令。〔下。鼂蓋白〕事不宜遲，衆頭領花榮等聽令。〔花榮、穆弘、李逵、楊雄、黄信、歐鵬應介。鼂蓋白〕帶領三千僂儸、五百馬兵聽令于宋寨主，協力攻打祝家莊。〔鼂蓋、吴用唱〕

【鮑老催】三千步軍，馬兵五百，爭立勳。宋寨主號令須凜遵，獨龍岡斬渠魁，孚忠信。〔鼂蓋白〕林冲等聽令。〔林冲、秦明、戴宗、張横、張順、馬麟、鄧飛、王英應介。鼂蓋、宋江白〕帶領三千僂儸、五百馬軍隨機策應。〔鼂蓋唱〕隨機策應守八門，武侯布下風雲陣，務掃蕩妖氛盡。〔白〕後營披掛。〔宋江、花榮、林冲等衆應，下。鼂蓋白〕我與軍師、劉唐等各位頭領護守營寨。〔唱〕

【雙聲子】青霄奮，青霄奮，健翮如鷹隼。閃陣雲，閃陣雲，一霎交兵刃。〔宋江、花榮、林冲等衆各披掛持兵器上。唱〕殺氣屯，壁壘新，纔顯俺威風，梁山英俊。〔衆僂儸白〕船隻俱已齊備。〔鼂蓋白〕出師此日鳴金往，得勝移時奏凱歸。〔鼂蓋、吴用、劉唐衆下。宋江白〕請衆頭領即過金沙灘前去。〔同唱〕

【尾聲】踹他岡阜成虀粉，端貴行師捷有神，追蹤三鼓奪崑崙。〔内鳴金，作開船下〕

第十二齣　訪出路指明楊樹

〔石秀上。白〕篛笠芒鞋打扮喬，英雄自古付魚樵。憑將斗大姜維膽，虎穴龍潭走一遭。俺石秀奉哥哥將令，前往莊中打聽他裏面虛實，因此裝做打樵人模樣，迤逦行來，早已莊門西畔也。〔唱〕

【新水令】潛來莊上探蹤跡，變形模，芒鞋篛笠。龍潭難測量，虎穴那經歷。〔白〕你看這莊邊人家，都是避兵的，把門户都緊緊閉在那裏。〔唱〕門户寂寂，向何處知虛實。〔下。楊林上。白〕無量壽佛，天光地光，晝夜神光，神佛自至，邪魔消亡。貧道西岳華山來的壓魔道士，今見你這莊上有股黑氣，直上雲端，自是邪魔作耗村坊，貧道特來與你壓魔壓魔哩。俺「錦豹子」奉大哥將令，扮作壓魔道人，前往村中打聽軍情。石秀已往莊西入去，俺竟往莊東入去便了。〔唱〕

【步步嬌】改换衣裝閒遊戲，血海躭干係。銅鈴手上持，只見道路紆迴，東西難記。〔白〕無量壽佛，天光地光，晝夜神光，神佛自至，邪魔消亡。貧道西岳華山來的壓魔道士，今見你這莊上有股黑氣，直上雲端，自是邪魔作耗村坊，貧道特來與你們壓魔壓魔哩。〔鐘離子上。白〕吠！你那道人，你方纔説些西岳華山來的，你路上行了多少日子？〔楊林白〕且住，教我一時算不出路來，怎麽對他嗄？有了。咳，你那官人聽者，貧道雲遊度日，離家早是半載有餘了。〔鐘離子白〕原來如此，你不要去了，我還來齋你。看他言語支吾，想必是個奸細，不免報與欒教頭知道。〔下。楊林白〕是虧我急口對付了一句，不然怎麽了？〔唱〕應變要隨機，有誰人識破真奸細。〔下。石秀上。唱〕

【折桂令】進莊門，布擺周密，渾不似墟集喧闐，村落形迹。早又是紅日西斜，並没聽得個音耗消息。〔白〕進得莊來，只見道路紆迴，果然難以識認。你看那些莊客，來來往往，没一個説交戰的。可見這莊上約束嚴明，不可輕視。况又紅日西斜。咳！石秀嗄石秀，多應是你今日此來不得建功也。〔唱〕好教俺心懷怵惕，細思量，莫教差失。〔白〕且住，你看天色已晚，不如今日且尋舊路回去，明日再來打聽便了。〔唱〕且過今夕，再訪端的。〔白〕呀！我記清路程回來，往西走了半日，怎還走到這個所在來？我聽得人説，祝家莊道路難行，進得來，出不去，此言果是不虛。這便怎麽處？〔鍾離老人上。白〕三兒頂上門，我去借柴火來做晚飯吃。寧爲太平犬，莫作離亂人。咳！什麽要緊，今日也打仗，明日也打仗，弄得來家家閉户，處處關門，連柴火也没有處去買。〔石秀白〕賣柴嚛！賣柴嚛！〔鍾離老人白〕咦，好嗄！思衣得衣，思食得食。喂！挑柴火來，我買你的。〔石秀白〕公公，買柴火麽？〔鐘離老人白〕好個後生，你是那裏人？我這裏許多兵馬在外，虧你挑柴火進來賣。〔石秀唱〕念區區，强負薪，聊供衣食。不分明，路徑如棘。〔鍾離老人白〕你説路徑如棘，莫非你不知路徑，胡亂闖進來的麽？〔石秀白〕小可原是外路之人，那裏知道這裏路徑。〔鍾離老人白〕如此説，只怕你性命休矣。〔石秀〕小可不過是賣柴火，又没有犯了什麽法，可有什麽打緊？〔鐘離老人白〕怪道你是外鄉人，不知我這裏的利害，待我説與你聽。這裏叫做祝家莊，莊上有個祝朝奉。有三個兒子，個個精通武藝，四處聞名。還是小事，還有個教師，叫做欒廷玉，真有萬夫不當之勇。〔石秀白〕他便兇勇，難道胡亂害人麽？〔鍾離老人〕咳！不是胡亂害人，有個緣故，只因近日呵，〔唱〕

【江兒水】他與梁山泊曾將讐怨積，莊前金鼓連天地。〔白〕你若是差了道路，被他們一把拿住了。阿呀，阿呀！〔唱〕便當細作看承來拘執，伊家性命應休矣。〔石秀白〕如此利害，教我怎生出得去？〔鍾離老人白〕你要出去？哼！難難難喏。〔唱〕你看仄徑盤紆難識，要想逃奔，除是你身邊生翼。〔石秀白〕阿呀！公公救我一救嘎。〔唱〕

【雁兒落】可憐我學買臣樵采跡，可憐我學阮籍窮途泣，可憐我似羝羊觸藩籬，可憐我似遊蜂鑽窗隙。呀！可憐我生死存呼吸，可憐我性命空抛擲，可憐我血淚如潮汐，可憐我孤身同瓦礫。藏匿何處尋，磨勒隱默，仗恩星庇片刻，仗恩星庇片刻。〔鍾離老人白〕快些躲避進來罷。〔同下。楊林上。白〕阿呀！罷了，罷了。〔唱〕

【僥僥令】機關已破矣，急切難迴避。〔鍾離子、欒廷玉上。白〕賊子，那裏走！〔唱〕大膽奸徒來窺覷，怎肯輕輕放過伊。〔戰介。擒楊林下。石秀、鐘離老人上。白〕客人，欒教師擒了奸細，你去怎麽？〔石秀〕我去帮他。〔鍾離老人白〕他的手段還弱，要你去帮他？你若去，只怕連你也當做細作了。〔石

秀唱〕

【收江南】呀！　若不是老人家因果三生石，險些兒一網横波及，却教俺尋思無路出莊去。〔鍾離老人白〕我看你是個老實人，我指與你一條生路去罷。　打此處往東，見了白楊樹，往右邊走，都是活路了。　如若走差了，須要吃人拿住。〔石秀白〕如此我去也。〔鍾離老人白〕如今天色已晚，行走不得，在我家歇一夜，明早走罷。〔石秀白〕多謝公公。〔唱〕謝深仁大德，謝深仁大德，謝你周旋覆庇似拯溺。〔虚下。鍾離子上。白〕有趣，有趣！　爹爹，開門來，是我來了。〔鍾離老人白〕原來是你，爲何吃得這般大醉，倘被查夜的拿住還了得？〔鍾離子虚白。問石秀介。白〕什麽查夜的，他估得起拿我，只許我拿人家。〔鍾離老人白〕不要胡説醉了。〔鍾離子白〕我可不醉。　爹爹，我方纔看見一個壓魔道士，形貌異様，被我拿話就鉤搭住了。　剛剛遇見欒教師，被他三言兩語露出破綻，原來是梁山泊的奸細。爹爹，那道人也是一個利害的哩！〔鍾離老人白〕怎麽利害？〔鍾離子唱〕

【園林好】假黄冠藏頭露尾，〔白〕若不是欒教師手段呵，〔唱〕怎猜破個中啞謎，魆地裏横拖倒曳。〔白〕只爲拿了奸細，欒教師道我看莊有竅，賞了一頓酒肉、一吊大錢。〔鍾離老人白〕這也罷了，你頭上爲何插着一根鵝翎？〔鍾離子白〕你不知道，現今宋江引兵進莊，欒教師定下計策，暗撥兵馬，四下合來擒拿宋江。　莊門上挑起紅燈一盞爲號，宋江往東，燈往東指；宋江往西，燈往西指。　又恐黑暗裏認不出自己人馬，故把鵝翎爲號，插在帽上咾。〔唱〕舉一羽，認軍旂。〔鍾離老人白〕若没有鵝翎呢？

〔鍾離子白〕那還了得。〔唱〕揮三尺，奪頭盔。〔鍾离老人白〕你醉了，扶你去睡睡去罷。〔扶鍾離子下。石秀白〕唬死我也！　唬死我也！　方纔聽那言語，〔唱〕

【沽美酒】火擦擦眉下急，火擦擦眉下急。醉中言，恁明晰。那「錦豹子」生擒受驚嚇，還要看紅燈的皪，生把俺哥哥凌逼。說什麽鵝翎表識頭直上，區分出入，待趁這雲深月黑，待拚這孤拳獨力。〔鍾离老人上。白〕客官，夜靜更深的，又往那裏去？〔石秀白〕嗄！　老人家，我說與你聽，你不要害怕。〔唱〕俺呵是恁家强敵勁敵，石三郎聲名顯赫。〔鍾離老人白〕望大王饒命。〔石秀白〕看你指路分上，不殺你，饒你去罷。〔鍾離虛白下。石秀唱〕呀！　莽軍聲如同霹靂。〔白〕一徑行來，果然白楊樹在此，不免竟往右邊走去便了。〔唱〕

【尾聲】白楊記路真詳悉，我插號提鎗，人不識俺，便似大膽甘寧，叫他吃一嚇。〔下。花榮、黃信、李逵、楊雄、李俊、穆宏、衆僂儸引宋江上。唱〕

【朝天子】把師貞筮嘉，怎羊腸路叉。焰騰騰士馬如雲扎，隄防失利，擺三才五花，到疆場忙厮殺。〔歐鵬上。白〕啓寨主，適纔奉令前往打聽，紛紛傳說祝家莊拿了一個奸細，委實路徑甚雜，不敢深入重地。〔宋江白〕咳！　說那裏話。既是拿了探路之人，益發今晚必要進兵，救出二位兄弟。衆位頭領、大小僂儸，即此與我殺入莊去。〔衆應介。合唱〕擂鼓兒吹笳，頂盔兒貫甲。快拿。〔衆白〕莊前了。〔李逵白〕呔！　烏太公出莊厮殺。〔宋江白〕住了。莊上無人馬，必有暗計，且教三軍暫退。〔内吶喊。莊兵各執火把，立門樓放箭。宋江衆敗下。黃信不上，餘衆即上。白〕不好了！前面都是盤蛇路，走了一遭，又轉到這裏。〔宋江白〕望着火光，取路殺出，不得有違。〔衆應介。同唱〕猛教人齊心招架，齊心招架，覷分明紅光罅，覷分明紅光罅。〔衆白〕又不好了！遍地鐵蒺藜，路口都已塞住。〔宋江白〕咳，天喪我也！〔唱〕

【普天樂】誰承望道兒盤，路兒塌，阻輣車，藏渠答。他地利健羨堪誇，俺天亡埋怨誰差。〔僂儸報上。白〕報報報，報寨主，「鎮三山」黃信頭領誤走路徑，被他伏兵撓鉤搭去了。〔宋江白〕這却怎處？〔唱〕呀！撓鉤齊搭，心頭亂似麻，不料今宵，受伊這等波查。〔石秀上。白〕寨主，〔宋江白〕兄弟回來了，路已塞斷，如何是好？〔石秀白〕小弟扮作賣柴人，前往探聽，蒙一鐘離老人指明路徑。但看白楊樹轉彎，乃是通衢，餘者都是死路。〔宋江白〕如此，傳下號令，望白楊樹轉彎，殺出去。〔衆應介。合唱〕

【朝天子】似狂風捲沙，像寒林散鴉。齊臻臻併力莊攻打，何來遊奕，羣呼亂譁。〔內吶喊介。衆莊兵上，圍繞介。竿高點紅燈一盞介。宋江白〕行到此間，爲何莊兵愈衆？〔石秀白〕日間亦曾察聽的實，他今晚以紅燈爲號。〔花榮白〕那邊却有紅燈，隨着我兵所向，東扯西拽，果然是他的號令了。〔宋江白〕怎麼滅了紅燈方好？〔花榮白〕這有何難，只消一箭射下紅燈者。〔唱〕見紅光，休驚訝，穿楊兒不差，射燈兒遄下。試咱。〔射燈落水介。衆莊兵吶喊，亂下。衆白〕祝家莊人馬都四散逃遁了。〔宋江白〕雖則四散，一時難以攻破，這如何是好？〔楊雄、石秀白〕寨主放心，三莊雖係結盟，東村李應已成讐敵，現今中箭受傷，只消我二人前去，如此如此，恁般恁般，便知虛實，定可得勝回山。〔宋江白〕此計甚妙，就頃前往。〔唱〕把虛實務須詳察，疾前行，休停答，疾前行，休停答。〔楊雄、石秀應下。宋江白〕大小僂儸，〔衆應介。宋江白〕就此回營。〔衆應介。合唱〕

【普天樂】見白楊便掙達，待明朝好厮殺。昏黄月人影交加，莽紅燈神箭除他。呀！你稱强奪霸，原來是三小蛙。看一鼓成擒，管教決勝攻瑕。〔下〕

第十三齣　毛太公匿虎反目

〔解珍、解寶持鋼叉上。唱〕

【縷縷金】弩子鋭，點鋼叉，上山忙捕虎，勇堪誇。〔分白〕我乃解珍，綽號「兩頭蛇」的便是。我乃解寶，綽號「雙尾蝎」的便是。〔解珍〕我們兄弟兩個，都充本府獵户。只爲登州山上來了一羣猛虎，晝夜傷人。官府立了甘限文書，着我等獵户限内捕捉，當堂領賞；限外不能，解官痛責枷號。爲此山前山後都下了窩弓、藥箭，擒捕大蟲。已經兩日過去，不見動静。如明日不能解官，便要受責，怎生是好。兄弟，趁此月明之下，和你上山，去看有什麽響動麽？〔解寶〕有理。〔上山介。合唱〕偏生河不渡，好難禁架，請看苛政敢争差，教人也没法，教人也没法。〔虚白。虎跳上。解珍、解寶持叉敵虎介。合唱〕

【四邊静】負嵎枉自威聲唬，攘臂車當下。藥箭中來深，咆哮不須怕。〔虎作滚跌下。解寶白〕這孽畜中了藥箭，又加上叉傷，骨碌碌滚下山去了。却從何處去找尋？〔解珍〕這山下是毛太公莊後園裏，天色漸明，到彼索取便了。〔解寶白〕就去。〔合唱〕山君是他，楊香是咱，怎放出于柙，籌兒告消罰。

〔下。毛太公上。唱〕

【夜遊湖】弄機關些兒權詐，讓吾先請賞，添上光華。〔白〕老夫毛太公，區區積祖土豪，赫赫多年武斷，用一副利己害人兒心術。須知爲富者大抵不仁，幹幾樁傷天逆理價營生，從來放利的何妨多怨。孩兒毛仲義，也算得個跨竈的賢郎，亦争得住肯堂之肖子。今早五更時分，有一豔虎滚下山來，恰好落在我莊園内。這正是立限嚴捕的大蟲，落得我解官請賞。〔笑介〕只不知是那個獵户，枉費上辛勤，還要當堂去受責。這也顧不得他，已着孩兒與莊客解往州裏去了。如有人來索取，佯推不知。這不是老夫貪天之功，俗語叫做上門生意好做。閉門推出窗前月，分付梅花自主張。〔解珍、解寶持叉上。唱〕

【水底魚】抹過山窪，前頭是那家？莫言虎死，還防施爪牙，還防施爪牙。〔白〕來此已是。有人麽？〔莊客上〕什麽人？〔解珍、解寶〕解珍、解寶要見。〔莊客進稟見介。解珍、解寶〕老伯起居好麽？〔毛太公〕二位賢侄，許久不見，今日這等早光。〔解珍、解寶〕官身羈絆，不能常侍左右。〔毛太公〕請問二位，今日到小莊有何見諭？〔解珍、解寶〕無事不敢驚動。小侄因官司委了甘限文書，要捕大蟲。今早四更射得一個，不想從後山滚下，落在貴莊後園。望煩借一路，取出大蟲則個。〔毛太公白〕只怕未必落在我家。〔解珍、解寶白〕山後緊靠着貴莊後園，再無别處。求老伯把虎擡出來，免使我二人吃棒。〔毛太公〕哦哦！怎麽平空賴我，强來索取？〔解珍、解寶白〕老伯，恕我無禮進去搜一搜。〔毛太公白〕各有内外，我這裏比不得你家。既要搜，莊客那裏？〔莊客應介。毛太公白〕帶了鑰匙，跟去開園門上的鎖。我陪你二位去搜，若搜不出莫怪。〔解珍、解寶白〕老伯，請先行。〔同走介。唱〕

【桃紅菊】過園林寧同看花，啓鎖鑰且休停搭。〔莊客作鎖不開介。毛太公白〕園中久無人來，敢是鎖鏞銹了。叫你帶的鐵錘打開了罷。〔莊客作取出鐵錘打開鎖介。毛太公白〕可有虎麽，虎在那裏？〔解珍、解寶白〕你看草壓倒地，血跡尚存，還要抵賴？〔唱〕那形迹分明如畫，那形迹分明如畫，誰容着瞞天喬坐衙。〔毛太公白〕哇，好生無禮！〔解珍、解寶白〕有你欺心擡過了虎，反説我無禮。〔毛太公白〕你當面看見敲開鎖來的，誰人擡過？和你們前廳來講。〔解珍、解寶白〕就到前廳去講。〔衆走介。解珍、解寶白〕快還虎來。你家也現當里正，官府一樣委了甘限文書，却没本事去捉，倒來就我現成。莫不是你倒拿去請功，叫我兄弟兩個吃限棒。〔毛太公白〕小畜生，好生放肆！你吃限棒，干我甚事？〔解珍、解寶白〕老畜生，你賴了虎，反來破口，天理難容。你敢不還？〔捽椅介。衆奪鬧介。莊客引毛仲義乘馬上。唱〕

【僥僥令】飢彪誰受嚇，餓虎俺先抓。〔莊客白〕大官人回來了。〔毛仲義白〕爲何厮鬧？〔毛太公白〕昨夜我家自射得一個大蟲，理合解官請賞。叵耐解珍、解寶兩個獵户要來白賴我的，借索虎爲由，把我家伙打壞，趁勢白日搶劫。〔毛仲義白〕那裏來的惡奴，這等大膽？看梢棍！打這厮。〔衆莊客打倒解珍、解寶介。作綁介。毛太公白〕把鋼叉做了兇器，打爛家伙做了賍証，一齊解到州裏去，也與本州除了二害。〔衆莊客應介。解珍、解寶白〕我們從没有害人的去處。〔毛太公白〕「兩頭蛇」、「雙尾蝎」可不是害人的東西？ 你看好人家男女，那有這等惡名？〔唱〕須索解府鳴官窮研鞫，蛇蝎消除絶禍芽。〔莊客押解珍、解寶下。毛太公白〕這兩個畜生，却放他不得，免致後患。〔毛仲義白〕爹爹放心，只消囑託妹夫孔目王正，叫他斬草除根，了結此案。我這裏另行與知府打通關節，包管結果二人性命。〔毛太公白〕好妙計！ 這纔是掙氣的孩兒。事不宜遲，速速前去。瞞天昧己仗揮金。〔毛仲義白〕買路全憑用計深。〔毛太公白〕不必牛哀身變化。〔合〕咥人只要虎狼心。〔同下〕

第十四齣　扈三娘落馬被擒

〔花榮、林冲、歐鵬、秦明、鄧飛、王英、李逵、戴宗、穆弘、楊雄、石秀、馬麟、張横、張順、衆僂儸引宋江上。唱〕

【番竹馬】撫此兵齊將勇，整我六師，肯挫威風。地利讓人和，儘饒他，壁壘馭輕居重。審機宜，追殺生擒縱。須戮力，待臨衝，好把義旗高聳。〔宋江白〕俺宋江大彰神武，特指義旗，叵耐祝家莊上險峻天成。昨因孟浪進兵，遂致我師失利，陷了黄信、楊林兩個兄弟，不知性命存亡。誓必滅此朝食，方遂吾願。特遣楊雄、石秀二位到李應處計議。他有病不及厮見，多虧主管杜興指明虚實，不慮不馬到成擒也。衆位頭領，上前聽令。〔花榮衆應，分立介。宋江白〕第一隊馬麟、穆宏、歐鵬、王英聽令。〔馬麟衆應介。宋江白〕帶領五百精兵，莊前莊後策應，不得有違。〔馬麟衆應下。宋江白〕第二隊林冲、秦明、鄧飛聽令。〔林冲衆應。宋江白〕帶領五百人馬，臨陣接戰，不得有違。〔林冲衆應下。宋江白〕第三隊戴宗、李逵聽令。〔戴宗、李逵應介。宋江白〕帶領三百步兵，兩路策應，不得有違。〔戴宗、李逵應下。宋江白〕所有頭領隨營接戰，不得有違。〔花榮衆應介。宋江白〕大小僂儸即此殺上前去。〔衆僂儸應，行。合唱〕聽笳鼓喧天，雷霆震悚，豈鄒人藐與魯人哄，分布下赫赫軍容。呀！今非黑夜，那怕伊

一盞燈紅。〔同下。衆莊兵引欒廷玉、祝龍、祝虎、祝彪上。唱〕

【好事近】巨鎮控西東，李、扈推吾總統。摧鋒破敵，名揚祝家伯仲。〔分白〕我乃欒廷玉是也。我乃祝龍是也。我乃祝虎是也。我乃祝彪是也。〔祝龍白〕梁山泊草寇宋江也敢到俺莊上來納命，大肆侵犯，好生無禮。〔欒廷玉白〕我們且把白旗豎在莊前，一則張我軍威，二則挫彼鋭氣。〔祝龍〕教師言之有理。吩咐扯旗。〔鳴金扯旗介。祝龍白〕披掛已畢，分頭殺出莊去。〔欒廷玉白〕有理。〔合唱〕回思昨夜點紅燈，號令誰能懂。雖未曾唾手殲除，也够着提心驚恐。〔同下。宋江衆上。唱〕

【又一體】併力去交攻，那怕金城鐵甕。探知虛實，魚兒釜中游泳。〔僂儸白〕已到莊前了。莊門上豎起兩面白旗。〔宋江白〕待我看來：填平水泊擒鼂蓋，踏破梁山捉宋江。這厮好狂言！我宋江若不打破祝家莊，誓不回寨。傳令第二撥頭領攻打前門，我自領了前部人馬去打後門。〔僂儸白〕得令。〔合唱〕莊圍前後，四周遭密扎如箍桶，自何須假道陰謀，好争看斬門勇猛。〔下。衆女兵引扈三娘上。白〕〖西江月〗蟬鬢纓冠籠罩，鳳頭寶髻斜插。連環鎧甲襯紅紗，綉帶柳腰端跨。大纛旌旗耀彩，雙刀日月光華。生成閨閣女姣娃，斬將飛身出馬。我乃扈三娘「一丈青」是也。俺這裏三莊聚義，力拒梁山。昨有賊寇宋江，領兵攻打祝家莊，理合前去救應。衆丫鬟，就此前去。〔衆應介。唱〕

【福馬郎】娘子軍威到處竦。〔白〕帶馬。〔唱〕一騎青絲鞚，村路迴。須知俺女英雄，戰鼓擂三通，贏勍敵，奏膚功。〔內吶喊介。馬麟、穆弘上。通名殺介。扈三娘打穆弘敗下，作追馬麟下。僂儸、女兵戰介。僂儸敗下，女兵追下。衆僂儸引王英上。白〕好一個俊俏佳人，將馬麟、穆弘都戰敗了。我不免迎殺上去，將他擒來，豈不快樂。衆僂儸！〔僂儸應介。王英白〕殺上前去。〔扈三娘追馬麟上，馬麟敗下，王英接戰介。王英架住兵器，喊叫介〕女將軍姓甚名誰？使我知道了，好厮殺。〔扈三娘白〕我乃扈三娘「一丈青」是也。你這矮賊，通名上來。〔王英白〕我乃梁山第一個風流頭領王矮虎的便是。最喜與婦人交戰。〔扈三娘白〕胡說！看刀。〔對殺介。王英敗下。扈三娘追下。籐牌棍單對下。四女兵上攔住。扈三娘追王英上，作拿住介。扈三娘白〕將矮賊解到祝家莊去。〔衆應介。下。秦明、鄧飛上。唱〕

【千秋歲】列轟轟，戰壘塵飛處，看浴血沿山被壟。〔祝龍、欒廷玉領莊兵上。各通名介。秦明、鄧飛白〕既知吾等大名，早早投降，免汝一死。〔唱〕早早投降，早早投降，免使那頭頸餐刀疼痛。〔交戰介。祝龍、欒廷玉敗下。秦明、鄧飛追下。衆莊兵持絆馬索上，埋伏介。祝龍、欒廷玉引秦明、鄧飛上，復戰介。佯敗，絆馬索絆倒秦明、鄧飛，衆莊兵綁介。祝龍、欒廷玉白〕將此二賊綁進莊内去。〔衆莊兵應介。合唱〕狻猊猛，虛脾弄。霹靂火，乾興烘，二賊輕賫送。料傾巢搗穴，且晚成功。〔下。衆女兵引扈三娘上。唱〕

【越恁好】獨龍岡上，獨龍岡上，兵氣未消融。須索生擒戎首，掃餘孽殄羣兇。〔歐鵬上，戰介。扈三娘、女兵敗下。林冲殺上。唱〕小兒女也敢當熊，原非將種。俺這裏，耀韎韐如雷動。他那裏，摇環珮如雲從。〔扈三娘追歐鵬上，戰介。敗下。林冲接戰，作擒扈三娘下，内吶喊介。戴宗、李逵急上，各通名介。白〕適纔與祝虎、祝彪對壘，聞說秦明、鄧飛已被綁進莊内去了。〔李逵白〕你看祝虎、祝彪這兩個犬子，手段

高强。你我奉着將令，兩路策應，須索隄防纔是。〔祝虎、祝彪内白〕呔！那裏走。〔引莊兵上。唱〕

【紅綉鞋】刀光劍氣成虹，成虹。曳兵棄甲休鬆，休鬆。〔戰介。李逵、戴宗敗下。莊兵白〕賊人敗走了。〔祝彪白〕此必佯輸，不可追趕。〔祝虎白〕兄弟，紅日西落，進莊飽餐，明日再戰未遲。〔祝彪白〕有理。衆莊兵將莊門緊閉，分付弓箭手，上門樓瞭望，以備不虞。〔莊客應介。合唱〕須挾矢并彎弓，擊刁斗衞崇墉，待明日再交鋒。〔下。宋江引僂儸上。唱〕

【剔銀燈】難返日紅輪下舂，且收兵，再操機綜。這其間，全在機謀用。〔白〕天色已晚，不可戀戰。但今日四散分兵，未知勝負。且待衆兄弟到來，便知下落。〔衆頭領上。唱〕愧此日勞師動衆，忡忡失承天寵，報寨主爻分吉凶。〔白〕奉寨主傳諭收軍，我等前來繳令。〔宋江白〕今日分路攻打，勝負若何？〔歐鵬、馬麟白〕秦明、鄧飛已被祝家賊子將絆馬索絆倒，綁進莊裏去了。王英亦被扈三娘活擒下馬。〔宋江白〕又折了三位頭領，氣死我也！〔衆頭領白〕寨主請息怒，勝敗乃兵家常事。〔宋江白〕我宋江若救不出幾位兄弟，情願死于此地，有何面目回見江東！〔僂儸報上。白〕報啓寨主，林頭領陣上生擒「一丈青」，特來報知。〔宋江白〕這也略消此恨，押過來。〔僂儸應下。林冲押扈三娘上。林冲唱〕

【好孩兒】莽裙釵疆場倥偬，生擒矮虎，禍不旋踵。令傳凛奉，令傳凛奉，忙押赴主帥營中。〔白〕扈三娘綁到。〔宋江白〕又斷了祝家莊西路接應，另日叙功行賞。就差賢弟星夜將「一丈青」送回山寨，待我奏凱班師，自有發落。〔林冲應介。宋江唱〕火速檻鸞囚鳳，押回寨交付我翁。〔林冲押扈三娘

下。宋江白〕衆僂儸！〔衆應介。宋江白〕收回大隊人馬，到村口下了寨柵，明日相機進剿。〔僂儸白〕得令。〔合唱〕

【朱奴兒】他則是甕中蠛蠓，怎當俺山苞川湧。李扈而今誓不終，失犄角勢力將窮。誰呼擁，真成獨龍，待智取神機中。〔同下〕

第十五齣　鐵叫子送信成謀

〔樂和上。白〕拳棒武藝甚高能，絲竹管絃件件精。偃蹇暫時充獄卒，公門勾當好修行。自家樂和是也，祖貫茅州人氏，生平喜唱善吹，會得諸般樂品，人都稱我「鐵叫子」樂和。昨日堂上審着一起人犯，解珍、解寶兩個乃是我的親戚，爲争虎一事被毛家父子賄託了他女壻王孔目，打通關節，屈打成招，打發死囚牢内。又買囑了包節級，早晚要了他二人性命。我雖是小牢子，知道這等冤抑，就是平人也該相救，何況關些瓜葛，豈忍坐視。但是單絲不綫，孤掌難鳴。只得報與他姐姐顧大嫂知道，商量解救便了。一心忙似箭，兩脚走如飛。〔下。顧大嫂上。唱〕

【單調風雲會】【一江風】（首至三）慣當壚，改卓今爲顧，賣酒還開賭。【駐雲飛】（五至末）嗏！人把大蟲呼，誰來欺侮。〔白〕我乃顧大嫂是也，混名「母大蟲」，同丈夫孫新在這十里牌坊開設酒店，後面兼設賭場，買賣却也興旺。天已早明，開設鋪面則個。〔唱〕把望子斜挑，掩映花村路。嘈聽得喧嘩争喝盧，誰博得千金一擲無。〔孫新、鄒淵、鄒潤、王小二、衆賭客上。白〕大嫂。〔顧大嫂白〕那個輸贏了？〔王小二白〕我輸了三十貫。〔衆白〕我們都歇了。〔孫新白〕多到王小二家去算賬，唤夥家開了店面。〔顧大

嫂白〕曉得了。〔孫新衆下。樂和急上。唱〕

【不是路】氣夯胸脯，一徑到東門十里途。〔白〕大嫂。〔顧大嫂白〕原來是舅舅，裏面請坐。〔樂和進內作揖介。白〕大嫂，令弟解珍、解寶不好了！〔唱〕冤遭苦，禍從天降猝難圖。〔顧大嫂白〕我兄弟有甚麼禍事？〔樂和白〕二位令弟在登州山上捕得一虎，滚下山去，落在富豪毛太公莊後園內。令弟去討，藏過不還，他父子反把令弟呵，〔唱〕生扭做強徒，揮金暮夜通官府，竟屈打成招伏罪辜。〔顧大嫂白〕有這等事？〔樂和白〕毛太公託了女壻王孔目，將銀上下買囑，告他白日搶劫。令弟吃打不過，只得招認了。現今下在大牢裏。〔顧大嫂白〕下在牢內了，如此怎麽好？〔樂和白〕那毛賊還不肯輕放，又買通當牢包節級，必要結果他二人性命。我路見不平，獨力難救。只想一者沾親，二乃義氣爲重，特地與他通個信息。〔唱〕叨親故，特來代彼將冤訴。拔刀相助，拔刀相助。〔顧大嫂白〕好個狠心賊子，難得舅舅來此報信，正叫做是親必顧了。夥家！〔夥家暗上，應介。顧大嫂白〕家主在王小二家，快去請來，説有親戚在此。〔夥家應下。顧大嫂唱〕

【掉角兒序】謝賢親患難相扶，到寒家好通情愫。切莫怪一向生疏，還全仗片言調護。〔樂和白〕二位令弟道，只除是姐姐便救得他。〔唱〕他説道賴知心，惟姑表。望援手，須擔負，莫忘葭莩。〔夥家隨孫新上。唱〕有誰款晤，特地招吾，爲甚的帘兒不掛，拒客來沽。〔夥家白〕家主回來了。〔孫新白〕原來是大舅，到此何幹？〔顧大嫂白〕我兩個兄弟解珍、解寶爲索虎到毛家莊上，毛賊父子賴虎不還，扭告官府，託了女壻王孔目，買囑上下，説他白日搶劫，屈打成招，坐罪在獄。又暗託牢内包節級，目下要了他性命。多虧此間樂和舅舅報信與我們，纔知備細。我兄弟的性命，不是我們去救他，靠着誰來？〔孫新白〕阿喲喲！這還了得！夥家。〔夥家應介。孫新白〕你到王小二家，請了鄒家叔侄到來。〔夥家應下。樂和白〕大哥計將安出？〔孫新白〕我想起來，除了劫牢，别様也救他不得。〔樂和白〕如此甚好。〔孫新白〕我有碎銀幾兩，將去牢中使用。〔顧大嫂白〕舅舅急速前去，寬慰我兄弟，叫他放心，我們定有救他的道理，諸凡照應要緊。〔樂和白〕不用叮嚀，自當留意。往後如有用着我處，無不出力向前。〔顧大嫂白〕難得舅舅恁般熱腸。〔樂和作别下。孫新、顧大嫂唱〕

【又一體】可憐他繫作鉗奴，少時遲還防延悞。我兄弟災罹剥膚，伊性命危如朝露。〔夥家引鄒淵、鄒潤上。唱〕俺者是莽生涯趁賭場，劣性子渾粗鹵，酒肉之徒。〔進見介。夥家下。鄒淵、鄒潤白〕大哥、大嫂，什麽事情？〔孫新白〕二位嗄，舍舅解珍、解寶被毛家父子陷害，坐罪在獄，早晚要結果他二人性命。我們打點，要去劫獄。〔鄒淵、鄒潤白〕我二人情願同往。〔顧大嫂白〕但此地安身不得了，也要相商一個去處。〔鄒淵白〕不妨，我有幾個好相識在梁山泊入夥，救出令舅之後，一齊投奔梁山泊去便了。〔孫新、顧大嫂白〕這等最好。〔鄒淵、鄒潤白〕還有一件，我們劫牢之後，倘登州官軍追捕，如之奈何？〔孫新白〕我哥哥孫立現做本州兵馬提轄，他的武藝到處聞名，同城武職中，只有他一個了得。他若同去，何懼追兵。〔鄒淵、鄒潤白〕只怕提轄不肯落草。〔顧大嫂白〕不妨，我有道理。夥家。〔夥家上，應介。〔顧大嫂白〕你可飛馬到大伯提轄處，説我急病垂危，火速請他夫妻二位到來。〔夥家應下。孫新白〕大嫂進去打點行裝。〔合唱〕沉舟破釜，浮海乘桴，及早的行裝打疊，不用躊躇。〔顧大嫂下。夥家引孫立、樂大娘子、從人上。唱〕

【大和佛】驅馬郊坰日未晡，病喘可能甦，疾忙相探，指顧近鄉閭。〔夥家報介。孫新等接進相見介。孫立、樂大娘子白〕嬸子有恙，故此我夫婦火速而來。〔顧大嫂上見介。孫立白〕緣何却是無病？〔顧大嫂白〕我害些是救兄弟的病，不是這等，怎肯就來。〔孫立白〕此二位是誰？〔孫新白〕是叔侄二位鄒淵、鄒潤，是我結盟兄弟。他原是萊州人氏，現住登雲山。〔孫立白〕久仰，久仰！〔樂大娘子白〕着我們到來，有何事情呢？〔顧大嫂白〕伯伯、姆姆在上，今日事急，只得直言拜稟。只爲我兄弟解珍、解寶，被登州山下毛太公與同王孔目設計陷害，早晚要謀他兩個性命。方纔樂和舅舅特來報知。〔孫新、顧大嫂唱〕巨惡自當鋤，平人陷害遭擒捕。恃有通神十萬，上下把錢鋪。我兄弟顛連，性命懸朝暮。忙解救，纓冠而赴。〔孫立白〕我在州裏亦聞此事，如今待要怎麽？〔孫新等白〕我等要去劫牢相救，只怕追兵勇猛，故求提轄帮助。〔孫立白〕我是軍官，如何使得？〔顧大嫂白〕大伯，你若不肯，拚着併個你死我活。〔各出兵器介。孫新白〕住了！不必動手，待大哥三思三想。〔衆唱〕還須要計議從長，莫生粗。〔孫立白〕罷罷！我想你們做出事來，我在此定難走脱。〔衆白〕高見説得極是！〔顧大嫂作附樂大娘子，再作暗語介。孫立白〕只是牢中可有接應？〔樂大娘子白〕有我兄弟在彼照應。〔顧大嫂白〕我便進牢送飯，你們在監門外，聽裏邊動静，然後下手。〔孫立白〕只是這裏安身不得了。〔孫新白〕哥哥，我們原是瓊州人，左右是寄籍，隨處可以安身。〔鄒淵、鄒潤白〕我們早已計定，同往梁山，投奔宋公明入夥，斷無後患。〔孫立白〕既然這等，我們劫了獄後，再到毛家莊上殺了讐人，討個乾浄。〔衆白〕説得有理。〔孫立白〕從人過來，速進城中運出細軟。另備車輛，明日五更乘了，大娘子先往前途等候，我們隨後就來。快去安頓。〔從人應下。孫新、顧大嫂白〕天色已晚，夥家。〔夥家應介。孫新、顧大嫂白〕快快宰一羟羊，暖幾角酒，請衆位後面用晚膳，明早好行事。〔夥家應下。衆合唱〕

【尾聲】端的苛政猛于虎，一不休來二不做，人心更險是江湖。〔同下〕

第十六齣　毋大蟲劫牢拒捕

〔包吉上。白〕自家名兒包吉，充上多年節級。罪人性命鴻毛，單討肥錢發跡。心中毒計如刀，口裏甜言似蜜。福堂活塑閻羅，囚犯死當鬼卒。鋪牢使得周全，送飯容他出入。若還白賴面情，鞭朴穿皮見骨。鎖靠扭不輕鬆，匣床上須結實。如此人人害怕，收禁先來支撥。憑渠賣妻鬻子，總要燒香拜佛。還有仇家買囑，恐防喊冤叫屈。只消一紙病呈，管把登時了畢。勸人莫打官司，便可遠離暴室。閑話少提，只爲毛家莊上一事，今早王正又來打點，定要了他二人。今日是毛太公誕辰，王正在彼祝壽，方纔着人邀我，我那得工夫。想來不過爲着前件。正是得人錢財，與人消災。緊守在牢内，溜一空兒，替他行事便了。小牢子過來。〔樂和暗上。包吉白〕你在牢門首看着，我往後監查點查點便來。〔樂和應科。包吉白〕羅刹真形提短棍，酆都變相帶長枷。〔下。顧大嫂上。唱〕

【東甌令】忙前往，到園扉，遲緩隄防伏殺機。〔白〕來此已是牢門首。那位大哥在此？〔樂和〕呔！什麽人？〔見科〕原來是大嫂。〔顧大嫂白〕我兄弟在牢，特來送飯。〔樂和白〕待我開你進去。〔顧大嫂進科。遞眼色照會科〕舅舅。〔樂和白〕包節級在後面，見機而作。〔附耳作暗語科。顧大嫂白〕放心。

兄弟在那裏？〔包吉上，唱科〕呔！ 這婦人那裏來的？〔樂和暗下。顧大嫂白〕我是解珍、解寶的長親。他陷罪在牢，特來送些飯食。〔唱〕送將一飯申情意，全仗垂恩庇。〔包吉白〕小牢子。〔樂和上，應科。包吉白〕你怎麽放他進來？〔樂和白〕我見他哀求不過，故此放他進來的。〔包吉白〕咳！ 自古道：獄不通風。 怎麽你擅自開放？〔顧大嫂白〕説甚麽通風不通風，有許多包吉不包吉。〔樂和分辯科。孫立、孫新、鄒淵、鄒潤各持兵器上。唱〕短兵突入逞神奇，獄静有烏啼。〔作叫門科。顧大嫂解衣科。包吉白〕嗄！有些蹺蹊。 衆牢頭快些出來。〔内應科。解珍、解寶急上，將枷打死包吉下，各去枷扭科。顧大嫂殺衆牢頭下，樂和開牢門，孫立衆殺進科。白〕我們且殺至堂上，結果王正這廝。〔樂和白〕他在毛賊莊上拜壽。〔衆白〕如此竟好，齊到莊上去。〔合唱〕

【風入松】公門巇險不須提，一班兒假是真非，名呼王正歪心地，那包吉吉星迴避，毛仲義義恁澆漓，齊斷送，入泥犁。〔下。毛太公、毛仲義、王正、衆莊客持盤果、酒器上。唱〕

【秋夜月】祝壽山與齊，聽綺席笙歌沸，正春光明媚流花氣。〔毛仲義、王正白〕今日爹爹壽誕，正值春風和煦，桃李争妍，願爹爹壽與春長，福隨日永。〔毛太公白〕我們莊前賞玩賞玩。〔合唱〕嫣紅姹紫濃桃李，且開懷酌玉醴，引年集朱履。〔孫立衆上。唱〕

【風入松】滿盈惡貫想期頤，怕菜衣化作綵衣。〔白〕狗男女那裏走！〔毛太公衆驚避科。孫立衆殺下。顧大嫂殺入内科。 衆莊客持棍棒上，孫立衆殺ト。 顧大嫂追老小婦人上，急走殺下。孫立衆提首級上。孫新白〕毛賊一門都已殺盡，財物已經取得，我們放火燒莊。〔作燒科。合唱〕洪爐毛燎如遊戲，暴易暴彰明天理。忙包裹阿堵分肥，槽有馬，鞴來騎。〔白〕外有數十匹現成鞍馬，我們大家乘了走。〔鄒淵、鄒潤白〕我二人先往石勇酒店中商議等候便了。〔衆白〕甚是有理。〔鄒淵、鄒潤下。内吶喊科。孫立衆白〕官兵追來了，我們迎上前去，殺他個落花流水。〔合唱〕

【黑麻序】拍馬如飛，任衝州過郡，斬將搴旗，把雄軍後殿，輜重先賫。〔追兵殺上，接戰敗下。孫立衆白〕追兵大敗，快些策馬加鞭。〔合唱〕騑騑登州快遠離，梁山速去依，日平西，則見川途遼曠，山靄萋迷。〔鄒淵、鄒潤、石勇上。鄒淵、鄒潤白〕孫大哥，衆人都到了麽？此間就是石大哥酒店，過來相見了。〔衆白〕原來是石大哥，奉揖了。〔石勇白〕不敢。適纔鄒家竹林説起衆位豪傑來歸山寨，甚好，只是楊林、鄧飛二人都跟宋公明打祝家莊去了。又聞得兩次失利，那楊林、鄧飛兩個都被陷在那裏。〔衆白〕那祝家莊如此利害麽？〔石勇白〕祝家三子已是驍勇，又兼他師父欒廷玉更是利害。〔孫立大笑科。衆白〕提轄，笑什麽？〔孫立白〕我等衆人要投大寨入夥，正没半分功勞。我待獻一策，以爲進身，如何？〔石勇白〕若得如此，極妙的了！我們且同衆位豪傑先見軍師，再作計較罷。〔衆應科。合唱〕

【尾聲】清宵虎帳還參議，不怕他將軍堅壁，管教笳鼓聲中奏凱歸。〔同下〕

第十七齣　病尉遲獻計歸巢

〔衆僂儸引宋江、戴宗上。唱〕

【高陽臺】八陣空懸，一籌莫展，愁看列幕平沙，衰草寒雲，軍容特地蕭颯。〔宋江白〕賢弟，我這兩日心神恍惚，睡夢不寧，如何是好？〔戴宗白〕大哥且自寬懷，從容計較爲是。〔宋江白〕怎奈祝家莊堅如鐵桶，不但不能破他，而且陷了幾個兄弟，教我宋江心上如何過得去！〔僂儸上。白〕啓上寨主，吴軍師到了。〔宋江白〕快請進來。〔僂儸作請科。吴用上。白〕已知隻手難擒虎，直下雙鉤欲釣鰲。〔相見科。宋江白〕連日攻打不利，軍師知道麽？〔吴用白〕怎麽不知？　小弟特來與大哥道喜。〔宋江白〕正在憂愁，有何喜之可賀？〔吴用白〕今有登州兵馬提轄孫立帶了七籌好漢，説與石勇、楊林、鄧飛交好，要投山寨入夥。〔宋江白〕這也不過添些人馬，未足爲喜。〔吴用白〕哥哥呀，那孫立與祝家莊教師欒廷玉乃是一師之徒。　他欲獻一計，以爲進身。〔唱〕提轄，西風願助霜威也，管捲却炊煙一搭。〔宋江白〕真個果然？〔吴用白〕豈有虚語。〔宋江大笑科。白〕他們如今在那裏？〔吴用白〕現有石勇兄弟引他來參見哥哥。〔宋江白〕妙呀！〔唱〕破愁城，雙眉展放，陡增歡洽。〔吴用白〕打祝家莊之後還有一計。〔宋江白〕還有何計？〔吴用白〕戴宗兄弟過來。〔作袖中取出封套科〕你到山寨取「鐵面孔目」裴宣、「聖手書生」蕭讓、「通臂猿」侯建、「玉臂匠」金大堅到來，交此帖與他四人，侯打破祝家莊，各扮知府、公吏人等，賺取李應上山。照帖行事，不得有違。〔戴宗白〕得令。〔吴用又出封套科。白〕還有一封，就是你同楊林、李俊、張順、馬麟、白勝六人交看，侯打破祝家莊，分扮巡檢、都頭、土兵，賺取李應家屬上山。照帖行事，不許泄漏。〔戴宗白〕得令。一心忙似箭，兩脚走如飛。〔下。僂儸報上。白〕中堅嚴號令，奸細早擒拿。啓寨主，外面有一扈成，直入寨内，僂儸們綁下了。〔宋江白〕綁進來。〔僂儸應科。綁扈成進。扈成白〕扈成叩見將軍。〔宋江白〕哇！本寨主欲進莊攻打，這厮莫非是奸細，拿去砍了。〔扈成白〕將軍息怒，並非奸細，特來投寨入夥。〔宋江白〕且容他講。〔扈成白〕只爲小妹扈三娘已許鄰莊祝彪爲室，前番小妹愚鹵，悞犯虎威，故爾小可多帶金帛奉上，將軍放還小妹，完彼姻親，小可即收拾家資，願投麾下。伏望將軍格外施恩。〔宋江白〕放了綁。〔僂儸應科。放綁科。宋江白〕看坐。〔扈成白〕寨主在上，小可怎敢坐？〔宋江白〕坐了好講。〔扈成坐科。宋江白〕既願投降，貴莊自不騷擾。但祝彪那厮首領，決不放他。保全令妹，自當另行擇嫁。若依，我之讐仍爲汝之姻戚，則雖云入夥，定有異心。今日之請，斷難從命。〔扈成白〕小可雖援從一之義，實深兄妹之情，只求把三娘放還。從來覆巢之下，必無完卵，小可也領會得了。〔宋江白〕既是如此，金帛也不敢拜登，只煩放回王矮虎，自當把令妹送還。〔扈成白〕不期被祝家拿去，現今拘鎖在莊。〔吴用白〕令妹已送至山寨，奉養在宋太公處，將來自有商量。今後祝家莊上倘有響動，切不可救護。〔扈成白〕一一凜遵鈞諭，即此告別。〔作別科。白〕小莊思繫援，大寨許行成。〔下。孫立、孫新、鄒淵、鄒潤、解珍、解寶、顧大嫂、樂大娘子、樂和、石勇引上。合唱〕

【又一體】那答煙火連村，貔貅野宿，大旂一片斜撒。寂靜人聲，悲笳數點吹發。〔石勇進見，稟科〕新來投寨孫立等一行人馬現在帳前俟候。〔宋江接進，叙禮科。宋江白〕適纔吴軍師來説，遠投敝寨，草木生輝。〔孫立衆白〕寨主納士招賢，四方聞風慕義，容我等得隨鞭鐙，願竭駑駘，以備鞭策。〔宋江、吴用白〕提轄威名如雷貫耳，何用太謙。兼蒙指授妙計，更荷榮施。〔孫立白〕不敢。〔宋江白〕兩次進兵，俱經失利。寨中兄弟，現被羈囚，正乏良圖。福星光降，使宋江不勝慶幸。〔孫立白〕祝家莊地勢天險，必須裏應外合，立可成擒。〔宋江白〕請教。〔孫立白〕在下本是登州提轄，只説對調鄆州把守，經過來此相望，他們父子斷不疑心。我們進身入去，外有舍親等照應，内有弟婦並寒荆維持，内外殺出，一踹而平。特獻此策，以爲進身之報。〔宋江〕妙嘎！提轄這等神機，正是燎如觀火，獨龍祝氏直蝘蜓耳！〔合唱〕排闥，西窗燭焰連烽火，怎敵得神兵山壓。獻奇謀，茅廬初出，第一功伐。〔宋江白〕僂儸看酒，與衆位洗塵。〔孫立白〕且慢，明朝得勝而回，我等開筵，當爲寨主慶賀。今日酒止，暫且相別。〔宋江白〕從命。〔合唱〕

【尾聲】沙場醉卧真瀟灑，向幕底連床枕甲，你聽那一片村鷄叫月華。〔分下〕

第十八齣　欒廷玉開門揖盜

〔祝朝奉、祝龍、祝虎、祝彪、欒廷玉、莊客引上。唱〕

【駐馬聽】保守村莊，執鋭披堅禦寇忙。俺須是填平水泊，踏破梁山，擒賊擒王。〔莊客上。白〕報。啓上教頭，莊後有一行車輛人馬，旗號上寫着「登州兵馬提轄孫立」，特來拜望。〔欒廷玉白〕這是我同師學藝的兄弟。〔祝朝奉白〕那孫提轄是教頭令弟麽？〔欒廷玉白〕乃係師弟。他騎勇件件出衆，不知今日如何到此，快請相見。〔莊客向内請科。孫立上唱〕轅門奉調適兹邦，故人咫尺遥相訪，特到巍岡。權作片時晤語，暫息行裝。〔莊客進報科。祝朝奉衆出迎進科。欒廷玉白〕見了朝奉、三傑。〔孫立各敘禮科。祝朝奉白〕請台坐。〔孫立白〕朝奉齒德俱尊，焉敢僭妄。〔祝朝奉白〕提轄職掌專城，老夫乃鄉隅衰朽，不必過遜。〔各坐科。欒廷玉白〕賢弟向在登州鎮守，今日到此，有何事情？〔孫立白〕奉總鎮對調，移劄鄆州，隄防梁山泊强寇。便道經過，聞知仁兄在此，特來相探。適見村口屯扎兵馬，不好衝突，却是爲何？〔祝朝奉白〕這幾時正爲梁山泊賊寇連次攻打敝莊，未經撲滅。今遇提轄到來，真乃天從人願，枯旱降霖。斗膽屈留幾日，協助獻俘，不勝萬幸。〔孫立白〕孫立不才，自當努力成全貴莊偉績。

只是家小人衆，攪擾不當。〔祝朝奉白〕小莊雖然窄狹，還可居停，惟恐褻慢。〔孫立白〕説那裏話。〔祝朝奉白〕孩兒等去請衆位到此相見，着你母親迎接孫夫人等到後堂款待。〔祝龍等應下。孫立白〕多蒙過愛，何以克當。〔唱〕

【排歌】初幸承顔，遽蒙抵掌，流連信宿情長。〔祝龍等引孫新、鄒淵、鄒潤、解珍、解寶、樂和上。唱〕解鞍此日快登堂，東道聯歡荷龍光。〔進作叙禮科。祝朝奉白〕請問各位大名？〔孫立指孫新、解珍、解寶白〕這三個是我兄弟。〔指樂和〕這位是鄆州差來的公吏。〔指鄒淵、鄒潤白〕這兩個是登州送來的軍官。〔祝朝奉等白〕久仰，久仰！　難得衆位光臨，叨蒙幫助，何愁小寇猖獗，管教即日就擒。〔孫立衆白〕必須活捉了宋江，使天下傳名，盡知貴莊三傑。　且我等薄效微勞，也不枉憲臺調防之意。〔祝朝奉衆白〕前日已擒得賊寇幾人，今待拿了宋江，一齊解往東京，此則提轄應占頭功，小莊得附驥尾，感佩不淺。〔孫立白〕豈敢。〔莊兵急報上。白〕梁山賊寇乂殺向獨龍岡前。〔祝朝奉白〕知道了。〔莊兵下。祝朝奉白〕請到後面飽餐披掛，老夫在莊門上指麾便了。〔衆白〕如此甚妙。〔祝朝奉白〕吩咐掌號開莊。〔内應科。衆唱〕新封堠，古戰場，四奇四正陣高張。　軍威盛，兵氣揚，管教面縛靖强梁。〔同下。宋江、衆頭領引僂儸上。唱〕

【錦衣香】一隊隊忙前向，一陣陣争先上。定知立搗窩巢，生擒厮養，旗麾閃爍馬騰驤。〔宋江白〕今日攻打祝家莊，衆兄弟務要努力上前厮殺者。〔衆應介。合唱〕俺這是神機妙算，指授非常，四面聞楚歌，困垓心志賽張良，鼓角聲悲壯。早礪兵選將，獨龍岡畔開營打仗。〔下。內吹打。場上預設莊門，孫立衆立後兩邊凳上。祝朝奉上門樓介。唱〕

【點絳唇】玉帳雲開，畫旗風擺，莊門外蜂擁而來，賊黨應天敗。〔宋江內白〕把祝家莊圍住者。〔內應介。僂儸引花榮、林冲、楊雄、石秀、歐鵬、穆弘、馬麟、戴宗、宋江各持兵器上。繞場作圍莊介，下。祝朝奉白〕看那些賊寇都來納命也。〔唱〕

【油葫蘆】甲士銜枚，剔選差，十面埋，撓鉤鹿角早安排。俺這裏銅牆鐵壁攻何害，況則是登陴守望屯兵械。〔衆僂儸引花榮、林冲上。向莊門白〕呔！何人敢來出戰？〔祝朝奉白〕欒教頭、祝彪出戰。〔孫立白〕解珍、解寶相助，須要小心。〔解珍、解寶、欒廷玉、祝彪出莊應，與同花榮、林冲殺介。花榮、林冲敗下。欒廷玉、祝彪、解珍、解寶追下。祝朝奉唱白〕戰得疾，猛教人喝聲采。你看他相當旗鼓真無賽，第一陣勝負好難猜。〔衆僂儸引楊雄、石秀上。白〕呔！誰人出莊迎敵？〔孫立白〕朝奉，待孫立弟兄出戰，務要生擒賊寇進莊。〔祝朝奉白〕怎好有勞賢昆仲。〔孫立白〕不敢。〔孫立、孫新出莊，與楊雄、石秀戰介。孫新追楊雄下。孫立白〕賊寇休走，俺今日必要擒你進莊獻功。〔石秀白〕休得胡説。〔孫立白〕看鎗。〔作戰介。擒石秀介。孫新上。莊兵白〕孫提轄又生擒賊寇一名。〔祝朝奉白〕綁進莊來囚禁。〔莊兵押石秀下。孫立、孫新進莊，照舊立凳上介。祝朝奉白〕好個孫提轄也！〔唱〕

【鵲踏枝】端的是大將才，不虛俺拜登臺。暢好是裴相征西，召伯平淮。〔李逵、穆弘上。白〕呔！莊內什麼人出來對壘？〔祝朝奉白〕祝龍、祝虎出戰。〔孫立白〕鄒淵、鄒潤相助。〔作低言。白〕小心在意。〔鄒淵、鄒潤、祝龍、祝虎出莊殺介。李逵、穆宏佯敗。祝龍、祝虎追下。林冲、欒廷玉上。解珍、解寶後追殺介。林冲作佯敗，解珍將欒廷玉刺死介，下。祝朝奉白〕你看解珍怎麼殺起我的人來了？〔孫立白〕莊主想是看得眼花了。〔花榮引祝彪上。解寶後追殺介。花榮作佯敗，解寶用雙刀將祝彪殺死介，下。李逵引祝龍上，鄒潤後追殺介。李逵作佯敗，鄒潤用雙刀將祝龍刺死介，下。穆弘引祝虎上，鄒淵後追上，同作交戰介。穆弘、鄒淵同將祝虎殺死介，下。衆莊客持棍，衆僂儸持雙刀，同作對戰介。各下。衆僂儸引林冲、花榮、解珍、解寶、李逵、穆宏、鄒淵、鄒潤持欒廷玉、祝彪、祝龍、祝虎四人首級作遶場下。一莊兵上。白〕三位公子與欒教頭俱已陣亡了！〔祝朝奉哭介。唱〕可憐那戰陣上痛遭肉醢，愈教人飲恨也麼啣哀。〔孫立、孫新、樂和、鄒淵、鄒潤白〕看刀。〔殺祝朝奉下。僂儸上，遶場下。鄒淵、鄒潤白〕祝朝奉已死，我等放出梁山好漢，再將金銀糧草盡皆收拾，解上梁山，也是我等之功也。〔衆下。解珍、解寶帶引時遷、楊林、黃信、秦明、鄧飛、王英、石秀上，去枷鎖、囚衣介。孫立上。白〕衆位兄弟，今將祝家莊人口殺盡。我們放起火來，燒了莊子，前去參見宋大哥。〔衆應下。顧大嫂引老幼婦女殺下，內放火彩介。孫立衆引僂儸推車輛裝綵緞、金銀，糧草上，遶場下。李逵上。白〕且喜祝家莊已經勦滅，我不免殺入扈家莊去。〔扈成上。白〕呔！爾等與祝家莊有仇，怎麼殺入扈家莊上來？〔李逵白〕汝是何人？〔扈成白〕我乃莊主扈成，汝是何人？〔李逵白〕不認得俺「黑旋風」李爺爺麼？那裏走！〔戰介。殺扈成下。花榮、林冲、馬麟、穆弘、歐鵬、戴宗、張橫、張順、呂方、郭盛、石勇、吳用、宋江、僂儸引上。唱〕

【青歌兒】吹不盡陣雲靉靆，看不了血雨瞟朧，原來那野火燒身自惹災。〔孫立、孫新、鄒淵、鄒潤、樂和、僂儸等推車輛上。唱〕好似他鉅橋積粟鹿臺財，都分賚。〔孫立衆相見揖介。吴用、宋江等白〕何來許多車輛？〔孫立衆白〕載有金銀、綵緞、衣服、首飾，都是莊内之物。〔宋江白〕妙嗄！皆衆位玉成之力也。〔唱〕

【寄生草】滿斗量盈車載，比方着董家郿塢燒難待，郭家金穴消應快，石家梓澤人何在。〔解珍、解寶引楊林、時遷、黄信、秦明、鄧飛、王英、石秀等上。唱〕分明缺月慶重圓，周圍密網欣齊解。〔見介。合白〕我等有失軍機，又蒙軍師、寨主解救，實深惶悚。〔吴用、宋江白〕勝敗兵家常也。〔李逵提首級上。白〕燥脾燥脾，爽快爽快！大哥，祝家莊、扈家莊多被我殺盡了。這是扈成的首級，提來請功。〔宋江白〕唗！鐵牛，扈成已是投降，怎麽殺他莊上，擅違將令？〔李逵白〕你又不曾和他妹子成親，便又思量阿舅丈人。〔宋江白〕唗，胡説！今日本合斬首，且把功勞折過了，下次違令，定不饒恕。〔李逵笑介。白〕雖然没有功勞，也吃我殺得快活。〔宋江白〕還有那鐘離老人指路之恩未曾報得。將車中綵緞、金銀，再將糧米五百石，就差石秀兄弟親送於彼，并合村百姓各賜糧米一石，以表人心。〔石秀應下。宋江白〕衆僂儸。〔衆應介。宋江白〕就此拔寨回山。〔衆白〕得令。〔合唱〕

【寄生草】奏凱歌，拔營寨，仇讐已報消兵革，金銀如許添光彩，英雄新聚均推戴。功成三打祝家莊，絃歌試譜垂昭代。〔同下〕

第十九齣　扮假官李應上山

〔李應手帕絡手，小厮扶上。唱〕

【錦天芳】没來由，兩函書把盟言盡勾，談笑起戈矛鬧簫牆，那些兒式好無尤。〔白〕我李應叵耐祝家那些小畜生不顧口黄，唐突父執。我修書兩次，不但不放回人來，反出惡言詈駡。我去與他理論，他公然與我格鬬。又射我一箭，瘡口至今未愈。因此閉户養疴，不管他人閒事。〔唱〕堪恨這一星星鷄雛黄口，只落得怒沖沖按住吴鈎。〔白〕前者宋江差人求見於我，故推病不出。我想宋江雖仗義疏財，但我乃盛世良民，怎肯接見他，蹈這瓜田李下之嫌。〔唱〕他據着莽男兒逋逃藪，怎當我緊閉雙環如泄柳。怕農夫刈良苗，還同稂莠。〔白〕昨日聞得把扈家三娘生擒了去，這算又斷了一臂了。〔唱〕笑他將軍太柔，却累裙釵出醜，莫怪我殘局外自優游。〔莊客上。唱〕

【傾杯賺】賊勢滔天，花村殺戮連鷄狗。〔白〕莊主，不好了！那祝家莊已被梁山賊人掃爲平地了。〔李應白〕嗄！有這等事！你且慢慢的報來。〔莊客白〕昨日忽有人來報説，登州兵馬提轄孫立領了官兵到了祝家莊後門。那欒廷玉原與孫提轄有舊，聽見這個喜信，就放下吊橋。〔唱〕烽煙懷舊，一夫暫啓當關守。〔李應白〕且住，祝家莊有了官兵幫他，一發好了。〔莊客〕莊主，有什麽好！那知祝家兄弟出去厮殺，孫提轄竟做了裏應外合，把祝家呵，〔唱〕墮奸謀，覆巢下，俱遭毒手。霜鋒過，不分童叟。〔李應白〕祝家父子都死了，那梁山泊好兇也。〔莊客白〕這還不算兇。只見那些强盗又跑到西村，將扈家一門，〔唱〕摧殘陡，還將細馬載温柔。〔白〕一霎時兩村化爲白地，那紛紛居民報官的報官，逃難的逃難。〔唱〕問君驚否，問君危否？〔下。李應白〕聽了這些話，我李應好不驚喜交并也。〔唱〕

【又一體】喜靖鄰仇，唇亡齒寒堪眉皺。〔白〕我原是三村相爲性命，如今只有我家無恙，這也算僥倖。〔唱〕綢繆户牖，尚無風雨來僝僽。〔杜興飛跑上。白〕莊主，本州太爺爲查祝家事情，已到我們莊上了。快出去迎接。〔李應慌介。白〕我箭瘡初愈，快些扶我出去。〔内吆喝，衆皂役、一孔目、兩虞候引知府轎馬上。衆同唱〕賣風流，擺頭踏，居然太守。〔下馬介。李應迎接。知府白〕你是東莊李應麽？〔李應白〕小人正是。〔知府白〕那祝家莊爲何被賊人殺害，你是知情的。説來。〔李應白〕小人雖是東莊，離他甚遠。那祝家莊與梁山泊搆釁，小人其實不知。况且小人曾被祝彪射了一箭，傷了左臂，一向閉門在家。〔唱〕清平世罪名難紐。〔知府白〕胡説！祝家莊現有人告你結連强寇，打破村莊。你前日又受了他許多鞍馬、金銀，你還要賴到那裏去！〔李應白〕小人是知法度的人，如何肯受他的東西。〔唱〕皆烏有，探丸貲物怎甘收。〔知府白〕不用多講，左右與我拿下了。〔左右應介。衆綁李應介。知府白〕那個是主管杜興？〔杜興白〕小人就是。〔知府白〕你也是有名人犯，把他鎖了，一同押到府裏去。〔左右應介。作鎖杜興介。知府上馬，衆作押李應、杜興行。合同唱〕不須分剖，難容分剖。〔下。蒼頭上。白〕嗄，嚇殺我也！我家莊主平白地被州裏太爺拿去了。這便怎麽處？不免報與大娘子知道。大娘子快來。〔使女引李應娘子上。白〕蒼頭，前面鬧烘烘，怎麽樣了？〔蒼頭白〕大娘子，不好了！莊主是被州裏太爺拿去了。那太爺説通同梁山泊賊寇，打破祝家莊。如今要提去審問。〔大娘子白〕兀的不痛殺我也！〔作跌倒介。蒼頭作叫介。大娘子起。唱〕

【又一體】淚湧雙眸，飛災天降難消受。〔内白〕衆土兵把李家莊團團圍住，不許走了一個。〔蒼頭白〕外邊又喧嚷起來，好奇怪也。〔唱〕驚魂自抖，恨没個夫人城廓當强寇。〔衆土兵、四都頭引兩巡檢上。白〕衆土兵打進李家莊去。〔蒼頭白〕你們又是什麽人？青天白日打進良民之家。〔巡檢白〕掌嘴，掌嘴！你是良民，難道我老爺是賊？你家通同梁山泊賊寇，還説什麽良民。〔蒼頭白〕請問老爺如今來做什麽？〔巡檢白〕奉上司明文，拿了家屬，抄扎家私。衆土兵進去抄扎家私，把箱籠細軟都解上州裏去。〔衆應介，下。大娘子白〕嗄！竟要抄扎家私，好不唬殺人也！〔唱〕胡斷搙，似這等硬打刼求財白手，何不自掙個家私銅斗。〔衆土兵作抬箱籠上。白〕老爺，家私細軟都收拾了。〔巡檢白〕把他家人、使女都上了鎖，李大娘子把車輛載好了。〔衆應介。作鎖蒼頭、使女，大娘子哭介。唱〕真堪醜，把妻奴也似罪人囚。〔巡檢白〕衆土兵與我把這叛民莊屋都放火燒了。〔衆土兵作放火介。衆遶場。唱〕僞官忙走，僞官忙走。〔下。衆皂役、孔目、虞候押李應、杜興引知府上。衆同唱〕

【四邊静】牢籠巧計誰參透，紗帽將頭湊，賊智可偷天，官話不離口。〔白〕左右，行了多少路了？

〔衆〕行了三十里了。〔知府白〕快些趲行者。〔衆應介。遶場。唱〕眼光即溜，精神抖擻，等得夥兒來，丢下犯人走。〔衆僂儸引吴用、宋江、黄信、秦明、王英、阮小二、阮小五、阮小七、石勇、李逵、時遷、鄧飛、解珍、解寶、歐鵬、林冲、花榮、楊雄、石秀上。白〕呔！梁山泊好漢全夥在此，你那狗知府，往那裏走！〔作沖殺。知府、孔目、虞候跑下。衆白〕那知府走了。〔林冲白〕衆僂儸分兵前去，把那狗知府都殺了罷。〔衆應介。作解縛介。白〕大官人受驚了。我宋江聞得大官人被知府捉拿，故此前來解救，請上梁山暫躲幾時。

〔同唱〕

【朱奴帶錦纏】龍蛇窟暫且淹留，蓮花幕何妨迤逗。和你痛飲中山千日酒，等得着昇平時候。〔李應白〕多承衆豪傑救我。只是叫我上梁山，我是斷然不去的。〔唱〕稼穡念先疇，怎敢學鯨魚碧海，從他掉尾游。〔杜興白〕大官人是清白之民，不上梁山也極有理。只是如今又殺了知府，可不是罪上加罪。〔李應白〕知府是他們殺的，與我何干？〔杜興白〕只怕難分辯，若依杜興主意……〔李應白〕依你便怎麽？〔杜興白〕不如上山暫躲幾時，一來不受眼前茶毒，二來宋公明義重如山。〔唱〕特地來相救，劍亡何用刻舟求。〔李應白〕我若去了，我的家屬豈能保全？〔林冲四人白〕大官人放心，寶眷已接上山寨去了，不須慮得。〔李應白〕罷了，罷了！且隨你們上山，再作道理。〔宋江白〕衆僂儸，就此回寨。

〔衆應介。唱〕

【尾聲】分明傾蓋逢佳友，不啻盟心杵臼，〔合唱〕且高雲山汗漫遊。〔下〕

第二十齣　踐舊約王英合巹

〔衆僂儸、蔣敬、童威、童猛、劉唐、鄭天壽、燕順、杜遷、宋萬、孟康、陶宗旺、薛永、朱富、宋清、穆春、李雲、李立引鼉蓋上。同唱〕

【玉芙蓉】包戈静鼓鼙，脱劍扶忠義，盡堂堂正正，殺人有禮。祝家莊上豨張息，宛子城邊虎旅歸。〔鼉蓋白〕前因祝家莊恃横，大言不慚，公明賢弟領兵進剿，喜得已經掃蕩，奏凱班師。兼有衆多豪傑，聞風歸附。那「撲天雕」李應已經賺取上山，遠近景從，大寨益加興旺。〔衆白〕聞得那生擒的扈三娘全身武藝，孫提轄等俱是騎勇超羣，此皆寨主威德感孚，因得有此英賢輻輳。〔僂儸上報介。白〕軍師與宋寨主已過金沙灘了。〔鼉蓋白〕伺候鼓樂迎接。〔僂儸應下。鼉蓋衆合唱〕他那裏，競壺漿筐篚。動歡聲，漫天香靄散雲飛。〔下。内作開船、掌號、鳴鑼，衆僂儸、林冲、花榮、李俊、張横、張順、阮小二、阮小五、阮小七、白勝、蕭讓、裴宣、侯建、金大堅、吕方、郭盛、穆弘、歐鵬、鄧飛、秦明、黄信、李逵、戴宗、馬麟、王英、楊雄、石秀、楊林、石勇、時遷、孫立、孫新、解珍、解寶、鄒淵、鄒潤、樂和、顧大嫂、樂大娘子引宋江、吴用上。同唱〕

【又一體】乘風扯義旗，傍日消兵氣。喜班師奏凱，羣才濟濟。芙蓉艦泛銀濤沸，鸚鵡舟停錦纜維。〔鼂蓋衆迎接，作上山介。合唱〕大寨裏，聽金鳴鼓擂。快遥迎，錦衣上路滿光輝。〔内奏樂。舊頭領參見宋江，新頭領參見鼂蓋介。各坐介。鼂蓋白〕聞得祝家莊地勢最險，車不及回轅，馬不能並轡，怎生智取，成此大功？〔吴用白〕此功多虧孫提轄與衆家豪傑裏應外合，不然怎得成功！〔鼂蓋白〕提轄這般神算，真堪運籌帷幄之中，決勝千里之外。敬服，敬服！且請到後寨少歇，聊具小酌，以作洗塵。〔孫立、孫新、樂和、解珍、解寶、鄒淵、鄒潤、顧大嫂白〕多謝寨主。〔下。宋江白〕請李大官人出來。〔僂儸應，請介。李應上。白〕情知不是伴，事急且相隨。〔宋江、吴用白〕此位就是鼂寨主。〔李應作拜介。鼂蓋白〕久聞李大官人扶危濟困，仗義疏財，今得親炙榮光，可稱萬幸。〔李應白〕多蒙寨主與衆頭領恁般義氣，弟雖不才，亦願常侍左右。但不知官司事體，可能平静否？〔宋江大笑介。白〕你道那知府是誰？就是我寨中頭領假扮的。只爲仰慕大官人，特設此一條計策，祝家人口都已殺盡了，那裏有人來告你？〔李應作驚介。白〕原來如此！〔宋江白〕戴宗賢弟，你同李大官人到後寨安置寶眷則個。〔戴宗攜李應同下。王英白〕宋大哥，我想忠信乃立身根本，每見大哥行事，只全得個忠字，於信字上却欠着幾分也。莫怪俺做兄弟的饒舌。〔唱〕

【鮑老催】信字難期，俺花星不照命運低，怪不得牽羊擔酒謝媒遲。〔宋江笑白〕兄弟不必多言。〔向吴用、鼂蓋介〕我當初在清風山時許下他一頭親事，懸懸掛在心中，不曾完得此願。〔唱〕清風山直到今，並不是都忘記，難得個雌雄劍合莫邪妻。〔白〕今擒得扈三娘，此女武藝高强，竟欲配與王兄弟，成其夫婦，不知尊意如何？〔唱〕姻緣湊巧諧夫婿，把信字休嘲戲。〔王英白〕足見大哥有德有義。〔王英拜謝，虛白介。吳用白〕今日黄道吉日，可備花燭，與大哥早早完全了這個信字。〔王英又拜介。宋江白〕賢弟快請更衣。〔王英作恭敬應下。宋江白〕就請新人。〔儐相上，讚禮介。王英吉服，扈三娘、四侍女作攙扶，兩場門上。王英、扈三娘交拜介。鼂蓋、宋江、吳用白〕送入洞房。〔鼓樂前導，王英作扯扈三娘，虛白下。衆笑介。鼂蓋白〕吩咐大排筵宴，設在忠義堂上，一則與衆位頭領慶功，二則與王兄弟賀喜。〔衆白〕多謝寨主。〔同唱〕

【尾聲】洗塵筵席開還未，聽合巹蘭房歡莫比，大聚會啣杯休問夜何其。〔同下〕

第廿一齣　白秀英斂錢招禍

〔鄭氏上。唱〕

【遶紅樓】膝下孤兒悵遠遊，倚閭切盼斷雙眸。〔白〕斑衣一去無消息，堂前寂寞成悲憶。天涯望斷欲消魂，長堤芳草連天碧。老身鄭氏，幼適雷門，夫主早亡，守孤十載。孩兒雷橫，現充本縣都頭，二十已過，姻親未偶，更兼任俠使氣，仗義疏財。這却是男兒本等，只索由他。自從往東昌公幹，已經兩月，家中薪水艱難，幸賴朱節級時常周濟，不致缺少。只是爲何此時還不見回來，好生牽掛人也。〔雷橫上。唱〕奉命宣差，別家已久，怎免北堂愁。〔白〕我雷橫從東昌回來，投過回批，已到自家門首，不免逕入。母親。〔進見介。鄭氏白〕呀！我兒回来了。〔雷橫揖介。白〕奉本官差遣，定省久違，恕孩兒不孝之罪。〔鄭氏白〕起來。〔雷橫起介。鄭氏白〕且坐了。〔雷橫白〕告坐了。〔旁坐介。雷橫白〕孩兒雖則在外，一心只牽掛母親不下。〔鄭氏白〕咳！孩兒，只願你早諧姻事，我便放心得下了。

〔唱〕

【黄鶯兒】白髮已盈頭，盼孩兒叶好逑。紅絲何日牽成就，肩兒少休，心兒少酬，生男始願纔消受。〔合唱〕賴天麻夫和婦睦，百世紹箕裘。〔鄭氏白〕兒嗄，自你出門，家中薪水多虧朱官人時常周濟。該去謝謝他。〔雷橫白〕孩兒還要到縣畫卯，回轉到彼奉謝。孩兒在路遇一契友，相贈銀兩，母親請收下。〔出銀包交付，鄭氏收介。鄭氏白〕可曾用早膳麽？〔雷橫白〕孩兒在路用過，就往縣中去來。〔鄭氏白〕早去早回。〔雷橫白〕曉得。〔作揖出門介。雷橫白〕家中來事母，縣裏去承官。〔下。鄭氏進内下。李小二衆看官上。唱〕

【縷縷金】幫閒慣，會溜鈎，朝朝閒打踅，串青樓。快活誰能及，一生花柳。〔雷橫上。唱〕纔完公事且行由，衙門免伺候，衙門免伺候。〔撞見介。李小二白〕都頭幾時回來的？〔雷橫白〕恰纔縣裏銷繳公文、批帖，列位爲何恁般的匆忙？可往那裏去？〔衆白〕你出去了這許多時，這勾欄院裏新到一個歌妓，叫做白秀英，果然色藝雙絶，熱鬧得緊。都頭何不去看看？〔雷橫白〕我纔到家，不曾曉得，此刻公事已畢，同去識目識目也好。〔衆白〕好嗄！大家去走走。〔衆合唱〕

【又一體】忙移步，莫遲留，逢場争買笑，聽鶯喉。行到平康里，摩肩而走。紛紛委實看人稠，教坊第一手，教坊第一手。〔下。白玉喬上。唱〕

【梨花兒】教女謳歌真罕傳，繞梁音韻韓娥授，未斷恩情虧邑侯。嗏，開科院本翻新奏。〔白〕自家白玉喬的便是。只因年邁，止倚靠女兒秀英賣唱度日。吹彈歌舞，出類超羣。不想有緣得遇這鄆城縣老爺，昔年與我女兒在東京交好，特來投奔。蒙他批發告示，容我們開設勾欄，喜得人山人海，甚是熱鬧。我想有此脚力，何愁不香。非但院内歌唱，就是鄉宦之家，也要去尋他幾貫錢鈔。告示已經張掛，衙門使用看官府面上竟不來索取，何等快活。不免唤女兒出來，趁早演唱。秀英那裏？〔白秀英持扇上。唱〕

【清江引】金樽檀板娱清晝，珠串霏香口。標首自争先，纏頭誰落後。又洒樂，又温存，又風流。

〔白〕爹爹説什麽？〔白玉喬白〕今日看官甚多，演好些曲兒纔好討賞。〔白秀英白〕檢個什麽異様曲兒唱唱便好？〔白玉喬白〕有了！竟唱個西調《連相》罷，我便打個叉，好接他們的賞錢。〔白秀英白〕好嗄！竟是這樣。〔白玉喬白〕快些打扮上臺。〔白秀英下。雷横衆人上。白〕花雨送香黏蝶翅，春風吹暖滿鶯聲。這裏院内了，進去，進去。〔齊進介。白玉喬白〕列位看官們，今日我秀英出奇的西調，唱倒了幾處州城了，要討看官們重賞哩！〔衆白〕只要唱得好，討些賞錢何妨！〔白玉喬白〕如此，就要演唱了。〔下。衆讓雷横首坐介。内彈琵琶絃子，白秀英上，唱西調介。白玉喬中間發渾介。唱畢。白玉喬打采介。衆白〕果然唱得好！我們情願打采。〔各出銀錢，白玉喬持盤收介。對雷横討賞介。白〕這位官人來。〔雷横作羞色介。白秀英上。雷横白〕今日偶然，不曾帶得出來，明日一總賞你。〔白秀英白〕官人收了這賞字罷，頭醋不酸，二醋不辣。我們賣笑生涯，尋趁看官們的錢鈔，不拘多寡就是了。〔雷横向白秀英介。白〕我就賞你三五兩銀子，不值甚的。〔白玉喬氣介。白〕嗄！早是這等，不必進來遊戲了。〔向白秀英介〕我兒，你自没眼，不看城裏人、村裏人。〔雷横怒介。白〕哇，這忤奴！〔白秀英背後虚白，衆勸介。雷横白〕你敢辱我雷横處？〔白玉喬白〕罵你這三家村使牛的。〔雷横作打白玉喬耳光介。白玉喬撩衣欲打介。衆勸介。白秀英嚷介。雷横唱〕

【撲燈蛾】打伊這潑賤，打伊這潑賤，看官莫相救，我來闖勾欄，怎放他膽大如斗也。〔衆勸介。唱〕你也休争，他也没扭，遊戲事結甚冤讐。〔雷横怒介。唱〕恁腌臢苗而不秀，仗倚誰迎門賣俏不知羞。〔白玉喬向雷横撞頭，雷横打傷白玉喬門牙，跌地介。衆勸。白秀英扶白玉喬諢下。白秀英即上罵介。衆勸住雷横作推出門介。齊下。白秀英怒介。白玉喬痛苦聲，手捧牙上。白秀英白〕可曾打壞那裏？〔白玉喬白〕把門牙都打掉了，支撑不住，怎生是好？〔白秀英白〕爹爹放心，我向縣裏老爺處告他，只説我父親七死八活，性命也不保，定要把這厮處死他，纔好出氣。〔白玉喬白〕好孩子，真正娼妓中的魁首！〔白秀英白〕進去睡在床上，不要出頭。〔諢下。四衙役、吏典引知縣錢用臧上。唱〕

【光光乍】小子作清官，伸手只要錢。地方諸事都不管，比較錢糧用威權。〔白〕斷事不在理，作官偏愛財。有人來告狀，只交現錢來。下官鄆城縣知縣錢用臧是也。連日嫖興大發，没有一點空閒，堆積許多狀子。今日不免檢點檢點，可有什麽想頭在内。待我批發批發。〔看介〕一件霸占田産事。妙嗄！這裏面有一注錢弄弄。具狀人趙洪有山田一畝三分。啐！通共一畝三分地，有什麽想頭！不要看他。一件已獲大盜，乞求追贓，已濟飢寒事。有趣嗄！强盜捉住了，失主求我追贓，這件事有五千金到手。妙嗄！可喜樂殺。待我看來。呈狀鍾三于二月十五日夜間忽被大盜三五人打入後門，偷去倉米二斗，舊葛布袍一件，破毡襪一雙，白大碗二個。咳，悔氣！ 這些東西要他何用。〔白秀英上。白〕爺爺，救命嘎！〔知縣白〕什麽人叫喊，拿個來！〔衆應帶進，白秀英跪介〕爺爺，告狀。〔知縣白〕呀！ 你是白秀英。看茶伺候。起來，地涼不要跪着。爲何事告狀？ 快快説上來。〔白秀英白〕承你的好意，興起勾欄，我們如今都被人打了，特來謝你美意。〔知縣白〕誰敢！ 不要説打你，就是人瞅你這們一眼，我也不依。〔白秀英白〕現都有人看見的，還説不敢。〔哭介。知縣白〕不要哭，有話你告訴我，我好收拾他，替你出氣。〔白秀英白〕雷横把我父親打傷，命在呼吸。〔知縣白〕就是雷横麽？ 申冤容易。左右，快拿雷横過來。〔遞簽與衙役，應下。知縣白〕白姑娘，你父親可打壞何處？ 實説與我知道。〔白秀英唱〕

【玉肚枝】【玉嬌枝】（首至二）沉冤莫剖，那雷横肆爪牙胡言亂謅。【玉胞肚】（三至合）我爹行遍體傷痕，小妮子籲恩提究。【玉嬌枝】（五至末）還説我衙門情熟因那籌，百般辱駡多僝僽。望爺爺研鞫細追求，一紙呈詞敢上投。〔白〕打落門牙，現有証見。〔知縣白〕知道了。〔白秀英白〕走來要着實的打，若是虚應故事，我不與你干休。〔知縣白〕我恨不得一板敲死，怎麽説虚應故事。我要打輕了他，我就是你的兒子。〔衙役帶雷横進介。白〕雷横當面消簽。〔知縣白〕雷横，你在我衙中出入，怎不遵守法度，擅自行兇，把白玉喬打落門牙。你有何辯？〔雷横白〕爺爺，小人素知禮法，遵守衙規，怎敢胡亂打架？ 小人不合到勾欄聽唱，身邊不曾帶錢，豈料那白玉喬呵，〔唱〕

【又一體】攔門廝耨，把衣衫牢拴緊揾。〔知縣白〕你没有賞錢，自然不放出你去了。怎麼你就打他？〔雷橫唱〕白玉喬大肆咆哮，因此上兩相争毆。並未曾揮拳鑿齒招罪尤，天臺犀照奸難售。況且是奉明文娼妓不容留，怎當伊噀血含沙逞惡謀。〔知縣白〕你這狗才，曉得勾欄是本縣叫開的，你倒扳扯本官，我也不與你計較。只是問你，打落門牙該得何罪？〔白秀英白〕爺爺是青天，他既無賞錢，反將我父親打壞，足見他是强霸了。〔知縣白〕打架是真，强霸是實。〔雷橫白〕小人怎敢？〔白秀英白〕公堂之上，他還敢引着明文壓制官府，何況背地裏？只求爺爺詳情。〔知縣白〕是嗄！如此肆橫，決當重處。扯下去重打四十！〔衆應，打介。知縣白〕取大號枷來，枷號衙門示衆。〔二衙役押雷橫下，即上。白秀英白〕你把他枷在那裏？〔知縣白〕枷在井亭示衆。〔白秀英白〕這個與不枷的一樣。〔知縣白〕不要惱，你説枷在那裏，我依你就是了。〔白秀央〕雖然蒙老爺將雷橫枷責，還求號令勾欄門首，方可警戒將來。〔知縣白〕説得有理。分付禁子，將雷橫枷號絣扒在勾欄院門首示衆。如若容情，一併究處。〔衆應介。白秀英白〕多謝！我去了。〔知縣白〕什麼話？你今日動了怒，生了氣，那有空回之理，略坐坐兒，吃杯酒，與你解解悶兒。〔白秀英虚白介。知縣白〕分付掩門。〔衆應介，齊下。白秀英〕雷橫，雷橫，饒你縱有凌雲翼，管教難逃目下災。且回到勾欄，慢慢灑落也。〔下〕

第廿二齣　雷都頭荷技行兇

〔雜扮禁子押雷横枷上。唱〕

【山坡羊】没踹的雄心難按，窣地裏含冤長嘆。好似那羝羊觸藩，角其羸，牽惹喬公案。〔禁子白〕雷大哥，這裏是勾欄門首了，且在此坐一坐。〔雷横白〕咳！我雷横也是個好漢。〔唱〕潑紅顔，生憎遭白眼，則索低頭簷下，怎不添慚赧。呼籲蒼天，迢遥雲漢。〔白〕更是我母親在家呵，〔唱〕愁煩，盼金萱孰問安。摧殘，恨煙花剔弄奸。〔白秀英上。白〕紅牙方歇板，白眼又看人。好嗄！叫他這般自在。禁子哥。〔禁子白〕娘子，怎麽説？〔白秀英白〕你敢是和他有首尾，放他自在。老爺叫你絣扒他，你却做人情，少間我對老爺説了，還你個好意兒。〔禁子白〕娘子不必發怒，我就絣扒他便了。〔白秀英白〕如此我便幫襯你。〔暫下。禁子白〕都頭，没奈何，胡亂絣一絣罷。〔絣雷横介。鄭氏提飯上。唱〕

【又一體】痛膝下驀遭欺嫚，吃堂上不容鬆泛。直教我淚眼難乾，勸孩兒且自加餐飯。〔白〕孩兒雷横因打了白玉喬，被娼妓告官，將他枷號在勾欄門首，爲此老身特送一碗飯兒到此。呀！原來絣扒在這裏。〔雷橫白〕母親嗄！〔鄭氏向禁子介。白〕你和我孩兒一般，是衙門中出入的人，錢財這般的好使，誰保得常没事，將他絣扒麽？〔禁子白〕老安人，我們却要容情，無奈被原告人監定要絣，因此做不得情面。〔鄭氏白〕幾曾見原告人自監着被告枷號的，你待哄那個？〔禁子白〕老安人有所不知，他與本官相與得好，一句話便要斷送我們，因此兩難。〔鄭氏白〕嗄！這賤人恁般倚勢，待我解了索子，看他怎麽樣了我！〔放索介。白〕我那兒嗄！〔雷橫白〕母親嗄！孩兒不孝，連累母親擔憂。〔鄭氏白〕兒嗄！〔唱〕欠平反，眼睜睜誰顧盼。痛殺伶仃孤苦，添上愁無限。非是我舐犢私情，忍見他濡狐貽患。〔雷橫白〕孩兒自别母親出門，不想從勾欄門首經過，與衆友一同進去觀看。只因未曾帶錢，那龜子白玉喬不容孩兒出去。一時性發，打他幾下，却被娼妓告官，受此枷責。〔鄭氏白〕原來如此！我兒且休煩惱，做娘的帶得碗飯在此，且吃一口。〔雷橫白〕孩兒氣咽填胸，怎生吃得下！〔鄭氏白〕勉强吃些。〔雷橫吃飲嘔吐介。鄭氏白〕阿呀！白秀英賤人嗄，害得我兒好苦也。〔合唱〕這般，屈官司到處難。今番，舊家門甚日還。〔白秀英曲内上見介。怒白〕你這老賤人，在這裏説什麽？〔鄭氏白〕你這千人騎、萬人壓的賤歪貨，你倒來駡我麽？〔唱〕

【水紅花】娼家賣笑與迎奸，揭天翻把人輕慢。〔白秀英白〕你這老咬蟲、乞貧婆、死賤人，敢來駡我麽？〔唱〕老而不死賊般看。〔鄭氏白〕鄆城知縣敢是你做的麽？〔白秀英白〕啐！〔唱〕没顛赸肆無忌憚。〔打介。雷橫怒介。白〕唗！〔唱〕敢將娘親欺侮，毋拘虎狼餐，不由人怒氣直排山也囉。〔將枷梢打死白秀英下。禁子白〕不好了！白秀英打死了！地方快來。〔鄭氏慌介。白〕如今怎麽樣處？〔地方二人上。白〕好嗄！弄出這樣事來。人命關天，非同小可。快同到縣裏去。〔鄭氏、雷横哭。唱〕

【尾聲】殺人者死王章犯，管教母子分離散，真是那雪上加霜寒上寒。〔衆押下〕

第廿三齣　美髯公捨身救友

〔朱仝急上。唱〕

【山東劉衮】勾欄鬧，勾欄鬧，慘磕磕，困英豪。〔白〕我朱仝連日只爲奉差出去，不曉得雷兄弟回來，豈知他鬧了勾欄，没來由惹出一場是非，受此枷責。方纔地方呈報，説他打死了白秀英，解到堂上來審問。我想那白秀英是本官心愛的妓女，此事料難挽回，如何是好。且待官府剖斷明白，看是如何，再作道理。〔差人押雷橫上。鄭氏隨上〕雷橫唱〕劉地妓館娼樓，種綿綿禍苗，實實屈成招。他兀是出律律炒，面上辱難當，心裏恨寧消。豈是咱要尋彼懊惱，反把娘親絮叨。不覺的側身剛打一枷梢，直僵僵脂悴粉憔，無奈喧嚷嚷的地方來告。〔各見介。朱仝白〕呀！雷兄弟，我只爲本官差了出門，不曉得你回來。誰道你今日犯着此事！〔鄭氏白〕節級，如今怎麼處？〔朱仝白〕老伯母且自放心。賢弟，你如何做出這樣事來？〔雷橫白〕哥哥，一言難盡。〔朱仝白〕官府還未升堂，且在衙門首席地坐一坐。〔差人白〕朱節級，有話快些説幾句，官府坐堂在即了。〔暗下。坐介。雷橫白〕小弟前日從東昌回家，特來拜謝哥哥的盛德，不合在勾欄門首經過，進去一觀。可恨那白玉喬的老龜惱了小弟的性子，打了他一場，不想被本官徇情枷責，不容分辯。〔朱仝白〕賢弟，你打傷了白玉喬猶可解救。如今打死了白秀英，只怕官府不肯引着誤傷人命科斷哩！你也忒覺性急了些。〔内衙役、吏典白〕發三梆了。〔内發梆介。朱仝白〕官府坐堂了。老伯母，那邊略躲一躲。〔朱仝、鄭氏下。差人暗上，帶雷横暗下。内擊雲板。衆衙役、吏典引知縣錢用臧上。唱〕

【臨江仙】息訟安民人自擾，琴堂不得逍遥。〔白〕下官鄆城縣知縣錢用臧是也。方纔地方報來，白秀英被雷横枷砍斃命，本縣特爲升堂。〔差人帶雷横暗上。白玉喬隨上。知縣白〕左右。〔衆應介。知縣白〕帶雷横進來！〔左右應介。差人報門介。白〕白玉喬進。雷横進。〔左右〕進來！〔差人帶雷横、白玉喬進，跪介。知縣白〕且打開刑具。〔差人應，開刑具介。知縣白〕差人出去。〔差人下。白玉喬白〕爺爺申冤，我女兒白秀英被雷横登時打死，俱是致命重傷。〔知縣白〕尸親站過一邊，傷痕俱已檢驗明白，本縣替你嚴究就是了。〔白玉喬跪一邊介。知縣白〕雷横。〔雷横應介。知縣白〕本縣將你枷號示衆，怎麽還敢行兇？你把白秀英打死，明明是讐殺了。快快招上來。〔雷横白〕小人只爲這潑賤欺侮我母親，一時性發，並無有害彼之心。〔白玉喬白〕爺爺，不要聽他胡言。他母親也是個鴇兒。〔諢介。左右吆喝，仍跪原處介。雷横唱〕

【梁州序】娘親年耄，多般刁拷，無明火起難銷。略他枷梢輕點，誤傷犯下科條。〔知縣白〕你明明有心打死，怎生引得誤傷人命？按律抵償，並非枉斷。〔雷横白〕小人該死，只求老爺超生。況且母老丁單，即援仇殺之條，尚有留養之例。〔唱〕伏懇恩臺垂照，實出無心，留養沾鴻造。〔白玉喬白〕他母親有許多乾丈夫，到處都有乾兒子，養贍那争雷横一個。只是苦了我女兒，只有爺爺一個乾丈夫。如今我女兒死了，叫我這硬邦邦頂碑馱碣的一座丈人峰，目下認不成乾親戚了。〔左右喝介。知縣白〕自古道：人命關天，豈可輕放！扯下去，先重打了四十再問。〔衆應，打介。白玉喬白〕爺爺真正是我女兒的情郎，先打他來肉綻皮開，也與我女兒消消這口惡氣。〔左右喝下。雷横起介。唱〕筆下超生，陰德原非小，鐵案成時怎動摇。〔知縣白〕吏典疊成文卷，問成死罪。即令解上濟州，聽候斷結便了。上了刑具。尸親釋放寧家。〔衆應介。知縣白〕分付寫解批。〔衙役向内傳介。知縣白〕唤朱仝。〔衆應，向外唤介。朱仝上。白〕朱仝進。〔左右〕進來。〔朱仝進，跪介。衆遞解批桌上介。知縣白〕雷横打死白秀英，應該抵償，着你解往濟州處決罪案便了。解批在此。〔朱仝應，站介。知縣白〕再派幾名解差，沿途押送。〔朱仝衆應介。知縣唱〕決死罪纔公道。〔白〕分付掩門。〔衆下。解差掛腰刀上，扶雷横作出門，朱仝同出介。朱仝、解差扶雷横行。同唱〕

【節節高】天高聽亦高，盼雲霄，回大全仗天來靠。〔解差暗下。鄭氏急上。白〕我兒在那裏？〔雷横白〕母親在那裏？〔相見哭介。雷横唱〕身難保，吃棒敲，真消耗。問成死罪傷懷抱，母恩罔極他生報。〔鄭氏白〕朱官人，官府怎麽樣斷了？〔朱仝白〕已經問了抵償，將令郎解往濟州官府處決斷。就要起身了。〔鄭氏白〕阿呀，兒嗄！〔唱〕暮景桑榆嘆仳離，連我殘年都休了。〔相抱大哭介。

朱仝白〕伯母放心，雖然這樣問擬，上司或有駁輕的日子。且免愁煩，請回宅上，薪水都是小侄處送來。到彼一有好音，星飛報知伯母。〔鄭氏白〕多謝官人。〔雷橫白〕孩兒就此拜別。〔鄭氏作哭介。解差暗上。衆同唱〕

【哭相思】親慈子孝兩相拋，此別重逢合少。可憐性命等鴻毛，惟有影形堪弔。〔鄭氏哭下。朱仝白〕我們且出了城，尋個僻静之處，歇息一宵，明日早行。〔衆應介。雷橫、解差同行介。合唱〕

【香柳娘】趲行程路遥，趲行程路遥，斜陽衰草，子規啼血哀哀叫。看酒旗亂飄，看酒旗亂飄，隨分飲村醪，渴喉免乾燥。〔解差白〕前面有個酒店，我們且到那邊吃兩碗酒去，再行趲路。〔朱仝白〕如此二位先請，我在此看守犯人。〔壯丁白〕好個知趣的節級！我們正想着軟飽三杯，大家吃了，一總會賬。〔下。朱仝看衆下，向雷橫白〕雷兄弟，我要救你，想不出計策。恰好本官差我解來這遭，不救更待何時。快些打開刑具。〔雷橫白〕只是承你放了小弟，必連累到哥哥身上，於心何忍？〔朱仝開刑具，撇野地介。白〕賢弟，你可連夜回去，接了老母，星飛到別處逃難。這裏我自替你吃官司。〔唱〕快星飛隱逃，快星飛隱逃，多緣故交，還憐親老。〔雷橫白〕阿呀，哥哥嗄！此恩此德，何時得報。如今回去，同了母親，只得投奔梁山泊去了。雙手撇開生死路，一身跳出是非門。〔下。壯丁、解差上。朱仝作慌介。壯丁見介。白〕節級爲何如此慌張？〔朱仝白〕我一時不小心，竟被雷橫走了，怎麽處？〔唱〕

【又一體】猛教人好焦，猛教人好焦，落他圈套，一似風箏斷綫弦聲杳。〔壯丁白〕這是重犯，如今怎麼處？〔唱〕肯官司恕饒，肯官司恕饒，同是奉差徭，株連怎生好。〔朱仝白〕咳！我一個不小心，被他逃走。二位不必埋怨，我情願認罪無辭。我們且回去繳了文批，本官處出首便了。〔唱〕這疏防我挑，這疏防我挑，甘心打熬，自行投到。〔下〕

第廿四齣　幽燕路祇迓王師

〔扮左企弓、虞仲文、曹勇義、劉彦宗、康公弼、張彦忠各冠帶上。唱〕

【看花回】没挽回破碎江山，一肩國事倩誰擔。偏俺這不逢辰遇着艱難，遥望着紫宸朝一聲兒長嘆。〔白〕下官知樞密院事左企弓。下官知樞密院事虞仲文。下官樞密使曹勇義。下官樞密院副使張彦忠。下官參知政事康公弼。下官簽書劉彦宗。請了。〔左企弓白〕只爲金兵勢大，席捲長驅。昨晚探子報來，高六已獻居庸關。看看逼近京城了。今日百官聚議朝堂商量戰守之策。〔虞仲文白〕列公，我想我契丹立國百年，那知一敗塗地。〔衆白〕這也是天之數也！〔内白〕好苦嗄！〔曹勇義白〕那邊有一老宫監飛奔朝堂而來，不知何故？且待他來時便知端的。〔一老宫監急上。唱〕

【綿搭絮】天心誰挽，則問這天心誰挽，走將來喘吁吁渾身打戰。〔作相見科。白〕嗄！各位老先，不好了嗄！蕭太后昨晚聞居庸關已破，燕京必難死守，半夜逃出京城，向古北口趨天德軍去了。〔衆作慌科。白〕嗄，豈有此理！這便怎麽處？〔宫監唱〕恁列坐朝班，可知道宫闈中變故真希罕。只爲聞風兒失却了居庸關，料的這燕京塗炭，到更深跨上雕鞍。〔衆白〕請問老公公，蕭太后既去，那

宫中宫女、宫監們便怎麽樣？〔宫監白〕哎呀，好苦惱呀！〔唱〕

【又一體】一陣兒椒宫離散，一陣兒金屋傷殘，一陣兒手扳鳳輦，一陣兒哭送龍顏，一陣兒悉留撒拉的拖了衣帶，一陣兒幾溜古魯的掉了雲鬟，一陣兒吉裏噶拉的擠着永巷，一陣兒希裏哈拉的迸着銅鐶。〔衆白〕這也慘得緊！〔宫監唱〕

【青山口】還有那御河橋畔聽潺湲，握絲緣宫樹寒，見了些慘慘悽悽都在眼，止不住撲撲簌簌淚不乾。這的是家亡國破惹的這地覆天翻。〔衆白〕如今老公公便作何主意？〔宫監白〕事到如今，還有什麽主意？咱家忍死片時，來告知諸位老先，然後拚着一死，以報國家。〔衆白〕這個只怕使不得。〔宫監唱〕止不過覓剛刀投利劍，有什麽使不得也那顔！〔宫監急下。張彦忠白〕蕭太后出亡，宫中潰亂。這中興事業，一旦休矣！〔虞仲文白〕諸公不必傷懷，目下金兵已抵城下，城中尚有禁旅民兵，且令守城，以待勤王之師。何如？〔曹勇義白〕老先，國統屢絶，那個勤王？〔虞仲文白〕就是背城一戰，也見遼國之亡，尚有人在。〔劉彦宗白〕列公，只怕戰、守二字，今番都用不着。〔康公弼白〕列公，小弟到有一説，從來識時務者呼爲俊傑，順天者存，逆天者亡。我和你們平日受了高爵厚禄，此刻也非貪生惡死。但死而無益，不如從長計議。依小弟愚見，大金朝起兵以來，勢如破竹，天意可知。今二京已亡，區區燕山，焉能濟事？況且南逼宋人進退無路。不如應天順人，修一降表，同詣軍門，叩頭請死，保全生靈，此爲上着。〔劉彦宗白〕參政之言有理！我們就修降表，出城便了。〔一白〕好便好，只是面縛乞降，羞人答答。〔衆作悲介。白〕這也無可如何。〔唱〕這樁事大難大難，恁與俺事契丹，怎又低頭屈膝拜東藩，恁道潛也不潛，安也不安。蕭太后呀！一自垂簾案，重罣憂患，何日得追攀。〔下。扮衆百姓手持香一炷上。白〕寧爲太平犬，莫作離亂人。我們乃燕山府的百姓便是。聞得高六已獻居庸關，今合城百官奉表請罪。我們衆百姓也去焚香迎接。〔一白〕如今不要我們守城打仗就好了呀！〔一白〕列位，聞得大金皇帝仁德之君，所下城池鷄犬不驚，這就是我們做百姓的福。〔一白〕前日已有詔諭，燕京官民降者赦罪，官皆仍舊。由此復見太平矣！〔内鑼鼓，呐喊介。百姓作驚跌介。一白〕呔！你們爲什麽驚慌？〔一白〕聽見金兵來了，不怕不腿軟。〔衆白〕這没奈何，迎上前去，在路旁一字兒跪着。〔唱〕

【聖藥王】天天天俺只索一炷香，向虎狼窩叩首三呼萬。早聽得幾聲炮，鵝鸛陣排兵漢與番，止落得兩脚蹣跚。〔下。衆軍士引高六、斡離不、迪古乃、銀術哥、婁室、婆盧火上。唱〕

【慶元貞】則俺這統前鋒，統前鋒趁勢潮平岸，多管是王師時雨没遮攔。〔斡離不白〕高都監，前面已是燕山，可探得城中虛實若何？〔高六白〕啓上都統，下官已經探得，蕭氏夜半出宫，由古北口趨天德軍去了。城中大亂，官民議修降表，詣軍門請罪。那些百姓都掃地焚香迎接。〔五都統白〕燕京已降，全遼悉舉矣！我好快活也！〔唱〕聽得臣民大啓關，你道赸也麽赸，眼見得矢不折兵不煩。〔扮遼六臣囚服捧表上跪科。白〕亡遼纍臣左企弓等奉表待罪，望大王鑒察。〔斡離不白〕將表收了，趨送行在。〔高六接表科。〔斡離不白〕聖上前已有旨，王師所至，降者赦罪，官皆仍舊。諸臣可各守原階，換取冠帶，在城門迎接。〔六臣白〕萬歲萬萬歲。勝國於今無骨氣，興朝依古有恩波。〔下。斡離不白〕列位，你看那遼國臣民乞降光景，好笑人也！〔衆白〕這是大金朝龍興之福。衆把都，整齊隊伍前去。〔衆應科。唱〕

【古竹馬】則見他牽羊肉袒，高捧着降書出闕。還有那百姓躋攀，競進壺餐，共獻上錦江山。這是天滅契丹，地助金藩，似風吹草偃，比東征西怨，風順揚帆，勢若迴瀾。生教那没結果的遼王，遼王也面赧。〔六臣冠帶上。跪白〕纍臣迎接大王。〔斡離不白〕諸公在遼，係何官職？〔六臣白〕臣知樞密院事左企弓。臣知樞密院事虞仲文。臣樞密使曹勇義。臣樞密副使張彦忠。臣參知政事康公弼。臣僉書劉彦宗。〔斡離不白〕諸公請起，暫守舊階，少不得另有新擢。就此入城，伺候車駕便了。〔六臣白〕領旨。〔作起科，下。衆唱〕

【煞尾】没照會齊跟着豹尾班，有興頭手按着象牙板。恁則看風飄飄龍旗五色雲，簇擁着瑞騰騰黄羅曲柄傘。〔下〕

第七本

第一齣　吴學究秋日離山

〔衆僂儸、林冲、秦明、花榮、戴宗、李逵、雷横、劉唐、穆宏、李俊、張横、張順、阮小二、阮小五、阮小七、解珍、解寶、黄信、孫立、燕順、歐鵬、吕方、郭盛、童威、童猛、鄒淵、鄒潤、王英、「一丈青」、馬麟、鄧飛、杜遷、宋萬、楊林、白勝引鼂蓋、宋江、吴用上。同唱〕

【點絳脣】慷慨英豪，雄心皎皎，施强暴，恣意貪饕，盜跖推同調。〔鼂蓋白〕平生仗義寸心丹。〔宋江白〕萍水相逢出肺肝。〔吴用白〕袖底青萍三尺雪。〔同白〕交情氣味近芝蘭。〔鼂蓋、宋江白〕今乃孟秋時候，暑氣漸消，金風薦爽，與衆兄弟玩賞。〔衆白〕看酒來。〔同唱〕

【泣顔回】秋日聚英豪，齊向瓊筵歡笑。金風颯颯影巍峩，晴山照耀。聽鸞笙鳳管，唱新詞歌舞皆仙調。看風光暑氣漸消，喜團圓異姓同胞。〔衆白〕大哥請酒。〔宋江唱〕

【又一體】持杯想起舊根苗，不由人珠淚頻抛。貪生失義，有何顔嘯聚山凹。〔衆唱〕新秋才到，

看駢羅仙木祥光耀。且從容佳釀幾杯，又何須愁鎖眉梢。〔白〕大哥，有話何不明說？〔宋江唱〕

【解三酲】非是我隱情不告，待說來雨淚如潮。〔白〕當初蒙一人呵，〔衆〕怎麽樣？〔宋江唱〕他放我殘生遊海角，這恩德似天高。我和你朝朝宴飲同歡笑，他而今遭配滄州日夜焦。我心間惱，到做了辜恩負義宵小兒曹。〔衆唱〕

【又一體】笑吾兄平生磊落，却緣何話語蹊蹺。那英雄今在何州道，請他來聚昏朝。〔李逵白〕大哥，有什麽話，何不對老李說？〔宋江〕對你說也是無用。〔李逵〕大哥言語把吾欺，半吞半吐不說知。那人今在何方地，李逵星夜走如飛。〔唱〕縱有千軍萬馬吾不懼，向虎穴龍潭走一遭。你休煩惱，管教他同歸山寨，重話蘭膏。〔衆白〕大哥，到底爲着何事，何不對衆兄弟說知？〔宋江〕衆位兄弟有所不知，只因石勇寄書回家探父事發到官，多感朱仝兄弟衙門打點，因此改罪發配江州。他今有罪，發配滄州。昨日雷横兄弟報知其細，所以心中煩惱。〔鼂蓋〕原來爲此。那朱都頭向日蒙他私放，我等至今懷恩未報，怎得用計，賺他上山纔好。〔吴用〕哥哥放心，既然如此，待小弟下山，請朱仝到寨便了。〔宋江〕多謝軍師。〔雷横〕大哥，想朱仝哥哥原爲釋放小弟，將他抵配滄州。小弟心懷恩義，欲請令同軍師走遭。〔宋江白〕多謝賢弟。〔李逵背介。白〕我怎麽得下山走走才好。〔吴用白〕還得一粗心大膽之人同去方好。〔李逵白〕呔！粗心大膽者就是我老李。〔吴用白〕你去不得。〔李逵白〕我怎麽去不得？〔吴用白〕你吃酒惹禍去不得。〔李逵白〕我就把這兩椿都戒了。〔吴用白〕戒了還去不得。〔李逵白〕怎麼又去不得？〔吴用白〕須要扮作伴當才使的。〔李逵白〕什麼東西是伴當？〔吴用白〕使喚的小厮。〔李逵白〕咳！ 咱們乃是好弟兄，怎麼叫我扮你們的小厮？ 不扮。〔吴用白〕不扮另差别人。〔李逵白〕我就扮，我就扮。〔宋江白〕你們此去，先到柴大官人莊上，説我多多拜上，望乞周全此人上山。〔吴用白〕領命。〔吴用、雷横、李逵下。衆同唱〕

【尾聲】堂前何得閒争鬧，施謀設計在今朝，兄弟相逢喜氣滔。〔分下〕

第二齣　地藏寺冤遇兇謀

〔吴用、雷横、李逵上。唱〕

【降黄龍】聚義相邀，特赴滄州，援引同袍。欲如伊奮身爲友擔愁，千古寥寥。〔吴用白〕二位，我等三人奉鼂、宋二公之命招接「美髯公」朱仝入夥，知他與雷兄弟代罪，已經刺配滄州，特來乘機援引。但他性情固執，一往直前。聞得知府高邦彦十分青目，他雖無家累牽絆，還只恐受恩深處，不肯輕離。如何是好？〔雷横白〕軍師不必過慮。朱都頭雖是執性，小弟素與交好，心跡頗知。只要緩款進言，强逼不得。〔李逵白〕嗄！憑他執拗，俺有板斧在此。〔雷横白〕没有見面，你就發火性了。〔吴用白〕休得多言。待到其間，或有用得你着的去處。〔李逵白〕軍師纔是妙人。那膠柱不通的，須則要俺一斧劈做兩段。〔吴用白〕將次到郡，須索小心。大家道友相稱，方爲穩便。〔李逵、雷横白〕有理。道友請。〔同唱〕迢遥披星戴月，須則忙探聽伊人消耗。望前途肩摩轂擊，郡城來到。〔下。朱仝上。唱〕

【又一體】吾曹時命還高，貴手提携，報應結草。中元令節奉差遣，疾往僧寮。〔白〕我朱仝刺配到此，多蒙太爺電情超豁，免發牢城，留在衙内，陪伴公子。這却那裏想着。蒙如此豢養深恩，我益當竭力圖報，纔表一點忠敬之心。今乃中元節届，太爺捐俸修齋，就在地藏寺啓建道場，着我前去料理。那地方上成例，還要點放河燈，諸般雜耍。晚間命我領出小衙内，前來觀看一回。不免先往預備。〔唱〕今朝作盂蘭盆會，仗佛力眚弭災消。猛則見雲中旛竪，風外鐘飄。〔下。雷横上。唱〕

【黄龍衮】金蘭訂久要，金蘭訂久要，汲引同歡樂。〔白〕我方纔到衙門打聽，太爺差遣朱兄到地藏寺擺設道場去了。因今日是中元佳節，廣放河燈，不免到彼等候。〔唱〕且待見面時，〔合〕從容細把衷腸表。〔朱仝上。接唱〕奉佛修齋，四恩來報。辨虔誠，除葷酒，申條教。〔撞見雷横介。吴用、李逵暗上。雷横白〕你是朱大哥麽？〔朱仝白〕雷賢弟，爲何到此？〔雷横拜介。白〕多蒙哥哥救了性命。家母與小弟如今都上梁山泊了。因放心不下，波及哥哥受累。聞得刺配滄州，特地前來探聽消息。不料恰好遇見哥哥，正是天從人願。〔朱仝白〕賢弟，自前時放你之後，到縣中呈首了，解上濟州審斷，刺配到這裏。蒙本府太爺留養内衙，領着公子，却也身安心樂。〔雷横白〕哥哥是一等好漢，怎麽埋没在此？小弟此來，一則探望哥哥，二則鼂、宋二寨主不忘舊日恩德，欲請哥哥上山，同聚大義。〔朱仝白〕咳，你差了！你犯了該死的罪名，我因義氣放了你。我還想掙扎還鄉的日子，復爲良民，怎肯做這等勾當？〔李逵暗怒介。吴用見介。白〕吴用也在此相請。望仁兄即挪尊步，同赴山寨，以滿鼂、宋二公之願。〔朱仝白〕先生怎生也是這等説。匆匆不敢細叙寒温，二位即便請回。〔雷横白〕哥哥在此只是居人之下，還是同上粱山的好。〔朱仝白〕咳！　雷兄弟，你好没理。　我因你母老家貧，故此放你，你今反來惹氣。　我今晚要領小衙内看河燈，不得久叙，請了。〔急下。　雷横白〕看他急急而去了。〔李逵白〕阿喲喲！　好惱，好惱！　我們好意請他入夥，反道我們不是。　我站在旁邊聽，把肚子都氣來漲穿了。　待我趕上去，打這厮。〔吴用白〕他是重義之人，自然不肯胡行的。〔李逵白〕嗄！　我們山寨中怎希罕這個鳥人。　回去罷。〔吴用白〕不妨。　三人同心，其利斷金。　我自有妙計。〔雷横、李逵白〕有何妙計？〔吴用唱〕

【皂羅袍】肯放虚行這遭，陡心生一計，不費絲毫。〔雷横白〕既有妙計，速速請道。〔吴用唱〕肯教春信漏梅梢，當前觸發成圈套。〔白〕你二人過來。　他方纔説領着小衙内看燈，雷兄弟可將他誘在一邊，只説還有要緊説話。　那時你將小衙内悄然抱去，引誘朱仝前到黑松林，將小衙内用斧劈死。　朱仝見了，怎肯干休，自然與你争鬭。　那時可將朱仝引誘到柴大官人莊上。　我等又有别計，不怕他不上山也。〔雷横、李逵白〕妙嗄！　好計，好計！〔唱〕假虞伐虢計兒實高，進狼拒虎穽兒怎逃。〔吴用白〕天色漸晚，你我速到地藏寺前尋他便了。〔雷横白〕有理。〔合唱〕斜陽掛樹煙光繞。〔作虚白下。　衆和尚上。　白〕慈悲勝念千聲佛，作惡空燒萬炷香。　我等地藏寺衆住持是也。　今乃七月十五日，本寺年年廣修善果。　今歲本府太爺又特捐俸，啓建道場，遣一位朱内司前來料理。　又要我們在河燈船上持誦往生神咒。　今日做了一天功德，天色將晚，少停要放河燈了。　朱内司他回府衙去領公子到來玩，

要我們須索鳴鐘擂鼓，作起法會來。〔內應，敲鐘擂鼓介。衆鄉民雜耍等人上。唱〕

【玉嬌枝】一謎裏人山圍遶，借勝會情豪興豪。場開百戲堆歡笑，蓮花燈斜傍蘭橈。〔虛白介。朱仝佩劍，抱小衙內接唱上〕向招提遠聽得鐘鼓敲，鬧垓垓人聲喧譟。不多時日淡林皋，咭叮噹梵音飄渺。〔衆鄉民白〕朱大爺領了小衙內，可是看我們玩耍麽？〔朱仝應介。衆鄉民白〕我們今日各鄉村到此，原爲做勝會，列位有什麽奇異雜耍，快些搬演。一者獻佛，二者與衆觀瞻觀瞻。〔衆雜耍呈技介。內作音樂，駕蓮船上，遶場放河燈下。吴用、雷橫暗上。雷橫扯朱仝衣介。朱仝白〕是那個？〔雷橫〕是小弟。〔朱仝〕你又來怎麽？〔雷橫〕借一步説話。〔朱仝放小衙內坐介。雷橫〕小弟實奉鼂、宋二位寨主之命，特請哥哥上山。若然不去，叫小弟如何回覆？〔李逵暗上，抱小衙內下。朱仝〕咳！你好不識時務。方纔一言已畢，何用多説？〔作推雷橫介〕請各便。〔轉身作不見小衙內介。雷橫暗下。朱仝〕衙內在那裏？衙內在那裏？〔問衆人介〕你們衆人，可曾見衙內麽？〔出劍介。衆虛白驚下。吴用內白〕適纔見一黑漢，手執板斧，自稱鬧江州的李逵，將衙內抱往東南去了。〔朱仝慌介〕呀！竟竟抱往東南去了。不免急急趕上，拿這賊去。饒他走上焰摩天，脚下騰雲須趕上。〔下〕

第三齣　小衙内無辜受禍

〔李逵抱小衙内急上。唱〕

【好事近】修短命中該，莫恨鐵牛心歹。〔白〕俺李逵、軍師定計，賺得小衙内在此。且喜離城已遠了。〔小衙内哭介。李逵白〕不要哭，不要哭，送你到好所在去。〔唱〕萬松深處，伊家安身所在。〔白〕行到此間，好一個曠野之處。今夜月色明朗，如同白晝，就在松林中送你性命便了。噲！小孩子，不是我要害你，這是軍師定計，怎敢有違？且住，本該一斧劈死，怎麽忍得？也罷！不免將他掐死，與他個全尸而去罷。〔唱〕盂蘭佳節送郎君，早去遊天界。〔掐死小衙内介。扮土地暗上，接下。朱仝上。唱〕莽平原不怕迷蹤，遭狹路還防謀害。〔李逵作出松林介。朱仝見介。白〕呔！你這厮，拐我小衙内到那裏去了？你是何等人，擅敢大膽？〔李逵白〕我乃鬧江州的「黑旋風」。〔朱仝白〕嗄？你是李逵麽？〔李逵白〕老爺便是！你敢怎麽樣？〔朱仝白〕你好好把小衙内還我，我便饒你。〔李逵白〕我「黑旋風」豈是討人饒的？〔朱仝白〕呸！〔唱〕

【千秋歲】漫分腮且鬭個輸贏者，無明火怎生容耐。〔拔劍出，對殺介。李逵白〕你要與李老爺鬭合麼，來來來。〔唱〕合湊今朝，合湊今朝，好把你主僕一齊支解。〔對殺介。朱仝白〕這厮快還我衙内來。〔李逵指頭上介〕小衙内的頭鬚却在我頭上，與你看看。〔朱仝見驚介〕不差，是我小衙内戴的。如今衙内在何處？〔李逵白〕安安逸逸睡在林子内，來來來。〔作入林介。合唱〕深林裏消煙靄，清光滴無雲彩，一見就明白。〔李逵白〕這不是小衙内？〔朱仝見驚跳，怒介〕嗄！竟掐死在此。好狠心的賊嗄！〔復對殺介。朱仝怒唱〕恁行兇至此，狠過狼豺。〔對殺介。李逵逃場敗走。朱仝追介。李逵入莊内。朱仝白〕這厮竟進莊内去了。天色已明。咳！我定不與他干休。裏面有人麼？快走出來。〔莊客上。白〕來了。是什麼人？〔朱同白〕方才有一黑漢走進你家來，請你主人出來。〔莊客白〕少待。大官人有請。〔柴進上。唱〕

【好事近】雙闔爲君開，最喜江湖結客。〔朱仝進介。白〕莊主。〔相見介。柴進白〕足下何來？〔朱仝白〕小可是鄆城縣節級朱仝，昨領小衙内出來看放河燈，被「黑旋風」那厮掐死衙内。現今走入貴莊，望煩添力捉捕送官。〔唱〕恕吾造次，望煩協拿送解。〔柴進白〕原來是「美髯公」。〔朱仝白〕不敢。請問莊主高姓？〔柴進白〕在下「小旋風」。〔朱仝白〕嗄！就是柴大官人。不想今日得識尊顔。〔柴進白〕請到裏面坐。〔朱仝對拜介。合唱〕聞聲相慕，幸今朝邂逅親珠咳。漫匆匆握手談心，喜孜孜納頭下拜。〔坐介。柴進白〕小弟有一愛友，與足下亦是舊交。〔朱仝白〕請問不知是何人？〔柴進白〕名唤「及時雨」宋江，現在梁山泊做頭領。〔朱仝白〕原係舊交，近日可有所聞否？〔柴進白〕

公明兄有密書一封，令吴學究、雷横、「黑旋風」俱在敝莊，禮請足下上山聚義。因見足下推阻不從，故意教李逵殺了小衙内，絶了足下歸路，便好傾心入夥。〔朱仝白〕咳！只是氣李逵不過。〔柴進白〕吴先生、雷兄、李兄，如何不出來陪話？〔吴用、雷横、李逵上。唱〕

【紅芍藥】且下氣陪話高齋，多只爲設賺英才，不顧慈仁但分成敗。〔相見叙禮介。吴用、雷横白〕昨宵地藏寺别來，不料此間又得快叙。〔朱仝白〕雖承弟兄們情意，只是忒毒了些。〔雷横扯李逵施禮介。朱仝怒介〕就是這厮！〔拔劍鬭介。衆勸介。李逵白〕這是宋大哥將令，干我甚事？〔朱仝怒。唱〕怒衝冠恁般無賴，實丕丕萬剮賤狗胎。〔衆勸介。柴進白〕兄長暫息雷霆之怒，適纔小弟之言，兄若不信，請看宋公明此書，方知就裏。〔朱仝接書看介。哭介〕皇天嗄！〔唱〕没來由冤家路窄，可憐生無地愁埋。〔白〕列位，我今欲投梁山，只是辜負了太爺。我欲回到府衙，小衙内又被這黑賊殺死，怎見恩官之面？〔哭介。唱〕兩下裏半尷不尬。〔衆白〕事已至此，不必悲傷，還是上山爲妙。〔朱仝白〕列位若要我上山時，要依我一件事。〔吴用、雷横白〕無不遵依。請問那一件事？〔朱仝白〕只要把李逵首級，與我出了這口氣，我就上梁山。〔李逵白〕我有板斧在此，也不怕你。〔暗下。柴進白〕朱兄方纔言過，是鼂、宋二位主意，與他何干？我有道理，李大哥留在敝莊，且盤桓幾日，待朱兄性定，然後還山。三位先上山去便了。〔朱仝白〕這件事已經做下，知府必定移文捉拿家小，如何是好？〔吴用、雷横白〕多敢寶眷俱已在山了。請放心。〔朱仝白〕且到彼再作計較。〔柴進向内介〕莊

客們，看三騎馬過來。〔莊客帶馬上。吴用、雷横白〕多多攪擾，就此拜别。〔衆唱〕

【紅綉鞋】回程不敢延捱，延捱，休教望眼頻揩，頻揩。〔衆白〕請上馬。〔莊客帶馬介。衆作上馬介。合唱〕秋日影轉高槐，齊跨馬漫擡摁，欣聚義慰同儕。〔吴用、雷横、朱仝下。柴進送介。李逵暗上。陳旺乘馬急上。白〕飛馬直奔横海郡，奇災急報大官人。已到莊門。〔作下馬介。柴進轉身見陳旺介。陳旺白〕大官人在上，小人叩頭。〔柴進白〕陳旺，你到此何幹？〔陳旺白〕大官人，有緊急事務。〔柴進白〕裏面來講。〔作進介。陳旺白〕只爲前日有個殷天錫，倚勢行兇，要强奪我家老爺花園。〔柴進白〕住了，那殷天錫是何等樣人？〔陳旺白〕那殷天錫原是本州知府高廉的妻弟，他看上我家花園，要來白占。我家老爺被他氣傷，染成一病，命在呼吸。爲此修書一封，請大官人速速前往辦理後事。〔陳旺作哭介。柴進作怒介〕有這等事！陳旺，你到後邊用了酒飯。我一面吩咐莊客准備行李、馬匹，即刻起程。〔陳旺應介。作牽馬下。李逵作喊介〕阿呀，阿呀！大官人，我也要同去走遭。〔柴進白〕這也使得。〔同唱〕

【尾聲】一封書到人驚駭，病入膏肓劇可哀，急赴高唐探候來。〔下〕

第四齣　殷直閣怙勢亡身

〔梅香、安人扶柴皇城上。唱〕

【秋夜雨】煢獨無倚仗，受欺侮休誇門望。官勢凌人，亭臺白占我，死讐難忘。〔白〕老夫柴皇城，只爲本州知府高廉縱容伊妻舅殷天錫，挾勢婪贓。知我花園，要來强占。我親自與他折辨，反受他挫辱一場，因成感氣傷寒，命危旦夕。咳！罷了，罷了！只爲我年老無嗣，侄兒又遠隔滄州，被他如此肆横。曾差陳旺去接倒兒，不知可等得他來囑咐幾句麽？〔安人白〕老爺且請開懷保重，貴體要緊。大官人早晚定然到了。〔柴皇城怒介。白〕嗳，好恨也！〔唱〕

【高陽臺】恨積多端，愁生千丈，吾生恁等輕喪。小阮能來叮嚀，須報狐黨。〔安人唱〕調養，君臣藥餌須頻進，從古道，吉人天相。〔白〕老爺，藥已煎好，待去取來。〔柴皇城白〕咳！不濟事了。服之無益。〔安人白〕老爺，請耐煩些。還是服藥的好。〔柴皇城服藥，作倚桌介。安人服侍介。白〕天那！〔唱〕可憐伊病深藥淺，添人惆悵。〔陳旺引柴進、李逵乘馬隨衆莊客上。唱〕

【又一體】高唐叔侄關情，雲山瞻望，倥傯馬首相向。〔陳旺白〕大官人，小人先進去通報。〔柴進虛白介。陳旺進稟介。柴皇城白〕快接進來。〔陳旺出稟柴進介。柴進白〕李大哥，請到後廳少坐。衆人耳房伺候。〔李逵、衆莊客下。柴進同陳旺進見介。陳旺下。柴進白〕嬸娘。〔揖介。安人白〕大官人來了！老爺，老爺！〔柴皇城醒介。安人白〕滄州大官人來了！〔柴皇城白〕侄兒，你來了麼？坐了。〔柴進坐介。白〕一向不知叔父欠安，失於問候。蒙差陳旺寄字與侄兒，爲此飛馬而來，希恕遲慢。〔柴皇城白〕侄兒嗄！被冤已經書内寫明，只望你來，乘我未死，遺囑你幾句。我命定不能保了。〔唱〕閉户安居，平空受此無妄。〔柴進白〕我家傳有丹書鐵券，怎肯放他欺侮。自當報復此讎。〔柴皇城白〕你還不知殷天錫的聲勢，何等炎炎，總靠着高太尉掌朝，那些依親附勢的便敢毒流天下。〔唱〕欺罔豈惟一郡遭流毒，都仗他朝綱操掌。我死後擊登聞，報讎洩耻，休教饒放。〔柴進唱〕

【玉山頽】【玉胞肚】（首至合）愁煩撇漾，合延醫調治安康，那其間攔駕何難，就此日鳴官休講。〔柴皇城白〕殷天錫，殷天錫，我死之後，當作厲鬼殺之。〔仰椅背介。安人、柴進同叫介。唱〕【五供養】（五至末）怎神魂惝慌，敢則是乘雲而上，甦醒祈靈貺。〔又叫介。柴皇城低白〕侄兒，我若死後，殷天錫再來催逼出房。你嬸娘是女流，我又無兒女，止有你一個親人。你若報得此讎，我就在九泉之下，我的靈魂也隨着你。〔作暈倒介。安人、柴進同叫介。柴進白〕嬸娘，叔父這般光景，多應不濟事了。快扶到裏面去。〔安人叫介。同唱〕狠無常，回生難覓返魂香。〔扶下。衆内哭。白〕老爺氣絶了！〔二家丁上。白〕部民白嚼充魚肉，宦僕烏漫肆爪牙。有人麼？〔陳旺上。白〕是什麼人？〔家丁白〕我們是殷大爺那裏來的，快快出空了花園，大爺即刻要來收管了。〔陳旺白〕我家爺爲了此事，今已去世了。還要什麽花園、果園？〔家丁白〕管你去世不去世，出房遲了，少不得有人與你們講話。柴家性命輕如蟻，殷府心腸野過狼。〔下。陳旺白〕這事怎處？ 大官人有請。〔柴進孝服哭上。白〕怎麽説？〔陳旺白〕大官人，不好了！ 殷賊着人來催出花園，他自己隨後便來收管。如何是好？〔柴進白〕你也該説老爺今已身故，有喪服在家。〔陳旺白〕小人也是這等説。那來人反説一番硬話，竟自去了。〔柴進怒介〕這厮好無禮！ 定要鬧一場的了。唤衆莊客出來。〔陳旺應，唤介，下。柴進白〕李大哥！〔李逵白〕大官人，怎麽講？〔柴進白〕我叔父已經氣絶身亡。只爲殷天錫那厮，倚靠本州知府高廉聲勢，要强占宅後花園，百般凌辱。可憐我叔父性命，竟被他威逼而死。〔李逵白〕嗄！怪道方纔有人催出花園，就是那攮刀的家人。〔柴進白〕我們係前朝宗室，現有鐵券丹書，他來尋釁，只得要與他憲司處呈告。〔李逵白〕咳！ 憲司不憲司，大概都像高廉的狗官兒。先打後商量，纔是爽快。〔同下。家丁引殷天錫醉態上。唱〕

【水紅花】接䍦倒着馬踉蹌，問花莊可曾相讓。〔白〕花園可出空了麽？〔李逵、莊客暗上。柴進上。白〕我家有喪事在身，我叔父被你威逼致死，還敢登門囉唣麽？ 我家現有丹書鐵券，休得無禮。〔唱〕丹書鐵券護門牆，敢猖狂，休來投網。〔殷天錫白〕丹書鐵券在那裏？〔柴進白〕在滄州家裏。我是他侄兒柴進。〔唱〕啣冤欲與你聲罪，逼死我尊行，怎還敢囈語短和長也囉。〔殷天錫白〕

哇！〔唱〕

【江兒水】樣子何欺藐，言兒恁大方，先教吃頓威風棒。〔殷天錫白〕打這廝。〔衆家丁打柴進介。李逵白〕呔，狗頭！〔柴進、衆莊客打衆家丁下。李逵唱〕旁人忿得拳頭癢，郎君莫怪多衝撞，打了一場消帳。〔打倒殷天錫介。叫饒介。白〕好漢請留名。〔李逵白〕你就曉得了我名兒，也没處來拿我，告訴你怎麽。再吃我兩拳，够你受用。〔打殷天錫死地介。李逵白〕這樣不中用的，也要强占人花園，怎麽不多幾拳就死了。〔柴進慌介。白〕阿呀！此是高廉家走狗親戚，怎肯干休。李大哥，打從後門而去，快些逃奔梁山。我在此與他們官司告理去。〔李逵白〕説那裏話來，我打死殷天錫，怎好連累大官人？〔柴進白〕不要如此，快些去罷。〔李逵白〕如此，李逵去也。〔唱〕連累官司，希恕鐵牛粗莽。〔下。高廉乘馬，牢子、衆家丁掛刀上。唱〕

【僥僥令】兇徒親踏訪，至戚慘罹殃。〔高廉下馬進介。見柴進介。衆白〕就是他動手打死殷爺的。〔高廉白〕鎖押了。〔衆鎖柴進介。高廉見尸介〕嗳！我妻舅嗄，你竟被人打死！我定當與你伸冤。左右擡過了，備棺盛殮。〔衆抬下。柴進白〕非我打死，怎可胡亂拿人？〔高廉白〕且押到衙門嚴訊，不怕你不招伏。打道。〔衆應介。高廉上馬介。衆唱〕且把六問三推纔招認，斃命登時合抵償。〔下〕

第五齣　黑旋風孤身報信

〔戴宗上。唱〕

【滴溜子】忙縮地，忙縮地，遠臨海郡。奉差遣，奉差遣，敢辭勞頓。〔白〕我戴宗奉吴軍師之令，着我潛至滄州柴大官人莊上，打聽李鐵牛安否如何。恐他在彼生事闖禍，一面即引他回山。誰想柴兄挈了李逵，已到高唐州去了。隨即拴上甲馬，趕至這裏。不道路上紛紛傳説，有本州知府高廉的妻舅叫做殷天錫，與柴家争什麽花園，與柴大官人厮鬧，被一黑漢打死，反累柴家吃官司。知府十分着惱，把柴進收禁死牢，那黑漢倒走脱了。南來北往，衆口一辭，好生詫異。我想那黑漢一定是鐵牛了，須索探聽仔細，即便回覆要緊。〔唱〕教咱心中思忖，流言果信然，誰憐窮困，須探分明，作速報聞。〔下。衆僂儸、朱仝、雷横、張横、張順、楊雄、石秀引鼂蓋、宋江、吴用上。唱〕

【四塊玉】梁山從此威名震，底用斗大黄金印。聚天涯兄弟相歡，扶世宙忠義當申。忙訓練飛雲陣，莫小覷蓼兒洼内蛟龍奮。〔擺門進介。各通名介。鼂蓋白〕某叨蒙衆兄弟景從，共扶忠義。自興寨以來，争相歸附，糧草無不供之餉，戈才無不淬之鋒。豈但雷厲一方，真可風行四海。日來軍師得有先兆，防有外患侵凌，爲此點集舟師，頃從金沙灘觀演水陣。喜得艨艟相接，兵卒熟嫺，以備不虞，儘足制勝。只是李逵在柴大官人莊上已經月餘，不見回寨，好生放心不下。〔吴用白〕已差戴院長前去探聽，待他回來便知下落。〔宋江白〕寨主且請寬心。他是神行，早晚定有音耗。〔衆唱〕料伊行捷足如神，不日得滄州音信。〔林冲持令旗引花榮、秦明、李俊、吕方、郭盛、孫立、歐鵬、楊林、鄧飛、馬麟、白勝十二頭領接唱。上〕報平安，烽火牙參齊進。〔各通名介。白〕昨奉寨主將令，命我等巡視各哨隊伍，今已查點回來，不免上前參見。〔參見介〕二位寨主在上，奉令巡哨已畢。合行繳令。〔晁蓋、宋江作謙讓坐介。李逵急上。唱〕

【窣地錦襠】無端宦戚壓皇親，代報仇讐爲主人。旋風名字舊翻新，小者當災我脱身。〔白〕呔！通報俺鐵牛回來了。〔僂儸禀介。李逵闖進介〕寨主！各位頭目！〔各見介。朱仝怒介〕這厮你來了麽？〔執劍直向前鬭鬧介。衆勸介。宋江、吴用白〕朱兄，前者之事多是我等三人定的計策，不與李逵相干。〔李逵白〕什麽！俺奉大哥將令，你怎麽只管尋着我？〔朱仝白〕我氣你不過。〔鼂蓋衆白〕今日既到山寨，便休記心。只願同心協助，共興大義。須看我衆人薄面。鐵牛，過來陪了禮。〔李逵撮介，諢介。朱仝白〕看衆位面上，權放着你。〔鼂蓋、宋江、吴用白〕多不必介意。〔衆白〕我們衆人與二位奉揖。〔衆揖介。合唱〕

【雙聲子】抒誠悃，抒誠悃，前事都消泯。應喜欣，應喜欣，同氣情來儘。切莫嗔，誼共敦，知

雨散雲開，建功立勳。〔戴宗急上。接唱〕

【滴溜子】遭無妄，遭無妄，使人飲恨。急歸報，急歸報，怎生救引。〔僂儸見介。白〕戴院長回寨了。〔進稟介。戴宗進見介。李逵白〕戴大哥，你又從那裏回來？〔戴宗白〕好嗄！你這鐵牛，怎麽打死了殷天錫，累及柴大官人受無限刑法，下在牢裏。他令叔柴皇城人口、家私都被抄扎，柴大官人性命難保。我從高唐州打聽得一明二白。你這黑漢倒先在這裏了，遺害别人吃官司。〔鼂蓋、宋江、吴用白〕你這黑廝，又做出事來了！〔李逵白〕撞見這種事情，便是活佛也忍不得。〔鼂蓋、宋江、吴用白〕快些細説來。〔李逵白〕二位寨主聽稟：自朱兄上山之後，不想柴大官人有一令叔叫做柴皇城，住在高唐州，年老無子。誰料本州知府高廉的妻舅殷天錫要强占柴皇城家花園，被他打傷，一病不起，寫書招大官人去救護，我因同至高唐。柴皇城一見侄兒，訴此冤情，登時氣絶。那殷天錫又帶領多人趕逼出房，百般無禮。我見大官人吃虧，便自火星飛迸，兩三拳將這狗頭就打死了。列位，該打不該打？〔衆白〕這也是仗義之事。〔唱〕聞言平添煩悶，坐觀不救，實難消公忿。直須翻轉盆冤，以報故人。〔鼂蓋白〕柴大官人自來與山寨有恩，今日他有危難，怎不下山去救他。我親自去走一遭。〔宋江白〕鼂大哥是山寨之主，如何便可輕動。小可和柴大官人舊來有恩，情願替哥哥下山領兵相救便了。〔吴用白〕高唐州城池雖小，兵多餉足，不可輕敵。〔宋江白〕俺山寨多少英雄，何懼他彈丸之地。花榮、秦明，挑選嘍囉三千，先過金沙灘等候。〔花榮、秦明白〕得令。〔下。

宋江白〕在位衆頭領一齊下山攻打高唐州。〔衆白〕我等願往。〔鼂蓋白〕既如此，不才權守山寨，衆位統領人馬即速下山。〔宋江白〕衆兄弟就往金沙灘起兵前去。〔衆唱〕

【五馬江兒水】提兵前進，威風捲陣雲。可恨那燒天勢焰，弱被强吞，把一個舊王孫，致含冤莫訴，負屈難伸。此日師行義旅，伐暴安民，惟人自召禍之門，將貪官墨吏迅掃狐羣，救取蘭交，不匡血刃。〔下〕

第六齣　高唐州三陣交兵

〔四小軍、四提轄、四統制、四都統各執兵器，高廉扎靠背劍，旗纛隨上。唱〕

【點絳唇】千里封疆，萬人師長，腥風揚狂寇豨張，剋敵兵權掌。〔白〕本州高廉是也。叵耐本郡與梁山泊相近，正欲發兵前往撲滅，誰知他反來攻打城池。這厮好似燈蛾赴火，自喪其生也。漫説俺這裏糧充將足，就是那三百名飛大神兵，已儘够無敵了。衆將官。〔衆應介。高廉白〕就此起兵前去。〔衆應介。高廉上馬介。衆領走陣介。唱〕

【八聲甘州】人强馬壯，甚夭麽鼠輩，敢肆彼猖。分排八陣，師行正正堂堂。三通戰鼓驚雷響，一片征雲掩日光。〔合〕高唐衛城池永固金湯。〔下。衆僂儸引林冲、花榮、秦明、鄧飛、李俊、呂方、郭盛、孫立、歐鵬、楊林、馬麟、白勝上。唱〕

【黑麻序】戮力疆場，要共扶忠義，鋤暴安良。覷孤城斗大，破如反掌。〔林冲白〕我等奉宋大哥將令來打高唐州，衆兄弟須索奮力殺上前去。〔衆白〕有理。〔走唱介〕戎行全憑威武揚，從教撻伐張。〔合〕恁黃堂，竟敢遥持國柄剔弄王章。〔高廉率衆圍上，分站介。高廉立正場椅上。高軍、宋軍各戰

介。高軍作敗，宋軍齊作追下介。高廉白〕好一場厮殺也。〔唱〕

【風入松】則見他兩邊旗鼓正相當，都是驍兵雄將。雖屬梁山草寇，休輕量。待決勝，好難猜想。〔于直、温文寶、林冲、秦明殺上，架住介。林冲、秦明白〕來將通名。〔于直白〕我乃統制于直。〔温文寶白〕我乃統制温文寶。來找你的頭顱。〔林冲、秦明白〕不用多言，快放馬過來。〔戰介。林冲、秦明殺于直、温文寶下。高廉白〕被二賊連折我二將，好驍勇也。今須作起法來破他便了。〔唱合〕今須要運動神光，陰兵借，逞强梁。〔高、宋衆將上，混戰介。高廉執劍念咒介。衆陰兵執黑旗沖上，作飛沙走石、狂風聲響介。宋軍大敗下。高廉收法，陰兵下。衆將白〕賊衆大敗東逃西竄去了。〔高廉作下椅介。白〕雖然得個小勝，他那裏傷了些人馬，但不足以報于、温二將之讐。務要斬草除根，方洩我恨。衆將官！〔衆白〕有！〔高廉白〕就此回營。〔衆應介。同唱〕

【引軍旗】鳴金退陣，凱歌齊唱，法術果無變，殺得他大敗都逃往。滅此朝食何消講。〔合〕向明再立旗門下，神兵翦滅妖黨。〔下。衆僂儸引朱仝、雷横、戴宗、李逵、張横、張順、楊雄、石秀、宋江、吴用上。唱〕

【風入松】旌旗密布夜凝霜，喜得軍威雄壯，捷音待報遥瞻望。〔林冲等敗上。接唱〕甚妖術受伊骯髒，〔合〕挫鋭氣把人挨搪，江東見，好慚惶。〔僂儸曲内通報介。林冲等作見介。白〕罷了，罷了！折盡威風矣。〔宋江白〕衆兄弟，那高廉怎生的武藝，難道不是他的敵手麽？〔林冲、秦明白〕他帳前于直、温文寶兩員統制俱被我等斬于陣前。高賊並未出馬，怎見他的武藝？〔宋江白〕如此斬將搴旗，他的威風折盡矣。怎説我軍不利起來？〔林冲、秦明白〕大哥，若論交鋒，怎怯于彼？誰知那高賊仗劍作法，頃刻飛沙走石，地暗天昏，被他掩殺過來，折了許多人馬。可不慚愧！〔宋江白〕軍師，是何法術如此利害？〔吴用白〕此乃妖法也。必須速往薊州，尋訪公孫勝來此，破高唐州如反掌耳。〔宋江白〕小弟亦有此意。〔吴用白〕戴院長。〔戴宗白〕有。〔吴用白〕你改换衣裝，連夜往薊州尋訪公孫勝。説罷、宋二寨主渴想之至，把高廉所行妖法，備細告訴與他知道。〔戴宗白〕只是得一個做伴的去方好。〔李逵白〕李逵願往。我打死了殷天錫，却累柴大官人吃官司，我如何不要去救他？〔吴用白〕路上須要小心在意，此去務必速請到來，萬萬不可遲誤。〔戴宗、李逵下。宋江白〕衆僂儸就此回去。〔衆應介。同唱〕

【又一體】義師東指到隣疆，妖法憑伊誇獎，俺自有一清名將神通廣，何須道生瑜生亮，怎容他横行一方，天心法，問誰强。〔同下〕

第七齣　戴院長密訪仙蹤

〔雜扮酒保上。唱〕

【水底魚】賣酒生涯，花村第一家。南來北往，都教照顧咱，都教照顧咱。〔白〕自家乃三家村店小二便是。隔着高唐州城却也不遠，雖則是箇小小村莊，生意却還鬧熱。開這一座酒飯店，安歇客商。今已天色將明，昨晚兩箇客人來此投宿，一位是素客，那一位吃得酒醉肉飽，這時候還不見起身，不免喚醒他們，算清了店賬，好教趁早趕路。二位客官，有請。〔戴宗、李逵上。白〕遥瞻薊水將千里，乍別高唐第一程。〔酒保白〕客官，天色待明了，可用什麽點心、饝饝、茶湯、餄餎麽？〔戴宗白〕不消了。昨晚吃了多少飯錢？〔酒保白〕放量一吃，只得二錢銀子。〔戴宗出紙包介。酒保接介。李逵與酒保虚白，酒保下。戴宗拴縛包裹，李逵隨後作出店介。戴宗看天介。白〕妙嗄！看那曉日將升，宿煙漸散，好景像也！李大哥，走嗄！〔唱〕

【勝如花】川途曠，景色佳，紅日一輪初駕。樹林中宿鳥喧嘩，草坡前野花低亞。〔戴宗白〕李大哥，我們奉寨主之令來訪公孫勝，自離了高唐州，不及五六十里路，趕早好走，你怎麽只管落在後邊？〔李逵白〕院長，我也要看看野景。〔指介〕那一帶山巒疊翠，好看得緊嗄！〔唱〕看山容渾如圖畫，〔合〕翠層層徐開曉霞，碧粼粼輕縈淺沙。〔戴宗白〕你這鐵牛也學了些清趣！但你我有事在心，快走罷。〔李逵〕院長，我心裏有些不爽快，慢慢的走罷。〔戴宗作疑心介〕想這鐵牛私下吃了些葷了，耍他一耍。李大哥，此去薊州有八百里之遥，不是出來遊山玩景的。〔李逵〕怎麼樣呢？〔戴宗〕來，來拴上甲馬，快快到彼尋訪要緊。〔李逵〕要拴一齊拴上。〔戴宗〕這個自然。〔戴宗拴甲馬念咒介。暗白〕待這厮走個不住脚。〔同行緊。唱〕快似飛鴉，兩脚無從停搭，眼挫裏煙塵淅颯，耳邊厢風雨交加。〔戴宗作離遠暗笑介。李逵帶走。白〕阿呀！餓死了，餓死了。怎麼站不住了。我這脚不由我半分，只管自己在下邊奔了去。不要討我性發，把大斧砍了下來。院長，院長！怎麼叫我住一住才好？〔作飢餓介〕戴爺爺！戴哥哥！〔戴宗念咒，住介。李逵〕我的親哥，怎麼這等耍我？〔戴宗〕你敢自偷吃了葷，心不虔誠的緣故。〔李逵〕昨夜不合瞞着哥哥。我見哥哥會吃素，鐵牛其實煩難，偷買了五七斤牛肉。今後若吃時，舌頭上生碗來大的疔瘡。我的爺爺，解了甲馬罷。〔戴宗〕可又來，如今我往前，你只隨着我走。〔李逵〕再不可耍我了。〔戴宗又念咒介。李逵立住不動介。作喊叫介〕戴爺爺，又似生鐵鑄牢在這裏了。再救我一救。〔戴宗〕你方纔罰咒，又不要是假的。〔李逵〕你是我的親爺，如何敢違你的言語？〔戴宗〕既如此，與你解了。〔念咒，作解介。李逵〕這兩腿方纔是我的了。〔戴宗〕還有一件叮囑你，到處不許你開口。〔李逵〕做個啞巴子我也學得來，但是走了許多路，餓得腸子都斷了。〔戴宗〕前面已到薊州，我先進飯店等你。〔下。李逵〕戴爺爺！　嗐！怎麼去了甲馬，又是走你不過？〔發急介，嚷下。進香百姓各持元寶、香燭上。同唱〕

【又一體】忙行步漫磕牙，心願虔誠許下，仗神靈四季平安，旺家園千金勃發，競捧持璀璨香花。〔一老人白〕我們本州鄉民，今日嶽廟社會，前來進香，保佑家宅興隆，田禾茂盛。〔衆白〕喜得山門不遠，我們且到店中吃了素齋，同去上廟未遲。〔老人〕說得有理。〔同唱〕集場開樓前賣茶，看人多柳陰繫馬，熱鬧堪誇，鎮風光無價，祈禱畢再來頑耍，泰安州可不争差。〔戴宗前走作擁擠上。李逵作叫嚷介，上。衆進香人下。老人在後，李逵撞落老人香紙、元寶，老人扯住李逵介〕賠我香紙、元寶來。〔李逵〕什麼元寶，鳥的元寶？〔老人要介。戴宗拾起還介〕老丈，此人有些瘋癲病，不要睬他。〔老人〕看這位客人面上，不然一定要你賠我。〔戴宗〕老丈，你們到那裏去進香？〔老人〕到嶽廟進香。〔戴宗作想介〕廟内可有個公孫師父麼？〔老人〕公孫勝有的。公孫勝有的。他如今不叫公孫勝。〔戴宗〕叫什麼呢？〔老人〕叫「一清道人」。他是羅真人上首弟子。老漢在薊州九宮縣二仙山下居住，與他是隣舍。他只有個老母在堂。〔戴宗〕九宮縣二仙山此去有多少路？〔老人〕離此四十里。〔戴宗〕他在家，還是雲遊去了？〔老人〕在家麽。老漢時常相會，他輕易不與人相見的嗄。〔戴宗〕如此多謝。本欲相求挈引到彼，老丈進香了願要緊，不要擔閣了。〔老人〕是嗄！這客長說得不差。請了。將軍不下馬，各自奔前程。〔下。戴宗望介。笑介〕妙嗄！正是踏破鐵鞋無覓處，得來

全不費工夫。鐵牛，快些與你前去。〔李逵〕可用甲馬了？〔戴宗〕還是拴上甲馬。〔拴介，念咒介。同唱〕

【劉潑帽】老人指示非虚假，二仙山定是他家。疾忙前去相迎迓。〔合〕上路滿煙霞，風景多清雅。〔下。公孫母上。唱〕

【東甌令】顔還少，鬢添華，與孩兒爐鼎同燒勾漏砂。〔李逵急上介〕幾呼險被公孫傻，板斧兒腰間挎。〔白〕方才戴院長打聽公孫勝在家中，却恐他隱避，不肯見人。俗語道：請將不如激將。特用着我鐵牛，哄嚇他出來，戴院長隨後接應。〔唱〕柴門兩扇傍籬笆，待發語費搔爬。〔白〕有了！裏面有一位老媽媽，想是他的母親了。不免進去。〔咳嗽介。公孫母驚懼，作問介〕客官是那裏來的？〔李逵白〕我乃梁山泊「黑旋風」，奉着哥哥將令，叫我來請公孫勝。你叫他出來。〔公孫母白〕我這裏不是公孫勝家，自唤做「一清道人」。〔李逵白〕你自叫他出來，我自認得他嘴臉。〔公孫母白〕孩兒出外雲遊未回。〔李逵白〕他明明在家。〔公孫母白〕實是不在家。〔戴宗暗上，作聽介。李逵怒介。白〕快快叫他出來，佛眼相看。若還不肯出來，放一把火，把你家當燒做白地。〔胯下出斧介。唱〕

【太師引】佯躲避怎干罷，誰容你當前謊詐。〔執斧嚇公孫母介。公孫勝急上扶母下，又上。戴宗上，攔住介。白〕不要動手。〔唱〕伊老母吃驚擔嚇，單只爲望眼巴巴。〔公孫勝向戴宗唱〕遥臨蓬舍殊意外，使鹵莽直恁波查。〔白〕院長。〔二人見，各笑介。戴宗白〕小弟爲兄費盡心機，纔得尋訪到此。〔李逵白〕不是我這板斧，你還不肯出來。〔戴宗白〕唗！不許開口。〔李逵白〕又不要我開口了。〔公孫勝白〕請二位到静室中坐去。〔同走唱。合〕臨來檻敞着碧紗，厮執手煮茗焚香請話。〔進内各坐介。公孫勝白〕虧你二位尋得到此。〔戴宗白〕爲拜請兄長，特到薊州，虧得遇見一進香老人，知道兄長仙鄉，特蒙指引，因得造訪。〔公孫勝白〕請問有何緊要事情？乞道其詳。〔戴宗白〕不瞞兄長説，只爲宋寨主攻打高唐州，要救柴大官人，被本州知府高廉這厮會用妖法，連破我軍兩三陣。惟有兄長道法絶倫，必能取勝。鼂、宋二寨主多多拜上，求駕速往，以救燃眉之急。〔公孫勝白〕這便怎麽處？一者老母在堂，無人奉侍；二則本師羅真人未必肯放下山。〔戴宗白〕哥哥，可看往日交情，慈悲援救纔好。若堅執不從，宋公明必被擒捉，山寨大義從此休矣！〔李逵白〕方纔俺鐵牛粗鹵，得罪了老太太，情願叩頭賠禮，只求哥哥去走一遭。〔跪介。公孫勝扶介〕請起。〔戴宗白〕小弟也該請罪。〔叩介。公孫勝扶起介〕既如此，今晚權宿草堂，明日同見本師一面，稟知老母，若肯容許，便當同去。〔戴宗、李逵白〕多承美意，不負昔日之盟。〔同唱〕

【尾聲】懸知兩地多牽掛，只聽曉鐘徐打，明日箇晉謁師前同告假。〔作謙讓介。下〕

第八齣　流白血真人被殺

〔場上設帳幔、香几等物，童子引羅真人上。唱〕

【新水令】棲心塵外不知年，儘消閒，黄庭一卷。向陽修鶴柵，倚石結松軒。滿塢雲煙，界破青山面。〔白〕不必人間識我名，猶如鶴病懶梳翎。二仙山上仙何在，風自清兮月自明。我乃紫虚觀羅真人是也。道契沖虚，神遊淡莫。火温丹竈，靈飛粒粒硃砂；雲散經窗，秀露青青翠巘。世間甲子管不得，却會長生；壺裏乾坤只自由，常存普濟。徒弟一清，普有道法，但塵緣未滿。今到梁山，作惡多端，將來必墮地獄，我也救他不得。如今戴宗同李逵前來相訪，等他到時，自有道理。童兒。〔童子應介。真人白〕小心看守静室，待我入定片刻則個。〔二童子應介。真人入帳幔介。一童子下幔介。一童子坐地作看門介。公孫勝、戴宗、李逵上。同唱〕

【步步嬌】夾路松陰瞻虚殿，芒履山程踐。霜華欲曙天，同謁師尊，敢辭勞倦。〔公孫勝白〕這裏是觀前了。同到松鶴軒相見本師。〔戴宗、李逵白〕乞求指引。〔同唱。合〕告啓意懸懸，只求慨允生歡忭。〔童子見介。白〕一清師父，來得恁早。〔公孫勝白〕相攜舊交，來見吾師。〔童子白〕真人入定雲牀，待我通報。〔三人應介。童子禀介。真人出外坐。白〕請進來。〔童子請介。公孫勝引進，戴宗、李逵拜介〕真人在上，弟子塵世濁夫，幸瞻仙闕，驚動恕罪。〔真人白〕請起。看坐。〔各坐介。真人向公孫勝白〕此二位何來？〔公孫勝白〕昔日弟子曾告過我師，山東義友是也。今有宋江等，高廉顯逞異術，宋江受困於高唐州，特令二位到來呼唤弟子。未敢擅便，故來禀問吾師。〔真人白〕咳！一清既然脱離火坑，何得再慕此境？〔唱〕

【折桂令】而今鏡象合離詮，霜曉餐霞，午夜朝元，世外逍遥，怎還當再慕塵緣。〔戴宗白〕伏望真人慈悲，容放契友到寨，破了高廉，即送還山。〔真人白〕一清，雖則如此，〔唱〕儘聒噪鵑啼鶴怨，且棲遲蕙圃芝田。應守師傳，莫聽人言；好作慈烏，常奉金萱。〔公孫勝白〕弟子呵，〔唱〕

【江兒水】侍奉慈闈側，瞻依函丈前，丁寧訓迪當交勉。塵緣何敢還歆羡，昨宵已把愚忱展。〔真人白〕一清這等纔是。〔戴宗、李逵跪介。白〕萬望真人憐憫相救。〔真人白〕請起。二位不知，此非出家人閒管之事，汝等下山自去商議。〔戴宗求介〕公孫先生昔日同聚大義，今宋公明哥哥正在危急之際，若不放他下山前往解救，性命休矣。懇求俯允，暫去就回。〔唱〕全仗門開方便，〔合〕救困扶危，叨沐洪慈非淺。〔真人白〕不用多言，聽得厭煩了。閉門推出窗前月，分付梅花自主張。〔真人、二童子齊下。三人作出門介。李逵白〕那牛鼻子在那裏説甚麽？〔戴宗白〕那仙長叫公孫哥哥不要隨我們去。〔李逵怒介〕呸！放他的狗屁。我兩個走了許多路程，好容易尋着，怎麽不叫公孫哥哥

同去？俺李逵又按捺不住了。〔唱〕

【雁兒落帶得勝令】【雁兒落】(全)氣得俺膨脝肚子穿，禁不住忐忑龐兒變。惡言語休教你信從，歹心腸合招人輕賤。〔公孫勝白〕鐵牛，他是我本師，我是他弟子，自然要聽他的吩咐。〔李逵怒介〕咳！難道容情多事没有的。我們替他叩頭，他竟洋洋不睬。什麽本師，屁的本師！〔唱〕【得勝令】(全)呀！你不是傀儡兒被人牽，爲甚的聽伊言，僵直了兩足難回轉，咽塞了千聲只叫冤。〔戴宗白〕不要怪李逵生氣，我們千辛萬苦尋見兄長，如得珍寶一般。若是不去，何顔見我寨主？〔李逵作嚷介。白〕不要管我，和這老賊師拚了命罷。〔唱〕淹煎，老賊道一斧消前件狂顛，忒欺人膝黄金不值錢。〔作砍斧下介。戴宗、公孫勝扯衣勸介。白〕住了！〔唱〕

【僥僥令】從旁須曲勸，臨事要安全。〔戴宗白〕慢慢商量。〔李逵白〕商量什麽？〔戴宗白〕你若粗鹵，我又要釘住你的脚了。〔作念咒介。李逵陪笑介〕不敢，不敢！我自這般説一聲兒頑耍。〔公孫勝〕天色已晚，且到草堂權宿一宵，明日冄去懇告吾師。〔戴宗白〕只是宋大哥望得眼都穿了。〔公孫勝白〕不要説了，且到舍下再作計較。〔戴宗白〕但是只管打攪。〔公孫勝白〕説那裏話？請。〔衆走介。同唱〕猛不覺又是夕陽在山矣，〔合〕投至得剪燭西窗一夜眠。〔戴宗、李逵、公孫勝同下。童兒持葫蘆隨羅真人上。白〕法行龍虎伏，道重鬼神欽。可笑無知漢，强徒起殺心。今有李逵，因我不放公孫一清下山，要來害我。我憐他扶助宋江，一片誠心，況且天數已定，只索由他混世罷了。爲此准備葫蘆，化作幻身，使他真假難辨，戲弄他一番。童兒，把葫蘆放入帳內。〔童兒應介。內作起更介。作念咒書符，帳內預設羅真人幻身介。童兒作掛帳幔介。白〕變得像師父，還是師父葫蘆，葫蘆師父。〔真人白〕作個葫蘆題罷了。隨我到後面去，我還有話吩咐你。〔童兒白〕理會得。〔同下。內打二更。李逵袴衣、袴褲挎雙斧悄步上〕不免開了門，向外走走。〔作開門悄出。李逵走介〕阿喲！俺李逵翻來覆去，再睡也睡不着。俺想公孫哥哥原是山寨裏人，却來問甚麽師父。我本待一斧砍了出口惡氣，不争殺了他，却又請那個去救俺哥哥。爲此心生一計，莫若殺了那個鳥賊道，教他没問處，只得和我去了。趁此星月明朗，再到觀中走一遭。〔場上設前帳幔，出假羅真人切末介。李逵走。唱〕

【收江南】呀！忙踏步陟山巔，那怕阻牆垣。〔白〕此是院牆，不免跳過去。〔跳介〕且喜過來了。〔偷看介〕正是這個所在。〔悄步走介。看中門介〕呀！內有燈光。阿呀！寒露逼人，相近五更時分，掀起簾兒。〔掀簾介〕門兒虛掩。〔看介〕這賊道還是這等坐着。〔悄進介。唱〕俺則把青鋒送汝入黄泉，可知道世間多有假神仙。〔拔斧砍假羅真人倒牀介。白〕嗄！怎麽流出白血來了！這賊道自幼吃齋，自然是白血了。且喜喪在我手內了，不免往迴廊下走出去便了。〔走介。唱〕早抽身一溜煙，抽身一溜煙，怎學你白雲深處儘流連。〔童子上。唱〕

【園林好】五更初棲鴉未喧，怎得有行蹤隱現。〔李逵偷看介。白〕有人來了，不免躲在廊下，等他過去再走便了。〔虛下避介。童子唱〕渾不露機關一綫，〔合〕真也是没交纏，假也是没交纏。〔李逵急上走介。童子扯住喊介。白〕你殺了我本師，走到那裏去？〔李逵白〕放手！你這小賊道，也吃我一斧。〔將童子殺入地井內。李逵笑介。唱〕

【沽美酒帶太平令】【沽美酒】（全）老頭皮命棄捐，老頭皮命棄捐，恁童子也難延，惡氣方消沒掛牽。〔内絶更介。白〕這兩個賊道已被我斧劈了，怕天色漸明，趁此月光，急急回到草堂，再作區處。〔遶場走。唱〕看西岑月影偏，冷颼颼松風一片。【太平令】（全）不擇路慌忙旋轉，喜早到伊家庭院。〔進草堂，作關門介。白〕妙嗄！這事幹得好撇溜。明日等他起來，看他還有什麽推託麽？〔唱〕今日箇虧咱靈變，明日箇憑咱差遣。恁呵，到底是緣淺，福淺，枉饒舌曾經修練。呀！再不被神仙誑騙。〔下〕

第九齣　駕黑雲李二遭殃

〔公孫勝上。唱〕

【菊花新】閒心長繞白雲邊，忍撇慈闈復整鞭。〔戴宗接上唱〕望眼待將穿，合再把言辭相勸。〔公孫勝同見，坐介。戴宗白〕小弟來至尊府相近數日，公明兄在高唐州望切雲霓，專等兄長前去解救。萬懇再見真人，得他允諾纔好。〔公孫勝〕小弟也不敢坐視，且再往求告本師便了。〔戴宗〕李逵呢？〔公孫勝〕想是還没有用完早膳。〔戴宗〕待小弟喚他出來。鐵牛，快出來！〔李逵哈欠介。虛白上，同見介。戴宗〕你這懶牛，寨主望得眼穿，我們快些再去求告真人，得公孫兄長一同前往高唐州，以慰寨主的盼望，方不虛爾我這一番差遣。〔李逵〕嗯！還去求他。〔冷笑介〕求不着，大家没興。〔公孫勝〕不要多説，就此前去。〔出門同走介。公孫勝、戴宗同唱〕

【風帖兒】舊徑重尋忘近遠，散朱霞露出翠峴。紫虛觀中門可鍵，〔合〕輕剥啄忙求見，願千金諾一言。〔公孫勝白〕來此是松鶴軒。〔童子暗上。公孫勝進内問童子介〕真人何在？〔童子〕真人在雲床養性。〔李逵驚介〕嗄！怎麽樣？〔戴宗〕不要開口。〔李逵虛白。公孫勝、戴宗〕説我們三人求見。

〔童子請介。真人上，虚白，請進見介。李逵暗白〕我昨晚難道殺差了？〔作沉吟介。真人〕你三人又來何幹？〔戴宗〕特來哀告吾師，慈悲救衆免難。〔李逵欲跪不跪介。真人〕這黑漢是誰？〔戴宗〕是弟子義弟李逵。〔真人〕本不肯放一清下山的，看李逵面上，叫他去走遭。〔戴宗、李逵拜謝介。真人作對公孫勝、戴宗介〕你二人一有騰雲法，一有神行法，片刻可到高唐州矣。只是李逵不會法術，如何去得快嗄。也罷，待我出家人與你作起駕雲法來，比他們更疾，可好？〔李逵虚白介。真人〕試一試與你們看。你朝了上閉了眼。黄巾力士何在？〔黄巾力士上〕真人，有何法旨？〔真人〕將李逵送至薊州府堂上，受些磨難，不得有違。〔黄巾力士〕領法旨。〔李逵叫苦唬天，作風轉下。戴宗看作驚介〕真人，爲何將李逵送到薊州堂上去？〔真人〕你們有所不知。他夜來跳牆，將斧劈我，故叫他受些磨難。不妨，我還救他。〔戴宗、公孫勝〕多謝真人。〔真人〕隨我到後面去。〔公孫勝、戴宗隨真人齊下。吏人上〕清介吏從水上立，廉明人向鏡中行。我們薊州府尹馬老爺衙内書吏是也。今日官府升堂在即，須索在此伺候。〔内打升堂鼓，衙役幺唱。府尹上。唱〕

【晉賢歌】我做府尹管百姓，胡裏胡塗賽秦鏡。三杯濁酒到喉嚨，嗏，一團醉話渾不醒。〔進桌介。黄巾力士圍李逵遶場，黄巾力士下。李逵坐地。衙役、吏人驚介〕什麽東西從天掉下來？〔府尹〕拿過來，拿過來！〔衆拿介。府尹見介〕怎麽黑裏黑秃一個人！必定是個妖人。衙役們！〔衆應介。府尹〕拿狗血澆在他頭上。〔衆應介。府尹〕再拿一桶糞來灌在他口裏去。〔李逵慌介〕我不是妖人，是跟羅真人的徒弟。〔書吏〕這薊州羅真人是得道的活神仙，若是他的徒弟，不要用刑在他身上。〔府尹笑介〕下官讀千卷之書，每聞古今之事，未見神仙有如此頑徒。左右，拿皮掌子打這厮。〔衆應介。打介。府尹〕招了妖人，便不打你。〔李逵〕不要打了。我是妖人李二。〔府尹〕取大枷號。〔禁子上應介。府尹〕釘入牢内去。〔禁子應，枷號介。府尹虛白介〕吩咐掩門。〔諢下。衙役衆同下。禁子押李逵進監介。禁子〕好臭嗄！〔李逵〕什麽？我是好好香人，弄了臭人了。我因得罪了真人，暗地叫我受罪，不過兩三日就來取我回去。快拿酒肉來吃。〔禁子不睬介。李逵〕不與我酒肉吃，死你們一家子。我還要洗澡。〔禁子〕裏面去，是樣都有。〔李逵〕先拿一盆臉水來，我漱漱口，好吃酒肉。〔衆隨口諢下〕

第十齣　辭仙師逐伴下山

〔真人同公孫勝、戴宗上。唱〕

【小桃紅】握靈機人誰辨，授正法消争戰。几席重親待何年，藥爐丹竈相依戀。〔戴宗白〕李逵平日鯁直，雖然得罪真人，〔公孫勝同白〕看弟子薄面，攝回他來，以免衆友盼望。〔同唱合〕慈悲到處開方便，恕無知格外矜憐。〔跪介。真人白〕請起，便宜了他。〔念咒介〕黄巾力士何在？〔黄巾力士上介。真人〕速到薊州知府牢内，攝取李逵到來。〔黄巾力士〕領法旨。〔下。真人、公孫勝、戴宗同唱〕

【朱奴兒】幻多少浮雲千變，只來去清風一片。行道須知要替天，忙救取切莫遲延。〔合〕開生面，早則是種下因緣，宣力士重提現。〔黄巾力士攝李逵上見介。真人退黄巾力士下。李逵磕頭介。白〕阿呀！　親真人爺爺，不知我李逵何事觸犯了真人，望活神仙明言指示。〔真人〕我是出家人，不曾惱着你，爲何夜來跳墻，入我室中，將斧劈我，又殺我道童？　幸虧砍了我兩個葫蘆。〔冷笑介。李逵〕李逵得罪了。　活神仙，我的罪也受得够了。〔公孫勝、戴宗〕鐵牛，你怎麼樣受罪？〔李逵哭介〕我李逵那裏是駕雲，身子横起半空，天昏地暗。　到了薊州，從空跌下，被衙役拿住了，打了無數，弄些尿糞灌在口內，狗血潑在身上，只要死不要活。〔真人〕你自今以後須要戒性，休使歹心。〔李逵〕我的真人爺爺，自今以後，再不敢鹵莽使性了。〔真人〕這便纔是。〔李逵起介。戴宗〕戴宗來了多日，高唐州軍馬甚急，望真人慈悲。〔真人〕如此，一清同去走遭。〔公孫勝叩拜介〕多謝吾師慈悲。〔公孫勝、戴宗、李逵〕真人請上，弟子等拜別。〔同唱〕

【玉芙蓉】階前叩法筵，袖裏懷靈篆。悵歸期未卜，別淚如泉。軍中待把邪魔遣，世上從教正法傳。〔合〕生歡忭，荷恩光非淺。看高唐，凱歌争唱息烽煙。〔兩場門分下。李逵虚白介。下〕

第十一齣　别老母趲路投店

〔道人上。白〕主人愛静得安閒，七十無妻是老鰥。一半出家一半俗，注明鄉貫二仙山。今早一清師父吩咐，準備他静室内寶劍兩口、鐵冠、道衣等物藏於包裹内，他又要出外雲遊。收拾都已停當，堂中灑掃潔浄，只等師父出來。〔公孫勝、戴宗、李逵等上。公孫勝唱〕

【粉蝶兒】烏烏情舒，又趲離愁别母，好教人費盡躊躕。〔戴宗〕促行裝，符遠望，恐防遲誤。〔李逵〕枉教咱葫蘆斫錯。〔各見介。戴宗白〕小弟在此專候兄長起程。〔公孫勝〕小弟已經整頓。〔公孫勝〕向道人介〕早上吩咐你包裹行李準備了麽？〔道人〕都收拾停當了。〔公孫勝〕看茶。〔道人應下。戴宗〕不用茶了。小弟先别兄長，到高唐州報知公明兄。李逵好生伏侍先生前往。〔李逵〕有我李鐵牛在此。〔戴宗〕不可生事惹禍。〔公孫勝〕有小弟在此照看，料他不可差池。〔李逵〕你和羅真人一般的法術，我如何敢輕慢的。我且送院長一步，回來同行便了。〔公孫勝〕小弟還要拜别家母，方敢起行。〔戴宗〕就此告别。〔揖介。李逵同白〕此日暫教辭薊水，他年常得聚梁山。〔下。公孫勝〕母親有請。〔公孫母上。唱〕

【柳梢青】年華虛度，白髮愁無數，相守孤雛又離別，神魂失措。〔公孫勝白〕母親。〔揖介〕孩兒蒙本師憐念，我出門之後，早晚使人來此看視。孩兒此去，不過數月即便歸山。〔公孫母〕我本不欲汝下山，爭奈與彼向有金蘭之誼。本師既容，我做娘的決難阻擋。〔唱〕

【剔銀燈】金蘭契理當助渠，待成功早歸故土。丹臺注籍休教誤，裊爐煙香添玉乳。〔公孫勝白〕孩兒就此拜別。〔公孫母〕兒嗄！〔唱合〕登程須當早去，休使他眼巴巴終朝望汝。〔李逵上。公孫母下。李逵向後背包裹介。白〕請兄長前往。〔公孫勝〕路上只稱我師父便了。〔李逵〕我會得了。〔同行介。唱〕

【攤破地錦花】做征夫，免不得多勞苦。渺渺長途，涉紅塵，撇了仙都。言念高梁，斷殺還無。〔合〕少行厨，見旗亭且留步。〔李逵白〕師父，這裏有一小飯店，且進去打個中伙。〔公孫勝應介。李逵〕店小二有麼？〔店小二上〕聞香須下馬，知味且停車。是打中伙的麼？〔公孫勝、李逵進店介。公孫勝〕你店中有什麼素點心？〔店小二〕這店中單有酒肉，沒有素點心。〔李逵〕師父請到後面款坐，先用杯酒兒，待我到市上買些素點心來。小二領了師父進去，包裹行李交與你。〔店小二應介，引公孫勝虛白下。李逵〕不免到市上走遭。〔下〕

第十二齣　撞賣技義結良朋

〔衆百姓數人簇擁湯隆攜瓜鎚上。唱〕

【福青歌】偌大長軀，百鈞能舉。走江湖没箇知遇，莽生涯困英武。仗花拳兒略諳幾路，得做聊且做。〔合〕串街坊技可賭，看官們站住。〔李逵上，站立睄介。衆白〕壯士，你看如此大市之中，舒展舒展本事，把鐵瓜鎚使一路，與我們看看。〔湯隆〕使得。列位嗄，此鎚看時一小物，撒開力敵萬人。衆位閃開。〔使鎚串頭勢子介。畢，衆唱采介〕好嗄！果然使得好！〔李逵看怒介。向湯隆〕住了！你這鎚不過三十來斤，衆人有什麽這等喝采。待我也使一路，你們看看。〔湯隆〕借與你使來。〔衆〕你們不要擠嗄。〔李逵丢弄介〕什麽奇貨？我拿在手中猶如彈丸一般。閃開。〔使鎚串頭勢子介。畢，衆喝采介。湯隆〕請好漢留名。〔衆〕我們各自回家罷。飽看街心來賣技，散開場面去傳名。〔齊下。李逵〕你問我麽？我便是李逵。〔湯隆〕莫不是「黑旋風」麽？〔李逵〕你也曉得俺老爺的綽號！漢子，你也通箇姓名。〔湯隆〕在下姓湯，名隆，綽號「金錢豹子」。先父原是延州府知寨官，在老种經略相公處聽用，亡於任所。小可無可營生，在此打鐵度日。〔李逵〕想兄如此身軀，兼有武藝，做這營生，幾時能得發跡。不如隨我投奔宋公明，教你做個頭領。〔湯隆〕小弟情願執鞭墜鐙，就與哥哥八拜爲交。〔同拜介。唱〕

【四邊靜】英風俠氣垂千古，今朝欣會聚。八拜兩相歡，弟兄必如許。奸惡共鋤，忠義共扶。〔李逵白〕我與你既經結義，同上梁山入夥便了。〔湯隆〕小弟雖則一身，到下處收拾了行李、物件，一同前往。〔李逵〕我師父在店中肚子餓壞了，我揣得點心在此，與師父充飢。〔湯隆〕師父是那個？〔李逵〕叫公孫勝。〔湯隆〕我亦久聞此人大名。〔李逵〕快些收拾去，不可耽擱了。引你到彼，同見師父便了。〔湯隆〕如此極好。〔李逵〕不遠麽？〔湯隆〕就在前面。〔同行介〕請。〔唱合〕促整小家資，同去見師父。〔諢介。下〕

第十三齣　三百神兵逢國手

〔衆卒、四哨將隨高廉上。唱〕

【剔銀燈】戰强人敢辭勞倦，統雄師不留一綫。那怕他就裏機關變，俺這裏盡行誅剪。〔白〕俺高廉昨日殺退强寇，只道那厮們遠遁潛蹤，正欲整兵剿滅，不想這夥强賊神通廣大，夜間將城圍困，爲此今日帶了法寶，與他鏖戰，誓把羣賊剿滅。衆軍士，殺向前去。〔衆白〕得令。〔高廉唱〕心專網羅布全，只教他死而無怨。〔衆僂儸、李逵、黄信、穆弘、歐鵬、劉唐、秦明、馬麟、鄧飛引公孫勝上。白〕你這厮莫非就是高廉麽？〔高廉白〕俺便是你刺史老爺。你這野道也與賊寇爲伍，報名上來。〔公孫勝白〕聽者。〔唱〕

【風入松】上清供奉號金仙，就裏功修非淺。〔白〕貧道公孫勝，法號「一清」。聞得爾以逆欺仁，將柴進困禁重獄，又施妖法敗我山寨人馬。今日特來擒汝，還敢在此揚威耀武麽？〔唱〕無知枉自將身殄，違吾者立遭天譴。休得要逞威大言，梟伊首把杆懸。〔李逵、劉唐、秦明、穆弘與四將對殺介。高廉敲牌，衆獸上，李逵衆敗下。五雷上，擊牌破介。衆追下，高廉敗上。白〕爲何雷電交加，異獸潛

逃？不免再驅遣者。〔敲牌介〕呀，不好了！這聚獸牌爲何不响？〔唱〕

【急三鎗】爲甚的平白地轟雷電，敲不响聚獸牌，向誰言。〔白〕也罷！俺不免遣風沙擒他便了。風神速降。〔衆風神上，梁山衆將追上殺介。七煞上，追風神下。公孫勝上。白〕高廉，還有何能，速速施展。〔高廉喊介。白〕哎呀，哎呀！〔公孫勝笑介。唱〕謾道你敲風砂來索戰，止問你這戲法是誰傳。〔高廉白〕妖道手段高强，不免遣神兵取他便了。神兵速降。〔衆神兵上。公孫勝衆敗，鬼卒三台、魑魅魍魎上，殺介。追神兵下。高廉敗上。白〕何處鬼王將我神兵戰敗。有了！那妖道向南方高處施展妖術，俺不免乘他作法，悄地去擒他便了。〔下。高廉追公孫勝上。公孫勝白〕紫靈神、多目神速降。〔紫靈神、多目神上殺介。高廉敗下。紫靈神、多目神白〕啓法師，高廉敗入城中去了。小神恐震嚇生靈，天公取罪，不便，特交法旨。〔公孫勝白〕有勞尊神，速退。〔二神白〕領法旨。〔下。公孫勝白〕這厮已敗入城中，不免令衆將掩殺餘黨，准備攻城便了。〔唱〕

【風入松】黔驢小技妄擎拳，笑螳螂奮臂當轅。神靈多目空中現，倉皇也喪家之犬。待打點冷灰復燃，好鼓勇破城垣。〔下。高廉敗上。唱〕

【急三鎗】嚇得我心半驚，肉半顫。跑得我脚如箭，走如烟。〔白〕哎呀！好利害，好利害！不知何方神道，相貌威光，險些喪命。幸而逃入城來，只是衆將官難免遭擒受戮。我想這妖道如此法術，倘早晚將柴進劫去，怎生是好？若處斬市曹，又恐妖術攝去。也罷！俺不免密令獄官

藺仁討他的絶呈，縊死獄中，以除大患便了。〔唱〕忙忙的回衙去，密傳宣，取病狀，入黄泉。〔下。四哨將官奔上。唱〕

【風入松】天風地陷戰場旋，嚇得我心驚膽戰，教人無處逃生便，只索是背城一戰。〔白〕我們四哨將官被敵兵殺敗，逃奔而來。奈城門緊閉，不放進城，後有追兵，只得勉力爭鬬。〔唱〕倘僥倖天公可憐，他退去我生還。〔鄒淵、鄒潤、王英、陶宗旺上，殺介。斬四將。公孫勝上。唱〕

【急三鎗】你看那塵砂漫，鬼風旋。頃刻裏斬四將，滅狼烟。那高廉縱逃遁，也非遠，少不的，就拘牽。〔李逵等衆將俱上。唱〕

【風入松】高堂傾刻作塵烟，羽翼皆被誅剪。軍師妙用由來顯，把外道邪魔盡捲。到麾前交回令箭，願指日建功還。〔衆白〕啓上軍師，小將等追斬將卒五百餘級，特來繳令。〔公孫勝白〕衆位賢弟辛苦了。〔衆僂儸〕就此回營，明日破城便了。〔衆白〕得令。〔衆同唱〕

【五馬江兒水】妖氣浄殄，收軍暫息肩。仗公孫法力，掃蕩烽烟。勝諸葛仙機顯，風伯將誰扇，神兵不值錢，猛獸驅還寶物懸。這回高廉把何法演。看濟濟兵威將權，也不用驚鷄弄犬，明日裏入城中救小旋。〔下〕

第十四齣　紫宸朝元戎特薦

〔衆小軍、將官、中軍引呼延灼上。唱〕

【掛真兒】家聲不落金張後，屬河東簪纓華胄，智比囊沙，謀同拔幟，真個嚴如細柳。〔白〕壯志凌雲氣若虹，巍峩閥閲数河東。胸羅兵甲無勍敵，銅柱勳標第一功。本帥乃呼延灼是也。籍貫河東，始祖呼延贊，原係先朝名將，蒙賜節鉞兵符，累代蔭襲。本帥現爲汝寧統制，部下雄兵列布，戰將分排。訓練着三千連環馬軍，横衝竪搗，出奇制勝，更賽過籐甲軍也。〔内白〕聖旨下。〔衆稟科。呼延灼白〕快排香案。〔衆應科。衆執事引樞密使捧旨上。白〕一封丹鳳詔，飛下九重來。〔呼延灼接進科。樞密使立正場念科。白〕聖旨已到。〔呼延灼跪科。樞密使白〕跪聽宣讀。詔曰：近因梁山泊賊寇竊發，圍破高唐州，官兵遠遁，主帥陣亡，急需良將前往剿捕。兹據高太尉所薦，呼延灼勇冠三軍，才堪八面，授爲兵馬大元帥，特賜踢雲烏騅千里馬。韓滔、彭玘二將授爲先鋒，以助臂使。趲造梭子甲三千副用賜連環馬軍，務須滅跡掃塵，班師復命。敕到立即興師，不可延緩。奏凱之日，論功陞賞。謝恩。〔呼延灼叩介。白〕萬歲，萬歲，萬萬歲！〔樞密使白〕請過聖旨。〔呼延灼白〕香案供奉。〔衆跪接介。呼延灼白〕天使大人。〔揖介。樞密使白〕聖旨嚴緊，不得刻延。〔呼延灼白〕君命嚴切，下官即刻興師，請天使後堂款坐。〔樞密使白〕不消，復命要緊。奉旨傳天語，覆命返龍宫。〔内奏樂介。呼延灼送出門介。衆引樞密使下。呼延灼白〕衆將官。〔衆應介。呼延灼白〕擺齊隊伍，就到教場挑選人馬，即刻興師。帶馬。〔衆吶喊介，帶馬。呼延灼執雙鞭上馬介。纛隨上。衆唱〕

【銀燈紅】【剔銀燈】（首至合）整軍旅威行上遊，申號令攻伊小醜。止齊步伐嫺馳驟，連環馬那怕撓鈎。【紅娘子】（合至末）都斷紐衝鋒最優，兵到處，誰攔救。〔下。衆小軍引韓滔、彭玘上。衆唱〕

【又一體】恨騷擾高唐一州，合努力先擒賊首。今朝廟略天人授，堂堂陣驍勇誰侔。〔韓滔、彭玘各通名介。白〕奉旨同呼元帥協力剿寇，在汝寧郊外會齊。衆將官。〔衆應介。韓滔、彭玘白〕就此迎上前去。〔衆應，吶喊介。同唱〕攻和守左旋右抽，計指日，消争鬭。〔衆小軍、將官引呼延灼上。同唱〕

【傾杯賞芙蓉】【傾杯序】（首至五）三路提兵殺氣遒，大纛雲光覆。喜的列着軍容，衛着兵欄，筮着師貞，壯着王猷。〔韓滔、彭玘相見介。呼延灼白〕我等奉旨剿寇，高唐州軍民如入水火之中，我軍不可遲滯。衆將官。〔衆應介。呼延灼白〕就此發兵前去。〔衆吶喊，内放炮介。衆唱〕【玉芙蓉】（四至末）長驅直剿梁山寇，只爲高廉去報讐。〔合〕忙馳驟，敢濡遲落後。仗神機，鐵連環鎖占先籌。〔同下〕

第十五齣　延灼大排甲馬陣

〔衆僂儸、張橫、張順、李俊、阮小二、阮小五、阮小七、吕方、郭盛、朱仝、雷横、楊雄、石秀、穆弘、黄信、李逵、楊林、王英、扈三娘、歐鵬、馬麟、孫立、秦明、花榮、林冲、吴用、公孫勝、鼂蓋、宋江上。衆唱〕

【榴花好】【石榴花】(首至四)高廉枉自號能軍，喜勝敗片時分，好將杯斝達殷勤。〔鼂蓋、宋江、吴用、公孫勝坐介。鼂蓋、宋江白〕我等賴有法師神術，得破高唐州，已救柴大官人同歸山寨。今日特備筵席，與大官人賀喜。李頭領。〔李逵應介。鼂蓋、宋江白〕快請柴大官人出來。〔李逵應，請介。柴進上。白〕風前楊柳含愁舞，雪裏梅花帶笑開。〔見坐介。宋江白〕我等向日均沾恩惠，旦夕不忘。不料陷於縲絏，致動干戈。幸得打破高唐，故人又得聚首。可喜，可賀！〔鼂蓋、吴用、公孫勝白〕聊設草酌，以解悶懷。〔柴進白〕小弟自分必填溝壑，賴衆位全生，況且病體尫羸，不勞費心。〔衆〕略請少坐，各申誠敬。〔宋江白〕看酒。〔僂儸遞酒，鼂蓋、宋江定席，内奏樂，兩桌同並，正場左右設條桌板凳，各坐介。僂儸白〕請上酒。〔衆唱〕霞觴端捧座生春。【好事近】(五至末)迭爲主賓，競開懷頻上迴潮潤。〔合〕憶先時布滿征雲，喜一朝掃開愁陣。〔報子上。白〕天兵投虎穴，地主展龍韜。報：寨主在上，報子叩頭。〔鼂蓋、宋江白〕所報何事？〔報子白〕朝中被高太尉啓奏，特遣大將呼延灼率領雄兵前來搦戰。〔鼂蓋、宋江白〕起來講。〔各出席介。報子起唱〕

【好事近】殿帥奏楓宸，特遣雄師前進。呼延苗裔，汝寧現掌金印。長驅直搗向梁山，剿捕威名震。〔宋江白〕再去打聽。〔報子應下。鼂蓋白〕正待寬飲，風波頓生。大官人，請進後寨。〔各出席介。柴進下。宋江白〕衆頭領後寨飽餐，披掛聽令。〔衆應下。鼂蓋、宋江白〕軍師向聞此將否？〔吴用白〕小弟久慕此人，實係驍勇，慣使兩條金鞭，萬夫莫敵。爲今之計，先用力擒，後當智取。〔宋江白〕既如此，待宋江領兵前往。他那裏兵多將廣，須用紡車戰法，以學當年擒獲蚩尤之故事耳。〔鼂蓋、公孫勝、吴用白〕我等專候捷音。〔下。宋江白〕衆僂儸。〔衆應介。宋江白〕傳衆頭領聽令。〔僂儸應，向内吩咐，内應介。張横、張順、李俊、阮小二、阮小五、阮小七、吕方、郭盛、朱仝、雷横、楊雄、石秀、穆弘、黄信、李逵、楊林、王英、「一丈青」、歐鵬、馬麟、孫立、秦明、花榮、林冲各披掛執兵器上。唱合〕展威風那怕天兵，舒神武争誇英俊。〔宋江白〕張横、張順、李俊、阮氏三雄聽令。〔張横、張順、李俊、阮小二、阮小五、阮小七應介。宋江白〕爾等先去帶領水軍，各駕戰船，在蘆葦之中接應，不得有違。〔衆應下。宋江白〕李逵、楊林聽令。〔李逵、楊林應介。宋江白〕爾等帶領步軍，分做兩路埋伏救應，不得有違。〔李逵、楊林應下。宋江白〕林冲、花榮、孫立、王英、「一丈青」聽令。〔林冲、花榮、孫立、王英、「一丈青」應介。宋江白〕爾等分爲五陣戰殺，一陣隊如紡車般轉作後軍，前後策應，不得有違。〔衆應下。宋江白〕餘者頭目引大隊人馬押後。〔衆應介。宋江白〕衆僂儸。〔衆應介。宋江執銅鞭介。白〕就此起兵前去。〔僂儸應，吶喊介。秦明、馬麟、歐鵬、黃信、穆宏、楊雄、石秀、朱仝、雷橫、呂方、郭盛、宋江同唱〕

【又一體】今朝古陣可相循，一隊隊蟬聯接引。既用紡車戰法，更艨艟埋伏遠近。〔下。衆小軍、衆將官引韓滔、彭玘、呼延灼上。唱〕金戈鐵馬用攻堅，到處成灰燼。猛剌剌將勇兵齊，焰騰騰地覆天昏。〔報子上。白〕報：今有梁山賊將，五路殺來。〔呼延灼白〕再去打聽。〔報子應下。呼延灼白〕衆將官，賊兵迎面殺來，就此殺上前去。〔衆應，向内吶喊介。呼延灼、韓滔、彭玘望内介。同唱〕

【千秋歲】喊聲聞，遥望屯兵處，好似那夭麼厮混。〔衆僂儸、呂方、郭盛、歐鵬、馬麟、黃信、穆宏、朱仝、雷橫、孫立、花榮、林冲殺上介。呼延灼、韓滔、彭玘白〕賊寇那裏走？〔孫立、花榮、林冲擋介。白〕來將通名。〔呼延灼白〕我乃兵馬大元帥呼延灼。〔韓滔白〕我乃前部先鋒「百勝將軍」韓滔。〔彭玘白〕我乃後部先鋒「天目將軍」彭玘。〔呼延灼、韓滔、彭玘白〕賊將通名。〔孫立白〕我乃梁山頭領「病尉遲」孫立。〔花榮白〕我乃梁山頭領「小李廣」花榮。〔林冲白〕我乃梁山頭領「豹子頭」林冲。〔呼延灼、韓滔、彭玘白〕今日天兵降臨，還不下馬受縛。〔唱〕及早投戈，及早投戈，如梗化，踹箇梁山虀粉。〔孫立、花榮、林冲白〕我等雖然落草，乃是替天行道，伐暴救民。爾等擅敢侵犯。〔呼延灼、韓滔、彭玘白〕賊子休得胡説。看鞭。〔齊戰介。孫立、花榮、林冲作敗，呼延灼、韓滔、彭玘衆將追下，内吶喊介。歐鵬、馬麟、黃信、穆宏、呂方、郭盛、朱仝、雷橫與衆將對介，衆將追下。呼延灼追孫立上介，孫立敗，呼延灼下。韓滔追林冲上殺介，林冲追下。彭玘追花榮上殺介，「一丈青」截殺，作擒彭玘介。「一丈青」白〕將這厮押在後寨去。〔衆僂儸應介。唱合〕疆場上忙迎刃，軍營裏堪磨盾。來將如相問，俺三娘女帥驍勇絕倫。〔下。衆僂儸、花榮、林冲、秦明、孫立、王英、歐鵬、馬麟、黄信、穆宏、楊雄、石秀、朱仝、雷横、吕方、郭盛引宋江上。唱〕

【駐馬聽】遊奕紛紜，煽動干戈對壘頻。喜强兵如虎，列陣如山，克捷如神。〔「一丈青」綁押彭玘曲内上見介。白〕奴家拿得先鋒彭玘，請寨主發落。〔宋江白〕唔！好不知事。〔解放綁介〕久聞「天目將軍」武勇超羣，得接光儀，曷勝榮幸。吕方、郭盛。〔吕方、郭盛應介。宋江白〕送將軍到大寨，請鼂天王好生款待。〔吕方、郭盛應介，同彭玘下。内吶喊放砲介。宋江白〕爲何連珠砲響？〔唱〕忽聽得連珠砲響煞驚人，莫不是火燒赤壁攻來窘。〔合〕號令當申，齊心用命立功勳。〔白〕不好了！爲何許多馬軍横冲直撞前來？衆頭領，分兵迎敵者。〔右場門出連環馬，八人各騎竹馬，手執長鎗沖上。後隨馬軍八員，各持弓箭，同沖上。宋江等截殺，遶場介。敗至左場門。左場門出連環馬八人，各騎竹馬，手執長鎗沖上。後隨馬軍八員，各持弓箭沖上。宋江等敗回中間。李逵、楊林從兩場門上，作引宋江敗，衆馬軍追下。李俊、張横、張順、阮小二、阮小五、阮小七摇櫓上。唱〕

【好事近】盪槳似飛奔，水底游行安穩。蘆花深處，豫把船來藏頓。〔齊排下場介。李逵、楊林引花榮、秦明、林冲、孫立、王英、馬麟、歐鵬、黄信、穆宏、「一丈青」、楊雄、石秀、朱仝、雷横、宋江上。接唱〕連環難攩且登舟，避却風頭狠。〔李逵、楊林白〕衆兄弟，快攏船來相救嗄。〔李俊、張横、張順、阮小二、阮小五、阮小七作攏船，宋江等上船介。李逵、楊林白〕快開船！又有追兵來了。〔衆應。唱合〕亂慌慌鐵馬長驅，齊剪剪烟波遥隱。〔齊下〕

第十六齣　李俊劫奪轟天雷

〔衆小軍引呼延灼上。唱〕

【六幺令】雙鞭齊打，草木皆兵，殺賊如麻。風聲雀唳已驚他，管踏破蓼兒窪，收功只在連環馬，收功只在連環馬。〔白〕俺呼延灼奉朝命征剿梁山泊，雖是個幺麽小寇，看來武藝絶倫。頭陣失利，竟把先鋒彭玘捉去。幸有連環甲馬衝突過來，殺得那些强寇披靡而走，爲此差人京師報捷。只恨四面是水，無路可進，看他寨柵必得大砲飛打，方可成功。久聞東京有個炮手凌振，名喚「轟天雷」。此人善造火炮，更兼他身通武藝，弓馬熟嫻，已密稟高太尉，轉奏去了。若得此人來時，水泊不難平也。〔小校上。白〕報啓元帥，天使大人將到行營了。〔呼延灼白〕知道了。〔小校下。内白〕聖旨下。〔呼延灼白〕衆將官，聖旨將到，快排香案。〔小軍應介。内吹打，衆軍校擡御酒、錢鈔，捧綿袍引天使上。同唱〕

【喜還京】温旨褒嘉，賜天漿俱籠黄帕，看逆黨首碎江涯。〔呼延灼跪迎介。天使白〕聖旨下，跪聽宣讀。皇帝詔曰：梁山泊賊寇弄兵潢池，用彰天討。兹據兵馬大元帥呼延灼奏稱，初進征剿，大獲全勝，賊巢水泊，指日可平。朕心嘉悦，特賜綿袍一領，御酒十瓶，錢十萬貫，勵爾元勳，鼓爾士氣。更聞賊人巢穴占居水泊，難以進攻。轟天炮手凌振用炮精明，就賜子母大將軍飛炮三座，隨即進剿，尅日奏功，以慰朕懷。欽哉。謝恩。〔呼延灼白〕萬歲，萬萬歲！〔軍校擡切末下。天使白〕恭喜將軍！指日就成功了。只是彭團練如何失陷？〔呼延灼白〕只爲貪捉宋江，深入重地，致被擒捉。今後羣賊再不敢出來了。〔天使白〕如此，下官回朝復命去也。〔呼延灼送介。天使唱〕傳天語覆奏將軍回話，把驛丞驛卒亂打。〔下。呼延灼白〕衆軍校把御酒、錢鈔分賞諸軍。〔衆應介。向內白，內吶喊介。小軍上。白〕凌將軍到了。〔呼延灼白〕快請。〔小軍作請介。凌振上。白〕金輪子母轟天振，炮手名聞四百州。〔相見介。凌振白〕元帥在上，凌振參見。〔呼延灼白〕有勞總管遠來，這裏賊巢隔着水泊，非將軍不能成功。〔凌振白〕小將帶來的有欽頒子母炮三位，還有風火炮、金輪炮、紅衣炮、西瓜炮、轟雷炮、穿山炮、連珠炮，馬上用的牛腿炮，烟火藥料四十車輛。不要説一個梁山泊，十個梁山泊也不難平也。〔呼延灼白〕如此，就煩將軍先到水泊邊安放炮架，待本帥一面誘他出戰，將軍一面打破寨柵，兩路來攻便了。〔凌振白〕得令。〔呼延灼白〕請。〔下。凌振白，衆軍校把炮架抬到水泊邊去者。〔衆小軍應介。作抬炮介，架上。同唱〕

【賽紅娘】照着蓼兒窪，莫争差，將紅衣大炮高高架。不怕他，火光一出梁山塌。〔凌振白〕照着金沙灘安好，今晚且着人看守，明日攻打就是了。〔唱〕堪憐那三軍皮骨登時化，不用剛刀剮。

（作安炮架介，下。李俊、張横、張順、阮小二、阮小五、阮小七摇船上。唱）

【夜行船序】柔櫓咿啞，趁朦朧暝色，蕩出蘆花。（白）列位兄弟，適纔探細人來報説，東京新差炮手凌振在水邊竪立炮架。如今奉寨主將令，着我們黄昏左近悄悄上岸，盗取炮架，引誘凌振追趕，設計擒獲。看看漸近岸了。（唱）疏林外，模糊似建高牙。（作上岸介。白）僂儸們，把船泊在一邊去。（僂儸應介，摇船下。衆作撩衣偷架介。唱）丫叉，走電鞭霆，把鐵鑄豐隆阿香車撤。（作盗取炮架，撤于場門内，衆在内吶喊介。李俊白）列位兄弟，這厮一定報與本將主。我們望蘆葦中走罷。（衆唱）歡洽，向煙波深處，一笑擒他。（下。衆小軍引凌振上。唱）

【醉翁子】驚訝，魆地裏將人戲耍。掌烈焰飈輪，還恐水來尅伐。（白）適纔小軍來報，炮架被賊人盗去。爲此趕來。（小軍白）啓上將軍，前面蘆葦中就是賊了。（凌振白）與我快些趕。（唱）難罷，向白葦黄茅，把漁弟漁兄一起拿。休輕放，將頭顱割取，祭炮爲佳。（内鳴鑼介。衆僂儸、朱仝、雷横上，戰介，下。李俊、張横、張順、阮小二、阮小五、阮小七持撓鈎、套索上。白）列位，凌振將次到了。我們把絆馬索就此埋伏罷。（虚下。朱仝、雷横上，凌振追上，戰介。凌振作馬跌介。李俊六人用撓鈎擒介，下。衆僂儸、花榮、林冲、秦明、孫立、歐鵬、馬麟、黄信、穆弘、王英、「一丈青」、楊雄、石秀、李逵、楊林、戴宗、湯隆、白勝、時遷、吕方、郭盛、彭玘、公孫勝、吴用、鼂蓋、宋江上。唱）

【錦衣香】馬連環真堪怕，炮轟天尤堪詫。急敕龍公，禁住暴雷聲乍，張羅先捉火中鴉。窮陰寒沍，布鼓休檛，一任東皇駡。出地奮，怎肯由他。〔作坐介。朱仝、雷横、李俊六人綁凌振上。唱〕奪了雷神架，旁觀欠雅。笑你春能驚蟄，只好做春牛鞭打。〔白〕我等賺得凌振在此，聽候發落。〔宋江白〕爲何恁般無禮？放了綁。〔衆應介。宋江作解放介。凌振謝叩介。白〕多蒙不殺之恩。不知何故俯憐卑末？〔彭玘白〕凌總管，鼂、宋二位寨主替天行道，招納豪傑，專等招安，與國家出力。既然我等到此，只得從命。〔凌振白〕只是我有老母、妻子都在京師。倘或知覺，必遭誅戮。〔宋江白〕但請放心，尊眷管取即日相會。〔凌振白〕若得如此，願隨鞭鐙。〔鼂蓋白〕宋寨主，彼之兵勢兇勇，如何可破？〔宋江〕那廝雖則兵多將廣，不足爲患。只是這三千連環馬軍，實無良策。〔湯隆起身介。白〕寨主在上，湯隆不才，願獻一計。〔宋江白〕湯兄弟，你有何計？〔湯隆白〕小可祖代打造軍器爲生，先父曾在老种經略相公軍前做過延安知寨，先朝曾用這連環甲馬取勝。欲破陣時，須用鉤鐮鎗可破。但會使的人少，除非是我一個姑舅哥哥，現充教頭，來教方可行得。〔林冲等白〕莫不是金鎗教師徐寧麽？〔湯隆白〕正是此人。〔吴用白〕既如此，且請到後寨細談便了。〔鼂蓋、宋江白〕此言甚爲有理。衆頭領。〔衆白〕有。〔鼂蓋、宋江白〕吩咐暫且卸甲解胄，大排筵宴，與凌總管壓驚。〔衆應介。同唱〕

【尾聲】驪龍自抱明珠耍，江上空將網撒，待覓個十丈長綸去引誘他。〔下〕

第十七齣　時遷盜取雁翎甲

〔衆梅香引徐大娘子上。唱〕

【金鷄叫】簾外寒威清冷，日過梅梢，移來疏影，相守香閨焚獸鼎。〔白〕妾身乃徐寧之妻，出自縉紳門第，父因乏嗣，特選東床，將奴爲配。喜得相公深藏韜略，夙負經綸，家資豐厚，現居觀察。連朝六花飛降，雪壓梅梢。今日天霽雲開，融和漸暖，相公隨駕未回，特備酒餚，且待回來，聊觀雪景。梅香。〔梅香應介。徐大娘子白〕準備獸炭紅爐，暖酒伺候。〔梅香應介。衆家丁掛刀，引徐寧乘馬上。唱〕離却彤墀，揚鞭馳騁。〔進見，各坐介。徐寧白〕今早駕幸道德殿，纔便回宫，乘空到家休息片時。〔徐大娘子白〕妾身備有酒餚，請相公聊觀雪景。〔徐寧白〕多謝娘子。〔徐大娘子白〕看酒。〔梅香應，遞酒。徐寧、徐大娘子對定席，正場桌，場設圓爐介。衆同唱〕

【惜奴嬌】玉盞雙擎，向紅爐促坐，宴賞家庭。瑟琴静好，長此共樂昇平。寧馨，膝下瞻依添歡慶，叙天倫娱佳景。〔合〕須酩酊，看穿簾入隙，飛舞瓊英。〔院子上。白〕啓爺，明日五更，天子駕幸龍符宫，特傳今晚向午門值禁。特來禀知。〔徐寧白〕吩咐備馬，帶着金鎗伺候。〔院子應介，下。

徐寧白〕娘子，我往午門值禁，樓房中小心將燈照守，吩咐家人前後門緊閉，不可懈怠。〔徐大娘子白〕不消相公吩咐，妾身自然留心。〔徐寧白〕你們迴避。〔徐大娘子、梅香下。徐寧白〕帶馬。〔家丁應，帶馬。徐寧上馬介。白〕大雪裝成銀世界，滿簷結就玉玲瓏。〔下。時遷上。白〕我做偷兒本事高，鷄鳴狗盜其實妙。飛簷走壁疾如神，穵壁扒牆真個巧。入空穿房鬼不知，傾箱倒籠人難道。官銜本是賊中郎，綽號稱爲「鼓上蚤」。我時遷奉宋大哥將令，今夜潛入徐寧家中，偷取雁翎寶甲。此際已是黄昏，可喜星迷霧鎖，月暗雲深，敢是天助我成功也。不免去走一遭。〔唱〕

【園林好】我悄低聲，行行自驚。〔內打一更介〕聽漏聲沉，提心注睛。幸喜得更闌人静。〔白〕這裏是了。好緊大門。〔撬介〕這牢門怎麽響聲？〔唱合〕早振的響如鈴，早振的響如鈴。〔內打一更介。唱〕

【又一體】你聽打初更，聲聲尚醒。我竚空街，喘吁不定。〔白〕來此已是他家門首。且住，我在街上恐撞着別人，不免挨入他門裏去。阿呀！偏生這門是響的。〔唱〕我略把門閂來挺，早振得響如鈴，早振得響如鈴。〔內打二更介。白〕呀！〔唱〕

【尹令】聽譙樓二更交應，想他們夢魂方定。〔白〕妙，想是都睡熟了，一些響動也没有。嗄！這牆垣又高，怎麽進去？妙嗄！事有湊巧，物有偶然。有棵大樹，待我扒在樹上，跳牆過去。〔唱〕牆垣有十分高峻。〔跳下介。白〕好了，進子一重門了。〔唱合〕這門户重重，喜到天台第一層。

〔白〕這是亭子，又是大迴廊。嗄！　那邊還有大房，想必内室了。這重門怎麽進去？〔内打三更介。唱〕

【品令】三更正緊，燈火尚微明。閨門閉緊，相將重御警。〔掇門響介。徐大娘子白〕蒼頭，外面什麽響？〔蒼頭内白〕没有什麽響。〔徐大娘子内白〕拿燈去看看。〔蒼頭内白〕不要看得，門是我閉上的，不消看得。〔時遷白〕嗄，還有人聲説話。嗄，是了。〔唱〕他時時震驚，只爲寶甲如瑜瑾。我營營思省，還怕他一時妻媵。〔合〕唧唧噥噥，雨去雲來送且迎。〔蒼頭上。白〕半夜三更，那裏有什麽聲響，大娘子只管耳根邊聒噪。且開門打望打望，再去安眠。〔作開門看介。白〕我説没有什麽，鬼也不見一個，那裏招出個人影來。嗐！　白白裏擔誤了一場好夢。〔作關門介〕大門閉了，待我閉了二門，拿火來。阿呀，奇了！　風又没得，那了暗子啥，勿要是鬼吹滅個。〔時遷作鬼叫介。蒼頭白〕嗄，嗄，嗄！　我老老不怕鬼的。阿呀！　這酥泥撒上一大把，鬼打牆。偖入娘賊，我老人家不怕鬼的。〔下。時遷笑介。白〕那老入娘的，也怕撒泥的，被我一頓鬼叫諕了進去了。〔唱〕

【豆葉黄】聽聲聲漏滴，夜半還盈。我肩重擔所任非輕，肩重擔所任非輕。怎做得風燈泡影，這是閨門左右，須眼明手靈。〔推門介。白〕牢門好響。〔徐大娘子内白〕綉英，房門響，拿燈去看看。〔梅香上。白〕嗄！　是了。睡又睡不醒，眼睛開不開，只管叫看什麽價。半夜三更，大驚小怪，那裏響？　待我看。〔放火開門，時遷進，吹燈介。梅香白〕阿呀！　一燈牢火又跌暗了。教我黑天黑地，那裏去摸。〔徐大娘子内白〕綉英，什麼響？〔梅香白〕没有什麼，像是貓在此拿耗鼠了。〔時遷作貓叫介。徐大娘子内白〕既是貓兒捕鼠，閉上了門，進來罷。〔梅香〕喲！是了。火又没了。黑暗裏摸不出個燒，願心個捉價一個大耗鼠，不關個牢門了，不關個牢門了。〔下。時遷白〕好了。〔唱〕喜得把殘燈盡暝，喜得把殘燈盡暝。〔合〕直逼得鼠鳥同居，自批自評。〔白〕我時遷今夜做賊，原不是我要做的。〔唱〕

【玉嬌枝】爲軍中嚴命，論奇功，賽過偷營劫營。〔白〕且住。聞得他這副甲掛在房内梁上，我不免盤上梁去便了。呔！〔唱〕我是梁山好漢揚名姓，自合在梁上施逞。〔聽介。唱〕鼾齁聒耳不住鳴，陽臺路重鴛鴦冷。〔作撞頭介。白〕阿呀！〔唱合〕硬頭顱撞得血淋，〔作上梁介。跳下，跌介。唱〕好腰肢不禁痛疼。〔又作上梁取甲，下。湯隆、白勝上。唱〕

【幺令】早起見更闌夜醒，啓重關人聲沸騰。〔湯隆白〕白兄弟，天色將明，此時城門已開了，時兄弟怎麼還不見到？〔白勝白〕想是還早。我們只在此等他便了。〔唱〕最堪憐露濕霜華蛩亂鳴，看天際雲横霧暝。〔湯隆白〕我們到樹林内等他。〔唱合〕且進疏林，早聽得鷄聲犬聲。〔下。挑擔人上。唱〕

【江兒水】早起求生意，朦朧睡未醒，巴巴衣食難安静。〔時遷急上，撞跌介，下。挑擔人白〕捉捉捉嗄！背箱子的人是個賊！快些捉住了他。〔唱〕看他獐頭鼠腦行來勁，瞻前顧後藏形影，待我趕上賊人拿定。〔白〕拿賊！拿賊！啐！捉賊不如不捉賊，與我什麼相干嗄。〔唱合〕且去早幹營生，莫

惹這無端災眚。〔下。時遷急上。唱〕

【川撥棹】功成頃，漸天明，將度影，喜城門出入無警，喜城門出入無警。〔白〕且喜被我混出城來，但不知湯隆、白勝在於何處。待我叫一聲。噲！湯哥哥，白兄弟。〔唱〕我叫聲高，他應聲愈輕。〔湯隆、白勝上。唱合〕怕人聞風鶴驚，謹防他四野清。〔湯隆白〕兄弟，寶甲有了麽？〔時遷白〕在此了。〔白勝白〕真個好手段。〔時遷白〕不成意思，休笑。〔湯隆白〕白兄弟，你把這甲包好了，連夜抄出小路，先上山。時兄弟，背了空箱，慢慢而行。遇着轉彎抹角的所在，畫個白粉圈兒，做個暗記。遇着酒店、飯店，亦是如此。我就到徐家，將機就計，騙他同來追趕。這是軍師吩咐的，不要差了。〔時遷白〕這個自然，不要你吩咐。〔同唱〕

【又一體】雁翎寶甲冷氣騰，豐城劍利秋光映。〔湯隆白〕白兄弟，〔唱〕你前行不必留停，你前行不必留停。〔白〕時兄弟，你背着空箱子，〔唱〕假悠悠前途慢行，〔合〕怕人聞風鶴驚，謹防他四野清。〔同唱〕

【尾聲】三人各自分頭逞，也須要小心支應。〔湯應白〕轉來。〔唱〕莫犯着風火雷霆號令行。〔分下〕

第十八齣　賺徐寧教鈎鐮鎗

〔衆家丁持鎗引徐寧乘馬急上。唱〕

【窣地錦襠】縱橫躍馬急歸來，恨簇眉梢納悶懷。昨宵值宿向金階，誰料穿窬剔弄乖。〔徐寧下馬介。衆白〕老爺回府。〔徐寧〕卸下。〔衆下。梅香上，接鎗。徐大娘子急上白〕相公回來了。〔徐寧怒介。白〕我聞得家中失了盜，爲此急趕回家。〔徐大娘子白〕相公嗄，不好了！自相公昨晚往内值宿，妾身吩咐家人把前後門緊閉。妾身在樓房中點上燈火，叫丫鬟守護。一霎時燈火吹滅，起來照看，只那梁上寶甲忽然不見，衣服首飾等物不失一件。好生奇怪。〔徐寧慌介。白〕嗄！這是我四代傳家至寶，怎麽被人盜了去。〔唱〕

【太師引】這賊人真奇怪，明放着金珠不愛。這副甲傳來多代，驀忽地兩處分開。〔白〕這副雁翎甲花兒，王太尉還我三萬貫錢，不捨得賣與他。〔唱〕肯酬萬貫還不賣，直恁的運退時乖。〔徐大娘子白〕相公必須打聽，追尋便了。〔徐寧白〕你們進去，待我坐想片時。〔徐大娘子、衆梅香虚白下。徐寧悶介。白〕咳！〔唱合〕好一似鬼使神差，行廣捕定教天敗。〔坐介。湯隆上。唱〕

【東甌令】機謀定，莫疑猜，流水行雲不染埃。〔白〕這裏是了。有人麽？〔院子上。白〕整夜何曾睡，奇珍搶個空。什麽人？原來是湯爺。〔湯隆白〕通報。〔院子白〕少待。啓爺：有湯知寨之子湯爺拜望。〔徐寧白〕嗄！説我出迎。〔院子應。徐寧迎進見，坐介。湯隆白〕小弟許久不曾造府，爲因經營買賣，却在左近，特來看望。不知哥哥景況如何？〔徐寧白〕不要説起，愚兄昨夜被人盜了四代傳留雁翎寶甲，又叫做賽𤞑猊，無處追尋。心中焦憒。〔湯隆白〕裝在什麽東西内的？〔徐寧白〕是紅羊皮匣子内。〔湯隆白〕阿呀！兄弟方纔在城外見一黑瘦漢子，背着一隻紅羊皮匣子，上面刺着緑雲頭如意，中間有獅子滚綉毬在上。〔徐寧白〕一些不差，離此多遠？〔湯隆白〕離此五六里之遥。〔徐寧白〕院子過來。〔院子應介。徐寧白〕好生看守門户，我同湯爺追趕此賊去了。〔院子應下。湯隆白〕快些追上去。〔急走。同唱〕慌忙根緝如風快，贜証明，難遮蓋。〔合〕天教指引巧安排，踏破兩芒鞋。〔下。時遷背皮匣上。唱〕

【香柳娘】奉軍師這差，奉軍師這差，狂奴故態，紅羊皮匣空攜帶。〔白〕我時遷奉宋大哥將令，往徐寧家偷取寶甲。費了些許多心機，方把他那一副雁翎甲輕輕到手。喜得白勝兄弟先將寶甲帶上梁山，止剩得空皮匣子在此。湯哥哥已引却徐寧前來追趕，我不免假裝折脚走不動，慢慢而行便了。〔唱〕脚跟兒懶擡，脚跟兒懶擡，裝個不成材，安心且等待。〔合〕使離他境界，使離他境界，疑團打開，明言何礙。〔湯隆、徐寧急上，追着介。白〕在這裏了。〔時遷擲皮匣地上，坐介。徐寧將時遷打介。湯隆勸徐寧開匣看介。徐寧白〕怎麽是空皮匣，寶甲那裏去了？快説名姓來。〔時遷白〕小子叫張一，泰安州人氏。有個財主知道你家有此寶甲，如有人能得盜取，肯出一萬貫賞錢。因在你家杜子上跌下來，閃朒了腿，因此走不動。先着人拿了寶甲去，止留得空匣在此。你若饒了我，一同到彼，討來還你。〔徐寧白〕如不饒你？〔時遷白〕自古拿賊要贓，就到官司和你白賴，看你怎麽樣？〔湯隆白〕哥哥，有小弟陪伴前去，不怕他不還。〔徐寧白〕也不怕你。〔時遷白〕只是我閃了腿，走不動，怎麽好？〔湯隆白〕説不得我同哥前面酒店中飲三杯，唤一乘車輛，我們三人坐上同去便了。〔徐寧白〕有理。〔同走，時遷諢介，下。衆僂儸、林冲、花榮、劉唐、李逵、楊雄、黄信、彭玘、鄧飛、杜遷、穆宏、呂方、馬麟、秦明、石秀、孫立、歐鵬、凌振、郭盛、宋萬、白勝、解珍、解寶、鄒淵、鄒潤、燕順、朱仝、楊林、王英、「一丈青」引宋江、鼂蓋、吴用上。衆唱〕

【賽觀音】陣雲飛，漫山寨，急切等行人到來。聽靈鵲頻啼窗外，〔合〕料挈伴同歸展眉開。〔外擺門，進坐介。鼂蓋白〕方纔在西寨中看雷横照畫式打造鈎鐮鎗，俱已完工，從金沙灘上岸回營。且喜時遷甲已盜至，白勝預先來獻。本寨已經識目，果然此甲不比尋常相類。只等湯隆賺取徐寧到來，教演鎗法，接戰連環馬軍，便勢如破竹矣。〔時遷上。白〕梁上稱君子，山中號大王。〔見介〕奉令盜取寶甲，白勝早已獻上。湯隆哥哥誘着徐寧追趕時遷，引進店中，將蒙汗藥酒麻倒。現在山前候令。〔宋江白〕就煩時頭領將解藥解醒，請上山來。〔時遷應下。湯隆、徐寧上。唱〕

【紅娘子】蒙汗藥多時方解，這路徑森排柵寨。索縫尋瘢呆打孩，早轉出山巔水涯。〔宋江、鼂蓋白〕觀察到來，有失遠迎，多有得罪。〔迎進見介。徐寧驚介。白〕兄弟，怎麽賺我到這個所在來？〔湯隆笑介。白〕不瞞哥哥説，小弟早已入夥在此。今被呼延灼連環甲馬衝陣，無計可破。小弟已將鈎鐮鎗畫式獻與寨主打造，這鎗法只有哥哥精明。爲此用計，賺上山來。〔唱合〕投主帥，休只是英雄困埋，扶忠義威名大。〔徐寧白〕你害人不淺！只是我家小必被官府捉拿，如何是好？〔宋江白〕觀察放心，小弟早已着人搬取寶眷來此完聚矣。〔戴宗上。白〕啓寨主，小弟接得觀察家小，已到山寨了。〔徐寧白〕這也可喜。湯兄弟，真乃神策也。〔湯隆白〕小弟豈肯有累於尊眷。〔宋江白〕湯頭領，可將觀察家小請進後寨安歇。〔湯隆應介，下。宋江白〕衆頭領，同至忠義堂前請教觀察鎗法。〔徐寧白〕只恐小技，有污衆英雄之尊目。〔衆白〕我等從未識荆，若得一見，俱得增光矣。〔走介。同唱〕

【剔銀燈】休謙遜鎗風閃開，羣仰見英雄氣概。經心演習誰偷怠，藉指教家傳科介。〔合〕今朝整齊器械，使將來下風甘拜。〔作到忠義堂，齊立定介。徐寧白〕看鎗。〔僂儸擡鎗，徐寧略使介。白〕四撥三鈎通七路，共分九變合神機。二十四步挪前後，一十六翻大轉圍。〔使鎗介。衆唱〕

【玉芙蓉】迎頭大會垓，入手分支派，這鈎鐮鎗法賽過藤牌，渾疑劍雨沖無外，更把征雲掃盡開。〔快使鎗完介。宋江白〕妙嗄！如此鎗法，真個耀奪日光，疾如風捲，實所罕見也。衆僂儸日夜演習，不可懈怠。〔僂儸應介。宋江白〕後有薄酌，用作洗塵。〔衆白〕請。〔唱合〕團光彩映，旌旗動色，待交鋒，横衝直搗勝狼豺。〔下〕

第十九齣　擒韓滔破連環馬

〔凌振、杜興上。白〕軍容須整肅，隊伍要森嚴。拱聽中軍令，威光播遠天。〔凌振白〕俺等今日奉寨主將令，接戰呼延灼，吩咐盔甲俱要鮮明，爲此俱已收拾停當。話言未畢，寨主早已登臺發令了。須索在此伺候。〔白勝、鄒淵、鄒潤、杜遷、宋萬、童猛、童威、馬麟、「一丈青」、王英、郭盛、吕方、楊林、燕順、鄧飛、歐鵬、孫立、黄信、解寶、解珍、石秀、楊雄、阮小七、張順、阮小五、張横、阮小二、李俊、雷横、穆宏、李逵、劉唐、戴宗、朱仝、柴進、花榮、秦明、林冲。内吹打介。衆僂儸、吕方、郭盛引吴用、公孫勝、鼂蓋、宋江上。搭高臺、小帳幔，設令箭介。衆唱〕

【粉蝶兒】義氣凌霄，喜的是義氣凌霄，怎禁他螢光熠耀。連日裏戰鼓頻敲，合寨旗還斬將，顯得俺威名不小。休認做梗化天朝，端只爲豺狼當道。〔衆白〕寨主在上，衆頭領參見。〔鼂蓋、宋江白〕衆頭領兩旁侍立。〔衆應介。徐寧、湯隆各執手旗，引步軍十六名，各執鈎鐮鎗上。唱〕

【好事近】本事逞英豪，鎗法鈎鐮通曉，當場試演，敵他大馬金刀。〔徐寧、湯隆白〕啓寨主，鈎鐮鎗步軍俱已齊集。〔鼂蓋白〕多精熟了麽？〔衆步軍白〕多精熟了。〔宋江白〕吩咐操演一回者。〔衆步軍白〕

得令。〔衆演鎗介。鼂蓋白〕妙嗄！〔唱〕横衝竪搗，霎時間烽火平安報。〔合〕戰沙場電掣星馳，震軍威龍吟虎嘯。〔舞畢。鼂蓋白〕妙嗄！鎗法果然精熟。彼連環鐵馬，必定成擒矣。〔宋江白〕如此，鼂寨主、公孫法師、吴軍師牢守山寨，待宋江再當領兵前往，以決勝負。〔鼂蓋、公孫勝、吴用〕既如此，眼望捷旌旗，耳聽好消息。〔下。宋江白〕徐寧、湯隆聽令。〔徐寧、湯隆應介。宋江白〕你二人各持號帶，將步軍引入枯葦之中，如遇連環馬，胡哨一起，即將號帶領出伏兵，破彼陣勢，不得有違。〔付徐寧、湯隆令旗，引步軍下。宋江白〕凌振、杜興聽令。〔凌振、杜興應介。宋江白〕你二人向高阜處，將子母炮、風火炮往正北打去，驚散連環馬軍，不得有違。〔付凌振、杜興令旗，應下。宋江白〕劉唐、李逵、穆宏、雷横聽令。〔劉唐、李逵、穆宏、雷横應介。宋江白〕爾等各帶五百鐵騎，埋伏山凹之中。如遇呼延灼將官，奮勇截戰，不得有違。〔劉唐、李逵、穆宏、雷横應介。宋江唱〕

【石榴花】做一個南陽八陣展龍韜，戰必勝簿上記功勞。〔付劉唐、李逵、穆宏、雷横令旗，各接令旗，應下。宋江白〕黄信、孫立、歐鵬、鄧飛、解珍、解寶、燕順、楊林聽令。〔黄信、孫立、歐鵬、鄧飛、解珍、解寶、燕順、楊林應介。宋江白〕爾等埋伏深林之中，如遇呼延灼，奮勇截殺，不得有違。〔唱〕着爾等深林埋伏，各逞雄驍，除殘而伐暴，聲息莫喧囂。〔付令旗一面，黄信、孫立、歐鵬、鄧飛、解珍、解寶、燕順、楊林應下。宋江白〕水軍李俊、張横、張順、阮氏三雄、童威、童猛聽令。〔李俊等衆應介。宋江白〕爾等各領水軍，在沿灘處所接應，如遇馬軍敗至水邊，協力捉拿，不得有違。〔唱〕須索要密叢叢，密叢叢，潛蹤匿影斷圍繞。

悠悠嚦嚦，一聲長嘯。撞着他敗軍兒，撞着他敗軍兒，一鼓都擒到，學個周處斬長蛟。〔付令旗一面，李俊等應下。宋江白〕衆頭領。〔衆應介。宋江白〕爾等前後截戰，不得有違。〔衆應介。宋江白〕就此分兵前去。〔衆應介。宋江執鞭上馬介。同唱〕

【福馬郎】號令嚴明軍不擾，儘讓俺殺人兒如草。他來到，没一個垓心中躲，刀頭上挑，都教魂魄消，〔合〕期剋敵，在今朝。〔齊下。水軍李俊、張横、張順、阮小二、阮小五、阮小七、童威、童猛上。唱〕

【鬪鵪鶉】一行行鹵莽男兒，一行行鹵莽男兒，急臻臻領軍早到。鬧轟轟馬足紛馳，鬧轟轟馬足紛馳，亂滚滚人頭便落。須識是揭地掀天手段高，輕覷你小兒曹。〔各通名介。李俊白〕奉大哥將令，埋伏灘頭，捉拿馬軍。〔内喊介。李俊、張横、張順、阮小二、阮小五、阮小七、童威、童猛白〕你聽喊殺連天，想是呼延灼兵馬來了。我等且隱入蘆葦中窺探動静便了。〔行介。唱〕熱騰騰萬隊鏖兵，熱騰騰萬隊鏖兵，冷颼颼一聲胡哨。〔下。衆小軍、步軍、馬軍、將官引韓滔、呼延灼各持兵器上。唱〕

【千秋歲】搗窩巢鐵馬連環甲，一陣陣賊兵如掃。朝命嚴催，朝命嚴催，早制勝，只恐師行兒老。〔衆將齊向下場看介。内鳴金鼓、放炮介。呼延灼白〕呀！聽炮聲振天，想是凌振這厮在彼施放。衆將官。〔衆應介。呼延灼白〕將連環馬分作四隊，衝破賊軍。我與韓先鋒分路截殺。〔韓滔應介。内鳴金鼓，炮響介。衆白〕呀！〔唱合〕三通鼓，一聲炮，降强寇，真奸狡。併力厮征剿，喜梁山在望，水泊非遥。〔下。僂儸引劉唐、李逵、穆宏、雷横持兵器上。唱〕

【撲燈蛾】静悄悄設伏在山凹，一個個掣刀齊抽鞘。惡狠狠臨衝敵萬人，亂紛紛戰塵兒風飄。〔衆小軍引韓滔衝殺上。白〕賊子那裏走？〔劉唐、李逵、穆宏、雷横白〕來將通名。〔韓滔白〕我乃「百勝將軍」韓滔。賊將留名。〔劉唐白〕我乃劉唐。〔李逵白〕我乃李逵。〔穆宏白〕我乃穆宏。〔雷横白〕我乃雷横。還不下馬受縛。〔韓滔白〕休得胡言。〔齊戰，擒捉韓滔介。劉唐白〕綁至寨主處分。〔衆唱〕斯濟濟回營繳令，一個個雄威見賽嫖姚。昏慘慘先鋒莽撞，明晃晃高題姓字叫韓滔。〔下。王英、「一丈青」、宋萬、杜遷、鄒淵、鄒潤、馬麟、白勝持兵器上。唱〕

【好事近】瀟瀟陣雨灑征袍，殺得個片甲無存纔了，鑼鳴鼓擂，威風直衝穹昊。〔各通名介。白〕我等奉大哥將令，着我們前後截殺，自當遵令而行。〔内吶喊介。衆白〕你聽喊殺之聲，我們迎敵上去。〔唱〕騰騰殺氣，更聽他士卒羣譁譟。〔八將官引呼延灼上。唱合〕失先鋒雖道軍孤，守中堅不放兵驕。〔兩分介。呼延灼立正場，王英、「一丈青」、宋萬、杜遷、鄒淵、鄒潤、馬麟、白勝與八將官圍戰介。八將官、呼延灼追王英、「一丈青」、宋萬、杜遷、鄒淵、鄒潤、馬麟、白勝，齊敗下。黄信、孫立、歐鵬、鄧飛、解珍、解寶、燕順、楊林上。唱〕

【撲燈蛾】疊疊雄師桀奡，陣陣敗軍騰笑。刺刺的鬭疆場，急急裏顯英豪。〔各通名介。白〕我等奉宋大哥將令，截殺呼延灼。〔内吶喊介。衆白〕你聽喊殺之聲，我等上崗一望。〔後場設欃。同上欃看介。八將官追王英、「一丈青」、宋萬、杜遷、鄒淵、鄒潤、馬麟、白勝對殺，八將官追下。呼延灼隨後追上。黄信、孫立、歐鵬、鄧飛、解珍、解寶、燕順、楊林跳下崗，截戰，呼延灼敗下。連環馬沖上，黄信、孫立、歐鵬、鄧飛、解珍、解寶、燕順、楊林敗。連環馬齊追下。李俊、張橫、張順、阮小二、阮小五、阮小七、童威、童猛、水軍撓鉤套索同上。唱〕清清悄悄，斷裝圈套。俺不是河上逍遥，俺則待陣上炰烋，俺則怕連環甲馬。〔内呐喊介。白〕有兵馬來了。〔八將官追王英、「一丈青」、宋萬、杜遷、鄒淵、鄒潤、馬麟、白勝上，殺介。王英、「一丈青」、宋萬、杜遷、鄒淵、鄒潤、馬麟、白勝敗下。水軍作截殺，活捉幾將介。李俊等白〕將他這厮押至水寨，聽候發落便了。〔衆唱〕赤緊的水椿，齊踏上鈎撓。〔齊下。湯隆、徐寧引鈎鐮鎗十六人上，遶場作埋伏介。連環馬軍追黄信、孫立、歐鵬、鄧飛、燕順、楊林、解珍、解寶上，作敗，鈎鐮鎗十六人截殺，作對馬挑鈎馬蹄，遶場轉介。内放炮鳴金呐喊，連環馬驚散衝開，亂跑下，鈎鐮鎗十六人亂殺介。馬軍敗，鈎鐮鎗追，齊下。呼延灼棄甲去盔，持雙鞭奔上。唱〕

【越恁好】投戈卸甲，投戈卸甲，剗地裏没下梢。〔解珍、解寶八人上。白〕呐！那裏走？〔同戰介。呼延灼敗，解珍、解寶八人追下。李俊、張橫、張順、阮小二、阮小五、阮小七、童威、童猛領水軍上。唱〕羨軍師妙算，掃馬陣如捲籜。聽聲聲鼓敲，聽聲聲鼓敲，疾忙忙擺開兒，似奪錦標。〔中場排立介。連環馬亂跑上，各虚白發諢介。鉤鐮鎗十六人上，作追，連環馬軍踏水椿，陷溺水中，水軍活捉幾人介。李俊等白〕連環馬已破，回山繳令便了。〔衆白〕有理。〔衆唱〕一個個顛翻，怯生生敗卒兒，下水怎撈。〔合〕全虧得這一番敵寇成呆傍，把連環甲馬盡入圈套。〔下。僂儸、吕方、郭盛、花榮、林冲、秦明、戴宗、朱仝、柴進、楊雄、石秀引宋江持鞭上。唱〕

【上小樓】密匝匝雁陣排，實丕丕天羅罩。管教俺智賽張良，管教俺智賽張良，勇賽淮陰，功賽班超。〔凌振、杜興、徐寧、湯隆、黄信、孫立、歐鵬、鄧飛、解珍、解寶、燕順、楊林、王英、「一丈青」、宋萬、杜遷、鄒淵、鄒潤、馬麟、白勝、李俊、張橫、張順、阮小二、阮小五、阮小七、童威、童猛各持令旗上。接唱〕厮濟濟繳令營門，厮濟濟繳令營門，獻俘山寨，銷兵水泊，莽高俅枉陳天表。〔擺門進介。白〕各寨頭領成功繳令。〔交令旗介。宋江白〕論功升賞。〔衆分站介。劉唐、李逵、穆宏、雷橫綁韓滔上。白〕我等弟兄四人拿得韓滔在此，請寨主定奪。〔宋江親解綁介。白〕多有得罪，萬望將軍同歸山寨，除奸報國。〔韓滔白〕既蒙不殺，情願執鞭墜鐙。〔宋江白〕四位兄弟，將韓將軍請入大寨，請鼂天王好生款待。〔劉唐、李逵、穆宏、雷横應，同韓滔下。宋江白〕衆僂儸。〔衆應介。宋江白〕呼延灼連環馬已破，就此收兵回寨。〔衆應，呐喊介。唱〕

【清江引】想前番高唐種禍苗，今日才歡樂。從教張我軍，恁怕他征討，黑鄧鄧的征雲看漸少。

〔下〕

第二十齣　呼延灼失馬借兵

〔衆家丁引呼延灼，歪斜披甲戴盔，背插雙鞭，騎馬急上。唱〕

【滴溜子】羞敗北，羞敗北，師行失利。烏錐馬，烏錐馬，長嘶喪氣。誰知這番狼狽。〔合〕嘯聚蓼兒窪，螯如蠭起，棄甲曳兵，怎不皺眉。〔白〕泰岳難摇動，冰山頃刻頽。我呼延灼被梁山賊寇殺得大敗虧輸，止剩得踢雪烏錐，教我何顔到京。弄得進退兩難，如何是好。幸虧得我有個舊相識慕容相公，現爲青州知府，向他借兵復讐，還可解嘲。衆家丁，就此趲行前去。〔唱〕

【秋夜月】涕淚揮，勇力成何濟。故人作郡相依倚，軍容重整防清議。〔合〕舉頭天影低，回眸日色西。〔内白〕投宿的這裏來。〔呼延灼白〕這裏有個宿店在此，不免權宿一宵，明日竟投青州便了。〔下馬介。白〕酒保。〔酒保上。白〕廣招天下客，安歇四方人。客官，住宿的麽？〔呼延灼進介。白〕是住宿的。把這匹馬帶到後槽上料。〔酒保應介，解馬下，即上。呼延灼白〕酒保，我是軍官，爲因收捕梁山泊失利，往青州投奔慕容知府。方纔這馬是御賜的踢雪烏錐馬，好生喂養，明日重重有賞。〔酒保謝介。白〕多謝軍官。却有一件事要告禀：前面有座桃花山，山上有夥强人，爲頭的是「打虎將」李忠，第二個是「小霸王」周通，聚集衆僂儸，時常攪擾村坊，官兵捕他不得。軍官須醒睡些。〔呼延灼〕千軍萬馬尚且不懼，何怯此輩？我知道了。〔酒保〕酒肉多擺在後房内，請軍官後面安歇。〔呼延灼〕槽上添料要緊。〔酒保應，同下。衆僂儸引李忠、周通執兵器上。唱〕

【點絳唇】名震轟雷，威行蓋世，金蘭契，情篤塤篪，早結桃園義。〔合白〕人人争羡緑林豪，那用龍韜與豹韜。任我威行天一角，春山開遍萬株桃。〔李忠〕我乃桃花山「打虎將」李忠是也。〔周通〕我乃「小霸王」周通是也。〔李忠〕自據占山頭，無人敢犯，全憑劫掠行商，以供寨中日用。聞得宋將呼延灼力敵萬人，統領雄兵，欲剿梁山泊衆，被他大破連環馬軍，殺得片甲無存。呼延灼單人獨騎，潛向青州慕容知府處，借兵恢復。他有一坐騎，名曰踢雪烏錐馬，日行千里，乃是道君皇帝所賜，真個賽過紫燕桃花，爲第一神駿。聞得他打從左近旅店安歇，不免着精細僂儸，夜間盗取此馬，以助我寨威風，豈不美哉。〔周通〕有理。〔李忠〕僂儸過來。〔僂儸應介。李忠白〕你二人可速下山打聽呼延灼旅店宿處，盗取踢雪烏錐馬，回來重重有賞。〔僂儸應下。周通〕大哥，自古驊騮稱獨步，萬馬敢争先，如不盗此馬，實是可惜。〔李忠〕正是。〔同唱〕

【豹子令】踢雪烏錐世所稀，世所稀，偷他到寨壯軍威。星忙奉命去如飛，眼望明朝旌捷旗，〔同唱合〕管教人馬一齊歸。〔下。内起更，二僂儸悄步上。白〕哥嗄，我們奉大王之命來盗這馬，我們把這籬笆牆挖開進去。〔唱〕

【小引】把茅籬，把茅籬，掘破他來盜馬騎。暫聽已更深，兩人須用心。〔進介。〔白〕你看可有人驚動，我悄向後邊去。〔一應介，進内牽馬。僂儸虛白望介。牽馬悄步上。唱合〕好箇偷天手，銜枚忙疾走。〔白〕在這裏了。〔僂儸急下。酒保右場門嚷出介〕不好了。〔呼延灼執雙鞭左場門出介〕什麽人？〔酒保〕不要動手。〔呼延灼〕酒保，爲何亂嚷？〔酒保〕軍官，我添了草料，纔睡下，只聽得馬蹄響，那馬被人盜去，推翻了這籬笆牆出去的。一定是桃花山小僂儸偷去了。〔呼延灼驚介〕這怎麽好，可追得着？〔酒保〕這時候那裏去追，軍官坐待天明，官府去告理。〔呼延灼〕那裏等得天明，俺自去也。〔酒保虛白下。呼延灼〕衆家丁，快些趕上。〔唱〕

【劉潑帽】疏星數點明雲際，去匆忙，只怕濡遲，顧他緝捕如吾意。〔合〕前路盼程期，不遠青州矣。〔下。僂儸引李忠、周通上。唱〕

【水底魚】寶馬天賫，桃花配合奇，日行千里，風輕騁四蹄，風輕騁四蹄。〔白〕我等踞此山寨，雖則打家劫舍，却藉義氣相扶。昨已盜了呼延灼這匹名馬，如獲珍寶。正是良馬歸吾風捲電，敗軍笑汝雪加霜。〔報子上〕探報軍中事，傳知山上人。呼延灼投向慕容知府處，借兵二千，前來奪馬。請令定奪。〔李忠、周通〕有這等事！快些起兵迎敵。〔衆應介。唱〕

【大迓鼓】無端動鼓鼙，折衝御侮，號令嚴催。俺長鎗大戟提精鋭，他殘兵敗將昧高低。〔合〕煽起威風，殺入重圍。〔下。小軍引呼延灼上。唱〕

【水底魚】兵馬重提，皇天不可欺。桃花山寇，先此救瘡痍，先此救瘡痍。〔呼延灼白〕我呼延灼蒙青州慕容知府借兵二千，先來掃清桃花山，奪回那匹烏錐馬。蓋因他管轄地方，多有草寇侵犯。還有那二龍山、白虎山，趁手一例收剿，以除民害。然後引兵撲滅宋江等，復仇雪耻。承他青眼相看，理合赤心以報。喜得桃花山不遠了。大小三軍，即此殺上前去。〔衆應介。唱〕

【大迓鼓】皇威悚四夷，誰容馬足當道狐狸。他緑林嘯聚渾兒戲，俺烏騅鞭策怎虺隤。〔合〕一視同仁，怎道越瘠秦肥。〔李忠、周通領僂儸沖上，分開站立。呼延灼白〕呔！賊寇，你黑夜偷盜名馬，敢來太歲頭上動土。〔李忠、周通〕敗軍之將，何得言勇。看鎗。〔同戰介。李忠、周通敗下。呼延灼〕賊寇逃上山寨。衆將官。〔衆應介。呼延灼〕依山扎營，聽令再戰。〔衆應介。呼延灼唱〕

【風入松】可恨他山頭竊踞逞胡爲，到處行商遭累。必待焚巢掃窟無逃避，青州境不窩奸宄。〔合〕將營寨安他四陲，長驅入，凱歌回。〔下，僂儸引李忠、周通上。唱〕

【又一體】刀鎗密布在山蹊，再戰定難廝對，多緣自惹干戈沸。保山寨須籌別計。〔合〕切莫教悔生噬臍，須商酌，莫狐疑。〔周通白〕呼延灼這厮武藝高强，難以抵敵，如何是好。這都是你要偷那匹烏騅馬惹來的禍。〔李忠〕你又來長他人的志氣，滅自己的威風。我想起來，爲今之計，除非寶珠寺「花和尚」魯智深，兼有「青面獸」楊志、「行者」武松，力敵萬人，不如急急寫書一封，差僂儸持去。若能來救，情願將馬進奉與他。〔周通〕如此請到裏面，就寫書着人送去便了。〔李忠〕請。〔同下。二龍山

衆僂儸引魯智深、楊志、武松、施恩、曹正、張青、孫二娘上。唱〕

【甘州歌】【八聲甘州】〔首至六句〕雲開霞霽，幸萍蹤巧合，僧俗山棲，左提右挈，坤道一班豪氣。〔一僂儸引桃花山僂儸持書曲内上。白〕僂儸告進。〔衆僂儸〕進來。〔僂儸應，跪介〕桃花山差人下書。〔魯智深〕着他進來。〔僂儸應介。領桃花山僂儸進叩介〕敝寨主有書呈上。〔魯智深〕後寨酒飯。〔僂儸下。曹正接看介。魯智深〕那年洒家在桃花村，曾打過這廝一頓，他到結拜我爲兄。書上怎麽寫？〔曹正〕只爲青州慕容知府近日收得進征梁山泊失利的雙鞭呼延灼，慕容知府先教掃蕩桃花山、二龍山、白虎山，再借兵與他，收捕梁山泊復仇。現今敝寨勢處危急，特來啓請大頭領將軍下山相救。待休息之時，情願來納進奉。〔楊志〕俺們各守山寨，管他則甚。〔魯智深白〕説那裏話。洒家一者怕壞了江湖上豪傑，二者恐那廝得了桃花山，便小視了洒家這裏。張青、孫二娘、施恩、曹正看守山寨，俺三人親自走遭。〔張青、孫二娘等作應介。桃花山僂儸上，叩介〕謝三位寨主酒飯。〔魯智深、楊志、武松白〕回去稟復主人，我等人馬就到了。〔僂儸應下。魯智深〕衆僂儸。〔衆應介。魯智深、楊志、武松各執兵器介〕就此下山，竟往桃花山。〔四小頭目暗下，衆應。吶喊介。唱〕旌旗蔽天軍威壯，渺小鄰疆合撫綏。【排歌】〔合至末句〕聯聲援，免伺窺，青州全郡踹成灰。行須急，令莫違，月終進奉不斷虧。〔下。衆將引呼延灼上。唱〕

【排歌】不放逃生，料應垂斃，崇朝撲滅無疑。豈徒懷恨盜烏騅，馬足須張民帥威。〔衆白〕桃花山下並無一人。〔呼延灼〕吠！山上毛賊，有本事的出馬對壘。〔衆唱〕沿山麓，繞水湄，偃旗息鼓意何如。〔內吶喊，僂儸引武松、楊志、魯智深上。唱合〕三山聚，隊伍齊，殲他敗卒恁稀奇。〔兩軍分立。魯智深白〕那是梁山泊殺敗的撮鳥，敢來這裏諕嚇人麽？〔呼延灼〕先殺你這胖禿驢。〔魯智深、呼延灼殺介。魯智深敗下。武松、楊志截殺呼延灼，敗下。兩軍殺介。李忠、周通領僂儸暗上，後塲設桌，上望介。呼延灼所領軍卒敗下，衆僂儸追下，呼延灼、魯智深、武松、楊志四人殺介。呼延灼敗下，衆僂儸上報介。白〕呼延灼人馬大敗。〔內奏樂，李忠、周通領衆作下山迎接魯智深等上山，拜謝介。李忠、周通〕三位寨主真乃蓋世豪傑，今蒙救援，幸得全生，我等情願執鞭墜鐙。〔魯智深等謙遜介。李忠、周通〕我等無物恭獻，有一駿馬，名曰踢雪烏騅，原是道君皇帝賜與呼延灼的，我等得來已久，望乞笑納，并請三位寨主後寨寬飲，暫住幾日，聊表孝敬之心。〔魯智深等〕前承華翰見招，特來相助。今喜貴山無事，我等即要告辭。〔李忠、周通〕且請小飲，再作商量。〔同下。衆引呼延灼急上。唱〕

【風入松】英雄成敗訴誰知，此日又教蒙耻。賊兵烏合聯聲勢，真勍敵，憂心如醉。〔白〕罷了，罷了！指望到此勢如破竹，拿了這夥草寇，怎知又逢着這般對手，我好如此命薄也。〔報子上〕奉本州太爺鈞令，請將軍收兵急回，青州今有白虎山强人孔明、孔亮領人馬前來劫牢，恐府庫有失，速即回城守備。〔呼延灼〕知道了。大小三軍，就此回城。〔衆應介。唱合〕奉麟符，忙行疾馳，收兵轉衛城池。〔下〕

第廿一齣　獨火星救兄投寨

〔衆僂儸引孔明、孔亮上。唱〕

【山花子】暫從深谷屯熊豹，毛頭獨火雙豪。救天倫肯憚勤勞，逞雄風殺氣干霄。〔白〕我乃「毛頭星」孔明是也。我乃「獨火星」孔亮是也。只因本鄉一個財主與俺們争競，因此把他一家良賤殺了，聚集六七百人馬占住白虎山，官府也無可奈何。今因我父親孔賓在青州城裏做些買賣，有人出首，被慕容知府監在牢中。爲此點起人馬，攻打青州，救俺父親。衆僂儸，就此殺上前去。〔衆僂儸應介。場上左設布城一座，門上掛「青州府」三字。慕容知府隨從等上城垛看介。衆唱〕望青州重關閉牢，沿城鑿下經丈濠。參差雉堞百尺高，協力齊攻，地動山揺。〔呼延灼領人馬上圍，分站介。孔明、孔亮白〕來將何名？〔呼延灼白〕我乃統制呼延灼，你是何處强人？大膽敢攻打朝廷禁城。〔孔明、孔亮白〕我乃白虎山孔明、孔亮兄弟，與慕容知府並無仇隙，將我父親孔賓平白監禁。如今好好放他出來便罷，若不放出，只怕先要得罪將軍。〔慕容白〕呼將軍，這乃是白虎山大盗，來劫城池、倉庫。將軍休要放走此賊。〔三人戰介。呼延灼鞭打孔亮，敗下。呼延灼活捉孔明，官兵綁介。衆僂儸作敗下，開城介。慕容知府隨從同下城，衆引呼延灼進城相見介。場上撤城介。呼延灼白〕小將生擒賊寇孔明，請恩相發落。〔慕容白〕綁過來。〔衆刀斧手綁孔明急上。白〕賊寇進。〔衆應〕進。〔綁進介。慕容怒介〕咗！你這强賊，有何本領，敢來攻城劫庫。〔孔明〕我來救我父親孔賓，並非攻城劫庫。今既被擒，但憑擺布。〔慕容〕將這厮與孔賓監禁一處，待等申奏之後，一同處斬，不得疏縱。〔刀斧手應，押孔明齊下。慕容白〕請問將軍，桃花山兵勢如何？〔呼延灼〕本待是甕中捉鱉，手到拿來，無端又被一夥强人前來救應。數内有箇和尚、一個青臉大漢，十分驍勇，所以未曾拿獲。看來他的武藝，不像緑林中手段。〔慕容〕告將軍得知，這個和尚便是提轄魯達，今已落髮，唤作「花和尚」魯智深。這一個青臉大漢，唤做「青面獸」楊志。再有一個「行者」，叫做武松，原是景陽崗打虎的武都頭。他三人占住二龍山，打家劫舍，拒敵官兵，直至于今。〔唱〕

【剔銀燈】潢池寇紛紛近郊，一處處强梁非小。官軍屢次空征勦，只辦得前徒戈倒。〔呼延灼白〕原來是楊制使和魯提轄，名不虚傳。恩相放心，有小將在此，少不得一個個生擒活捉，以除民害。〔慕容〕全仗虎威，還當保奏，且請到署内筵宴慶賀大功便了。〔唱〕賢勞成功可保，玳筵前領略歌清舞妙。〔下。内吶喊，武松乘馬持刀急上。唱〕

【又一體】逞武勇呼延遁逃，喜贈遺花驄腰褭。〔白〕我武松同了魯、楊二位哥哥幫助桃花山殺敗呼延灼，承他們請我到山寨，大開筵宴，又送我這匹踢雪烏騅馬，故此先回山寨。呀！那邊又有一陣敗殘兵馬，踉蹌而來。待上高崗一看。〔唱〕敗軍殘將，一似傷弓鳥。陟高阜，向前瞻眺。〔下。孔亮乘馬引衆急上。白〕我孔亮被呼延灼鞭打逃奔前來，如今却投那裏好。〔小軍〕二爺，還是回白虎山去罷。〔孔亮〕這等我父親、哥哥性命休矣。〔唱〕呼號向誰訴告，父和兄餘生莫保。〔武松上。白〕呔！你是那裏敗殘人馬，報上姓名。〔孔亮〕師父，我乃白虎山孔亮。〔武松白〕可與孔明是弟兄？〔孔亮〕正是。〔武松相見介。孔亮〕請問師父大名？〔武松〕我乃「行者」武松。〔孔亮〕原來是師父。〔拜介。武松〕久聞賢昆玉在白虎山聚義，爲何到此？〔孔亮〕只因父親孔賓被人陷害，慕容知府下在牢中。我弟兄前來救出父親，不料被官將呼延灼出城迎敵，把我哥哥活捉而去。小弟被他鞭打，幾乎也被擒拿。如今正是進退無路，望師父救我。〔武松〕不妨，我同魯智深、楊志久已占據二龍山。昨日，桃花山來借兵，故此去殺敗了呼延灼。只說他戰敗而逃，那知回青州與你厮殺。如今二位頭領將到，我們同去攻青州救你父親如何？〔孔亮白〕如此，感激不盡。〔僂儸引魯智深、楊志持兵器乘馬上。唱〕

【攤破地錦花】喜連鑣，齊踏破平坡草。樹葉亂飄，驀然見獨燕尋巢。〔武松白〕二位頭領住馬。〔衆下馬介。武松、孔亮拜介。魯智深〕此位何人？〔武松〕此乃宋公明相好徒弟孔亮，今在白虎山落草。此時有一事相求，孔兄可備細説與二位頭領知道。〔孔亮〕只因父親孔賓被慕容知府無端囚禁，因此與哥哥同打青州，不想遇一將官叫做呼延灼，把我哥哥生擒去了。小弟逃到此間，望三位豪傑救援。〔唱〕乞鑒苦情，望念同胞，轉旌旄，殺奔向穆陵道。〔武松白〕我們義氣爲重，聚集三山人馬，攻打青州，殺了慕容知府，擒獲呼延灼，劫取府庫錢糧，以供山寨日用，如何？〔魯智深〕洒家也是這般想，便使人去桃花山報知，叫李忠、周通引孩兒們來。俺三處一同去打青州便了。〔楊志〕住了。不是我們自滅威風，青州城池堅固，一時難破，須用大隊人馬，方可打得。俺知梁山泊宋公明，江湖上多稱他爲「及時雨」，更兼呼延灼是他那裏仇人。俺們弟兄先合三處人馬，齊備去打青州。孔亮兄弟星夜望梁山泊，請下宋公明併力攻打。此爲上策。況且宋公明又是孔家兄弟相好。諸位意下如何？〔魯智深〕你們終日總説宋公明好，只可惜洒家不曾相會。孔亮兄弟，你快些去，好救你哥哥。洒家等在這裏，好和那狗頭們厮殺。〔孔亮〕多謝三位恩人，小弟手下僂儸，權附恩人隊内，請上受我一拜。〔魯智深、武松、楊志〕義氣交情，何勞如此。〔孔亮拜介。唱〕

【又一體】謝英豪，肯把我冤仇報。相助拔刀，這恩情地厚天高。〔下。魯智深、武松、楊志白〕孔亮已去，我們就此回山等候便了。衆僂儸。〔衆應介〕就此回山。〔衆上馬。唱〕整頓旗槍，檢點弓刀，返林皐，候梁山消息到。〔衆下。石勇上。唱〕

【駐馬聽】招接英豪，竹外青帘數字飄。〔白〕自家「石將軍」石勇是也。在山寨下開張一個酒店做眼目，招接英雄上山。夥家們，把招牌掛起來，把酒飯多安排好了，等客人來吃。〔内應介。孔亮上。唱〕路途遼遠，心意匆忙，行李蕭條。〔白〕來此已是梁山泊了，且在酒店問一聲，好覓人引上山去。〔進店介。石勇〕客人是要打夥的麽？〔孔亮〕一來要打夥，二來要問路。〔石勇〕往那裏去？〔孔亮〕要上梁山泊。〔石勇〕山上有那一位相識？〔孔亮〕便是宋公明。〔石勇〕既是來尋宋頭領，我這裏有分例。火家，快些安排酒來。〔孔亮〕素不相識，何勞見款？〔石勇〕客官不知，但是來尋山寨頭領，必然是社火中人、故舊交友，豈敢有失祗應。〔孔亮〕如此，心領了。小弟實爲有急事，就要上山，不及飲酒。〔石勇〕這等慌張，請問高姓大名？〔孔亮〕小弟乃白虎山孔亮。〔石勇〕可是宋公明哥哥的徒弟？〔孔亮〕正是。〔石勇〕既有急事，一同上山便了。〔同唱〕眼前一派水雲招，望中千疊山峰峭，荻葦蕭蕭，扁舟一葉，伊啞聲遥。〔同下〕

第廿二齣　擒呼延賺城報怨

〔僂儸、裴宣、花榮、秦明、燕順、王英、穆弘、楊雄、解珍、解寶、呂方、郭盛、朱仝、柴進、李俊、張橫、孫立、楊林、歐鵬、凌振、孔亮各持兵器引吴用、宋江上。唱〕

【普天樂】統强兵施英武，莽呼延喧金鼓。可憎他硬着頭顱，瞥教人夯着胸脯。〔宋江白〕昨日石勇兄弟引得我徒弟孔亮上山，哭訴他父親孔賓被慕容知府拿去監禁，他兄弟帶領僂儸去救，反被呼延灼把孔明擒去。如今他雖請二龍、桃花二山相幫去打青州，誠恐不能成功，號救於我。爲此點齊衆兄弟下山去。衆僂儸。〔衆應介。宋江白〕就此起兵，攻打青城。〔衆應介。吶喊介。唱合〕呀！同貓捕鼠，誰容牙爪舒。犄角三山，又看一怒征誅。〔齊下。僂儸引李忠、周通、施恩、曹正、武松、楊志、魯智深各持兵器上。唱〕

【朝天子】恁災生剥膚，合師行獻俘。喜三山會聚皆天數，堂堂接戰，賴英雄丈夫。搗中軍，揮前部。〔衆僂儸、裴宣、花榮、秦明、燕順、王英、穆弘、楊雄、解珍、解寶、呂方、郭盛、朱仝、柴進、李俊、張橫、孫立、楊林、歐鵬、凌振、孔亮引吴用、宋江上。接唱〕青州兒不迂，金沙兒早渡急趨。疾忙的高張曉諭，高張曉諭，若投降知時務，若投降知時務。〔齊見介。李忠、周通、施恩、曹正、武松、楊志、魯智深白〕久聞公明兄名振江湖，如雷貫耳。〔宋江白〕小弟亦仰慕吾師清德，今日得識慈顔，平生幸甚。〔楊志白〕楊志向日蒙衆英雄相留，不曾肯住。今日幸得義士，壯觀山寨，天下第一好事也。〔宋江白〕惶恐。只是今日務必生擒呼延灼，殺却慕容知府，救出孔亮父兄并女眷等，方爲快事。〔吴用白〕此人不可力敵，可用智取。我們向野外掘一陷坑，可差花榮、秦明二位頭領出戰，佯輸詐敗，將呼延灼引至曠野墮入坑内。那時，擁衆向前，并力捉住，方是上策。〔宋江〕此計甚妙。花榮、秦明。〔花榮、秦明應介。宋江〕你二人先去討戰，不可遲滯。〔花榮、秦明應介，下。宋江〕衆僂儸，殺奔青州，圍打城池者。〔衆應介。唱〕

【普天樂】桶兒般厮圍住，網兒般無逃路。休猜做翊漢吞吴，煞强如拉朽推枯。〔合〕呀！同貓捕鼠，誰容牙爪舒。犄角三山，又看一怒征誅。〔齊下，場上設布城一座，上掛「青州」牌。慕容、呼延灼、四將上立介。花榮、秦明引僂儸上。唱〕

【朝天子】把賍坯競屠，使良朋盡扶。料孤城斗大難防護，騰騰殺氣，直沖霄有餘。快交鋒，休猶豫。〔秦明、花榮白〕呐！好漢快開城出戰俺秦將軍、花將軍。〔慕容站看城下，駡介〕哇！你這二賊，你原係朝廷命官，有甚虧負，反來造反，恨不得將你碎尸萬段。吩咐開城，呼將軍領軍出戰。〔慕容下。内吶喊，衆軍引呼延灼出城戰介。撤出布城，僂儸、衆軍齊下。花榮、秦明敗，呼延灼追下。僂儸、衆軍兩場門出戰介。僂儸敗，衆軍追下。花榮、秦明敗上，呼延灼追上。武松、楊志、魯智深追上〕呔！那裏走！〔與呼延灼戰介。三人敗，呼延灼追。李忠、周通、孔亮上）呔！那裏走！〔戰介。李忠、周通、孔亮敗，呼延灼追下。吴用、宋江上。唱）五旬兒不逾，萬夫兒怎懼早圖。〔白）此計已定，且待呼延灼到來入彀便了。〔唱）俺不是守株待兔，守株待兔，掘深坑勝强弩，掘深坑勝强弩。〔後場設桌，宋江、吴用上桌介。花榮、秦明、武松、楊志、魯智深、李忠、周通、孔亮齊上，分立宋江、吴用背後介。呼延灼追上，見宋江、吴用介。白）呀！這兩個匹夫，甚是奇怪。看鞭。〔殺介。入陷坑内，兩場門衆僂儸上，綁介。裴宣、燕順、王英、穆弘、楊雄、解珍、解寶、吕方、郭盛、朱仝、柴進、李俊、張横、孫立、楊林、歐鵬、凌振鑼鼓内上，兩分站介。白）拿住了。〔宋江、吴用等下桌。宋江親自放綁介）將軍受驚了。如今韓滔、彭玘、凌振都在敝山入夥，倘蒙將軍不棄山寨微賤，宋江情願讓位與將軍。等朝廷見用，受了招安，那時盡忠報國，未爲晚矣。〔呼延灼）小將願隨鞭鐙，決無還理。〔宋江）仰蒙慨允，同聚大義，還有事求教。〔呼延灼）願聞。〔宋江）只爲孔明父子陷在青州牢中，故此興兵侵犯。如今喜得將軍同歸大寨，伏望將軍賺開城門，方能相救。〔呼延灼）小將既蒙兄長收録，理當効力。〔宋江）如此，要勞動將軍了。〔呼延灼）小將恭聽號令。〔立起介。宋江）裴宣、燕順。〔裴宣、燕順應介。宋江）王英、穆宏。〔王英、穆宏應介。宋江）爾等同了呼將軍賺開城門，救出孔氏父子，不得有違。〔呼延灼、四人同下。宋江）楊雄、解珍、解寶。〔楊雄、解珍、解寶應介。宋江）吕方、郭盛、朱仝。〔吕方、郭盛、朱仝應介。宋江）爾等連忙趕上，賺開城門，不可與呼延灼見面。悄向慕容衙内，將這厮一家殺盡，不得有違。〔衆應下。宋江）且扎營收兵。〔衆應介。同唱）

【普天樂】下梁山忙奔赴，破青州馳擔負。運神謀尅捷斯須，握兵權得將歡娱。〔衆下。呼延灼等上。唱合〕呀！同貓捕鼠，誰容牙爪舒。犄角三山，又看一怒征誅。〔場上設城，呼延灼作叫城，同進城下。場上撤城，扮二丑禁子虚白上，扮各種囚犯上，虚白介。呼延灼等上，作越獄救孔明、孔賓，放衆囚犯介，下。二家童扶慕容上。白〕虎將喜他投帳下，麟符容我佩腰間。自從得了名將呼延灼，使我不勝之喜，不想被人劫去，方纔來報，竟自回來了。爲此開城相等，怎不見到？〔雜報上〕啓太爺，呼延灼同了一夥强人劫了牢獄，救出孔明父子去了。〔慕容慌介〕這還了得，好反間計嗄！快傳兵馬。〔報子應下。楊雄、解珍、解寶、吕方、郭盛、朱仝内白〕殺進慕容府中。〔齊上，殺進介。慕容知府奔逃，被衆殺下。男女家人等上，衆又殺下。白〕一家多已殺死，不免回覆寨主。滿門俱畢命，百姓好安身。〔下。僂儸引張青、孫二娘上。唱〕

【朝天子】道心高膽粗，會左右支吾，是青龍白虎成夫婦。〔白〕我等二龍山張青夫婦。大師有書前來，説打破青州城，着我們收拾了人馬、錢糧，放火燒了寶珠寺寨栅，同上梁山。桃花山也是如此。事事俱已停當，須索前去報知三位頭領。〔唱〕忙忙入夥，早焚燒寶珠。思量舊事多辛苦，菜園兒荷鋤，酒糟兒開鋪。細模樛逼得移形换步，移形换步。殺人心猶如故，殺人心猶如故。〔下。僂儸、柴進、李俊、張横、孫立、楊林、歐鵬、凌振、孔亮、武松、魯智深、李忠、周通、施恩、曹正引吴用、宋江上。唱〕

【普天樂】急安民綏疆土，待班師收倉庫，全賴着忠義交孚。〔裴宣、燕順、王英、穆宏、呼延灼引孔明、孔賓、楊雄、解珍、解寶、吕方、郭盛、朱仝上。接唱〕喜今朝相見如初。〔呼延灼白〕啓寨主，孔家父子救到了。

〔孔賓、孔明、孔亮見，哭介。孔賓白〕若非寨主之恩，孔賓已登鬼録矣。請上受孔賓一拜。〔宋江、吴用〕何消如此。今喜重逢，亦是難得。〔楊雄、解珍、解寶、吕方、郭盛、朱仝〕慕容衙内俱被我等殺盡，特來稟知。〔孔賓〕已復前仇，感恩不盡。〔宋江〕豈敢。孔亮賢弟過來，即送太公到梁山，着鼂天王好生款待。〔應介，下。僂儸引張青、孫二娘上〕魯大師，寶珠寺已燒，儘數收拾人馬、錢糧在此。〔武松、楊志、魯智深〕見了宋寨主。〔張青、孫二娘見介。宋江〕衆僂儸。〔衆應介。宋江〕就此班師回山。〔衆吶喊介。唱合〕呀！同貓捕鼠，誰容牙爪舒。犄角三山，又看一怒征誅。〔同下〕

第廿三齣　芒碭山作法飛煙

〔衆僂儸持雙刀引項充背插飛刀六把，右手執鎗，左手執團牌，一面後隨，一面認軍旂上書「八臂哪吒」，李衮背插小標箭六枝，右手執劍，左手執團牌，一面後隨，認軍旂一面上書「飛天大聖」上。唱〕

【山花子】名傳宇内人驚恐，兩人各顯神通。暫潛身芒碭山中，欲强吞鼂宋鄰封。〔各通名介。白〕我二人奉軍師樊瑞將令，打點起兵，前去剿滅梁山。不想宋江等先已知道，反怪我們占住芒碭山，擅敢興兵前來與俺厮殺。看他們雖係人衆，只消我二人一掃而平。衆僂儸。〔衆應介。項充、李衮〕殺上前去。〔衆應介。吶喊。唱合〕小梁山猶如聚蜂，幺麽妄想來遠攻。輕離巢穴合技窮，耀武揚威，冒鏑衝鋒。〔下。朱武、陳達、楊春、史進各持兵器，衆僂儸持雙刀上。唱〕

【大和佛】越境提兵猛折衝，旌旗直敝空。新投水泊愧無功，願効領先鋒。〔各通名介。史進白〕我等到山，並無折箭之功，特討此差，來到芒碭山，與毛賊接戰。〔朱武、陳達、楊春〕昔日漢高祖斬蛇起義之處，想就在此地矣。〔吶喊介。史進白〕呀！聽吶喊之聲，有兵馬來了。衆僂儸。〔衆應介。史進〕迎殺上去。〔衆應介。唱〕將他面縛休疏縱，須識俺替天行道衆英雄，豈是那狗苟蠅營，鼠竊恣强横。〔衆僂儸等、項充、李袞沖上，分介，各通名。項充、李袞白〕呔！爾等已占梁山，横行刼掠，兩不相干，怎麽犯我芒碭山好漢？〔史進、朱武、陳達、楊春〕呔！你這厮聚集此山，反要窺伺我大寨，誰信你胡講。看刀。〔共戰介。史進等白〕放箭。〔弓箭手作放箭，項充、李袞取飛刀、飛鎗打倒弓箭手下。持棍僂儸、團牌僂儸作對科。梁山僂儸敗下，團牌僂儸趕下，兩旁站住。芒碭山僂儸禀介。白〕梁山人馬走了。〔項充、李袞〕殺得這厮消魂落膽。〔項充〕這厮必有大隊人馬前來死戰。李大哥，你持團牌，引五百滚牌手藏於山凹之處，只等砲聲一響，從山滚下，把他圍困。然後我等再下山奮勇厮殺。何如？〔李袞〕有理。衆僂儸。〔衆應介。項充、李袞〕暫且上山。〔衆應介。唱〕莫猜做潢池兵弄，〔合〕機關動，待看圍入垓心密重重。〔齊下。僂儸、史進、朱武、陳達、楊春敗，急上。史進白〕這厮委實利害，險些兒中了飛刀，傷着性命。人馬折了一半。〔僂儸上報介〕報：啓上四位頭領，宋寨主率領大隊人馬齊到了。〔史進〕知道了。〔報子下。僂儸、花榮、徐寧、朱仝、呼延灼、穆宏、孫立、黄信、吕方、郭盛、李俊各執兵器，公孫勝、吴用、宋江上。唱〕

【舞霓裳】芒碭山整軍容，整軍容。策應師行疾如風，疾如風。些兒妖法毫無用。〔衆見介。史進等白〕這厮兇惡異常，小弟等被項充、李袞舞起飛刀、飛鎗，險遭毒手。不是大隊到來，實難抵敵。〔宋江〕何足懼哉。衆僂儸。〔僂儸應介。宋江〕將人馬直抵芒碭山前。〔衆應介。唱〕馬蹄篤速鼓丁東，殺上去圍來没縫。〔合〕營盤裏早預定，神機逞驍勇。〔同下。李袞引籐牌僂儸上，舞介。史進、朱武、陳達、楊春、花榮、徐寧、朱仝、呼延灼、穆宏、孫立、黄信、吕方、郭盛、李俊與項充、李袞、衆籐牌手亂殺介。梁山衆將敗下。僂儸

禀介〕宋江等走了。〔項充、李衮〕梁山人馬大敗。收兵上山。〔衆應介。唱〕

【福馬郎】怎比當年鄒魯哄，霎時間掃蕩梁山衆。讓俺總統，記取飛天李衮，哪吒項充。克敵古人同，〔合〕鬪如虎，噉如熊。〔下。僂儸、花榮、徐寧、朱仝、呼延灼、穆宏、孫立、黃信、呂方、郭盛、李俊、史進、朱武、陳達、楊春、公孫勝、吳用、宋江緊鼓望山上介。公孫勝白〕看山塞上多是青色燈籠，必有妖法之人。我有個陣法，管教魔王拱手上梁山，神將傾心歸水泊。〔宋江〕衆僂儸。〔衆應介。宋江〕就此回寨。〔衆應介。唱〕

【尾聲】斬蛇古道厮胡哄，拔幟奇謀指掌中，管教那兵氣銷爲曉日紅。〔同下〕

第廿四齣　公孫勝降魔布陣

〔衆滚刀手引項充、李衮、樊瑞背劍持銅鎚上。唱〕

【出隊子】他來侵犯，喜得追奔早膽寒。天教一直搗梁山，大寨屯兵主姓樊。〔合〕這便揚眉，容誰抗顏。〔樊瑞白〕俺「混世魔王」樊瑞是也。二位兄弟，昨晚梁山兵馬雖則大敗，然而尚未剿滅。料彼決不心死，必定又有别計討戰。已着小校前去打聽，待他回報，便知端的。〔報子上〕説法原無法，擒妖不是妖。啓寨主：昨夜賊衆望見我山青色燈籠，他兵俱敗，疑俺軍中有妖法，聞説要擺什麼陣勢，擒拿三位寨主。特來報知。〔樊瑞〕再去打聽。〔報子應下。樊瑞〕他若擺陣，中我計矣。〔項充、李衮〕軍師所言，果然明鑒。只是何計破陣？〔樊瑞〕你二人各帶五百滚刀手，分爲兩路。我自往高坡之上念動咒語，直待狂風四起，飛沙走石，天昏地暗，日色無光。那時，帶領滚刀手殺入陣内，彼軍必然大敗矣。〔項充、李衮〕妙計，妙計！滚刀手。〔衆應介。項充、李衮〕殺入寨前。〔衆吶喊介。唱〕

【滴溜子】安排定，安排定，衆多好漢。分頭去，分頭去，忙行急趲。神通世間希罕，〔合〕陣法縱然高，風流兩散。彼竭我盈，滅此不難。〔齊下。朱貴、張青、薛永、鄧飛、吕方、歐鵬、白勝、侯建引公孫勝、吴

用、宋江上。唱〕

【滴滴金】昨宵望氣妖無限，正法留傳須迭辨，急切的運籌結這喬公案。〔各見禮，坐介。宋江白〕昨日回山，人馬勞頓，未及請教陣圖之事，望法師指示。〔公孫勝袖取畫圖，同看介。公孫勝〕漢末三分，諸葛亮擺石爲陣之法，此名八卦陣，分爲八八六十四隊，中間大將居之。按天地風雲之機，龍虎鳥蛇之狀，待他沖入陣來，兩軍齊開七星號帶，一起變爲長蛇陣，左盤右旋。貧道作起法來，將陣散開，頃刻雷光閃電，霧暗雲迷，饒他百萬雄兵，管教全軍覆没，片甲不留。此乃于八陣之中又兼五雷天心正法。〔收畫入袖介。宋江、吴用〕妙嗄！有此陣圖，法師就是諸葛孔明也。〔公孫勝〕忒過譽了。〔唱〕乏神機，蒙虚贊，窺伊破綻，憑將陣勢嚴防範。〔合宋江、吴用〕應聽取法師指揮，容弟等從旁細看。〔公孫勝白〕齊集衆將，七星號帶在于貧道背後摩旗。衆將看旂招展，東西南北隨旂所往。我已安排停當，請寨主、軍師高坡觀陣。〔宋江、吴用應介。後場設高桌二層，宋江、吴用上後一層桌，看介。吕方付公孫勝執令旂一面介。公孫勝白〕吩咐擂鼓聚將。〔吕方應介。向内吩咐，内衆應，擂鼓介。公孫勝上前一層桌，吕方、郭盛左右立介。僂儸八名執八方旂，八名執刀，衆將上，分立介。陳達執七星旂上。公孫勝白〕衆頭領。〔衆應介。公孫勝〕就此擺陣，聽我吩咐。前營頭領呼延灼、李逵聽令，你領五百長鎗手坎方布陣。後營頭領秦明、朱仝聽令，你領五百勾索手離方布陣。左營頭領花榮、石秀聽令，你領五百驍刀手兑方布陣。右營頭領楊志、燕順聽令，你領五百鳥鎗手震方布陣。前左頭領武松、孫立聽令，你領五百雙刀手乾方布陣。前右頭領黄信、周通聽令，你領五百鉄銃手艮方布陣。後左頭領徐寧、雷横聽令，你領五百弓箭手坤方布陣。後右頭領林冲、陳達聽令，你領五百弩箭手巽方布陣。中營護軍頭領吕方等聽令，你等埋伏中央八卦旂下，以便擒拿賊將。衆將聽令，可看中軍旂攞，鼓一通，角八聲，疾攞八門金鎖陣。待賊人進城，鼓一通，角一聲，可疾變爲長蛇陣，以斷賊人歸路。如違吾令，放出賊人者，梟首示衆。〔衆應介。唱〕

【雙令江兒水】八方分按，須則是八方分按。〔内吶喊介。僂儸十六名執八方旂，八名執刀。花榮、徐寧、呼延灼、穆宏、孫立、李應、朱仝、史進、朱武、楊春各執兵器，八方站立。陳達執七星號帶，公孫勝在曲内指點，擺八方，中央七星向中場立介。又變一字陣，復歸八方，立定介。衆唱〕武侯曾結撰，正長蛇後列，八卦先按。役風雷，尤奇幻。〔擺陣畢。公孫勝白〕風陣頭領聽令，爾等可引賊人從死門而入，不得有違。〔風陣頭領應介，下。公孫勝〕衆頭領，各按方位埋伏者。〔衆應介。按方位立介。樊瑞、項充、李衮、四籐牌從上場門沖上。樊瑞白介。項充、李衮白〕軍師，這叫什麽陣？〔樊瑞〕待我作法起來。〔作法介。四陰兵從兩場門上入陣介。樊瑞下。項充、李衮殺入陣内介。項充白〕休、生、傷、杜、景、死、驚、開。阿呀，不好了！〔李衮〕怎麽樣了？〔項充〕方纔被人打從死門引入，少若遲延，性命休矣。〔李衮〕這便怎麽處？〔項充〕我和你攻打生門便了。〔李衮〕有理。〔生門頭領徐寧、雷横等迎敵介。項充、李衮左右沖踹，四面空殺，走不出介。衆將外圍遶場混殺，被中央二將混戰，跌倒綁介。衆將白〕項充、李衮已擒。〔公孫勝〕就此收陣。〔衆應，收陣介。宋江、吴用、公孫勝下桌介。宋江、吴用用親自放綁介。白〕二位壯士，宋江有罪了。〔項充、李衮〕不敢。〔宋江〕二位乃蓋世英雄，要見無由，今得瞻光，不勝萬幸。〔項充、李衮〕久聞「及時雨」大名，弟等無緣，不能拜識。兄長果有大義，我等逆天行事，不向正道，今被擒獲，萬死尚輕，反依禮待，受之不當。至于寨中樊瑞一人，在彼難以支撑。可容小弟等一人回寨，説取樊瑞來歸大寨，未識可否？〔宋江〕何必留一人在此，二位同回貴寨，來日專候好音。〔項充、李衮〕咳！真乃大丈夫也。果然名不虛傳。若是樊瑞不從，定將此人首級來獻麾下。〔宋江〕如此，二位請回。〔僂儸應介。項充、李衮上馬介〕七縱七擒真仗義，三人三日合輸誠。〔僂儸引下。宋江〕衆僂儸。〔衆應介。宋江〕就此收兵回寨。〔衆應，吶喊介。唱〕猛早登壇，三軍競跨鞍。永戢兵欄，長守天關。〔段景住上，跪右場門介。白〕衆好漢住馬。〔衆擒兵器介〕敢是奸細麽？〔段景住〕不是奸細。〔宋江〕既不是奸細，容他講來。〔段景住〕小人姓段，雙名景住。路過曾頭市，有曾家五虎，把衆好漢百般辱駡。還有機密之事，特來報知。〔宋江〕既如此，同至寨中，與鼂天王一齊商議。〔段景住叩介〕多謝寨主。〔同唱〕莽曾家相輕慢，敢來觸藩，大着膽敢來觸犯，偏生瓜蔓，驀地裏偏生瓜蔓，且班師再作下山。〔齊下〕

第八本

第一齣　曾頭市誤傷藥箭

〔僂儸、李雲、劉唐、阮小二、阮小五、阮小七、白勝、杜遷、宋萬、燕順、林冲引鼂蓋上。唱〕

【夜行船】立志長將忠義扶，忝居尊名滿江湖。〔分白〕未平睚眦動三軍，閫外英雄盡立勳。一點丹心儲報國，休嘲絳灌自無文。〔鼂蓋白〕我乃鼂天王是也。適有芒碭山三位英雄已歸山寨，實乃萬幸也。爲何大隊不見上山？〔報事僂儸上。白〕啓寨主：宋寨主回來了。〔下。内吶喊介。僂儸、花榮、徐寧、呼延灼、穆宏、孫立、吕方、郭盛、史進、朱武、楊春、陳達、段景住引公孫勝、吴用、宋江上。僂儸稟科。鼂蓋迎進見禮科。鼂蓋白〕恭喜賢弟得獲全勝。樊瑞等三位同歸山寨，更覺增光。〔宋江白〕三位英勇絶倫，皆賴法師神力。〔公孫勝白〕不敢。〔宋江白〕段景住過來，見了鼂寨主。〔段景住叩科。鼂蓋白〕此是何人？〔宋江白〕此人來獻名馬，中途被人搶奪，因此攔住小弟馬頭訴冤。特行帶來，叩見兄長。〔鼂蓋白〕你且講上來。〔段景住白〕小人段景住，祖貫涿州人氏。慣在北邊盜馬，偶然僥倖盜得一匹千里玉獅子馬，來獻寨主乘坐，以爲進身之報。不料在曾頭市上經過，有一曾老者，生下五箇兒子，名爲曾家五虎，長名曾塗，次名曾密，三名曾索，四名曾魁，五名曾昇。還有兩名教師，一箇喚做史文恭，那一箇喚做蘇定。率領五七千人馬，扎下寨柵，造下五十多輛陷車，在曾頭市上把馬搶去，與教師史文恭乘坐。小人説此馬要獻與梁山泊寨主的。那厮詈聲不絶，與梁山誓不兩立，還揑造一首詞句與小兒們唱，名爲童謡。〔鼂蓋、宋江白〕什麽詞句？快念起來。〔段景住起念科。白〕摇動鐵環鈴，神鬼盡皆驚。鐵車並鐵鎖，上下有尖釘。掃蕩梁山清水泊，剿除鼂蓋上東京。生擒「及時雨」，活捉「智多星」。曾家生五虎，天下盡聞名。〔鼂蓋怒科。白〕嗄！好惱，好惱！〔宋江〕段景住後寨安頓。〔僂儸引段景住下。鼂蓋白〕這厮好大膽，全不畏懼我梁山。本寨親自走一遭，若不滅這畜生，誓不回山。只煩十位頭領、三千人馬前去，其餘人馬和宋公明保守寨柵。〔宋江白〕哥哥保守山寨，還待宋江前往。〔鼂蓋白〕公明兄，此番休要阻我。〔扮軍校持認軍旗立鼂蓋背後科。鼂蓋卸袍現甲科。唱〕

【風入松】半生功業掌兵符，親領先鋒前部。憑吾隻手擎天柱，曾頭市立時擒捕。〔吴用、公孫勝、宋江白〕長兄既要親往，小弟等不敢違拗。〔鼂蓋白〕衆位請回後寨。〔僂儸隨征。頭領李雲、劉唐、阮小二、阮小五、阮小七、白勝、杜遷、宋萬、燕順、林冲各持兵器科。花榮、徐寧、呼延灼、穆宏、孫立、吕方、郭盛、史進、朱武、楊春、陳達、公孫勝、吴用、宋江合唱〕只怕俺當闕一呼，如拉朽似摧枯。〔齊下。鼂蓋白〕衆僂儸。〔衆應科。鼂蓋持鎗科。白〕就此起兵，攻打曾頭市者。〔衆應，吶喊走科。唱〕

【八聲甘州】誓師前去，似恭行天討，律犯征誅。呆呆童豎，笑他螳臂當車，黔驢逞技何須慮。大將星明照八區。〔合〕前驅，疾交鋒判箇贏輸。〔齊下。衆軍校推陷車，曾塗、曾密、曾索、曾魁、曾昇，教師史文恭、蘇定各持兵器上。站唱〕

【又一體】龍駒威名貫斗樞，早素嫺武備，熟覽兵書。賊人何許，干戈密布鄉閭。〔各通名科。白〕吾乃史文恭是也。吾乃蘇定是也。吾乃曾塗是也。吾乃曾密是也。吾乃曾索是也。吾乃曾魁是也。吾乃曾昇是也。〔曾塗白〕列位兄弟。〔衆白〕大哥。〔曾塗白〕那「金毛犬」段景住通綫梁山，領兵前來攻打俺曾頭市。等他對敵之時，我等詐敗佯輸，然後分兵從柳林中殺出，管教他無路可投，無門可入。再用計擒拿盜首鼂蓋便了。〔衆白〕大哥之言有理。〔史文恭、蘇定白〕殺上前去。〔衆吶喊科。唱〕生擒活捉只須臾，他敢前來捋虎鬚。〔合〕魁渠到疆場，剿滅無餘。〔僂儸、李雲、劉唐、阮小二、阮小五、阮小七、白勝、杜遷、宋萬、燕順、林冲引鼂蓋上，分立科。史文恭、蘇定與鼂蓋架住。白〕來者莫非鼂蓋麽？〔鼂蓋白〕本寨之名，輒敢亂稱。你這一夥乳臭之子，提兵拒捕，該得何罪。還不下馬就縛。〔曾塗等白〕你只看我許多陷車，待斬却爾等的首級，載去請功。〔鼂蓋白〕休得猖狂。看鎗。〔衆沖殺。領出僂儸、軍校、陷車齊下。李雲、劉唐、阮小二、阮小五、阮小七、白勝、杜遷、宋萬、燕順、林冲、鼂蓋與史文恭、蘇定、曾塗等分站六角，戰科。內吶喊科。僂儸、軍校兩門出圍科。史文恭、蘇定、曾塗等敗下。李雲、劉唐、阮小二、阮小五、阮小七、白勝、杜遷、宋萬、燕順、林冲、鼂蓋追科。齊下。僂儸、軍校戰科。將僂兵殺倒，從地井內出首級。陷車推上，將首級裝車內，齊下。一半軍校逃下。鼂蓋內白〕追殺上去。〔衆應科，上。林冲白〕天已昏黑，路逕甚雜，暫且駐劄，待天明再戰。〔二僧人寺内接出，跪科。白〕法華寺僧人迎接大王。〔衆進科。二僧人白〕大王爲何寅夜領兵到此？〔鼂蓋白〕我要剿盡曾家五虎，但不知他主將營寨在於何處？〔僧人白〕他有四箇寨柵，這北寨裏是他兄弟屯兵之處。只打了這箇寨子，餘寨都瓦解冰消了。他時常帶了人馬到本寺來歇脚，殿上多是馬糞，衆僧多被他趕走，止剩我兩個僧人在此。大王若能掃除此賊，神人均感。〔鼂蓋白〕如此，可引我們前去劫寨。〔二僧人白〕此時三更時分，正好劫寨。〔林冲白〕恐其不良，不必教他引路。〔鼂蓋白〕我等久行仁義之道，所過之處，並不擾民。他兩個引路，怎肯掇賺？兄弟休生疑心，快些馬摘鈴，人啣枚，悄悄的殺入北寨去。〔衆應，悄步行科。二僧人作走不上科。白〕多是石徑，這裏來，這裏來。〔衆唱〕

【朱奴兒】把北寨星忙偷取，顧不得更三夜五，偵探分明實與虛，曾頭市忒煞崎嶇。〔二僧下。内吶喊科。衆白〕忽聽喊聲震地，前面多是火把。〔鼂蓋白〕僧人怎麽不見了？衆頭領，趁此火光，殺上前去。〔史文恭、蘇定、軍校持弓箭立桌科。鼂蓋衆唱〕僧何在，火光齊舉，防埋伏應停住。〔衆分至下場科。史文恭、蘇定、軍校放箭射倒鼂蓋，撇鎗。僂儸擡下。林冲、李雲、阮小二、阮小五、阮小七隨下。曾塗等殺出，劉唐、杜遷、白勝、宋萬、燕順同戰科，敗。曾塗等追下。花榮、呼延灼、徐寧、孫立、楊春、陳達各持兵器，僂儸各持火把上。白〕我等奉宋大哥將令，前來迎敵曾家五虎。聞説鼂寨主帶領衆頭目前去劫營，此時天黑夜深，路徑甚雜，從何處而進？〔内吶喊科〕遠遠喊殺之聲。衆僂儸。〔衆應科。花榮、呼延灼白〕殺入林中去。〔衆

應科。唱〕

【江頭送別】來接應，來接應，兵屯馬聚。火光照，火光照，人影在途。一片喊殺聲相近，且安排趕捉强徒。〔史文恭、蘇定、曾塗等殺出科。僂儸下，共對戰科。花榮、呼延灼、歐鵬、孫立、解珍、解寶敗下。史文恭、蘇定、曾塗等追科。衆軍校上。白〕梁山賊衆走了。〔曾塗等白〕梁山賊寇大敗，就此收兵。〔衆應科。唱〕

【撼動山】曾家五虎世間無，教他中强弩，不容片甲存囚車，備載賊奴，明朝來解東京去獻俘。〔合〕敢再肆毒痡，刀一路也麽鎗一路。〔下〕

第二齣　智多星算命題詩

〔二書童引盧俊義上。唱〕

【賀聖朝引】曈曨曉日初升，斜侵珠箔銀屏。龍文劍氣斗牛横，養高待時清。〔白〕范陽家世最清芬，壯歲英名四海聞。正要陳雷同意氣，何愁楚漢戰風雲。我盧俊義，大名人也。生成武勇，性愛豪華。家本素封，庭多善氣。更兼揮金結客，也曾濟困扶危；仗劍除邪，不惜蹈湯赴火。因此關東男子，人人心識朱家；河北賢豪，個個兄事袁盎。京城遠近，都呼我爲「玉麒麟」。只是一件，雖然門户光華，却無期功親屬。娶妻賈氏，結褵五載，尚未生兒。只有一義男燕青，他原是本郡人氏，自小父母雙亡，在我家中養大成人。此子生來聰明絶世，吹彈歌舞，無一不通。更兼武藝超羣，弓馬拳棒，無一不曉。竟成了我跟前寸步難離之人。今日閒暇無事，已曾分付小乙，預備到郊外射獵一回，以遣悶懷。書童，唤小乙過來。〔書童應科。向内白〕小乙哥，員外呼唤。〔燕青上。白〕花氣風前樹，簫聲水上扉。員外，有何吩咐？〔盧俊義白〕今日閒暇，要到郊外射獵，可吩咐家丁們預備。〔燕青〕都已預備下了。〔向内科。白〕衆家丁們，快來。〔衆家丁牽犬、架鷹，弓箭、鳥鎗、彈弓、吹筒各攜切末。一馬夫牽

馬上。衆白〕臂鷹登峻坂，牽犬過平崗。請員外上馬。〔盧俊義作上馬科。衆唱〕

【鎖南枝】秋意爽，雲氣横，空山落木狐兔盈。弓勁馬嘶風，簇擁出郊坰。縱韓盧，放鷙鷹。一隊隊向平原，大家争馳騁。〔下。吴用手執鈴杵，李逵扮道童，持算盤、招牌木拐寫「講命談天，掛金一兩」上。唱〕

【園林好】口談天誰能並咱，索謝意莫低聲價。〔白〕我吴用只爲要騙「玉麒麟」盧俊義上山，在衆兄弟面前誇口。如今竟扮做了算命先生，李逵扮了啞道童前來，且喜無人識破。不覺已到大名府了。〔李逵白〕軍師，我這道童難做，再有兩天，就要悶死了。〔吴用白〕且休高聲，前面就是他門首。〔唱〕更會得占龜打瓦，〔合〕問吉凶斷不差，問流年斷不差。〔書童、老都管、盧俊義曲内上。白〕翩翩裘馬五陵豪，不惜千金買寶刀。原來是推命先生。先生，請到裏面坐，與在下推算推算。〔吴用、李逵進介。盧俊義白〕老都管看茶。〔老都管應下。盧俊義白〕請問先生高姓大名？〔吴用白〕小生姓張，名用，别號「口天」，祖貫山東人氏。這啞道童姓李，一向賣卜爲生。今來大郡，與人講命。〔老都管捧茶上。盧俊義敬科。白〕先生起的那一數？〔吴用白〕是皇極先天鐵板神數，知人生死貴賤。先出命金一兩，方纔排算。〔老都管接鐘下。盧俊義白〕取命金來。〔老都管遞科。吴用付李逵收科。吴用白〕請説貴造。〔盧俊義白〕甲子年乙丑月丙寅日丁卯時。〔吴用暗念科。白〕三十三歲。〔撥算盤拍案科。白〕此命怪哉！〔盧俊義白〕主何吉凶？〔吴用白〕員外，小生直言，恐及見怪。〔盧俊義白〕君子問災不問福，何怪之有？〔吴用白〕員外貴造一切都好，但今年時犯歲君，目下正是尷尬之處。〔盧俊義白〕怎麼尷尬？〔吴用白〕不出百日之内，必有血光之災，家私不能保守，還主身首兩分。〔盧俊義怒科。白〕咳！先生差矣。我盧俊義非禮不爲，非財不取，那有血光之災？豈有此理！〔吴用笑介。白〕我説直言不得的。道童，取命金奉還。〔李逵放桌科。吴用白〕告别了。分明指與平川路，却把忠言當惡言。〔盧俊義攔科。白〕先生，請息怒。再問先生，此難可能避得麽？〔吴用撥算盤科。白〕呣，呣，呣！除非往東南方巽地上千里之外可以避此大難。然亦還有驚恐，却不得有傷貴體。〔唱〕

【江兒水】急往南方躲，須從巽地嘉，血光雖免還兜搭。〔盧俊義白〕若避此難，當以厚報。〔吴用白〕有四句卦歌，可書於粉牆上，日後應驗，方信小生妙處。〔唱〕留爲左券須詳察，空言反道先生詐。〔曲内揮筆科。盧俊義念科。白〕蘆花蕩裏一扁舟，俊傑黄昏獨自遊。義到盡頭原是命，反躬逃難必無憂。〔李逵收拾算盤科。盧俊義謝科。吴用白〕告别了。〔盧俊義白〕請先生過了中去。〔吴用白〕多謝厚意，恐悮小生賣卦。〔盧俊義白〕如此，不敢强留。〔吴用唱〕他日重親高雅。〔合〕回憶今朝，方信先天神卦。〔各别，李逵同下。盧俊義進坐科。白〕我想寧可信其有，不可信其無。我主意已定了。老都管。〔老都管應科。盧俊義白〕吩咐李固，備下十輛太平車子，裝載本處貨物，并收拾行李，着他跟我到東南方泰山進香，不得有悮。〔老都管應下。盧俊義白〕不免進去，囑咐娘子起程便了。災生乃起千般惑，命定須燒一炷香。〔下。李固上。唱〕

【玉嬌枝】教人没法，猛信伊狂言磕牙。〔白〕我李固，方纔員外吩咐，着我準備車輛等物，往外經商貿易。這是梁山賊窩之處，如何去得，要到泰安進香。〔燕青上。唱〕雲山迢遞輕前發，俺東人好不撐達。〔見科。白〕李都管，車輛貨物可曾停當？〔李固白〕俱已齊備。〔燕青白〕適纔裏面大娘子苦苦勸阻，只是不聽。〔李固白〕小乙兄弟，我們再去阻擋阻擋。〔燕青白〕我也要跟隨前去。〔同唱〕還須勸阻相登答，怎敢裝聾來做啞。〔盧俊義、賈氏、梅香、院子同上。唱合〕去匆匆轉眼天涯，趨避他凶神惡煞。〔盧俊義出門科。賈氏拉科。白〕員外，還是聽人勸解的是。〔李固、燕青跪科。白〕員外執意要去，我燕青同去。〔盧俊義怒科。白〕哇！你小小年紀出去則甚？家内無人照管，路上有李固作伴。爾等再來勸我，教你們知我拳頭的滋味。快去準備。〔李固應下。燕青不語科。盧俊義白〕娘子，卑人就此拜別。〔各拜科。唱〕

【哭相思】不慣分離意似麻，非貪遊覽便輕家。全憑馬上音書遞，漫道山中道路遐。〔李固領車輛、人夫上。燕青作牽馬科。白〕小人送主人上馬。〔賈氏、梅香下。盧俊義白〕小乙，在家用心照管。〔燕青應科。盧俊義白〕李固，我有四面白絹旗兒，寫我的名字在上。到了梁山左近，與我分插在車子上面。〔李固應科。各下。劉唐、穆宏、李應、朱仝、雷横、花榮、秦明、林冲、呼延灼、徐寧上。唱〕

【駐馬聽】望眼巴巴，賺「玉麒麟」不用譁。只盤中打算，詩裏安排，山下擒拿。〔林冲白〕適纔僂儸來報，説盧俊義帶領車輛將近梁山。我等奉宋大哥將令，着我等藏躲樹林，賺引上山。好個「智多星」，真乃神鬼不測。李頭領，先去迎敵誘引，我們各自分路而去。〔衆唱〕都是俺軍師妙計實堪誇，略施些怨雲愁霧小驚嚇。一會波查，扁舟相引入蘆花。〔兩分下。衆車夫擁車上。將「慷慨大名盧俊義，金裝玉匣來深地。太平車子不空回，收取此山奇貨去」四句，每白旗寫一句，插車上科。李固、盧俊義持樸刀押車上。唱〕

【雁來紅】【雁過沙】（首至五）盼長途鞭兒快加，拜名山保歲華。那卜人推算非頑耍，福星一路相迎迓，抖擻精神支不沙。〔内吶喊科。衆驚白〕不好了。〔衆唱〕【紅娘子】（合至末）膽兒大路入三叉，喊聲兒休害怕。〔内吶喊。衆車夫、李固隨車下。李逵持斧急上。白〕員外，請住步。〔盧俊義白〕是何毛賊？〔李逵白〕可認得啞道童麽？今日被俺軍師算着了命也。〔盧俊義白〕胡説。看刀。〔略戰，李逵敗，盧俊義遶場追科。李逵左門下，魯智深左門殺出科。白〕員外，洒家便是「花和尚」魯智深，今奉算命先生之命，請員外上梁山去避難。〔盧俊義白〕胖秃驢，看刀。〔略戰科。魯智深敗，盧俊義遶場追至右門。魯智深敗下，武松右門殺出科。白〕員外，可認得俺「行者」武松？員外只隨我去，便不到有血光之災。〔盧俊義白〕看刀。〔略戰科。武松敗，盧俊義遶場追至左門。武松敗下，劉唐、穆宏左門殺出科。白〕員外，小可是「赤髮鬼」劉唐。你不要誇口，豈不聞人怕落蕩，鐵怕落爐。軍師定下計策，猶如落地定了八字。你待走那裏去？〔穆宏白〕「没遮攔」穆宏也在此迎接員外。〔盧俊義白〕毛賊多講。〔略戰介。劉唐、穆宏敗，盧俊義遶場追至右門。劉唐、穆宏敗下，李應右門殺出科。白〕員外，可認得「撲天鵰」李應麽？〔盧俊義白〕多講。〔略戰科。李應敗，盧俊義遶場追李應至左門下。秦明、林冲、呼延灼、徐寧左門殺出科。白〕員外住手，你還這等不曉事。

我等常聽得軍師說，一盤星辰，只有飛來沒有飛去。事已至此，不如坐把交椅。〔盧俊義白〕看刀。〔同戰科。花榮上，立正場椅子，持弓箭科。白〕員外，看箭。〔射科，即下。盧俊義落氊笠帽下地，敗科。秦明、林沖、呼延灼、徐寧追齊下。阮小五摇漁船上。唱〕

【山歌】生在石碣村裏人，常把船來泊水濱。若論江湖散誕客，陸龜蒙也讓我三分。〔白〕自家阮小五，奉宋大哥將令，泊船相待盧員外，爲此駕舟等候。〔内吶喊。盧俊義急上。白〕行到此間，你看滿目蘆花，茫茫煙水，並無出路。咳！罷了，罷了！我盧俊義不聽好人之言，果有此禍。〔阮小五船上歌介。盧俊義白〕是一隻漁船，不免煩他一渡。漁船上人！〔阮小五白〕客官好大膽，這裏是梁山泊出没之處。半夜三更，到這裏做什麽？〔盧俊義〕我迷失了路，求你渡我到市井去處，多與你幾貫錢。〔阮小五白〕如此，上船來。〔盧俊義上船坐科。内歌上。盧俊義〕又有漁船來了。〔阮小二、李俊、阮小七上船上站科。盧俊義慌科，站起虛白。阮小五接唱〕蘆花蕩裏一扁舟，俊傑黄昏獨自遊。義到盡頭原是命，反躬逃難必無憂。〔盧俊義驚科。白〕這是我家粉壁上詩句。不好了，上了賊船了。〔挺刀刺阮小五，阮小二、李俊、阮小七作翻船擒住，作上岸科。同白〕盧俊義已擒，我們回覆寨主便了。〔各作上岸科。同唱〕

【剔銀燈】憑他是八臂哪吒，賴成功水中羅刹。世間算命原來假，早一首反詩題下。教他休思梗化，遥相接上梁山安心歇馬。〔下〕

第三齣　羣虎勸降空進酒

〔戴宗上。白〕適纔水軍頭領將盧員外擒住，我奉宋大哥將令，着我先送錦袍一領，叫他們不許傷犯，好好護送到金沙灘。你看他們已簇擁他前來，不免到宋大哥處繳令便了。正是舉頭紅日近，曳步白雲多。〔下。衆僂儸旗幟持火把，阮小二、阮小五、阮小七、李俊、張橫、張順擁盧俊義身披錦袍上。唱〕

【八聲甘州】火城映綉旗，似擒龍碧海，暢快淋漓。恁燕京三絶，到此無計施爲。〔盧俊義白〕列位好漢，你何不殺了我，又送我到那裏去？〔衆白〕員外，我們是奉宋寨主將令，來請你上山做頭領。適纔「神行太保」戴院長又來傳令，説不得傷犯貴體。員外，我看前面金沙灘大吹大擂，鼓樂喧天，這就是來迎接員外的。〔盧俊義白〕罷了，罷了！我今番必定死也。〔衆唱〕看金沙灘畔霞彩垂，一派笙歌斷整齊。休疑，上華堂高坐巍巍。〔内奏樂。僂儸舉紅紗燈籠，李逵、魯智深、武松、劉唐、穆宏、李應、秦明、林冲、呼延灼、徐寧、花榮、朱武、王英、「一丈青」、戴宗、吴用、宋江上，跪科。白〕盧員外，宋江率領衆兄弟在此迎接了。〔盧俊義忙跪科。白〕既被擒捉，願求早死。〔宋江起科。白〕且請到忠義堂上商議去。〔作到科。宋江白〕小可久聞員外大名，如雷灌耳。今日幸得拜識，大慰平生。適纔衆兄弟甚是冒瀆，望乞恕罪。〔盧俊義白〕不才無識無能，誤犯虎威，應受刀鋸。若承衆義士見憐，放我還鄉，終身不忘。〔宋江白〕我們實慕員外威德，如飢如渴，萬望不棄鄙處，爲山寨之主，早晚共聽嚴命。〔盧俊義白〕列位不必多言，小可家世清白，頗有家私，生爲大宋人，死爲大宋鬼。若要相逼，寧死不能從命。〔唱〕

【步步嬌】涿鹿傳家清芬世，袖底虹霓起，田園守故基。〔宋江白〕但求員外看「忠義」二字之面，宋江情願讓位，休得推却。〔盧俊義白〕住了。你們屢屢抗拒王命，傷敗官兵，何謂忠乎？要劫行路，致命圖財，何爲義乎？我盧俊義堂堂七尺，也算頂天立地漢子，豈肯落草爲盜。〔唱〕笑伊草竊逋逃，談何忠義。〔白〕老天，老天！〔唱〕斷送好男兒，階前碎首明吾意。〔作撞地科。衆扶勸科。吴用白〕員外，休得恁般着急。寨主與諸位賢弟也不必恁般相强，且請員外坐下，我等衆人奉敬三杯，以盡地主之意，然後再送下山。不知員外尊意如何？〔盧俊義白〕大丈夫作事磊磊落落，既有酒，拿來吃就是了。

〔場北擺二單桌，東西長桌。吴用讓盧俊義坐客位，宋江、吴用上坐。衆頭領旁坐。僂儸斟酒科。唱〕

【江兒水】銀燭青樽裏，勸君進一杯，眼前都是兄和弟。〔盧俊義作飲大杯乾科。宋江白〕員外，小可承衆兄弟推戴，實在仰慕高風。今既不肯一同聚義，再奉一杯如何？〔盧俊義白〕死且不懼，何況杯酒？取來。〔小僂儸作送酒科。衆唱〕果然磊落英雄氣，卑人無語相廝對。〔盧俊義作乾科。吴用白〕員外，既不能見屈，這是留得員外身，留不得員外心。小弟也奉一杯。〔盧俊義白〕使得。〔僂儸作送酒科。盧俊義乾科。衆唱〕聽取高明裁制，縱然鄙棄吾儕，須要休辭芳醴。〔衆頭領白〕員外，我們與員外雖則素昧平生，却也聞名已久。宋大哥如此相待，員外真心堅於鐵石，真乃奇男子也。我們幸得相逢，也奉敬一杯。〔盧俊義白〕多承衆位豪傑盛情，只説吃酒，盧俊義是不辭的。〔傻儸斟酒科。合唱〕

【又一體】烈性堅金石，低頭願拜稽，相逢已見淩雲氣。〔盧俊義乾科。李逵起。白〕員外，我李鐵牛千辛萬苦，裝聾做啞，肚裏懣出病來，纔騙得你上山。如今又不肯在這裏，須要吃我一斗。説一個不字，我的板斧不認得是誰。〔吴用笑科。白〕那有這樣敬客的粗鹵主人。〔盧俊義乾科。白〕好灑落的話兒，我倒吃你一斗。〔傻儸送酒科。盧俊義唱〕看他們一團和氣甘於醴，好教人滿腔心事難提起。〔作乾科。李逵白〕我也不曉得什麽咬文嚼字，粗鹵話兒到弄得員外回嗔作喜了。〔衆唱〕拚取今宵，沉醉美景良辰，休辜負荒山芹意。〔盧俊義白〕列位好漢，酒已吃勾了，放我下山去罷。〔宋江白〕員外，到此略住數日，再盡些微情，就送還家，決不失約。〔盧俊義白〕小可在此住幾日也不妨，只恐家中老小，不知這般的消息。〔吴用白〕這個容易，先教盛价送了車仗回去，員外遲日回去罷。〔盧俊義白〕如此，唤李固過來。〔傻儸應科。叫李固上科。白〕常懷蜂蠆毒，誤入虎狼窩。大王，有何吩咐？〔吴用白〕你的車仗貨物都有了麽？〔李固〕一些也不少。〔盧俊義白〕李固過來，我的苦你都知了。你回家説與娘子，不要憂心。我過三五日便回。〔李固白〕員外寬心，都在我。各位大王濃意，就多住二三十年也不妨。〔吴用白〕這管家倒會講話。李固，聽我吩咐。〔唱〕

【川撥棹】你休驚悸，酒勸人無惡意。〔李固白〕小人一一知道了。〔唱〕到家門，只説先回。到家門，只説先回，主人翁雲山興飛。上金鈎，欲恨誰。脱金鈎，更恨誰。〔下。宋江白〕員外，今日其實辛苦了，且請到後寨安歇罷。〔作起身科。唱〕

【尾聲】花梢月影三更裏，説得個酒逢知己。〔盧俊義唱〕争奈話不投機志各違。〔宋江、吴用白〕員外請。〔盧俊義白〕請。〔同下〕

第四齣　回車報信欲攀花

〔衆車夫推車，李固押上。唱〕

【六幺令】遭逢蹇運，陷龍潭怎想全身。今朝幸得許回輪，擔驚怕，受艱辛。〔合〕星忙打疊須逃奔，星忙打疊須逃奔。〔白〕自家李固便是。我家員外，原勸他不要出門。那知被梁山强盜刼上山去，我想這回一定凶多吉少，嚇得我魂不附體。却也可笑那些强盜，竟大排筵宴，待以上賓，還要多留幾日。我員外記掛家中，教我先回去報知大娘子。查點車輛貨物，一些不少。我這身子，竟是在鬼門關上掙了出來的。衆車夫，快些趲行者。〔衆車夫應科。唱〕

【又一體】連車接軫，別梁山急返家門。〔内白〕呔！那車輛站着，盧員外家人慢走。〔李固慌科。白〕怎麽那强盜又趕來了，這便怎麽處？〔僂儸引吴用上。唱〕試猜啞謎當新聞，急趕上，莫因循。〔合〕絶其歸路方依順，絶其歸路方依順。〔白〕李固過來，聽我吩咐。〔李固跪白〕大王爺已經饒了小人，如何又來拿我？〔吴用白〕非也。你的主人原是我們請上山來的，今在山上已經坐了第二把交椅。你家壁上還有反詩四句，横頭是「盧俊義反」四字。你今回去，再休想你主人。回家去罷。〔李固白〕多

謝大王。〔吴用白〕僂儸們，就此回山。〔僂儸應科。同唱〕

【千秋歲】算通神，八字安排定，跳不出漁郎斷引。四句詩兒，四句詩兒，一説破，便是飛災張本。〔下。李固白〕嚇殺我也，嚇殺我也！我員外何等樣人，豈肯在山落草。這話也未必。哎呀！且住，剛纔那强盗説我員外已經坐了第二把交椅，家中還有反詩一首，藏着「盧俊義反」四字，這是千真萬確的了。我如今回去，將此情由報與大娘子知道，有何不可。衆車夫，趲路罷。〔衆車夫推車科。唱〕休濡滯，忙逃遁，他降賊，吾遭困。就裏當思忖，到家庭傳播，有口難分。〔齊下。賈氏上。唱〕

【一江風】杳無音，盼斷歸鴻信，鬼卦無憑準。坐蘭房，粉冷香銷，怕聽的寒蛩韻。〔白〕奴家賈氏，自適盧門，已經五載。争奈他雖是豪門富室，到底是個俗子村夫。但知仗義疏財，那曉憐香惜玉。前日聽了算命先生的話，有百日血光之災，竟出外經商避禍去了。撇我在家，好不淒涼人也。〔唱〕臨風幾欠伸，臨風幾欠伸，相思繞夢魂，冷衾枕，獨睡原難穩。〔李固慌上。白〕脱身離虎穴，俏步入蘭房。大娘子開門。〔賈氏白〕是那個？〔李固白〕是小人回來了。〔賈氏白〕這是李固聲音。丫鬟又不在，且自開門。〔作開門科。李固白〕大娘子，不好了嗄！〔賈氏〕你同員外出門，爲何獨自回來？〔李固白〕大娘子，小人當初何等苦勸員外不要去，他執性要行。那知走到中途，被梁山泊賊人劫上山去。〔賈氏白〕劫上山去？這等説，員外性命不能保了嗄。〔李固白〕那些强盗不但不害性命，反置酒張筵，如同舊識。〔賈氏白〕這是什麼意思？〔李固白〕小人再三懇求，那些强盗不放員外，所以叫小人先回家報知大娘子。車輛貨物，絲毫不少。剛到金沙灘，又一起强盗追上來，説員外已經坐了第二把交椅，家中還有反詩一首。〔賈氏白〕什麼叫做反詩？〔李固白〕大娘子，就是那算命先生留下的，上有「盧俊義反」四字。說我家已後休想員外回來的了。〔賈氏哭科。白〕嗄！這等員外也做强盗了，教奴家依靠何人？〔李固白〕大娘子，且休煩惱，員外不在家，有小人陪伴服侍，只怕比員外强些。〔賈氏白〕奴家與你是主僕，怎麼說出這樣話來。〔李固白〕大娘子，不要把話兒說遠了。小人蒙大娘子眉眼顧盼之恩，情迷意戀，已非一日。〔唱〕

【香柳娘】荷娘行厚恩，荷娘行厚恩，秋波傳信，兩情牽處心相印。〔賈氏白〕奴是那家憐惜與你，怎麼你倒認做歹意起來？〔李固白〕小人有一句話，要大娘子依從。〔唱〕是天生愛因，是天生愛因，痴蝶戀花魂，天假良緣分。〔賈氏白〕依你便怎麼樣？〔李固跪科。白〕大娘子若肯見憐，小人當殺身以報。〔唱〕念情真意真，念情真意真，報恩殺身，天鑒有準。〔賈氏白〕呀啐！〔唱〕

【又一體】伊風流可憫，伊風流可憫，幾番思忖，〔白〕奴家今日失身于你，〔唱〕日後呵怕忘情空把春心引。〔李固白〕那說。老天在上，我李固若忘了大娘了此情，嘴上生碗大疔瘡，天雷活活打殺。〔唱〕若他時負恩，若他時負恩，雷火遍燒身，碗大疔瘡印。〔賈氏白〕雖然如此，還怕燕小乙識破不便。〔李固白〕這個一發不難，小人設法驅逐便了。〔唱〕急驅除此人，急驅除此人，斬斷禍根，憑咱胡諢。〔賈氏白〕既如此，你且出去。〔李固白〕小人今晚死也死在這裏。〔賈氏白〕你不出去，我就打。〔李固白〕打也由大娘子，小人只是磕頭。〔作磕頭科。賈氏白〕好個涎臉兒。〔諢下〕

第五齣　逐燕青乘機出首

〔燕青上。唱〕

【浣溪沙】時正乖，恩難報，誰知我滿腹牢騷。〔白〕我燕小乙自從蒙盧員外收養，長大成人，恩同父子。只因我家員外聽了算命先生的話，説有百日血光之災，要去東南避禍。那知去了些時，李固獨自回來，報説員外被梁山泊强人劫去，又説員外已經坐了第二把交椅，家中壁上又有反詩字樣，再不回來的。這等無影無蹤的話，好不明白。〔唱〕那東南避禍前途杳，難道山寨爲强命裏招。他那裏，無影無形説根苗，算來到底蹊蹺。〔白〕且住。那李固往常和大娘子眉來眼去，甚是難看。只礙着員外在家，不曾着手。我看他這兩日情形，竟和大娘子是一路的了。哎呀！員外呀，你是個鐵錚錚頂天立地的漢子，怎麽到有這些家醜。〔唱〕

【秋夜月】原是舊情苗，欲火幾焚廟。這邊一任狐狸嘯，那邊空負麒麟號。〔白〕我爲此，今日竟到上房去，若是那狗男女肆無忌憚，少不得要搶白他一場。〔唱〕把他痛奚落，消咱這懊惱。〔下。李固、賈氏上。唱〕

【金蓮子】倖鸞交，人前不敢輕調笑。怕有耳，隔牆聽高。〔賈氏白〕奴家爲你多情，一時短見，若是員外回來，如何是好？〔李固白〕大娘子，我與你名雖主僕，寔則夫妻。若説員外，是再不回來的。〔唱〕他作緑林中領袖，怎肯脱窩巢。〔燕青作潛身上，撞入科。賈氏、李固作羞科。燕青白〕李固，你是何等樣人，敢公然與大娘子同坐？況且員外不在家，這個地方，豈是你走動的？〔唱〕

【東甌令】你是家僕役，敢違條，我一見心頭似火燒。〔李固白〕小乙哥，你休疑心。我偶然與大娘子交清賬目，大娘子叫我坐的。〔唱〕爲談家務被呼召，怎把疑心造。〔白〕小乙哥，員外家中就是我和你兩個，須要和同纔好。〔唱〕你聰明乖覺好和調，我和你仗主母恩光照。〔燕青白〕那里是什麼恩光照，分明是花星照罷了。〔賈氏白〕燕小乙，你怎麼敢管起我的閒事來？〔唱〕

【劉潑帽】狂且何敢輕囉唣，把一個主母炰烋，分明欺壓奴年少。〔燕青白〕我怎敢欺壓主母。〔李固白〕兄弟，〔唱〕莫聲高，還是敦和好。〔燕青白〕哦！我曉得了，那裏是什麼梁山賊人劫去，明明是你在中途把員外謀故，反説出這些話來。〔唱〕

【又一體】聽伊言語多顛倒，生生把員外謀故荒郊，大題架着梁山盜。〔李固白〕完了，猪八戒倒打一鈀了。〔燕青白〕我如今不替你干休。〔唱〕恨難消，拚命黄泉道。〔作迸頭科。賈氏怒科。白〕嗄！燕小乙，這等無理。明明説員外不在家，特來欺負奴家，快與我走出去。〔燕青白〕我又不曾幹壞什麼勾當，不去便怎麼？〔賈氏白〕嗄！你不去，李固快教人拿大棍趕他出去，永不許上門。〔燕青白〕誰又是親故，倒把我撵了。好，我且出去。此處不留人，更有留人處。〔下。李固白〕大娘子，這燕小乙出去不打緊，一定搬逗是非，倒要想個長策纔好。〔賈氏白〕這個何難，待我通知親戚隣里，若有收留者，即爲賊人同黨。你道此計如何？〔李固白〕大娘子，我想一不做，二不休。如今員外既已落草，萬一被地方官知覺，那時抄扎家私，你我倒成强盗家屬，反要吃苦。不如此時且到梁中書處出首，你我佔了上風，就穩坐釣魚舟了。〔賈氏白〕這也説得是，如此你就去。〔李固白〕小人就去。正是平生不作皺眉事。〔賈氏白〕世上應無切齒人。〔分下。衆衙役、書吏、門子引梁中書上。唱〕

【臨江仙半】五馬馳聲河北道，爲民生終日焦勞。〔白〕下官大名留守梁中書是也。只爲邇來朝政不修，寇盗充斥。上年打劫生辰綱，據濟州報來，夥賊都投梁山泊入夥。近日接九内舅家信，纔知有宋江題反詩一事，被梁山賊人搶劫法場，殺傷官兵而去。這等看來，那梁山草寇一日不平，天下安保無事？今日陞廳理事，左右擡放告牌出去。〔左右應科。李固上。白〕爺爺告狀。〔梁中書白〕什麽事情？〔李固白〕出首强盗的。〔梁中書白〕帶進來。〔左右帶李固進科。梁中書白〕你出首的是什麽樣强盗，姓甚名誰，是何年月，有甚窩綫？從實説來。〔李固白〕容禀，小人乃盧俊義家管賬夥計。〔梁中書白〕盧俊義是何等樣人？〔李固白〕是個財主。小人跟隨到山東營運，被梁山泊劫上山去，坐了第二把交椅。又兼廳房壁上現有反詩一首。〔出詩科。白〕請爺爺看。小人誠恐日後清濁不分，故來首告。〔唱〕

【香遍滿】臺前投告，盧家俊義被盜招，身在梁山同落草。證明昭，反詩壁上瞧。怕他時究禍苗，特出首詞存照。〔梁中書接詩，念科〕蘆花蕩裏一扁舟，俊傑黄昏獨自遊。義到盡頭原是命，反躬逃難必無憂。這也不見得是反詩。〔李固白〕請爺爺横頭看來。〔梁中書白〕盧俊義反。〔笑科〕天下那有自己造反，自己寫詩在壁之理。你莫非挾仇誣攀麽？〔李固白〕小人怎敢，這是梁山賊人預先來哄他上山，他後來入夥，是小人跟去，親眼看見的。〔梁中書〕既係干係梁山大盜，決難疏縱。中軍過來，將此首呈存案，李固暫時着保。一面四下踹緝，或者就此可以拿獲黄泥岡、江州兩案强人，也未可知。吩咐掩門。〔下。衆擁李固同下〕

第六齣　送俠友握手爲歡

〔僂儸、朱武、花榮、林冲、穆宏、徐寧、李逵、呼延灼、戴宗引盧俊義、吴用、公孫勝、宋江上。唱〕

【節節高】天涯若比隣，幸相親，笑顔開處休愁悶。輸誠悃，救災迍，孚忠信。瓊筵日日壺觴進，梁山何似燕山俊。秋風不覺落高旻，可憐别意縈方寸。〔盧俊義白〕在下在此打攪，多承款待，實覺不安。奈何幾次告辭，寨主堅留不放。願把在下殺了倒好罷休，不殺却是度日如年。〔宋江白〕員外，你名噪河北，聲震山東。小弟們久切瞻韓，無緣御李，不知費如許心機，纔得員外一會。今甫識荆，怎便分手，故與衆兄弟扳留，多住幾時，再作計較，别無他意。〔盧俊義白〕既蒙不殺，恩出望外。若不放歸，終是一死。况且士各有志，何必相强，就留在此，也毫無用處。若必要堅留，我就觸死君前，以明鄙意。〔作起撞頭科。衆勸科。宋江白〕員外不必發怒，既然如此堅執，不便固留。僂儸們，把舊時兵器送還員外，還有金銀一包，送作盤纏。〔盧俊義白〕不是我盧俊義誇口，金帛錢財家中頗有，賜與之物，决不敢當。〔宋江白〕這等耿介，不敢固請。我等送至金沙灘罷。〔盧俊義白〕多謝寨主。〔宋江白〕衆僂儸，擺齊隊伍，送盧員外下山。〔衆應科。衆白〕只是員外此去，不知何時再當會面。〔盧俊義白〕大

丈夫相交以心，何在見面。小弟就此拜别。〔拜科。唱〕

【又一體】相將拜手頻，莫含嗔，驪駒一曲歌來迅。前言准，舊精神，長途穩。〔向左場門送盧俊義下。宋江白〕衆僂儸，就此回寨。〔衆吶喊科。唱〕從教此後遥相問，災星命裏應該近。天羅罩定「玉麒麟」，先機泄漏還須慎。

【尾聲】英雄心事冰霜近，怕危巢烏棲未穩，少不得别作良圖把夙願伸。〔下〕

第七齣　背良言回家被捉

〔燕青襤褸破衣上。唱〕

【駐雲飛】生不逢辰，甘受飢寒報主人。惹禍由紅粉，設計心藏刃。〔白〕我燕青不想主人出門之後，李固與主母通奸，竟把我趕出。吩咐但有相認燕青者，不許收留在家。我恐他們吃官司，不當穩便，只得來到城外求乞度日。〔唱〕嗏！反眼更摇唇，實難含忍。〔盧俊義上。接唱〕急切回家，落草伊誰肯。〔合〕悞聽胡言犯歲君。〔燕青撞見盧俊義科。各虚白〕你這人好像燕青。〔燕青白〕員外回來了麽？〔跪地哭科。盧俊義白〕爲何如此狼狽？〔燕青白〕自從主人出門之後，李固回來報與大娘子，説員外歸順梁山，坐了第二把交椅，就去官司告知，將家私封了。李固與大娘子做了一路，向日原有些私情，恐怕小人礙眼，竟將燕青趕出在外求乞。小人深知主人必不落草，故此忍這殘喘，候見主人一面。不想今日得遇員外。〔盧俊義怒科。白〕咄！這厮在我跟前纔言謗人，我到家便知。〔走科。燕青扯住科。白〕主人不可回去。若去，必遭毒手。〔盧俊義白〕哇！莫不是你做出歹事，今日到來反説。〔唱〕

【憶多嬌】聽事因，添煩懣。慌詞一派誰得信，只恐伊家行不謹。〔同唱。合〕敢負深恩，敢負深恩，此事難逃公論。〔燕青扯住科。白〕主人嗄！〔唱〕

【鬭黑麻】切莫生嗔，隄防禍根。休輕投羅網，須要留神。觸厖吠，肆鯨吞，説到傷心掩淚痕。〔同唱。合〕探來不真，休教命存。到得端詳，到得端詳，清波攪渾。〔盧俊義急走，燕青扯衣哭科。盧俊義踢倒燕青跌地，急下。燕青站起。白〕呀！你看員外頭也不回，竟急急而去了。此去必遭毒手，我不免捱進城去，悄悄打聽便了。〔唱〕

【川撥棹】相矛盾，怒衝衝言未盡。須則去細探殷勤，須則去細探殷勤，只恐怕險遭悔吝。護東人似救焚，恨旁人似掃塵。〔急下。賈氏、梅香上。白〕事不關心，關心者亂。丫鬟，我這兩日呵！〔梅香白〕便怎麼樣？〔賈氏唱〕

【豆葉黄】我終朝眼跳，有甚緣因。還聽的鴉噪簷前，教人夢魂不穩。〔盧俊義上。接唱〕撮波生釁，恁般撒村。那李固久爲心腹，那李固久爲心腹，反噬情由，何用咨詢。〔白〕且喜到了自家門首，爲何静悄悄的。且自進去。〔梅香作撞見科。驚介。白〕員外回來了麽？大娘子，員外回來了。〔賈氏作驚科。白〕嗄！員外回來了。〔盧俊義白〕是我回來。〔賈氏作哭科。白〕員外呀！〔唱〕

【哭相思】驀然一見把淚珠拉，滿腔心事言難盡。〔梅香白〕李官人快來，員外回來了。〔李固上看，伸舌急下。盧俊義白〕娘子不必啼哭，我回來就好了。只是燕青爲何不見？〔賈氏白〕員外，你且安息

定了，慢慢說知。梅香，看茶與員外吃。〔李固、官兵、捕役掛刀急上。唱〕

【月上海棠】官票遵，大家提着齊眉棍。爲拘拿叛犯，籤限時辰。〔盧俊義白〕門外爲何喧嚷？〔衆嚷進科。白〕這是反賊，綁了。〔梅香驚下。衆綁科。盧俊義作强横勢，衆舉刀鎗架科。白〕你做反詩，相約梁山，來此造反。奉梁中書老爺鈞票，拿你一家兒，都帶到官府堂上去。〔盧俊義白〕去也不妨。〔賈氏、李固白〕我們不去也罷了。〔衆白〕不必多説，把宅院封了。快走。〔衆應，擁唱〕封鎖下海樣家私，且前去當堂研訊。難容隱，看秦鏡高懸，聽訟清慎。〔封門下〕

第八齣　梁中書逼招下獄

〔衆衙役、書吏、門子引梁中書上。唱〕

【紫蘇丸】光天化日逢堯舜，倚權門綰符名郡。〔白〕下官梁中書，前因李固首告盧俊義反詩一事，無處捉拿。不想他私自回家，適纔李固前來稟報，已差官兵、捕役綁縛前來勘問。〔官兵、捕役帶盧俊義、賈氏、李固上。捕役白〕反賊盧俊義進。〔衆衙役應科。帶進見。梁中書白〕放了綁。〔衆放科。賈氏、李固坐地，盧俊義跪科。梁中書白〕盧俊義。〔盧俊義應科。梁中書白〕你是本處良民，反投入梁山落草，此番回家，裏應外合，攻打此地，可是麽？〔盧俊義白〕小人在家守分，被梁山泊吴用假扮星士，來至小人家下，煽惑愚迷，賺至梁山。今日幸得脱身回家，並無反意，求恩相明鏡。〔梁中書白〕現放着你妻子並李固出首的。〔盧俊義怒科。白〕李固，我何曾有心投上梁山泊來？〔李固白〕現有藏頭詩，就是證見。招認了罷。〔賈氏白〕自古道：一人造反，九族全誅。不要害我們。〔梁中書白〕這厮倔强不招，先看頭號板子，重打四十。〔衙役應，打科。盧俊義痛科。唱〕

【玉胞肚】這事兒斷難招認，俺原來清平子民，與梁山水米無交，望恩相明雪冤盆。〔梁中書白〕誰與你調舌弄唇。左右。〔衙役應科。梁中書白〕取短夾棍夾起來。〔衆應。擡盧俊義科。盧俊義白〕住了罷。事已如此，只得屈招了。〔梁中書白〕教他畫供。〔衙役取紙筆於地。盧俊義白〕我盧俊義果然命中合當橫死。〔禁子上科。盧俊義舉筆寫科。唱合〕緑林不合去投奔，寫下親供謹上陳。〔衙役白〕供完。〔梁中書白〕上了刑具。〔衙役應科。梁中書白〕帶去收監，賈氏、李固趕出去。吩咐掩門。〔衆應下。盧俊義罵李固、賈氏科。禁子作攔擋科。李固取銀包，付與禁子虛白。賈氏拉李固同下〕

第九齣　盧俊義刺配登程

〔蔡福、蔡慶上。白〕承值衙門充節級，行刑高手迥無匹。弟兄都把殺人刀，只要錢多命不值。〔各通名介。蔡福白〕適纔官府退堂，監中就有事件，都託與小獄吏。我和你且到茶館中坐坐散心片時，却不是好。〔蔡慶白〕哥哥説得不差。〔走介〕正是撥冗暫時離獄地，散心片刻到茶坊。小二有麽？〔小二上。白〕品泉客至鈎簾入，鬬茗人來滿座香。二位節級，吃茶的麽？〔蔡福、蔡慶白〕正是。〔小二白〕請裏面坐。〔向内取茶壺、茶盤介。白〕茶在此。〔蔡福、蔡慶白〕迴避。〔小二應下。蔡福、蔡慶各斟茶介。唱〕

【皂羅袍】没甚關心牌票，且偷閑散步，清談諧笑。多年充役做當牢，存心只愛冰光鈔。〔合〕公行賄賂，何愁犯條。私和官事，先拚受敲。〔李固急上。唱〕茶亭酒肆都尋到。〔進見介。李固白〕呀！小子各處尋，到却在這裏。〔蔡福、蔡慶白〕李主管，什麽事情？〔李固白〕這裏不是講話之處，請二位到僻静之處，纔好相託。〔蔡福出紅紙包。白〕如此。小二，茶金在此，我們去了。〔小二取包下。李固白〕二位請。〔同走介。唱〕

【好姐妹】招邀，轉彎抹角，暢談心僻人喧鬧。〔蔡福、蔡慶白〕李主管，什麽事情相託？〔李固白〕奸不厮瞞，俏不厮欺。小人的事，都在節級肚裏。有五十兩蒜頭金在此，送與二位。今夜三更要了却盧俊義的性命。〔蔡福、蔡慶白〕好嗄！你占了他家私，又謀他的老婆，如今託我們，又要結果他性命。日後根究出來，我們吃不起這一場官司。不受不受。〔李固白〕莫非嫌少，再加一倍。〔蔡福白〕大名城有名的盧員外，他性命只值得這一百兩金子麽？你若要我到地，至少得五百兩金子不差什麽。〔李固袖内取大包出介。白〕金子倒有五百在此，今夜就要完成此事。〔蔡福、蔡慶接揣懷介。白〕明早牢洞邊來擡尸首。〔李固白〕是了。〔急下。蔡福白〕我們回到牢中，打點則個。〔走介。戴宗、柴進急上。唱】飢餐夜宿，心頭似火燒。【合】防顛倒，梁山立等伊消耗，暢好是駕霧騰雲走一遭。【撞見唱喏介。柴進白〕足下莫非蔡節級麽？〔蔡福、蔡慶白〕然也。兄長高姓？〔柴進白〕在下姓柴，名進，綽號「小旋風」。〔蔡福、蔡慶白〕嗄！是柴大官人。久仰，久仰！〔柴進白〕不敢。〔蔡福白〕足下仗義疏財，天下聞名，何幸得遇。〔柴進白〕不幸犯罪流落梁山泊，今奉宋公明將令，只爲盧員外被人陷害，監禁牢内，一命懸絲，盡在足下之手。如今仗託二位，留取盧員外性命，自當重報。倘有差池，梁山兵馬到來，打破城池，男女不留一個。久聞二位仗義，特送黄金千兩，望乞收納。若要通風捉俺，柴進並不皺眉。〔戴宗付金子。蔡福、蔡慶收介。白〕如此，大官人請回。多蒙見賜，金子我二人權且收下，出力相保便了。〔柴進白〕全仗，全仗。〔告别介。柴進白〕千金相託全終始。〔戴宗白〕一諾無欺報友朋。〔同下。蔡福、蔡慶驚介。白〕阿呀！唬死我也，唬死我也！〔蔡福白〕這倒是個疑難之處。〔蔡慶白〕哥哥，這些須小事有何難哉。常言道：殺人須見血，救人須救徹。如今有這一千兩金子在此，與他上下使用。梁中書、張孔目都是好利之徒，得了賄賂，必然周全盧俊義性命。葫蘆提將他刺配出去，救得救不得，自有他梁山泊好漢，我們盡心替他謀幹便了。〔蔡福白〕兄弟之言有理。如今我往衙門，與他打點脚路。你自進監，好情相待盧俊義，不枉柴大官人所託一場。〔蔡慶白〕有理。〔分下。燕青提飯籃上。白〕好苦嗄！〔唱〕

【東甌令】難回挽，愈心焦，無奈贓官法柄操。果然墮落伊圈套，性命兒輕如草。〔白〕我燕青主人被奸夫淫婦陷在牢中，我恨不能誅此無義之人，代替主人坐監。一來也是他命運該當，二來高傲太直，我想早晚必有風波。不免進監去看員外一面，見機而作便了。今早討得一碗飯在此，借此爲由好進去。來此已是監門首。禁長哥有麽？〔蔡慶持棍上。白〕掌管監門休漏水，巡查牢獄不通風。喲！你是什麽人？〔燕青白〕我是盧員外家人。我主人犯罪在獄，討得一碗飯在此，與主人充飢。望乞方便。〔跪介。蔡慶白〕起來，起來。〔燕青進介。蔡慶關門介。燕青白〕阿呀！主人在那里？〔蔡慶白〕咄！不要嚷，隨我來。〔走介。蔡慶向內介。白〕盧員外。〔內應介。蔡慶白〕有個家人在此看你，有話說幾句，就要出去的，恐怕查閘的下來。〔下。盧俊義手扭帶鍊上。白〕來了。〔唱合〕忽聞狂叫莽喧囂，斷見識誰招。〔燕青放籃，哭叫介。白〕主人在那里？〔各見哭介。唱〕

【山坡羊】苦哀哀，痛孤身兒誰靠。慘淒淒，破家緣兒誰曉。一雙雙，撞喪心兒病尫。驀忽忽，當橫禍兒從天掉。思量起卑人年紀小，受恩深處難忘報。乞得殘羹，且餐一飽。〔白〕小乙帶得一碗飯在此，主人請吃一口。〔盧俊義白〕我氣脹填胸，那裏吃得下。〔燕青喂飯，盧俊義吐介。燕青放碗。同唱合〕貪饕，怯生生腹已枵。悲號，影梵梵首共搔。〔燕青跪哭介。盧俊義白〕小乙，難爲你來看我。不想果應你之言，被這奸夫淫婦陷害了。〔燕青白〕我原叫主人不要來的，已遭毒手。向日偌大家私，何等受用。員外今日陷入囹圄，更遭縲絏，兀的不痛殺我也。〔蔡福引二解差掛刀上。白〕兄弟，開門，開門。〔蔡慶上。白〕查閘人下來了，且躲一躲。〔燕青暗下。蔡慶開監門，衆進介。蔡福白〕盧員外，恭喜了。〔盧俊義白〕有什麼喜？〔蔡福白〕堂上大老爺將你免死，充軍發配沙門島，即刻就要起身了。走，走，走。〔二解差攙出監門介。燕青左門內撲哭出。蔡慶白〕快些出去。〔推出，關門下。衆擁盧俊義入左門口，燕青撲哭，蔡福踢燕青跌右場角介。衆下，燕青趕上哭介。白〕方纔那節級說將員外發配沙門島，其中必有緣故。我不免取了弓弩、袖箭暗藏在身，遠遠隨着他，直至配所便了。急急要與東人伴，苦死中途姓字香。〔急下。二解差持棍、掛腰刀上。白〕說道有錢能買命，須知無路肯超生。〔一解差白〕我們押解盧俊義到沙門島，路途又遠，盤纏又少。正在愁煩之際，誰想盧俊義有個李主管，與他是讐家，竟送我二人兩錠大銀，叫我們中途結果了他性命，回來每人再謝五十兩蒜頭金。如今離城十里，此去多是樹林，正好行事。催他趲路。〔一解差白〕喲！盧俊義，趲路。〔盧俊義內白〕來了。〔手扭鍊，攧脚上。唱〕

【水紅花】懵騰天聽果然高，極哀嗷，九閽難叫。 電情減戍已恩超，絮勞叨，惡狠的忙催登道。〔二解差作怒白〕你這反賊死囚，你犯了罪，害我們幾千里路解你去。 你是個財主，大錠元寶也該送我們幾個做盤纏，不枉我們兩個辛苦隨你去。〔盧俊義〕我今人離家破，那有銀錢。 如有，巴不能孝敬二位。〔二解差白〕呸！ 你素日間怎麽不相與相與我們。〔同催走介〕我對你説，路途遥遠，像你這樣，延挨幾時得到。〔盧俊義白〕望二位方便，棒瘡疼痛，待我慢慢走罷。〔二解差白〕你還説慢慢的走。 看棍。〔打倒盧俊義，跌介。 一解差勸介。 白〕前面有一松林，行到彼處，再作道理。 待我們扶着你走。〔扶起，遶走快介。 唱〕你富有盈千累萬，不肯拔一毛，〔合〕到此敢咆哮也囉。〔推跌中場介。 一解差白〕好個樹林中，我二人也要在此打個盹兒，將你綁在樹上，待我們睡醒，一同上路。〔作綁介。 盧俊義哭求虛白介。 一解差白〕盧俊義，我們實對你説了罷。 你家李固送我二人大元寶二個，叫中途結果你的性命。〔盧俊義哭。 唱〕

【山坡羊】慘磕磕，把一靈兒飛落。 苦孜孜，向恩官兒求告。 實丕丕，狠主管兒負恩。 急煎煎，結冤仇兒何時了。〔燕青暗上，立正場桌望介。 懷揣弓弩、小箭三枝介。 一解差曲内白〕兄弟，我來下手，你看看林外可有人。〔二解差往兩場門看介。 一解差提棍。 白〕盧俊義，盧俊義，你到陰司裏不要怪我。〔作打介。 燕青射死一解差介。 盧俊義白〕李固，你這狠心賊子。〔唱〕你忒放刁，負心過豺豹。〔二解差驚介。 白〕嗄！ 爲什麽？〔看介〕阿呀！ 爲何跌倒了。〔盧俊義唱〕陰魂可到沙門島，九死一生，天憐恕饒。〔燕青立起，又射死一解差跌右場角。燕青跳下桌，解放盧俊義介。燕青白〕員外甦醒，員外甦醒。〔盧俊義醒。唱〕誰教，冷颼颼死裏逃。誰撈，喘噓噓水上飄。〔燕青打開枷鎖介。白〕哪，哪，哪！他二人方纔持水火棍要打死員外，小人在樹林中袖箭射死了。〔盧俊義虛白。燕青〕員外，不必遲滯，作速逃命。〔盧俊義〕只是我棒瘡疼痛，如何是好？〔燕青〕待我背了主人走罷。〔下。四巡軍上。唱〕

【水底魚】巡邏村莊，騙些酒食嘗。攻兵到處，鷄犬也遭殃。〔分白〕我們乃留守司帳下巡軍便是。因這黑林林地面慣有强人剪徑，所以常在此處巡查。夥計，我每大家進去看看。〔一白〕好大膽，這地方有人睡着。〔衆驚介〕這是兩個解差，方才見他押着盧俊義，爲何死在這裏？〔一白〕想是盧俊義殺死解差，諒他走也不遠。我們急去報官，大家趕上前去，拿住了他獻功便了。有理，將尸首抬過一邊。〔衆〕有理。〔抬尸介〕饒他走上焰摩天，脚下騰雲須趕上。〔下。燕青背盧俊義上。同唱〕

【風入松】顧不得蛇行鼠伏亂山凹，殘喘苟延纔好。一肩豈特擔煩惱，兩性命怕他尋討。〔燕青放盧俊義下地介。盧俊義白〕阿呀！小乙哥，只是如今投往何處去？〔燕青〕這原是宋公明害員外的，只得原投上梁山。〔盧俊義〕也没奈何。〔燕青〕主人在此坐一坐，待我向前看可有宿店。黑夜之間，料不妨事。〔盧俊義〕不妨，我在此坐一坐。〔燕青唱合〕隨分的安身一宵，防巡捕漫勞叨。〔下。衆巡軍、官兵執火把引將官上。唱〕

【四邊静】釜中魚也籠中鳥，怎怕行蹤杳。黑夜到天明，定然有知覺。〔衆撞見盧俊義介。衆官兵、

〔巡軍白〕追着了兇身了。〔將官〕好嗄！你是反賊盧俊義，怎的謀死解差，竟自脱逃，天網恢恢。綁了解官。〔衆應介。同唱〕防他再跑，加他一刀。叛犯更傷人，科罪奚止絞。〔齊下。燕青急上。白〕員外，員外，且喜有了宿店了。阿呀！不好了。員外被官兵拿去了。你看官兵甚衆，不能相救，如何是好。嗄！也罷。不免一徑往梁山求救便了。〔唱〕

【風入松】激得俺鬔鬆怒髮直衝霄，誰把風聲漏早。怎當他新翻舊案嚴刑拷，那時節死生難料。〔合〕思今日如何下梢，風波起怎開交。〔下〕

第十齣　石秀跳樓劫法場

〔楊雄、石秀上。唱〕

【醉羅歌】【醉扶歸】（首至合）急走急走休纏繞，探聽探聽敢逍遥。算命生成禍根苗，還家一定遭强暴。〔各通名介。楊雄白〕奉大哥將令，只爲盧俊義回家，並無消息，特差我二人下山打聽。〔石秀〕你看深秋天氣，楓葉漸落，好荒涼道路也。〔同走唱〕【皂羅袍】（五至八）風聲吼，樹葉兒漸彫。煙光染，岫路兒更遥。【排歌】（七至末句）一番秋意驚寒早。〔燕青急上。楊雄、石秀白〕呔！是歹人麽？〔舉樸刀介。燕青拔腰刀戰介。各架住介。燕青〕不要動手，我不是歹人，我爲主人到梁山通信，你怎便把刀來格鬭。〔楊雄、石秀〕嗄！你主人莫非盧員外麽？〔燕青〕正是盧員外。〔石秀〕你是什麽人？〔燕青〕我是燕青。〔楊雄〕原來是「浪子」燕青。你主人怎麽樣了？〔燕青〕主人辭別梁山衆位到家，被奸夫李固、淫婦賈氏將反詩爲證，出首在官，下在牢裏。梁中書將員外刺配沙門島，小可防他中途有變，帶上弩弓、弩箭沿途暗行防送。不期奸夫李固果然買囑解子，於途中謀害我主人性命。那時我躲在樹林中，那解子正要下手，被我將弩箭射死，救了員外。正走之間，小可去看宿店，員外暫坐草坡上。誰想官兵蜂擁而來，將主人綁縛去了，存亡未卜。爲此特要上山報信。〔楊雄〕這還了得。我是「病關索」楊雄。這是「拚命三郎」石秀。奉宋大哥將令，差往大名打聽員外消息，軍師與戴院長亦隨後下山。你既來此，兄弟，你先往大名，我同小乙哥回寨見宋大哥，備訴此情便了。〔石秀〕如此，小弟獨自前去，二位到寨便了。〔同唱〕分頭去，不憚勞，彼中未定吉凶爻。〔兩分下。蔡福、蔡慶扮劊子，持刀上。白〕若遇殺人充劊子，常時司獄做當牢。〔各通名介〕昨夜三更時分，拿獲盧俊義。今早梁中書老爺傳我二人，午時三刻將他市曹斬首。我們受彼所託，不能相救，反覺不安。他們也做事忒險，教我們無計可施。不免到牢中，綁至堂上，插了犯由牌，押往法場便了。人生須作善，王法不留情。〔下。石秀插刀上。唱〕

【鬭鵪鶉】重拿轉羅織成招，剗地里冤讐怎了。明知道國法森嚴，須探聽案情分曉。〔白〕俺石秀奉宋大哥將令，前來打聽盧員外消息。來到大名，果然人煙湊集，鬧熱非常。不免到留守府門前去打聽打聽。〔唱〕俺只見轂擊盈街，他則待肩摩塞道。鬧嚷嚷市井囂，裘馬豪，這纔是海樣潤的城池。〔內場作喧科。叫白〕我們去看盧員外嗄。〔石秀唱〕怎忽有雷般響的譁噪。〔走介。衆百姓上。白〕走嗄。〔唱〕

【縷縷金】忙趕趁，密周遭，人山與人海，到西曹。〔白〕我每多是大名府的百姓，向蒙盧員外周濟之恩，一言難盡。不想今日盧員外遭此無頭橫禍，綁赴法場，就要出決。爲此特備祭禮前去，以表我每誠敬之心。〔石秀上。白〕列位那里去的？〔衆〕我們是到市曹祭奠盧員外去的。〔石秀〕那個盧員外？〔衆白〕大名城中有名的盧俊義。昨夜拿到，今日午時處決了。爲此我們前去祭奠他。〔石秀〕如此，列位請便。〔衆〕我們去罷。〔唱〕善惡難欺蔽，終須有報，伊家絶命在今朝。〔合〕滿城盡悲悼，滿城盡悲悼。〔齊下。石秀白〕阿呀！可不諕死我也。〔唱〕

【紫花兒序】一聲兒情真罪當，全身兒魄散魂消。同伴兒水遠山遥，事生倉猝，怎得開交。〔白〕也罷。向日人都稱俺「拚命三郎」，今日只得拚一拚也。〔抓衣走。唱〕心焦，「拚命三郎」只一遭。〔白〕這是決人之處，有個酒樓在此，我有道理。酒保有麽？〔酒保上〕酒中休惹禍，樓上可消愁。客官可是請人，還是獨自酌杯？〔石秀〕呸！問什麽。大碗酒、大塊肉只顧賣來，我的坐頭要挨着樓窗，好看出人。〔酒保〕出人公事，家家閉户，鋪鋪關門，不是當耍的。〔石秀喊介〕我怕什麽。〔酒保驚介〕夥計，打兩角酒，切一盤牛肉，擺在後樓去。〔内應介。酒保虚白下。石秀唱〕恐負了公明差調，陡上心來，只看人到。〔下。内掌號，敲鑼擊鼓，地方趕閑人介。衆官兵執鎗，劊子蔡福、蔡慶押盧俊義，衆上。唱〕

【僥僥令】一行人不少，重犯怎輕饒。莫放閑人場中鬧，少時遲把首梟，少時遲把首梟。〔石秀立正場桌，看介。在曲内上桌，衆百姓擁上。地方白〕午時了。〔蔡慶拔招旗，盧俊義跪中場介。蔡福鬆綁介〕開刀。〔石秀持刀跳下桌介〕呔！梁山泊好漢全夥在此。〔地方、蔡福、蔡慶、官兵急下。石秀背盧俊義急下。衆官兵急上介〕盧俊義被梁山强人劫去，不免報知梁中書老爺知道便了。留守司前囚被劫，殺人場上賊偷刀。〔下。内吶喊介。石秀背盧俊義上。唱〕

【調笑令】急逃，路迢遥，生死關頭一擔挑。〔内吶喊。石秀唱〕伊行不必狂呼叫，到跟前殺人如草。梁山全夥提兵剿，肯容情十分財鈔。〔衆官兵引二將官沖上，與石秀戰介。打倒，綁石秀、盧俊義介。衆唱〕

【縷縷金】好鹵莽，妄招摇，膽兒如天大，禍來抓。罪上應加罪，嚴刑弔拷，捉拿凶犯去回銷。

〔合〕須防坐堂早，須防坐堂早。〔齊下〕

第十一齣　宋江大戰槐樹坡

〔梁中書上。白〕隻手空思劫法場，無知小寇只尋常。堂堂秉政中書府，那怕梁山衆賊強。下官梁中書是也。方纔官兵拿住梁山泊劫法場石秀、一名反賊盧俊義，被我將重枷枷號了，監在死囚牢内。不想石秀那廝將下官百般辱駡，好生可恨。正是恨小非君子，無毒不丈夫。〔衙役引王太守上〕乍劫法場翻舊案，又傳榜聞作新傳。大人在上，卑府參見。〔梁中書〕請坐。〔告坐介。梁中書〕貴府何由到此？〔王太守〕只爲梁山泊遍貼無頭榜，約有數十張，今揭來呈上。〔梁中書接看，念介〕「梁山泊義士宋江仰示大名府官吏，盧俊義乃天下之豪傑，吾今啓請上山，一同替天行道。如何妄徇奸賄，屈害善良。吾令石秀先來報知，又被擒捉。如存二人性命，獻出淫婦、奸夫，吾無多求。如傷吾羽翼，屈壞股肱，便當拔寨興師，玉石俱焚。城中義夫節婦、孝子順孫、安分良民、清慎官吏，切勿驚惶，各安職業。諭衆知悉。」阿喲喲！這却如何剖決？〔王太守〕這些人不是輕易動得的，依卑府愚見，權且存此二人性命，一面寫表申奏朝廷，一面奉書呈上蔡太師恩相知道。大人即差兵馬保守大名府城池以及倉庫錢糧。若斬此二犯，恐有他變。請自三思。〔中軍暗上。梁中書〕此言甚是有理。中軍。

〔中軍應介〕傳我令去，與兵馬都監聞達、李成、索超保守大名府，梁山賊寇倘來犯境，汝等出城下寨，務必協力擒拿，叙功陞賞。〔中軍應下。王太守〕大人進去，修書要緊。〔梁中書〕這何消説。〔王太守〕卑府告辭。〔梁中書〕請到後堂便飯，商量奏本一事。〔王太守〕多謝大人。〔同下。衆軍校執旗幟，引聞達、李成、索超持兵器上。唱〕

【四邊静】場開演武排軍校，蔽日旌旗耀。防禦大名城，幺麽怎滋擾。〔各通名介。聞達白〕奉留守梁中書大人之命，着領人馬保守大名城池。即命出城下寨，緊防宋江草寇。先鋒索超聽令。〔索超應介。聞達白〕帶領三千人馬，前往飛虎峪，扎下寨栅，三面掘下陷坑，不得有違。〔索超應介，領兵下。聞達白〕衆將官。〔衆應介。聞達白〕吩咐本部人馬，把營盤扎在槐樹坡下，不得有違。〔衆應，吶喊。唱合〕長鎗短刀，近攻遠交。赫赫擁天兵，策應安排好。〔齊下。僂儸、解珍、解寶、孔明、孔亮、「一丈青」、孫二娘、顧大嫂、李逵、李應、史進、孫新、孫立、黄信、呼延灼、馬麟、陶宗旺、凌振、秦明、韓滔、彭玘、林冲、花榮、呂方、郭盛各持兵器引吴用、公孫勝、宋江上。唱〕

【甘州歌】【八聲甘州】（首至六句）長驅直搗，任堅城難破，只當鴻毛。關心俊傑，盼取近時消耗。〔戴宗上報介。白〕忙行同縮地，險事急通風。啓大哥，小弟往大名打聽得盧俊義綁至市曹，幸虧石秀一人法場劫取。官兵追趕，寡不敵衆，都被拿住。那時急切難救，遵奉軍師密計，星飛遍貼山寨告示，被人揭去報知梁中書。因將他二人監禁在牢，一面遣兵馬都監聞達、李成二員城外防禦。那李成標下有一先鋒索超，真個萬夫不當之勇。他們三員離大名府三四十里，於飛虎峪、槐樹坡兩處安營下寨。特來報知。〔宋江〕院長路途辛苦，向後寨暫息。〔戴宗應下。宋江〕當初軍師妙計賺他上山，如今反累吃苦，又陷了石秀兄弟。再有何計救取？〔吴用〕寨主放心，小弟正要乘此機會破大名，錢糧以助寨中動用。林冲、花榮、韓滔、彭玘聽令。〔韓滔、彭玘、林冲、花榮應介。吴用白〕爾等四人各帶一枝人馬，前往索超寨前引戰，不得有違。〔四人應下。吴用〕李逵聽令。〔李逵應介。吴用〕你好做先鋒，可一人一騎闖入索超寨前，將索超引至飛虎峪後面，自有智取，不得有悮。〔李逵應下。吴用〕解珍、解寶、孔明、孔亮聽令，爾等四人埋伏於飛虎峪山後，只聽號炮一起，即時殺出，不得有違。〔四人應下。吴用〕「一丈青」、顧大嫂、孫二娘聽令。〔三人應介。吴用〕爾等三人前往聞達、李成寨前引戰，彼處自有伏兵接應，不得有違。〔三人應下。吴用〕孫立、秦明聽令。〔二人應介。吴用〕你二人前往槐樹坡前，左右埋伏，待誘出聞達、李成，可奮勇抵敵，不得有違。〔二人應下。吴用〕孫新、呼延灼、馬麟、凌振聽令。〔四人應介。吴用〕凌振帶領火炮，從小路轉到飛虎峪前，放炮爲號。爾等三人只聽號炮一起，即便截住敵人歸路，奮勇厮殺，務必制勝，不得有違。〔四人應下。吴用〕其餘衆將，隨營聽令。〔衆應介。吴用白〕就此下山。〔衆吶喊。唱〕指揮若定失蕭曹，只聽轟天升號炮。【排歌】（合至末句）干戈動，海嶽摇，騰騰殺氣貫青霄。〔合〕擒聞達，斬索超，班師山寨叙功勞。〔齊下。衆兵引王定、索超各持兵器上。唱〕

【好事近】草寇似山魈，膽敢橫行强暴。俺威風密布，賊兵把他迅掃。〔各通名介。索超白〕今聞賊寇前來，要打大名府。首將王定就此催兵，殺上前去。〔衆應介。唱〕除荆伐棘，整王師，信是張天討。〔合〕殺得他片甲無存，纔顯俺奇勳不小。〔李逵上。白〕呔！可認得你黑爺爺麽？〔索超笑介〕原來梁山好漢是這般腌臢草寇。〔李逵〕放你娘的屁。〔衆殺介。李逵敗下，索超追介。林冲、花榮、韓滔、彭玘沖上，戰介。花榮拈弓搭箭射索超左臂，敗下。林冲、韓滔、花榮、彭玘追索超、王定下。衆將引聞達、李成持兵器上。唱〕

【又一體】腥臊醜孽逼城濠，到這裏休張牙爪。追奔逐北，務期類無遺噍。〔各通名介。聞達白〕李將軍，我等雖是扎營在此，聞得先鋒索超中箭，賊將甚勇，如何是好？〔報子上。白〕報：賊兵殺到了。〔聞達、李成白〕大小三軍，迎殺上去。〔衆應上馬介。顧大嫂、扈三娘、孫二娘沖出戰介。衆軍分下，聞達、李成追顧大嫂、扈三娘、孫二娘敗下。內放炮吶喊介。孫立、秦明、呼延灼、馬麟、孫新、凌振、解珍、解寶、孔明、孔亮吶喊介。白〕那裏走！〔同追聞達、李成上殺介。解珍、解寶、孔明、孔亮、呼延灼、孫新、馬麟、鄧飛、凌振齊追，聞達、李成敗下。聞達、李成引衆軍亂奔上介。聞達白〕這賊衆果然利害，一聲炮響，突出無數賊兵，一路趕殺，直追過庾家疃了。只得棄了槐樹坡，快快進城走罷。〔衆唱〕道他無備，却原來勝算多神妙。〔合〕且回城奏上鑾章，再屯兵略運龍韜。〔下。韓滔、彭玘、林冲、解珍、花榮、李逵、解寶、孔明、孔亮、扈三娘、顧大嫂、孫二娘、孫新、呼延灼、馬麟、凌振、孫立、秦明齊上。唱〕

【甘州歌】【八聲甘州】（首至六句）殺氣莽滔滔，正相當旗鼓，不爽分毫。移時奏凱，性命兩人可保。

〔林冲白〕聞得我兵已奪了槐樹坡小寨。大哥屯兵在彼，我等齊去獻功。〔衆〕有理。〔走唱〕中軍帳裏福星高，義旅前來戈便倒。【排歌】（合至末句）施奇計，援故交，不争銅柱把勳標。陣雲捲，落日遥，明朝鏖戰敵魂消。〔齊下〕

第十二齣　王定求援宰相府

〔王定乘馬袖書上。唱〕

【六幺令】書呈上公，赴東京疾走如風。〔白〕我首將王定，只爲先鋒索超中箭未痊，賊人猖獗，奉中書梁老大人鈞令，着我下密書一封，與蔡太師請兵救援。〔唱〕揚鞭不放馬蹄鬆，烽火事，尺書通。〔合〕巍巍黄閣忙賫送，巍巍黄閣忙賫送。〔白〕來此已是府前，不免下了馬。〔繫馬介〕門上有人麽？〔一堂侯上〕赫赫三公府，堂堂七品官。什麽人？〔王定〕大名留守梁老爺有家書一封，將來投遞。〔堂侯〕那邊少坐。太師爺出堂，與你傳稟便了。〔王定應下。三堂侯唱引蔡京上。唱〕

【天下樂】身依殿陛紀恩崇，退食委蛇雨露濃。絲綸職掌佐夔龍，納賄招權兩袖中。〔坐介。白〕元老當朝第一人，臨池書法更超群。萬方清宴贏無事，論道從容燮理勤。老夫蔡京是也。獨掌朝綱，久居權要。樹黨者教伊結舌，附勢者使彼揚眉。一人推心腹之交，四海壯風雲之色。正是伯仲之間見伊吕，指揮若定失蕭曹。〔堂侯禀介〕啓太師爺，大名梁中書差人下書。〔王定暗上介。蔡京〕着他進來。〔堂侯應出介〕下書人呢？〔王定〕在。〔堂侯〕太師爺着你進見。〔王定應進介〕下書人首將王定，叩見太師爺。中書梁爺有書呈上。〔堂候接書，遞蔡京看介。蔡京接書看介〕這梁山泊賊寇這等猖獗，屢次侵掠城池，殺傷官兵，擅劫法場，種種罪在不赦。怎生大名一府，無將可以抵敵，來書欲請救兵，正是天下本無事，庸人自擾之。〔王定〕只求太師恩相早爲之計便好。〔蔡京〕你且往館驛安歇，商議停妥，再來傳你。〔王定應介〕眼望捷旌旗，耳聽好消息。〔下。蔡京〕速喚保義使宣贊過來。〔堂候應介。向内傳介〕宣贊，太師爺呼喚。〔宣贊開面上〕常近龍光瞻聖日，幸培虎氣展威風。小將宣贊叩頭，太師呼喚，有何吩咐？〔蔡京〕今有大名府被梁山賊寇攻打城池，危在旦夕，無將可敵。梁中書有書與我，要請救兵。如有驍勇名將，舉薦一人，待等滅寇。〔宣贊〕小將有一相識，姓關名勝，見在蒲東鎮守，人都稱他「大刀」關勝。此人兵書戰策熟練精明。還有一人，姓郝，雙名思文，有安邦之策、斬將之才，與關勝結爲生死弟兄。他兩人俱有萬夫不當之勇。恩相可速入朝奏過聖上，拜他爲將，前去征剿，必能殄滅狂徒。小將亦情願執鞭隨鐙。〔蔡京〕如此甚妙。待我明日入朝面聖，立着樞密院賫書一道。爾同王定速望蒲東，請封關勝爲滅寇大元帥，郝思文爲副元帥，爾爲前部先鋒。就領本部人馬，前往梁山征剿。只候聖旨進止便了。〔宣贊應介。蔡京唱〕

【三學士】端只爲蔓草難圖留惡種，仗春風荆棘纏叢。怎容他豨張衝突輕千騎，憑賴我虎拜披宣奏九重。〔宣贊同合唱〕推轂登壇天勑捧，消兵革，息堠烽。〔内外各下。衆小軍、衆將官引關勝上。唱〕

【卜算子】世胄奮英雄，家學希周孔。〔郝思文上。接唱〕韜略胸藏志不凡，只待乘時用。〔關勝白〕

蒲坂門資姓字香，承恩鎮守在邊疆。〔郝思文〕高扳結得桃園義，帷幄趨風展所長。〔關勝白〕自家姓關名勝。此乃姓郝，雙名思文。十八般武藝，件件皆能。當初他母親夢井木犴投胎，因而有孕，遂稱他爲「井木犴」。與俺同事一方，結盟千古。手下關西好漢十數餘人，俱是兇勇猙獰，誰人敢攩俺一攩。正是關西無敵手，塞北盡聞名。〔内白〕聖旨下。〔衆將官禀介。關勝白〕忙排香案。〔衆將官應介。樞密院官捧旨，宣贊、王定、衆小軍同上。唱〕

【神仗兒】才堪梁棟，才堪梁棟，荷恩綸擢用。前呼後擁，急應天書遵奉。梁山賊寇，休教疏縱。〔合〕盼即日奏膚功，盼即日奏膚功。〔關勝、郝思文出迎接，跪介。樞密院官進讀詔書介〕聖旨已到，跪聽宣讀。詔曰：今有草寇宋江等，占踞梁山，横行水泊，不特商賈受劫掠之害，而且官軍遭挫辱之傷。目藐王章，罪干國憲。日又攻打大名，殘虐百姓，法場肆其劫奪，城池破在須臾。特准太師蔡京保奏，鎮守蒲東名將關勝、裨將郝思文二員勇能戡亂，才可經邦。饒有輕裘緩帶之風，允自公侯腹心之寄。即拜關勝爲大元帥，郝思文爲副元帥，宣贊爲先鋒，統領部下精兵，迅望剿滅羣寇。功成之日，另行陞賞。謝恩。〔關勝、郝思文叩頭，謝恩介〕萬歲，萬歲，萬萬歲。〔樞密院官白〕請過聖旨。〔關勝白〕香案供奉。〔衆將官應，接旨介。關勝揖介〕天使大人。〔樞密院官白〕不敢。〔關勝白〕既奉聖旨，即便興師，豈敢有悞。〔樞密院官白〕宣贊先鋒在此等候，一同起兵便了。〔宣贊白〕凜遵皇命，敢瀆天威。〔樞密院官白〕本院告辭。〔關勝白〕再請少坐。〔樞密院官白〕不敢，覆命要緊。〔關勝、郝思文白〕不敢强留了。〔樞密院官白〕帶馬。〔衆小軍應下。關勝、郝思文、宣贊送介。宣贊進見介。白〕向知元帥義勇超羣，實生欽敬。〔關勝白〕豈敢。今乃黄道吉日。衆將官。〔衆應介。關勝白〕就此起兵前去。〔衆小軍應介。吶喊介。唱〕

【滴溜子】旗開處，旗開處，兵驍將猛。交鋒下，交鋒下，争强奪横。三人恭承天寵。〔合〕怎比古之人，鄒和魯哄。任有瘡痍，一掃盡空。〔齊下。衆僂儸、凌振、秦明、林冲、呼延灼、張横、阮小二、阮小五、阮小七各執兵器引吴用、宋江上。唱〕

【鮑老催】敵兵計窮，李成聞達怕折衝，連朝堅壁少戰攻。繞城濠，集梯鈎，圍無縫。〔戴宗曲内上，報介。白〕啓寨主，東京蔡京拜請「大刀」關勝，引一彪兵馬飛奔至粱山泊。寨中頭領主張不定，請早早收兵回寨，且解粱山之難。〔宋江〕且請後寨安歇。〔戴宗應下。宋江〕軍師如何裁酌？〔吴用〕一些也不難。秦明、林冲聽令。〔秦明、林冲應介。吴用〕你二人各帶領五百人馬，往飛虎峪左右埋伏。若有追兵到來，爾等奮勇厮殺。只聽號炮爲令，不得有違。〔秦明、林冲應下。吴用〕呼延灼、凌振聽令。〔呼延灼、凌振應介。吴用〕你二人領一枝人馬，離城數里之外，但見追兵過來，隨即施放號炮，使彼兩下伏兵殺出，爾等在後追殺。不得有違。〔呼延灼、凌振應下。吴用〕衆僂儸。〔衆應介。吴用〕爾等手拖旗幟，肩擔刀斧，假爲拔寨之狀，引彼追趕，就此起行。〔衆應。唱〕曳兵棄甲露行蹤，略施計策厮胡哄，他性命輕賫送。〔衆僂儸倒拖旗鎗，肩擔兵器，齊下。聞達、李成、衆小軍上。唱〕

【又一體】讖謀不同，思量救趙魏先攻，端的拔寨如捲蓬。早缺斨，又搴旗，都驚恐。〔李成白〕昨有報來，關勝領兵已到梁山搗其窩巢。〔聞達〕適纔城上望見宋江人馬捲旗息鼓，盡投東北而去。爲此帶領人馬，可以乘勢追殺，必擒宋江。〔李成〕有理。衆將官，就此追殺前去。〔衆應介。同唱〕煙光燎處散羣蜂，星飛撲滅忙追踵，〔合〕恁怕着來挑弄。〔衆僂儸從下場門引林冲、秦明戰，秦明、林冲敗下，呐喊介。呼延灼、凌振上。白〕適纔追兵過去，就此放炮者，你我一齊追殺上去。〔凌振、呼延灼向内白〕衆僂儸，就此放炮者。〔内應介。放炮介。聞達、李成領兵上。秦明、林冲領兵兩場門殺出戰介，下。秦明、林冲追李成、聞達上，凌振、呼延灼上。聞達、李成即敗下。衆僂儸上報介〕官兵大敗。〔秦明、林冲、呼延灼、凌振〕就此趕上大營者。〔衆應，呐喊齊下。吴用、宋江、花榮、黄信、劉唐、陶宗旺等，衆僂儸持兵器擁上。唱〕

【滴滴金】運籌決勝都奇中，就裏機關人莫懂。他是個醢雞一任來投甕，網樣張，水般湧。憑咱提控。〔僂兵上報介。白〕啓上寨主，關勝帶領十萬兵馬在前攔路。〔宋江〕再去打聽。〔報子應下。宋江白〕衆僂儸，就此迎殺前去。〔衆應。走唱〕騰騰殺氣如雲滃，閃得個紅旗眼花，震得個金鐃耳聾。〔衆軍校引關勝、郝思文、宣贊、小軍各持兵器左場門上，圍住殺介。宋江等敗下。軍校白〕賊寇敗回。〔關勝〕衆軍校。〔衆應介。關勝〕且回本寨。〔衆唱〕

【又一體】長歌一曲昇平頌，蚊想負山癡作夢，且教俺安營下寨三軍統。〔關勝白〕各自歸營。〔軍校、郝思文、宣贊應介。呐喊下。關勝〕爾等過來。〔衆應介。關勝〕今已初更，必有偷營劫寨的來。吩咐衆軍，權且假寐，只聽拍桌之聲，圍住擒拿。不得有違。〔衆應介，下。關勝〕不免把兵書展玩一番。〔設正場桌，上擺書、燭，放驚堂介。關勝進桌介。唱〕數更籌，清夜永。兵書朗誦，中堅獨坐寒燈共。〔坐椅看書介。內打二更，張橫悄步持兵器上。白〕偷營劫寨推高手，捉虎擒龍費苦心。自家張橫，聞得蒲東關勝提兵到此，路遇見本寨人馬，也未能取勝。不若乘此深夜，悄悄劫了他的營盤，捉了關勝，也立一件大功。爲此我與衆弟兄前來劫營。大小船隻都在岸邊等候，我悄步而來，已到他帳房了。〔偷看介。內打三更。張橫〕阿喲！燈燭輝煌，在内看兵書。〔低聲喚介〕衆兄弟。〔張順、阮小二、阮小五、阮小七悄步，各持軍器，虛白。內打四更，衆偷看。關勝拍案喊介〕拿奸細。〔衆上，圍住殺介。阮小二、阮小五、張順作急敗下。張橫、阮小七、衆水軍被綁介。衆白〕啓主帥，奸細拿住了。〔關勝〕將這廝用陷車盛了，直等捉住宋江，一齊解至東京。〔衆應。將張橫、阮小七、水軍等押下。關勝唱〕都是些水族魚蝦，怎敢來輕惹蛟龍。〔下〕

第十三齣　燈前潰陣獲三雄

〔僂儸、劉唐、黄信、花榮、林冲、秦明各執兵器引宋江執鞭上。衆遶場走。唱〕

【排歌】久仰威名，手提金印，蒲東良帥遥聞。雖然勝敗未全分，一表人才果出羣。〔宋江白〕本寨屢經督陣，親履行間，從未見關勝之英雄，郝思文、宣贊亦是驍勇難敵。俺兄弟張横、阮小七不度德量力，擅想劫營，不料被他擒捉。爲此與軍師商議，只帶五位頭領、僂儸數千親自出戰，以便乘機智取。秦明、林冲先伏於山谷之中，待本寨詐敗，引至彼處，你二人出戰。鳴金爲號，即便收兵，不得有違。〔秦明、林冲應下。宋江白〕衆僂儸。〔僂儸應介。宋江白〕殺至寨前。〔衆吶喊。走唱〕接兵刃，立功勳，佯輸權作受降人。〔衆軍校各執兵器引宣贊、郝思文、關勝上。衆軍兩邊分立介。關勝、郝思文、宣贊左邊，宋江、劉唐、黄信、花榮右邊，齊架住介。關勝白〕來者可是宋江？〔宋江〕然也。〔關勝白〕你乃一小吏，安敢背叛朝廷？〔宋江〕我等替天行道，並無異心。〔關勝〕今日天兵到來，還敢巧言令色。看刀。〔同衝殺介。宋江、劉唐、花榮、黄信敗下，關勝、郝思文、宣贊追下。僂儸、官兵戰介。僂儸敗，官兵追下。劉唐、黄信敗上，郝思文、宣贊追上，戰介。劉唐、黄信敗，郝思文、宣贊追下。宋江、花榮敗上，關勝追上。秦明、林冲左右門殺出，與關勝戰介。宋江、花榮立高坡處看介。宋江作點頭讚介〕將軍英勇，名不虚傳，吩咐鳴金。〔內作鳴金介。宋江〕就此收兵。〔宋江、花榮、秦明、林冲、僂儸等齊下，關勝望內介〕我力鬭二將不過，看看輸與他，宋江倒收了軍馬，不知是何意思。天色已晚。〔向内介〕大小三軍。〔軍校上。關勝白〕就此回營。〔唱〕排雙陣，演八門，如何小丑對三軍。〔下。呼延灼乘馬執鞭上。白〕棄職並非無義漢，全忠還作有心人。我呼延灼奉宋大哥將令，黑夜潛往關勝寨中，裹應外合，暗行反間之計。來此已是寨前，不免下了馬。呔！將校。〔二將校急上〕敢是奸細。〔呼延灼〕不是奸細，要見元帥的。〔軍校〕住着。〔下。呼延灼〕你看寒色滿天，霜華遍地，又至仲冬，光陰好迅速也。〔衆小軍、衆莊兵掌燈引關勝上。唱〕

【古輪臺】已黄昏，一人一騎叩轅門，其中委曲須詳問。〔白〕唤那將官進來。〔壯兵應唤進，各見介。坐介。關勝〕請問足下寅夜至此，有何事情？〔呼延灼〕乞退左右，纔好直説。〔關勝〕我這帳前無大無小，盡是機密之人，有話但説不妨。〔呼延灼〕小將呼延灼，前次奉旨，統領連環馬軍進征梁山泊。誰想中賊奸計，失陷軍機，不得還京見駕。早間陣上林冲、秦明待捉將軍，宋江火急收軍，誠恐傷犯足下。他素有歸順之心，奈衆賊不從，着小將前來陳明衷曲。即乘夜静，引將軍由小路直入賊寨。生擒林冲等寇，解赴京師。不惟將軍建立大功，亦令宋江與小將得贖重罪。〔唱〕將軍俯允，永息征鼙，午夜特抒忱悃。〔關勝笑介。白〕既如此，連夜披掛，即速前往。〔呼延灼外罩衣服，持兵器。關勝〕衆將官，爾等看守營寨，教宣贊、郝思文自領五百馬軍，兩路接應。我與呼將軍只用五百人馬，悄悄殺入賊寨去者。〔衆應科。壯兵下。呼延灼、關勝各作上馬持兵器。同唱〕肝膽相傾，提兵前進，容他悛改予維新。三更交近，踏霜華月色如銀。〔衆僂儸扮假黄信、宋江兩邊分上，戰介。宋江、假黄信白〕呼延灼，我山寨有甚虧負於你，爲何寅夜下山，通同關勝前來奪寨？情理難容。〔宋江〕黄信，出馬擒拿這廝。〔假黄信應戰介。呼延灼刀劈假黄信介。宋江作敗下，小軍上報介〕黄信殺死了。〔關勝〕妙嗄！果然是條好漢。趁着月光，〔唱〕似掩殘雲，一齊風捲，掃除都盡。〔合〕正氣植乾坤，威加奮，今宵尅敵捷如神。〔呼延灼暗下介。内執紅燈。關勝驚白〕遠遠的紅燈一盞。呼將軍，這是那裏？〔小軍〕呼將軍不見了。〔關勝〕不好了，中了奸計了。〔僂儸、林冲、花榮上，圍介。僂儸、小軍下，二將敗，關勝追下。宣贊、郝思文上〕奉元帥將令，着我二人兩路接應。〔内吶喊介。宣贊、郝思文〕你聽吶喊之聲，衆軍校，就此殺上前去。〔衆應下，内作吶喊聲，殺介。花榮敗上，關勝追上。扈三娘急上殺介，綁關勝下。林冲敗上，郝思文追上。呼延灼急上殺介，綁郝思文下。秦明敗上，宣贊追上。孫立急上戰介，綁宣贊介。秦明白〕綁至宋大哥寨中，聽候發落。〔衆應介。唱〕

【尾犯序】逡巡，一謎裏追奔，號令營中，稍抒公憤。〔齊下。衆僂儸、張横、阮小七、李應持兵器押上。接唱〕何敵不摧矜，全弟昆堪哂。暫因鳳羽毛，乍鎩出柙虎，威風益震。〔李應白〕自家李應奉大哥將令，救出張横、阮小七兩位兄弟以及水軍人等。衆僂儸。〔衆應介。李應〕速去見大哥。〔衆應。唱〕即忙去，舊歡重敘，原是一家人。〔齊下。衆僂儸、李俊、張順、薛永、劉唐、解珍、解寶、吴用、宋江上。唱〕

【剔銀燈】平風浪能甦涸鱗，更九曲黄河分潤。只期到處孚忠信，這便是招徠英俊。〔宋江白〕幸喜張橫、阮小七兩位兄弟都已救取回來。那關勝、郝思文、宣贊等俱亦陣上擒拿，待他來時，本寨親解其縛便了。〔呼延灼、秦明、扈三娘、林冲、花榮押關勝、郝思文、宣贊上。唱〕紛紛將功來儘，戰場中生擒質訊。〔呼延灼白〕關勝、郝思文、宣贊綁到。〔宋江、吴用親自解縛介〕好不知事，快些跕開。〔宋江推關勝在正椅坐，宋江跪介〕宋江冒犯虎威，望乞恕罪。〔呼延灼跪叩介〕小將奉寨主之令，不敢不依，望將軍免恕虚誑之罪。〔關勝〕被擒之將，無面還京。〔宣贊、郝思文〕願賜早死，休得多講。〔宋江〕將軍在上，意欲奉請三位一同替天行道。若是不肯，便送回京。不知尊意如何？〔關勝〕且住。人稱忠義宋公明，果然有之。罷，罷！〔宣贊、郝思文〕願在部下當一小軍。〔宋江、吴用〕如此甚妙。薛永過來，速往蒲東搬取三位寶眷，不得有違。〔薛永應介，下。宋江隨淚介。吴用〕公明兄，爲何掉下淚來？〔宋江〕猛然想起盧員外與石秀兄弟陷在大名，故此垂淚。〔吴用〕兄長不必憂慮，只過今晚，來日再起軍兵去打大名府，必然成事。〔關勝、郝思文、宣贊〕我三人無可報答，願領兵前去攻打大名，以報生我之恩。〔宋江〕如此甚妙。三位將軍領兵前往。李俊、張順。〔李俊、張順應介。宋江〕你二人帶上水戰盔甲，一同隨去。〔李俊、張順應介。關勝、郝思文、宣贊〕我三人呵，〔唱〕

【朱奴兒】仰德望久同慕藺，衆豪傑都非凡品。結草銜環報大恩，情願去効力前軍。〔衆僂儸遞兵器，帶馬。李俊、張順、關勝、郝思文、宣贊下。宋江白〕衆僂儸。〔衆應介。宋江唱〕城圍困，〔衆唱〕打大名除殘救民，殲巨惡彰公論。〔齊下〕

第十四齣　索超被陷勸歸降

〔衆小軍、索超、李成、聞達上。唱〕

【駄環着】保城池一座，保城池一座，貫甲提戈。草寇狓猖，自取其禍，天敗看他怎躲。〔各通名介。聞達白〕方纔探子來報，道關勝、宣贊、郝思文都被宋江拿住，俱已入夥梁山泊。軍馬現今又到，梁中書大人大怒，着我等三人提兵到此。〔李成、索超〕如今仲冬天氣，連日大風，我們來到飛虎峪，與梁山泊交戰。〔聞達〕衆將官。〔衆應介。聞達、李成、索超〕把人馬緩緩而進。〔衆應，吶喊介。唱〕緩轡徐行，罩眼刮風沙，隄防跌蹉。飛虎峪移師重過，管戰勝奇功堪賀。〔衆僂儸、關勝、郝思文、宣贊上。接唱〕兵燎火，陣捲波，定報復前讐，孤城當破。〔分開。小軍、僂儸下。索超白〕關勝，你這反賊，朝廷有甚虧負你，投順梁山入夥，這是怎麽説？〔關勝、宣贊、郝思文〕休得多言。看刀。〔六人戰介。索超、李成、聞達敗。關勝、宣贊、郝思文追下。衆僂儸、吕方、郭盛、楊志、吴用、宋江上。唱〕

【又一體】綽威風遠播，綽威風遠播，地網天羅。飛侶新添，轉下山坡，聞李擒來入夥。〔内吶喊介。宋江白〕我與軍師在高阜處觀看兩軍厮殺便了。〔後場設桌，齊陞後場桌上站介。關勝引索超上，戰介。

關勝敗，索超追下。郝思文、宣贊追李成、聞達上，戰介。李成、聞達敗，郝思文、宣贊追下。水軍吶喊，引李俊、張順持兵器上。唱〕水捉蛟龍，手段自高强，非同小可。更昨夜雪花飄墮，掘坑塹銀沙堆垛。〔各通名。白〕奉宋大哥將令，着我們掘下陷坑，等索超到來，將他墮入深溝，協力擒拿便了。衆水軍。〔衆應介。李俊、張順〕就此依計而行。〔衆應，吶喊介。唱〕憑掀簸，只刹那，似坑卒長平，一般結果。〔下。關勝引索超至，陷坑。索超跌倒，水軍齊上，綁介。關勝白〕索超已擒，聽候發落。〔宋江白〕快些放了綁。〔吕方、郭盛、吴用、宋江下桌。宋江放綁介〕將軍休得驚慌，若得將軍不棄，一同替天行道，未識可否？〔索超〕今已被擒，情愿受死。〔楊志〕我與兄長别後多時，常懷想念。衆兄弟一大半都是軍官，皆因義氣爲重。兄長既然到此，不得不然。〔索超〕既蒙大哥勸解，情愿執鞭隨鐙。〔宋江〕這也可喜。〔郝思文、宣贊上。白〕啓大哥，李成、聞達敗入城中去了。〔宋江白〕既如此。衆僂儸。〔衆應介。宋江〕就此收兵回寨。〔衆應，吶喊介。唱〕

【越恁好】天時剛湊，天時剛湊，地利並人和。出奇制勝，相感激在心窩。須知下城拔寨不蹉跎，此際暫時安妥。那邊把奸宄也刀來剁，這邊將倉庫也車來馱。〔下〕

第十五齣　張順渡江逢夜劫

〔張旺上。白〕没本經商委實佳，貪杯好賭愛煙花。人從揚子江邊渡，一把板刀切腦瓜。自家「截江鬼」張旺是也。與一夥計叫做「油裏鰍」孫五，撑一小船，在這揚子江邊擺渡。來往客商，若是有財帛的，不教他刀下死，便教他水底活。劫取行囊，儘我嫖賭吃着，件件完備。如今殘冬天氣，未免有人要過江去，把船撑在江心，便好算計他。不免教夥計摇船到蘆葦中，煮些飯吃了，再做道理。夥計。〔内應介。張旺〕摇船上來。〔孫五摇船上介〕大哥，上船了麽？來，來，來。〔張旺作上船介〕夥計，把船摇到蘆葦中去煮些飯吃，再做道理。〔孫五〕有理。〔張旺撑篙〕一篙戳破天心月，雙櫓推開水底雲。〔下。張順背包上。唱〕

【駐馬聽】醫士相延，日月奔馳未消肩。怎尖風刮耳，冷氣侵眸，凍雪盈顛。〔白〕我張順前往建康府，去請安道全太醫醫治我宋大哥背疽之症，夜住曉行，衝風冒雪，幸得前路不遠了。〔唱〕荒涼村店濕無煙，猛不覺流澌千尺臨江面。〔白〕來到揚子江邊，那邊有一渡船，在蘆葦中，炊爨煙起。不免叫一聲：船上大哥，渡我到建康府公幹，多與你些錢便了。〔張旺、孫五摇船上〕如此講過了，要一兩銀子。〔張順〕就是這等。〔張旺〕上船來。〔張順上船，進艙介。張旺取火盆上介〕客人，且向向火。〔又取酒飯盤子上〕來，來，來，酒飯都有。吃些。〔張順〕多謝。少頃多與你幾錢銀子就是了。〔飲酒吃飯介。張順唱合〕不用垂涎，且圖醉飽得安眠。〔白〕連日在路上，那裏有這樣酒飯，倒是船上的飯好吃。〔吃完介〕不吃了，收了去。〔張旺應，收傢夥、火盆介。張順將包袱枕頭睡介。白〕行路辛苦，已是初更時分，不免安睡一覺，好上岸趲路。平地風波渾不少，同舟吴越幾曾經。〔睡介。孫五〕大哥，我們開船了。〔張旺解纜，撑篙，孫五摇櫓。唱〕

【又一體】夜静開船，解纜提篙到那邊。正長庚初起，晚汐徐平，明月高懸。〔孫五揑包袱介。白〕張大哥。〔暗手勢，張旺進艙，摸包袱。孫五將繩遞與張旺，綑張順介。唱〕好一注上門買賣趁肥錢，將他個勞拴緊縛難施展。〔包袱取下，手拿板刀叫介〕醒來，醒來！〔張順醒介〕怎麽把我綑住了？〔張旺、孫五〕認得我們麽？〔張順〕好漢，只求你全我的尸首，冤魂便不來纏你。〔張旺〕罷了！造化你，把他帶着繩子丢在江裏去。〔孫五〕有理。〔張旺、孫五攙張順入地井下，張旺背想介〕且住，這些金條、行李咱一人受用不好麽？倒分與他。我有道理。孫五哥。〔孫五應介。張旺〕進艙來與你講話。〔孫五〕甚麽話？〔張旺持刀殺孫五地井下。張旺〕這一來，可不乾浄。不免摇了船，原到那邊去。〔摇船。唱合〕有眼皇天，財鄉行運賽神仙。〔下。張順急上。白〕不好了。〔唱〕

【撲燈蛾】幸虧識水性，幸虧識水性，不教了前件。惡星遇凶神，揚子江險送殘喘也。〔白〕嗄！

有座酒店在此，不免竟入。〔老丈虛白上，見介〕嗄！　你莫不江中被人劫了，跳水逃命的麽？〔張順〕不瞞老丈説，小可從山東下來，要到建康公幹。　黑夜渡江，不想撞着兩個歹船家，把衣服、金銀都劫了去，把小可推入江中。　幸虧小可却會赴水，逃了性命。　老丈救我一救。〔唱〕望你周全搭救，這感戴寧同泛然，異鄉人只求回轉。〔老丈白〕既如此，我且問你，到建康有何公幹？〔張順〕安太醫是我弟兄，去探望他。〔老丈〕你從山東來，曾經梁山泊過麽？〔張順〕正從那裏經過。〔老丈〕那山上頭領宋公明，不打劫來往客人，又不害人性命，却是替天行道，果是如此麽？〔張順〕老丈，不要吃驚。　小可便是「浪裏白條」張順。　因爲宋公明害發背瘡，將黄金百兩，着我來請安道全。　誰想託了大意，在船中睡着，被兩個賊男女綑住了，推入江中。　被我咬斷繩索，到得這裏，幸遇老丈。〔唱合〕這緣由，辱承垂問敢明言。〔老丈白〕且換了乾衣服。〔老丈與張順換衣介。　王定六上〕多半使鎗爲活計，權時賣酒作生涯。　自家「活閃婆」王定六是也。　只好赴水，使鎗弄棒，多曾投師，不得傳授。　來此已是家門首。　父親那裏去了？〔老丈、張順各見禮。　王定六〕此是何人？〔老丈〕這就是山東宋公明部下「浪裏白條」張順。〔王定六〕久仰，久仰！　今日幸會。　爲何到此？〔張順〕只爲宋大哥害發背瘡，要往建康請安道全醫治。　在揚子江中被一渡船打劫了包裹金帛，把小弟推入江中心。　幸喜會水，逃命到此。〔王定六〕哥哥放心，這兩個狗男女，我都認得，一個是「截江鬼」張旺，那個瘦後生喚做「油裏鰍」孫五，慣做這勾當。　哥哥在此住幾日，這二人時常在這裏吃酒，我與哥哥報仇便了。〔張順〕感承兄弟好意，只爲

宋公明哥哥病重，小弟巴不能勾請了安道全飛了去。〔唱〕

【喜漁燈】念吾到此程途遠，時乖舛，急攘攘腹内憂煎。〔老丈白〕既然如此，那太醫住在東門秦淮橋下，此去進城就是。這裏有現成的酒，且吃三杯，壓壓驚，再細細領教。〔張順〕好，倒也不敢虚讓。〔作坐飲介。唱〕殘生苟免，一杯消却寒威顫，絶勝却玳瑁瓊筵。〔白〕兄弟，我看你狀貌魁梧，身材活溜。開張酒店，也未必有出息。何不上了梁山，做個頭領，日後招安，富貴長保。〔唱〕聽言，光陰似箭，早覓取錦袍一件。〔老丈、王定六白〕愚父子久有此心，争奈無人引進。〔唱〕

【又一體】眼前誰把窮簷薦，空欣羨，抱一腔熱血徒然。〔張順〕兄弟，我和你雖則陌路相逢，一見如故。待我請得安太醫回來，隨我一同上山便了。〔王定六〕既如此，兄長在上，受小弟一拜。〔張順〕豈敢。〔老丈〕竟該拜爲兄弟。〔同唱〕不嫌鄙賤，青蠅附驥天衢遠，依漁父得入桃源。〔張順白〕兄弟，你一面收拾酒店，結束包裹。我去去就來。〔王定六〕小弟即刻收拾，耑候哥哥。〔唱〕先鞭，行囊一卷，把樹底青帘高捲。〔張順下。老丈白〕我見你一向要上梁山，今日天緣湊巧，我好快活。〔王定六〕如此，我們進去收拾罷。〔老丈〕甚好。〔同白〕蛟龍得雨騰天漢，鵰鶚凌風棄舊巢。〔下〕

第十六齣　截江鬼攫金入馬

〔場左竪一招牌，寫「建康安道全精理男婦小兒内外方脉」。安道全上。唱〕

【嬾畫眉】肘後傳來有仙方，濟世婆心没了場。愛野花閒趁四時香，石頭城是巫山障，惹得遊蜂鎮日狂。〔白〕幾度春風活杏林，庸醫誰竟度金針。岐黄道脉傳千古，須識根源體聖心。自家安道全，乃江南建康府人也。妙術通神，醫家得手。肱曾三折，人稱扁鵲之名；脉察六微，世比涪翁之技。自幼熟習鎗棒，與張横、張順兄弟二人比勢争奇，結爲莫逆。如今相别數年，音問不通，不知幾時再能聚首。正是友朋聚散渾無定，遇合風雲會有期。〔張順上。唱〕

【又一體】幾載潛蹤别江鄉，爲訪盧扁到建康。〔白〕我張順只爲來請安太醫，來此已是秦淮橋下，正是他家門首了，不免徑入。〔作相見介。安道全〕你是張家兄弟？〔張順〕小弟正是。〔作拜介〕久别長兄，時懷夢想。〔安道全拜介〕故人相見，驚喜如狂。兄弟，聞得你鬧了江州，數年不見。今日甚風吹得到此？〔張順〕小弟自從鬧了江州，隨了宋公明上山，託賴福庇，甚是如意。近日宋公明哥哥現患背瘡，寨中兄弟備有黄金一百兩，來請兄長去調治。不想到了揚子江中，趁了歹人的船，險些喪了性命。因此空手而來。〔唱〕黃金閃鑠露光芒，江心夜半逢災障，止落得兩袖清風拜畫堂。〔安道全白〕原來如此。若論宋公明，天下義士，況且是兄弟遠來，本該去走一遭。只因拙婦亡過，家中别無親人，決難遠出。賢弟休怪。〔張順白〕小弟千辛萬苦，特來敦請吾兄。若是兄長推却不去，小弟也難回去。眼見得宋公明的病是没救的了，小弟有何面目見天下好漢，也只好尋個自盡就是。〔唱〕

【又一體】血性從來冷秋霜，若負良朋齒劍鋩。〔安道全白〕兄弟，何必如此激切。小弟一生也是以義氣爲主，只是一件，寔不瞞兄弟説，小弟此間有個妓者，叫做李巧奴，是小弟包的，十分相好。如今竟到他家，替他説明，明日就走。如何？〔張順〕這個使得。〔作行内撤招牌介。唱〕一心戀却杜韋娘，相携同入平康巷，不作人間薄倖郎。〔作叩門介。李巧奴上。唱〕

【又一體】賣俏迎門理新妝，誰叩銅鐶惹吠尨。〔開門介。白〕太醫回來了。這位是誰？〔安道全〕這是我結義兄弟，姓張。〔巧奴〕原來是張家叔叔，請到裏面坐了。媽媽，太醫同張家叔叔來了，快些送酒罷。〔衆入坐介。媽媽捧酒榼上〕簾前春色應須惜，樓上花枝笑獨眠。太醫好呀，這位是誰？〔巧奴〕這是張家叔叔。〔媽媽〕太醫，這位叔叔爲何從不曾見？一向住在那里，做何營運？〔安道全〕他原在這里做買賣，近來在山東生理。〔媽媽〕看叔叔這等打扮，自然是大財主。〔安道全〕怎見得？〔媽媽〕外邊穿的這等樸寔得緊。〔安道全〕你休取笑他，他在揚子江中被盜，幾乎喪了性命的。〔媽媽〕只怕我這裏比揚子江還更兇些。〔巧奴〕不要胡説，去罷。〔媽媽〕是了。通宵巫峽夢，竟日玉樓春。〔下。巧奴作送酒介〕叔叔初到此間，太醫也該陪一杯纔是。〔安道全〕巧姊説得有理。兄弟請。〔張順〕兄長請。〔安道全作照杯介。白〕這就是我家一樣。〔巧奴〕這就是太醫的家了。〔衆唱〕此間儘可叙家常，還須淺飲低低唱，消受風光午夜長。〔安道全〕巧姊，我有句話兒要對你説，恐怕你惱。〔巧奴〕太醫，你的話還有叫人惱的麽？〔安道全〕我今晚在此宿歇，明日早和我兄弟到山東走一遭，多則一月，少則半月，回來望你。〔巧奴〕太醫，怎麽説出這樣話來。我家有什麽待你不好，你這樣没良心？你若去了，再也休上我的門。〔安道全〕我藥囊都收拾了，再不能留。你且寬心，我決不耽擱你。來，來，來，你看我凈乾三杯，竟算了你替我送行。〔巧奴〕且再商量，你不依我，我要咒得你的肉片片兒飛。〔安道全作醉起介。白〕你要咒誰，我把你個……〔作吐介。巧奴作扶介。白〕且睡了，明日再講。〔安道全作吐下。巧奴復上。白〕我道你來做什麽，原來是來攛掇我家人到山東去。可曉得我家柴米油鹽醬醋茶，都靠安太醫。你自回去，我家没睡處。〔張順白〕既不教我哥哥去也罷，且等他睡醒了，説明白，我纔去。〔巧奴〕也罷，就在門首小房裏安歇罷。〔張順〕使得。〔巧奴〕賣弄風流眼底俏，暗勾魂魄枕邊言。〔下。張順〕你看這娼婦又布下煙花陣，安太醫被他迷戀，明早必定變卦。且住，他若不去，宋公明哥哥的病如何得好。且不管他，夜已深了，我且假寐片時，到明日再講便了。〔内起更介。作靠桌睡介。張旺上。白〕我乃「截江鬼」張旺，近日在江中得了一注横財，要到李巧奴家走走。來此已是，不免輕輕叩門。〔作叩門介。張順〕外邊似有人敲門，待我看是何人。〔媽媽作持燈上。白〕那個？〔張旺〕老親娘，是張旺來了。〔媽媽作開門介。白〕你許多時不來，在那里去了？今晚安太醫醉倒在房裏，却怎生奈何？〔張旺〕老親娘，我有十兩金子，送與姐姐打些釵環。老親娘做個方便，叫他出來會會。〔媽媽〕也罷，你在我房中，我叫女兒來陪你就是了。你悄悄兒隨我來。〔下。張順上〕嗄！適纔看時，原來就是江中打劫我的强盗張旺。今晚恰好落在我手中，不如把他們都殺了，一則報了我的仇，二則斷了他的念。有理，有理。〔唱〕

【刮鼓令】他雙雙入洞房，我摩拳還擦掌。〔内打三更介。白〕此際已將半夜，他們飲興正濃，不免到他厨房中，覓取刀斧，行事便了。〔唱〕了却你風流寃債，教安公空斷腸。〔虚下。媽媽持酒壺上。白〕隨便吃他娘兩杯也罷，半夜三更又嫌什麽酒涼。〔張順上，作殺媽媽下。李巧奴上〕外邊什麽響動？〔張旺上〕我的娘，管他什麽響，夜短得緊，我們睡覺罷。〔張順上〕看刀。〔作殺李巧奴。張旺作跳椅走下，張順作跳椅跌介。白〕好狗男女，他竟自跑了。待我蘸這淫婦的血，書寫幾個字兒。〔作寫字介。白〕殺人者，安道全也。〔笑介〕哥哥，快醒來。〔安道全作欠伸上。白〕好醉呀！〔張順〕哥哥，不要則聲，你來看看這是什麽人？〔安道全作驚介〕你，你怎麽殺起人來？〔張順〕那里是我殺的？請看。〔安道全看壁介〕「殺人者，安道全也」。兄弟，你却苦了我也。〔張順〕我替你抬過死尸，再告訴你。〔作抬巧奴下。安道全〕兄弟，你要我去，患不着殺人。況且這個女子，雖然是歌妓，與我面上甚是有情。自從包了他，大有從一而終之意。〔張順〕好個從一而終。告哥哥得知，自你醉後睡了，那巧奴與張旺通奸。我恐怕他將來算計哥哥，故此把他母女殺死，張旺越窗走了。如今只有兩條路。〔安道全〕怎麼兩條路？〔張順〕你此時聲張起來，我自走脱，請你去吃官司。若要没事，此刻取了藥囊。我還有個新結義兄弟，叫做「活閃婆」王定六，同他父子連夜上梁山泊便了。〔安道全〕兄弟，你忒短命，只依你就是。〔作出門介。唱〕這禍事怕承當，即忙抵家取藥囊。〔安道全作拭淚介。張順笑介。同唱〕可憐毒計促行裝，心傷紅粉淚汪汪。〔下。張旺摇船上。白〕殺人不見血，爲盜却無贓。我張旺昨到李巧奴家中叙叙舊情，偏偏有人在家，只得在虔婆房中便宜行事。那裏曉得半夜有賊，把巧奴殺死，我只得越窗而走，趕到船上，過了一夜。如今還在這裏抖。正是若非跳出是非門，幾乎做了風流鬼。且把船兒摇去，趁些買賣罷。〔下。王定六父子、張順背藥囊同安道全上。唱〕

【大迓鼓】山花遶石梁，一肩行色，又抵寒江。〔王定六白〕張二哥，那邊就是張旺的舡了，待我教他。張大哥，你留船來，渡我兩個親戚過去。〔張旺摇船上〕上船來，上船來。〔衆上船介。張旺開船介。張順作摸刀介。唱〕猛然想起囫圇賬，忍不住無明業火貫天關。〔白〕梢公，這裏來。〔張旺〕做什麼？〔張順踢翻介〕你這厮可認得我麼？你前晚爲何謀我的財，又害我的命？〔張旺〕好漢，這都是我夥計孫五做的事。〔張順〕如今孫五呢？〔張旺〕我已替好漢報仇殺了。〔張順〕也罷。昨日在李巧奴家，可是你麽？〔張旺〕好漢冤枉，李巧奴是被强盗殺的，與我何干？〔張順〕胡説！李巧奴是我殺的，我姓張。説明了，你死也瞑目。〔張旺〕好漢，這等説，都是張家門裏共碗吃飯的兄弟，饒了我罷。〔張順〕一報還一報。〔把張旺推入地井介。張順唱〕可知前宵昨夜，奸盗兩場。〔衆白〕張二哥，這段公案，到也了結得乾净。只是没有人撑船了。〔張順〕這是小弟本行。〔作摇船介。唱〕

【又一體】輕風送一航，霞天雁字，影落銀塘。〔張順白〕我們把船棄了，都上岸走罷。〔衆〕甚好。〔作上岸介。唱〕任他無人野渡空飄蕩，且向酒帘高處再飛觴，回首風波，已在那厢。〔戴宗曲中上。白〕我戴宗只爲宋大哥病患背瘡，着張順前去請安太醫調治。如今大哥十分沉重，奉吴軍師將令，着我來迎他。咦！前面好像張順，待我迎上去。張兄弟，你請的安太醫在那里？〔張順〕原來是戴大哥。這不是安太醫麽？〔戴宗〕宋大哥十分沉重，耑望先生上山醫治。此二人又是何人？〔張順〕這是王定六父子，二人要投山寨入夥的。〔戴宗〕這等，我與安太醫拴上甲馬，作起神行法先去，你們隨後來罷。一心忙似箭，兩脚走如梭。〔戴宗、安道全下。張順〕老丈、兄弟，等他先去要緊，我和你慢慢行走。到了朱富酒店中，吃了三杯再上山去。〔王定六父子〕説得有理。〔同唱〕

【尾聲】他風車雲馬先回向，要急救那人無恙。只願他手到成功大家一拍掌。〔下〕

第十七齣　地靈星妙手回春

〔公孫勝、林冲、解珍、解寶、杜遷、宋萬、孔明、孔亮、李應、史進、鄒淵、鄒潤上。唱〕

【天下樂】提起辛酸，慘背疽根脚如盤。喘噓噓精神昏亂，地靈星醫中款。〔公孫勝、林冲白〕只爲宋大哥背瘡陡發，一病不起，飲食不進。〔衆〕我等心甚不安，戴院長下山迎接神醫安道全，尚未見到。須得他早來醫治便好。〔唱〕建康雖則路漫漫，調治難延緩。燭花昨夜開，灑掃迎賓館。〔戴宗引安道全上。唱合〕攜同伴，催雲趲霧，診視衆心寬。〔解珍、解寶、杜遷、宋萬、孔明、孔亮、李應、鄒淵、鄒潤白〕戴院長，太醫先生來了麽？〔戴宗、安道全見介。白〕宋寨主病體怎麽樣了？〔公孫勝、林冲白〕十分沉重，只有一絲兒氣。院長，可同先生後邊診了脈，好生用藥調治。〔戴宗白〕理當細心。太醫先生，隨我進來。〔引安道全同下。公孫勝、林冲白〕列位嗄，此番診了脈，但願神天護佑，敷了藥兒，立刻見効便好。〔解珍、解寶、杜遷、宋萬、孔明、孔亮、李應、史進白〕我想宋大哥爲人正直無私，十分義氣，神天定然保佑，大體不妨。〔唱〕

【勝葫蘆】好在爲人豈一端，邀天庇滅瘡瘢，生全只聽神醫斷。〔戴宗上。白〕幸逢醫國手，立見濟時心。列位頭領。〔衆〕戴院長出來了。宋大哥病體不妨事麽？〔戴宗白〕方纔安道全先把艾焙引出毒氣，然後用藥，外使敷貼之餌，内用長託之劑。説道只在這幾日間，包管漸漸皮膚紅白，肉體滋潤。不過十日，可以如舊。教衆位頭領休慌。〔衆〕謝天地，謝天地！我們正在此講宋大哥爲人自有神天護佑。今太醫如此説來，決然無事的了。〔唱合〕神醫口許，聞道盡生歡。〔張順、王定六、老丈上。唱〕

【光光乍】世情看冷暖，山寨樂盤桓。家鄉浪把流光换，〔合〕此處安身無羈絆。〔各見介。戴宗白〕列位來了。〔張順白〕正是。宋大哥病體如何了？〔戴宗白〕太醫安道全方纔進去診了脈，説道只在這幾日痊可。不妨事了。〔張順白〕謝天地。〔衆白〕此二位何人？〔張順白〕這是王定六父子二人，要投山寨入夥的。〔衆白〕原來如此。〔張順白〕如此，煩戴院長引我三人進見。〔戴宗白〕隨我來。〔張順、王定六父子二人下。公孫勝、林冲白〕列位嗄，張大哥帶來二人進見宋大哥去了，我們梁山泊十分興旺也。〔衆白〕正是。〔戴宗上。白〕列位頭領。〔衆白〕戴院長方纔帶進去二人，收用了麼？〔戴宗白〕方纔這父子二人俱已收用了。宋大哥病體好了一半，就對衆人灑淚而嘆，就要商量打大名救取盧員外、石秀。吴軍師和安道全勸解宋大哥，且自寬心目。今春初時候，軍師自領兵馬打破大名城池，救取盧員外與石秀，擒了淫婦、奸夫，與員外報讐。軍師在忠義堂上，請衆位頭領商量起兵一事。〔衆白〕如此，我等須索前去，拱聽號令。〔唱〕

【蠟梅花】齊心踴躍把前件完，仗軍師妙策持籌算。一服定心丸，趁春長晝永，大名攻打破城垣。〔齊下〕

第十八齣　金沙灘軍師出令

〔水寨八頭領張橫、張順、阮小二、阮小五、阮小七、童威、童猛、李俊上。分白〕一山春色盛軍容，浪漲桃花水拍空。天上將星人世傑，網羅整頓捉蛟龍。〔合白〕我等水寨衆頭領是也。爲因盧俊義、石秀被難在大名府，宋寨主患病在身，奉吴軍師之命，着我等在金沙灘前收拾將臺，遣將發兵，須索在此伺候。談笑鬼神皆喪膽，指揮豪傑盡傾心。〔下。衆僂儸、解珍、解寶、杜遷、宋萬、孔明、孔亮、李應、曹正、史進、魯智深、武松、鄒淵、鄒潤、劉唐、楊雄、朱武、陳達、楊春、時遷、凌振、燕青、王英、扈三娘、張青、孫二娘、顧大嫂、孫新、柴進、樂和、關勝、郝思文、宣贊、黄信、秦明、韓滔、彭玘、孫立、花榮、呼延灼、李逵、林冲、樊瑞、李衮、項充引吴用、公孫勝上。同唱〕

【粉孩兒】好春光，漾清波縈丹嶂。爲前讐報復，特移兵仗。事雖越俎讐怎忘，快登臺整束戎行。〔吴用白〕我吴用只爲主寨有病在床，不得領兵攻打大名，故爾委託於我。如今將近元宵佳節，乘此機會，可用智取。不免分撥衆頭領前去便了。〔公孫勝〕有理。〔吴用白〕衆僂儸。〔衆應介。吴用白〕擺齊隊伍，到將臺上去。〔衆應介。唱〕扇威風布滿山隅，早看取剪除强項。〔吹打，擺門介。

吴用、公孫勝上臺介。水寨八頭領上接介。吴用白〕兩旁伺候。〔八頭領應，分立介。吴用白〕時遷聽令。〔時遷應介。吴用白〕你可前往大名城内，有座翠雲樓，正月十五夜潛藏在翠雲樓上。等待二更時分，放火爲號，兵馬入城，便可厮殺。不得有悞。〔時遷應介，下。吴用白〕朱武、陳達、楊春、凌振聽令。〔四人應介。吴用白〕朱武扮做雲遊道人，爾等三人扮做道童，可將風火、轟天等砲暗帶入城，静處等候。但見火起，即便放炮爲號。不得有悞。〔四人應介。吴用白〕劉唐、楊雄聽令。〔二人應介。吴用白〕你二人扮做公差，前往大名城内州衙前。但見火起砲響，截殺報事人等，放火燒衙。〔二人應介。吴用白〕鄒淵、鄒潤聽令。〔二人應介。吴用白〕你二人扮做賣燈客人，前往大名城内。但見火起砲響，便去司獄司前策應。不得有悞。〔二人應介。吴用白〕聽我吩咐。〔唱〕

【紅芍藥】遵號令，謹慎行藏，各分司聽砲聲揚。〔朱武、陳達、楊春、凌振、劉唐、楊雄、鄒淵、鄒潤應下。吴用白〕解珍、解寶聽令。〔二人應介。吴用白〕你二人扮做獵户，前往大名城内州衙前獻納野味。但見火起炮響，截殺官兵，放火燒衙。不得有悞。〔二人應介。吴用白〕杜遷、宋萬聽令。〔二人應介。吴用白〕你二人扮做賣米客人，推輛車兒，暗藏火藥、硝黄，前往大名城内。但見火起砲響，即便殺入梁中書家内，放火燒衙。不得有悞。〔二人應介。吴用白〕聽我吩咐。〔唱〕火器潛攜上車輛，合同心獵人裝幌。〔解珍、解寶、杜遷、宋萬應下。吴用白〕孔明、孔亮聽令。〔二人應介。吴用白〕你二人扮做乞丐，前往大名城内。但見火起砲響，即便守住倉廪，截殺官兵。不得有悞。〔二人應介。

吴用白〕曹正、史進聽令。〔二人應介。吴用白〕你二人扮做客人，前往大名城内。但見火起砲響，即便守住府庫，截殺官兵。不得有悮。〔二人應介。吴用白〕聽我吩咐。〔唱〕紛紛府庫倉廩旁，遇官兵不容疏放。〔孔明、孔亮、曹正、史進應下。吴用白〕魯智深、武松聽令。〔二人應介。吴用白〕你二人扮做行脚僧人，前往大名城東門内等候。但見火起炮響，即便截殺守門軍兵，大開城門，内外接應。不得有悮。〔二人應介。吴用白〕關勝、郝思文、宣贊、黄信聽令。〔四人應介。吴用白〕爾等四人帶領四百人馬，前往大名城東門外等候。城内砲響，即便截殺守門軍兵，大開城門，内外接應。不得有悮。〔四人應介。吴用白〕聽我吩咐。〔唱合〕奪東門扼要非常，須接應大兵來往。〔魯智深、武松、關勝、郝思文、宣贊、黄信應下。吴用白〕孫新、顧大嫂聽令。〔二人應介。吴用白〕你二人扮做唱詞之人，前往大名城南門内等候。但見火起砲響，即便截殺守門軍兵，大開城門，内外接應。不得有悮。〔二人應介。吴用白〕花榮、呼延灼、李逵、李應聽令。〔四人應介。吴用白〕爾等四人帶領五百人馬，前往大名城南門外等候。城内砲響，即便截殺守城軍兵，大開城門，内外接應。不得有悮。〔四人應介。吴用白〕聽我吩咐。〔唱〕

【耍孩兒】南門一帶分停當，白晝都埋伏，到初更劫取城隍。〔孫新、顧大嫂、花榮、呼延灼、李逵、李應應下。吴用白〕張青、孫二娘聽令。〔二人應介。吴用白〕你二人扮做鄉村夫婦，前往大名城西門内等候。但見火起砲響，即便截殺守門軍兵，大開城門，内外接應。不得有悮。〔二人應介。吴用白〕

秦明、韓滔、彭玘、孫立聽令。〔四人應介。吴用白〕爾等四人帶領五百人馬，前往大名城西門外等候。城内砲響，即便截殺守門軍兵，大開城門，内外接應。不得有悮。〔四人應介。吴用白〕聽我吩咐。〔唱〕夫妻，打扮得一對村農樣。〔張青、孫二娘、秦明、韓滔、彭玘、孫立應下。吴用白〕王英、「一丈青」聽令。〔二人應介。吴用白〕你二人扮做花鼓唱詞之人，前往大名城北門内等候。但見火起砲響，即便截殺守門軍兵，大開城門，内外接應。不得有悮。〔二人應介。吴用白〕林冲、樊瑞、李衮、項充聽令。〔四人應介。吴用白〕爾等四人帶領五百人馬，前往大名城北門外等候。城内砲響，即便截殺守門軍兵，大開城門，内外接應。不得有悮。〔四人應介。吴用白〕聽我吩咐。〔唱〕打花鼓夾雜金鐃響，〔合〕把城門齊心搶。〔王英、「一丈青」、林冲、樊瑞、李衮、項充應下。吴用白〕柴進、樂和聽令。〔二人應介。吴用白〕你二人扮做軍官，前往大名城内。但見火起砲響，即便到蔡節級家中，救取盧員外、石秀二人出城。不得有悮。〔二人應介。吴用白〕燕青、張順聽令。〔二人應介。吴用白〕你二人前往大名城水門等候。城内砲響，便從水門進城，直奔盧員外家，捉拿奸夫、淫婦，其餘僕人，盡皆誅戮。不得有悮。〔二人應介。吴用白〕聽我吩咐。〔唱〕

【會河陽】爲救英雄，特布刀鎗，水關潛進掃淫坊。〔柴進、樂和、燕青、張順應下。吴用白〕其餘衆頭領聽令。〔衆應介。吴用白〕扮做鄉民、買賣之人，待等城中動手，來往截殺。不得有悮。〔唱〕星忙，號令遵依，分頭改裝，差撥定，軍容壯。〔吴用白〕奉請公孫先生與小弟也扮做雲遊道人，逍遥入城，觀其動静便了。〔公孫勝白〕小弟當得奉陪。〔二人同唱〕那邊，明點綴昇平象；這偏，暗調遣英雄將。〔公孫勝笑。白〕妙嘎，此計甚妙！實乃「智多星」也。我等更換衣服，就此下山。〔唱〕

【縷縷金】渾作戲，且逢場，恁般施計策，果優長。只盼元宵夜，樓前火亮，雲遊道者會祈禳。〔合〕投降免災障，投降免災障。〔下。朱武、陳達、楊春、凌振、劉唐、楊雄、鄒淵、鄒潤、解珍、解寶、孫新、顧大嫂、張青、孫二娘、王英、「一丈青」、杜遷、宋萬、孔明、孔亮、曹正、史進、魯智深、武松上。同唱〕

【越恁好】急遵軍令，急遵軍令，移步換形龐。攙着男男女女，堆歡笑漫驚惶。賽過明修棧道度陳倉，陡起陣雲千丈。〔白〕我等奉軍師將令，各扮技藝人等，先到大名城埋伏。就此前去。〔唱合〕俺這裏，一個個摩拳掌。他那裏，一處處興波浪。〔下。關勝、呼延灼、彭玘、花榮、秦明、韓滔、郝思文、宣贊、孫立、黄信、李應、李逵上。同唱〕

【紅綉鞋】臻臻左右陳行，陳行。翠雲樓上炎光，炎光。人威武，馬騰驤。城立下，民無傷。〔合〕寬縲紲，卸鋃鐺。

【尾聲】笑他燈節爭歡賞，魆地干戈似網張，暫教俺戲謔供人耍笑方。〔同笑下〕

第十九齣　翠雲樓元夕下城

〔衆小軍引聞達上。同唱〕

【福馬郎】佳節元宵月三五，遍地賞燈真難遇，俺須索加緊防禦。〔白〕爲因元宵節届，廣放花燈，照依東京體例，通宵不禁。梁中書大人親自行春，務要與民同樂。小將親領一彪軍馬出城，前到飛虎峪住扎，以防梁山賊衆奸計。衆將官，就此到飛虎峪去。〔衆應介。唱〕理合揚威前往，屯兵在途，蒼生保安居。〔合〕日無擾，夜無虞。〔下。後場上，設樓掛燈。天井下各樣彩燈，樓前兩旁設茶桌、杌凳介。地方二人上。白〕我等大名府地方是也。遵奉梁中書大老爺告示，慶賞元宵佳節，特行廣放花燈。俺這大名府是河北頭一個大郡，衝要的去處，却有諸路買賣雲屯霧集。只聽放花燈，都來趕趁。富豪之家，各自去賽花燈。便有客商，年年將燈到城貨賣。家家門前扎起燈棚，都要賽掛好燈巧樣。煙火户内縛起山棚，擺放五色屏風砲燈，四邊都掛名人書畫、奇異古董、玩器之物。大街小巷，家家賭賽社火。留守司前搭起一座鰲山，上面盤着一條白龍，每片鱗甲上點燈一盞，口噴净水。四面點燈，不計其數。以及銅佛寺、翠雲樓，俱扎起兩座鰲山，周圍都有千百盞花燈，好不熱鬧。適纔傳下大老爺鈞諭，少刻出衙遊玩，不免吩咐他們點起燈來。〔向內場兩邊介〕衆人聽者，大老爺少刻出衙遊玩，點起花燈，都要小心伺候。〔唱〕

【水底魚】徹夜通衢，花燈錦綉鋪，如添社火，預備怕招呼，預備怕招呼。〔下。衆鄉民上，時遷提筐隨上，諢介。唱〕

【普天樂】彩盈棚，燈沿路，穿街串巷看難足。〔白〕我等大名府衆鄉民是也。今乃元宵佳節，奉上司明文，家家賭賽花燈。你看這般景致，其實稀少。我們且到翠雲樓前，觀看鰲山雜技。〔唱〕人雜沓到處歡娛，鱗甲動活脱鰲魚。〔虛下。衆鄉婦上。唱〕婦攜幼，姑攙嫗，裝扮得緑袄紅裙渾綽趣。〔白〕我等大名府城裏城外衆民婦是也。今乃元宵節届，家家賭賽花燈，其實熱鬧。〔一半白〕聞得翠雲樓前搭有鰲山，多少奇異在彼，我們大家同去玩耍玩耍。〔一半白〕有理。〔唱〕翠雲樓前邊何處，顧不得金蓮小步。出色慶元宵，好個太平官府。〔衆到樓介。雜扮茶博士、酒保作在樓前兩邊吆喝虛白介。衆鄉民、雜耍、梁山雜技虛白渾上。一半白〕列位嗄，今蒙留守大老爺廣放花燈，其實難遇這樣的太平時世。衆位若有技藝，何不在此玩耍玩耍？〔衆〕好嗄！列位玩耍玩耍，大家見見識面，不枉元宵之樂。〔衆隨意坐立，飲酒吃茶介。各作雜耍鬧元宵等介，畢。時遷上樓，作放火介。樓上樓旁出彩火介，內放砲介。梁山雜技人等出兵器亂殺介。衆百姓四散逃竄介。白〕不好了！我們快去報官。〔梁山衆追下。小軍持兵器引梁中書、王太守上。唱〕

【風入松】驀地里祝融肆虐擾通都，閃得軍中無主。一片轟天砲響來何所，元宵節惱人驚遽。〔白〕適纔大砲驚天，報人來說，翠雲樓上起火，望去遍天通紅。已傳城內軍兵，前來救應。我等就此前去。〔衆應，走介。唱合〕嚴防衛巡邏四隅，紅光下耀錕鋙。〔劉唐、楊雄上，截殺介。梁中書領軍敗下。楊雄打死王太守介。白〕這狗官被俺一棍打得腦漿迸流。〔劉唐〕追殺前去。〔下。千把總領官兵上。〕我等千把總是也。適纔留守傳諭，着我等領兵前到翠雲樓救應。就此前去。〔衆應介。解珍、解寶喊上殺介。官兵敗下，解珍、解寶追下。梁中書領小軍上〕不好了！不想梁山賊寇已入城中，殺我軍民，如何是好？衆軍校，就此投往東門，出城避難。〔衆應，走介。魯智深、武松上殺介。梁中書、衆軍敗下。關勝、郝思文、宣贊、黃信喊上，梁中書領軍敗回跑下，衆追下。官員、鄉宦人等内作醉態，一半院子作扶，急上。白〕了不得了！適才飲酒之間，忽聽大砲驚天，火光四起，不免報與留守知道，遣兵救護。〔内吶喊。孔明、孔亮、「一丈青」、王英上，亂殺介。衆官員、鄉宦人等亂跑下，衆追下。衆小軍引李成持兵器上。白〕下官李成是也。帶領鐵騎遶城巡邏，忽然大砲驚天，四面火起，聞梁山賊寇已入城來，爲此領兵救應。衆軍校，就此迎殺上去。〔衆應介。唱〕

【好事近】變起在須臾，一遞裏喊聲如許。〔内吶喊介。曹正、史進殺上，衆戰介。李成敗下，曹正、史進追下。梁中書領衆小軍急上。唱〕無門可避殺，來只叫聲苦。〔白〕一個大名府殺得七零八落，這便怎麽處？我們逃往南門去罷。〔内吶喊介。孫新、顧大嫂上殺介。梁中書、小軍敗，孫新、顧大嫂追介。李成領兵迎殺上，戰介。花榮、呼延灼、李逵、李應殺上，同李成戰介。李成敗下，衆追下。聞達領衆小軍上。唱〕他先内應，恨强人，劫急衝師旅。〔白〕忽聽城内大砲驚天，探子來報，説梁山賊寇已在城内。這明明是内有埋伏，飛虎峪不見半個人馬。咳！不是廣放花燈，倒是引虎入室了。衆將官，快快奮勇殺上前去。〔衆應介。同唱〕不些時引動笙歌，只片雲交鳴笳鼓。〔下。李成、梁中書、衆小軍上。梁中書虚白〕罷了，罷了！纔到南門，險些兒被賊拿去，人馬折了大半。幸虧得遇將軍，保全性命，只得尋路逃生要緊。快殺往西門去。〔李成〕留守大人放心，有末將在此，不必驚慌。〔梁中書〕爾等衆軍須要圍裹我在中間，等待平静，俱各重賞。〔衆應。梁中書〕快逃往西門去。〔衆應，圍裹梁中書，李成斷後，走介。唱〕

【急三鎗】急忙去，快逃生，怕搶擄。巴到西門外，且看勢如何。他那裏，誇戰勝，渾天數。〔張青、孫二娘持兵器上，與李成戰介。梁中書、小軍跪下。張青、孫二娘作敗下，李成追介。秦明、韓滔、彭玘、孫立截殺上。白〕那裏走？〔唱合〕撞俺兇神到，打點送頭顱。〔殺介。李成敗下，秦明、韓滔、彭玘、孫立追下。張順帶李固，燕青帶賈氏上。唱〕

【風入松】一雙淫婦與奸夫，更且占人門户。虧得個上天報應無差錯，到今日仗誰扶助。〔李固、賈氏跪介，叩首介。白〕我二人忘恩背義，今日方知後悔，望小乙哥饒我二人性命。〔燕青〕呸！你這奸夫、淫婦也有今日。認得我小乙麽？〔張順〕閑話休講，見了軍師，自有發落。〔帶走介。唱合〕他纔是喪良賊奴，天應敗，仗誰扶。〔柴進、樂和、盧俊義、石秀、蔡福、蔡慶上。唱〕

【好事近】方甦涸轍得噓枯，久打疊命沉圜土。〔盧俊義白〕若非衆位英雄相救，盧俊義焉能復生。〔柴進向蔡福、蔡慶介〕二位賢弟，可速回家收拾行李、物件，急同寶眷上山便了。〔蔡福、蔡慶〕既如此，同到舍下，請盧員外、石兄弟更換衣服，一同前往。〔衆〕請。〔唱〕不用楚囚相對，請從今歡然道故。〔齊下。聞達領軍喊上。唱〕變生倉猝，四關厢，一片聲悲楚。〔白〕不好了，城内軍民已被賊人殺却大半。聞説梁中書已投北門而去。衆將官，速往北門救護者。〔唱〕亂荒荒督領前軍，齊臻臻援救中書。〔林冲、樊瑞、李袞、項充各持兵器上，戰介。聞達敗下，林冲、樊瑞、李袞、項充追下。梁中書、李成敗殘人馬急上。梁中書白〕好了，好了！　咳！　只是我兵馬盡被殺傷，我雖逃出城來，無處安身，如何是好？〔李成〕大人放心，帶領敗殘人馬，且向鄰近州縣躲避。急速寫表上聞，請兵剿滅。一面差人打聽，賊衆回山，城中安静，再作道理。〔内吶喊介。衆作驚，齊奔下。李俊引吴用、公孫勝上。同唱〕

【大和佛】不演南陽八陣圖，全城早獻俘。非同遺恨失吞吴，恩怨怎模糊。〔梁山衆將、僂儸隨上。唱〕飛行絶跡真神武，誰復敢衝鋒冒鏑較贏輸。相賞的鐵鎖星橋，引起刀山布，相見面如披雲霧。〔衆見介。盧俊義白〕若非軍師妙策，衆位英雄神力，我盧俊義再也不能復生。衆位，請上受我盧俊義一拜。〔跪叩介。衆齊跪介。唱合〕常歡聚，只是舊事重提惡氣夯胸脯。〔燕青、張順白〕奸夫、淫婦拿到，聽候軍師號令。〔吴用〕但憑盧員外發落。〔盧俊義喊叫介〕你這潑婦、賊子也有今日，將他二人綁在兩邊柱上。〔僂儸綁賈氏、李固柱上介。盧俊義卸外衣，持刀介。白〕賊淫婦，〔唱〕

【撲燈蛾】汝心怎地狠，汝心怎地狠，餐刀肯饒恕。摘肝與抽腸，待俺來一并刳取也。〔剖賈氏腹，抽腸摘心刀剁介。賈氏作喊叫介。盧俊義向李固白〕把你這狠心的賊子，〔唱〕一面剜睛一面割舌，才教我心頭氣舒，兩人兒一般擺布。〔作剜睛割舌介。李固喊叫介。衆頭領白〕妙嗄！〔唱〕今日箇，奸夫淫婦盡皆誅。〔衆僂儸卸屍兩邊擡下介。盧俊義下場穿衣介。吴用白〕吩咐傳下號令，一面出榜安民，將府庫打開，應有金銀寶物、緞匹綾錦，都裝載車輛。再將倉廒糧米分濟滿城百姓，餘者盡載車輛，將回梁山貯用。〔衆應介。盧俊義暗上。吴用〕衆位兄弟，我等就此回山，報與宋寨主知道。〔衆應介。同唱〕

【舞霓裳】解釋災眚變歡愉，變歡愉。頑梗端應用征誅，用征誅。威風蕩蕩回山去，笑他翠雲樓上燎斯須，大地放銀花火樹。〔合〕從今後，把兵氣消爲及時雨。〔同下〕

第二十齣　李瑞蘭出首忘恩

〔衆軍校、綑綁手、軍牢人役引程萬里上。唱〕

【海棠春】官居五馬慚才淺，怎逆料蠻争蝸戰。郊外警烽煙，兵甲須完繕。〔白〕我乃東平府知府程萬里是也。忽報宋江草寇帶領人馬，住扎安山鎮，已差人去請都監「雙鎗將」董平，商議軍情大事。怎麼還不到來？〔衆軍校引董平上。唱〕

【轉山子】除戎講武干城選，鎮守隣東兖。〔進見，坐介。董平白〕多蒙呼喚，有何台諭？〔程萬里〕只爲梁山賊首宋江領兵到此，住扎安山鎮，特請商議，怎生抵敵？〔董平〕賊寇臨城，理當繕備，若言出戰，小將豈懼他人。〔軍校上，禀介。白〕啓爺，宋江差人下戰書。〔程萬里〕喚進來。〔軍校應介〕下書人隨我進見。〔郁保四、王定六上，進見介，軍校下。郁保四、王定六〕奉寨主之令，有書呈上。〔軍校接書，程萬里看介〕他要借本府錢糧，以作寨中日用，却怎生是好？〔董平怒接書，扯介〕這厮草寇，甚是猖狂，綁去砍了。〔衆軍校應，綁介。程萬里〕且住。〔唱〕

【甘州歌】【八聲甘州】〔首至六句〕雖干邦憲，他通和兩國，爲甚遭愆。應加寛宥，合許恩開一綫。

〔董平白〕這厮不遵王法，恣意胡爲，若不斬首，恐爲後例。〔程萬里〕自古兩國交兵，不斬來使。〔唱〕當師古人留來使，招撫須將大義宣。〔郁保四、王定六〕若斬我二人，宋寨主怎肯與你干休。〔程萬里〕不妨，不妨，決不斬你二人的。將軍，看我薄面，放他二人回去罷。〔董平〕既是這等，放了綁。〔衆放綁介。董平〕將他二人各細二十訊棍。〔軍牢應，打介。程萬里〕推出城去。〔軍校應，扶下。董平〕看他二人回寨宋江怎麽説。〔程萬里〕他怎肯干休，且待來日，再作道理。〔衆唱〕【排歌】（合至末句）兵符緊，繕備先，守陣有士耀戈鋋。刀出鞘，弓上絃，人人執鋭與披堅。〔下。衆僂儸引林冲、花榮、劉唐、燕順、史進、徐寧、吕方、郭盛、韓滔、彭玘、孔明、孔亮、解珍、解寶、王英、「一丈青」、孫新、顧大嫂、段景住、石勇、阮小二、阮小五、阮小七、宋江上。同唱〕

【沉醉東風】打東平思量有年，扇威風騰來半天。備軍需，借銀錢，差人那邊，只探聽音書回轉。〔僂儸上，報介〕啓寨主，郁保四、王定六被董平打了二十訊棍，打得皮開肉綻，扶回來了。〔宋江〕扶進寨來。〔僂儸應介。扶郁保四、王定六上〕打仗未推兵出去，投書先吃棒回來。〔見，哭介。宋江〕你二人去下書，程萬里那厮竟敢無理。〔郁保四、王定六〕程萬里猶可，董平那厮好生藐視，將書扯碎，要將我二人斬首。幸虧程萬里勸解，説兩國交兵，不斬來使，將我二人斬罪饒了，各打二十訊棍，推出城來，好生無理。〔宋江〕你二位且上車，回至山寨將息，我與爾等雪恨。〔郁保四、王定六應介，僂儸扶下。宋江怒介〕氣死我也。今統領大兵，定要平吞州郡。〔史進〕大哥，休要動怒。小弟舊在東平府與一妓者李瑞蘭交好，我今多帶金銀，潛地入城，借他家安歇，約定日子，哥哥來打城池。只待董平出來交戰，我便在更樓上放火，裏應外合，可成大事。〔宋江〕此計甚妙，且往後寨收拾金銀，藏了暗器，前去便了。〔史進應介，下。宋江〕衆兄弟。〔衆應介。宋江唱〕猛可恨同儕負冤，微員弄權。尅期制勝，以解倒懸。〔吶喊介，齊下。李睡蘭上。白〕煙花隊裏我奪翠，一朵芳蘭只愛睡。瑞睡二字却同音，祥瑞何如酣睡美。奴家李睡蘭，我爹爹李大伯，只生奴家一人。只因身在煙花，已入行院，送故迎新，倚門賣俏，就在這西瓦子居住。聞得梁山泊賊寇在城外扎住兵馬，攻打城池，我爹爹已出去打聽消息，怎麽不見回來？〔李大伯上。唱〕

【六幺令】倥偬市廛，遇兒夫情意纏綿，忙歸説與小嬋娟。〔見介。李睡蘭白〕爹爹回來了。城外扎住兵馬，果有此事否？〔李大伯〕果然有的。本府程太爺撥兵防衛，以安百姓。我在途路遇見你的舊情郎史大官人，他説一向不曾見你，心中十分想念。着我先來告訴你，他就到我家來的。〔李睡蘭〕如此，我進去打扮。爹爹整治些酒餚，以待他來。〔李大伯〕有理。〔同唱〕整杯酒，叙寒暄，舊歡賽見新歡面，舊歡賽見新歡面。〔下。史進上。唱〕

【好姐姐】鬧喧李家行院。〔白〕來此已是李睡蘭家。〔進介〕有人麽？〔李睡蘭上〕雲鬢罷梳還對鏡，羅衣更換便添香。〔見介〕哥嗄！我爹爹説了，早已打點迎接你了。請到裏面坐。〔史進謙讓。同唱〕兩相歡天從人願，把盟山誓海，爾我幾曾捐。〔合〕思嬌倩，生憎歲月如飛電，重上紅樓意惘然。〔設桌椅坐介。睡蘭白〕好嗄！一向不知留戀那個，今日甚風吹得到此？〔史進出銀介〕大姐，這是一大錠，權作見面之禮。請大姐收了。〔李睡蘭收銀謝介。李大伯託盤酒壺、酒杯上介。李大伯〕大官人來了，潔治酒餚，與我孩兒叙叙舊情，不要生疏了。孩兒過來，好生服侍大官人。〔史進謝介。李睡蘭付銀與李大伯，接銀笑介，虚白下。李睡蘭定席，送酒介。史進、李睡蘭同唱〕

【玉胞肚】合歡開宴，恁相逢三生夙緣。引壺觴暢叙呼盧，談衷曲做弄周旋。〔史進白〕大姐，不瞞你説，我做了梁山頭領。如今宋大哥來打城借糧，我把舊日交好與大哥説知，特地來此做個細作。〔李睡蘭作怕介。史進解包出銀介〕還有白銀三百兩相送與你，切不可走漏消息。等待事完，帶你一家上山快活。〔李睡蘭收銀，又謝介〕待我將銀送到房中藏好，恐漏了消息，再取熱酒來你吃。〔史進〕甚妙。〔李睡蘭〕且住，他往常做客時是個好人，他如今投奔梁山，在此出入，恐怕連累我們。我有道理，不免叫爹爹前去出首。〔急下。史進〕你看他這樣殷勤，待我實爲難得。〔唱〕多時分手愈生憐，只恐水性楊花意不專。〔李睡蘭拿壺在曲内慌忙上。白〕哥嗄，有熱酒在此，多用一杯。〔斟酒，驚慌介。史進〕大姐，你爲何這等面色，失驚打怪，莫不有甚事情？〔李睡蘭〕方才在外面跌了一跤，因此心慌撩亂。〔史進〕原來如此。〔讓飲介。李大伯引衆捕快上。唱〕

【三月海棠】緊事件，捉拿奸細須靈便。〔李大伯白〕列位到裏面拴了就走，待我藏過了。〔下。衆捕快唱〕當眼明手快，切莫俄延。〔見史進，拴介。白〕在這裏了。〔史進〕爲什麽拿我？〔捕快〕不要管，到府廳上程太爺那里去講。〔撤桌椅介，拴史進介。唱〕休辯，帶去回銷成審讞，那時纔顯恩中怨。〔下。李睡蘭白〕好了，好了！脱了我們的干係。不是我們行院中人恁般無情，若不出首呵，〔唱〕道是窩藏，恐怕干連，金多怎肯遭人騙。〔下。衆僂儸引解珍、解寶、孫新、顧大嫂、宋江上。唱〕

【玉嬌枝】衝州打縣，急指揮三軍上前。自陳内應將功建，那籌兒端的盡善。〔僂儸報上。白〕啓寨主，史頭領被娼妓李睡蘭出首，拿至程萬里府内去了。〔宋江〕再去打聽。〔僂儸下。宋江〕史頭領去的時候，我已修書去請吴軍師，爲何不到？〔僂儸引吴用策馬上。唱〕東平迢遞加一鞭，商量機密心如箭。〔下馬。僂儸報介。宋江接進介。吴用白〕寨主來書，説史進到娼妓李睡蘭家中做細作，果有此事麽？〔宋江〕哎！正爲此事。方才僂儸來報説，娼家走漏消息，把史進拿入程萬里府中去了。〔吴用〕兄長主張差了。娼妓之家害了多少好漢，史頭領必然吃虧。〔宋江〕軍師計將安出？〔吴用〕顧大嫂過來。〔顧大嫂應介。吴用〕你可扮作貧婆，潛入城中，只做求乞的。若有些動静，火速便回。若史進陷在牢中，可告求獄卒，與他送飯，混入牢中，暗與史進説知，我們月盡夜黄昏前後，必來打城。你安排脱身之計，放火爲號，兵馬進城，方可成事。〔顧大嫂應介。吴用〕公明兄可先打汶上縣，百姓必定都奔東平府，叫顧大嫂預先前往，混入數内，乘勢入城，無人知覺。〔唱合〕到監中通他一言，月盡兒留心應變。〔顧大嫂應下。宋江白〕軍師之計甚妙。〔吴用〕小弟告别，回到東昌府去了。帶馬。〔僂儸同下。宋江〕衆僂儸。〔衆應介。宋江〕就往汶上縣去。〔衆應，吶喊介。同唱〕

【尾聲】環攻汶上休辭遠，妙計不放寧鷄犬，男牽女牽馬也牽。〔同下〕

第廿一齣　顧大嫂報信探監

〔小牢子上，吊場介。顧大嫂扮貧婆，提飯罐上。白〕喬裝貧乞尋消息，懷藏韜略薄鬚眉。奴家顧大嫂的便是。只爲史大郎陷入東平，杳無音信，軍師命俺進城探聽消息。我只得扮做貧乞婦人，昨日同汶上縣逃難百姓一齊混了進城。四下打聽，果然李睡蘭出首，史大郎業已陷入牢中了。可見軍師智料真如神也。我今日提着飯罐，前往司獄司前，看看可有機會進去看他。只是這椿事情雖則那娼妓恩將仇報，史大郎却也孟浪得緊。〔唱〕

【宜春令】雖然是恩報仇，論禍胎皆因已求。如今身遭坑阱，憑空伸出拿雲手。〔白〕前面有一年老公人出來，不免等他來時，着實求他，看是如何。〔唱〕要提起地網天羅，須央及個驢前馬後。

〔老公人上。白〕身充獄吏難爲善，人説公門正好修。〔顧大嫂作見介，拜介〕節級大爺，可憐呀！〔公人白〕呔，瞎了你的眼！這牢裏是你討飯的麽？〔顧大嫂〕老節級，老身不是來討飯，倒是來送飯的。〔公人白〕送與那個？〔顧大嫂白〕這牢中新進來的史大郎，是老身的舊主人。自從十年不見，聞他在江湖做買賣，不知爲着甚事陷在監中。老身叫化的一碗飯，要送與他充飢，望節級可憐見。〔公人白〕呔！你好不曉事。這是梁山泊强人，犯着該死的罪，誰敢帶你進去？還不快走。〔顧大嫂哭介。白〕節級爺，他犯了罪，就是一刀一剮，也是應該。只可憐見是老身的恩主人，不過容我見他一面，盡了我的心，勝造七級浮屠。〔唱〕望恩官方便，苦人食齋朝斗。〔哭拜介。公人白〕看他哭得可憐。且住，若是男子漢，難帶他進去，一個貧苦婦人，想來也無甚利害。呔！貧婆，不要只管哭，你悄悄兒隨我進來。〔顧大嫂白〕多謝節級。〔公人白〕不因漁父引。〔顧大嫂白〕怎得見波濤。〔同下。牢子扶史進披枷鎖上。唱〕

【又一體】魂離體，禍臨頭，恨無端罹此百憂。〔牢子白〕你那坐了。〔史進坐介。牢子白〕我看你也算一籌好漢，爲什麽跟了梁山泊做起强盗來？〔史進白〕兩位大哥，一言難盡。〔唱〕命逢鈎絞，三刑五鬼相迤逗。〔白〕只是在這裏多謝兩位大哥照應，我史進若得見天日，必當圖報。〔牢子白〕只怕未必有這一日，你且耐煩些，我到後監查查再來。學爲秦獄吏，長對楚囚冠。〔下。史進白〕我史進一時見識短淺，漏洩真情，爲這娼妓所賣，送了性命。也罷。只是宋大哥不見我回去，空自驚惶，無人通信，教我死得不明不白。想起來好悽慘人也。〔唱〕空教他滿腹驚疑，怎知我渾身枷杻。細思量，除非關節潛通，破壁飛走。〔公人帶顧大嫂上。白〕這裏來。〔相見介。公人白〕這不是你舊主人麽？〔顧大嫂白〕在那裏？〔相見，各作驚介。顧大嫂白〕嗄，主人呀！我爲十年前受你大恩，故來看你。那知你身被重鐵，好不痛殺我也。〔哭介。公人虛下。顧大嫂唱〕

【搗白練】乍驚還抖，伊休開口。〔白〕奴家討得一碗飯在此，你且權吃兩口。〔史進白〕我食不下喉，如何吃得下去？〔顧大嫂唱〕你知道到此是何由，莫教風聲脱漏。〔白〕月盡夜打城，你須牢中自扎挣。〔牢子作持棍撞入介。白〕呔！　這個是死囚。你是那裏來的叫化婆？〔史進作要問介。顧大嫂白〕大哥，我是史大郎舊僕婦，特來送口飯，望大哥方便。〔牢子白〕自古獄不通風，你這該死老乞婆。〔唱〕一身稀臭，還不快走！〔作趕打出門，推跌關門介。牢子扶史進介。白〕進去罷，不要鬧亂兒了。〔扶史進下。顧大嫂起。白〕嚇殺我也！　剛纔我只説得月盡夜打城，你在牢中自扎挣。不曾説完，被這小牢子撞散，但不知史大郎可聽得明白。這是關係不小，我且在監獄左右打聽則個。〔唱〕

【紅芍藥】莫笑女裙釵，從來膽似斗。却將史大郎反牢信投，料不忘却因由。〔白〕只是一件，這個月是大盡，萬一記作小盡，那時反出來，無人接應，怎麼好？〔唱〕還愁，還愁記成二十九，嗚孤掌倉猝誰救。俺只好監門左右暗淹留，好防那翻覆。〔下〕

第廿二齣　九紋龍誤期越獄

〔史進帶枷鎖上。白〕我史進在監，只説宋大哥不曉得我苦楚，那知顧大嫂奉命前來探監，送信説月盡夜打城，教我牢中自扎掙。剛説得兩句，被小牢子撞破。我想既有此信，一定叫我在獄中反牢，他們外面接應無疑的了。這兩日裝做棒瘡疼痛，故意委頓，他們信以爲然，不甚拘管。今早問小牢子道今朝是幾時，他説今日是月盡。夜晚些買帖孤魂紙來燒，想來二十九是小盡了。盼到黄昏，只好到水火坑邊打開枷杻便了。正是聞説城頭屯虎豹，先教海底走蛟龍。〔下。扮皂隷引獄官上。唱〕

【好姐姐】奉差，向虎頭城裏，都只爲梁山猖熾。緊守監門，怕于中起禍機。〔白〕下官乃、東平府司獄是也。適纔奉本府太老爺之命，説梁山賊人兵駐安山鎮，要前來打城。已令城中嚴行守禦，那監獄重地，一發要小心。況且現有做細作的梁山賊人在内，雖未取有確供，却難疏縱。因此叫下官到監，派人日夜看守，以防疏虞。我想此時一發要緊的了，倘有變故，我老爺這頂矮矮紗帽，就有些戴不穩哩。〔唱〕加隄備，此日若然有疏失，矮矮烏紗立脱離。〔皂隷白〕開門，開門！

〔牢子上。白〕那個？〔皂隸白〕老爺來了。〔牢子做開門介。牢子磕頭介。獄官白〕監中這些禁卒那裏去了？〔牢子白〕都在監中。〔獄官白〕叫他們都來，我有話吩咐他。〔牢子應。向内白〕呔！老爺來了，有話吩咐。你們當差的都來。〔衆牢子應介，上。白〕莫道人間無地獄，此間便是活閻羅。老爺在上，小人們叩頭。〔獄官白〕罷了。你們可曉得麽，剛纔本府太老爺吩咐下來，説梁山泊賊人在安山鎮，城中戒嚴，監獄重地，一發要小心。況且有梁山泊賊人在内。你們今夜爲始，都要在此巡邏看守，不許離開。〔衆牢子白〕老爺，守到什麽時候？〔獄官白〕容易的守到梁山賊人去了，照常辦事。你們聽我吩咐。〔唱〕

【風入松】梁山草寇把城圍，還捉有强人奸細。堂翁特把下官委，要你個小心防備。〔白〕獄中若有一點兒疑竇，即忙追究。〔唱〕若遇伊形迹可疑，須盤問莫稽遲。〔衆牢子白〕啓上老爺，放一萬個心。我這東平府的監獄，從無越獄的事。況且小的們到的下晚，製有一串連的戲法，凴他插翅，也難飛去。〔唱〕

【急三鎗】小牢子，謹合詞，共咨啓。從不容，外來一螻蟻。若論我，一串連小把戲，他縱插翅也難飛。〔獄官白〕怎麽叫一串連？〔衆牢子白〕五個犯人共一根木頭鎖着，動憚不得，這叫一家犯法，五家連坐。〔獄官白〕我不信，你把監中所有犯人都帶出來。〔衆牢子白〕呔！夥計們，抬扛子上來。〔内應科。牢子抬一木上鎖五犯人，抬出十一根上。牢子攙扶史進枷杻上。獄官白〕有趣！妙法，妙法！這一個爲什麼不拴上？〔衆牢子白〕這就是梁山細作。〔獄官白〕唗！這是重犯，爲何倒由他自在？〔衆牢子白〕他棒瘡大發，只怕要死。小人又怕凌逼他，所以叫小牢子管押。〔獄官白〕原來如此，帶過去，小心防守。〔衆囚下。獄官唱〕

【風入松】果然妙法忒稀奇，渾是一團頑意。那些羅鉗吉網都迴避，棲一木自成連理。那細作雖然吃虧，還則要緊羈縻。〔衆牢子唱〕

【急三鎗】承嚴命，加防守，無朝夕。〔獄官唱〕須知這重任我和伊。〔白〕我且到堂上回復去，你們小心。〔衆牢子白〕這個自然。〔唱〕請尊官放心去，莫介意。〔獄官衆唱〕且自離阿鼻，過泥犁。〔下。一牢子白〕這叫做無故而發大難之災，清平世界，那里就有反牢的事？〔衆牢子白〕兄弟，本官吩咐，只好依從。我們弄他幾杯三酉兒喝喝，今夜就過去了。〔一牢子白〕列位哥，明日是三十，我們三月的常例錢該分的了。我們竟透支一天，都拿來買酒，窮奢極欲，吃他一場不好麽？〔衆牢子〕甚好。〔一牢子〕這等，小弟有現成的在這裏，待我再去預備。〔衆牢子〕我們且在亭子上去，行行去去，去去行行，請坐下，來來來。〔衆作飲酒介，劃拳介。一白〕寡酒難吃，我們弄個什麽頑頑纔好？〔一牢子〕我會姑娘腔。〔衆牢子〕妙嗄！最愛的是姑娘腔。〔一牢子〕你們唱，我來打叉。〔一牢子〕我來了。〔作隨唱秧歌《寄生草》小曲諢介。衆作醉介，倒地介。史進上，持手銬破枷上。一牢子跟上，作打牢子介，下。衆牢子作醉斷打介，被史進打敗，跑下。史進白〕呔！衆位大哥，梁山泊好漢俱已進城，你們還不打開刑具快走，更待何如？〔衆吶喊介。各打開刑具，持扛上〕好漢，這些禁子呢？〔史進〕都被我打死了。〔衆囚犯〕如今便怎麽樣？〔史進〕就此一面放火，一面打出牢門，我大哥自來接應。〔衆囚犯〕多謝好漢，我們就此打出去罷。〔衆作放火介，打開監門介，下。衆小軍引巡夜將官上。唱〕

【水底魚】聽報魂飛，慌忙倒着盔。監門大啓，莫教搜捕遲，莫教搜捕遲。〔白〕自家巡夜將官便是。方纔官兵來報，獄中有人反牢，爲此帶領官兵追上擒拿。你看監門大開，快些進去搜捕。〔衆囚犯殺上，將官敗下。衆囚犯〕官兵敗了。〔史進〕且住，官兵雖敗，爲何此時還不見我們接應的兵？〔衆囚犯〕這便怎麽處？〔史進〕列位，不要管他，三十六計，走爲上計。〔唱〕

【風入松】一時舉手忽驚疑，怎不見打破城池。多應錯記真時日，料不得脱然無累。倘到監門，官兵不追，趁勢兒奔東西。〔下。顧大嫂扮貧婆上。白〕不好了嗄！〔唱〕

【縷縷金】忙裏錯，好心擸。悮猜三字謎，事多端。〔白〕我跟着汶上縣避難的男婦混入城中，打聽史進已陷在牢内。隨即將送飯爲由，進監去與史進通信。只説得月盡夜着他掙扎防備，史進才要問我，被小節級將我打出牢門。想是史進只記得「月盡夜」三個字，誰知這三月却是大盡。他記了小盡二十九日，將酒灌醉了小節級，打開枷杻，打死了牢卒，拔開牢門，只等外面救應。把牢中應有罪人盡數放了，還有五六十人，就在牢内發喊起來。誰想有人報知太守程萬里，即便起兵前來，又將史大郎拿去。我不免躲避左近打聽便了。〔唱〕就裏難區處，眼花撩亂，安山鎮上路

漫漫。〔合〕飛聲也難喚，飛聲也難喚。〔下。衆軍校引節級、虞候各持器械，董平、程萬里上。同唱〕

【四邊静】紛紛劫獄思逃竄，捕捉休遲緩。要犯「九紋龍」，罪名更多款。〔董平白〕那廝劫牢，城中必有細作。公相可着節級人等，圍住監門，休教走了史進。小將須乘此機會，領兵出城去捉宋江便了。〔程萬里〕將軍之言有理。〔董平〕衆軍校，就此出城。〔衆應下。程萬里〕衆軍校，就此圍住牢門，休放走了史進。〔衆應介。唱合〕人兒快攢，縫兒怕鎖，圍住虎頭門，再論長和短。〔下。衆僂儸引林冲、花榮、劉唐、徐寧、燕順、吕方、郭盛、韓滔、彭玘、孔明、孔亮、解珍、解寶、王英、「一丈青」、張青、孫二娘、孫新、石勇、段景住、阮小二、阮小五、阮小七各持兵器引宋江上。唱〕

【普天樂】悮宣差，添凄惋，軍師妙策推神算。月盡夜公案纔完，偏大建未得心寬。〔報子上。白〕啓寨主，有「雙鎗將」都監董平前來對敵。〔宋江〕再去打聽。〔報子應下。宋江〕他既殺來，準備迎敵。衆頭領。〔衆應介。宋江〕聽吾號令，先着韓滔、徐寧出城，餘者頭領，看我在高阜處號旗指處，圍住董平廝殺便了。〔衆應介。宋江〕衆僂儸。〔僂儸應介。宋江〕就此殺上前去。〔衆應，吶喊介。唱〕旗梢上靈風滿，更加着扎下的圍場如叮噹。俺這裏事成功半，他那裏惡盈滿貫。准擬取東平，怎怕長鎗兩管。〔下。衆軍校引董平持雙鎗上。唱〕

【朝天子】小覷方州似彈丸，驀地如烏合嚇鳳鸞，雙鎗舞動雪花團，技堪觀。〔白〕自家「雙鎗將」董平是也。梁山賊寇攻打城池，爲此領兵，前來捉拿賊首宋江。衆將官。〔衆應介。董平〕就此殺上前去。〔衆應介。唱〕戒嚴保守城垣，巡邏詰盤，人人怒髮衝冠，似天兵一般，似天兵一般。〔衆僂儸引韓滔、徐寧上，與董平戰介。韓滔、徐寧詐敗下，董平追介，下。衆軍校同戰介，僂儸敗，軍校追介，下。衆頭領上。唱〕

【普天樂】日舒長，春和暖，攻城掠地誰延玩。有多大幾個毛官，遵軍令不敢欺瞞。〔白〕我等奉大哥將令，圍住董平厮殺。大哥在高阜處督陣，我等只看號旗爲號，急往追殺，不免奉令而行。〔唱〕把岔路遮圍斷，還將那繫馬的索兒沿途絆。展施俺高强手段，定見彼驚惶嚇軟。算定數難逃，掙個封侯如鄺。〔下。宋江上，高處持號旗。僂儸隨上。韓滔、徐寧引董平上，同戰介。衆頭領上，圍戰介。宋江動號旗介。衆僂儸吶喊介。董平沖出介，下。衆頭領站介。宋江下桌介。白〕衆僂儸，暫且收兵，直抵城下，候彼再戰。〔衆應介。同唱〕

【朱奴兒】早見着鎗兒散慢，急趁勢長驅城畔。打破東平喜也歡，怕獄底吃苦熬酸。〔合〕武功纘，便算做九錫躬桓，山泊主誰更换。〔同下〕

第廿三齣　雙鎗將被獲獻城

〔衆衙役引程萬里上。唱〕

【七娘子】風清鈴閣春光好，奈朝朝羽書頻報，上緊巡防，加嚴征討，勞形案牘添煩惱。〔通名介。白〕只爲連日宋江與董平打仗，不能退賊，下官日夜憂悶，賊勢猖狂，如何是好。〔報子上，報介〕啓爺，宋江賊寇攻打甚緊，特來報知。〔程萬里〕可報與董將軍，帶領三軍出城交戰，火速無遲。〔報子應介，下。程萬里〕分付掩門。〔衆軍校應介，吹打同下。衆僂儸引宋江持鞭上。同唱〕

【芙蓉樂】【玉芙蓉】（首至合）行軍運六韜，決勝施三略，仗奇謀特出，不怕忽然。〔通名介。宋江白〕連戰董平，不能擒縛。我今日佯輸詐敗，先着林冲、花榮埋伏，接戰引至壽春縣。那邊有一條驛路，兩旁盡是草房，使王英、扈三娘、張青、孫二娘埋伏在彼，鳴鑼爲號。再令孔明、孔亮兩旁殺出，將絆馬索絆倒董平。即時擒拿，破了城池，救出史進，却不是好？衆僂儸。〔衆應介。宋江〕殺上前去。〔衆應，吶喊介。同唱〕這回管捉籠中鳥，此際方收海底鰲。〔衆軍校引董平上。唱〕【普天樂】（合至末）交鋒幾遭，鎮威風匝地，殺氣衝霄。〔兩分開，軍校、僂儸下。宋江、董平對戰介。宋江白〕早早投降，纔可免汝一死。〔董平怒介〕呔！你這黥面小吏，該死狂徒，休得胡言。看鎗。〔同戰介。宋江敗下，董平追介。内林冲、花榮〕那裏走！〔上，同戰。林冲、花榮敗下，董平追下。王英、「一丈青」、張青、孫二娘上〕我等奉大哥將令，先在草屋兩邊埋伏，等候董平，鳴金爲號，將絆馬索絆倒，擒拿便了。〔暗下。董平内〕賊寇那裏走！〔追林冲、花榮上，殺介。林冲、花榮敗下。董平〕趕到此間，賊寇連敗二陣。〔唱〕

【芙蓉燈】【玉芙蓉】（首至七）三軍果勇驍，二陣頻摧倒。合躊躕再戰，不可輕挑。〔孔明、孔亮内白〕董平那裏走！〔上戰介。孔明、孔亮敗下，董平追下。王英、「一丈青」、張青、孫二娘、衆嘍囉上，兜絆馬索，内放炮鳴金，董平縱馬絆倒介。王英、「一丈青」、張青、孫二娘捉住介。軍校上。白〕投降的。〔王英、「一丈青」、張青、孫二娘白〕一齊解往宋大哥處，聽其發落便了。〔唱〕只聽號令山前砲，不放將軍馬上驕。〔下。衆嘍囉引孔明、孔亮、林冲、花榮、徐寧、劉唐、燕順、吕方、郭盛、韓滔、彭玘、解珍、解寶、石勇、段景住、阮小二、阮小五、阮小七、宋江上。唱〕今朝將伊拿到。【剔銀燈】（末一句）一謎裏輸心陪笑。〔干英、「一丈青」、張青、孫二娘押董平，嘍囉押軍校上。唱〕

【芙蓉紅】【玉芙蓉】（首至合）啣枚逸待勞，設伏昏連曉。解中軍請令，定爾餐刀。〔白〕我等拿住董平還有投降軍校來見寨主。〔宋江〕咗！不知事務，我教你去相請董將軍，誰教你們綁來？俱各放綁。〔衆應介，作放綁下介。宋江〕將軍休罪，若不嫌草寨微賤，願讓將軍爲山寨之主，望勿推却。〔董平〕小將被擒之人，應該斬首，已蒙寬恕，實爲萬幸。若推爲寨主，決難從命。〔宋江〕如此，有事商量。〔董平〕不知寨主有何事差使？〔宋江〕敝寨缺少糧食，來此東平府借糧，並無他意。〔董平〕寨主在上，程萬里那廝原是童貫門下門館先生，得此美任，安得不害百姓？若肯容董平帶領本部人馬回去，賺開城門，共取錢糧，以爲報効。〔宋江〕此計甚妙！將軍先請，本寨隨後就來也。〔僂儸遞雙鎗介。董平〕衆軍校，就此回軍。〔上馬介。唱〕明中得勝張旗號，暗裏偷營奪錦標。〔軍校同下。宋江白〕衆僂儸。〔衆應介。宋江〕前往進城，不許傷害百姓。〔衆應，吶喊介。唱〕【紅娘子】〔合至末〕休强暴，奉安民榜條，雞犬寧，家園保。〔同下。場上左門設布城一座，軍校引董平上。唱〕

【芙蓉猫兒墜】【玉芙蓉】〔首至合〕成擒定不遥，報怨誰嫌早。任重關疊閉，飛渡城濠。〔衆軍校白〕把門軍士快開城門。〔衆軍兵上城，應介。軍校〕董將軍回來了。〔把門軍士應介，内作開門介，進城下。衆僂儸引孔明、孔亮、林冲、花榮、徐寧、劉唐、燕順、吕方、郭盛、韓滔、彭玘、解珍、解寶、石勇、段景住、阮小二、阮小五、阮小七、王英、「一丈青」、張青、孫二娘、宋江上，齊進城下。衆百姓上，作出城介。白〕不好了，一箇東平府被董平引梁山泊衆打破城池，百姓們東奔西逃，且到親戚人家躲避幾日再處。〔唱〕個個抱頭鼠竄魂都掉，跌脚狠奔髀也消。〔下。衆軍校引董平出城介，同上。董平白〕程萬里一家都被我殺盡。軍校。〔軍校應介。董平〕押了車輛，且歸營寨。我在此等候寨主。〔衆應介。唱〕【琥珀猫兒墜】〔合至末〕歡饒，喜凱歌聲唱，金鐙鞭敲。〔下。董平暗下。衆僂儸引衆頭領、史進、顧大嫂，車輛裝載金銀、綵緞，宋江齊出城介，上。場上撤布城介。董平上，見介。白〕小將進城，把程萬里一家殺盡，家私都已抄没，特來繳令。〔宋江〕且喜救出史進，放火燒了牢獄。又擄掠錢糧，散與居民，以安百姓，餘者裝在車上，解往梁山，遂吾之願也。〔史進〕且喜殺了李睡蘭一門大小，冤仇已報。〔湯隆上，報介〕從來勝敗邀天數，到此輸贏賴主盟。宋大哥。〔宋江〕嗄！你在東昌府，爲何到此？〔湯隆〕不要説起。東昌城中有一猛將張清，飛石打人，百發百中，人呼「没羽箭」。手下兩員將官唤作「花項虎」龔旺，那一箇呼作「中箭虎」丁得孫，其實兇勇。盧員外提兵到彼，連輸二陣，請大哥前去救應。〔宋江〕如此，不必回山，齊往東昌府去便了。〔衆應介。同唱〕

【普門大士】【普天樂】（首至四）擬班師，聞消耗，赴東昌，重征剿。戛鏜鏜戰鼓齊敲，爛輝輝兵幟斜飄。【賽觀音】（三至末）俺這答威光遠耀，助彼成功顯英豪。〔同下〕

第廿四齣　没羽箭逢人飛石

〔衆軍校引龔旺、丁得孫、張清掛石子袋持兵器上。唱〕

【好事近】玉帳擁三軍，鎖鑰齊東名郡，宣威耀武，小醜敢來尋釁。〔各通名介。張清白〕梁山泊盧俊義雖然兇勇，我全虧這錦囊中飛石，百發百中，連贏他二陣。聞得他通信於宋江，協力來打東昌府。我已着人打聽，爲何不見回報？〔報子上，報介〕報啓將軍，打聽得宋江帶領兵馬前來接應，特來報知。〔張清〕再去打聽。〔報子應介，下。龔旺、丁得孫〕我二人怎生出戰。〔張清〕我等前去，相機出戰便了。衆軍校。〔衆應介。張清白〕就此迎殺前去。〔衆應介。唱〕止齊步伐盡熟嫻，隊伍忙前進。任憑他鎗似風來，怎當俺石如星隕。〔下。場上設將臺一座介。衆僂儸、徐寧、燕順、韓滔、彭玘、宣贊、呼延灼、劉唐、楊志、朱仝、雷横、關勝、董平、索超、林冲、花榮、燕青、史進、孔明、孔亮、解珍、解寶、王英、「一丈青」、張青、孫二娘、孫新、顧大嫂、石勇、郁保四、王定六、段景住、阮小二、阮小五、阮小七、呂方、郭盛各持兵器引盧俊義、宋江持號帶上。唱〕

【點絳唇】逼取强隣，排開英俊，威加奮，士馬雲屯，合把龍韜運。〔衆作參拜介。白〕衆頭領打躬。〔宋江〕侍立兩旁。〔衆應，分立介。宋江〕我宋江來到東昌府，幫助盧俊義擒拿「没羽箭」張清等三人。衆頭領俱在此，平川曠野，看我號帶，挑兵出戰。聽我吩咐。〔衆應介。宋江唱〕

【混江龍】孫吴名，論出奇制勝立功勳。俺兵符再綰，號令重申。〔衆頭領應，分下。宋江上將臺，吕方、郭盛隨上介。宋江唱〕但見遥天飛陣雨，直看曠野蔽征雲。青龍朱雀戰場開，白旄黄鉞前軍近。遠鳴金鼓，漸動沙塵。〔報子上。白〕報啓寨主，張清討戰。〔宋江〕知道了。〔報子下。宋江〕徐寧出戰。〔内應介。徐寧、張清兩門上，對戰介。張清作敗，徐寧追介。張清囊中飛石打徐寧面，張清下，徐寧下。解珍、解寶、龔旺、丁得孫上，同戰。解珍、解寶敗下，龔旺、丁得孫追下。宋江〕好一場厮殺也！險些傷我一將。〔唱〕

【油葫蘆】殺氣沖天白晝昏，技軼倫。雖然勝敗未全分，他手中石子抛來準，險些一將難逃遁。再引戰，捷有因。帳前須得差燕順，驍勇實超羣。〔持號帶白〕燕順出戰。〔内應介。燕順、張清兩門出，對戰介。張清取飛石打燕順背，燕順敗下。解珍、解寶接戰科，解珍、解寶敗下，張清追下。宋江唱〕

【天下樂】再戰重傷繼解珍，堪恨復堪嗔。何妨布陣還勾引，將敗衄競折除，把餘孽都掃盡。准待寫露布兒墨磨盾。〔持號帶白〕劉唐出戰。〔内應介。劉唐、張清兩門上戰介。張清敗，飛石打倒劉唐，龔旺、丁得孫捉劉唐下，張清隨下。宋江唱〕

【遊四門】又一陣立分勝負只逡巡，猛將兩邊均。非如龍鬬魚遭損，直恁没邅迍，喊遠聞，急將

器械手中掄。〔持號帶白〕楊志出戰。〔内應介。楊志、張清兩門上，戰介。張清取飛石打楊志盔上，楊志敗下，張清追下。宋江唱〕

【耍孩兒】勢聯犄角還遭擯，這就裏何從細詢。一拳之石有多斤，果然百中驚人。他全憑地利師貞吉，俺好仗天書玄女文。兩相準，鏃飛似雨，刀蘸如銀。〔持號帶白〕燕青出戰。〔内應介。燕青、丁得孫兩門上，戰介。燕青打倒丁得孫，跌倒，解珍、解寶搶下介。龔旺上，與燕青戰介。燕青敗下，龔旺追下。宋江唱〕

【青歌兒】俺這裏心中心中思忖，那燕青弩箭如神，尚爾虧輸力不伸。督令三軍，啟營門，收餘燼。〔持號帶白〕林冲、花榮出戰。〔内應介。林冲、花榮、龔旺兩門上，戰介。龔旺被林冲、花榮活捉下。宋江持號帶白〕就此收兵。〔内鳴鑼，衆頭領齊上。衆僂儸綁押龔旺、丁得孫上。宋江〕先把二人着解珍、解寶送至梁山大寨。〔僂儸、解珍、解寶押龔旺、丁得孫下。宋江白〕張清這廝連打我十五員頭領，幸喜拿了二人，聊解羞耻。暫且回寨，請吴軍師前來，用計擒捉便了。就此回兵。〔衆應。同唱〕

【煞尾】踹城垣同虀粉，高張榜示去安民，一遞裏設計擒他穩。〔同下〕

第九本

第一齣　田虎拜師僭稱王

〔十六軍將引田虎上。唱〕

【點絳唇】地接輿圖，山連天府，雄星助。燦爛皇都，指日爲民父。〔白〕天與人歸意氣揚，斬關劈寨逞豪强。圖王定霸平生志，一統山河帝德昌。孤家田虎是也。羣雄四起，各踞一方。宋江義結山東，方臘撫有江南，王慶坐擁淮西，孤家尊稱河北。稱此人强馬壯之日，欲打幾處州城，奈軍中少一員參謀贊劃軍機，爲此不敢輕動。聞得長安有一劉鐵嘴，打笤無有不驗。已差先鋒狄能前去徵聘他來，同贊軍機。凡有破城打州之事，問笤而行，諒無差悞。正是卧龍三請賢能士，扶漢安劉鼎足分。〔副上，進介〕狄能告進。〔見浄介〕狄能叩頭。〔浄〕徵聘事如何了？〔副〕奉大王將令，劉先生已聘下了。〔浄〕好！請進來。〔副應介〕劉先生有請。〔末扶丑上。副白〕劉先生請到。〔浄〕先生請起。作揖。〔副扶丑起介。浄〕看坐。〔丑〕跌笤是要立子勒跌勾。〔浄〕坐了，有話講。〔各坐介〕先生。〔丑〕强盜。〔衆喝，丑倒介。衆扶起。净〕先生，孤本中原武弁，殺人避跡江湖，因見蔡京設應奉局，在蘇杭二州采辦寶玩。我想這些東西俱是民脂民膏，因此中途劫奪，遂投河北。蒙衆軍士推我爲頭領，哨聚山林，養成甲士十萬，虎將千員，欲打幾處州城，奈軍中少一員參謀。聞得先生有鬼谷之才，濟民水火，因此不憚千里，有屈大駕。願明以見教，幸勿推却。〔丑〕是你拉乱通誠哆哈倷勾嗄。〔净〕對先生講。〔丑〕也是好笑，勾你就要跌笤也。等我拿勾笤跌位地下子，問你倷用，然後好講來勿來。你先拉乱白鼇、白漿介，鬧熱蓬生哉。〔副〕要先生做個軍師。〔丑〕倷勾教軍師阿，吃得勾介？〔副〕就是劉備聘諸葛亮故事。〔丑〕要我做一個諸葛亮？〔副〕正是。〔丑起介〕蓋没阿有門，各落裏拉乱，讓我登拉哈。〔衆〕這怎麽説？〔丑〕有數説勾門各落裏諸葛亮，門各落裏諸葛亮。〔衆〕休得取笑。〔丑〕咳！大王差到底了。我本一個窮民，幾塊窮骨，目不識丁，手不拈筆。自幼讀得一本關王經，並非張子房之秘訣；自小念得幾行鬼谷數，亦非黄石公之謀略。兩片筊笤，當不得諸葛亮四輪車軸；一肩招牌，那裏是姜太公的釣魚竿。青龍白虎朱雀玄武勾陳出口，難省六韜三略；甲乙丙丁戊己庚辛壬癸入耳，不似五申三令。擺下一個打卦圍場，豈堪作走馬演武。討來卦錢細微，那供得起行灶軍需。發令自與行人家宅不同，談兵難向求財謀望酷肖。招兵買馬即是添人進口，殺人放火那保得大家無妨。將臺上阿是用我，蓋一個乾癟老老勾嗄。〔净〕説那裏話，軍中取金道冠、八封法衣，與軍師穿戴了。〔吹打换衣介。净笑介〕如今就像軍師了。〔丑〕大王，你拿我是更一勾打扮子，今夜還是要謝土呢，還是要浄宅？〔浄〕請軍師登壇，待孤家拜印劍兵符。〔吹打，衆扯丑上臺介。浄拜印劍介。衆〕衆將官叩頭。〔丑〕又不是年，又不是節，叩偺頭介？〔衆〕請師爺發令。〔丑〕打劫看我面上，今夜罷了。〔衆〕不是，請問軍師先打那一處地方？〔丑〕就要發令哉？〔衆〕正是。〔丑冷笑介〕我也倒好笑，真正剥勾活牛皮漫鼓，一味裏勾生做那間？叫我發偺勾令嗄叫？衆將官。〔衆〕有。〔丑笑介〕唔唔！到來得齊集。有趣！勿要管渠，我竟拿勾跌筶、故離經得來念去來便罷，蓋没再教。衆將官。〔衆〕有。〔丑唱〕

【滚綉毬】與我先按着，左青龍右白虎，〔衆應介。丑唱〕前朱雀後玄武。〔衆應介。丑唱〕那騰蛇動處休教走，朱雀臨門百事符。定國安邦，皆由是子孫旺相。斬關破盜，必定是父母爻扶。印殺相生，那怕他銅垣鐵壘。日神生尅，定主有損將亡徒。〔衆白〕請問師爺，如今先打那一處地方？〔丑〕蓋没，還要請問家師。〔出筶下壇，跌介〕大王。〔唱〕馬到成功，利在西北。〔浄白〕西北，如此説是山陜地方。衆將官。〔衆〕有。〔浄〕就此發兵前去。〔衆〕得令。〔三軍吶喊介。合唱〕

【離經歌】只見前營移動，不覺又是後營忙。〔丑〕這是三聖聖，又是三陽陽。〔衆〕衆兒郎一個個身披短甲，手挽雕弓，挨挨擠擠，都去鬧城牆。〔丑唱〕也麽陽陽聖，也麽聖陽陽。〔衆〕又只見衆兒郎打歪歪，左右兩隊分。〔丑〕這是三聖聖，又是三陰陰。〔衆〕又聽得馬兒嘶嘶嘶，車兒呀呀呀，砲兒烘烘烘，鼓兒咚咚咚。奔兒奔的奔，醺兒醺的醺，都是一般歪癩軍。〔丑〕也麽陰陰聖，也麽聖陰陰。〔衆〕見一座府道城池，銅垣鐵壁，金石銀磚，高似青天，堅如翠嶽，打破了不留停。〔丑〕這是陽陰聖，又是聖陽陰。〔衆〕又只見旗門下相持厮殺，鞭來鐧擋，鎗去刀迎，一來一往，斬了幾個倒運娘。〔丑唱〕也麽陽陰聖，也麽聖陰陽。〔净白〕帶馬過來。〔走介。唱〕

【醉太平】賴軍師助吾，爲鷹揚奮武。顯一個，綸巾羽扇指謀謨。那怕他有拔山舉鼎夫，那怕他陸地行舟伍。與宋家，做一個新跋扈。與你家，立一個新帝都。〔衆遶場下，把門介。丑〕大王嗄，我令便發了。〔唱〕這的是，陽聖陽陰聖陰的筶譜。〔笑介。挽丑下。衆圍下〕

第二齣　吴用運糧施妙計

〔衆軍校、衆軍卒引知府上。唱〕

【步蟾宫】一麾特出巖疆守，敷政治龔黄先後，長東方千騎古諸侯，無那逼臨强寇。〔白〕下官東昌府知府是也。梁山賊寇盧俊義犯我城池，他已連輸二陣，將次敗逃。不想復糾合宋江一枝人馬，在郊外曠野平川挑兵出戰。幸虧同城張清等三員猛將到彼接戰，聞得連打了十五個賊人，不知確否。〔衆軍校押劉唐引張清上。唱〕

【纏枝花】靖干戈銷烽堠，仗廟略天人授。陣上成擒合梟首，解黄堂須窮究。〔衆軍校白〕張將軍到衙。〔張清下馬，進見介〕小將與宋江等交戰，不多片時，連打了十五名賊寇。以後龔旺、丁得孫出戰，被他們擒去。雖然折了二將，且喜拿得賊寇劉唐在此，聽候發落。〔知府〕下官預先聞得此信，果然有之。軍校。〔衆應介。知府〕將這厮押赴牢内，緊緊看守，不許放縱。〔軍校應介，押劉唐下。知府〕且往後堂，再與將軍商議退此賊寇便了。〔唱〕喜此日功勞茂，平蠻策借前籌。〔衆接唱。合〕滅此朝食無難事，穩取凱歌立奏。〔齊下。衆僂儸引魯智深、武松、孫立、黄信、李立、李俊、張横、張順、阮小

二、阮小五、阮小七、童威、童猛、林冲、花榮、公孫勝、吴用、盧俊義、宋江上。唱〕

【賀新郎】拳石紛投，似穿楊得心應手。戰場中這般厮耨，衆頭領負痛含辛待報讎，怎禁得雙眉添皺。〔宋江白〕叵耐張清這廝連打我十五員名將，好生着惱。所有中傷頭領送回山寨調養，龔旺、丁得孫今已被擒，須籌妙計，捉獲此人。〔吴用〕寨主放心，小弟久已安排定了。將車百十輛裝載糧草米袋，上插旗號，寫着「水滸寨忠義糧」。就着魯智深、武松打從寨後西北上押着車輛而行。再吩咐孫立、黃信、李立引領水軍安排船隻，水陸並進。賺出張清，便成大事。〔唱合〕船排好糧裝就，憑他神策難參透，還運動靈符咒。〔白〕張清若中我計，再煩「一清先生」往河岸邊作起法來，使他無門可走。林冲領鐵騎軍兵，將張清連人帶馬都趕下水去，教水軍擒拿便了。〔宋江〕妙計！真乃神鬼不測。吩咐依計而行。〔衆應介。唱〕

【節節高】軍師部署周，好機謀，煙波飄渺空争闘。管許計兒售，將兒收，城兒覆。〔魯智深、武松、孫立、黃信、李立、李俊、張横、張順、阮小二、阮小五、阮小七、童威、童猛、林冲、公孫勝下。衆僂儸、花榮、盧俊義、吴用、宋江同唱〕休誇金印懸如斗，何容負固相馳驟。〔合〕奇兵突出在虛舟，一清那放張清走。〔下〕

第三齣　一清作法顯神通

〔衆軍校引張清掛石子袋持兵器上。唱〕

【畫眉序】下寨守邊隅，晝夜巡邏備不虞，恁盜糧賫寇，取作軍需。〔通名介。白〕正與太守商量殺退賊寇，探子來報，寨後西北上有百十輛車子，裝載糧米。河內又有大小糧草船五百餘隻，水陸並行。爲此出城，先截岸上車子，後取他水中船隻。今夜月色微明。衆軍校。〔衆應介。張清〕正好前去截取。〔衆應介。唱〕並水陸結隊攸行，乘星月探囊而取。〔合〕明張旗號誇豪富，此罪更難饒恕。〔下。衆車夫推車上，車上插「水滸寨忠義糧」旗號介。魯智深持禪杖，武松持戒刀，押車輛上。唱〕

【三段子】急趲車夫，運軍糧行來半途。月高影疏，合隄防休教膽麤。〔張清內白〕站住車輛。〔殺上。武松押車輛下，魯智深、張清同戰介。張清取飛石打魯智深頭介。魯智深敗下，張清追。武松迎殺上，同戰介。武松敗下。衆軍校上〕賊寇已敗。〔張清〕吩咐將糧草車輛推入城去。〔衆應介。唱〕賊人已是遭擒捕，儲糈又復充軍伍。〔合〕堪笑梁山，兵單勢孤。〔下。衆扮縴夫撐船扯縴遶場嗚號介，下。李俊、張横、張順、阮小二、阮小五、阮小七、童威、童猛上。唱〕

【滴溜子】忙前往，忙前往，休教遲悮。張羅定，張羅定，投來網罟。〔李俊、張横白〕吾等奉軍師將令，着統領水軍扮作漁翁，在此河岸邊擒拿張清。遠遠一行人來，想是張清，須索在此等候。〔虚下。衆軍校、張清上。唱〕都虧上天帮助，〔合〕車輛既全拿，還要水路。〔張清白〕糧草已自截取，趁着月光之下，不免再到河岸邊截取糧船便了。〔軍校〕糧船俱已過去。〔張清〕爾等就此趕上。〔唱〕急急疾行，得隴得蜀。〔衆軍校下，公孫勝暗上桌作法介。張清等慌介。白〕一霎時天昏地暗，飛沙走石，怎麽走不出了？〔内衆吶喊介。張清〕不好了，後面不知多少人馬殺來，且向前逃，再作道理。〔黄信、李立、林冲、孫立領衆僂儸吶喊上，遶場下。張清作驚，虚白介。張清白〕那邊有一魚船。〔叫介，虚白介。水軍頭領撑船上，張清作上船介。綁張清等介。唱〕

【歸朝歡】波心裏，波心裏，將他急擄，水中央誰容跋扈。到今日，到今日，驍勇何補。〔阮小二、阮小五、阮小七白〕張清已被我等綁縛住了。〔李俊、張横、張順白〕就此送入寨内，聽候大哥發落。〔阮小二、阮小五、阮小七應介。衆唱〕這遭兒看你怎施石砮，迷漫兩岸遮雲霧。人權算定由天數，〔合〕解赴中軍作罪徒。〔下〕

第四齣　没羽貪功却被擒

〔衆僂儸、花榮、燕青、黃平、孔明、孔亮、王英、「一丈青」、孫新、顧大嫂、石勇、郁保四、段景住、史進、呂方、郭盛引宋江上。唱〕

【滴滴金】動天陣陣鳴金鼓，春夜翻營月正午，快教他降書急遞知時務。〔宋江白〕我宋江親自領兵攻打城池，救取劉唐兄弟。衆僂儸。〔衆應介。宋江〕連夜攻打，殺入城去。〔衆應，吶喊介。唱〕伐燕齊哄鄒魯，疾忙前赴，繞城努力雲梯布。〔合〕任憑他萬馬千軍，怕煞俺當關一呼。〔場上預設布城一座，城門上掛「東昌府」匾。衆軍卒手持弓箭、器械立城上介。衆白〕已到東昌府。〔宋江〕與我攻打城池。〔衆應。僂儸等擡蜈蚣梯作爬城上，軍卒射箭。僂儸等爬上城，刀砍介。衆軍卒齊敗下。內作吶喊。僂儸開東昌府門出迎，宋江、衆頭領殺進城介，下。衆百姓、家眷、院子隨上，東昌府太守急上，出城介。太守白〕怎麽好，怎麽好！城池已破，多虧百姓道我清廉正直，不來驚動。且喜領了家小逃出城來，不免連夜差人進京，申奏朝廷，請兵征剿便了。〔內吶喊介。太守、衆百姓、家眷、院子急下。衆僂儸、花榮、燕青、董平、劉唐、孔明、孔亮、王英、「一丈青」、孫新、顧大嫂、石勇、郁保四、段景住、史進、呂方、郭盛引宋江上。白〕且喜

城池已破，就此出榜安民。衆僂儸，就此回軍。〔衆應介。唱〕

【雙聲子】封倉庫，封倉庫，一半周貧户。禁毒痛，禁毒痛，百姓全安堵。掩陣圖，揭虎符。〔合〕一壁廂奏凱雄師，再看取發落鉗奴。〔衆僂儸、單廷珪、魏定國、郝思文、楊林、歐鵬、淩振、馬麟、鄧飛、施恩、樊瑞、項充、李衮、時遷、白勝、魯智深、武松、吴用、盧俊義出接宋江介。盧俊義白〕若非寨主虎威，此城焉能得破。〔宋江〕此乃軍師神策，方能成功。〔吴用〕且喜東昌府城池已破，與員外恢復前仇。〔報子上。〕啓寨主，水軍等擒住張清，特來報知。〔宋江〕知道了。〔報子下。衆僂儸綁押張清，林冲、孫立、黄信、李俊、張横、張順、阮小二、阮小五、阮小七、童威、童猛、公孫勝上。唱〕

【鮑老催】痛深剥膚，渠魁面縛囚作俘，千刀萬剮怎蔽辜。〔衆白〕我等俱已成功，擒得張清在此。〔劉唐、魯智深見張清，怒介〕你這廝，這等利害，也被我等擒住了。〔魯智深舉禪杖欲打介。宋江〕哇！爾輩無知，還不退後。〔親解張清綁介〕冒犯虎威，請勿掛意。〔張清跪介〕小可見寨主如此義氣，情願投降。〔魯智深、劉唐、武松打介〕我越想越恨。〔宋江勸介〕休得如此，取一枝箭過來。天地神明在上，宋江等若有報仇之心，皇天不佑，死於刀箭之下。〔折箭介。僂儸收箭介。衆大笑介〕大哥有此誓願，誰敢再言。〔張清〕小可有一個獸醫覆姓皇甫，名端。善能相馬，能治頭口寒暑病症，下藥用針，無不見效。他原是幽州人氏，生來碧眼黄鬚，貌若番人，人都稱他「紫髯伯」。山寨亦有用處，可以同帶家小，一齊上山。〔宋江〕如此甚妙。白勝，可同將軍前去走一遭。〔白勝應介，張清同下。〔宋江〕我等山寨得了張清，又添了皇甫端，十分興旺也。〔唱〕山寨裏，會羣英，綏多祐。〔張清、白勝、皇甫端上。接唱〕全將忠義遠相孚，人人踴躍思依附，〔合〕幸注上金蘭簿。〔進見介。張清白〕小可帶得皇甫端在此，家小車輛隨後就到。〔宋江〕僂儸。〔衆應介。宋江〕把家小送至山寨。〔僂儸一半應下。宋江〕果然一表非俗，碧眼重瞳，虬髯過腹，實乃異人也。〔皇甫端〕寨主如此義氣，願聽指揮。〔宋江〕且回山寨，自當請教。衆僂儸。〔衆應介。宋江〕傳令拔寨回山。〔衆應介。同唱〕

【五馬江兒水】趲齊徒御，班師路不迂。旗標得勝，字蘸金書，且喜英雄載後車。共扶忠義，永息征誅。長此替天行道，樂也何如。招安有日聘皇衢。〔合〕赦除舊染，願効前驅，看取梁山，歸誠明主。〔下〕

第五齣　梁山泊羣虎過關

〔年老部署上。白〕瓶插千年栢，爐焚萬壽香。小老乃泰安神州岳廟中一個部署是也。今當三月二十八日，乃聖帝誕辰，廟上好生熱鬧。不説一百二十行經商買賣，就是這一千四五百家客店，被天下香官來也擠滿了。更兼「擎天柱」任原結下擂臺一座，三年没有對手，所以來看的人一發多了。前日本州太爺吩咐，廟上人雜，且近梁山泊，怕有賊人騷擾，因此點小老充當部署，率領地方，各處巡緝。早間又派了一個巡檢老爺，到城門上盤查。不免會齊地方，前去見他。地方那裏？〔地方上〕來了。部署老爺，有啥話説？〔部署〕你還這等不躭干係，如今州裏太爺又派了一個巡檢老爺，在門上盤查，快同去見他一見。〔地方白〕踏殺這裏人山人海，你我如何管得來。只好隨口答應便了。〔部署〕雖然如此，也要小心些。我們迎上去。〔下。燕青扮貨郎，挑高肩雜貨擔子，手搖一把串鼓上。唱〕

【駐馬聽】喬扮形骸，只爲尋蛇撥草來。待摇回串鼓，挑着筠籠，俏着麻鞋。〔白〕我燕青自幼跟隨盧員外學得這身相撲，江湖上不曾逢着對手。昨日，關下僂儸拿了一夥牛子，原來是泰安州燒香的。他説那邊有個撲手，姓任名原，是太原府人氏。身長一丈，自號爲「擎天柱」。口出大言，説道：「相撲世間無敵手，争交天下我爲魁。」聞他兩年在廟上争交，白拿了若干利物。今年是三年了，並無對手。這句話動了我的心事。攛掇了公明哥哥，把那起人放了。爲此宋大哥命我前去，與那廝放對。我想人生在世，不在稠人廣衆之中顯個神通，非丈夫也。〔唱〕只要把擎天玉柱倒塵埃，煞强如留名麟閣生光彩。〔内白〕小乙哥，等我一等兒。〔燕青〕背後有一人飛奔而來，好像鐵牛模樣。他有何事情下山，待他趕上，問個明白。〔李逵上。白〕愛投虎穴尋生計，喜覓狼窩作勝遊。小乙哥，你脚底下走得恁快。〔燕青〕你趕上來做什麽？〔李逵〕小乙哥，明人不用細講。你那一遭兒出門不是我相伴你？你今到泰安州去，就不攜帶我？我瞞了衆人，偷下山來，和你同去。〔燕青〕你到一處，就要闖一處禍，如何去得？〔李逵焦燥介〕你真個了得的好漢，我好意來幫你，翻成惡意。我且偏要去。〔燕青〕和你去也不争，只是聖帝生日，都是四山五岳的人聚會，認得你的頗多。若決意要去，要依我三件。〔李逵〕三十件、三百件何妨。〔燕青〕第一件，今日爲始，到了店中，你自不要出來胡撞。第二件，到了廟上，你只推病，包了頭臉睡覺。第三件，廟上争交時，你去看，不要大驚小怪。〔李逵〕依得，依得。〔燕青〕如此，同行便了。〔唱〕假作癡騃，瞞人耳目，片時寧耐。〔下。史進、穆宏、魯智深、武松、解珍、薛永上。唱〕

【又一體】奉令宣差，又向東風惹禍胎。翹瞻岱岳，俯看滄溟，對看蓬萊。〔魯智深〕列位兄弟，只爲燕小乙到岳廟打擂，公明哥哥放心不下，命我等前來策應。〔衆〕都打點了，進城去罷。〔唱〕藏頭露尾語言乖，怎識得，偷天換日英雄概。買賣生涯，摩肩擊轂，人山人海。〔下。左右拿板子，書吏拿册子，巡檢坐椅子轎上。唱〕

【舞霓裳】岳廟今朝好興哉，好興哉。總甲地方把鑼篩，把鑼篩。燒香男婦齊瞻拜，巡查匪類奉官牌。且趁着一天買賣，真好笑，紗帽元來十分矮。〔部署、地方迎介。巡檢下轎，上坐介〕你們是部署、地方麽？〔二人〕是。〔巡檢〕打打打！我老爺來了半日，你們影兒不見，城門大開，把梁山賊人都放進去了，這還了得。〔二人〕老爺是剛纔來的，城門上的人正在這裏聽點。〔巡檢〕雖然如此，不打不見官府威風。左右，拿下去打。〔左右〕打多少？〔巡檢〕各打一百二十板。〔二人〕老爺，小人情願罰罷。〔巡檢〕到也懂竅。也罷，大罰你也不能，罰你四兩乾燒酒、四個錢蠶豆。〔二人〕這個容易。〔二人作拿酒切末介，下。巡檢作飲酒介〕左右，叫他們進城的都要報名。〔左右應介，向內介〕你們香客買賣人，進城的都要點名。〔內應介。燕青挑貨郎擔，李逵包頭上〕報名。〔燕青〕我姓張，排行第一，販賣雜貨。這個伴當是僱來挑脚的，不想害了頭痛病，所以小人自己替他挑了。〔巡檢〕你這伴當兇惡，看來必非善類，不許進去。〔李逵作跌倒介。左右〕不好了，遭了人命了。〔巡檢〕張乙，你怎麽帶個死人進城。〔燕青〕死是不曾死，老爺若許他進去，自然活的。〔巡檢〕如此請進。〔李逵起介〕多謝老爺。〔燕青、李逵同下。巡檢〕不錯，煤黑子也來光廟了。〔雜扮各種買賣百姓上，各報名下。盧俊義扮相面人，手拿雨傘上，掛布招牌「善觀氣色」。穆宏扮賣藥人，史進扮販馬人，解珍、薛永扮變戲法人，魯智深、武松扮行脚僧，一拿錫杖，一挑戒衣、雲板切末上。左右白〕你們報名。〔盧俊義〕我姓周，叫周大。〔巡檢〕做什麽的？〔盧俊義〕善觀氣色。〔巡檢〕好，你相相老爺如何？〔盧俊義〕好氣色，三日之内就有喜信。〔巡檢笑介〕好相法，適纔委牌下來，教我兼署典史印務。好，進去罷。〔穆宏〕我姓吴，叫吴二。〔巡檢〕做什麽？〔穆宏〕賣老鼠藥。〔巡檢〕妙極！昨夜被這業障鬧了一夜，拿一包來。〔穆宏〕送老爺一包。〔巡檢〕進去罷。〔史進〕我姓鄭，叫鄭三，販馬的。〔巡檢〕替老爺留下什麽？〔史進〕只要買賣好，明日廟上賣得完，送老爺一匹。〔巡檢〕大出手，不要忘了。去罷。〔解珍、薛永〕我姓王，是弟兄，叫王四、王五，是撮戲法的。〔巡檢作諢白介。同下〕

第六齣　泰安州燕青打擂

〔王二妻上，虛白，作諢唱介。李逵白〕賢弟走嗄。〔燕青上。同白〕正直無私弊，劣性不服人。〔燕青〕你看，果有牌匾在此。〔李逵〕賢弟，念來我聽。〔燕青白〕任原稱擎天，立字在牌邊。天下好教授，打死萬萬千。今日擂臺上，那個敢上前。打死不償命，願者就當先。〔李逵〕聽説罷怒髮沖冠，惱得俺口吐冒煙。上前去劈了牌匾，看那個敢來問咱。〔劈牌介。王二妻〕呔！你甚本事，敢劈任大爺的牌匾？〔燕青〕敢劈敢打。〔李逵〕敢劈敢打。〔王二妻虛白介〕我今開言道，小夥你聽講。説起那任原，四海把名揚。你若上擂去，只恐把命傷。倘然有個好和歹，回家怎見你爹娘。〔李逵〕咱今開言道，列位細聽着。那個説閑話，打這囚攮的。〔打王二妻介。王二妻虛白，李逵、燕青下。任原內白〕徒弟們，就此上擂。〔四徒弟應介。任原等上。唱〕

【四邊静】五湖四海傳揚遍，到處人欽羨。與咱便相持，個個魂驚散。人圍沖散，兩邊排站。試看武兵夫，天下馳名漢。〔白〕俺生來有些劣像，怪肉橫生。俺習成一身武藝拳棒，四海縱橫。俺這兩隻手，推倒山峰華嶽。我這兩條腿，踢起萬丈雲煙。高搭擂臺三年，有誰是俺對手？

吠！天下英雄，四方好漢聽者，四百座軍州，七十餘縣治，好事香官助的利物，我任原已受兩年了。今年辭了聖帝還鄉，再也不來了。有人和我争利物者，請上臺比勢。〔王二妻上，虚白介。任原白〕徒弟們，隨我操演拳棒一回。〔舞介。衆同唱〕

【剔銀燈】一條棍似蟒身翻，施法術難加遮攔。又擋刀斧鎗和劍，臨敵處敢來争先。〔白〕徒弟們，將棍棒大家演上來。〔合唱〕看掛榜招募英賢，管今朝功名可貪。〔白〕徒弟們，有人上臺比勢，將鑼爲號，不得有違。〔下。李逵、燕青上臺打鑼介。任原上，二人作比勢，李逵作打下擂，燕青上臺介。彼此扭結一回，燕青作踢破任原頭臉介，燕青作舉起任原撩下臺介。四徒弟持器械鬭介，李逵作持板斧殺任原介。穆宏、史進、解珍、薛永、魯智深、武松上，諢戰介。殺退四徒弟介。燕青白〕原來衆位哥哥都來。〔衆白〕這是宋寨主不放心，教我們來接應你。今任原既以打死，我們殺出城，回寨便了。有理，有理。〔唱〕

【紅綉鞋】一行人馬安排，安排。擂臺打倒喬才，喬才。奪利市攫錢財，水泊裏玳筵開，還暢飲這情懷。

【尾聲】春光九十難留待，又勾却幾行夙債，愛的是擲倒狂且大喝采。〔下〕

第七齣　水滸寨宋江下山

〔衆僂儸引吴用、公孫勝、盧俊義、宋江上。唱〕

【點絳唇】龍虎風雲，肝腸冰雪雄懷暢，虹霓千丈，直貫天門上。〔宋江白〕列位兄弟，我宋江雖則借此水泊落草，幸得衆頭領相助，替天行道，官兵莫可誰何。近來打破兩州，回歸山寨，計點大小頭領，共有一百八員，這也是天緣湊巧。〔衆白〕這都是大哥威德，所以人人心悦誠服。〔宋江白〕僂儸，請衆頭領出來。〔僂儸白〕衆頭領有請。〔衆頭領、史進、穆宏、魯智深、武松、朱仝、劉唐、林冲、柴進、燕青、李逵、戴宗、關勝、花榮、秦明、呼延灼、董平上。白〕深藏組練三千甲，静占寬閒五百弓。大哥呼唤，有何軍令？〔宋江白〕連日筵宴已周，山中無事，小可有一心願要完，不知諸位以爲何如？〔衆〕願聞尊令。〔宋江〕小可聞得東京繁華錦綉，要私自去遊玩一回。恰好又是元宵時候，只得去走一遭。〔吴用〕寨主，且休輕易。東京體例，雖然與民同樂，遊人不禁。只是東京做公人多，倘有疏失，如之奈何。〔盧俊義白〕軍師言之有理。我們何不在山寨中静守，只等招安之後，那時但憑遊賞。〔宋江〕我意已決，諸公不必攔阻。此去不多帶人，分爲四路。史進、穆宏，你扮作遊客。〔史進、穆宏起介〕得令。〔宋江〕魯智深、武松，你扮作行脚僧人。〔魯智深、武松起介〕得令。〔宋江〕秦明、劉唐，你扮作商人，各帶暗器，覓住店房，以防意外。〔秦明、劉唐起介〕得令。〔宋江〕我與柴大官人自爲一路，其餘頭領都在山寨。〔林冲〕啓上寨主，我林冲原在東京居住，自從此山開創以來，未曾回去，向年曾着人去探信，方知妻子已死，使女錦兒嫁與王班直爲妻。我今願隨下山，一來東京路熟，也好各處引導；二來妻子守節而亡，去墳上哭他一場，也表夫婦之義。〔宋江〕這也使得。〔李逵白〕大哥，東京看燈，我鐵牛也要去走一遭。〔宋江〕你最會闖禍，如何去得。〔李逵〕我若在家，就要害病的。〔宋江〕既然如此，你與燕青同作伴當。〔李逵、燕青起介〕得令。〔宋江〕戴宗扮作承局，有些緩急，好來飛報。〔戴宗〕得令。〔宋江〕諸公聽我吩咐。〔唱〕

【畫眉帶一封】分隊改行裝，領取風光到汴梁。看冰壺玉朗，想皇都春色盎。〔吴用白〕我們就送至金沙灘罷。〔盧俊義、公孫勝〕有理。〔同唱〕鶴唳灘頭人自遠，莫戀長安忘水鄉。〔宋江等十二頭領下。吴用白〕二公，宋公明哥哥既執意要去，也罷，衆位頭領，你可帶領一千鐵騎，趕至東京城外策應。〔關勝、花榮、呼延灼、董平白〕得令。〔唱〕馬須選黄，人須選强，萬一疏虞策應忙。〔下〕

第八齣　柴進簪花遊秘殿

〔王班直穿錦襖，頭上簪翠葉金花上。唱〕

【出隊神仗】簪花綉鞶，直傍歸鴉出建章。〔白〕小子姓王，東京人氏。現充内府班直，向日與林教師相好。教師遠配，小子娶得他使女爲妻，十分和好。這也不在話下。只爲我東京自從王丞相上了預借元宵的本，聖上大喜，著永著爲例。如今又遇着慶賞佳節，各處燈棚不計其數，把個偌大京城，竟如錦綉一般。小子方纔下直，回來到家看看。來此已是。娘子那裏？〔錦兒上。白〕相公回來了。〔王班直〕娘子，如今元宵佳節，明日我又該班，今晚和你吃三杯。〔錦兒〕奴家早已預備。〔唱〕良辰美景好年光，趁着春宵同讌賞。銀燭下影雙雙，銀燭下影雙雙。〔林冲上。白〕潛居水泊身雖穩，遥憶鄉關情更深。來此已是王班直門首。〔作扣門介〕王兄在家麽？〔王班直〕是那個？〔相見介〕嗄！原來是林教頭。娘子，林教頭回來了。〔錦兒〕在那裏？〔見介〕果然是我家主人。〔哭介，拜介。林冲〕你且起來，不必傷懷。我家的事我已盡知。只是諸凡都承王兄照應。〔拜介。王班直〕教頭，你屢經赦宥，從前的事已在赦内，不知一向在那裏安身？〔林冲〕一言難盡。小子被難之後，得山東張員外收留，照管家務。如今敝財東要來東京看燈，所以來探望你的。〔王班直〕在那裏？〔林冲〕現在門首。〔王班直〕既是教頭好友，快請進來。〔林冲作出介〕諸公那裏？〔宋江、柴進、戴宗、燕青、李逵上。林冲〕王班直都請進去。〔王班直〕娘子，快些整備酒餚。〔錦兒應下。林冲指宋江〕此位就是張員外。〔指柴進〕此位就是葉巡檢。〔宋江、柴進〕唐突高賢，登堂冒昧。〔王班直〕夙欽雅誼，幸識荆州。〔作拜介。王班直〕二位駕臨，頓令蓬户生輝。況且林教師久客來家，且飲三杯，以消積悃，如何？〔宋江〕怎好打攪。〔作入坐介。二家僮送酒介。衆唱〕

【琢木二仙歌】萍蹤合，天各方，鎮耳英名空慕想。舊識新交叙寒温，剪燭飛觴。〔宋江白〕班直公，小子東海鄙人，不見大方識面。班直公在内供奉，怎麼這般打扮？〔王班直〕諸公不知，只爲慶賞元宵，自冬至起，至正月止，爲時甚久，稽察最嚴。我們左右内外，共有二十四班，通類有五千七百人，每人家賜花襖一領，翠葉金花一枝，上有小小金牌，一個鑿著「與民同樂」四字。因此每日在門上聽候點視，如有宫花錦襖，任憑宫殿出入，一概不許盤問。〔宋江〕原來如此。〔柴進白〕班直公，小弟雖然做個小吏，却不曾瞻仰宫庭，不知能彀挈帶進去看看麼？〔王班直〕巡檢公要去，小子包管引進。〔柴進白〕這服色如何得有？〔王班直笑介〕真老實人。這宗物事，舍下頗有。小厮取一副宫花錦襖出來。〔一家僮應下。衆唱〕感荷挈帶煙霄上。〔家僮取宫花錦襖上。白〕服色有了。〔王班直〕巡檢公，你穿戴起來，我同你去。〔柴進作穿戴介。王班直〕教頭，你竟同員外在御街上看看燈，晚間再飲。〔宋江〕小可也就要去覓下處。〔王班直〕員外有所不知，只爲近來梁山賊寇猖獗，這裏也提備得緊。各門頭目、軍士，全副披掛，弓上絃，刀出鞘。各處客居，百般盤詰，總不許容留閒人。如今諸位既是教頭相好，不嫌委曲，竟在舍下草榻。〔宋江〕這個一發不當。〔王班直〕好說。〔衆唱〕纔因范式烹鮮急，又爲徐君下榻忙，懷德永難忘。〔各分下〕

第九齣　御樓賜酒慶元宵

〔場上扎一綵樓，上懸「宣德樓」匾額。樓前一牌，樓中懸橫額「宣和與民同樂」六字，左右八字，門上懸「禁衛左門」、「禁衛右門」，綵結文殊、普賢跨獅子、白象。又扎二龍，中置燈燭，餘各懸燈毬。樓中設御座、黄羅傘蓋、掌扇，各陳設介。內打細十番一回，四宫監引梁師成、宿元景上。白〕帝宫三五戲春臺，玉漏銅壺且莫催。西域燈輪千影合，東華金闕萬重開。咱家梁師成、宿元景是也。只爲聖上慶賞元宵，特賜羣臣飲宴。適纔宴罷，奉旨教東宫千歲爺在宣德樓賜萬民御酒。又令諸王在千步廊買市。你看人山人海，燈月交輝，真是太平樂事。我們且在宣德門去。正是歲久君恩重，時平樂事多。〔下。小黄門持紅紗燈，總管、家丁捧袍笏，引各官簪花上。唱〕

【啄木賓】天厨美法醖良，鎬飲羣沾帝澤長。〔一白〕諸公，我們赴宴回來無事，還到王晉卿家去看燈罷。〔一白〕只怕王將明家的燈更好。〔一白〕不必去，今日他家又請他的恩府先生，不如在宣德樓前步去。〔衆唱〕雲廊轉萬點星毬，金門曉一片霞紬。歌嘹喨，多應是九天上曲譜霓裳。〔下。內鑼鼓，扮各種雜耍、舞獅一回，下。宋江、林冲、燕青、戴宗上。唱〕

【三段催】天街滉瀁，罩輕煙燈光月光。千門啓張，度星橋珠裝玉裝。〔白〕列位兄弟，真好繁華也。不免到宣德樓下去。〔史進、穆宏上。唱〕綵雲萬朵迎風漾，銀花千樹先春降。〔宋江〕你二人也在此處？〔史進、穆宏〕適纔在龍津橋遇見魯智深，他邀同武松、秦明、劉唐去遊相國寺去了。〔宋江〕也罷。你們須要謹慎些。〔史進、穆宏〕是。〔唱〕聯蘭袂，入桂叢，轉筠廊。繁華更在樊樓上，蜻蜓穿透芙蓉榜。拚今夜，遊歡暢。〔分下。軍士引高俅上。同唱〕

【歸朝出隊】遭榮幸，遭榮幸，勢焰少雙，典宿衞羽林職掌。〔白〕下官高俅，只因遭遇今上在龍潛朱邸時候，寵眷直至於今。目下慶賞元宵，奉旨與民同樂，一切遊人不禁。下官有典兵宿衞之責，誠恐遊人衆多，奸良莫辨，因此與童太師，他兼管樞密院，也領兵各處彈壓。衆軍士，遇有面生可疑之人，就與我拿下了。〔同唱〕嚴巡緝，嚴巡緝，防奸禦强。〔衆衙役打開封府燈籠，拿板子、鞭子、鎖子引府尹上。同唱〕良宵，直撤了金吾禁網。〔相見介。白〕老太尉請了。〔高俅白〕大京兆請了。〔府尹〕慶賞元宵，乃太平樂事。老太尉只該在家鬧燈取樂，這緝拿奸宄，禁止打降，是我地方官的事，如何也勞動太尉。〔高俅〕京兆有所不知，近日各處草寇竊發，此處逼近禁庭，特爲出來彈壓。宣德樓賜萬民御酒，我們且到那裏去。〔同唱〕花燈鬧處人熙攘，御樓賜酒皇恩蕩。怕的不夜長春，奸宄潛藏。〔下。各種老人、男婦上，内秦樂介。衆白〕不要擠舍。〔樓上東宫太子上，正中站，宫監執紅紗燈籠旁站。樓下皆列禁衞排立，錦幞頭、簪花，執骨朵子站介。衆百姓白〕樓上千歲爺在那裏，我們都跪了。

〔衆跪介。宮監白〕樓下百姓聽者，東宮千歲爺令旨，皇爺賜爾萬民御酒，各自從容取飲，不得喧嘩。〔衆〕千歲，千千歲。〔禁衛盛酒，衆取飲介。樓上唱〕

【黄龍捧燈月】天降嘉祥，四海清寧，皇心歡暢。元宵令節，大德同民，遍賜瓊漿。〔衆百姓唱〕啓黄封雲液浮香，持大斗仙韶齊響。羣拜祝，願皇躬如天久長。〔内奏樂，東宮宮監、禁衛下。衆百姓白〕我們好造化，今晚吃了黄封御酒，一年都是吉利的。〔一白〕我們再到前邊看燈罷。〔内鑼鼓一陣，馬燈上，沖散衆人介。各諢尋伴介。一大肚村婦白〕不好了，我當家兒的不見了。〔 和尚白〕娘子，我在這裏。〔婦人白〕好秃顱，到來燥老娘的脾。〔作打和尚介。衆衙役引府尹上。白〕拿拿拿！ 好秃驢，你怎麽在此胡撞？ 左右，拿下去，重打二十。〔作打和尚介。和尚白〕老爺，他是小的女人，我不是和尚。〔作拿帽，露出秃子頭介〕這是我剛纔拾了和尚的帽。〔婦人白〕冤家，我黑影子看不清。老爺，這是我的男人。〔府尹〕這是怎麽説，替我混攪。左右與我趕下去。〔作趕秃子、婦人諢下。府尹白〕左右，與我再到前面巡邏去。正是五夜笙歌敲玉樹，萬人歡笑醉仙桃。〔下。柴進上。唱〕

【滴金樓】潛身禁殿觀屏障，字削山東并宋江。〔魯智深、武松、劉唐、秦明上。唱〕更深猶自壺天上，衆伴兒何無往。〔白〕那不是柴大官人麽，爲何這等打扮？〔柴進〕原來衆兄弟。嚇殺我也，嚇殺我也！ 只爲借了王班直服色，同入大内遊玩。不想王班直被同伴唤去，我竟到了紫宸殿、文德殿、凝暉殿，從殿後轉將入去，到一個偏殿，牌上金書「睿思殿」三字。閃進看時，正面却鋪着御座屏風，上堆青疊緑，畫着山河社稷混一之圖。轉過屏風，後面竟有御書數行大字，内有「山東宋江」字樣。〔衆白〕這又奇了。〔柴進〕我將身上暗器，竟把那四個字刻將下來，飛奔而出，要尋着宋大哥，告訴他早些回去，恰好遇着你們。〔衆白〕這事看來頗有關係，不如尋着他，早些走罷。〔柴進〕正是。〔唱〕真情非謊，險些惹起掀天浪。急速追尋吾黨，候鷄關外飛翔。〔同下〕

第十齣　李逵縱火鬧皇城

〔宋江、戴宗、李逵上。唱〕

【臘梅花】相攜聯袂來遊洞天，看遍星橋火樹芙蓉院。我赤膽如斗懸，驚人魂魄，誰將金殿姓名鐫。〔宋江白〕我們只爲來東京看燈，昨夜回來，方知柴進兄弟竟走入大内，將御屏上「山東宋江」四字偷挖而出。衆人一驚不小，再三勸我回去。我想既來到此，豈有就回之理，只得今夜再遊一個盡興。況且東京城内，那上廳行首李師師，是第一名妓。我意欲去訪他一訪，已着燕青前去探路，尚未見回來。〔李逵〕哥哥，昨日留我看家，不許我去。今夜又不教我去，就要活活氣死了。〔宋江〕你去，我怕你弄出事來。〔李逵〕哥哥，你不帶我來也罷了，既帶我來，各人都去快活，叫我悶出鳥來，予心何忍？〔宋江〕你狀貌不好，你性子又不好，怕你惹禍。〔李逵〕只不帶去也罷，幾曾看見我嚇壞了大的小的。〔宋江笑介。白〕也罷，帶你去便是了。〔燕青上。唱〕

【本宫賺】花信欣傳，翠幌粧樓春色妍。〔相見介。宋江白〕你回來了麽？着你打聽李師師家，可能通得路否？〔燕青唱〕承驅遣，漁郎直入武陵源。〔白〕小人打從樊樓前踱過天津橋，穿出小御街，問到他家門首。揭開青布幕，掀起斑竹簾。咳嗽一聲，只見屏風後走出一個丫環，道了萬福説：哥哥那裏來？我説：姊姊請媽媽出來。少間轉出李媽媽來，小人納頭便拜。〔唱〕畫堂前，虔婆一拜生歡忭。〔白〕那媽媽説：小哥好熟臉，怎麼一時想不起來。我説：老娘怎的忘了？小人姓張。媽媽説：你莫不是太平橋下張一的兒子小張閑麽？小人説：正是。媽媽説：如此，你還我姑表姪兒哩。小人隨機應變，將他認做姑娘。那媽媽又説：你一向在那裏？我説：一向伏侍個山東客人，有的是家私，説不能盡。他是燕南、河北第一個財主。如今來此，一來賞元宵，二來京師探親，三來帶些貨物做買賣，四來要求見娘子一面。怎敢説來宅上出入，只求同席一飲，稱心滿意。若依允時，就有黄白之物送來。這句話動了那媽媽的火。〔唱〕我道員外揚州跨鶴翩，更兼萬貫足腰纏。〔白〕那媽媽就叫李師師出來，告知就理。李師師問如今員外在那裏。小人説就在樊樓下茶坊裏，不得娘子言語，不敢擅入。虔婆説：快去請來。所以，小人趕回來的。〔宋江唱〕妙呀！聽君言，趁香車綺陌趨芳宴，入馬平康學少年。〔白〕林冲去上墳未回，柴進又同王班直出遊去了，我們走罷。〔行介。唱〕整冠弁，向樊樓過也勾欄院，暫時留戀，且休留戀。〔下。小宫監掌燈引梁師成上。唱〕

【解三醒】聽宫壺蓮花漏箭，宣王言向樞密親傳。何人闖入黄金殿，這膽大欲包天。〔白〕我梁師成適纔在上清宫隨駕回來，忽有密旨，説睿思殿内屏風上被人削去「山東宋江」四字。已將門上小黃門拿下，叫咱家傳旨與樞密院，緝拿奸細。我想梁山一案，强盜非同小可。蔡太師一味主剿，兩次三番，遣的將官都被拿去。如今竟弄到大内來了。若不趁早招撫，只恐變生不測。〔唱〕詭秘行蹤可疑也，不如一紙丹書萬事蠲。〔白〕且則由他傳旨便了。〔唱〕空凝眄，早則是一天錦綉，輻輳喧闐。〔下。場上擺屏風、陳設古玩，各處掛燈，毬門前立煙月牌，旁掛對聯，上寫「歌舞神仙女，風流花月魁」。内打十番，宋江、燕青、戴宗、李逵上。唱〕

【又一體】碧澄澄萬花葱蒨，步廊外燈月娟娟。〔内打花燈鼓，又打秧歌鑼鼓介。衆唱〕聽霓裳法曲悠揚轉，似朝元閣笛聲傳。想幾年龍争虎鬬空馳逐，怎知化日光天在眼前。葵心見，惟願取金鷄綵翼，飛下雲天。〔燕青白〕來此已是，待小子進去。裏面有人麽？〔宋江、李逵、戴宗虚下。丫鬟隨上，李媽媽上。白〕酒邊舊侣真何遜，南國佳人號莫愁。是那個？原來是張閑哥，員外來了麽？〔燕青〕來了。主人再三上覆，媽媽啓動了花魁娘子，山東海僻之地，無甚希罕之物，特備黄金一百兩，權當人事。别有罕物，再當相送。〔作遞介。媽媽〕還有什麽東西罕似他的呢？快請員外進來。〔燕青下。媽媽白〕丫鬟，且收了，快請姊姊出來。〔丫鬟作請介。李師師上。唱〕

【劍溪令半】身近五雲邊，道的個離宫别院。〔媽媽白〕兒嗄！那山東的員外是個大財主。就是裏邊，也不曾賞你這些東西。〔燕青、宋江、戴宗、李逵上。宋江白〕你兩人只在門前等等。〔李逵〕隨便説兩句，我要去看熱鬧。〔宋江〕休得胡説。〔戴宗、李逵下。宋江進門介。燕青白〕我員外來了。〔媽媽〕我兒，這位就是山東的員外。〔李師師〕員外，識荆之初，何故以厚禮見贈？却之不恭，受之太過。〔宋江〕山僻村野，絶無罕物。芹意表情，何勞道謝。〔媽媽〕員外，這是我姑表姪兒，望乞員外另眼照看些兒。〔宋江〕這個自然。〔李師師〕請到裏面小閣兒坐坐罷。〔媽媽〕丫鬟，看酒到閣兒上去。〔下。李師師作送酒介。唱〕

【傍粧臺】際堯年，良辰三五慶團圓。恁東海稱豪俊，俺南國娩嬋娟。〔宋江白〕在下山鄉雖有貫伯浮財，未曾見如此富貴。花魁的風流聲價播傳海宇，要求一面，如登天之難，何況親賜酒食。〔唱〕僥倖殺風流客，親近恁花魁面。〔作揎拳裸袖介。燕青白〕今日員外飲酒，好得意也。〔丫鬟上〕姊姊，門前兩個伴當，有一個生得怪怕人，在那裏喃喃地罵。〔宋江〕不要理他。〔李師師〕丫鬟，與他些酒吃罷。〔丫鬟應介。宋江〕大丈夫飲酒，何用小杯。〔丫鬟送金斗。宋江唱〕歡無限，喜有緣，俺平生意氣斗牛邊。〔作乾介。媽媽慌上〕我兒，官家從地道中早已到後門，快去接駕。〔李師師〕奴家不及奉陪員外，今日暫請回去，望乞恕罪。〔宋江〕曉得。〔李師師〕可堪三島神仙質，常沐九天雨露恩。〔下。燕青〕我們快些走罷。〔宋江〕且住。今番錯過機會，後次難逢。我和你且躲在黑影裏，少間聖上來時，我們就在此告他一道招安赦書，有何不可？〔燕青〕哥哥，這事不可造次，且躲過一邊。〔虛下。李逵上〕咳！那裏來的悔氣，放着燈不瞧，到在這裏來瞎混。〔戴宗上〕你又來發狂了。〔李逵作拍桌介〕我老爺的無明火要起來了。〔丫鬟拿酒上〕你們來，這酒給你們吃。咳喲！好怕人的黑鬼子。〔李逵作吆喝介。丫鬟跌介，下。李逵作趕介。戴宗教介。楊太尉上〕我乃太尉楊戩是也。聖上幸李師師家，不免前去扈駕。〔見介〕呔！你是什麼人，敢在這裏胡撞？〔李逵作拿椅打倒楊太尉介。戴宗作救不住介。李逵作放火燒屏風介。楊太尉爬起走介。宋江、燕青上，又撞倒介。楊太尉下。宋江白〕你這黑廝又惹禍了。小乙，你跟了他來罷。〔宋江、戴宗下，衆軍士擡水桶、火叉各切末上〕李師師家失火，你們快些來救。〔李逵作打倒軍士，奪棍殺介。衆軍士〕不好了！反了煤黑子了。〔鬭介。李逵、燕青下。衆軍士跟下。扮秧歌上，唱秧歌。各種遊人上，唱。李逵、燕青上，作打介。衆跑下。穆宏、史進上。白〕你兩個快跟我出城。〔李逵〕老爺還要一路打了去。〔下。柴進簪花錦袍同林冲上〕聞得樊樓那邊御街上有强人行兇，多應是我們的人，快些迎上去。〔宋江、戴宗急上。唱〕

【大齋郎】急煎煎，急煎煎，狂且惹禍禍驚天。〔相見介〕不好了，鐵牛又闖出禍來了。〔柴進〕不妨，哥哥且跟我出城罷。〔唱〕錦袍花帽顔色鮮，昨宵金殿，今宵摇擺到城邊。〔下。衆衙役打開封府燈籠，引府尹上。白〕衙役們，聽見有人在御街打架，快些拿去。〔李逵、燕青、穆宏上，作打衙役、府尹，跑下。魯智深、武松上〕你們還在此慢騰騰的，快隨我來。〔跑下。高俅引軍士上。唱〕

【錦衣香】帥精騎，忙如箭。掃妖氣，轟如電。〔白〕衆軍士，城裏有了梁山泊强盜了。快些殺上前去。〔唱〕若教漏網吞舟，盜風愈煽，乘時掩捕莫俄延。〔下。場左擺布城，上懸「南薫門」額。門軍、門官上。白〕軍士們，今晚看燈人更多，須要小心。〔軍士〕奉旨不許攔阻，有什麼小心、大心。〔門官〕

你們不要太大膽了，萬一梁山泊的人來看燈，也叫他進去不成？〔軍士〕老爺放心，梁山泊的人，一個個我都認得。〔柴進、林冲、宋江上〕開門，開門。〔門官〕這是你家的大門麽？朝廷禁門是亂開的麽？〔柴進〕呔！我奉旨到城外公幹，怎麽攔我？〔軍士作開門介〕請罷，請罷。〔門官〕怎麽亂開門？〔軍士〕老爺，你不瞧他頭上帶的，也該看他身上穿的。這是内府的班直，咱們也攔起他來？〔門官〕只怕信不過。〔魯智深、武松、劉唐、秦明、穆宏、史進、李逵、燕青上，打門軍介。軍士〕你是那裏的？〔衆〕我是梁山泊來的。〔衆軍士、門官諢，衆戰，作出城逃，門官叫喊發諢科。白〕了不得了，了不得了！我説你們要小心，那裏曉得鬧出大亂兒了。〔高俅帶軍士上。唱〕空教追趕，直抵城堧，何處潛藏便。〔白〕門官，可見有一羣强盜出城麽？〔門官〕大人，都是看燈的好百姓出城，並没有强盜。〔軍士〕老爺，事到如今，還不説實話。剛纔有幾個强盜，口稱梁山泊，把我們軍士打傷了好些。〔高俅白〕這狗官，好可惡。回來和你講話。〔作出城介。唱〕縱虎兕出柙高騫，罪狀應難免，星飛雲捲。諒他一羣脱兔，行縱非遠。〔下。場上撤城介。門官、門軍、僂儸、關勝、花榮、呼延灼、朱仝、董平上。唱〕

【漿水令】渡金沙忙整錦韉，到東京月滿平田。論觀燈原無禍延，奉軍令隄防不然。〔宋江、林冲、柴進上，相見介。宋江白〕原來衆兄弟在此。〔關勝〕奉盧寨主、吴軍師將令，着小將來救應。適纔戴宗來報，説李鐵牛生出事來，故此趕上來迎接。〔宋江〕如今那黑廝一定被擒了。〔魯智深、武松、秦明、劉唐、穆宏、史進、燕青、李逵上〕原來衆兄弟都在此。不好了，官兵追上來了。〔關勝五人〕待小弟迎敵。〔衆軍士、高俅追上〕何處强人，膽敢闖入禁城？〔關勝〕梁山泊全夥在此。〔戰介。高俅敗下。關勝〕追兵大敗，請寨主回山。〔宋江〕就此起馬。〔唱〕却笑官兵忒軟綿，提着梁山兩字，即倒戈鋋。回虎穴，開玳筵，兄弟痛飲閑消遣。從今後，從今後，莫蹈危顛。當思念，當思念，僥倖瓦全。

【尾】良辰幸遇神仙眷，偏打破個中機變，怎似衣錦歸來作話傳。〔下〕

第十一齣　宣鳳詔招安水泊

〔場上搭高臺，設朝介。內奏樂，力士持儀仗上站介。四黃門上。白〕閶闔春迴旭日鮮，花光摇曳珮僊。金蓮漏下催初刻，玉笋班齊祝萬年。下官乃大宋朝黃門官是也。今日早朝，恐有百官奏事，只得在此伺候。〔蔡京、高俅、童貫、楊戩、宿元景上。唱〕

【柳梢青】玉帶緋衣，湛露濃于醴。樂舉班齊，早一朵紅雲天際。〔白〕今日早朝，聖駕將次陞殿，請各歸班次站立。〔作兩旁跕介。內細樂，八內官、四昭容從後場上，高桌兩旁跕介。靜鞭響介。黃門官白〕奏事官，有何文表，就此披宣。〔高俅、童貫跪介。白〕臣童貫、臣高俅謹奏。〔黃門〕奏來。〔童貫、高俅〕只爲慶賞元宵，臣二人率領禁旅每夜巡邏。不想昨夜勾攔院李行首家火起，延燒居民十餘家。忽有數大漢，口稱梁山好漢，竟奪門斬關而出。事關驚擾皇城，乞吾皇定奪。〔唱〕

【駐馬聽】燈月雙輝，禁旅巡邏護紫微。怎勾攔搆禍，奸宄生心，回禄揚威。摧殘歌舞直離披，震驚士女都迴避。俶擾王畿，更斬關直出，竟同兒戲。〔內官白〕平身。〔高俅、童貫起介〕萬歲。〔內官〕聖上有旨，昨日宫官奏，睿思殿御屏上有人削去「山東宋江」四字，今又大鬧皇城。此等寇盜不除，非同小可。諸臣有何所見，平此寇賊，以抒朕懷。〔蔡京、楊戬出班跪介〕臣蔡京、臣楊戬謹奏。〔黄門〕奏來。〔蔡京〕梁山宋江聚集匪徒，蟠踞水泊，已非一日。今公然潛入大内，驚擾王城，若非痛加懲創，不足一警兇頑。臣乞吾皇發禁兵一萬，欽差大臣一員總統，務期悉拔根株，以除妖孽。〔唱〕

【駐雲飛】世值雍熙，怎縱幺麽擾帝畿。他逞着黔驢技，終是螳螂臂。嗏。天討莫稽遲，元戎宿衛，耀日旌旗。滅此而朝食，管取掃穴犁庭顯國威。〔内官白〕平身。〔蔡京、楊戬起介〕萬歲。〔宿元景出班奏介〕臣宿元景謹奏。〔黄門〕奏來。〔宿元景〕臣啓陛下，宋江等一百八人不過幺麽小寇，弄兵潢池，原非大盜可比。臣向來在華州進香，被劫金鈴吊掛，後來親至舟次，叩頭請死，總爲貪官汚吏相激而成。臣於回京之日，已曾面奏。無知諸臣，立意主剿。所保將官，皆歸賊黨。今又欲移動禁旅，賊人據險負隅，未必可以滅此朝食，徒損國威。況且近來遼政日蹙，金人日强，禁旅豈可擅動。以臣愚見，只降一紙招安之詔，赦其前愆。不發一兵，不折一將，可收干城禦侮之用。如若不遵，臣願以全家保之。〔唱〕

【又一體】兵弄潢池，嘯聚無知是小兒。他受制貤官吏，到底懷忠義。嗏。禁旅莫輕移，金人狡獪，遼政傾欹。若不降金鷄，塗炭生民没了期。〔内官白〕聖主道來，據宿元景所奏，宋江等原係良民，爲長吏摻切迫脅爲非，以致嘯聚水窪，逋逃拒命。若降詔招安，願以身保。是一紙詔書，賢于十萬師也。諸臣所請欽差總統發禁旅一萬，似不必行。朕即親書丹詔一道，庫藏官取金牌三十六面，銀牌七十二面，紅錦三十六疋，緑錦七十二疋，黄封御酒一百八瓶，即着宿元景賫往招撫，毋替朕萬萬歲。〔内秦樂，衆武士、内官、宫官、黄門官作退朝介，下。場上撤高桌，衆朝臣出朝介。白〕宿太尉恭喜賀喜。招安的事，你一力應承了，如有反覆，身家關係。〔宿元景〕託聖天子洪福，决不辱命。〔衆宫監執樂器，持金牌、銀牌、紅緑錦，擡御酒，一綵亭中安詔書。梁師成隨上。唱〕

【舞霓裳】鳳詔飛來下丹墀，下丹墀。白金文綺上方奇，上方奇。從今山藪消魑魅。〔白〕宿太尉恭喜賀喜。皇爺給了你個整臉。〔宿元景〕總是皇爺威德。〔梁師成〕皇爺有旨，教你即刻起程。〔宿元景〕君命嚴切，怎敢羈留，就此起馬。〔衆唱〕君言不宿便星馳，高舉着招撫旗幟。梁山上放膽，歸朝莫心悸。〔下。梁師成笑介。白〕老太師，到底招安的好。〔蔡京〕只怕賊人反覆。依老夫之見，還是該剿。〔梁師成〕這些個强盜，如今都跑到城裏來鬧了，還説要剿。〔下。童貫白〕這也不妨，就是招安了，有咱們在這裏，少不得慢慢兒逐個收拾他。〔衆白〕童太師之言甚爲有理。〔衆唱〕

【又一體】暫投香餌釣鯨鯢，釣鯨鯢。籠鳥安能奮翮飛，奮翮飛。將來周内歸文吏，眼前且自享輕肥。博的個，皇心慶尉司和鼎，宋室江山全是我調劑。〔下。戴宗上。白〕天上星辰聚，人間雨露饒。我戴宗是也。只爲宋大哥元夜大鬧了東京，如今奉令打聽，朝臣入奏，可有調集官兵收捕之信。不免前去走一遭。前面鼓樂喧天，不知何事，向前去看來。一心忙似箭，兩脚走如飛。

〔下。内官校尉打御仗龍旗一面上，一面上寫「奉旨招安」四字，又抬金銀牌、紅綠錦、御酒、綵亭安詔書，四小宮監引宿元景騎馬，一傘夫張蓋上。唱〕

【紅綉鞋】德音過了郊圻，郊圻。霎時喜動蒸黎，蒸黎。芝蓋起，慶雲隨。香靄靄，馬騑騑。馴虎豹，伏熊羆。〔遶場下。戴宗上。白〕妙呀！方纔細細探聽，方知衆朝臣奏知，元夜大鬧東京的事，竟要請禁旅一萬血剿梁山。幸喜宿太尉以身家保奏，聖上御筆親書招安詔書一通，即着宿太尉到我梁山去。今番却是喜也，不免快去報與宋大哥、衆頭領知道。〔唱〕

【尾聲】一行旌旆招吾輩，鬧元宵化凶爲吉，且到忠義堂前搶他頭報喜。〔下〕

第十二齣　過龍樓齊效山呼

〔場上設五鳳樓，上黄布城一座，内搭高臺，設帳幔介。扮黄門官冠帶上。唱〕

【點絳唇】三殿宏開，千官朝拜。祥光靄，綏静狼豺，從此乾坤泰。〔白〕下官乃大宋朝黄門官是也。只爲梁山泊宋江等跳梁水泊，抗拒王師。聖上降詔招安，宥其罪惡。他已焚毁巢穴，散遣僂儸，束身歸朝，俯首聽命。今日在五鳳樓前引見，真個規模整肅，意氣昂藏，十分的驍勇可愛。道猶未了，百官早到。正是戎服上趨承北極，儒官列陛映東曹。〔跕介。四宰輔、文官十二員、武官十二員上。唱〕

【一枝花】相慶幸皇朝德廣覃，還欣羨聖主恩遥被。斷濟濟千官都入賀，齊臻臻四海盡懷歸。今日個肅穆君威，召見糾鸞佩。暫聽得静鞭兒三聲似雷，早已是噴金獸丹陛凝香，投至得闢銅龍紫宸正位。〔白〕我等奉旨，在五鳳樓前觀看招安梁山泊衆人，合當慶賀皇朝。〔内鳴鐘鼓，奏樂介。衆朝臣〕聖駕陞座矣，我等肅恭朝賀。〔八太監持執事，八宫官執提爐、符節、掌扇出建章門，上樓介。衆朝臣排班朝賀。唱〕

【梁州第七】慶吾皇恩光旁逮，幸羣臣曉旭迎暉，看不盡昇平一統圖王會。特招安遥頒鳳詔，競天忭舞龍墀。遊舜日金甌永固，萬堯年玉燭常輝。〔宿元景從午門上。白〕聖上有旨，向以梁山泊宋江等聚集山寨，連年梗化，宵旰不寧。今招安降順，歸服皇朝，深爲喜悦。即着駕下武臣，率領梁山衆將，身披甲胄，各按舊裝，從東華門進，向西華門出，在五鳳樓前逐隊而過。欲觀英勇非常，喜見太平有象。願與文武諸臣共瞻勝事。〔下。衆文武〕領旨。〔衆起。十二武臣下。衆文臣唱〕憶先時不靖征鼙，到今朝盡向王畿。消滅了舊烽煙污染都捐，沾潤些新雨露愆尤盡洗。可知道衆豪傑兩字無欺，該題忠義。不轉盼山呼定博龍顔喜，格三苗，真堪比。一遞裏左右排班引隊，齊迥邁常儀。〔城前左右設桌櫈四，宰輔文臣上立介。二武臣持旌節花名册，領梁山將第一起宋江、吴用、花榮、秦明、呼延灼、徐寧、盧俊義、公孫勝、林冲、關勝、柴進、李應、魯智深、朱仝、武松、張清、董平、楊志，武扮，持器騎馬上。唱〕

【九轉貨郎兒第一轉】首奉詔攀躋金殿，擺列着龍輿鳳輦。容吾等雕鞍撥叱競揚鞭，真個是荷君恩邀曠典。〔衆作下馬跪，放兵器，各通名叩賀介。衆持兵器上馬。唱〕欣仰聖，幸瞻天，羣拜賀海宴河清億萬年。〔下。二武臣持旌節、花名册，領梁山將第二起索超、戴宗、劉唐、史進、雷横、楊雄、石秀、解珍、解寶、李俊、阮小二、阮小五、阮小七、張横、張順、李逵、穆宏、燕青，照舊武扮，持兵器騎馬上。接唱〕

【二轉】億萬年國恩叨羣瞻帝闕，到此地馬蹄蹀躞。遥望見日月雙聞雉扇斜，龍樓下端的競豪奢。〔衆作下馬跪，放兵器，各通名叩賀介。衆持兵器上馬介。唱〕喜御爐香靄身曾惹，第二起歡騰，臣妾媿美，着干城詠兔罝。〔下。二武臣持旌節、花名册領梁山將第三起朱武、孫立、燕順、宣贊、黄信、蕭讓、裴宣、單廷珪、魏定國、歐鵬、鄧飛、郝思文、凌振、彭玘、韓滔、楊林、吕方、郭盛，照舊武扮，持兵器騎馬上。接唱〕

【三轉】咏兔罝午門前容教馳驟，紀麗洪三班拜手。暢好是誕登覺岸渡蓮舟，却情知臣節損，恁躬沐主恩稠。〔衆作下馬放兵器，各通名叩賀介。衆持兵器上馬。唱〕恨當日潛逃澤藪，喜今日親瞻冕旒。竦天威敢偷，天容在眸，天香滿袖。還聽得口勅臚傳尚未周。〔下。二武臣持旌節、花名册領梁山將第四起王英、扈三娘、孔明、孔亮、童威、童猛、陳達、楊春、皇甫端、安道全、鮑旭、樊瑞、項充、李衮、金大堅、馬麟、孟康、侯建，照舊武扮，持兵器騎馬上。唱〕

【四轉】聽臚傳分次第金階面聖，早一半恭承寵命。這都仗替天行道宋公明。昔日個在梁山羣嘯聚，幾曾的夢想功名，星輝日炳。誰知他降勅也招安，左一隊，右一隊，恁御道，容馳騁。〔衆作下馬跪，放兵器，各通名叩賀介。衆持兵器上馬。唱〕天一而貞，地一而寧。四排班，滿臉上堆歡慶。施羣策，顯羣英成。且打疊返轡疾行，免使那往後的同人斷迭等。〔下。二武臣持旌節、花名册領梁山將第五起鄒淵、鄒潤、穆春、鄭天壽、陶宗旺、宋清、樂和、施恩、湯隆、龔旺、丁得孫、曹正、宋萬、杜遷、薛永、杜興、李忠、周通，照舊武扮，持兵器騎馬上。接唱〕

【五轉】斷迭等覲龍顔班居第五，際風雲英雄丈夫。錫王綸，拔擢在泥途，離草莽，陟神都。一個個瀝膽披誠，把社稷扶。早只見整肅朝儀，高擎節符。須則是忙鞭策，急摳趨。〔衆作下馬跪，放兵器，各通名叩賀介。衆持兵器上馬。唱〕看不了鵷行鷺序排文武，聽不盡奏御樂悠揚韶護。飄不殘殿陛下寶鴨香浮，數不清環陳鹵簿列金鋪。且待那傳宣畢拜恩初，整齊齊一百單八員九叩瑶階萬歲呼。〔下。二武臣持旌節、花名册領梁山將第六起孫新、顧大嫂、蔣敬、朱富、朱貴、張青、白勝、蔡福、蔡慶、李立、李雲、焦挺、王定六、石勇、郁保四、時遷、段景住、孫二娘，照舊武扮，持兵器騎馬上。接唱〕

【六轉】萬歲呼端端肅肅，樓前聲響。弟兄們厮厮擠擠，聯鑣直上。到俺家末末了了，前前後後綰紅韁，任頭踏花花碌碌排儀仗。却自愧村村野野，粗粗莽莽，拘拘束束，歡歡喜喜，向楓宸瞻仰。〔衆作下馬跪，放兵器，各通名叩賀介。衆持兵器上馬。唱〕纔知得汪汪濊濊，聖恩無量。早輸了誠誠服服的心，遂抹了嘻嘻出出的想。人人個個，轟轟烈烈，効力疆場。好似那南南北北，經經緯緯，衆星歸向。穩情取冠冠冕冕，衣紫腰金共拜颺。〔下。衆文官白〕梁山衆將，臣等逐一細觀，果是相貌魁梧，身軀强壯，真可輔佐太平也。〔唱〕

【七轉】雖則是猙獰狀貌，是天公降生若曹。毓秀扶輿占英豪，非徒義氣忠堪表。一百八待銅柱勳標，二十四繼凌煙畫描。〔宿元景上。白〕聖旨下。〔衆朝臣跪介。宿元景〕聖上有旨，梁山泊衆將已經面見，知其感戴國恩，委實可嘉，各賜蟒袍一襲，玉帶一圍。盡卸甲冑，俱穿蟒服。着兵部官員率領，在五鳳樓前謝恩。〔衆文官〕領旨。〔宿元景下。二官虚下，作傳介，就上。衆文官起。唱〕殊恩疊沛由來少，儘輝煌命服天章耀。試看那恁開創的梁山，怎想到受招安兒，五鳳樓前齊舞蹈。〔前十二

員武官率領梁山一百八人，盡穿紅蟒，各執朝笏上。唱〕

【八轉】聖天子山河一統，衆宰輔皋夔接踵。可知主上是真龍，仰垂裳九重九重。沛恩膏，沾丐亘，提封合，車書争上昇平頌。慶遭逢也麽哥，效丹衷也麽哥，翹首兒肅恭，世際中天瑞日兒紅。〔齊跪謝恩介。唱〕謝吾皇錫寵錫寵，蟒玉章身被殊榮。竊臣等稽首誠惶恐，愧無功也麽哥，喜無窮也麽哥。只落得鞠跽鸞披拜舞同。〔宿元景在樓上，傳上。白〕聖上有旨，即着光禄寺大排筵宴，慶賞宋江等。即着在廷諸臣，俱在大殿陪宴。謝恩。〔衆謝恩介。宫官〕退班。〔宫官、太監等下，場上撤高臺、布城等物。衆唱〕

【九轉】五百載欣逢昌運，九五位瞻依禁近。笑從前十年辛苦涉風塵，踞梁山潛蹤兒遠遁。值天朝降勅也承恩，更許嘗尚方仙品。光瀲灩金樽疊進，御筵前鋪着錦裀。侑霞觴樂奏南薰，身沾異數過超倫。思報稱涓埃難盡，惟有辦丹心一點舒忠藎，萬千秋翊贊今堯舜。猛擡頭，勃鬱擁祥雲，猶望見朝罷金爐相對引。

【收尾】真個是高懸日月乾坤麗，誰及俺會合英雄今古稀。願長此衅藏戈甲抒康濟。喬煌煌錦衣，艷晶晶節霓，端不負璇圖光耀天顏霽。〔下〕

第十三齣　宋江分兵期滅賊

〔燕青披掛，手捧一手卷上。唱〕

【點絳唇】巧慧天生，秉心骨骾。傳軍令，「浪子」燕青，是咱名和姓。〔白〕我乃「浪子」燕青是也。只爲我梁山泊聚集英雄一百八員，蒙聖恩降詔招安，都到東京大加賞賫。近日，河北田虎佔了五州五十六縣，勢甚猖獗。俺宋大哥要替國家出力，求宿太尉保奏平賊。龍顔大悦，就封俺宋大哥爲平北正先鋒，盧大哥爲平北副先鋒之職。即日率領正偏將佐，起兵前往。蕩平之後，還要論功陞賞，加封官爵。我前日在雙林鎮經過，遇着一人叫許貫忠，贈我一手卷。原來是三晉山川城池關隘之圖，一切用兵屯扎、埋伏、厮殺等事細載明白。今日兩先鋒參謀陞帳，分撥諸軍。不免前去先獻此圖，就可指日成功。正是前生夙有封侯骨，今日先徵獻賦才。〔下。内吹打，場上搭高桌，施帳幔，放令旗、令箭、寶劍、印匣各架。衆軍執旗幟上，左右站介。中軍官執令旗引宋江、盧俊義、吴用、朱武、公孫勝披掛上。唱〕

【又一體】水泊羣英，新除將領。承朝命，飛旆長征，刻日清梟獍。〔白〕俺乃河北正先鋒宋江是也。俺乃河北副先鋒盧俊義是也。俺乃參謀吴用是也。俺乃參謀朱武是也。俺乃參謀公孫勝是也。〔宋江、盧俊儀〕今日某等歸命聖朝，宣威河北，務要馬到成功，全仗參謀大力。〔吴用白〕二位先鋒放心，那田虎不過沁源一獵户，少有膂力，身處萬山之中，易于啃聚。又值水旱頻仍，人心思亂之時，因而糾集亡命，捏造妖言，煽惑愚民。更兼朝廷不以爲意，所以猖獗。如今二位先鋒兵到，正如摧枯拉朽耳。〔宋江、盧俊義〕雖然如此，他佔了五州，我們從那裏起手？〔吴用〕適纔燕青兄弟獻一三晉山川城池關隘之圖，賊中情形，小弟已了如指掌了。如今，只要兵分兩路。〔宋江、盧俊義〕那兩路？〔吴用〕東一路渡壺關取昭德，由潞城、榆社直抵賊巢。之後却從大谷到臨縣會兵。〔宋江、盧俊義〕西一路呢？〔吴用〕西一路取晉寧，出霍山取汾陽，由介休、平遥、祁縣直抵威勝之西北。合兵臨縣，取威勝擒田虎便是。〔宋江、盧俊義〕如此，須先分定纔好。〔吴用〕小弟已經鬮分在此，宋先鋒是東一路，盧先鋒是西一路。如今，只消把大小將領一分就是了。〔宋江、盧俊義〕如此甚好。〔中軍白〕請二位先鋒、參謀陞帳。〔内吹打作開門介。三人陞帳介。吴用〕中軍過來，吩咐衆將，今日兵分兩路，東一路在東，西一路在西，不許攙越。〔中軍〕吠！衆將官聽者：參謀有令，今日兵分兩路，東一路在東，西一路在西，不許攙越。〔内應介。中軍上。白〕傳過了。〔吴用〕吩咐起鼓。〔中軍白〕吩咐起鼓。〔内起鼓介。吴用〕傳衆將上帳聽令。〔中軍傳介。衆將上。白〕先鋒、參謀在上，衆將打躬。〔宋江〕侍立兩旁。〔衆應，分介。吴用〕你看戰士如雲，猛將如虎，不怕河北不成

功也。〔吴用、宋江、盧俊義、朱武、公孫勝同唱〕

【四邊静】熊羆虎豹真彪炳，結束更奇整。河北小幺麽，怎保殘生命。〔衆將唱〕鼓鼙震霆，旌旗轉明。香靄陣雲平，詰朝好斷併。〔宋江白〕衆將官，今乃黄道吉日，就此分兵前去。〔衆應介。同唱〕

【又一體】刀鎗劍戟霜鋒冷，不是舊行徑。戮力報皇朝，名與凌煙並。〔合前〕鼓鼙震霆，旌旗轉明。香靄陣雲平，詰朝好斷併。

【尾聲】征塵四野馳金鐙，自有個出奇制勝，直把那三晉雲山一廓清。〔下〕

第十四齣　急交鋒瓊英飛石

〔衆小軍、葉清引鄔梨上。唱〕

【新水令】新朝勳戚應時昌，統貔貅旌旗飄漾。嬌兒呈妙技，老父仗餘光。戰勝名揚，指日宋師喪。〔白〕吾乃晉王國舅樞密使鄔梨是也。原是威勝富户出身，只因大王起兵，聘了俺親妹爲正宫，因此封俺爲國舅兼樞密之職。向年曾擄一女子，名唤瓊英，就撫他爲女，不異親生。誰想我女兒夢中得異人傳授，諸般武藝件件皆精。更能飛石打人，百發百中。今年已長成一十六歲，幾番欲將他許配與人。奈他誓願要與他一般會打石子的纔配他，這也可笑，得緊那裏去尋這樣的人。近日，宋朝差了宋江、盧俊義前來交戰。現今圍困昭德，俺只得奏請帶兵前來救援。又保舉俺幼女瓊英，大王甚喜，就封他爲郡主，今日起兵。葉清，過來，即請你小姐披掛上堂。〔葉清應介。向内白〕就請小姐披掛上堂。〔内應介〕來也。〔瓊英披掛上。唱〕

【駐馬聽】弱質戎裝，弱質戎裝，姿態風流春色盎。威名遐暢，熊羆簇擁杜蘭香。〔白〕爹爹萬福。〔鄔梨白〕罷了。兒嘎，看你金釵插鳳，鎧甲披銀，好一個女將軍也！〔瓊英白〕爹爹，孩兒既爲先鋒，就要出去厮殺了。〔鄔梨〕我兒，軍旅之事，不可造次。〔瓊英〕那幾個毛賊，何足懼哉。〔鄔梨〕好！大小三軍，就此殺上前去。帶馬。〔衆應介。同唱〕英風颯爽三軍壯，馬蹄蹀躞五花良。若探囊，個中消息應無兩。〔下。衆軍士引王英、扈三娘、孫新、顧大嫂、林冲、李逵、魯智深、武松、解珍、解寶、宋江上。唱〕

【沉醉東風】聽北虜英雄女將，戰南朝豪傑兒郎。虎旅羣蛾眉樣，紅裙隊緑鬟旗張。〔白〕俺宋江自取了昭德，正要乘勝，直抵賊巢。探馬報來，又有國舅鄔梨帶兵前來，用一女將爲先鋒。〔王英〕既是女將，我王英願先出馬。〔宋江〕也罷。王英、扈三娘、孫新、顧大嫂聽令，你領騎兵一千，先行哨探北軍。〔王英衆下〕李逵、魯智深、武松、解珍、解寶、孫立、林冲聽令，爾等只分左右策應，不得有違。〔衆〕得令。〔宋江唱〕只要你先鋒直入搗中央，還教左右翼齊聲攔擋。〔衆應下。宋江上高桌介。瓊英領衆上，王英出馬架住。白〕來將通名。〔瓊英〕奴家乃先鋒將郡主瓊英，你們不過是些打家劫舍的小賊，也敢來通名道姓麽？〔王英〕好罵，好罵！你就罵我兩句也快活。〔瓊英〕這厮可惡，誰替你多言。看鎗。〔瓊英與王英殺戰，王英跌倒介。扈三娘出戰介。孫新、顧大嫂作抬王英下，顧大嫂接戰介。瓊英敗介。扈三娘追介。瓊英囊中取石，打扈三娘手腕，撇刀逃去，瓊英追，顧大嫂作遮攔介，下。孫新又上，接戰介。瓊英囊中取石，打孫新頭，敗下。李逵接戰科，打李逵下。解珍、解寶接戰，打解珍，跑下。魯智深接戰，打跑魯智深，瓊英追下。宋江白〕這女將軍好利害飛石也！〔唱〕

【雁兒落】則見他似走丸脱手良，則見他如挾彈隨身放。則見他落將來雨點般，則見他承將去流星樣。

【得勝令】呀！則見他激飛雹過銀塘，則見他如擲果打情郎。説什麽演陣法逢諸葛，説什麽逞奇謀遇子房。〔鄔梨、徐威領衆上，孫立、劉唐領衆上，戰。孫立敗，鄔梨追介。孫立拈弓搭箭，射鄔梨落馬，徐威死救，衆軍擡下。宋江下高椅介。孫立見介。孫新、顧大嫂、武松、林冲上，見介。孫立白〕那鄔梨中箭而逃了。〔衆上白〕那瓊英見他父親被傷，也鳴金收軍了。鎗傷了王英，打傷了林冲、扈三娘、李逵、解珍、解寶，不見了魯智深，特來繳令。〔宋江〕我自起兵以來，北軍從無此利害，這便怎麽處？〔唱〕昂昂，只道你飛石應無兩。蹌蹌，可知我良弓也少雙。〔郁保四上。白〕啓上先鋒，拿得奸細一名，聽候發落。〔宋江〕叫什麽名字？〔郁四保〕叫做葉清。〔宋江〕帶過來。〔作帶進葉清介，跪介。宋江〕放了綁。〔葉清〕多謝先鋒。葉清有句話，乞屏左右。〔宋江〕我這帳前都是心腹之人，但説不妨。〔葉清〕小人雖是鄔梨國舅名下總管，其寔小人原是介休良民。因家主遭亂被殺，只帶得小姐瓊英逃難。不想又被鄔國舅搶來，做了女兒，終日賊巢度日。要想報仇，苦無機會。如今天兵到來，我家小姐亟欲歸順，未敢造次。適纔鄔國舅被傷藥箭，勢甚危急，叫小人出城覓醫，故此冒犯轅門，敬陳苦況。先鋒若可憐見，生死感恩的。〔唱〕

【收江南】都只爲小人冒死訴衷腸，幾年認賊作爺娘。望將軍妙計救紅粧，把深冤報償，翦除巨寇姓名香。〔宋江〕看他情真色慘，料非虛誑。你且起來。〔葉清應介，起介。宋江〕左右，叫安道全、張清過來。〔左右傳介。安道全、張清上。白〕先鋒，有何吩咐？〔宋江〕如今鄔梨中了藥箭，危在旦夕。于中瓊英小姐有意歸降，你二人改作全靈、全羽，同了葉清去，相機行事。〔唱〕

【沽美酒】一個叫全靈挈藥囊，一個叫全羽隨衣仗。只要你顯出神醫海外方，慢慢的，把甘言試嘗，若比武藝無多讓。

【太平令】直到的桃來李往，忒分明威鳳求凰。芙蓉帳紅絲牽上，鴛鴦被青霞幾緉。俺呵人强馬壯，恁休戀衾香枕香。〔葉清、安道全、張清白〕得令。〔下。宋江〕就此扎營。〔衆應介。合唱〕呀！請看俺衆弟兄摩拳擦掌。〔下〕

第十五齣　乍比勢全羽成親

〔院子扶鄔梨，瓊英隨上。鄔梨唱〕

【西地錦】堪怪强梁鳴鏑，毒藥暗煮金鈹。〔瓊英唱〕吉人天相投良劑，只爲遇着神醫。〔白〕爹爹萬福。〔鄔梨〕我兒罷了。我前日身被毒箭，幾乎性命不保。幸得葉清尋那全靈、全羽弟兄前來醫治。外使敷貼之藥，内用長託之劑。三日之間，就痊可了。真是萬幸。〔瓊英〕這都是爹爹吉人天相。〔鄔梨〕院子，叫葉清唤全靈、全羽進來參見。〔院子傳介。葉清引全靈、全羽上。白〕自操起死回生術，來作偷天换日人。〔葉清〕住着。〔進見介〕全靈、全羽弟兄傳到。〔鄔梨〕唤他進來。我兒迴避了。〔瓊英〕曉得。〔全靈、全羽進見介〕國舅在上，全靈、全羽弟兄參見。〔鄔梨〕起來。看坐來與他弟兄坐了。〔左右應介。鄔梨〕我此番身被毒箭，全仗先生妙手。你是何方人氏，幾時在此行醫？細細説與我知道。〔全靈白〕醫人是江南人，幼得異人傳授，諸般雜症，應手而效。〔唱〕

【降黄龍】家世江南，異授仙方，配合精奇。任諸般雜症，走入膏肓，死去生回。〔白〕這全羽是醫人兄弟，自幼學成武藝，更能飛石打人，百發百中，望國舅提拔。〔鄔梨〕也能飛石打人，這也奇怪。〔全靈、全羽合唱〕如飛探囊取石，打教人血流被體。望恩慈提攜，驅遣馬前宣力。〔内一探子上。白〕報，宋江又領兵攻城了。〔鄔梨〕再去打聽。〔探子應下。鄔梨〕嗄！我連日不曾出戰，這廝又來打城。葉清過來，傳令教場整點兵馬，令郡主出去迎敵。〔葉清應介。全羽白〕啓上國舅，小人蒙恩抬舉，無可報効。今宋江兵馬臨城，小人不才，願假一旅之師，殺他片甲不回。〔唱〕

【黄龍滚】戎裝震虎威，戎裝震虎威，少展平生技，願領一旅師，把幺麽草寇平如洗。〔鄔梨〕壯哉，壯哉！你方纔説能打飛石，你敢與郡主比試麽？〔全羽〕小人乃卑下之人，怎敢與郡主比試？〔鄔梨〕比較武藝，何分貴賤。葉清過來，一面領全羽去裝束，一面請郡主披掛。〔葉清應介。領全靈、全羽下。鄔梨唱〕看他風流倜儻，諒非凡輩。鬭飛石，女投桃，男報李。〔瓊英披掛持鎗上。唱〕

【神仗兒】雕戈畫戟，雕戈畫戟，旌旗旖旎，想英雄到矣。〔白〕適纔葉清來傳父親之命，説那醫人之弟全羽也能飛石打人。又聞得那生一表非俗，就在本府演武廳比試。且看是如何。〔唱〕聽説容儀俊美，怕的是外强中乾，虎皮羊質，負金閨嬌艷姬，負金閨嬌艷姬。〔鄔梨〕我兒，你可與全羽比較一番，就到後園去。〔葉清引全羽上見介〕郡主在上，全羽少禮。〔瓊英〕既如此，若有傷損，休得見怪。〔全羽〕郡主放心，試看如何。〔作厮殺介。瓊英敗，全羽追介。瓊英飛石介，全羽作接介。三打三接介。鄔梨上。白〕你們都住了手。〔兩人停鎗介。瓊英下。鄔梨白〕我家郡主原有誓願，能打飛石者與他作配。今看你飛石不在郡主之下，今日是黄道吉日，就成花燭禮罷。〔全羽白〕多蒙垂愛，感徹五中。但郡主是一金枝玉葉，全羽是個俗子村夫，匹配不倫，有玷門楣，不敢從命。〔鄔梨〕郎才女貌，寔是天緣。一面吩咐預備喜筵鼓樂。你同你妻安氏竟做大媒，速請改粧拜堂罷。喚儐相。〔葉清引全羽下。內細樂扮儐相上。白〕國舅大人在上，儐相叩頭。〔鄔梨白〕就請新貴。〔儐相〕伏以郡馬是虎頭燕額，郡主是玉葉金枝，果然是王侯之配。不數他桃李之姿，嬌滴滴三千粉黛，喜孜孜八百胭脂。今夜既成鳳友，明年定產麟兒。就請上堂交拜。〔葉清引全羽，安氏引瓊英，院子、丫鬟隨上，作交拜行禮。鄔梨作安席介。儐相下。衆唱〕

【畫眉序】合巹百年期，豈料牽絲是拋石。喜檢書月老，巧作良媒。臺下列鳳瑟鸞笙，座間進金漿玉醴。真真好個風流婿，今宵共祝齊眉。〔鄔梨白〕就此送入洞房。〔內細樂、鄔梨、院子下。丫鬟持花燭，葉清、安氏作送全羽、瓊英入洞房介。更衣介。全羽白〕你們都迴避了。〔衆〕曉得。〔衆下。全羽白〕郡主，我與你雖則天緣湊合，若非郡主誓願在先，那有今日。〔瓊英〕人謀天意，都是前緣。得侍君子，寔深萬幸。〔全羽白〕郡主，我與你既成夫婦，諒無嫌疑。我有句心事，不知可說得否？〔瓊英〕願聞。〔全羽唱〕

【鮑老催】衷情訴伊，投明棄暗須究推，赤繩自是前生繫。〔瓊英〕嗄！這等說，難道你是奸細麼？〔全羽白〕我非奸細，我乃宋江麾下「没羽箭」張清。〔瓊英〕既是宋將，怎麼假託名姓誆騙婚姻？〔全羽〕郡主不要高聲，只因你父親中箭，差葉清出城覓醫。那知葉清竟投奔我寨中來，備細説郡主久有歸朝之志，且有父母之仇未報。故爾假託醫人，潛觀動静。豈知天緣湊巧，就有花燭之事。〔唱〕非許僞，來探訪你仇敵，拚身虎穴尋消息。豈知作合成連理，早建功，莫遲滯。〔瓊英白〕郡馬，奴家只爲田賊未除，親仇未報，故此隱忍以待時。今既得郡馬相助，料想就有見天之日了。但不知計將焉出？〔唱〕

【下小樓】聽言已知就裏，念親仇只痛悲。誓將强賊盡誅夷，全仗仙郎妙計，還要不露端倪。〔全羽白〕郡主，明日先將鄔梨鴆死，星夜叫葉清賫表去説，已招郡馬甚是驍勇，即日要來保駕。況聞得田賊知宋兵連勝，要自己親征，威勝必虚。我和你分作兩路，我擒田賊，你入威勝，兩下成功，豈不妙哉。〔瓊英〕郡馬之計甚好。〔全羽〕夜已深了，請睡罷。〔唱〕

【尾聲】今宵喜共鴛鴦被，到明日先鴆鄔梨，還待把田虎生擒，芳名竹帛垂。〔下〕

第十六齣　宋江奏捷平河北

〔葉清披掛上。唱〕

【北粉蝶兒】天道無常，説不的天道無常，冥漠中安排停當，空教我抱怨恨撐破肝腸。〔白〕我葉清只爲瓊英小姐與宋將張清成親之後，已將鄔梨鴆死。又叫我飛報田賊，説郡馬要來保駕。那田賊信以爲然，日盼他來。如今宋兵東路打破了榆社、太谷，西路又打破了平遥、介休。昨日聞得水又灌了太原城，田賊大怒，留了兄弟田豹、田彪在威勝，輔太子田定監國，自己統領尚書李天錫、鄭之瑞，樞密薛時、林昕，都督胡英、唐顯及御林指揮校尉等，挑兵十萬親征，已駐銅鞮山南數日了。今早探馬報來，説宋江兵到，今日交鋒。我想田賊今番料難存活也。〔唱〕虎離山，鼠離穴，看他個有何伎倆。今日裏決戰沙場，論事勢易如反掌。〔下。扮衆軍士旗幟、金瓜、鉞斧，李天錫、鄭之瑞、薛時、林昕、胡英、唐顯、葉清引田虎，張曲柄飛龍黄傘上。唱〕

【南好事近】割據幾星霜，不憚親征勞攘。黄旗左纛，帝制居然相抗。貔貅十萬赭黄袍，穩坐中軍帳。〔葉清白〕葉清參見。〔田虎白〕起過一邊。〔應介。田虎白〕寡人乃晉王田虎是也。自從起兵以來，已佔了五州五十六縣，正要殺進東京，問那道君皇帝讓位與俺。不想宋朝招安了梁山大盜，就用他爲先鋒，把寡人所佔州縣盡行恢復。止有襄垣鄔國舅新招一郡馬，驍勇非常，同郡主武藝一般。不想鄔國舅又病亡了，劉軍師又不知去向。寡人只得留太子監朝，御駕親征。衆將官，就此起行。〔衆應介。唱〕率如林掩殺王師，料宋室江山在掌。〔下。衆軍士引孫新、顧大嫂、王英、扈三娘、孫立、朱仝、燕順、吴用、宋江上。唱〕

【北石榴花】俺只爲旬時恢復舊封疆，一處處士女進壺漿。更喜的埋名張顧，匹配蘭香。〔白〕我宋江奉命北征，已經恢復數州郡。張清兄弟又招贅瓊英，自應不日成功。如今田虎親自出來監戰，衆位兄弟，今日務須努力，擒此逆賊。〔衆〕得令。〔唱〕成功在半晌，計日奏明光。〔田虎領衆上，作對陣介。田虎、宋江上高椅介。衆作對戰介。宋軍敗，北軍追介。劉唐、鮑旭、項充、李衮作領標鎗、團牌、飛刀手上，北軍沖作兩路敗下。田虎跑下。衆白〕啓上先鋒，北軍大敗，田虎走了。〔宋江〕快些追上。〔唱〕遥望見亂紛紛，遥望見亂紛紛，一霎時喬作無投向，引的他横遭魔障。竟做了兩下分張，竟做了兩下分張，好教人玩弄他股掌兒上。還須要趁勢逐亡羊。〔下。衆軍士、胡英、唐顯、葉清引田虎敗上。白〕嗄，不好了！我軍正爾得勝，忽被他籐牌軍將我軍分作兩斷，把李天錫、鄭之瑞、薛時、林昕的兵都沖散了。這便怎麽處？〔内吶喊介。田虎白〕那邊又有一彪軍馬突至，這是天喪孤也。〔一小軍上〕啓上大王，這是平南先鋒郡馬全羽兵到了。〔下。田虎白〕快些宣進來救駕。〔全羽領衆上。唱〕

【南好事近】良緣飛彈打鴛鴦，天教鼠賊淪亡。一腔忠義，埋名暫從狐黨。〔全羽白〕臣啓大王，甲胄在身，不能行禮，望恕臣萬死之罪。〔田虎〕恕卿無罪。寡人正在危急，將軍從天而降，卿其盡心保駕，倘得中興，皆卿之力。〔全羽〕臣啓大王，事已至此，周圍皆是宋兵，速請大王駕幸襄垣，權避敵鋒纔好。〔田虎〕但憑郡馬調度，就此起行者。〔衆唱〕乘龍貴客作前驅，引入扶風帳。盼銅鞮營寨煙消，走襄垣窟穴身藏。〔下。宋江領衆上。唱〕

【北鬭鵪鶉】恰正好對陣兵交，恰正好對陣兵交，猛聽的銅鞮炮響，氣騰騰沖斷重圍，氣騰騰沖斷重圍，生擦擦中分作兩，全虧了帷幄中間一智囊。〔宋江白〕今日全虧參謀將田虎十萬兵沖得七零八落，可見銅鞮不可恃也。〔吴用〕此時張清想誘他襄垣去了。我們急急趕去。〔宋江〕有理。〔同唱〕他喜孜孜錯認作勤王，那知道圈套裝成，那知道圈套裝成，眼睜睜直投羅網。〔下。場上擺布城，上懸「襄垣縣」一匾額，衆引田虎上。唱〕

【南撲燈蛾】急攘攘摧殘龍虎軍，雄糾糾忽來熊羆將。望悠悠駐蹕到襄城，早則見女牆高敞。〔衆作進城介，内響動，吶喊介。白〕田虎要拿活的。〔田虎白〕嗄，不好了！城中有變，快些走罷。〔唱〕戰競競魂飛魄越，止落得加鞭去避鋒鋩。〔白〕哎！我田虎本是亂民，妄干天位。如今進是孤家，退是寡人了，不如尋個自盡罷。咦！你看那邊好像葉總管、全郡馬，想是來救駕的。〔葉清、全羽領衆上。唱〕眼見那大憝元惡，他那知災禍起蕭牆。〔白〕軍士們，把田虎拿下了。〔作拿田虎介。田虎白〕

你是全郡馬，爲何拿我？〔全羽〕我乃宋軍大將張清。〔田虎〕完了。葉總管，你受我的恩不淺，爲何反主？〔葉清〕田賊，你害我主公、主母，今日方得報仇雪恨。〔報子上〕宋先鋒到。〔宋江領衆上。張清、葉清衆擒田虎見介〕啓上先鋒，田虎已擒，特請鈞令。〔宋江白〕就上檻車。〔軍士推田虎下。瓊英領衆拏田豹、田彪上。白〕河北妖氛凈，山東氣概雄。〔安道全上。白〕啓先鋒，郡主得勝而回。〔宋江白〕就請進來。〔相見介。張清白〕郡主好奇功也！過來見了大伯。〔宋江〕這就是郡主麽？這拏的是什麽人？〔瓊英〕奴家領兵賺開威勝城門，那僞太子田定已自刎而死，現拿得田豹、田彪在此，聽候先鋒發落。〔宋江〕吩咐一齊上了檻車。〔軍士應介。推田豹、田彪下。宋江〕賢夫婦雙建奇功，真堪慶幸。〔衆白〕恭喜先鋒，我們初受招安，五月之内，就誅此首惡。這要算初出茅蘆第一功也。〔宋江〕這都是聖天子洪福齊天，衆兄弟同心戮力。一面表奏朝廷，各處安民；一面押解衆賊，到東京獻俘便了。〔衆應介，行介。唱〕

【北尾聲】掃攙槍清逆黨，河北重瞻日月光，這要算初出茅蘆第一場。〔下〕

第十七齣　王慶興師起大房

〔李助、方翰、段二、段五、范全、龔正、丘翔、杜嵓、謝寧上。唱〕

【菊花心】英雄豈論出身低，翊霸匡王須自知。文武兩班齊，半是封侯骨氣。〔白〕俺乃軍師都丞相李助是也。俺乃樞密使方翰是也。俺乃護國統軍大將段二是也。俺乃護國統軍都督段五是也。俺乃殿帥范全是也。俺乃轉運使龔正是也。俺乃御營使邱翔是也。俺乃都督杜嵓是也。俺乃統軍大將謝寧是也。今日楚王陞殿，不免在此伺候。〔八軍士持金瓜、鐵鉞，宮監、宮娥引王慶上。唱〕

【又一體】披荆斬棘啓王基，劉項何妨舉義旗。割劇有淮西，早識其中天意。〔白〕寡人乃楚王王慶是也。原是東京開封府人氏，生來勇略過人，機謀出衆。只因與小人不合，以致顛沛流離，逼我到大房山落草。抗拒官軍，攻破城池，已佔踞了八州地面。因此在這南豐創造宫殿，建號改元，只等打破東京，〔笑介〕看那道君皇帝讓咱也不讓咱。只是聞得宋朝又派兵來厮殺，特宣諸臣計議。内侍，宣諸臣上殿。〔宮監〕大王有旨，宣諸臣上殿。〔衆〕領旨。〔作見跪介。白〕臣等見駕，願大王千歲。〔宫女白〕平身。〔衆朝臣白〕千歲。〔起介。王慶白〕今日宣諸卿到來，非爲别事，只爲我兵正要攻打魯州、襄州，聞得宋朝用了宋江爲先鋒，來救宛州，已屯駐於方城山了。不知諸卿計將安出？〔李助白〕臣李助謹奏，臣聞宋江乃粱山劇盗，道君皇帝降詔招安，新平河北而回，共有一百八員猛將，甚是利害。望主公不可輕覷。〔唱〕

【好事近】水泊號渠魁，百八强梁無比。束身歸命，新平河北鋭氣。虎威狐假，統貔貅，煞有如潮勢。望吾主廟算無輕，勅守臣相機隄備。〔段二、段五白〕臣段二、臣段五謹奏，那宋江不過是草竊英雄，原無大志，何必長他人志氣，滅自己威風。況且宛州是劉敏把守，驍勇絶倫。前者蔡攸、童貫之兵被劉敏殺得大敗虧輸，那宋江何足懼哉。〔唱〕

【千秋歲】奏明廷，俯納微臣啓，論抗拒官軍兒戲。那草竊英雄，草竊英雄，幾曾有，童蔡當年威勢。我旌旗整，刀鎗利，軍聲壯，謀臣偉。直殺到東京裏，看取宋朝天子，何處棲遲。〔王慶白〕卿言是也。只是一件，不備不虞，不可以師。都督杜嵒。〔杜嵒跪白〕臣有。〔王慶白〕你可領二萬接應西京。〔杜嵒白〕領旨。〔王慶白〕統軍大將謝寧。〔謝寧白〕臣有。〔王慶白〕你可領兵二萬接應荆南。〔謝寧白〕領旨。〔王慶白〕轉運使龔正。〔龔正白〕臣有。〔王慶〕你可往來督運糧草，接濟兩軍。〔龔正〕領旨。〔王慶〕倘若殺退宋江，即趁勢進取東京。聽我吩咐。〔唱〕

【越恁好】閫干天位，閫干天位，幾載弄潢池。説甚官軍難拒，守和戰總披靡。我增兵益將兩分岐，何愁鼠輩。〔衆白〕大王神武勝算，寔非臣等所能仰窺。此番一定成功也。〔唱〕些時，早奪取也梁山幟。些時，早殺入也東京地。〔王慶起身介。宮監、宮娥、衆軍士擁王慶下。衆朝臣同下。杜嵒、謝寧、龔正吊場介。衆軍士執旗幟上。杜嵒、謝寧、龔正同白〕大小三軍，就此分兵到西京、荆南二路去者。〔衆應介。同唱〕

【紅綉鞋】如雲將士星馳，如雲將士星馳。助守兩處城池，助守兩處城池。帥虎旅，趁雄飛。滅趙宋，擴丕基。大楚國，萬年期。

【尾聲】房山落草原非意，主和臣不圖今日，直要到殺退官軍方是喜。〔下〕

第十八齣　朱武大破六花陣

〔衆軍士、楊志、索超、徐寧、燕青、解珍、解寶、施恩、孫立、單廷珪、魏定國、陳達、楊春、鄒淵、鄒潤、薛永、李忠、穆春、阮小二、孫新、孔明、朱貴、湯隆引盧俊義、朱武執令旗，同公孫勝上。唱〕

【鬭鵪鶉】剛則是河北初平，怎又來淮西肆擾。一謎裏掠地攻城，猛可的僭王建號。俺這裏奉命馳驅，止合是統軍蕩掃。望賊氛，極目遥。且屯駐伊闕山南，徐圖征討。〔白〕俺乃副先鋒盧俊義是也。俺乃朱武是也。俺乃公孫勝是也。〔盧白〕二位，只爲宋先鋒纔平河北，又奉旨征剿淮西，起兵以來，剋了宛州，下了山南。如今荆南將破。昨日，接有陳安撫奉樞密院劄文，説西京寇盗摽掠東京屬縣，須先平復西京，然後功剿王慶巢穴。宋先鋒因與俺分兵，教俺收復西京，他自攻打京南。分得戰將二十四員，往西京進發。二位不知有何高見？〔朱武、公孫勝白〕聞得西京城内是僞宣撫使龔端與僞統軍奚勝守把。那奚勝統軍曾習陣法，頗知其妙，一定要演出他的本事。如今我兵且在伊闕山屯住，再去探聽。〔盧白〕甚妙。〔探子上。白〕報，啓上先鋒，賊軍中已在那裏布成陣勢了。〔盧白〕賞你銀牌，再去打聽。〔探子〕謝爺賞。〔下。朱武白〕賊軍既已擺陣，且到伊闕山那裏，觀

看賊勢動静便了。〔盧俊義白〕衆將官，就到伊闕山去。〔衆應介。同唱〕

【紫花兒序】他止仗着些蟻屯烏合，説甚麽連雲灌水，不争的擊鐲鳴鐃。早則昰龍蛇飛動，不分明鵝鸛飄颻怎休。笑他們吶喊摇旗，早把人驚倒。哄的人落他圈套，霎時間似雪澆湯，如火焚毛。〔下。龔端、奚勝領衆上。唱〕

【調笑令】旋繞擁旌旗，少什麽黄石武侯及尉繚。也不用綸巾羽扇矜談笑，一指麾煙雲籠罩。止賺得英雄入彀歸掌握，不眨眼火滅煙消。〔白〕俺大楚國宣撫使龔端是也。俺大楚國統軍奚勝是也。〔龔白〕統軍，如今宋兵壓境，我和你協同鎮守西京，但不知統軍何以迎敵？〔奚白〕自古水來土掩，兵來將迎。聞得他屯住伊闕山下，我已在山前平坦處擺成陣勢。那些草寇安知就裏，只要他落在我圈套中，少不得一一就擒。〔龔白〕如此，就請統軍上將臺觀陣者。〔作上將臺介。衆軍上介。奚勝〕衆將官，與我擺陣者。〔衆應介。奚勝衆同唱〕

【禿廝兒】齊擺着浩浩方圓一妙，現放着明明内外雙交。止教他分行别隊包大小，誰識取這根苗蹊蹺。〔作擺成外方内圓陣介。外方四正用正色旗，四隅用間色旗。内圓用二十四人執械爲圓樣介。盧俊義白〕衆將官，隨我打陣者。〔衆將應介。盧俊義引衆將上，作打陣介。對戰介。奚勝軍敗下，宋軍追下。朱武唱〕

【聖藥王】俺這裏把令招，他那裏策馬逃，那些個旗迷轍亂畫難描。他不學姜子牙藴六韜，他不學宋襄公恕二毛。恰便似八公山下魄魂消，弄的來草木盡弓刀。〔衆大將上，對戰介。奚勝軍敗下，朱武下高椅介。衆將上。白〕啓上先鋒，賊軍大敗，奚勝走了。〔盧白〕全賴參謀妙用，破了他陣法。〔衆白〕今日此一陣也喪敵人之膽。〔盧白〕只是西京城池堅固，急切不能得破，如何是好？〔公孫勝白〕今夜待貧道略施小術，助先鋒成功，何如？〔盧白〕如此甚妙。衆將官，就此起兵前去。〔衆應介。同唱〕

【煞尾】也不用駕衝車跟着轟雷炮，也不用竪雲梯陰穿地道。只須施小技碧煙籠，管教把一座鐵桶西京白得了。〔盧白〕衆將官，把西京團團圍住者。〔衆應介，圍城。下〕

第十九齣 一清作法取西京

〔場上擺布城，上懸「西京」匾額，龔端、奚勝上城樓坐介。唱〕

【綿搭絮】堂堂軍陣，枉自費心多。世事蹉跎，株守孤城可奈何。〔衆軍領衆上，作圍城繞牆下。〕龔端白〕統軍，陣法已破，宋軍四下攻城，如何是好？〔奚白〕我也不想宋軍也有這等利害人！爲今之計，只有令軍士加緊守城便了。〔唱〕恨幺麽四面干戈，真個上天無計，勢若籠鵝。〔龔白〕前日楚王已派杜將軍來同守西京，爲何還不見到？〔奚白〕那邊塵土起處，想是杜將軍來也。〔唱〕遥望那滚滚塵氛，好整旗鎗接應他。〔杜嵒領衆上。唱〕

【水底魚兒】沖破煙蘿，名齊老仗波。西京單弱，提師振海螺，提師振海螺。〔宋軍士攔住，混戰介。宋軍下。杜嵒白〕俺杜嵒奉楚王之命，帶領二萬人馬助守西京。不想官軍正在圍困，因此衝破重圍，來此已近城門了。〔唱〕揮動金戈，重圍辟易過。莫愁城破，增兵益餉多，增兵益餉多。〔龔端、奚勝白〕那來者莫非杜將軍麽？〔杜白〕宣撫、統軍，别來無恙。〔龔白〕吩咐快開城門。〔衆應介，作開門。杜嵒領衆進城介，下。扮巡城、更夫持梆鑼上。白〕列位纔奉杜將軍之命，叫衆軍輪流巡更，只

過了今夜，明日要殺的宋軍片甲不回的。〔內打二更。公孫勝上。唱〕

【山桃紅】則爲這危城一座，抵多少佛地三摩。這答兒輕條脱，早更嚴警呵。〔白〕我公孫勝適纔奉盧先鋒之令來破西京城，待俺作法者。〔作拔劍捻訣。白〕值日神將何在？〔扮值日神將上。白〕吾師有何法旨？〔公孫勝〕可同諸神作霧，把西京城團團罩住者。〔神將白〕領法旨。〔扮八神將、八小鬼上。公孫勝唱〕則見他驅役神魔，霎時間煙生白波。教他們雲裏存霧裏過，瞇雙睛渾無那也。那知我就裏機緘妙用多。〔白〕衆軍士可帶雲梯，緣上女牆者。〔衆應介，上，抬雲梯爬城介。公孫勝唱〕任你上城垛，與君奈何，只索要洗蕩妖氛一會呵。〔下。內作連珠炮響、吶喊介。城上作打宋軍旗號，各持火把上。盧俊義、朱武、公孫勝領衆上，作殺入城介。場上撤布城介。龔端、奚勝、杜嵒領衆上，混戰介。作殺龔端、奚勝、杜嵒介。衆軍士伏地介〕我們都是好百姓，迫脅從賊的。〔盧白〕有令在先，恕爾無罪。到軍政司登注名册，派隨大軍便了。〔衆磕頭介〕多謝先鋒。〔盧俊義白〕公孫先生，今番是你第一功也。〔公孫勝白〕都仗先鋒虎威。〔盧俊義白〕如今先到宋先鋒處報捷，我們一面出榜安民，一面查點府庫錢糧，就交與公孫先生鎮守。我們統領衆軍往荆南去者。〔同唱〕

【豹子令】笑他前途盡倒戈，盡倒戈。滿城鼎沸決江河，決江河。此番全仗神通大，追奔乘勝敢蹉跎，軍門奏凱競鐃歌。〔下〕

第二十齣　王慶渡江逢李俊

〔場上擺布城，上綴「雲安州」匾額。城上豎一大旗，上書「征西宋先鋒麾下水軍正將混江龍」。王慶戴金幞頭，穿綉蟒袍，領衆、二内侍急上。唱〕

【哭岐婆】一盤棋局，被人搬弄。把車輪馬足，傷殘無用。〔白〕寡人自僭號以來，所向無敵。以爲可已一統山河，那知被宋江這廝連剋數州，遂及南豐。寡人只得親帥六師，與他決戰。被他排一九宫八卦陣，殺的我們兵馬七零八落。寡人看此光景，大有不妙。只得領了御林親軍數百，逃出重圍。内侍，如今往那裏去好？〔内侍〕大王，還有雲安、東川、安德三座城池，投奔那裏，自有勤王之兵接應。倘若再得中興，也未可知。〔王慶大笑介〕好會説話，所謂江東雖小，亦足以王寡人。果得中興，富貴與你們共之。就此快走。〔唱〕幸虧士相護中宫，殘兵孤炮空惶恐。〔左右〕大王，看見雲安城了。請大王那裏駐蹕。〔王慶白〕前面是雲安城麽？你看旗旛齊整，兵器林立，好一座堅城也！〔唱〕

【又一體】金城一座，雲安名重。看旌旆飄颻，自應固鞏。〔一軍士白〕大王，不好了。怎麽城上都是宋軍旗號？〔王慶〕怎麽説都是宋江旗號，這便怎麽處？〔内侍〕大王，事不宜遲，大王速卸下袍服，急投東川而去，恐城中見了生變。〔王慶〕愛卿言之有理。〔作脱帽、换衣帽介。一軍士〕啓上大王，這衣帽就賞了小人罷。〔王慶〕咗！你那裏有這樣福氣？〔軍士〕豈不聞項羽圍困漢高，被紀信假扮出降，因此高祖得以脱去。如今大王危急有似漢高，萬一追兵趕上，小人願捨身以作紀信。〔王慶〕好，你的主意也不錯。只是我大王到了東川，就要王帽龍衣接見臣下。我這一副行頭，豈是借得出來的？不如帶着走。〔内侍〕啓上大王，如今只好倒捲旗鎗，大路難走，從小路悄悄兒抄過雲安城，投東川去罷。〔王慶〕有理。〔作捲旗拖鎗悄行介。唱〕待做個割鬚棄袍學曹公，還效聖人微服而過宋。〔下。場上撤布城介。扮李俊駕一漁船，一漁人摇上。唱〕

【窣地錦襠】潯陽江上混江龍，不是尋常把釣翁。今朝又趁滿篷風，欲向餘杭沽酒濃。〔白〕自家「混江龍」李俊是也。奉宋先鋒將令，着我統駕水軍船隻，與賊人大戰于瞿塘峽，殺其主帥聞人世崇，擒其副將胡俊。那胡俊狀貌不凡，因此義釋胡俊。他感恩思報，竟去賺開雲安水門，奪了城池，殺死僞留守施俊等。今聞得大兵厮殺，想那賊若敗，必由此入川。因此叫張横、張順鎮守城池。又叫阮氏三雄也扮作漁家，分投灔澦灘、岷江、魚腹浦，各路埋伏哨探。我同童家兄弟在此探聽，那邊童家兄弟來也。〔童威、童猛各駕漁舟，二漁人摇上。唱〕

【又一體】殺人放火逞英雄，出洞翻江號二童。此時若得獲元兇，小艇何妨建大功。〔白〕自家

「出洞蛟」童威是也。自家「翻江蜃」童猛是也。今日無事，弄得一壺酒，且去同李大哥一談。〔作相見介。李俊〕兄弟，爲何來遲？〔二童白〕小弟弄得一壺酒在此，我們方之舟之飲個盡興罷。〔李俊〕甚好！來，來。〔作搖攏漁船在場西介。衆坐下，擺酒盞、酒壺，作飲介。李俊〕兄弟，好一派江水也。〔作飲介。王慶領二内侍上。白〕我王慶自離南豐，可恨扈從軍士逐漸都逃散了。連日人困馬乏，肚中飢餓難存。早又是一派江水阻路，這便怎麼好？〔二内侍〕大王，那邊倒有許多漁船，那漁父們都在那裏吃酒，叫他們渡過去如何？〔王慶〕若天不絶楚，渡過江去就好了。〔内侍〕呔！你那漁船，來渡我們三人過江。這是楚王，渡過江去，重重有賞。〔李俊白〕怎麼説這是楚王，妙得緊，上船來。〔王慶同作上船，李俊作擒王慶，各虚白。李俊、二童同唱〕

【蠟梅花】楚王何幸得萍水逢，艤舟亭長來相送。何須得問吉凶，上門買賣，好端端交與宋先鋒。〔摇船下。内吹打，擺三高坐，全虎皮。衆軍士執旗執大刀，擺門勢。中軍引宋江、盧俊義、吴用上。同唱〕

【曉行序】整肅軍容，統貔貅虎豹，陷陣摧鋒。獻俘馘，掃穴犁庭付刀弓。〔宋江白〕我宋江自從領兵出征淮西，且喜把賊人佔踞州縣盡行恢復。如今打破南豐巢穴，正待生擒王慶，誰想那廝領着數百騎逃走去了。今日衆將獻功，吩咐開門。〔作開門介。宋江〕中軍過來，吩咐衆將報功的魚貫而入，不許攙越。〔中軍應介，傳介。衆應介。内掌號介。林冲、黄信、孫立上。白〕林冲、黄信、孫立繳令。〔宋江〕那裏的功？〔林冲白〕第一陣殺了僞統軍柳元、僞統軍潘忠。〔宋江〕論功陞賞。〔楊雄、石秀上。白〕楊雄、石秀繳令。〔宋江〕那裏的功？〔楊、石〕盧先鋒戳死僞樞密方翰，生擒僞軍師李助。楊雄砍翻僞統軍大將段五。石秀搠死御營使丘翔。〔宋江〕論功陞賞。〔八將上。白〕魯智深、武松、李逵、焦挺、項充、李衮、樊瑞、劉唐繳令。〔宋江白〕那裏的功？〔八將白〕殺死僞兵馬都監劉以敬、僞兵馬都監上官儀，搠死僞統軍畢先。〔宋江〕論功陞賞。〔男、女六將上。白〕張清、王英、孫新、瓊英、扈三娘、顧大嫂繳令。〔宋江〕那裏的功？〔六將白〕搠死僞統軍李雄，生擒僞妃段氏。〔宋江〕論功陞賞。妙呀！真乃猛將如雲，戰士如雨，怪不得馬到成功也。〔衆同唱〕羣雄，斬將搴旗，把狗黨狐羣，曾無遺種。心悚，要渠魁授首，方告成功。〔李俊、童威、童猛上。白〕小將李俊、童威、童猛生擒盜首王慶，現在轅門，聽候發落。〔宋江〕嗄！王慶生擒了。吩咐製造檻車，將王慶就交你們看守，明日一同起程，解往東京便了。〔李俊三人下。宋江〕中軍過來，吩咐安排筵宴，與衆將慶功。〔中軍應介。衆下高椅介。唱〕

【尾聲】平淮西有餘勇，好增入詞臣歌頌，我和你報國無能，全憑汗馬功。〔下〕

第廿一齣　清溪洞方臘稱王

〔宮監、宮女引方臘上。唱〕

【秋蕊香】眼底乾坤反覆，天生我必非無由。闢土開疆任馳驟，看指日汴京到手。〔白〕幼習干戈膽氣粗，幫源洞裏獨稱孤。從來富貴原無種，却笑黄巢不丈夫。寡人姓方名臘，睦州清溪人也。只因朱勔在吴中徵取花石綱，俶擾東南，黎民怨怒。寡人趁此人心思亂之時，託左道以愚民，飾紅巾而爲號。旬日之間，聚衆數萬。因此攻打城池，佔據州郡，自號「聖公」，建元永樂。目今已得了八州二十五縣。大太子南安王方天定鎮守杭州，皇叔大王方垕鎮守歙州，御弟三大王方貌鎮守蘇州。指日就要渡江，取了揚州，直抵汴梁，奪了大位，方遂吾願。今日乃寡人千秋，聞得三鎮要來稱觴，此刻想就來也。〔宮監跪介〕啓上大王，公主出來。〔方臘〕就宣上殿。〔宮監〕大王有旨，宣公主上殿。〔内應介。宮女引金芝公主上。唱〕

【海棠春】宮雲靉靆春如綉，喜託體天家閨秀。綺殿午風柔，要進延齡酒。〔白〕孩兒見駕，願父王千歲。〔作拜介。方臘〕罷了。我兒你年已及笄，尚未下降，待寡人與你擇配。〔公主〕今日乃父王千秋，孩兒預備稱觴。〔方臘〕我兒不必性急，皇叔、御弟、大太子就到，一同把盞罷。〔公主〕謹遵嚴命。〔衆軍士引方垕、方貌、方天定上。唱〕

【又一體】天潢一派稱華胄，看半壁江南在宥。連袂過蝸頭，來慶千秋壽。〔白〕我乃皇叔大王方垕是也。我乃御弟三大王方貌是也。我乃大太子南安王方天定是也。衆軍上，迴避了。〔衆軍士下。作進見介〕大王在上，臣等朝參，願大王千歲千千歲。〔宫監〕平身。〔三人〕千歲。〔方臘〕你們把守三鎮，何必擅離職守。〔三人〕今日乃大王千秋，臣等敬奉一觴。〔方臘〕生受你們，同行禮罷。〔公主〕領旨。〔衆作進爵拜介。唱〕

【錦堂月】紅豆聲柔，黄扉漏永，爐煙惹來衣袖。身傍宸扆，鶴算疊增海籌。惟願取萬里河山，偏列着九天星斗。酌春酒，看取混一寰區，無疆眉壽。〔方臘〕皇叔，你可把鎮守歙州之事説與寡人聽之。〔方垕〕臣守禦歙州，屯軍二萬餘衆，統領十數員大將，于中兩個最是利害，一個是尚書王寅，一個是侍郎高玉，都有萬夫不當之勇。〔唱〕

【醉翁子】咽喉，吴越宣歙當樞紐。誇良將如雲，二萬貔貅。還有那蓋世英雄，渤海瑯琊聲價酋。〔白〕那把二昱嶺關就是「小養由基」龐萬春，一發了得。〔唱〕把要害，技妙穿楊，千古爲儔。〔方臘〕大太子，你在杭州如何布置？〔方天定〕孩兒手下有七萬餘軍，統領二十餘員大將，還有四個元帥。〔方臘〕那四個？〔天定〕寶光如來國師鄧元覺，南離大將軍元帥石寶，鎮國大將軍厲天

潤，護國大將軍司行方。〔唱〕

【又一體】非苟，控七萬雄師鎮守。荷吾主威風，桓桓糾糾。輻輳，更元帥將軍，勇健非凡成四友。真廝倖，似虎豹熊羆，抑又何求。〔方臘白〕三大王，你那蘇州乃三鎮咽喉，一發是要緊去處，安排更要妥當纔好。〔方貌〕臣統軍四萬，雄兵如雲，八員統制如虎，控制潤州樞密吕師囊、常州統制錢振鵬。〔唱〕

【僥僥令】龍城如腋肘，節越控蘇州。鎖鑰長江憑天險，指日維揚跨鶴遊。〔方臘〕如此看來，那宋室江山，孤家不久就可以唾手而得了。〔一宫監急上。白〕啓上大王，方纔探馬報來，朝廷差了童樞密統領大兵前來，以新近招安的粱山泊宋江爲先鋒，已到揚州，即日就要渡江。請旨定奪。〔方臘〕原來如此，傳旨再去打聽。〔内監下。方臘白〕不想宋朝之兵如此迅速。〔方垕、方貌、方天定〕大王放心，仗着我們兵勢，管教他片甲不回。〔方臘〕你們不可輕敵，聞得宋江一百八人，起家時也與寡人一般行徑。只因他無大志，歸順宋朝，怎如寡人不肯受制于人。〔三人〕大王是真命天子，應運而興。宋江不過是個草寇。〔方臘〕英雄不論出身低，草寇二字不須提起。〔唱〕

【又一體】休輕言草寇，同氣早相求。自古英雄多微賤，天與人歸洵不侔。〔白〕你們速速各回本鎮，倘有捷音，即忙飛報。〔三人〕領旨。〔衆唱〕

【尾聲】稱觴介壽年年酒，待把個雄藩廝守，看取宋室江山望裏收。〔下〕

第廿二齣　瓜步江張順得采

〔張順上。唱〕

【醉花陰】纔把淮西賊酋撻，怎又報幇源洞奸雄竊發。他佔據數州郡，跨着長江，要想圖王霸。〔白〕河北淮西兩建功，江南又報馬嘶風。瓜州渡口行人絶，遥聽金山寺裏鐘。俺乃「浪裏白條」張順是也。只爲江南反了方臘，聖上命童宣撫出兵剿寇，恰好我宋大哥平了淮西，班師回朝。宿太尉又保奏宋大哥從征江南爲先鋒，前軍已抵揚州。奉宋先鋒將令，着俺過江探聽賊情虚實。來到瓜州渡口，你看白茫茫一派江水，又無渡船，如何是好。咳！想俺「浪裏白條」張順何用渡船，不免赴過江去。我不免扁扎起來。〔作脱衣裝束，頂頭上、腰上插刀介〕呀！你看星輝月朗，浪静波恬，好一派江景也。〔唱〕

【興隆引】無舟可駕，結束乘浪花。遥看月夜金山，風光如畫。〔白〕那邊上溜頭有一隻小船來了，我想這時兵戈擾攘，那裏有行人。這等光景蹊蹺，不免跟那船去，討個下落。〔唱〕無端小艇，莫不暗藏着奸猾。趁一篙細浪，向五夜輕劃。〔虚下。扮吴成、葉貴作摇船上。唱〕

【南小引】緊摇摇，慢摇摇，摇過江心聽洞簫。莫要説蹺蹊，子猷過剡溪。莫要嫌夜黑，蘇公遊赤壁。〔張順從地井内跳出，作扳船殺一人介，一人作嚇跌倒介。白〕好漢饒命。〔張順作踏住介〕你這廝是那裏船隻？是什麽人？從實説來，饒你一死。〔那人白〕小人姓吴名成，是揚州城外定浦村陳將士家幹人。因到潤州投拜吕樞密獻糧准了，使個虞候和小人同回，要索白糧五萬石、船三百隻，作進奉之資。〔張順〕那虞候何在？〔那人白〕那虞候姓葉名貴，剛纔被好漢殺下水去的就是。〔張順〕你是幾時來的，船裏有甚物件？〔那人白〕小人正月初七日過江，吕樞密又叫小人去蘇州見了三大王方貌。關了號色旌旗三百面，并主人陳將士官誥，封作揚州府尹，正授中明大夫，還有號衣一千領及吕樞密劄付一道。〔張順〕你的主人叫甚名字？有多少人馬？〔那人〕人有數千，馬有百十四。嫡親兩個，兒子叫陳益、陳泰，主人將士叫陳觀。〔張順〕也罷，饒你起來罷。〔作殺那人下。張順〕原來倒有這個機會。〔唱〕

【又一體】機關正湊，何必鬼門空占卦。那廝把投款真情，一一登答。非干好殺，無奈沖冠怒髮。〔白〕且住，我如今不免將船摇到揚州，報與宋先鋒，將計就計，先殺了陳將士家，然後去賺潤州，直如反掌耳。〔唱〕我不免借賊舟快渡，向先鋒消假。〔下。陳觀、陳益、陳泰、二家童隨上。白〕天荒地老山河在，虎鬭龍争草木腥。〔陳益、陳泰白〕父親拜揖。〔陳觀〕罷了。我兒，我家在這定浦村居住幾世了，只爲近日睦州「聖公」方大王起兵，佔了八州二十五縣，看看要破揚州了。自古道識時務者呼爲俊傑。因此悄悄兒叫吴成過江，去拜投吕樞密，怎麽去了許多時不見回來。如今官兵又到，我這幾天，心裏十分牽罣。〔陳益、陳泰〕父親放心，那吕樞密目下要圖揚州，此時有我家爲内應，他已喜出望外。況且我家又去獻糧，一定妥當的了。至于官軍想來也只平常，我們只預備裏應外合。若破揚州，我家的富貴不必説了。家童，一面整治酒餚，與父親上壽。〔家僮應介，下。張順作扮虞候，引李逵等十人上，虚白下。解珍、解寶扮南軍挑切末。張順上。白〕我張順昨日連夜過江，見了宋大哥，叫我扮作葉虞候，解家兄弟扮作南軍，挑擔到陳將士家。一路問來，來此已是。裏面有人麽？〔家僮上〕是那個？〔張順〕我是從潤州來的，要見你家主人，有機密事相商。〔家僮〕潤州來的住着。啓爺：外邊有一人，説是從潤州來的，有機密事相商。〔陳觀〕潤州來的，快請。〔家僮傳介，作相見介。張順〕這就是陳相公麽？小人見禮了。〔陳觀〕不敢。足下何來？〔張順〕要問小人來歷，乞屏左右。〔陳觀〕不妨，這兩個是小兒。〔張順〕原來是大爺、二爺，失敬了。小人姓葉名貴，是吕樞密帳前虞候。正月初七日接得吴成密書，就叫小人同到蘇州，見了三大王啓奏。恭喜賀喜，已有官誥，封相公爲揚州府尹。樞密就差小人同吴成回來，不想吴成害了傷寒，不能動止，所以小人先來。這是相公官誥并樞密文書、關防牌面、號旗三百面、號衣一千領。剋日就要糧石船隻，到潤州交割。〔作遞切末。解珍、解寶作打開擔子送號衣切末介。張順唱〕

【又一體】文書誥軸和旗號，一一陳明仔細查。跨鶴揚州，則你那喜哈。蘭撓白粲，急向江頭獻納。〔白〕相公，請穿帶起來謝恩。〔陳觀作喜介，换冠帶扎紅巾介，作謝恩介。張順唱〕且披上朝衣，還勒上紅帕。〔陳益、陳泰〕父親如此大喜，孩兒要替父親把盞。〔張順〕大爺、二爺，小人有句不中聽的話。〔陳益、陳泰〕請講。〔張順〕小人是送喜的，算個借花獻佛，先敬一杯。〔陳觀〕這怎敢。〔張順作拿酒壺與解珍、解寶，作放蒙汗藥。張順作持杯斟酒送陳觀父子介。唱〕

【又一體】霞觴高晉，獻佛還借花。休笑我鹵莽，不過殷勤意寫。金昆玉友，莫嫌玻璃盞大。一般兒沉醉，一謎兒酥麻。〔陳觀、陳益、陳泰作跌倒介。家童白〕嗄！我主人爲何跌倒了？〔張順、解珍、解寶作殺二家童下，又作殺陳觀父子下。魯智深、武松、史進、楊雄、李逵、項充、李袞、鮑旭、楊林、薛永殺家眷下。張順趕衆莊客上。白〕呔！你們莊客們聽者，陳觀父子勾通反賊，奉宋先鋒將令，已經梟首。你們都是良民，悉赦無罪。〔莊客白〕多謝將軍。〔下。衆軍士引朱仝、索超、張清、樊瑞、李忠、周通上，各通名介〕列位，我們奉宋先鋒將令，領一千軍馬圍陳將士莊上，那邊衆兄弟出來也。〔魯智深十人上，相見介〕衆兄弟，都到了麽？小弟們十人已將陳將士一家老幼盡行殺死。〔張順、解珍、解寶作提首級拿號衣上，相見介〕這是陳將士父子首級。如今衆莊客俱已逃散，我們一面放火燒了莊院，一面到小港内將船隻打上方臘旗號。這是號衣，你們各取一件，穿起來，即刻過江，賺取潤州便了。〔衆各穿衣介，作取火燒莊介。張順衆同唱〕

【尾聲】早則見一炬燎原絶萌芽，解繫舟北固浮槎，這叫做將計就計，把他生嚇殺。〔下〕

第廿三齣　假送糧引水入船

〔十二統制官各扎紅巾上。白〕馬掛征鞍將掛袍，柳梢枝上月兒高。男兒要掛封侯印，腰下常懸帶血刀。俺乃「擎天神」福州沈剛是也。俺乃「遊奕神」歙州潘文德是也。俺乃「遁甲神」睦州應明是也。俺乃「六丁神」明州徐統是也。俺乃「霹靂神」越州張近仁是也。俺乃「巨靈神」杭州沈澤是也。俺乃「太白神」湖州趙毅是也。俺乃「太歲神」宣州高可立是也。俺乃「吊客神」常州花疇是也。俺乃「黃旛神」潤州卓萬里是也。俺乃「豹尾神」江州和潼是也。俺乃「喪門神」蘇州沈汴是也。我等十二統制是也。請了樞密升帳，只得在此伺候。〔衆軍士、中軍官引呂師囊各扎紅巾上。唱〕

【七娘子】虎符高擁臨江岸，輔新朝開基協贊。大將規模，將軍豐範，瓜州消息終朝盼。〔十二統制上介，打恭介。白〕衆將打恭。〔呂師囊〕諸位統制少禮。俺東廳樞密使呂師囊，歙州人也。部下管領十二統制官，名爲江南十二神，都有萬夫不當之勇。更兼潤州城裏統領五萬南兵，甘露亭前擺列三千戰艘。正打算剋日渡江，恰好揚州定浦村有一陳將士，差人前來獻糧。我想這個機會實是難得。因此叫他去見了三大王，就封陳將士爲揚州府尹，又賞他號衣一千領，叫他送糧過江，然後裏應外合。〔笑介〕衆位統制，此計若成，這揚州唾手可得也。〔十二統制〕都是主上洪福。〔吕師囊〕這有一件，昨日探馬報來，説宋朝差了童貫爲宣撫，又用梁山宋江爲先鋒。我們須要牢守江岸纔好。〔十二統制〕曉得。〔中軍上〕啓上帥爺，探子來報，北固山上哨見對港數百隻戰船，一齊出浦，上面插着護送衣糧先鋒紅旗號，特來禀知。〔吕師囊〕一定是陳將士家送糧無疑，就煩列位統制領兵到江邊查點明白，再放上岸，聽我吩咐。〔唱〕

【朱奴兒】雖則是獻糧公幹，到底是隔江維挽。查取號衣莫憚煩，遮莫教夾帶匪奸。〔十二統制白〕得令。〔下。一將官持令箭飛騎上。白〕一心忙似箭，兩脚走如飛。蘇州使命賫有三大王令旨到來，快些通報。〔中軍禀介〕蘇州使命賫有三大王令旨到來。〔吕師囊〕快請。〔將官見介〕樞密請了，三大王有令，前日陳將士投降送糧一事未可准信。近日官軍已抵揚州，樞密須加緊牢守江岸，不得有違。〔吕師囊〕原來爲此。〔將官〕不敢久停，咱們覆命去也。〔下。吕師囊〕嚇殺我也！剛纔説送糧這般人到，我正疑惑，恰好就有三大王令旨。幸而着人盤問，想來不致爲患。中軍傳令，速到教場挑兵。〔中軍應介。引吕師囊唱〕真稀罕，春水一帆，指日到維揚岸。〔下。宋衆將作押船上，十二統制上，作搜船介。衆將殺十二統制敗，衆將追下。衆引吕師囊上介，一將官急上。白〕樞密爺，不好。那陳將士三百隻船齊集江岸，衆統制正要下船搜撿，忽而四下鑼響，三百個船跑出無限軍兵，混殺一

場，一齊擁進城來。城上已竪宋江旗號，如今已殺到府前來了。〔呂師囊〕這還了得。衆軍士，快些帶馬。〔作上馬持械介。唱〕

【醉太平】神魂驚散，似臨崖失馬，收韁已晚。我長江鎖鑰，受人重寄如山。何顏，開門揖盜引兇殘，祇付與幾聲長嘆。且是驅兵巷戰，不知甚的，心膽俱寒。〔下。十二統制、十二宋將對戰介，十二統制敗下。宋江、吴用領衆上，呂師囊領衆上，戰介，呂敗下。宋江〕你看呂師囊大敗，六統制俱已逃去，我們查點人馬，再行追趕。〔史進、張横、劉唐、郝思文各持首級，孔明、孔亮擒卓萬里，項充、李袞擒和潼上〕啓上先鋒，史進獻沈剛首級，張横獻潘文德首級，劉唐獻沈澤首級，郝思文獻徐統首級，孔明、孔亮生擒卓萬里，項充、李袞生擒和潼，聽候軍令。〔宋江〕首級將去號令，生擒賊統制暫行監禁，一面報童宣撫，一面出榜安民。〔衆〕得令。〔唱〕

【又一體】江干各逞兇悍，假獻糧名色，黄頭打扮。入船引水，江心補漏偏難。虚幻，倘他識破這機關，須要把吾儕糜爛。速去安撫百姓，漸圖恢復，重整旗旛。〔下〕

第廿四齣　真行祭乘風縱火

〔場上擺布城，上懸「湧金門」匾額，衆守城軍士作敲梆鑼打初更介，上。白〕列位，我們奉了千歲爺令旨，説官軍攻打杭州，叫我們守城。軍士，要小心巡邏。〔一白〕大哥，這也是千歲爺過慮。我們這杭城，若説水門，要泥鰍纔鑽得過；若説扒城，這等插天高，只怕飛鳥纔可以到得。〔一白〕這也不要管他，我們只是巡邏敲梆要緊。〔作敲梆鑼介。張順口啣三尖刀，作赴水狀上。白〕我張爺同李俊哥哥帥領水軍取方塘，截西路打靠湖城門。叵耐方天定這廝將兵退入杭城，半月不出，似這等曠日持久怎了。我同李大哥商議，今晚從水門暗入城去，放火爲號，他自領兵來接應。這是極妙的好計。〔城上作打二更介。張順〕呀！這時又早二更天氣也。〔唱〕

【園林好】悄低聲湖邊獨行，聽玉漏二更交應，望雉堞旌旗端整，東山上月明明，湖心裏水盈盈。〔白〕你看水色拖藍，山光疊翠，這一湖好水，就死在這裏也是好的。〔唱〕

【又一體】晒清光菱花鏡瑩，更一片銀塘萬頃，縱教我此中畢命，山與我作佳城，水與我作佳城。〔打三更介。張順作攢水門，銅鈴響介。張順伏地井介城上軍士喊介。〕怎麼銅鈴會響？這事情蹊蹺得緊。〔一白〕敢是大魚來撞的響，我們睡覺罷。〔張順〕方纔摸那水門，竟是鐵窗櫺上有繩索縛着銅鈴，看來水門是難進的了，不如上岸爬城罷。〔作上岸介。唱〕

【江兒水】水底銅鈴警，窗櫺鐵斲成，人非魚鱉難遊泳。到弄得驚鳥樹上棲無定，且上岸從容尋捷徑，止好攀緣僥倖。〔内打四更介。張順白〕譙樓已是四鼓，此時不下手，更待何時。〔唱〕若再遲延，辜負今宵佳興。〔作摸石打介。城上軍士喊介。張順伏城下介。城上白〕這遭奇怪，湖面上一個船也没有，難道是鬼？我們還是睡覺罷。〔作伏牆邊介，張順又抛石介。白〕此時想他們睡熟了，不免爬上去。〔唱〕

【又一體】再聽譙樓鼓，天鷄四野鳴。難由自在從容性，飛砂抛石人無警，夢魂已入華胥境。且把身軀扎挣，飛上城隅，誰料自投坑阱。〔作爬介，城上梆子響介。放亂箭、標鎗、鐃鈎、流星各切末介。張順跳下，入地井介。城上作抛鐃鈎入地井内，鈎出替身切末，身上着亂箭介。拉上城介。軍士白〕好强盗！這想是梁山寨上有名目的。我們一面梟首，用竹竿挑起號令，一面報與千歲爺知道。〔作竹竿挑出首級懸城上介。衆軍士下，戴宗穿白箭蟒上。白〕俺戴宗只爲李俊大哥報來，道張順兄弟在湧金門扒城，被賊人殺死，已號令在城垜上。宋先鋒一痛幾絶，必要自己親去西冷橋弔祭，吴參謀已派樊瑞、馬麟、石秀在西冷橋下埋伏，阮小二、阮小五、蔣敬在保叔塔後埋伏，李逵、鮑旭、項充、李衮在定香橋埋伏。命我先來鋪設。話猶未了，宋先鋒已來也。〔扮僧人八，衆打法器，二沙彌執小白綾旛，一掌壇法師披袈裟，一軍士打白旛，上寫「亡弟正將張順之魂」。宋江掛白袍金盔，衆軍士抬祭筵香燭上。作到橋邊，竪旛。宋江作上香介，哭介。白〕兄弟呀，你死得好慘也！〔唱〕

【川撥棹】將微敬，奠椒漿來証盟，止凴着佛力超生，止凴着佛力超生，拔幽冥慈航早登。〔白〕兄弟，若仗你陰靈，破賊之後，我將你姓名呵，〔唱〕殄强徒仗一靈，把孤忠奏聖明。〔內鑼鼓響，上場門殺出南山五將，下場門殺出北山五將，追趕宋江至場口下。僧人作跌走諢介，下。內連珠炮響，上場門樊瑞、馬麟、石秀上，擋住南山五將。下場門阮小二、阮小五、蔣敬擋住北山五將。混戰介。賊軍敗至場口，衆軍士火把引李逵、鮑旭、項充、李衮籐牌飛刀上，截戰介。作殺四賊將，生擒一賊將介。餘敗走下。衆白〕你看賊兵大敗，宋先鋒已護送到靈隱寺去了。我們殺死衆賊將，生擒一賊將，不免到宋先鋒處繳令便了。〔唱〕

【又一體】安排等，霎時間鼓角鳴，嚇殺了幾個禪僧，嚇殺了幾個禪僧，撇牲醪旛竿倒擎，伏精兵心暗驚，退賊兵恨始平。

【尾聲】饒他暗算偏全勝，還斬獲二三將領，只可惜鴈陣驚寒又鎩翎。〔下〕

第十本

第一齣　張順魂捉方天定

〔吴值領衆上。唱〕

【點絳唇】巨鎮匉烋，虎臣矯矯。防奸狡，預勑吾曹，休落他圈套。〔白〕我乃南安王帳下大將吴值便是。欽奉大千歲令旨，説有富陽縣袁評事爲首，科斂白糧五千石前來獻納。俺千歲惟恐内藏奸細，叫我統領五千人馬，查點船隻進城。左右，先叫袁評事上岸來。〔左右〕叫袁評事上岸回話。〔袁上〕寧爲太平犬，不作亂離人。小人袁評事叩見將軍大老爺。〔吴值〕你就是袁評事麽？〔袁白〕正是。〔吴值白〕軍士們，拿去砍了。〔袁白〕哎呀！將軍老爺，我是好百姓，來獻糧，如何殺我？〔吴值〕只怕你是宋江名下奸細。〔袁白〕小人裝的都是糧米，怎麽是奸細？〔吴值〕左右，他船上都是糧米麽？〔左右〕都是糧米。〔吴值〕袁評事，我的兒，不過嚇唬你的意思，不要害怕。你船上還有什麽人？〔袁白〕都是有家眷的艄公，餘外還有幾個水手，並無别人。〔吴值〕左右，先叫艄公、艄婆上岸。〔内應介。孫新、顧大嫂、王英、扈三娘、張青、孫二娘上。白〕將軍老爺在上，衆艄公夫婦叩頭。〔吴值〕起來，起來。你們這些艄婆豐韻倒也罷了，爲何一點嬌羞没有，渾是些光棍調兒，殺氣逼人。〔三女將白〕將軍老爺，我們是撑船食力之人，凌寒冒暑，宿水餐風，怎及得老爺府中奶奶們每日調脂弄粉，珠圍翠繞，自然是嬌羞的。〔吴值〕倒有些理。我且問你，你們船上可有夾帶些奸細？〔三女將白〕將軍老爺，我們只曉得撑船，不知道什麽奸粗奸細。〔吴值〕不是。目下宋江這厮圍城攻打，你們又在外來，萬一宋江鬼頭鬼腦，弄幾個人進了城，如何了的。也罷！你們三對夫妻唱個秧歌，與我老爺頑頑罷。〔三女將白〕我們只會唱吴歌，不會唱秧歌。〔吴值〕咗！吴字乃我老爺大姓，如何來得？〔顧大嫂〕秧歌又怕老爺遭秧，還是吴歌好。〔吴值〕不管吴哥、吴嫂，唱罷。小厮們，一面送酒過來。〔軍士送酒介。衆唱吴歌〕春娘要插滿頭子花，無事閒嗑空肚子茶。昨夜河神傳介子好夢，殺人切菜還似剖開子瓜。秋娘怕粉怕胭脂，天付風流總弗子知。若是將軍肯上子擋，輕輕掇下子介香爐兒。〔吴值〕咗！怎麽將軍的香爐，你都要端下來？〔三女將白〕將軍，二八佳人體似酥，腰間仗劍斬凡夫。這不過是借來講講。〔吴值〕好有趣！真真船户，是好百姓，不是奸細。你們把糧搬進城罷。〔杜遷、李雲、凌振、石勇、鄒淵、鄒潤、李立、白勝、穆春、湯隆十人作背口袋上，進城介。吴值白〕關防嚴密，此中並無奸細。衆軍士，我們回覆千歲爺去罷。〔唱〕

【混江龍】細加盤詰，富陽評事姓名昭。白糧獻納，赤膽粗豪。不是狐疑人面假，也防敵國笑中刀。消魂的，吴孃豐韻，越女風騷。〔下。杜遷、李雲、凌振、石勇、鄒淵、鄒潤、李立、白勝、穆春、湯隆、王英、扈三娘、孫新、顧大嫂、張青、孫二娘上。白〕列位兄弟，且喜進城來了，我們分頭放火。凌兄弟，你在吴山頂上放九厢子母連珠砲要緊。〔衆應介，作持火把放火介。下。内連珠砲響介。鄧元覺、石寶、七將官領衆上。鄧元覺白〕石將軍，不好了！方纔聽得連珠砲響，城中鼎沸，不知多少宋兵入城了。〔石寶白〕鄧國師，我們奪門而走罷。〔七將官〕千歲爺没有人扈駕，怎麽好？〔鄧元覺〕也顧不得了。〔急下。李雲、石秀等衆將接戰，鄧元覺、石寶敗下，杜遷、凌振上戰介。鄒淵、鄒潤、李立、穆春、湯隆、石勇、白勝接戰，石寶、鄧元覺敗下。李雲、石秀追吴值上，作擒科，下。三女將追張道原作擒科，下。林冲追冷恭，作刺死下。解珍、解寶追崔彧，作殺科，下。方天定騎馬上。唱〕

【六幺遍】轟天震耳如雷炮，宫中宴樂，瓦解冰消，思量昨日，怎料今朝。〔白〕嗄！方纔在宫中宴樂，聽得火炮震天，知宋兵已經進城，只得獨自跨馬逃奔，且喜出了南門，已到江邊。怎麽這馬再不走了？〔作打馬介。地井内走出張横，赤身，口啣短刀。方天定白〕怎麽江中走出一人來了？我好怕也。〔唱〕江裏鬼風寒料峭，難逃血淋淋，白日見山魈。〔作走介。張横作揪下馬介，推倒場門口作殺介，持頭走介，下。宋江、盧俊義、吴用、朱武領衆上。唱〕

【後庭花】武陵勝概高，王師時雨飄。立馬吴山上，錢塘萬疊潮。〔衆將上〕啓上先鋒，李雲、石秀生擒吴值，三員女將生擒張道原，林冲刺死冷恭，解珍、解寶殺了崔彧，只走了方天定并石寶、鄧元覺、王勳、鼂中、温克讓五人。〔宋江白〕裴宣、蔣敬過來，將這生擒賊將送與童宣撫斬首，就請移駐杭州。其衆將功勞，一一寫録。〔張横啣刀持方天定頭上。衆白〕怎麽「船火兒」張横也來了。〔張横作見宋江，把頭和刀撇地下拜介，哭介。宋江白〕兄弟，你從那裏來？阮小七在何處？〔張横白〕小弟不是張横，是張順。在湧金門外被箭鎗搠死，一點幽魂，不離水泊，感得西湖震澤龍君收做金華太保，留于水府龍宫爲神。今日哥哥打破杭城，小弟在九江借我哥哥身軀上岸，到五雲山下，恰遇見方天定這厮逃奔而來，因此殺了他來見哥哥。〔作站起介，僵跌介。宋江、盧俊義、吴用白〕兄弟醒來。〔唱〕淚空抛，魂梟巨寇，英靈在九霄。〔張横作醒介〕我怎麽在這裏？〔宋江白〕與他披上衣服，攙扶到後邊養息去。〔左右作扶下。吴用、盧俊義白〕張順兄弟如此顯靈，該立廟纔是。〔宋江白〕左右，吩咐一面立廟西湖，上書「金華將軍之廟」，將來奏加勅封便了。〔左右應介。宋江白〕如此，我與盧先鋒兵分兩路去罷。〔衆唱〕

【賺煞】奮前驅旌旗裊，要指清溪賊巢。所向披靡原無敵，看此日分道揚鑣。滿擬百八同功，誰料半途中拆羽毛。借身鬼豪，成功歸去，把金華太保奏皇朝。〔下〕

第二齣　時遷火燒昱嶺關

〔時遷作身負火藥上。唱〕

【北一枝花】俺雖則寄名虎帳中，今日個歸命龍墀上。止學得飛天逞妙技，說不得對陣獨稱强。〔白〕我時遷跟隨盧先鋒來攻昱嶺關，爭奈把關賊將「小養由基」龐萬春十分利害，一時難破。盧先鋒一面差撥六個頭領在關前搦戰，一面差我尋訪山後小路，進關放火。我想相持厮殺，我「鼓上蚤」竟有些來不及。若說扒牆走壁，放把火兒，正是搔着癢處。我已到一茅菴，遇一老僧，指我路徑前來。你看林木叢雜，石磴礧砢，好難行走也。〔唱〕鳥道羊腸，路崎嶇，山高曠。〔白〕咦！關後果然有路，都被賊人壘斷了，這個有何難哉。〔作扒牆跌介。唱〕怎無端曲徑荒。學跳躍，一身與猿狖齊飛；漫攀緣，兩翼惟藤蘿在掌。〔作打翻車，下。場上擺布城，上懸「昱嶺關」匾額。衆軍士旗幟，八弓箭手引雷炯、計稷、龐萬春，一軍士持弓箭，一軍士打綵綉白旗，上寫「小養由基龐萬春」隨上。同唱〕

【南一江風】技穿楊，結束天人狀，却來作把關將。統雄兵，硬弩强弓，楚國由基，是我前生樣。〔白〕自家「小養由基」龐萬春是也。自家雷炯是也。自家計稷是也。〔龐萬春白〕二位，如今宋軍來攻我昱嶺關，我想我這關乃歙州保障，此關破，歙州休矣。如今我們也須要準備。〔雷炯、計稷白〕將軍，何必準備。我們這關原是天險，後面雖有樵徑小路，俱已築斷。憑他有翅，也難飛越。如今我們只把守前面，憑着咱們本事，教他一個來一個死，兩個來兩個亡。〔龐萬春白〕雖然如此，我想第一陣須要給他利害，吩咐弓弩手，埋伏關前林子左右，二位將軍埋伏山坡左右。只聽鑼響爲號，一齊放箭。〔衆白〕得令。〔作引弓弩手分下。龐萬春上關上高椅坐介。小軍執弓箭，執綉旗，分左右站介。白〕那邊塵土蔽天，想是宋軍來也。〔唱〕高居上女牆，高居上女牆，飛塵上下狂。官軍料是投羅網。〔史進、石秀、陳達、楊春、李忠、薛永領衆上。唱〕

【北罵玉郎】乘風破浪三千丈，應無敵，料難當。〔各通名科。白〕列位大哥，我們奉盧先鋒將令，來此攻打昱嶺關，爲何不見一人迎敵？可是作怪呀。〔唱〕到關前，如入無人境。何曾見鼓角鳴，烽火起，旌旗颺。〔一白〕那關上不是坐着「小養由基」麽？〔史進白〕呔！你那無知毛賊，如今天兵到來，還不開關迎降，却待怎麽？〔龐萬春笑介。唱〕

【南一江風】笑癡狂，出語多愚戇，猛可的來胡撞。忒荒唐，擦掌摩拳，動土揮鋤，太歲頭兒上。〔白〕你這夥草賊，只好在梁山泊耀武揚威，怎麽敢來我這國土裹裝好漢？難道你不知俺「小養由基」的名兒麽？〔唱〕雷名震耳厢，雷名震耳厢，請看弓矢張，把恁殘生喪。〔白〕看箭。〔作拈弓搭箭，射史進倒介。關上鳴鑼介。場左右弓弩手放箭介。五將走介。白〕嗄！松林裹萬弩齊發，不如從山

坡下走罷。〔唱〕

【北感皇恩】早則見一點星光，却原來毒矢如蝗。把一個九紋龍，可便是血淋淋一命生戕。又則見幾隊傾飛，林木潛藏。萬弩同時放，五人盡被傷。怎的山坡下又起攙槍。〔到場口內，梆子響。上場門雷炯、下場門計稷領弓箭手作射死五將介。雷炯、計稷白〕啓上將軍，官兵前哨一個不留了。〔龐萬春白〕好。這些水窪小賊，今番却也魂銷氣阻也。吩咐開關。〔衆應介。作開關，衆進介。唱〕

【南節節高】幺麽枉自强，也忒鴟張，一時都把神魂蕩。則見他横穿項，直穿腸，斜穿嗓。矢如雨點浸衣仗，六人已上孤魂榜。同生同死盟書長，宋軍料是來稽顙。〔作開關，雷炯、計稷入關，上高桌介。盧俊義、朱武領衆上。唱〕

【北采茶歌】恁倉皇，割肝腸，英雄魂魄在何方。〔盧俊義白〕嗄！方纔逃回軍士來報，六個頭領都被賊人亂箭射死。好傷心也！〔朱武白〕先鋒且休煩惱，他不過恃着伏兵，偶中他計。我如今一路把有林木去處盡行燒燬，他伏在那裏？就到關前挑戰便了。〔盧俊義白〕有理。〔唱〕正欲焚林驅鳥雀，還看赤壁遇周郎。〔作到科。白〕呔！你那毛賊，你只曉得放冷箭，你敢出來抵敵麽？〔龐萬春白〕量你這些艸寇，何足懼哉！〔作開關迎敵科，對戰科。盧俊義敗，龐萬春追下。時遷上關上高椅。唱〕

【南節節高】振衣千仞岡，只尋常，聽關前鉦鼓如雷樣。你看火刀放，火箭張，火炮響。〔白〕且喜扒上關來，不免在草場上放起火如何。〔唱〕草堆必剥煙雲障，賊巢鼎沸魂兒喪。不須血戰向沙場，雄關奪取如翻掌。〔作持火把繞場放火科。内作砲響。龐萬春、雷炯、計稷作敗上。白〕呀，不好了！怎麽關上火起了？〔時遷白〕我們已有一萬宋兵入關了，你們速降者，免得一死。〔作持火把下。盧俊義領衆追上，大戰科。擒雷炯、計稷科。作殺入關科，下。場上撤布城科。盧俊義衆上。時遷白〕時遷越嶺放火繳令。〔盧俊義白〕破關功勞第一。〔孫立、魏定國白〕孫立生擒雷炯，魏定國生擒計稷，聽候發落。〔盧俊義白〕將此二賊剜心致祭，史大郎六人收拾屍骸，葬于高岡。就乘此得勝之兵，攻下歙州便了。〔衆應科。同唱〕

【北尾聲】雄關雖得心惆悵，六人同穴在高岡，止落得剜心瀝血來祭享。〔下〕

第三齣　童宣撫平賊獻俘

〔柴進上。唱〕

【錦纏道】甚緣因，不分明非親是親，弄假却成真。這些時，逢人怎敢笑顰。〔白〕我柴進自在秀州檇李亭，同了燕青兄弟辭别了宋先鋒，浮海到睦州，更改姓名，叫做柯引，燕青叫做雲壁。説望江南有天子氣而來，那僞丞相祖士遠就引我去清溪，見了方臘，被我一派謾言。那賊狂喜，就封我爲中書侍郎，又將金芝公主招我爲駙馬。提起來，好笑人也。〔唱〕我和他是仇讐，聯作朱陳，因此上拜强徒認作君臣。富貴總浮雲，怕的是夢魂未穩，桃腮帶雨痕。〔燕青上。白〕莫驚羊伴虎，喜見鳳求凰。駙馬老爺，小人回來了。〔柴進白〕打聽官軍事勢如何？〔燕青白〕駙馬老爺，那宋兵已經打破清溪縣，團團圍住幇源洞了。〔柴進白〕如此説來小……〔作回顧科。白〕小乙，這是好消息了。適纔有僞旨傳衆公卿入宫，不免前去相機而動。〔唱〕暢好是探來春信，低多少，露相不真人。〔下。四宫監、四宫女引方臘上。唱〕

【朝中措】從來閫外屬將軍，今日靠何人，止好山中作盜，那堪洞裏爲君。〔白〕寡人自起兵以來，所向無敵。叵耐宋江這厮，將我所佔地方盡行恢復。目下竟逼近幇源大内了。内侍，宣衆公卿進來。〔宫監白〕大王有旨，宣衆公卿進見。〔衆朝臣上跪科。白〕臣衆朝臣參見，願大王千歲。〔内侍白〕平身。〔衆朝臣白〕千歲。〔方臘白〕如今宋江圍住幇源洞，國勢危急若此，諸卿何以教寡人？〔婁敏中白〕臣婁敏中謹奏，臣聞識時務者呼爲俊傑。宋兵勢大難以争鋒，幇源洞中糧草足支四五年，而且險固異常。暫時堅守旬日，伺宋兵之懈而擊之，必獲全勝。中興之事，指日可待。〔杜微白〕臣杜微謹奏，臣聞君子見機，達人識勢。宋兵之無敵，三尺皆知。即日死守洞中，亦非長策。不如牽羊銜璧出降，一來救一方生靈，二則就做一歸命侯，也不失富貴。〔柴進白〕臣柯引謹奏，臣聞勝敗乃兵家之常。昔漢高祖百戰百不勝，一勝而有天下。國家起兵二年，踞州縣，建大號。今偶然小挫，即受面縛輿櫬之辱，此乃三尺所羞。降固不可，守亦未爲得也。今洞中現有衆二十萬，臣雖不才，荷蒙殊恩，無可補報。願借一旅之師，請大王親臨山頂，看臣殺退宋兵，中興國祚。〔方臘作喜科。白〕壯哉！天賜駙馬與朕成王業也。可即將駕前護御軍馬一萬，駕前上將二十名，出洞交鋒。〔柴進白〕領旨。〔方臘白〕左右，取朕金甲錦袍過來，待寡人與駙馬披掛。〔柴進白〕臣不敢當。〔婁敏中、杜微白〕臣等代爲披掛。〔左右取盔甲上，衆軍士分左右上，奏樂。柴進作披掛科。方臘白〕駙馬，此行成敗，在此一舉。卿其勉之。城上玉繩浮婺女，帳前銀甲擁天人。〔方臘起介。柴進跪科。宫女、宫監、婁敏中、杜微同下。衆軍士暗上。柴進白〕大小三軍，就此殺出洞去。〔衆應科。宋江領衆上，對陣科。花榮白〕你這厮是什麽人？天兵到此，還不下馬受縛，更待何如？〔柴進白〕我乃山東柯引，誰不知我大名。量你這厮，不過梁山艸寇，何足道哉。不必多言，放馬過來。〔作對戰科，柴進敗下，衆追下。柴進領衆上，遶場走科。白〕衆軍士聽者，我非柯引，我乃宋將柴進，你們捉得方臘者，高官受賞，三軍投降者免罪。〔内吶喊科。柴進殺下，衆僞官走上。宋江追上，殺科，下。宫監、宫女走上，宋兵追上，殺介。宋江領衆上。唱〕

【四邊静】乘龍佳婿來勾引，蜂擁如雷震。血染杜鵑紅，宫闕成灰燼。〔衆上，相見科。白〕啓上先鋒，賊巢妻子官屬擒斬無遺，惟有方臘逃去。〔宋江白〕吩咐分路擒拏。〔衆應科。童貫領衆上。唱〕賊兵盡奔，官兵暫屯。誰建大功勳，好珮黄金印。〔宋江作迎科。白〕宣撫大人在上，宋江參見。〔童貫白〕先鋒勞頓了。那位是柴進？〔柴進白〕小將就是。〔童貫白〕如此剿賊，一旦蕩平，將軍之功寔爲不朽。回朝保奏，定加高爵。只是方臘逃去奈何？〔宋江白〕已分遣衆軍四下追拏去了。〔軍士報上。白〕啓上大人，魯智深擒拏方臘到了。〔童貫白〕帶過來。〔魯智深提禪杖，軍士拏方臘上。白〕踏破鐵鞋無覓處，得來全不費工夫。〔左右〕啓上大人，魯智深擒拏方臘到了。〔童貫白〕左右，吩咐將方臘上了檻車。〔左右應，押方臘下。童貫白〕魯智深，你怎擒拏這賊？〔魯智深白〕容稟：只因追趕夏侯成，竟入深山，遇一老僧呵，〔唱〕

【又一體】茅菴一榻寄吾身，不把蘧廬吝有人。夜半來擒獲，無煩問。〔童貫白〕擒拏賊首，功當第一。咱家回朝，你若肯還俗，封你大大的官。〔魯智深白〕只怕不能從命。〔唱〕禪心已真，俗心已塵。要轉法王輪，且去聞潮信。〔下。童貫白〕好個莽和尚！且自由他。宋先鋒過來，傳令出去，吩咐將宮殿焚燬，一切僭僞之物固封候旨，方臘妻子方肥等五十二人，同方臘檻車一齊解京，獻俘闕下。〔宋江白〕得令。〔童貫白〕就此班師。〔唱〕

【尾聲】班師振旅天顔近，把三寇煙塵都盡，請看水泊英雄拜紫宸。〔下。柴進吊場。白〕我那金……〔作拭淚介。燕青作扯衣科。白〕駙馬。〔二人大笑，下〕

第四齣　宋公明回朝受職

〔場上擺高桌，上設帳幔。金瓜力士、值殿將軍上，站科。四黄門官上。白〕熨帖朝衣拋戰袍，夔龍班裏侍中高。對時先奏牙門將，次第天恩與節旄。下官乃大宋朝黄門官是也。今有宋江、盧俊義等蕩平三寇有功，聖上命他衆兄弟到玉階朝見，面加爵賞。話猶未了，景鐘已動，聖駕陞殿，衆朝臣來也。正是：金闕曉鐘開萬户，玉階仙仗擁千官。〔旁站科，文武官員十六人上。唱〕

【北點絳唇】日麗丹霄，風清翠葆。爐煙裊，樂奏簫韶，聖主臨軒早。〔内奏樂，四昭容上，高桌旁站科。四宫監上，高椅旁站科。黄門官白〕諸臣朝參。〔衆朝臣跪。白〕萬歲，萬歲，萬萬歲。〔黄門官白〕平身。〔衆白〕萬歲。〔起，左右站科。黄門官白〕聖上有旨，宣宋江、盧俊義等正偏將佐上殿。〔内白〕領旨。〔宋江二十七人上。唱〕

【點絳唇】掃蕩妖氛，削平三寇。瞻天表，百官齊到，遥聽鳴梢杳。〔作朝參科。白〕臣宋江等二十七人見駕，願吾皇萬歲，萬歲，萬萬歲。〔宋江白〕臣宋江等仰仗天威，初平河北田虎，次平淮西王慶，今平江南方臘，一一獻俘闕下。〔黄門官白〕聖上有旨，卿等敷奏已悉，可于午門外候旨，褒嘉謝恩。退班。〔衆白〕萬歲。〔作起科。撤朝介。昭容、宮監下，金瓜力士、值殿將軍、衆朝臣下。宋江二十七人作出午門科。內白〕聖旨下。〔扮八宮監打樂器，二昭容掌宮燈，引梁師成上。同唱〕

【滴溜子】丹墀下，丹墀下，功臣進表。金殿裏，金殿裏，聖上聽了。頒來一封丹詔，把殊功異績褒。五雲飄緲，還望麒麟閣上畫描。〔白〕聖旨下，跪聽宣讀。〔宋江二十七人作跪科〕奉天承運，皇帝詔曰：宣威耀武，爰資熊虎之才；錫爵褒忠，用廣絲綸之賁。咨爾宋江等統率六師，蕩平三寇，功垂竹帛，典著旗常。茲封爾宋江武德大夫、楚州安撫使，兼兵馬都總管。盧俊義武功大夫、盧州安撫使，兼兵馬副總管。參謀吴用授武勝軍承宣使。其餘諸將，各授武奕郎、諸路都統領。即着光禄寺大排筵宴，以誌懋賞酬庸之至意。欽哉。謝恩。〔衆白〕萬歲，萬萬歲。〔起科。梁師成白〕請過聖旨。〔宋江接科。梁師成白〕列位將軍，恭喜賀喜，咱家覆旨去也。〔唱〕把殊功異績褒，五雲飄緲，還望麒麟閣上畫描。〔同下。宋江白〕衆位兄弟，我們宴畢之後，即各赴新任去罷。〔衆〕有理。〔唱〕

【神仗兒】俺本是熊羆虎豹，身披着紫袍烏帽，直上了玉階舞蹈。回思梁山爲盜，何曾想着，九重宣召，享富貴樂陶陶，享富貴樂陶陶。〔下〕

第五齣　借賞花高楊設計

〔四從人、二院公引高俅上。唱〕

【高陽臺引】襄贊台衡，勾連宦寺，那更中外煽結。權勢熏人，毒心不讓蛇蝎。〔白〕迴避了。〔四從人下。高俅白〕恨小非君子，無毒不丈夫。你道我高俅爲何道此兩句，只爲宋江這班毛賊與我本爲仇讐。昨日出征方臘回來，且喜一百八人十去其八。聖上命他見朝受職，十分榮寵。我想這等人，豈可容他久據爵位，必要設法除他纔好。如今惟有内侍楊太傅足智多謀，已曾約他下朝時來到我家賞花飲酒。待他來時，與他商量個計較，剪除這幾個業障。院子，楊太傅到來，即忙通報。〔院子應科。高俅白〕正所謂平生不作皺眉事，世上應無切齒人。〔下。左右小宫監引楊戩上。唱〕

【六幺令】宦官宫妾，從古來身居清切，君王舍我其誰媟。〔白〕咱家楊戩，今日高太尉相約去賞花，不免前去。〔唱〕這杯酒，非泛設，多應爲着心頭熱。〔又左右〕門上。〔院公上科。左右白〕太傅爺到了。〔楊戩白〕你家爺呢？〔院子白〕正在白虎節堂敬候太傅爺。〔作向内科〕老爺有請，太傅爺到了。〔高俅上。白〕快請。〔相見科。楊戬白〕高先兒，你好樂。〔高俅白〕也没有什麽樂處。〔楊戬白〕下了朝來，不是看花，就是喝酒。我又時常吃個嘴兒，不當得緊。〔高俅〕老太傅家也有開花時候，少不得也叫我們食個嘴兒。〔楊戬白〕再休提起。那朱勔忘八羔子，綱船到京，也送些花石，都是些綻頭東西，見不得人。我家孩子們又不會收拾，活活把人氣殺。〔高俅笑科。白〕且請太傅爺到裏邊坐。〔楊戬白〕好罷咱。〔作走介，看匾額科。白〕白虎節堂。老太尉，我又不是「豹子頭」林冲，爲什麽誆我到這裏來？莫不是又看上了我家什麽亮兒？〔高俅白〕休要取笑，請坐了。看茶。〔坐科。院子送茶科。高俅白〕你們都迴避了。〔衆下。高俅白〕前日江南報捷，都是童宣撫調度。昨日見朝時節，那些群盗覺得也太榮寵了些。〔楊戬白〕方興未艾，皇爺的意思，覺得咱們這些人都不中用。〔高俅白〕正爲這事，要和老太傅商量。那宋江、盧俊義皆是我等仇人，今日倒做了有功之臣，受朝廷恩賜。叫他上馬管軍，下馬管民，置我等省院官于何地？必要生個計較，結果了他性命纔好。〔楊戬白〕這個有何難哉。他們都是些山野麋鹿之性，不檢點處甚多，做個圈套，把他收拾了。〔高俅白〕這等須要先對付了盧俊義，然後害宋江，如反掌耳。〔楊戬白〕一發容易，只消弄他幾個廬州軍漢，來省院首告盧安撫招軍買馬，積草屯糧，要圖謀不軌。便與他申呈蔡太師啓奏，皇爺多應不信。我們攛掇召他來京，皇爺賜御食時，于中下些水銀，墜他腸胃，就是廢物了。〔唱〕

【高陽臺】弄個機關，暗藏圈套，把他誣告生揑。攛掇來朝，登時立見昭雪。〔高俅唱〕難説，若然御賜侍食也，下定藥墜他腰折。縱偷生，已成廢物，殺人無血。〔楊戩白〕收拾了盧俊義，然後攛掇皇爺，賜宋江御酒二瓶，只消下些漫藥，他就活不成了。〔唱〕

【又一體】首孽倘得，風聞應怔虺䖲，更須打算安疊。御酒雙瓶，幾見飲鴆能活。〔高俅白〕妙計，妙計！真乃神不知鬼不覺也。〔唱〕加額，三杯一醉和萬事，剪巨寇毋煩寸鐵。想當年，跳梁水泊，空教哽咽。〔院子上。白〕啓爺：萬花樓酒便，請太傅爺上席。〔高俅白〕如此，老太傅請。〔楊戩白〕太尉請。〔同唱〕

【尾聲】安排妙計真奇絶，也不用雷轟電掣，管教殲厥渠魁那時把恨洩。〔下〕

第六齣　驚賜酒宋李含冤

〔左右引宋江冠帶上。唱〕

【粉孩兒】明明的，頂烏紗、腰金帶，恁前呼後擁，十分光彩。〔白〕山浮寒碧水浮花，檢點簿書放早衙。欲解黃金肘後印，白雲深處覓吾家。下官宋江自到楚州任所，且喜軍民愛戴，政通人和，白日多閒，訟庭無事。此間南門城外有個蓼兒窪，四面都是水港。中有高山一座，甚是秀麗。而且峰巒峭削，儼然石砦雄關。前後蕩湖，恍惚金沙舊地。今日閒暇，不免到那裏消遣。左右，打道往蓼兒窪去。〔左右應介。宋江騎馬介。白〕出得郭門，又是一番風景也。〔唱〕風光滿眼好稱懷，馬蹄遥綉陌花開。蓼兒窪水抱山環，暫停鞭徘徊躭待。〔作到介，下馬介。宋江白〕你看山環水抱，松栢森然，真個風水之地。只是衆兄弟風流雲散，止有潤州李逵，時常過從，想起來悽慘人也。〔唱〕

【紅芍藥】高聳聳龍虎安排，明堂外拱護三台，更松栢凡凡壯關隘，似昔年故山雄概。回思聚散實可哀，舊風流而今安在。殆難禁珠淚盈腮，止好是片帆尋戴。〔一院子上。唱〕

【鼓板賺】踏破芒鞋，來到楚州走郊外。〔白〕一路問來，説宋老爺在蓼兒窪遊山，來此已是。〔相見介。〕宋老爺在上，小人叩頭。〔宋江白〕你是什麼人？〔院子白〕小人是廬州安撫盧老爺家院子。〔宋江白〕你家老爺好麼？〔院子白〕宋老爺，再休提起。〔唱〕奸臣坑害，道盧公懷心歹。〔白〕我老爺到任之後，忽有人在樞密院首告我老爺謀反，幸而聖上不信，忽宣入朝。〔宋江白〕便怎麼樣？〔院子唱〕趨朝快傳宣，賜食惹非災。〔宋江白〕有甚非災？〔院子白〕聖上一見知謀反事虚，就賜御食，那知被奸臣暗下水銀在内，我老爺終日腰墜腹痛。〔唱〕柔腸寧耐。〔白〕到了泗州，竟墜水而死了。〔唱〕墜淮而死，靈依泗州。公廨泣，陳其概。〔宋江白〕嗄！盧安撫墜水而死，好不痛殺人也！〔唱〕

【耍孩兒】驀聽言詞魂驚駭，五内都分裂，恨權奸毒計何來。〔白〕我想盧安撫原是安分良民，被我計誘上山，後來九死一生，纔得到梁山聚首。幸遇招安，東征西討，受此榮耀。如今又是這等不明不白而死，教人如何不痛。〔唱〕傷心聚水泊，九死投蒿艾。典州郡，幾日榮冠帶，悶葫蘆將人害。〔院子白〕宋老爺，且休煩惱。小人告辭了。〔宋江白〕且到衙内暫住一日，少不得我也要去祭弔的。〔院子白〕曉得。〔下。宋江白〕我想，若果然是衆奸臣之計，禍必及我。怎麼我楚州偏是這等安静，看來或是他氣數應盡，何必疑人。〔院子急上。白〕啓爺：朝廷差有天使到來，賜爺御酒二瓶，快去接詔。〔宋江白〕怎麼講？〔院子白〕天使到來，賫有御酒二瓶，快去接詔。〔宋江大笑介。白〕

好！果然不免，這妙計盡在此中也。且住，我與盧安撫二人旬日之内都遭毒死，别人倒也罷了，惟有李逵是個戇直漢子，萬一弄出些事來，豈不把一腔忠義白斷送了。我如今一面去接詔，一面星飛差人去説有急事相商，等他來時，與他同飲便了。過來，你速到潤州請李老爺到來，説有急事相商。〔院子應下。宋江白〕哎呀！奸賊，奸賊！我一百八人彫零殆盡，怎麽這等不肯相容？帶馬。〔作騎馬介，跌介。唱〕

【會河陽】報賜醍醐，不用疑猜，此身已上失魂臺。忙差接取良朋，好除禍胎，效韓彭同俎醢。今朝想人去青山在，明朝有人住青山改。〔作踉蹌下。左右引李逵冠帶騎馬上。唱〕

【縷縷金】聞呼唤，奉催牌，星夜揚帆，渡楚州交界。〔笑介。白〕我李逵仗着一把板斧，殺人放火，許多爽快。那裏曉得做官與做强盗大不相同。頭上一頂烏紗，竟有萬把斤重。這些時，寔在有些耐不得。幸得宋大哥任所不遠，常時渡江相訪。適纔差人來説有緊事相商，想他也有些受不得，大約算計照舊回梁山泊去。若果如此，我李鐵牛就得了生命了。〔唱〕果然仍慣舊生涯，烏紗且休怪，烏紗且休怪。〔作到介，下馬介。左右白〕潤州李老爺到了。〔左右引宋江上。白〕兄弟，在那裏？〔相見介。李逵白〕纔隔了兩日，又有何呼唤，敢是要回梁山了麽？〔宋江白〕胡説！今日備有小酌，與兄弟一談。左右，取酒過來。〔左右送酒介。李逵白〕來來，誰耐煩吃小杯，取大碗來。〔作取大碗，飲介。宋江白〕你們都迴避了。〔左右下。宋江白〕賢弟，你休怪我。昨日天使到來，賫有藥酒二瓶。我吃了些，已知中毒。我死之後，怕你生事，所以叫你來同飲。你剛纔大碗吃的就是。〔李逵大叫介。白〕我不信，我不信！〔作按肚介。白〕你不要哄我。〔宋江白〕兄弟，我豈有哄你之理。此間南門外有個蓼兒窪，風景與梁山泊一般，我已囑咐他們把我二人都葬此處。〔唱〕

【越恁好】蓼兒窪內，蓼兒窪內，深處葬遺骸，好似鴛鴦塚，並生同事死同埋。〔作按肚介，李逵作肚痛介，喊介，哭介。白〕哥哥，生時伏侍哥哥，死也作哥哥部下小鬼。〔作肚喊痛介。唱〕追隨服侍鬼輿儓，這是前生冤債。〔宋江、李逵作拜介。合唱〕些時，謝北闕也踉蹌拜。些時，赴西土也肝腸壞。〔作跌介，兩人場上滚介，死介。左右上。白〕嗄！兩位老爺都中毒而死了。哎呀！老爺呀！〔哭介。院子白〕列位，宋老爺已有遺言，要葬在南門外蓼兒窪，如今李老爺死在一處，我們就備棺槨盛殮，一同殯葬罷。〔作擡屍下。院子唱〕

【尾聲】霎時魂在九霄外，忒辜負英雄氣概，待要做精衛含冤填大海。〔下〕

第七齣 蓼兒窪舍生取義

〔吳用作改粧，騎馬上。唱〕

【端正好】悶懨懨，無情緒，難安排七尺身軀。辜負了烏紗象簡叨華膴，心事憑誰訴。〔白〕我吳用昨夜得其一夢，夢見宋大哥與李逵兄弟二人，説朝廷賜飲藥酒身死，現葬楚州南門外蓼兒窪。叫我念昔日交情，去看視他，不免前去便了。〔唱〕

【滾綉球】俺初負弩投水滸，佔的個龍蟠虎踞，招集的亡命之徒。却怎生受招安瞻聖主，旋奉詔掃蕩三路，叨殊恩職參戎府。雖然向日標微悃，終怕浮雲蔽太虛，空費躊躕。〔白〕我想夢寐之事，未可凴信。但這等明白，必有緣故。爲此改換衣裝，悄悄而到楚州去。〔唱〕

【叨叨令】休言夢寐無凴據，悄地微行訪其故。山花滿眼馳烏兔，馬蹄已抵楚州路。〔白〕來此已是楚州。〔向內介。白〕大哥，借問一聲，這楚州宋安撫衙門在那裏？〔內白〕宋安撫已中毒而死，現葬在南門外蓼兒窪了。〔吳用白〕嗄，果然死了！ 好不痛殺人也！〔唱〕兀的不痛殺人也麽哥。兀的不慘殺人也麽哥。俺這裏驚魂不顧踉蹌步。〔下。場上擺二帳幔，碑二座，上書「皇宋楚州安撫使宋諱江公墓」，一書「皇宋潤州都統制李諱逵公墓」。供桌擺香爐、燭臺切末介。扮一老道上。白〕小子原是梁山一個僂儸出身，因跟隨宋老爺受了招安，東征西討，貼身伏侍。昨日到了楚州任所，指望長享富貴，不想被奸臣算計，服毒而死。遵老爺遺命，葬在這蓼兒窪。可憐孤墳一座，無人看守。小人算來受宋安撫多少年恩惠，只得築了三間土房，就在蓼兒窪早晚服侍些香燭，打掃墳墓，以表寸心。正是一生富貴如春夢，千古英雄惟斷碑。〔作持箒把掃地介。吴用上。唱〕

【脱布衫】過荒郊淚眼模糊，猛擡頭山水如覩。艸青青一抔黄土，碑矗矗兩堆墳墓。〔白〕老道，這裏可是蓼兒窪麽？〔老道作相見介。白〕嗄！你不是吴參謀麽？〔吴用白〕正是。你是什麽人？〔老道白〕小人原是山上僂儸，後來跟隨宋安撫，蒙他多少恩惠。如今他没了，小人情願灑掃，以終天年。〔吴用白〕好老道，爲何有兩座墳？〔老道白〕這是潤州李老爺，宋老爺怕他知道不依，所以叫他來一同死的。〔吴用作哭介〕哥哥呀！可知我吴用來了麽？〔唱〕

【小梁州】哭得我血淚啼觴滚滚珠，怎不容我握别須臾，拚將一命到黄壚。魂驚仆，哽咽氣難甦。〔作伏地哭介。花榮騎馬上。白〕白鳥影從江樹没，青猿聲入楚雲哀。我花榮夜來得一異夢，夢見宋大哥和李逵兄弟飲鴆而死，葬於蓼兒窪内，爲此星夜到此。〔作到介〕來此已是。〔老道作見介。白〕花老爺也來了。〔花榮白〕誰在此痛哭？〔老道白〕是吴參謀在此。〔花榮白〕參謀在那裏？〔吴用作起見介。白〕原來是花兄弟。〔花榮見墳墓介。白〕這就是宋大哥和李逵兄弟墳墓麽？〔吴用白〕正是。〔花榮哭介。唱〕

【又一體】哭得我搶地呼天淚眼枯，恨不的片刻淪殂。思量無計表區區，黄泉路，同攜手，定何如。〔吳用白〕賢弟，你在應天爲何到此？〔花榮白〕小弟自從分散之後，無日不念想衆兄弟。不想得一異夢，夢見宋大哥和李逵兄弟扯住小弟，説飲鴆而死，葬于蓼兒窪内。小弟因此星夜到此，不想果應其夢。〔吳用白〕嗄！原來與小弟一般得夢而來的。〔花榮白〕參謀，如今尊意如何？〔吳用白〕還有什麼别的意思！小弟不過村中一學究，得遇宋大哥言聽計從。今日他既爲國家而死，又託夢與你我，我豈忍獨活，惟有相從地下而死。〔花榮白〕小弟之意，亦有同心。〔花榮、吳用白〕宋大哥，可知我兩人要來相伴麽？〔唱〕

【朝天子】把紅塵謝諸，結同心伴侶。待連袂灰河渡，蓼兒窪裏，嬾散不拘。甚奸宄來讒沮，月白風清，倡爾和汝，免他日尋刀斧。〔吳用、花榮作解帶介。老道白〕這等光景，有些不妙，不免報與本州老爺去罷。〔下。吳用、花榮唱〕哎呀！賊子呀！看你冥誅，痛你冤苦，霎時間早永決塞了咽喉路。〔各作吊于帳幔旁介。衆從人引知州上。白〕下官楚州知州是也。剛纔蓼兒窪看墓人報來，説武勝軍承宣使吳公、應天都統花公都來自縊於宋安撫墓前。這等義氣，真個可嘉。爲此打道前去。〔老道跪接介。〕老爺，二位老爺已經歸天了。〔知州白〕果然如此，把二位老爺請過一邊，即刻預備棺槨，就埋在兩翼，以遂他初志。〔左右從人作擡吳用、花榮下。知州唱〕

【清江引】一腔熱血渾如許，相率歸陰府。一束奠生芻，慨想人如玉。青山依舊也，問英靈何處所。〔下〕

第八齣　芙蓉城鬼使神差

〔場上懸「芙蓉城」匾，擺十公座桌椅，雜扮牛頭、馬面各戴套頭，穿門神鎧持叉。扮八小鬼各戴鬼髮，穿箭袖，繫肚囊。雜扮八鬼卒，各戴鬼髮，穿蟒箭袖，虎皮卒褂，持器械。雜扮十判官各戴判官帽，穿圓領束角帶，持筆簿。雜扮金童戴紫金冠，穿氅繫絲縧，執旛。雜扮玉女，戴過梁額仙姑巾，穿氅繫絲縧，執旛，引十殿閻君，戴冕旒，穿蟒束玉帶，從酆都門，雜扮傘夫張傘隨上。唱〕

【北夜行船】整肅威儀開玉殿，笑紅塵世上牽纏。百様謀爲，千般機變。可知俺冥司目光如電。

〔入座科。傘夫下。十殿閻君白〕晝是陽來夜是陰，十般貌也一般心。世人莫怪閻羅酷，都爲伊家罪孽深。吾乃十殿閻君是也。職司冥府，主宰陰曹。掌十地之樞機，握四生之橐籥。世人造業，不論廣衆大庭、暗室屋漏，不論施爲行事、動念舉心。我這裏善惡簿子上直書定盤星，分文不爽；罪福業鏡中對出照膽臺，毫髮難欺。正所謂苦填不滿火坑，屢償難了冤債。安得三輪盡空，化作蓮花世界。我們只爲朝謁玉帝，欽奉玉旨，説宋江等一百八人原爲羣魔降世，戕害生靈，乃反假託忠義惑世誣民，特着東岳大帝，會同我們十殿審理，要核其罪惡，分別定擬，以警愚蒙，以昭勸戒。因此先到芙蓉城中，簽差捉拏。鬼判。〔衆判官應科。十殿閻君白〕那宋江一百八人的案卷都有的麼？〔鬼判白〕一樁樁都有清册細注，絲毫不錯。〔唱〕

【北風入松】十曹文簿細丹鉛，説什麼紀事與編年，春秋一卷殊褒貶。分明是業鏡高懸，纔見無私鐵面，並非關有意株連。〔十殿閻君白〕既如此，明日到東岳大帝臺前，先將文簿一一呈上。〔衆判官白〕曉得。〔十殿閻君白〕鬼卒叫酆都使者過來。〔鬼卒應科。向内白〕酆都使者那裏？〔内應科。酆都使者從酆都門上。白〕九幽明皎日，三尺凛秋霜。各位殿下，有何鈞諭？〔十殿閻君白〕奉玉帝敕旨，着東岳大帝會同我十殿公審宋江等一百八人假託忠義惑世誣民一案。今衆犯俱聚蓼兒窪内，我這裏與你勾牌一張，你可率領鬼卒無常一一拘拏到案。你聽我吩咐。〔判官作遞牌票，酆都使者接科。十殿閻君唱〕

【北喬木查】這勾牌一片，關係着執法皋陶憲。把水滸游魂一索牽，都整齊齊躋玉階，静候大帝平反。〔酆都使者應下。閻君白〕咳！那世上人只曉得説宋江忠義，被他那一團花假欺瞞了，那知我陰司半點不饒哩！〔唱〕

【北沉醉東風】幻殼子陽間驕蹇，幽魂兒陰府盤旋，枉死城森羅殿。機關用盡悔徒然，侈談忠義罪無邊，無等咒也難消遣。〔白〕鬼卒各歸殿庭。〔鬼卒應介，各下座。同唱〕

【北煞尾】數珠百八牟尼轉，一個個騰蛇徽纏。貫穿蓼兒窪，見一陣鬼風旋。梁山泊，只怕要打碎忠義堂前匾。〔下〕

第九齣　領鬼卒攝魄勾魂

〔扮土地上。唱〕

【小引】叫招財，叫招財，爲舍衙門冷淡哉。不要説三牲，何曾有香燈。不要説散福，何曾有廟祝。〔白〕管山要吃山，管水要吃水。看着蓼兒窪，只好去搗鬼。小神乃蓼兒窪土地是也。只因宋江受了我楚州宣撫使之職，愛我這蓼兒窪山明水秀，發誓死後要葬在這裏。那裏曉得天從人願，不多幾天，那道君皇帝陡然賜出藥酒，將他毒死。未幾，那些鬼兄弟逐漸而來聚會，如今一百八人竟不差什麽了。只是聚了這些兇魂，周遭百十里之内，不要説是那些邪魔鬼祟各處遠颺，就是鷄犬之聲，都斷絶了。小神躭着一身干係，捻着一把冷汗，總恐怕這些冒失鬼弄出事來。這也無可奈何。山中無事，我老人家只好打個盹兒。〔作磕睡科。陰地方、無常鬼各帶鎖鍊切末，引酆都使者，雜扮一人張小傘隨上。唱〕

【又一體】鬼門開，鬼門開，攝魄勾魂一信牌。莫道不分明，閻羅賬最清。莫道無善惡，絲毫不差錯。〔白〕鬼卒，這裏可是蓼兒窪麽？〔鬼卒白〕正是。〔酆都使者白〕地方，叫土地。〔陰地方白〕曉得。

〔叫土地科。土地應科。白〕原來是衆位大爺，我這裏都是良善之家，不知要勾那個？〔酆都使者白〕你還不知道麽？就是那宋江一百八人假託忠義一案。如今要勾他立等審問，聞他聚在這裏，特來勾拏。〔土地白〕原來要拿宋江這起人，只是他兇得很，官兵都要殺敗，何況於你。〔酆都使者白〕他兇到那裏去？〔土地白〕如此，隨我來，隨我來。〔衆跳舞諢下。宋江冠帶搭魂帕上。唱〕

【翫仙燈引】紅蓼映蒼苔，淒涼處白陽風灑。〔白〕我宋江自從征了方臘回來，蒙聖恩除授楚州宣撫使之職。誰想到任未久，又蒙賜御酒二瓶，被逆臣高俅、楊戩暗投漫藥，將我衆兄弟毒死。只是我一腔熱血，半世英豪，斷送賊臣之手。提起來，好不淒慘人也。〔唱〕

【獅子序】生死路，常掛懷，羨聯翩雁字幾排。想梁山聚首，骨肉無猜。誰知道風流雲散，不由人重感慨。痛鴆毒，當沉瀣，忠魂飄敗。今日個金蘭舊譜，玉樹同埋。〔白〕夜臺寂寞，風雨淒其，不免請衆兄弟出來閒談一番。衆兄弟那裏？〔扮一百七人，各搭魂帕上。唱〕

【玉女步瑞雲引】杳杳泉臺，倒得逍遥自在，依舊是梁山氣概。〔衆分坐科。白〕哥哥，我們聚義水窪，情同骨肉。自受招安，就殲臣寇。水火刀兵，死亡大半。哥哥束手歸朝，反爲奸臣暗算，天理何在。我們心中十分不伏。〔唱〕

【太平歌】松楸裏，風雨滿基堦，枉受了權奸相妬害。留得生平忠義好，幽隱重泉無隔礙。遼陽華表鶴歸來，空聽夜猿哀。〔宋江白〕諸位兄弟所言未爲不是。但我宋江仗着「忠義」二字，就死何妨。

如今到得魂魄相依，豈非不幸中之幸。〔唱〕

【賞宫花】平生壯懷，冷清清守夜臺。英雄千古恨，問誰來。縱有青編留姓字，空將白骨委蒿萊。〔土地領衆無常、小鬼、陰地方、酆都使者上。白〕原來都在這裏。〔宋江白〕你們是何方鬼卒？休得無禮。〔酆都使者白〕我乃酆都使者，奉玉帝勅旨，命東岳大帝會同十殿閻君勘問你們這一案，故來勾取。〔李逵跳起。白〕放你娘的屁！憑你什麽人，我是不去的。〔酆都使者白〕咳！這不比梁山泊，可以藏躲。〔衆白〕如此，我們散了罷。〔分左右走科。酆都使者白〕那裏來這些野鬼。鬼卒們，與我一一拿來。〔衆鬼應科。酆都使者作上高桌，衆鬼卒作跳舞科，用索分數起牽扯諢下。酆都使者下桌科。白〕衆鬼犯俱已拿齊，不免回覆閻君去罷。〔唱〕

【尾聲】平生倔强今何在，幾曾見逃亡魑魅，則請看地獄重重全搬戲法來。〔下〕

第十齣　東嶽殿狼群對簿

〔扮牛頭、馬面持叉，八鬼卒持器械，八動刑鬼、四判官持筆簿，引第一殿閻君、第五殿閻君，從酆都門上。同唱〕

【一枝花】俺只爲鸞書下九霄，分領着鵷序排三殿。〔扮第二殿閻君、第三殿閻君從酆都門上。同唱〕思量起心胸開萬古，頓教他疑義析千年。〔第四殿閻君、第六殿閻君從酆都門上。同唱〕這的是雪消見晛，也只爲世教人心辨。〔第七殿閻君、第八殿閻君從酆都門上。同唱〕打迸着晨鐘暮鼓懸。〔第九殿閻君、第十殿閻君從酆都門上。同唱〕一聲聲喚醒華胥，一個個醫痊瞑眩。〔衆閻君白〕四生六道有來因，地獄天堂在轉輪。今日堂前懸業鏡，始知半點不饒人。我等十殿閻羅是也。只因宋江、吴用等一百八人潛結水滸，託名忠義一案，已按科條，久須勘問。今衆犯陽壽已終，奉有玉帝勑旨，令我等提齊各犯，到東嶽大帝殿庭公同審理。衆鬼使，就此擺道前行。〔衆鬼判應科。衆閻君白〕簿書自掌森羅殿，綸綍親承白玉樓。〔衆同從下場門下。扮八侍從，執儀仗，四判官持筆簿，引東嶽大帝從上場門上。唱〕

【梁州第七】都只爲懲禍亂爰書成帙，還待要勘奸雄把業鏡高懸。看他分行夾注丹黄遍，一例的殺人放火，那些個問舍求田。〔白〕善哉，善哉！巍巍岱宗，秩比三公。承天布化，福德攸同。吾乃東嶽天齊大帝是也。前者因朝玉帝欽奉勑旨，今日會齊十殿閻君，到俺殿庭公同勘問梁山泊宋江、吴用等一案，以便回奏天庭。〔衆閻君從上場門上。同白〕青鸞白鶴凌雲下，金殿珠簾向日開。〔作到進門科。白〕大帝在上，我等衆森羅參見。〔東嶽大帝白〕衆閻君少禮。〔衆閻君作參拜科。白〕神在碧霄以上，權居青帝之尊。爲定忠奸一案，宣明善惡兩門。〔東嶽大帝白〕衆閻君，請各歸公座。〔衆閻君白〕謹遵帝諭。〔場上設公案、桌椅，衆閻君各入桌坐科。東嶽大帝白〕衆閻君，今日遵奉玉旨，會審宋江一案，須要仔細詳明，逐一勘問。我當奏請玉旨，定罪施行。〔衆閻君白〕掌案的可將案卷逐一呈明大帝觀覽。〔衆判官作呈簿書科。東嶽大帝白〕這卷案都開注明白麽？〔判官白〕啓上大帝，那梁山泊一百八人罪惡輕重不等，各殿下分别首從，定爲六案擬罪，大帝省覽便知。〔東嶽大帝白〕看了這案牘纍纍，宋江等罪孽不淺，反敢假託忠義惑世誣民，若不逐案勘破，警醒愚蒙，何以激勵人心，扶持世教。〔唱〕當不的罪深孽重，屢牘連篇。止恨他嘴頭兒忠義爲先，心窩兒欺罔難言。這都是宋公明假借了兩字周旋，還有個智多星幫助了一般主見。哪知道活閻羅攢造了四柱因緣，堪憐枉然。問他虧心，怎到森羅殿，覓何處求方便。這是報應分明在眼前，遮莫瞞天。〔白〕帶第一起過來。〔判官白〕帶梁山泊第一起鬼犯聽審。〔都鬼鬼卒隨帶宋江、吴用搭魂帕上，跪科。判官白〕第一起假託忠義惑世誣民鬼犯二名宋江、吴用。〔宋江、吴用哭科。白〕大帝呀！我宋江、吴用存心忠義，宣力王家，今被奸臣所害，大帝不辨明冤枉，怎麽還要加罪？〔東嶽大帝白〕唗！你還敢説忠義麽？你們嘯聚水窪，招納亡命，擅殺官軍，假名忠義，還有威逼上山，絶人歸路。種種罪惡，皆是你兩人爲首，你道冥司不知麼？〔十殿閻君白〕我陰司鐵案如山，件件都有証明，你賴到那裏去？從實説上來。〔宋江、吴用白〕大帝、閻君在上，念我二人不過山城小吏、草澤窮民，原無遠大之志，後來爲衆人擁戴，勢成騎虎。然而日盼招安，何敢有心抗拒？至於這些歸伏之人，都是情願入夥，何曾有威逼的事？〔東嶽大帝白〕現有舊案在此，聽我隨舉一二指明，你聽者。即如青州總管秦明，你用計擒他，説降不從也罷了。你怎麼假他衣甲，夜半攻城，殺人放火，害他妻子誅戮，這還是忠還是義？〔唱〕

【梧桐樹】爲什麼假霹靂夜半遭兵燹，害的他活妻孥城頭頸血濺。這反問忒毒害，恁説無人見，怎知我陰司裏有成讞。〔十殿閻君白〕宋江這一宗罪惡就彀你受用了。〔東嶽大帝白〕吴用，那滄州知府的小衙内與你有何仇隙，你不過要朱仝上山，就忍心教人殺死，這還是忠還是義？〔唱〕

【玄鶴鳴】你那蜂蠆心，要把利刀鐫，虎狼心，要把霜刃剸。你則要美髯公投水泊，怎斷送小衙内赴重泉。他與你有何仇怨，生擦擦血裹蝦蟆道路邊。叫誰哭奠，何方問天。〔白〕衆閻君，他二人是禍之首，罪之魁，但不知衆閻君如何定擬？〔十殿閻君白〕宋江、吴用罪大惡極，除招納亡命、玩法欺公、各輕罪不議外，其假託忠義惑世誣民，應受重重地獄，然後永入泥犁，不得超生。〔宋江、吴用白〕大帝、閻君，我二人假仁假義説忠説孝，欺世盗名，那知陰司裏絲毫不能瞞過。只是招安之後，我也有擒方臘的大功，將功折罪，也見大帝平允。〔東嶽大帝白〕有的。你那擒方臘的功，只好償你殺傷官軍之罪。〔宋江、吴用白〕大帝呀！ 我二人不過假託忠義，就罹此重罰。 那蔡京、王黼、高俅、童貫、楊戩、梁師成等攬權怙勢，蠹國害民，到安然無恙。 這不是網漏吞舟之魚麽？〔東嶽大帝白〕他們的罪惡與你不差，今諸奸陽數已盡，少不得你有會他的日子。〔唱〕

【隔尾】恁誰則擒拏劇盜勳名顯，也只好抵你抗拒官軍殺戮愆。 恁休提六賊子，到冥司，逃刑憲。 並肩九泉，都是將來會中緣。〔白〕帶下去。 帶第二起上來。〔判官白〕帶第二起棄官從賊、玩視王章一案上來。〔鬼卒帶宋江、吴用魂下。 隨帶關勝、花榮、呼延灼、董平、索超、孫立、郝思文、彭玘、魏定國、張清、黄信、宣贊、韓滔、單廷珪、淩振、龔旺、丁得孫各搭魂帕上，作跪科。 判官白〕聽點。〔作點名介。 東嶽大帝白〕嗄！ 你們都係身爲武弁，陷陣摧鋒，是汝專職。 終不然就拚死沙場，馬革裹屍，也得名垂竹帛。 怎麽棄官從賊起來？ 朝廷何賴汝輩？〔唱〕

【四塊玉】恁都是握虎符掌將權，披犀甲能征戰。 那知你背主拋親拜賊前，冥司何處求寬典。 還思量你標麟閣，擁霓旌，勒燕然。〔衆哭科。 白〕總是鬼犯一時没見識，後來受了招安，也替國家効力。〔東嶽大帝白〕這却遲了。 衆閻君定他爲首惡之次，實爲允當。 但不知應歸何等地獄？〔四殿閻君白〕此等棄官從賊之人，應入本殿下刀山地獄。〔東嶽大帝白〕鬼卒帶下去。 帶第三起上來。〔鬼卒帶關勝等十八人魂下。〕帶第三起打劫生辰綱一案上來。〔隨帶鼂蓋、公孫勝、劉唐、阮小二、阮小五、阮小七、白勝搭魂帕，跪科。 判官白〕打劫生辰綱一案聽點，鼂蓋、公孫勝、劉唐、阮小二、阮小五、阮小七、白勝。〔衆應科。

東嶽大帝白〕看你原案内，也不過隨從爲匪之人，不應提力標出。但黄泥岡打劫生辰綱實爲梁山水滸搆禍之始，列爲第三等，這也是法無可貸。〔鼂蓋白〕大帝呀！那生辰綱原是不義之財，打劫何害？〔東嶽大帝白〕要曉得你這一案乃禍之媒也。〔唱〕

【駡玉郎】想當初東溪認義靈官殿，不過貪財物妄垂涎，誰知道做了梁山水泊金針綫。溯禍緣，覓水源，則你這罪狀應難免。〔白〕請問衆閻君，第三起謀劫生辰綱一案應歸何等地獄？〔二殿閻君白〕他們謀劫生辰綱，實爲禍首，應入本殿碓磨地獄。〔東嶽大帝白〕鬼卒帶下去。帶第四起上來。〔鬼卒應科。帶鼂保正七人魂下。判官白〕帶第四起嘯聚山林、負隅拒命一案聽審。〔鬼卒帶魯智深、武松、楊志、施恩、曹正、史進、朱武、陳達、楊春、王英、燕順、鄭天壽、焦挺、鮑旭、樊瑞、項充、李衮、歐鵬、蔣敬、馬麟、陶宗旺、吕方、郭盛、李忠、周通、鄧飛、孟康、杜遷、宋萬、朱貴、孔明、孔亮上，跪科。判官白〕聽點。〔作點名介。東嶽大帝白〕太平之世，士農商賈各有其業，汝等半係市井遊民，嘯聚窩巢，爲逋逃淵藪，梁山又爲衆惡所歸，此豈王法之所能恕。〔唱〕

【感皇恩】呀！説什麽白虎擎拳，飲馬停鞭。可知芒碭透不到二龍淵，清風吹不起桃花片，對影兒看不見少華巔，枉了你黄門宿雨，枯樹含煙。一謎價望梁山似蛆鑽糞，蛇赴壑，箭離弦。〔白〕請問衆閻君，此等嘯聚山林一案，應置何等地獄？〔五殿閻君白〕他們嘯聚山林，負隅拒命，應付本殿下火車地獄。〔東嶽大帝白〕帶下去。再帶第五起上來。〔鬼卒應科。帶魯智深三十二人魂下。判官白〕帶第五起蟠踞水窪、截江行劫一案聽審。〔鬼卒帶張横、李俊、童威、童猛、張順搭魂帕上，跪科。判官白〕聽點。張横、李俊、童威、童猛、張順。〔衆應科。東嶽大帝白〕你們蟠踞水窪，截江行劫，看你原案内致命圖財之事不少。〔張横五人白〕大帝呀！江湖上賣板刀麵餛飩的頗多，怎麽單加罪我們？實爲冤枉。〔東嶽大帝白〕你還説冤枉？可知你與那嘯聚山林的是一般。〔唱〕

【采茶歌】則恁這腹中冤口中言，道陰司怎不把伊憐。那知靠洞依山兇不赦，怎你截江行劫罪能蠲。〔白〕這一案不知衆閻君擬何地獄？〔三殿閻君白〕這一案嘯聚山林，截江行劫，應入本殿下血湖地獄。〔東嶽大帝白〕帶下去。帶第六起上來。〔鬼卒應科，帶張横五人魂從酆都門下。判官白〕帶第六起扶同入夥，傷害生靈一案上來。〔鬼卒帶盧俊義、秦明、徐寧、李逵、林冲、穆宏、穆春、燕青、薛永、戴宗、李應、扈三娘、解珍、解寶、金大堅、安道全、蕭讓、朱仝、石秀、楊雄、侯建、皇甫端、段景住、蔡慶、王定六、李雲、朱富、石勇、雷横、樂和、鄒淵、鄒潤、孫新、顧大嫂、楊林、裴宣、湯隆、杜興、宋清、郁保四、張青、孫二娘、時遷、李立、蔡福、柴進各搭魂帕上。判官作點名，衆作應科。東嶽大帝白〕請問衆閻君，看這原案内，這些多係初無爲盜之心，或係誆騙上山，或係扶同入夥，情罪自應末減。只是秦明、徐寧各有職守，應歸棄官從賊一案。至於李逵殺人獨多，傷生尤酷。柴進招納亡命，窩藏奸匪，也應從重問擬纔是。〔十殿閻君白〕大帝細心推鞫至此，本殿不勝敬服。但查秦明、徐寧都是宋江、吴用絶他歸路。李逵是個粗莽直性漢子，肝腸倒也乾浄。柴進是個揮金結客之人，看來無甚奸惡。是以從寬問擬。〔東嶽大帝白〕衆閻君如此説來分

晰，真乃公當也。〔唱〕

【三煞】雖則是棄官從賊有成典，只爲着奸計勾留是禍源。若論鐵牛莽戇被人牽，那結客滄州，中無機變，與扶同入夥名連。這是罪孽皆由閻作緣，公正無偏。〔白〕但不知應得何罪？〔七殿閻君白〕諸人扶同入夥，傷害生靈，上干天和，應歸本殿下各與鐵鞭一百。〔衆白〕多謝閻君。〔東嶽大帝白〕鬼卒且帶下去。〔鬼卒應科，帶四十三人下。東嶽大帝白〕衆閻君，此番審明，翻盡從前鐵案，定擬十分允當。至於宋室臣僚，有真忠真義者，令他昇入天堂；害國害民者，令他墮入畜生道，方快人心。〔第十殿閻君白〕這都是本殿下轉輪職掌。〔東嶽大帝唱〕

【二煞】把從前鐵案今翻，遍推勘，曾無半字冤。止教兩大憝，諸苦惱，無寬免。餘則薄法輕科，區分煆煉。還有諸業報，要昭然。把宋室忠奸仔細研。〔下座科。隨撤公案、桌椅科。東嶽大帝白〕十殿請回，待吾就將審過緣由覆奏靈霄去也。〔接唱〕則看俺一宗宗上達三天。〔四宮官從場門分下，衆侍從擁護東嶽大帝同從昇天門下。衆閻君白〕東嶽大帝已上天庭，我等各回殿宇，靜候玉旨，施行便了。〔唱〕

【收尾】假忠假義都明顯，真義真忠更判然。閻羅自古無情面，止候着玉音再傳，把他熬煎。看俺向枉死城中，把活地獄當場演。〔衆鬼卒擁護衆閻君仍同從酆都門下〕

第十一齣　河北郡二忠盡節

〔扮何灌、何薊領衆上。唱〕

【駐馬聽】報國無由，天步艱難是主憂。那些個談兵説劍，羽扇綸巾，緩帶輕裘。〔何灌白〕下官何灌，表字仲源，開封祥符人也。官拜河東河北制置副使，只爲金師壓境，上皇内禪，下官領兵入衛。正擬死守河津，争奈粱方平之師大潰。下官只得退保京城，以待外援。〔何薊白〕爹爹，我們新募之兵，大半皆是老弱，如何抵敵？〔何灌白〕我的兒，禁旅健卒，盡付方平。你做爹爹的當初苦口説過，其如時宰不從，已着韓綜、雷彦興打探去了。若是金師一至，我和你父子惟有一死，以報國恩。〔韓綜、雷彦興上。白〕萬騎金兵入帝京，羽書飛報進軍營。將軍縱有回天力，此際應難定太平。元帥，不好了！金師渡河，直抵汴京，並没一人抵禦。如今已逼近京城了。〔何灌白〕如此，我們且殺上前去。〔唱〕他渡河輕駕木蘭舟，我摧鋒難覓迷魂咒。拚的是兩世勳猷，滿腔熱血，盡付東流。〔斡離不領衆上，對戰介。斡離不作敗下，何灌衆追下。斡離不領衆上。白〕把都們，何灌父子十分驍勇，可令弓弩手埋伏牟駝岡側，待我引他到來，萬弩齊發便了。〔衆應科。何灌領衆追上，戰科。斡離不敗科，下。弓箭手放亂箭，何灌、何薊、韓綜、雷彦興都受箭傷，敗下。斡離不上。白〕把都們，何灌父子都被重創，大敗而走，我和你們速速追上。〔衆應科，下〕

第十二齣　留車駕李綱守死

〔内侍、宫監引欽宗上。唱〕

【菊花新】青天難問漫搔頭，望斷河津八百侯。烽火逼人眸，只恐孤城難守。〔白〕寡人乃道君皇帝太子，只爲敵人敗盟，國勢危蹙，郭藥師既以燕山迎降，梁方平又於黎陽大潰。太上皇召朕入禁中，披以御服。寡人涕泣，固辭不許，只得從權内禪，改元靖康。今敵兵直逼汴京，太上皇已決計東幸，惟寡人行止，尚無主見。且待諸臣到來，從長計議便了。内侍，諸大臣到來，即宣入見。〔内侍應科。扮宰相白時中、李邦彦、李綱上。唱〕

【柳梢青】勁師入寇，戎馬盈郊藪，敵愾同仇，今日個面陳可否。〔内侍白〕聖上有旨，就宣諸臣入宫。〔衆白〕領旨。〔作進宫，跪科。白〕臣白時中、臣李邦彦、臣李綱見駕，願吾皇萬歲。〔内侍白〕平身。〔衆白〕萬歲。〔欽宗白〕敵師已逼京城，太上皇東幸，朕欲隨侍，暫避敵鋒，如何？〔白時中、李邦彦跪白〕臣啓陛下，此時都城萬不能守，自然隨侍東巡爲便。〔李綱〕臣李綱謹奏，天下城池孰有如都城者？且宗廟社稷，百官萬民所在，捨此欲何之？〔欽宗白〕卿言雖是，不知計將安出。〔李綱白〕今日之計，

惟有整飭軍馬，固結民心，相與堅守，以待勤王之師纔是。〔唱〕

【好事近】車駕莫輕投，靠着金湯堅守。那勤王師至，料敵人不戰而走。〔欽宗白〕堅守亦不難，只是此時誰可任將帥之權者？〔李綱白〕朝廷以高爵厚禄崇養大臣，蓋欲用之於有事之日。白時中、李邦彦等雖未必知兵，然藉其位號，撫將士以抗敵鋒，乃其職也。〔白時中、李邦彦作怒科。白〕李綱，你把這樣事情讓人，你難道不能將兵出戰麽？〔李綱白〕陛下若不以臣庸懦，倘使治兵，願以死報。〔唱〕倘假臣兵柄，怯書生自有擎天手。則看俺雪鎧霜戈，説什麽風僝雨僽。〔欽宗白〕壯哉，壯哉！聽卿所奏，具見赤心。可以東京留守兼親征行營使便宜行事。內侍，賜李卿金盔甲全付。白、李二卿，代朕與他披掛。〔李綱白〕萬歲。〔作披掛科。衆唱〕

【又一體】奇猷，廊廟得紓憂，金印先行加肘。全身披掛，威風無出其右。〔內侍急上。白〕啓萬歲爺：太上皇已啓行了。〔欽宗作起身。白〕朕不能留矣。〔李綱跪白〕哎呀！聖上呀！昔唐明皇聞潼關失守，即時幸蜀，宗廟朝廷毀於賊手。今四方之兵，不日雲集，陛下奈何輕舉，以蹈明皇之覆轍乎？〔白時中、李邦彦白〕萬一勤王之師不至，奈何？三十六計，走爲上計。〔李綱唱〕那明皇幸蜀棄京師，千古人追咎。倘吾皇駕動龍旗，把微臣血漬螭頭。〔欽宗白〕卿也不必恁般激切。也罷！朕今爲卿留。治兵禦敵之事，專責之卿，如何？〔李綱白〕領旨。〔欽宗白〕白、李二卿過來，割地求和之議，亦退兵之一策，可一面令康王構、少宰張邦昌前往金營議和。〔白時中、李邦彦白〕領旨。〔欽宗白〕求和自是安邦策。〔白時中、李邦彦白〕堅守漸無却敵方。〔内侍、宫女引欽宗内場下。白時中、李邦彦下。衆軍士、將校分左右上。李綱白〕衆軍士，你們皆係禁衛虎旅，如今還是願死守，還是願從幸？〔衆白〕我們父母妻子皆在都城，願隨元帥死守。〔李綱白〕好！我李綱奉旨禦敵，諸位將士今晚隨我直砍敵營，有能奮勇殺賊者，按級重賞。〔衆白〕我們皆願出力死戰，一聽元帥號令。〔李綱白〕就此前去。〔同唱〕

【縷縷金】乘寶馬，戴兜鍪，披着黄金甲，荷天休，士氣歡騰，去直殲群醜。〔斡離不領衆上，對陣科。白〕呔！你們統兵將主是誰？〔衆白〕我們是李留守麾下，只曉得厮殺，不得工夫閑講。〔戰科。斡離不兵敗下。李綱白〕敵兵大敗，衆軍士，暫時收兵，明日再戰罷。〔衆應科。唱合前〕凱歌人唱覓封侯，排雲任馳驟，排雲任馳驟。〔下。斡離不領衆作敗走上。白〕嗄，李綱這厮好兇也！把我人馬殺傷不計其數。且住，我想城中有了此人，汴梁急切難下。况且我師深入，久駐非宜。聞得道君皇帝已經禪位太子，萬一勤王之師大至，内外夾攻，反爲不美。不如等他來講和，借此暫退，再圖機會便了。〔唱〕

【尾聲】一盤棋局逢高手，莫思量摧枯拉朽，只好把和議甜頭哄他上釣鈎。〔下〕

第十三齣　郭道人恃邪演法

〔扮左右引何㮚、孫傅急上。唱〕

【水底魚兒】警報非訛，敵兵又渡河。急如星火，打點去求和，打點去求和。〔白〕下官開封府尹何㮚。下官同知樞密院事孫傅。〔何㮚白〕樞密公，不好了呀！如今敵兵又抵汴城，斡離不之兵屯於劉家寺，粘没喝之兵屯於青城，相爲犄角。四方勤王之師，無一人至者。奈何？〔孫傅白〕京兆休慌，小弟已於龍衛中訪得一異人，叫做郭京，他能施六甲法。小弟已將他保奏，奉旨封爲成忠郎。現在召募神兵禦敵。〔何㮚白〕只怕這話有些荒唐。〔孫傅白〕這等異人乃是天爲時而生，敵中瑣微無不知者。他所挑選兵卒，不問技藝能否，只要年命合於六甲者就用。但等勢到危迫，只須出兵三百，管把敵人襲擊陰山而止。〔何㮚白〕如今，我們何不叫他演一演如何？〔孫傅白〕這個使得。左右，請郭先生出來。〔左右白〕郭先生有請。〔扮郭京上。白〕手握五雷行正法，令分六甲出奇兵。二位大人，有何呼唤？〔何㮚、孫傅白〕先生，不好了！如今敵兵圍困京城，四方勤王之師無一人至者，如何是好？〔郭京白〕這等小事何用大驚小怪？這都是斡離不、粘没喝二人作怪。只消略施小法，管教兩個指頭就拈他來了。〔孫傳白〕請問召募之兵曾足額否？〔郭京白〕早已足額。我用的是七萬七千七百七十七人都是年命合六甲的。還有一宗可喜。〔何㮚、孫傳白〕還有何喜？〔郭京白〕正在召募，忽又投來四枝神兵。〔何㮚、孫傳白〕那四枝？〔郭京白〕一個是北斗神兵，一個是六丁力士，一個是飛天使者，一個是天闕大將。各領神兵，無非用七。〔何㮚、孫傳白〕何不演演陣法？〔郭京白〕二位大人，不要害怕，待我演一演。〔場上擺高椅，郭京作站中作法。何㮚、孫傳左右站科。郭京作拿令旗招科。白〕左青龍天闕大將聽令。〔扮天闕大將青臉青甲持雙鎚上。白〕有。〔郭京白〕你們可領着七千七百七十七人按着東方七宿位次站着。〔天闕大將白〕得令。〔郭京白〕右白虎六丁力士聽令。〔扮六丁力士白臉白甲持雙劍上。白〕有。〔郭京白〕你們可領着七千七百七十七人按着西方七宿位次站着。〔六丁力士白〕得令。〔郭京白〕前朱雀飛天使者聽令。〔扮飛天使者紅臉紅甲持雙斧上。白〕有。〔郭京白〕你們可領着七千七百七十七人按着南方七宿位次站着。〔飛天使者白〕得令。〔郭京白〕後玄武北斗神兵聽令。〔扮北斗神兵黑臉黑甲持雙鞭上。白〕有。〔郭京白〕你們可領着七千七百七十七人按着北方七宿位次站着。〔北斗神兵白〕得令。〔郭京白〕你們聽我吩咐。〔唱〕

【引軍旗】軀殼化天魔，出陣神威大。只要命中符六甲，包伊脖頸似棉花裹。功成名在凌煙閣，方知仙術難破。〔四將走下。內吶喊，四將領四隊衆，分青紅黑白，一樣持短兵器戴假面上，作擺陣科。唱〕

【又一體】串走似旋螺，五色祥雲墮。何用六韜三略法，裝神捏鬼把敵人剁。〔合前〕功成名在凌烟閣，方知仙術難破。〔郭京白〕衆神將，把神兵收了。〔衆應科，遶場走下。衆下椅科。何㮚、孫傅白〕部位整齊，陸離光怪，真神兵也。〔郭京白〕二位人人，明日事勢若到緊急，那時放下吊橋，開門殺出。别的不敢誇口，先拏斡離不、粘没喝二人獻於闕下，再作區處。〔何㮚、孫傅白〕全仗先生大力。〔内吶喊科。小軍上。白〕啓上二位大人，南邊一陣塵土漲天，敵人紛紛四散，想是勤王之師到了。〔何㮚、孫傅白〕再去打聽。〔小軍下。何㮚、孫傅白〕我們且暫别罷。〔唱〕

【尾聲】排成六甲已如左，破敵兵，泰山壓卵。〔郭京白〕二位大人，〔唱〕只先把二帥擒來，那時伏了我。〔下〕

第十四齣　楚江王按罪加刑

〔酆都門上掛「第二殿」匾，扮牛頭馬面持叉，八鬼卒持器械，八動刑鬼、八侍從鬼、二判官持筆簿。金童玉女引第二殿閻君從酆都門上。唱〕

【采蓮船引】鐵案如山司冥府，業鏡臺難容掩著。災近肌膚，孽迷雲霧，因果到今纔悟。〔場上設平臺、虎皮椅，轉場陞座。衆鬼判分侍，動刑鬼向下，扛碓磨、鍘刀上，設場左右科。白〕淒雨悲風冷絳紗，堦前半是血蝦蟆。知君若上堂前看，應悔當初一念差。吾神二殿楚江王是也。職掌二殿碓磨、鍘刀、鐵丸、毒蛇等，地獄罪犯到此，按罪施行。鬼卒，吩咐掌案的將前殿解到應審鬼犯逐起帶上來。〔鬼卒應科。向内白〕把人犯逐起帶上來。〔内應科。扮無常解鬼帶武大郎、西門慶、潘金蓮、王婆搭鬼帕上。白〕鬼犯進。〔鬼卒唱科。作進跪科。鬼卒白〕一起爲因奸致死本夫等事，武大、西門慶、潘金蓮、王婆。〔衆應科。閻君〕武大，你妻子怎麽與西門慶通奸，後來怎生將你毒死？說上來。〔武大白〕大王爺爺，好苦惱呀！〔唱〕

【孝金經】小經紀矮身軀，娶妻金蓮顔色殊。入馬有奸夫，行兇伏老驢，冤深難訴。〔合唱〕夙孽净根株，情仇莫赦除，都付與轉輪墟。〔閻君白〕西門慶、潘金蓮，你兩人怎的成奸，如何毒死武大？從實説上來。〔西門慶白〕大王爺，小人二人成奸，初無殺武大之心。後來都是王婆攛掇，故此送包毒藥是真。〔潘金蓮白〕大王爺爺呀！奴家與西門慶通奸也是王婆設計，後來毒死武大也是王婆幫同下手。如今我兩人都被武松殺死，也算一命兩抵，望大王饒恕。〔閻君白〕王婆，這等説來，你是禍之魁了，從實供來。〔王婆白〕大王爺爺，小婦人不過貪他些錢鈔，故爾做此勾當。〔唱〕

【又一體】開茶肆自當壚，把兩人牽纏似醉魚。好色罪歸渠，貪財罰到奴，望恩饒恕。〔合前〕夙孽净根株，情仇莫赦除，都付與轉輪墟。〔閻君白〕衆供明確，鬼判過來。武大形骸矮小，娶此美婦，禍非無因，但無罪而死，寔爲可憫，可送十殿轉輪王，與他七尺之軀，託生山西開張磨房，娶一粗蠢之婦，生二子一女，衣食豐足便了。〔判官應科。武大白〕多謝大王。〔起白〕我如今不是侉子，是傰子了。〔説山西鄉談諢科，鬼卒帶下。閻君白〕判官過來，西門慶、潘金蓮可上碓磨，王婆上鍘刀，然後送與轉輪王，西門慶變龜，潘金蓮變鱉，王婆變母猪，以彰奸淫之報。〔鬼判應科。鬼卒作簇三人魂從地井下，隨捉西門慶替身切末上碓，潘金蓮替身切末上磨，王婆替身切末上鍘刀。閻君唱〕

【南枝映水清】重轉世配蠢婦，醜夫變做美丈夫。這些呵，粉骨碎身，腰脊兩分殊。〔八扛刑具鬼隨撤碓、磨、鍘刀分下。閻君白〕帶第二起鬼犯上來。〔鬼判白〕帶第二起鬼犯。〔解官都鬼帶宋江、吴用搭魂帕上。白〕鬼犯進。〔判官白〕一起爲假託忠義一案犯人宋江、吴用。〔閻君白〕此案已經東岳大帝審過，受重重地獄之苦。鬼卒，可將二犯帶入鐵丸地獄。〔鬼卒應科，作揪宋江、吴用下。閻君白〕帶第三起上來。〔鬼卒白〕帶第三起打劫生辰綱一案上來。〔無常都鬼作解劉唐、阮小二、阮小五、阮小七、白勝、公孫勝搭魂帕上。白〕大王爺爺，超豁孤魂。〔閻君白〕你們還想超豁？鬼卒，送入毒蛇地獄。〔唱〕毒蛇纏繞，比你蒙汗何如。〔合前〕走不漏天網疏，脱不漏天網疏。〔白〕鬼判，收攝威儀者。〔唱〕

【尾聲】因緣果報憑誰主，醒世人晨鐘暮鼓，俺則好排比淫刑對付汝。〔衆擁護閻君下〕

第十五齣　欽宗車駕幸青城

〔場側擺一布城，上掛「宣化門」額。扮衆軍士引張叔夜、張伯奮、張仲熊上。唱〕

【駐雲飛】家世從戎，王事驅馳似轉蓬。報國無餘勇，養士成何用。嗏。手詔出珠宮，星馳飛鞚。〔白〕下官南道都總管張叔夜是也。可恨敵兵猖獗，再犯汴京。蒙聖恩手詔，趣俺入衛。下官一聞此旨，魂魄飛越，連夜合軍三萬，令長子伯奮將前軍，次子仲熊將後軍，下官自將中軍，前往救援。哎呀！伯奮、仲熊，我的兒！我家一門，世受國恩，如今君父有難，我和你奮勇争先，有死無二。〔張伯奮、張仲熊白〕爹爹，孩兒謹遵嚴命。只是賊鋒甚鋭，衆寡不敵，奈何？〔張叔夜白〕我的兒，我軍雖少，訓練頗精，兼且我日以忠義之言激勵，將士個個摩拳擦掌，咸思用命。乘此軍鋒，殺上前去。〔唱〕激勵三軍，士氣如雲擁，直向東京護六龍。〔扮二金帥帶大金環領衆上，對陣大戰科。場上高桌擺帳幔，内侍引欽宗暗上城樓。何㮚、孫傅旁侍。金二帥敗下，張叔夜追下。欽宗白〕二卿，那一隊勤王之師好不洶湧也！〔唱〕

【又一體】一片塵封，鉦鼓連天抗敵鋒。何處勤王衆，肯念君恩重。嗏。浩氣任縱横，耀人眼孔。那驍將雙鵰，多把殘生送。纍纍金師若土崩。〔金二帥敗上，張叔夜衆追上，作殺金環二帥。金兵敗下。作開城門，衆軍士下，張叔夜、張伯奮、張仲熊入城科，作見科。三人跪白〕臣張叔夜帥領長子張伯奮、次子張仲熊見駕，願吾皇萬歲萬萬歲。〔欽宗白〕敵師犯闕，並無一人抗敵，朕甚憂惶。適纔聞卿遠來，特御門樓，親見卿斬其金環貴將二人，賊衆披靡而退。卿父子實有再造國家之功也。〔張叔夜白〕敵人背約，驚擾乘輿。臣赴援來遲，實該萬死。如今賊鋒正盛，雖然小挫，即刻雲集，不知城中甲兵若何？〔欽宗白〕止有衛士及弓箭手數萬而已。〔張叔夜白〕這等如何抵敵？〔何㮚、孫傅跪白〕此時事已危急，成忠郎郭京六甲兵俱已選足，臣曾看他演過，委實神怪。〔欽宗白〕既如此，内侍們，即傳郭京出兵作法禦敵。〔内侍應下。欽宗白〕郭京出兵，三卿就於城頭督戰，朕於延福宫請安去也。〔衆白〕領旨。〔欽宗白〕内侍，擺駕到延福宫去。正是師出萬全非用武，將資三傑在推誠。〔作起身，從場後下。郭京上。白〕朝中天子宣，閫外將軍令。二位大人請了。這就是南道張總管麼？〔何㮚、孫傅白〕正是。〔郭京白〕久仰，久仰！適纔有旨，叫我們神兵出戰，看來還早。〔何㮚白〕怎麼還早？〔郭京白〕一來還没有到危急時候，二來今日六甲兵還不宜出。〔張叔夜三人白〕怎麼講？〔郭京白〕今日犯孤鸞，若必要出兵，只拏得粘没喝一個，斡離不命合六甲，只怕拏不着。〔衆白〕明日如何？〔郭京白〕明日犯劫煞，用不得。後日犯往亡枯焦，大後日犯空亡，一發不好。〔衆白〕如此，你的神兵幾時可用？〔郭京白〕若遲得半年三個月，包管連斡離不都拿倒了。〔張叔夜〕好荒唐也。〔唱〕

【粉孩兒】洶洶的，圍城濠如鐵桶，怎推三讓四，將人斷哄。〔内呐喊科。張叔夜白〕奉旨出兵迎敵，什麼叫做孤虚旺相？〔唱〕孤虚旺相全無用，又何關月煞天空。〔郭京白〕也罷了！你要逆天行事，我今日只拿得一個粘没喝，諸公休怪。〔衆白〕若拿得粘没喝，這就是莫大之功了。〔唱〕仗神兵殲厥渠魁，恁奇勳千古傳頌。〔郭京、張叔夜、何㮚、孫傅作上高椅科。四將作領衆戴假面持短兵出城。斡離不、粘没喝作領衆上，對戰科。作殺四將，假面兵敗下。郭京白〕這須我自下作法纔好。〔張叔夜白〕只怕你的法今日未必顯。〔郭京作領衆出城戰科，敗下。張叔夜、張伯奮、張仲熊作迎戰科，敗下。斡離不、粘没喝向内白〕呔！你那城中人聽者，自古有南即有北，二者不可相無。今日之議，止在割地講和，可速將金一千萬錠、銀二千萬錠、帛一千萬疋，叫你那太上皇出來見一面，即便退師。若少遲延，後悔無及。把都們，把人馬都駐城上。〔衆應科，呐喊科，下。李若水上。唱〕

【哭相思】一腔熱血許誰同，到此只疑身是夢。〔白〕下官李若水，洺州曲周人也。官拜吏部侍郎之職。只爲敵人敗盟，奉使金師，往還數次，看來和議必不能成。如今攻宣化門甚急，正不知作何景象。〔何㮚、孫傅急上。唱〕

【紅芍藥】倉猝猝天遘閔凶，京城内殺氣昏蒙。〔見科。白〕李老先生，不好了！敵兵攻破宣化門，一擁而上城了。〔李若水驚科。白〕那郭京的六甲法如何？〔何㮚、孫傅白〕再休提起他，大啓城門迎敵，被敵人殺敗，墮死護龍河者不計其數。他趁此時引衆南遁。〔唱〕他開門揖盜禍旋踵，豎敵旗女牆歡哄。〔李若水白〕賊已入城，我們速速入宮計議。〔同唱〕生生陽九厄運窮，嘆枯魚釜中游泳。想當初莫予蒜蜂，求辛螫自家搬弄。〔下。內侍引欽宗、太子隨上。唱〕

【耍孩兒】搔首問天天夢夢，多難集於蓼，見拚飛悔允桃蟲。〔白〕我兒，敵兵圍城，國勢危如累卵。已着郭京出六甲兵禦敵，不知勝負如何？〔太子白〕父皇放心，據孫傅之言，郭京之術自能破敵。〔何㮚、孫傅、李若水上。白〕乾坤蔽塞三綱絕，天地塵昏九鼎危。〔作跪科。白〕聖上呀，不好了！郭京敗逃，京城已陷了。〔欽宗哭科。白〕嗄，有這等事！悔不用种師道之言，致有今日。兀的不痛殺寡人也！〔太子哭科。同唱〕驚聞，棄忠良，六甲妖言動；致戎馬，九廟神靈痛。忍不住淚珠兒如泉湧。〔衆白〕聖躬且免愁煩。〔欽宗白〕如今計將安出？〔何㮚、孫傅白〕那敵人説自古有南即有北，不可相無。今日之議，止在割地講和，要金一千萬錠、銀二千萬錠、帛一千萬疋，還要……〔欽宗白〕還要什麽？〔何㮚、孫傅白〕還要太上皇出郊相見。〔欽宗白〕諸事可從，太上皇已經驚擾成疾，出郊相見，這個如何使得。〔唱〕

【會河陽】賄賂誅求，尚可依從，怎肯教上皇鑾輅出璇宮。〔白〕也罷！只有朕親至青城請降，以救宗社生靈。〔太子哭科。白〕這個斷然使不得，乘輿豈可蹈不測之淵。萬一金人之計中變，如何是好？〔欽宗白〕這也無可奈何。〔唱〕匆匆，拚赴青城，罪歸朕躬，寧屈己行朝貢。〔何㮚、李若水白〕聖上至青城，臣二人保駕前往，料無他虞。〔欽宗白〕如此，何、李二卿隨駕，孫傅保護太子監國。內侍，預備輕輿出宮。〔內侍白〕已經預備了。〔校尉作推車輛上，欽宗作上車，哭科。太子號哭科。同唱〕驚慌，看東宮攀轅送。淒愴，聽妃嬙隔簾痛。〔張叔夜披掛，身被亂箭上。跪白〕聖上呀！敵人虎狼也！車駕斷不可動。〔欽宗白〕朕爲生靈之故，不得不親往。〔張叔夜白〕聖上呀！事勢雖不可爲，臣父子還能拚死一戰。萬一無濟，國君死社稷，不猶愈於爲虜囚乎。〔作哭拜科。太子白〕張叔夜金石之言，望父皇聽之。〔欽宗白〕不必多言，天若祚宋，寡人自然還宮，嵇仲努力。〔作哭科。衆軍士作推車，何㮚、李若水隨上。太子作哭倒科。孫傅、張叔夜白〕殿下甦醒。〔張叔夜、孫傅作扶起太子科。白〕如今乘輿已去，料來無事。臣等即傳監國之旨，曉諭城中，預備堅守便了。〔唱〕

【縷縷金】心如割，氣填胸，遥聽乘輿詔，聲聲嵇仲。安排堅守仗青宮，願天祚皇宋，願天祚皇宋。〔太子作痛哭科。孫傅、張叔夜作哭扶太子下〕

第十六齣　地府刀山昭白日

〔酆都門上掛「第三殿」匾，扮牢頭鬼帶鬼卒上。白〕善有善報，惡有惡報。若然不報，時辰未到。吾乃三殿閻君殿下牢頭鬼的便是。今日大王升殿，拘齊前殿解來鬼犯聽審，不免叫扛刑鬼卒鋪排刑具。扛刑鬼卒那裏？〔八扛刑鬼卒上。白〕老爹，請了，請了你那好。〔牢頭鬼〕我把你這些該死的小鬼頭，我老爹是和你拱手的嗎？〔八扛刑鬼卒〕老爹，我們大夥兒在鬼窟裏過日子，除了大王，我們一般兒都是鬼，諱什麼上司、下屬？〔牢頭鬼白〕也罷了，我也不替你計較。〔扛刑鬼白〕也不在我心上。〔牢頭鬼白〕我問你，這地獄刑具是誰管的？〔扛刑鬼白〕是小的們管的，老爹查的。〔牢頭鬼白〕可又來，快些安排，我老爹要驗過。若有半點不如式，咱們再講。〔扛刑鬼白〕那裏説起，又要尋咱們錯縫子了。〔作向場口抬血湖套地井上，又作抬鐵床、血缸上。白〕請老爹查驗。〔牢頭鬼作看，摇頭。白〕了不得，了不得！我把你這些該死的奴才。鬼卒，把他們鎖了。〔鬼卒應科，作鎖扛刑鬼科。扛刑鬼白〕老爹，這是什麼意思？〔牢頭鬼白〕你還要辨，你看血湖的血水不深，鐵床的鐵條不熱，還有血缸無血。你得了他們多少錢，欺公賣法？這都是關係我老爹考成，可惱可惱。〔八扛刑鬼跪白〕老爹，小的們知罪了，小的們還有點小孝敬。〔牢頭鬼白〕我老爹分文不取，一塵不染，任你千言萬語，我今番是要收拾你們的。〔扛刑鬼作各懷中探出金銀錁子、紙錢各切末，掛牢頭鬼身上科。牢頭鬼白〕不是我和你都是共碗食飯的人，萬一大王爺查下來，我那裏當得起。更籌三點，想大王要升殿了，我們且在階下伺候。正是無錢難使鬼，有鈔可通神。〔下。牛頭、馬面持叉，八鬼卒持器械，八動刑鬼、八侍從鬼、二判官持筆簿，金童玉女引三殿閻君上。唱〕

【慶青春引】鎮巍巍，愁雲慘慘丹墀。古怪精奇，造惡欺心，到此時莫可追悔。〔白〕苦海茫茫没盡頭，滔滔滚滚幾時休。天仙本是凡人做，争奈凡人不肯修。吾乃洞明普静神君宋帝王是也。掌管第三殿血湖、鐵床等。地獄凡有各處解來鬼犯，量其罪狀，分别發落，以彰善惡之報。鬼判。〔判官應科。閻君白〕今日有幾宗人犯應該本殿發落？〔判官白〕現解到者有三案。〔閻君白〕帶第一起。〔判官白〕帶第一起蟠踞水窪一案上來。〔鬼卒作帶張横、張順、童威、童猛、李俊搭魂帕上，跪科。閻君白〕看這原案内，他截江行劫，種種罪惡，該擬本殿下發落。鬼卒，叉下血湖地獄。〔張横五人白〕大王爺爺呀！冤枉，超生。〔閻君白〕這還有什麽冤枉？〔衆鬼卒應科，作叉張横五人下血湖，五人作從地井下。閻君唱〕

【二郎神】科情罪，踞江鄉多行不義，檢校功曹文簿記。請君入甕，滿湖腥血淋漓。這是板刀冷麵汁，還看伊餛飩落水。須知你自罹，非俺森羅獨少慈悲。〔白〕帶第二起。〔判官白〕帶第二起奸淫戕命一案上來。〔鬼卒解鬼作帶張文遠、閻婆惜搭魂帕上，跪介。判官白〕聽點。張文遠、閻婆惜。〔張文遠、閻婆惜應科。閻君白〕你們可將通奸始末説上來。〔張文遠白〕鬼犯無罪，只爲當初尋訪口渴，借了閻婆惜一杯茶吃，那裏曉得風流茶説合，酒是色媒人。還把我生擒活捉來了。〔閻婆惜白〕奴家爲張三郎引誘成奸，致被宋江殺死，所以勾他同赴冥司。〔張文遠白〕這也是前生風流冤債。〔唱〕

【高陽臺】渴害相如，魂勾宋玉，情緣一段傳奇。那惜鶉奔，雙雙蝶戀蜂迷。〔閻婆惜唱〕堪悲，陡然禍起蕭牆也，毒魚腸血濺鴛幃。索情人，還圖幽媾，長夜夫妻。〔閻君白〕閻婆惜爲私通張文遠被宋江殺害，張文遠又被閻婆惜活捉而死。原可無容加罪，但淫爲萬惡之首，不過借他二人以警世類。鬼判，張文遠可受鐵床地獄，閻婆惜可上血缸地獄。受罪之後，即送轉輪王，打入畜生道去。〔張文遠白〕大王爺爺，鬼犯若同閻婆惜送轉輪王，要求變一對好頑的。〔閻君白〕倒也不差，張文遠變個兔兒，閻婆惜變個雉兒。〔唱〕

【又一體】難避血污紅顔脂，燔白骨浸淫載寢。方知桑濮風流，茫茫陰府魂飛。今日，孽緣幸喜消盡也。付轉輪，毛羽紛披，向文囿，雉飛兔走，勝錮泥犁。〔白〕又上去。〔鬼卒作拏張文遠、閻婆惜魂下，換替身切末，上鐵床、血缸介。閻君白〕帶第三起。〔判官白〕帶第三起假託忠義一案上來。〔無常解鬼作帶宋江、吴用魂上。閻君白〕他二人法無可貸。鬼卒，可將他叉入沸屎地獄，再上尖石地獄。〔鬼卒應科，作叉宋江、吴用下。閻君白〕衆鬼卒，收攝威儀者。〔衆應介。同唱〕

【尾聲】愚圈癡網空猜謎，枉煆煉一場兒戲。若肯回頭，看天堂那壁裏。〔衆擁閻君下〕

第十七齣　李若水噴血盡忠

〔衆軍士、謝寧攙扶李若水上。唱〕

【小女冠子引】天翻地覆遭危難，這血淚幾時乾。惱人瞎話終河漢，錯教已死殘魂返。〔白〕我李若水昨因斡離不、粘没喝要逼我二帝易服，一聞此言，氣結於心，登時悶絶。今雖甦醒，看來他不但没有送還二帝之意，反用甜言套我降順。他今日若再來相逼，我惟有一死而已。〔衆軍士白〕侍郎爺，你那一點水也不喝，却不生生的餓殺了麽！〔一白〕侍郎爺，你昨日好罵，我家元帥並没有一點恨你的心腸。你若今日順從，明日富貴，何苦這等光景。〔李若水作怒起，白〕誰來順從，誰要富貴？天無二日，民無二王。我李若水寧有二主哉！〔軍士白〕你那不要生氣，慢慢的講。〔李若水唱〕

【解三醒】我剛腸由來天產，這强項怎肯低顔。何人肯把三綱斷，説什麽肥家顯宦。〔謝寧哭科。白〕老爺，你父母春秋高邁，若少屈膝，或得回家養親，不得全忠，全孝也是好的。〔李若水白〕謝寧，你是我世僕，也是這等講。你還不曉得我平生的心跡麽？〔唱〕官身早杜私家念，子道全憑臣節殫。〔白〕忠臣事君，有死無二。但吾親老，你回去，且不要説我死，叫我兄弟徐徐勸慰纔是。〔唱〕寄語成行凴，向高堂徐徐勸慰，只説生還。〔衆軍士作嘆氣科。白〕好忠臣，好忠臣！話猶未了，元帥來也。〔衆軍士引斡離不、粘没喝上。白〕雅愛忠賢整鐵冠，剛風勁節韻珊珊。此人此性難調服，三寸凴我舌轉圜。把都們，李侍郎還好麽？〔衆軍士白〕元帥，活是活過來了，只是一點水也不喝，話頭兒比先還硬哩。〔斡離不、粘没喝白〕説我進來看他。〔軍士白〕李爺，元帥來看你那。〔斡離不、粘没喝白〕李先生，你身子好嗎？〔李若水白〕我李若水垂死之人，承元帥下問，感激無地。只求元帥送我二帝還朝，仍爲宋國之主。大國凡有所需，一切惟命。〔斡離不、粘没喝白〕侍郎公，你宋朝既已滅亡，二帝還朝之事，只怕有些未必。〔李若水白〕二位元帥，聽我若水一言，昔楚莊王入陳，欲以爲縣，申叔時諫，復封之。如今千載之下，莫不多叔時之善諫，莊王之從諫。本朝失信，大國背盟致討，這是元帥之職也。都城不守，社稷幾亡而存，這是元帥之德也。兵不血刃，市不易肆，生靈幾死而活，這是元帥之仁也。雖楚莊存陳之功，未有能過。今我皇帝親屈萬乘之尊，兩造轅門，越在草莽，國中喁喁，跂望屬駕之塵。今又拘留我太上皇，六宫貴人、王公勳戚狼狽就道。是元帥有存社稷之德、活生靈之仁，而又留質我君父，驚擾我黎民，竊爲元帥不取。〔唱〕

【太師引】只爲着存社稷，拯塗炭，屈萬乘，降表送覲。誰道陰謀羈絆，骨肉盡入籠樊。〔二帥白〕李先生，我實對你説了罷。我二人已將你主公降表奏過，適纔奉有旨意到來，你家皇帝、太上皇都廢爲庶人了。如今要立一異姓爲君，先生意下如何？〔李若水起身。白〕哎呀！元帥，我太上皇爲生靈計，罪己内禪。主上仁孝慈儉，未有過行，豈宜輕議廢立？〔二帥白〕只怕你那異姓皇帝已經有了一個了。〔李若水白〕胡説。〔唱〕痛恨豺狼兇悍，播弄的朝廷離散。還要將神器竊犯，不由人摧折心肝。〔斡離不、粘没喝白〕也不怕你不依。〔李若水白〕哎呀！粘没喝、斡離不，你爲封豕長蛇，貪我土地，害我生靈，金帛之外，需索無厭。今又欲顛覆我宗社，我把你天不覆、地不載的劇賊。〔粘没喝、斡離不白〕你這廝，好生可惡！綁去砍了。〔衆應科。李若水白〕李若水，李若水，你死得好快活也！矯首問天兮，天卒無言。忠臣効死兮，死亦何愆。〔大笑科。二帥大怒科。白〕把都們，將他拿去砍了。〔衆應，抬李若水繞場下。斡離不白〕好可惡。〔軍士上。白〕啓元帥，李侍郎死了。〔斡離不白〕好！將那廝殺死，方消我恨。〔粘没喝白〕元帥，遼國之亡死義者以十數，南朝惟李侍郎一人，真個難得！〔斡離不白〕也罷，我們已着吴开、莫儔入朝議立異姓，看他們怎麼議法。〔粘没喝白〕我已授意於宋齊愈，叫他就議立張邦昌爲楚帝就是。我們拏了道君皇帝父子，早些回朝復命去罷。〔斡離不白〕有理。〔唱〕

【尾聲】笑忠魂枉自殘，翻天移鼎换朝班。好一座錦綉江山，都在我掌握間。〔下〕

第十八齣　四殿勘奸嚴設獄

〔後場設煙雲帳幔，内設刀山。酆都門上設「第四殿」匾，場上設虎皮椅。公座扮牛頭、馬面、八動刑鬼、八鬼卒持器械、八侍從、二判官持筆簿，金童玉女引第四殿閻君上。唱〕

【北新水令】玄圭玉冕赤霜袍，黑漫漫鬼門清悄。魂驚白子窟，血洗奈何橋。罪定冥曹，這鐵案如山倒。〔白〕森森劍樹與刀山，誰教伊家到此間。無奈世人渾不怕，老夫鎮日不曾閒。吾乃四殿閻君是也。今日升殿，審理各種造惡衆生，發付刀山。鬼判，今日發落的有幾宗人犯？〔判官送文卷。〔解鬼白〕共有三起。〔閻君白〕先帶破戒圖奸一案上來。〔判官應科。鬼卒白〕先帶破戒圖奸一案上來。〔解鬼作牽裴如海、潘巧雲魂上，跪科。判官白〕裴如海、潘巧雲。〔二人應科。閻君白〕裴如海，你既削髮空門，當遵五戒，爲何勾誘民間婦女，污穢三寶？從實供來。〔裴如海白〕大王爺爺，鬼犯自入報恩寺爲僧，立志苦修，是要成佛作祖的。不想遇着乾妹潘巧雲，情迷意戀。他到我寺中來還血盆心願，因此請他到樓上看佛牙是有的。後來被石秀殺死，這冤屈實在難訴。〔閻君白〕據你供詞，那石秀殺的你好爽快也。〔唱〕

【北雁兒落】則問你雲迷巫峽高，則笑你風送秦樓杳，則恨你無端慾火燒，則看你生把禪門攪。

【得勝令】呀！你夜半苦勞勞，倒弄得，道左赤條條。色相遺香衲，菩提試慧刀。根苗，血盆願垂鈎釣；招邀，佛牙兒放玉毫。〔閻君白〕潘巧雲，你把與裴如海通奸始末説上來。〔潘巧雲白〕奴家極守閨門，只爲裴如海是奴家乾哥，平時最老實，那裏曉得誆奴到樓上看佛牙，將奴淫污。〔閻君白〕你既行此勾當，爲何到污衊起石秀來？〔潘巧雲白〕奴家見丈夫醉後露出言語，知此事已破。反間之計，不過要脱身耳。那知翠屏山又遭慘殺。〔閻君白〕既已供明，掌案的，將他二人押付刀山。刀山之後，送入轉輪變驢。〔裴如海白〕大王爺爺，和尚變驢極平常事，只求變個叫驢，感恩不盡。〔閻君白〕你這秃驢，到此時，那一點淫心還不死哩。〔唱〕

【川撥棹】我恰纔敕陰曹，按金科依律條。他還想鳳友鸞交，颺李尋桃，月夕花朝，蝶浪蜂騷。頓忘了槽頭高叫，倒騎着張果老。〔白〕鬼卒，又上刀山。〔鬼卒作帶裴如海、潘巧雲魂下。閻君白〕帶棄官從賊一案上來。〔鬼卒應科。解鬼作帶關勝十八人魂上，跪科。閻君白〕食其禄者必忠其主，你們既係朝廷職官，戰敗被擒，反顔事賊。今日到此，還有何辨？〔關勝等十八人白〕鬼犯們被宋江假仁假義所愚，前蒙審問説破因由，悔已無及，只求大王饒命。〔閻君白〕爲臣不忠，與奸盜淫邪同科。鬼卒，送上刀山，按罪施行。〔鬼卒作帶關勝十八人下。閻君白〕帶第三起。〔判官白〕這第三起就是假託忠義一案犯人宋江、吴用。〔閻君白〕這一案已經東岳大帝定罪，本殿毋庸再審。況前殿亦不取供詞，照例送上刀山，不必帶進罷。〔閻君下座介。白〕鬼卒，速現刀山者。〔場内出火彩，隨撤煙雲帳幔，現出刀山。扮二管刀山鬼使立刀山上，五差鬼持叉，作趕宋江、吴用、關勝等十八人、裴如海、潘巧雲上刀山科。刀山後出種種刀山切末介。閻君白〕那些衆鬼犯呵！〔唱〕

【北清江引】堂前哀鳴孤鴈叫，惹得青蠅弔。刀山風雨淒，劍樹煙雲繞，問伊家是誰冤屈了。〔衆擁閻君下〕

第十九齣　張叔夜白溝致命

〔扮金二將官持令箭上。白〕大將南征膽氣豪，腰橫秋水雁翎刀。風吹鼉鼓山河動，電閃旌旗日月高。俺乃大金國宣令將官是也。請了。俺家兩位元帥圍困汴京，那宋朝皇帝親賫降表到來。俺家元帥將他羈留，又進宮逼他那太上皇、皇后與太子都到青城來了。前日已另立異姓張邦昌爲楚帝。如今分兩路班師回朝。〔一白〕俺右副元帥領兵脅太上皇、太后與親王、皇孫、駙馬、公主、妃嬪及康王之母韋賢妃、康王夫人邢氏等由滑州而去。〔一白〕俺左副元帥領兵脅宋帝皇后、太子、妃嬪、宗室由鄭州而去。還有朝臣何㮚、孫傅、張叔夜、陳過庭、司馬朴、秦檜等隨行。阿哥，看起來好悽慘也！〔一白〕早間元帥有令，叫我們傳令前途預備。請了。〔一白〕正是：將軍不下馬，〔一白〕各自奔前程。〔分下。內白〕衆把都們，你們都要弓上了弦，刀出了鞘，小心趲行者。〔內吶喊科。扮衆百姓持香上。唱〕

【沉醉東風】痛鑾輿雙雙播遷，頂清香遥望慘然。〔白〕我們都是河南百姓，可恨敵人把我二帝及后妃、太子、宗戚三千人脅之北去，已在前面渡河。我們百姓只好在這南岸跪送。〔跪科〕哎呀，二帝呀！〔唱〕聽鉦鼓，鬧喧闐。持刀控弦，都怒向宮車玉輦。〔內吶喊科。衆作棄香走科。白〕敵兵來了。

〔一白〕呔！你們不是嚇糊塗了麽？二帝北行，我們這裏連地皮都括了去，他還來做什麽？〔一白〕列位不要傷懷，如今聞得認康王爲大元帥，若果如此，這天下還是宋朝的。〔衆〕惟願如此。〔唱〕難禁淚漣，且休淚漣，若得宗演接武，缺月重圓。〔下。衆軍士旗幟持短刀、弓箭引何㮚、孫傅、張叔夜、陳過庭、司馬朴、秦檜，二偏將，馬夫隨上。唱〕

【步步嬌】地覆天翻向誰怨，淚洗風塵面。〔白〕下官何㮚。下官孫傅。下官張叔夜。下官陳過庭。下官司馬朴。下官秦檜。〔衆哭科〕諸公呀！敵人脅我二帝北去，又拏我們朝臣隨行，只怕凶多吉少。〔何㮚白〕列公，此時正主辱臣死之時，我們還有兩條路麽？〔唱〕微臣命數遭，莫砥中流，寧逃殘喘。〔二偏將白〕衆把都，前面是那裏了？〔衆〕白溝河了。〔二偏將〕把人馬暫歇片時。〔衆應科。唱〕途次少留連。〔白〕溝河自古多争戰。〔張叔夜白〕馬夫，這是那裏？〔馬夫〕過了界河了。〔張叔夜作哎呀聲，跌下馬科。馬夫〕這位爺跌下馬了。〔衆俱作下馬科。軍士作扶，張叔夜悶倒科。金將白〕怎麽掉下馬來了？〔軍士白〕這位爺總不肯食咱們的飯，整餓了這幾日。剛纔聽見過了界河，就一交跌倒，人事不懂。〔金將白〕張元帥甦醒。〔張叔夜作醒科。唱〕

【園林好】陟魂飛驚烏蛻蟬，誰承望此身苟延。〔馬夫白〕謝天地，活過來了。〔衆哭科〕嵇仲呀！你怎麽捨我等而去。〔一偏將白〕這等激烈，幾乎性命不保。〔一白〕若有事出來，畢竟是你我二人關係。〔張叔夜〕我張叔夜萬死莫辭，豈一絲所能屬。〔唱〕肯貪戀殘生一綫，早一刻赴重泉，遲一刻赴重

泉。〔白〕哎呀，聖上呀！ 當初臣以偏師入援，指望拚死退敵，那知大厦將傾，一木難支。〔唱〕

【江兒水】一旅孤軍援，無心計萬全，退師未遂英雄願。〔白〕青城之行，臣何等苦諫。若肯聽從，那有今日之禍。〔唱〕馬前叩諫容愚淺，何由今日輕離汴。〔衆白〕嵇仲呀！ 二帝播遷流離，正天崩地裂之時，志士致命之秋，且隱忍數日，同見金主，或者可以挽回萬一，也未可知。〔張叔夜〕諸公好癡也。〔唱〕兀自癡心觀變，回首神京，怕不是趙家金殿。〔白〕聖上呀！ 臣惟有魂靈扈駕北去。〔作拜科。唱〕

【川撥棹】難苟免，將微軀先棄捐，痛殺殺熱血胸前，痛殺殺熱血胸前。〔白〕哎呀，皇天呀！〔作哭科。唱〕不能邀蒼旻見憐，負君恩到九原，負臣心到九原。〔作跌倒科。金將白〕把都們，把張樞密抬到帳房中將息，慢慢的勸他。〔衆軍士作抬張叔夜下。金將白〕好一個烈性漢子！〔何㮚白〕列公，張公若不起，我輩就媿死了。〔秦檜白〕列公，若論盡忠，我小弟已滿擬做第一個了，只是也要見機。〔陳過庭〕中丞所言不是見機，只怕是惜命。〔軍士白〕將軍，不好了！ 張老爺仰天大呼，嘔血數斗而亡了。〔金將〕好忠臣呀！〔衆〕嚇，張公死了。〔衆哭科。白〕張公呀！〔唱〕

【又一體】愁雲片，羨騎箕天上仙，向與你共事班聯，不能勾共事班聯。望忠魂天門訴冤，耀青編姓字傳，愧青編姓字傳。〔金將白〕把都們，好生殯殮，埋於高岡，就此帶馬。〔軍士應科。衆作上馬科。唱〕

【尾聲】白溝過也人已遠，還留得纍臣幾個到幽燕。〔衆下。何㮚白〕我何㮚呵！〔唱〕慚媿張公先着鞭。〔下〕

第二十齣　地獄見六賊伏法

〔酆都門上懸「第七殿」匾，扮牛頭、馬面持叉，八小鬼執旗，八鬼卒執儀仗，八侍從鬼、二判官持筆簿，金童玉女執旛引七殿閻君上。唱〕

【點絳唇】棼亂如麻，兵戈華夏。國殤那，鬼籙搜查，帝德如天大。〔中場設公座，閻君轉場坐科。白〕玉階金殿森羅，鐵面銅頭來往。業因似影隨形，果報如聲應響。吾乃第七殿閻君是也。只因金宋兩家興兵搆怨，傷害生靈，上帝可憐，見下界衆生受此荼毒，特傳俺十殿閻羅，召赴天門，面奉玉旨，要將枉死城中、刀頭陣亡之鬼查明，速付轉輪，超生天界，真乃上帝好生之德。鬼判，可就將枉死城中衆鬼犯連夜攢造清册，一樣三本，一送天宫，一送轉輪，一存本殿，毋得遲悮。〔鬼判〕曉得。〔閻君白〕今日有幾案審理事件。〔鬼判〕新解到的只有兩案。〔閻君〕那兩案？〔判官〕一件扶同入夥、傷害生靈盧俊義等一案，一件欺君誤國、怙勢懷奸蔡京等一案。〔閻君白〕先帶扶同入夥一案進來。〔鬼判白〕先帶扶同入夥一案進來。〔鬼卒作鎖盧俊義等四十五人上，跪科。閻君白〕細看原案内，衆犯拒敵官軍、殺人放火等事不少，都應打入地獄。只因東岳大帝審明，概從末減發本殿下，各受鐵鞭一百，這也太便宜了。〔衆白〕要求大王爺爺開恩。〔閻君白〕也罷嗎！　鬼卒，帶下去，各打鐵鞭一百，然後送入轉輪便了。〔衆〕多謝大王。〔衆卒作帶盧俊義四十五人下，内作打鐵鞭一百科。閻君唱〕

【混江龍】扶同歃馬，英雄豪傑自矜誇。殺人伎倆，放火生涯。活時嘯聚梁山泊，死後幽栖蓼水窪。忒便宜，吃頓打，也强似蒲鞭折辱，荆楚刑罰。〔都鬼、解鬼作帶宋江、吴用上。都鬼作拿文書科。鬼卒白〕投文人進。〔鬼判作接文書折科〕啓上大王，五殿閻羅天子解到假託忠義一案前來。〔閻君白〕這是罪之首、禍之魁，前經東岳大帝審明，應受重重地獄之苦，何必又另有文移？〔作看文書科〕原來如此。也罷嗎！　鬼判，將宋江、吴用帶在一旁，看我審理蔡京、王黼等一案，使他曉得天網恢恢，疏而不漏。然後解往八殿受罪便了。〔鬼判應科〕你們帶在一旁看審，審畢之後，解往八殿去。〔鬼卒應科，作帶宋江、吴用下。閻君白〕帶欺君誤國一案上來。〔五長解鬼作帶高俅、楊戩、梁師成、童貫、蔡京、王黼搭魂帕上，跪科。鬼判作點名科〕蔡京、王黼、童貫、梁師成、楊戩、高俅。〔衆應科。閻君白〕帶下去。〔鬼卒作帶下。閻君白〕高俅，你不過市井無賴，以擊鞠得幸，遂躋顯秩。不要説你招權納賄、瀆亂朝綱這些大惡，就是縱你養子高衙内强逼林冲之妻張氏不從，反計陷林冲，屢欲置之死地，以致張氏含冤自縊，這等淫惡，你道陰司不知麽？〔高俅〕這是愛子心切，故爾行此毒計，望大王饒恕。〔閻君白〕楊戩，你給事掖庭，爭權固寵，也是你閹人本等。只是你始則謀撼東宫，思摇國本；繼則括索公田，增立租賦，以致李彦蹱而行之，民不堪命。皆是你作俑階之厲也。鬼卒，將他二人先行割舌。〔鬼卒應科，作綑在左

右椿上距科，割舌科。閻君唱〕

【油葫蘆】高俅呵！你倚勢貪饕衆論譁，尤驚訝，誨淫縱子逼嬌娃，威權空向紅塵嚇，惡名猶教黃泉罵。楊戩呵！你增刼無田賦，禍向他人嫁。害殺那窮民終歲犁空把，慘切切活坑了西北萬千家。〔白〕帶梁師成、童貫上來。〔鬼卒作抬椿帶高俅、楊戩下。解鬼帶童貫、梁師成上，跪科。閻君白〕你二人陰賊險鷙，跋扈强梁，以巧媚爲結人主之媒，以深交爲坑正人之阱。至如挾監軍之勢，簸弄西師；搆平燕之謀，挑唆北釁。只説權勢相軋，毒及四方；那知宗社淪亡，禍歸二帝。論起罪狀，雖葅醢不足蔽辜也。鬼卒，將他二人帶去剥皮者。〔扛刑鬼作抬椿上，動刑鬼作拿童貫、梁師成下，拏替身切末靠椿剥皮科。閻君唱〕

【天下樂】怪你生前，作事差查。也么查恨癢牙，把皮囊軀殼從頭卸。則問你稱恩相誤國家，做媼相傾宗社。可想到今日來碎剮。〔白〕帶王黼、蔡京上來。〔鬼卒作抬剥皮切末下。解鬼作帶王黼、蔡京跪科。閻君白〕蔡京，你天資凶譎，舞智御人，竊弄威柄，恣爲奸利，這也不必説了。就是那元祐諸臣，你把來貶竄死徙略盡，反將司馬光目爲奸黨，刻石端禮門，更自書大字，徧頒郡國；又籍范柔中等三百九人爲邪等，皆錮其子孫，以致斲喪元氣，釀成宗社之禍。今日到此，還有何説？〔蔡京〕大王爺爺，這些都是上意。〔閻君怒白〕唗！我把你個奸賊，你欺罔君父，愚弄人主，到如今還要歸咎於上。你可曉得，宋室江山就葬送你賊臣之手麽？〔唱〕

【那吒令】恁朝綱獨拏，壓南衙北衙。把臣僚黨加，竄天涯海涯。縱虎狼爪牙，日含沙射沙。惹的師旅加，害的鑾輿駕。生生的都是你顛覆了邦家。〔白〕王黼，你多智善佞，乘高爲邪；拜梁師成爲父，奪鄭之綱之妾；宫室奢侈，僭擬禁省；陪扈曲宴，親爲俳優。這些鄙賤無耻，玷辱台階也罷了。乃陰盡奪宗之策，摇撼東宫；直倡觀釁之師，共圖北伐。生靈塗炭，社稷淪沮。這都是你奸賊搆成的禍亂。〔王黼白〕大王爺爺，王黼之罪，實不敢辨。只是雍丘無故被聶山遣人殺死，這個冤枉，也該替王黼究治。〔閻君白〕金師入汴，乘輿播遷，你做大臣的既不能荷戈禦敵，又不能挺身死節，乃臨難苟免，逃回鄉里，理應尸諸市朝，以快人心。今反以盜殺爲諱，却不便宜了你這奸賊。〔唱〕

【鵲踏枝】一味的趁豪華，鎮日裏響嘔啞。反無端禍煽青宫，釁搆黄沙。你只曉走張僉傷風敗化，不隄防遇荆軻截菜剖瓜。〔白〕鬼卒，將他兩人上了解床。〔鬼卒作簇蔡京、王黼下，换替身切末上鋸科。閻君唱〕

【寄生草】休驚怕，空嗟呀。欺君誤國難寬假，赤身露體除衣帕，狹床利鋸分腰胯。那管你悽涼淚兒下，那管你痛楚聲兒咋。〔白〕抬過一邊。〔鬼卒作抬解床切末下。閻君白〕鬼判過來，這六賊打入阿鼻地獄，然後送轉輪，永墮畜生道便了。〔下台科。唱〕

【煞尾】了官司，無牽罣，舉頭金闕護雲霞，一場戲耍，管教那淫邪奸佞有些兒怕。〔衆擁護閻君下。二鬼卒帶宋江、吴用上。白〕如何？剛纔我大王審理六賊，你都看見的麽？〔宋江、吴用〕怎麽不看見。

〔鬼卒〕可見我這裏閻羅王是公道的。〔宋江、吴用〕哎呀！解長哥，我一向受地獄之苦，以爲閻羅王勢利，那些真正奸邪竟不敢動他。那裏曉得半點不饒，那刑法比衆人還重。〔鬼卒〕你兩位還不曉得，剛纔地獄叫做破題兒第一夜，底下的罪還更難受。〔宋江、吴用〕好苦嗄！正是：善惡到頭終有報，〔鬼卒〕只争來早與來遲。〔同下〕

第廿一齣　大金朝解甲賞功

〔場上作設朝科。值殿將軍、金瓜力士上，分站科。扮金文武大臣冠帶上。白〕使迴高品滿城傳，交割山河直到燕。青史上頭功第一，春風雙節好朝天。某等乃大金朝文武兩班大臣是也。今有左副元帥、右副元帥滅宋有功，回朝告捷。某等理應在此伺候。〔內奏樂〕景鐘已動，聖駕早升殿也。〔各分兩班站科。扮斡離不、粘没喝戎裝上。唱〕

【北醉花陰】虎隊鴛班凱歌到，算黃石兵符神妙，齊向紫宸告。犀甲金盔，敬待金門詔。〔跪科。白〕臣左副元帥粘没喝、臣右副元帥斡離不見駕，願吾皇萬歲萬萬歲。臣等賴聖主洪恩，與師滅宋，今已俘護宋二主及其宗族四百七十餘人，還有珪璋寶印、衮冕車輅、祭器大樂、靈臺圖書等物，伏望聖慈垂鑒。〔唱〕

【出隊子】趙家親屬，一網都打撈。更有那周官圖史並球刀，大樂珪璋和印寶，輸與君王福量高。

〔內監白〕聖上有旨，卿一舉滅宋，俘獲二王，建千古未有之功。可將出師始末在朕前手舞足蹈細述一番。〔二人白〕領旨。〔起科。唱〕

【刮地風】當日個授鉞專征膽氣豪，待展開豹略龍韜。一向雲中，一向燕山道。一壁厢代朔飄摇，一壁厢檀薊奔逃，鬧攘攘汴京直搗。他那裏青城再造綵繒來，金珠獻親呈降表。將北轅換南朝，纔住鉦鐃。〔仍跪科。内監白〕聖上有旨，據二卿所奏，卿之功真不朽也。待朕親爲二卿解甲，以彰異數。〔二人白〕天威隆重，臣何敢當？〔文武兩班跪。白〕粘没喝、斡離不之功，洵爲希世未有。臣等代爲卸甲纔是。〔内監白〕既如此，就着殿前班首大臣代朕親爲解甲。〔二人白〕萬歲，萬萬歲。〔内奏樂，二人起，衆作解甲，二人在當場换冠帶上。唱〕

【四門子】凴着這微軀矢石疆場冒，仗威靈上赤幖。今朝盡把欃槍掃，笑戎衣蟣蝨饒。介冑離，鋒鏑銷，太平時着黄錦襖。綬帶兒垂，大袖兒飄，誰記將軍舊戰袍。〔内監白〕聖上有旨，有不世之功者，宜邀逾格之賞。粘没喝可封爲周宋王，斡離不可封爲魏王，各賜丹書鐵券一通，除反逆之外，咸赦勿論。宋二庶人，其父封爲昏德公，其子封爲重昏侯，即於韓州安置。一切從征將士，差等賞賚，優加録用。仍着光禄寺官設慶成筵宴，於兵部文武諸大臣陪侍，以誌飲至策勳之典。欽哉。謝恩。〔粘没喝、斡離不起科。白〕萬歲，萬萬歲。〔唱〕

【古水仙子】呀呀呀紫泥書下絳霄，拜拜拜聖德醍醐雨露饒。聽聽聽聽的是列爵封藩，喜喜喜喜的是胙土分茅，更更更更有那恩深祭酒叨。集集集集同官齊歌蓼蕭，願願願願年年歲歲宴周鎬，望望望望巍峩宫闕如何報，只只只只落得拜舞祝唐堯。〔作撤朝科。衆作出朝科。文武大臣白〕恭喜二王，建此殊勳，

真乃古今未有也。〔粘没喝、斡離不白〕這都是天地祖宗之靈，社稷生民之福。我二人不過適逢其會耳。〔唱〕

【尾聲】説什麼虎頭燕頷封侯貌，剛湊着雲台麟閣，姓字高標。遥望着光禄瓊筵渢渢舞舜韶。〔下〕

第廿二齣　十殿主轉輪運世

〔酆都門懸「第十殿」匾，牛頭、馬面持叉，八鬼卒持器械，八侍從鬼、二判官持筆簿，金童玉女持旛，引第十殿閻君上。唱〕

【憶秦娥引】專職掌，輪迴因果勾前賬。勾前賬，一般善相，千般醜狀。〔作入座科。白〕十地法如山，兩輪捷如駛。巍巍善惡門，相去惟尺咫。吾乃十殿閻羅轉輪王是也。靈威有赫，正直無私。掌出生入死之門，司旋乾轉坤之軸。好笑婆娑世界，無非業障因緣。晝夜奔忙，總是黑漫漫三途路逕；古今淪墮，無非鬧攘攘六慾牽纏。弄得無了無休，到底誰醉誰醒。那知迷則佛是衆生，穿瓔珞的也曾披毛戴角；悟則衆生是佛，披枷杻的立可坐象騎獅。人只曉得春磨銼燒，怕的是閻王老子；那知濕胎卵化，盡在我造化小兒。鬼判，今日應付轉輪幾起？〔鬼判〕啓上大王，善門就是宋朝死節諸臣，惡門就是梁山泊羣盜。〔閻君白〕鬼判，那善門忠義之臣，應着昇仙童子引去，上遊天宮，然後轉生人世，遭逢盛世，富貴壽考，金紫奕世，以彰善報。那惡門梁山衆盜，除宋江、吴用永不超生，其餘一百六人都貶入畜生道。〔鬼判白〕謹遵令旨。〔閻君〕吩咐先開轉輪善門。〔内奏樂，開轉輪善門。内扮昇仙童子執旛，引傳察、劉軨、李若水、何㮚、張叔夜、何灌、何薊、韓綜、雷彥興，各穿戴遇害時本身冠帶盔甲，或帶亂箭，或血污面，搭魂帕上。到閻君面前，閻君起身，作拱手狀。衆忠臣下。閻君白〕呀！看那些死節之臣，正氣凜凜，真個可敬。吩咐開轉輪惡門。〔鬼判白〕吩咐開惡門。〔内鑼鼓，開惡門，出火彩，衆鬼卒手持粉牌鎖押梁山泊一百六人，各拏禽獸蟲豕等切末上。衆鬼卒作用鐵鎚趕打下。閻君白〕你看梁山衆盜，處置得十分爽快也。〔唱〕

【山坡羊】則恨你蛇肝蝎臟，則笑你龜形鱉相，則看你雉飛兔走，則聽你驢鳴狀。還教那犬共羊，同着猴兒逐臭螂，緊隨着池蝦穴鼠山頭蟒，煞强似蟠踞窩巢作虎狼。〔白〕正所謂作善降之百祥，作不善降之百殃。本殿轉輪即是此意。〔唱〕芬芳，善門頭降百祥；淒涼，惡門頭降百殃。〔作下座科。唱〕

【尾聲】善根惡蒂憑伊長，止消我轉輪半晌。衆生呵！你清夜捫心試一想。〔衆擁護閻君下〕

第廿三齣　兜率宮羣仙會宴

〔扮衆侍從引東華帝君、混元老祖、妙法真君、慈航真人、長生大帝、無極真君、金光老祖、壽遠真人從仙樓上。唱〕

【粉蝶兒】雲山仙風，吹散了幾場春夢。轉乾坤，誰解在壺中。閱桑田，看滄海，止落得大家歡哄。〔白〕手握元樞閱歲華，誰司橐籥走龍蛇。後天不老尋常事，看盡蓬萊四季花。吾乃東華帝君是也。吾乃混元老祖是也。吾乃妙法真君是也。吾乃慈航真人是也。吾乃長生大帝是也。吾乃無極真君是也。吾乃金光老祖是也。吾乃壽遠真人是也。衆位帝君稽首，各位真人請了。只爲宋金遘難，南北兩分。如今兵革已消，祥和載啓。欽奉上帝勅旨，那宋朝死節之臣，特令真人羅公遠引他上遊天宮，更錫九天仙宴，命吾等相陪。你看鸞鶴蹁蹮，想是衆忠臣來也。〔唱〕喚醒愚蒙，好看取世人傳誦。〔下。扮衆侍從仙童引傳察、李若水、何栗、劉韐、張叔夜、何灌、何薊、韓綜、雷彦興、羅真人上。唱〕

【醉春風】則俺這烈性兒上青天，可知俺熱心兒，幾曾忘大宋。恁忠魂結着伴忒逍遥，直覺得軀殼兒恁聳聳。〔羅真人白〕列位忠臣，天宮都已遊遍，筵宴早已預備，可知那衆帝君、真人候久哩。〔衆忠臣白〕真人，又有幾位帝君？〔羅真人白〕到彼相見，便知明白。〔作行科。唱〕早過了白玉高樓，靈霄金闕，青霞仙洞。〔帝君、真人上見介，作見拜介。帝君、真人白〕舍生取義，播芳烈於人間；勁節孤忠，表香魂於天上。可敬可羡。某等今日特奉勑旨，筵宴諸君，已令兜率天官新排法曲，爲衆忠臣慶賀一觴。衆仙官，就此排宴者。〔内作樂，作排宴，各陞座科。扮十六仙女持翠固蟠桃，扮十六仙童持長春久壽從兩場門上，合舞科。唱〕

【石榴花】扶桑旭日海雲東，玉殿醉春風。霓裳袖舞綉芙蓉，蟠桃仙種，益壽花濃。彩鸞隊引紅尾鳳，翠波摇玉珮玲瓏。這瓊筵不是閒歌咏，只爲着介節格蒼穹。

【鬬鵪鶉】又只見風轉波迴，掩映着珠輝玉瑩。都只爲志篤忠貞，早則是文成雅頌。却不道日月争光萬古榮，德馨香透九重。對這些妙舞清歌，早引滿了玉壺春甕。〔衆仙童舞一回下。衆帝君、真人白〕筵宴禮成，衆忠臣可到靈霄闕下謝恩。吾等覆旨去也。〔衆起科。唱〕

【煞尾】只爲恁浩氣滿太空，直把個天心來感動。則這真忠真義，表揚的一字千金重。這些時呵，敢笑潤了神仙大眼孔。〔衆同下〕

第廿四齣　靈霄闕特旨旌忠

〔佛門上換「靈霄門」匾。雜扮馬帥戴荷葉盔，扎靠，持鎗。雜扮趙帥戴黑貂，扎靠，持鞭。雜扮温帥戴瘟神帽，扎靠，持狼牙棒、金剛圈。雜扮劉帥戴八角冠，扎靠，持刀。從昇天門上，跳舞科，仍從昇天門下。内奏樂科。馬、趙、温、劉四帥换蟒，束玉帶，執笏。雜扮三頭六臂、四頭八臂、千里眼、順風耳，各戴套頭，穿蟒，束玉帶，執笏。雜扮二十八宿各戴本形像冠，穿蟒，束玉帶，執笏。雜扮四天師各戴道冠，穿蟒，束玉帶，執笏。雜扮四天官戴朝冠，穿蟒，束玉帶，執笏。雜扮左輔右弼各戴皮弁，穿蟒，束玉帶，執笏。雜扮四宫官各帶宫官帽，穿蟒，繫絲縧，執符節、龍鳳扇。雜十六宫娥各帶過梁額仙姑巾，穿蟒，繫絲縧，執如意，捧爐盤。雜扮金童戴紫金冠，穿蟒，繫絲縧，執符節。雜扮玉女戴過梁額仙姑巾，穿蟒，繫絲縧，執符節。引生扮玉皇大帝，戴冕旒，穿蟒，束珊瑚帶，執圭。浄扮靈官，戴扎巾額，扎靠，襲蟒，掛赤心忠良牌，執鞭。扮九曜各戴套頭，穿蟒，束玉帶，隨從靈霄門上。衆同唱〕

【仙宫入雙角·新水令】紅雲幾朵麗丹霄，默無爲端居青昊。一元歸掌握，萬物入甄陶，玉闕崇高，誰識取清虚妙。〔白〕一人有慶，萬國咸寧。仰稽真宰，元氣渾成。吾乃九天金闕玉皇上帝是也。包涵天地，陶育乾坤。周流六虚，秉中和而演化；希微三氣，緊盼蠁以難名。握福善禍淫之權，羣生是屬；收物與民胞之量，衆妙攸歸。方今沴氣全消，祥和聿啓，六幽允塞，四海敉寧。這也是閻浮提一場大

公案，且待諸神奏報到來，便知分曉。正是：至聖澄真開紫極，天神御昊莫蒼生。〔扮山川岳瀆神、各省城隍神上。唱〕

【南步步嬌】披拂天風祥和繞，碧落空明皎，珠宫絳闕遥，鐘鼓煌煌，羣工舞蹈。〔白〕來此已是靈霄闕下，上帝陞座，不免肅恭朝參。〔作進門朝見科。〕臣山川嶽瀆之神、臣各省城隍之神公同朝參，願上帝聖壽無疆。〔唱〕廣樂奏簫韶，齊拜手，瞻天表。〔宫官白〕平身。〔衆起介。上帝白〕宋金遘難，南北分疆，劇盜狓猖，生民塗炭。朕爲此一案呵！〔唱〕

【北折桂令】俺雖則麗上清於穆逍遥，長承望山川清宴，日月光昭。則問你臣寇炰烋，更完顔趙氏，兩國兵交。弄的個黎民竄逃，弄的個綺殿蓬蒿。恁是川岳城隍，職任偏勞。且把至尾從頭，敷奏根苗。〔衆白〕臣等啓奏上帝，只爲當初黃供在龍虎山放出妖魔，以致誕生宋江一百八人，假託忠義，騷擾淮南、河北等處。更兼金宋交兵，可憐那些百姓呵！〔唱〕

【南江兒水】洪信開魔道，梁山搆賊巢。淮南河北皆雲擾，更兼金宋相征討，可憐民命似薙草。〔白〕維時三教聖主同聚靈山，計議此事，奉我佛如來法旨，勅諭臣等先事預備，保護境土。後來宋江入朝，金人返北。又命臣等將枉死衆生攢造清册，都送轉輪託生人世。如今南北已分，兵戈寧靜。時將原委奏聞，伏惟聖鑒。〔唱〕謹奉如來三教六道，慈悲半是佛光普照。〔宫官白〕平身。〔衆起介。玉帝白〕此乃三教聖主體上天好生之心也。〔唱〕

【北鴈兒落帶得勝令】元來是衆妖氛搆禍苗，一謎裏假忠義逞讙譟。平白地拒王師肆桀驁，累得我羣赤子堪哀悼。呀！滅宋是金朝，魆地裏盡煙消。那知道付地獄顧梁山杳，建臨安比汴水高。〔白〕目今魔氛已息，南宋已開，天下清明，羣生無擾，你們還須各保境土，默佑民生。〔衆白〕領玉旨。〔玉帝唱〕靈霄保疆土，承仙詔賢勞。護民生，在若曹，護民生，多應在若曹。〔扮東岳大帝、十殿閻羅上。唱〕

【南僥僥令】九幽鞫巨梟，地獄苦難熬。〔作進門朝見科。白〕臣東岳、臣十殿閻君公同朝見，伏願聖壽無疆。〔宫官白〕有事奏來。〔東岳、閻君白〕臣等前奉玉旨，會勘宋江等一百八人，分爲六案定擬。今各殿審明，宋江、吴用永不超生，其餘一百六人都貶入畜生道去。臣等謹將此案歸結緣由奏聞者。〔唱〕把首從分明當面剖，伏仗洪慈乞鑒昭。〔宫官白〕平身。〔衆起介。玉帝白〕宋江假託忠義欺誑世人，今勘破原因，惟此重罰，這纔可以警醒愚蒙哩。〔唱〕

【北收江南】呀！這是誣民惑世蠢兒曹，枉了他摩拳擦掌認英豪。今日裏區分罪狀自供招，也做個晨鐘暮鼓向人敲。〔白〕這等元兇還敢詭稱天罡地煞，污衊天庭，尤爲可惡，卿等所擬，實爲允當。〔唱〕混稱名九霄，混稱名九霄，則教他永墮泥犁罪不饒。〔東岳、十地白〕臣等啓奏上帝，水滸一案，聖恩處置精詳，宋朝節死諸臣已經徧遊天闕，伏候聖旨。〔唱〕

【南園林好】歲寒時孤松後彫，士窮時方知節操。今日忠魂上碧霄，惟聽取九天詔，惟聽取九天詔。〔宫官白〕平身。〔衆起介。玉帝白〕好惡者天下之公義，刑賞者一人之微權。假名忠義者已付刑

章，爲國捐生者已遊天闕。正是：忠義不容人假借，表彰永慶世昇平。〔衆同唱〕

【北沽美酒帶太平令】喜忠魂把介節褒，喜忠魂把介節褒。離十地上天曹，白玉樓前認故交，霓裳舞翠翹。則待開玳筵醉瓊瑤，眼睉裏交梨火枣，耳邊厢鳳瑟鸞簫，玉階外紫駢羽葆。俺呵，天高聽高，愛他每名高義高。呀，這纔是忠義圖光生雲表。〔内奏樂，玉帝下座科。衆唱〕

【南尾聲】開將軼事翻新調，迓祥和長歌天保，都只爲人壽年豐樂聖朝。〔下〕